Christine Ambrosius
Ein Hauch Muskat

TINTE & FEDER

Das Buch

Der Küchenjunge Jakob arbeitet im Jahre 1530 am Hof des Herzogs Johann in den Rheinlanden, als sich mit dem Tod seiner geliebten Großmutter sein Leben völlig verändert. Im Auftrag des Herzogs macht er sich mit dem Küchenmeister Lorenzo auf den Weg nach Italien. In den Küchen der reichen italienischen Kaufleute lernt er die wahre Kunst des Kochens und des Handelns mit exotischen, fremden Früchten und Gewürzen kennen. In den glanzvollen Palästen der beginnenden Renaissance findet er seine große Liebe, die schöne Kaufmannstochter Bianca. Durch ein Missverständnis kommt es jedoch zur Trennung, Jakob zieht weiter durch die Welt, aber die Gedanken an Bianca lassen ihn dabei nicht los.

Die Autorin

Christine Ambrosius wuchs im Rheinland und in Südfrankreich auf. Als Betriebswirtin für Tourismus reiste sie für verschiedene Fluggesellschaften und Reiseunternehmen um die Welt und lebte einige Zeit in den Vereinigten Staaten. Aus ihrem Interesse für das Reisen, fremde Kulturen und Historie entstand ihr erster Roman, »Ein Hauch Muskat«. Die Autorin lebt heute mit ihrem Mann in Berlin.

CHRISTINE
AMBROSIUS

EIN HAUCH
Muskat

HISTORISCHER ROMAN

TINTE & FEDER

Die Originalausgabe erschien 2013 unter dem Titel
»Ein Hauch Muskat« im Selbstverlag.

Deutsche Erstveröffentlichung von
Tinte & Feder, Amazon E.U. Sárl
5 Rue Plaetis, L-2338, Luxembourg
November 2013

Umschlaggestaltung: bürosüd° München, www.buerosued.de
Lektorat: Kay Szantyr
Satz: Satzbüro Peters
Printed in Germany
by Amazon Distribution GmbH
Amazonstraße 1
04347 Leipzig, Germany

ISBN 978-1-47782645-4

www.amazon.de/tinteundfeder

I. Lehrjahre

Der Wagen rumpelte in den Wirtschaftshof, um die erlegten Tiere abzuladen, während die Mägde immer noch damit beschäftigt waren, die Gänse zu rupfen. Interessiert beobachtete der junge Jakob eine ältere Küchenhilfe, die ihm einen wohlwollenden Blick zuwarf.

»Wir sind gleich fertig. Du kannst den gefüllten Korb schon mitnehmen.«

Flüchtig nickte er.

Die ausgerupften Federn landeten im Korb, je nach Feinheit getrennt. Er schob den nächsten Korb für die besonders zarten Flaumfedern näher heran. Die restlichen, stärkeren Federn hinterließen beim Ausrupfen kleine Löcher in der Haut des Tieres.

Er wies mit dem Finger auf die Gans. »Man könnte sie mit allerlei feinen Spezereien füllen.«

Gutmütig lächelte die Magd; sie hatte selbst ein halbes Dutzend Kinder in die Welt gesetzt.

»Du hast sicher wie immer Hunger, ich habe dich beobachtet, wie du in jeden Topf geschaut hast. Es dauert nicht mehr lange, bis du etwas bekommst. Ich frage mich, wo das ganze gute Essen bleibt – du hast keinerlei Fett angesetzt.«

»Ich bin keine Gans, die Ihr mästet. Ich überlege nur, wie man die Tiere am besten zubereitet. Sie einfach zu rösten ist langweilig.«

Als er keine Antwort erhielt, ergriff er den mit Federn gefüllten Korb und schlenderte langsam zum Wagen, wo zwei junge Männer das erlegte Wild abluden. Er nickte grüßend mit dem Kopf, aber auch sie schienen keine Lust auf ein Gespräch zu haben. Der Wind blies graue Wolken über den Himmel, Knechte und Mägde wollten ihre Arbeit beenden, bevor es zu regnen begann, und im Raum für das Gesinde ihren Hunger stillen.

Die Aussicht darauf war besser als gewöhnlich. Herzog Johann von Jülich-Kleve-Berg hatte Gäste, die derzeit täglich auf die Jagd gingen. Ihre Ausbeute konnte sich sehen lassen und die Reste der guten Speisen teilte sich die Dienerschaft. Natürlich wurde im Hinblick darauf mehr als reichlich gekocht. Dadurch wollte man die Besucher beeindrucken, aber so kamen auch alle übrigen auf ihre Kosten.

Die Küche war Jakobs Zufluchtsort. Das emsige Treiben, die angenehme Wärme des Feuers und die guten Gerüche weckten in ihm ein angenehmes Gefühl der Zufriedenheit. Er liebte es, seiner Großmutter bei ihren Tätigkeiten zur Hand zu gehen, und selten hatte es einen willigeren und flinkeren Küchenjungen gegeben.

Nachdem er den Korb mit den Federn in die Wäschekammer gebracht hatte, lief er eilig über den Hof. Es begann zu nieseln und das leicht vorstehende Dach würde hinreichend Schutz bieten.

Noch waren seine Füße nur ein wenig verschmutzt, doch der Regen würde den Hof binnen kürzester Zeit in stinkenden Morast verwandeln, und er würde sich erst waschen müssen, bevor er die Küche wieder betreten durfte. Er klopfte sich den Staub aus den Kleidern so gut es eben ging, und bemerkte mit Missfallen, dass er anscheinend schon wieder gewachsen war. Das Beinkleid war im letzten Jahr sein ganzer Stolz gewesen, doch jetzt endete es bereits am Knie, nicht wie zuvor auf halber Wade. Auch die Weste spannte deutlich über dem Rücken.

Vor dem Hoftor hörte er Stimmen und das unverkennbare Geräusch eines weiteren Karrens, der eilig auf den Eingang zuhielt.

Noch ein Wagen mit erlegtem Wild? Jakob reckte den Kopf und erkannte den Händler, der üblicherweise zu Monatsbeginn erschien, um seltene und kostspielige Gewürze aus weit entlegenen Ländern anzubieten. Erst jetzt fiel Jakob auf, dass er ihn schon viel länger als einen Monat nicht zu Gesicht bekommen hatte.

Seine Achtsamkeit vor dem verschlammten Boden vergessend, lief er zu dem überdachten Wagen, der von zwei kräftigen Pferden gezogen wurde und der jetzt direkt unter dem schützenden Vordach haltmachte.

Der Kaufmann stieg ab und rieb sich erleichtert seufzend seine Sitzfläche.

»Ich dachte, ich schaffe es nicht mehr rechtzeitig vor dem Regen. Feuchtigkeit ist Gift für meine Kostbarkeiten und ich sage dir, ich habe einiges dabei, für das sogar die Köche des Kaisers ein Vermögen bezahlen würden.«

Er schnalzte verheißungsvoll mit der Zunge. »Wir müssen die Ware schnell ins Trockene schaffen und dann wirst du mir etwas Anständiges zu essen und zu trinken bringen. Ich fahre erst morgen weiter, heute wird es nichts mehr.«

Eine gute Stunde lang war Jakob damit beschäftigt, Waren auszuladen, den Stallburschen aufzutreiben, der die Pferde versorgte, und Platz für eine zusätzliche Strohmatte im Schlafraum der Männer zu schaffen.

Die Dunkelheit war schon hereingebrochen, als er sich wieder der Küche näherte, doch eine scharfe Stimme hielt ihn jäh zurück.

»Wage nicht, dich in diesem Zustand meinen Töpfen zu nähern!« Meister Christof, der oberste Küchenmeister des Landesherrn und Herr der Bankette hatte seine eigenen Vorstellungen davon, wie seine Küche geführt wurde und Sauberkeit gehörte dazu. Zum Missvergnügen der vielen Bediensteten, die dies für reine Willkür hielten, mit der er seine Wichtigkeit zu unterstreichen versuchte.

Ergeben fügte Jakob sich und rannte mit einem Eimer in der Hand zum Brunnen. Inzwischen regnete es kräftig.

Als er wieder in die Küche kam, waren seine Füße und Hände sauber, doch er war völlig durchnässt. Sein Blick fiel auf die Tiegel und Töpfchen, die seine Großmutter schon mit den neuen Gewürzen gefüllt hatte.

Da gab es die altbewährten Mischungen für den heißen Wein, bestehend aus Zimt, Ingwer, Nelken und Kardamom, mit dem man ebenfalls die heiße Milch würzte. Gelegentlich wurde zu besonderen Anlässen auch Rosenwasser hinzugefügt, doch das gab es nur zu bestimmten Zeiten. Teuer waren sie alle, diese kleinen Knospen, Blätter, Fäden, die nur zum Teil schon gemahlen waren. Bei einem Festmahl wurde daran nicht gespart. Natürlich kam kein Bediensteter in ihren Besitz – nur hohe Herren konnten mit Münzen zahlen.

Ein zufriedenes Lächeln erhellte Jakobs Gesicht. Er hatte das Privileg, sich an diesen Schätzen zu erfreuen. Was war herrlicher, als Duft, Geschmack und Aussehen einer Speise hervorzuheben, zu verfeinern und sogar selbst zu erschaffen. Eines Tages in ferner Zukunft würde er selbst ein Meister sein, eine Schar von Helfern dirigieren, die nach seinen Anweisungen …

»Wo bist du nur mit deinen Gedanken? Ich brauche Salz, Honig und Mehl. Spute dich!«

Die ungeduldige Stimme der Großmutter riss ihn aus seinen Träumen und führte ihm einmal mehr vor Augen, welch langer Weg noch vor ihm lag.

Meister Christof warf ihm den Schlüssel für die Speisekammer zu und Jakob fing ihn geschickt auf. Es war ein Vertrauensbeweis, dass man ihm den großen und ein wenig unhandlichen Schlüssel anvertraute. Er würde nicht naschen oder gar stehlen.

Seit sieben Jahren arbeitete er nun schon im Haushalt des Landesherrn, die meiste Zeit davon zusammen mit seiner Großmutter, die von Jugend an dort lebte. Sie hatte sich im Laufe der Jahre mit ihrer großen Geschicklichkeit und viel Fleiß eine achtbare Stellung erkämpft. Es war eine gute Arbeit bei Herzog Johann, der auch der Friedfertige genannt wurde, weil er stets um Ausgleich bemüht war und in den Rheinlanden für Frieden und Ordnung sorgte.

Bevor er beladen mit den angeforderten Gewürzen die Vorratskammer verließ, atmete Jakob tief ihr sattes Aroma ein. Safran, dachte er; ein kleines Holzfass in der Ecke strömte den milden Geruch aus. Der Händler hatte es heute erst gebracht. Sein Blick fiel auf einen noch geschlossenen Sack.

Vorsichtig öffnete er die Verschnürung und steckte seine Hand hinein. Muskatnüsse; prall und braun lagen sie in seiner Hand. Er würde einige für die Küche brauchen und steckte sie entschlossen in den Korb. In Gedanken nahm schon ein Gericht Formen an, als er aus Richtung der Küche Schreie hörte.

Eilig schloss er die Kammer und rannte mit seinen Schätzen zurück. Zunächst entdeckte er niemanden und wunderte sich über den verlassenen Raum, als er hinter dem großen Tisch die Schuhe seiner Großmutter entdeckte.

Sie lag ausgestreckt am Boden. Zwei Mägde und der Meister beugten sich über sie. Aus einer großen Wunde in ihrer Seite quoll ein stetig starker Blutstrom, den Meister Christof mit einem Tuch zu stillen versuchte, jedoch ohne großen Erfolg. Mit vor Entsetzen weit aufgerissenen Augen blickte ihn Sybilla, die ältere Küchenhilfe an.

»Es war nicht meine Schuld, ich habe es nicht gewollt, ich bin ausgeglitten, ich habe es nicht gewollt.«

Stammelnd und schluchzend versuchte sie, die Verletzte aufzurichten, bis Meister Christof sie anherrschte: »Hinaus mit dir, du richtest ja noch mehr Unheil an.«

Verstört lief sie hinaus, die Hände vor den Mund gepresst.

Jakobs Großmutter hatte die Augen geschlossen, ihr Gesicht nahm langsam eine wächserne Farbe an. Sie hustete und aus ihrem Mundwinkel lief ein wenig Blut. Jakob kniete sich neben sie und schob vorsichtig den Arm unter ihren Kopf. Sie öffnete die Augen und versuchte zu sprechen. Erst nachdem er seinen Kopf an ihren Mund gebracht hatte, verstand er die gemurmelten Worte: »Wegen dieses dummen Unfalls …«

Noch einmal hustete sie leicht, dann fiel ihr Kopf zur Seite.

Verständnislos blickte Jakob auf die tote Frau in seinem Arm. Schließlich schloss Meister Christof ihr die

Augen und zog Jakobs Arm, auf dem Großmutters Kopf ruhte, langsam weg. Mitleidig blickte er auf den Jungen.

»Sie ist tot. Es war wirklich nicht Sybillas Schuld. Sie rutschte auf dem Boden aus und versuchte, sich aufrecht zu halten, während deine Großmutter zu ihr trat. Sie hat das große Schlachtmesser gegen den Feuerschein wahrscheinlich nicht gesehen und als Sybilla fiel, fuhr es in ihre Seite. Es sah zunächst gar nicht so schlimm aus, doch dann begann sie stark zu bluten. Es war ein Unglücksfall.«

Jakob reagierte nicht und fühlte sich wie betäubt. Er bemerkte kaum, wie sein Lehrherr die zweite Magd auf die Suche nach männlicher Unterstützung schickte, damit man den Leichnam hinausbringen konnte.

Erst als der Meister Jakobs Arm packte und ihn hinausführte, erwachte er aus seiner Starre. Die frische Luft tat ihr Übriges, wie es der Küchenmeister vermutlich erhofft hatte.

Der frische Wind im Hof schien Jakob tatsächlich wieder etwas zu beleben. Die Blässe wich allmählich und seine normale Gesichtsfarbe kehrte zurück.

Er schob die stützende Hand seines Lehrherrn zur Seite und erklärte mit erstaunlich ruhiger Stimme: »Könnt Ihr Euch um den Leichnam meiner Großmutter kümmern? Ich bringe es nicht fertig, sie dort noch einmal zu sehen.«

Er schluckte in dem verzweifelten Bemühen, seine Tränen zu unterdrücken, und der Koch beeilte sich, ihm zu versichern, dass er alles Erforderliche veranlassen würde. Er sah ihn mitfühlend an.

Jakob konnte seinen Blick nicht länger ertragen; mit gesenktem Kopf ging er zu den Ställen, über denen sich seine Kammer befand.

Blind vor Tränen betrat er den kleinen Vorraum des Stalles. Auf einem umgedrehten Futtertrog saß der Gewürzhändler und bot ihm mit fragendem Blick einen Platz neben sich an. Zunächst wollte Jakob ablehnen, setzte sich aber dann doch zu dem Mann und wischte sich mit dem Ärmel über das Gesicht.

Tröstend legte der Mann seinen Arm um den Jungen: »Erzähle mir, was dich so betrübt.«

Immer wieder unterbrochen von kleinen Pausen, in denen er um Fassung rang, berichtete Jakob ihm vom Tod seiner Großmutter. Bedächtig nickte der Ältere, als wisse er, dass kluge Worte jetzt wenig nutzen würden, denn für Trost war es noch zu früh.

»Es würde sie sicher freuen, wenn sie sehen könnte, dass du ihre Arbeit fortführst. Arbeitest du gerne in der Küche?«

Jakob hob den Kopf. »Die Küche ist der beste Raum im ganzen Haus, besser als die feinen Salons des Herzogs, auch wenn ich noch viel lernen muss. Lacht mich nicht aus, Herr, aber manchmal denke ich, ich würde manches anders in der Küche machen.«

»Nenn mich Walther, so ist mein Name. Ich denke, du wirst es dabei nicht an Respekt fehlen lassen. Was geht dir denn durch den Kopf, was du verändern würdest?«

Jakob setzte sich aufrecht hin. »Ich würde anders kochen. Habt Ihr bemerkt, dass man die Gewürze ganz falsch zusammensetzt? Man mischt sie nicht zu einem besonderen Geschmack, man schmeißt alles in einen Topf. Gut, gut«, unterbrach er sich selbst, als habe jemand Widerspruch eingelegt, »die Speisen sollen süß und sauer sein, gleichzeitig Schärfe und Milde vereinen. Aber die Zusammensetzung stört mich. Gebäck, welches mit Rosinen, feinstem Marzipan und Mandeln zubereitet wird, sollte man weniger Pfeffer zufügen, sonst kann man sich die Hälfte der anderen Gewürze sparen. Auch wenn dies im Augenblick ein wenig forsch sein mag. Sollte man nicht wagen, etwas anderes, Besseres zu versuchen?«

»Sieh an«, meinte der Händler schmunzelnd, »Meister Christof hat Konkurrenz im eigenen Haus. Es wird ihn freuen, wenn schon seine Küchenjungen so großen Ehrgeiz an der Arbeit haben und ihm nacheifern. Er selbst bereitet auch viele Speisen anders zu als gewöhnlich und braucht mehr Spezereien als alle anderen Schlossküchen der Nachbarschaft. Vielleicht liegt es daran, dass seine Heimat jenseits der Alpen liegt und er von dort fremde Gewohnheiten mitgebracht hat. Ich weiß, was er benötigt, mein Handelsgenosse reist regelmäßig ans Meer und kauft in der großen Stadt Venedig ein. Er erzählt die wunderlichsten Dinge, was man dort zu sich nimmt und wie man Feste feiert.«

Interessiert beugte sich Jakob vor. »Was berichtet er denn?«

»Nun ja, von vielen Dingen. Wie die Feierlichkeiten sind, welche Köstlichkeiten man zubereitet. Mich interessiert meist nur der Preis der Gewürze, die auf abenteuerlichen Wegen aus der ganzen Welt nach Venedig gebracht werden. Vieles kommt aus den Ländern der Ungläubigen, der Ketzer und Barbaren. Es sind gefährliche Wege, nicht jeder Händler erreicht wohlbehalten den Bestimmungsort. Deshalb sind viele Waren so teuer, dass das einfache Volk sie sich niemals leisten kann.«

»Es würde mich aber interessieren, woher die einzelnen Gewürze sind. Muskatnüsse, zum Beispiel, wisst Ihr, woher sie kommen?«

Walther schüttelte den Kopf. »Selbst, wenn ich den Namen des Ortes noch wüsste, könnte ich dir nichts darüber erzählen. Die meisten Waren kommen mit großen

Schiffen über das Meer. Aber mich interessiert ohnehin weniger, woher etwas stammt, als vielmehr, wie viel ich daran verdienen kann. Mein Geschäft ist in Nürnberg ansässig; mir reichen ehrlich gesagt schon die Reisen zu den Fürstenhäusern im Norden und Westen. Vor allem in den reichen Niederlanden kann ich gute Geschäfte machen. Dort verkaufe ich meine Ware nicht nur an fürstliche Häuser, sondern auch an begüterte Kaufleute und Bürger, die dem Adelsstand nicht nachstehen wollen und ihren Wohlstand mit einer erlesenen Tafel bekunden. Selbst wenn sie selten an das begehrte Wildbret gelangen, das nur die Landesfürsten in ihren Wäldern jagen dürfen, so lässt sich auch mit anderen kostspieligen Gerichten ein gutes Leben führen. Oft sind die Tafeln der Handelsherren sogar reichlicher und edler gedeckt als die der Fürsten, die in ständiger Geldnot leben. Kein Wunder, sie müssen schließlich horrende Summen für den Schutz des Landes aufbringen! Man denke zum Beispiel an die Werbung des Kaisers Maximilian um seine Gemahlin Maria – ohne das Geld der Augsburger Handelshäuser wäre die gar nicht möglich gewesen.«

Jakob hatte dem Händler fasziniert zugehört. Was gäbe er darum, auch etwas von der Welt zu sehen. Seine Großmutter hatte ihm immer gepredigt, hart zu arbeiten, damit Gott ihm wohlgesonnen bliebe. Seine Großmutter … Trauer verschleierte seinen Blick.

»Meister Christof wird dich heute in der Küche entbehren können. Ich richte ihm aus, dass du morgen früh wieder dort sein wirst.«

Der Händler stand auf, aber Jakob hielt ihn zurück. »Nicht nötig, es gibt heute besonders viel zu tun und ich will arbeiten.«

Seine Großmutter hätte es sicher so gewollt, dachte er.

Nach einer Weile kam Jakob zurück in die Küche. Stumm und voller Eifer stürzte er sich in die Arbeit, hackte Zwiebeln, schleppte Zutaten herbei, die jetzt die dicke Martha anforderte, die zweite Beiköchin, die bisher seiner Großmutter zur Hand gegangen war.

Immer wieder wanderte ein Blick zu Jakob hinüber.

Es gab Dutzende von Küchenjungen und normalerweise hatte der Küchenmeister mit ihnen wenig zu schaffen. Aber durch das unheilvolle Geschehnis fühlte er sich stärker für den Jungen verantwortlich als zuvor. Meister Christofs Blick fiel erneut prüfend auf Jakob und verblüfft bemerkte er Kleinigkeiten, die ihm bisher entgangen waren.

Da waren die exakten Mengen, die der Junge, ohne nachzuwiegen, abmaß, oder die kleinen Anreichungen, die er schon tätigte, bevor danach verlangt wurde. Er rührte in einer Creme, die zu gerinnen drohte, bevor die Köchin es auch nur bemerkte. Sein flinkes Auge schien überall zu sein.

Er winkte ihn zu sich. »Sieh dir diese glasierte Gans an, wie gefällt sie dir?«

Schüchtern und ein wenig erschrocken stotterte Jakob beinahe.

»Sie ist sehr gut gebraten, die Birnenschnitze sind genau wie ihr Federkleid angerichtet.«

»Das habe ich nicht gefragt«, knurrte Christof, »ich will wissen, ob sie dir gefällt.«

»Nun ja«, meinte Jakob zögernd und beugte sich über das Werk, »vielleicht sind die Birnen ein wenig zu gelb geraten, die Farbe wirkt nicht echt. Wenn ich sie anrichten müsste, würde ich außerdem versuchen, sie lebendiger aussehen zu lassen, vielleicht flügelschlagend, wie vor dem Abflug, in einem Beet aus grünen Schnitzen, die wie Gras …« Erschrocken unterbrach er sich und blickte schuldbewusst zu seinem Meister hoch.

Dieser machte eine auffordernde Handbewegung. »Fahre fort, ich höre dir zu.«

»Im letzten Jahr habt Ihr ein Bankett zubereitet mit einem Schiff für die Seefahrer, die zu Gast waren. Das war wunderbar, es passte so gut.«

Seine Augen leuchteten vor Begeisterung. »Für die Jäger wäre eine Jagdszene genau das Richtige, mit einem Mann, der den Bogen spannt. Man könnte ihn aus Butter formen oder aus Marzipan, je nach Beilagen, und die Gans zeigen, wie sie davonfliegen möchte. Sie könnte sich auch aus einem Bach erheben, dafür eignet sich Bohnenmus. Es gibt so viele Möglichkeiten. Petersilie für das Gras, Bäume aus Brotteig mit kleinen Äpfeln, die gefüllt sind mit scharfem Fleisch.«

Christof musste lachen und unterbrach damit den Redefluss des Jungen.

»Fantasie besitzt du auf jeden Fall in hohem Maße. Wir werden sehen, ob du deine hochfliegenden Pläne auch in Arbeit umsetzen kannst. Ab morgen wirst du mir bei der Bankettgestaltung zur Hand gehen.«

Er sah das Aufleuchten im Gesicht seines neuen Gehilfen und schloss: »Für heute aber ist es genug! Kümmere dich um ein kirchliches Begräbnis für deine Großmutter. Ich habe schon mit unserem Pfarrer gesprochen; er ist unter den Gästen und wird dir dafür nicht zu viel berechnen.«

Das Erschrecken in Jakobs Gesicht sagte mehr als Worte, doch auch diese Befürchtung konnte Christof ihm nehmen.

»Natürlich wirst du ihn bezahlen. Als mein Gehilfe steht dir ein bescheidenes Einkommen zu, Kleidung, Schuhe und eine Unterkunft im Gesindehaus.«

Jakobs Herz war leicht und schwer zugleich. Immer hatte er sich gewünscht, in der Küche Einfluss zu nehmen, etwas Köstliches zu erschaffen. Dass er die Verwirklichung seines Traumes ausgerechnet dem Tode seiner Großmutter verdankte, war der bittere Beigeschmack dieses süßen Geschenkes. Er war es ihr schuldig, das Beste aus dieser Gelegenheit zu machen, die sich ihm so gänzlich unerwartet bot. Aufmerksam hatte er in den vergangenen Jahren alles genau beobachtet, was in der Küche vor sich ging.

Er hatte je nach Zeit und Möglichkeit seiner Großmutter, den anderen Köchen und sogar Meister Christof über die Schulter gesehen, um so viel wie möglich zu lernen. Und dennoch wusste er viel zu wenig. Seine Zeit war überwiegend dahingegangen bei niederen Tätigkeiten: Er hatte Töpfe gescheuert, Platten und Teller gereinigt, Waren angenommen, Zutaten abgemessen und Vorräte gezählt und kontrolliert. Sicher keine unwichtigen Verrichtungen, doch weit entfernt von dem, was er anstrebte. Immerhin, dachte er, am heutigen Tag war er seinem Ziel einen guten Schritt näher gekommen.

Er würde seiner Großmutter keine Schande machen. Nach dem Tod seiner Mutter hatte sie ihn großgezogen und für ihn gesorgt. Ihr ein anständiges Begräbnis zukommen zu lassen, sollte die erste Handlung in seinem neuen Leben sein.

Doch der Diener Gottes hatte andere Sorgen, als sich um ihn zu kümmern. Im Schloss, so meinte er, befänden sich hohe Würdenträger, und seine Anwesenheit sei unerlässlich. Er verwies Jakob barsch an seinen Kirchendiener Sebastian, nicht ohne Hinweis auf die Kosten, die sein Wunsch nach einer würdigen Bestattung mit sich brachte. Kopfschüttelnd eilte er anschließend fort.

Sebastian, ein älterer Mann mit dünnem Haar, ausgemergelt und mit ewig kummervoller Miene, lauschte mit leicht gesenktem Kopf Jakobs Wünschen. Ein neues Sterbekleid für die Großmutter, ein guter Holzsarg und eine Messe, die der Pfarrer für ihr Seelenheil lesen sollte.

»Das wird teuer«, sagte er mit sorgenvoller Stimme und neigte seinen Kopf noch tiefer, obwohl Jakob bereits einen halben Kopf größer war als er. »Der Pfarrer wird dir später sagen, wie viel er dafür haben will, aber ich kann schon alles vorbereiten.«

Das etwas zu eilfertige Angebot und der lauernde Blick von unten machten Jakob aufmerksam.

»Was willst du vorbereiten?«

»Ein schönes Leichenhemd, einen guten Sarg, so wie du es gewünscht hast. Sie soll eine gute Bestattung haben, gleich neben dem Weib vom Schmied. Die ist letzte Woche gestorben.«

Dagegen war nichts einzuwenden und mit einem kurzen Nicken machte Jakob sich auf den Weg zurück ins Schloss. Als er an der Friedhofsmauer entlanglief, kam ihm ein Gedanke und er bog kurz entschlossen auf den Weg zu den Gräbern ein. Es war still; nur das leise Raunen des Windes in den Pappeln war zu hören. Nach dem umtriebigen Leben auf dem Schloss herrschte hier Ruhe. Kein Geräusch belästigte die Toten, keine störenden Gerüche, die allerorten die Anwesenheit von Leben kundtaten. Die nach den Regenfällen noch feuchte Erde roch frisch und angenehm.

Er musste nicht lange suchen. Das zuletzt neu aufgeschüttete Grab war leicht zu finden.

Ein Mann kniete davor, das Gesicht in den Händen vergraben, während zwei kleine Kinder verschüchtert Hand in Hand ein Stück hinter ihm standen. Jakob wollte nicht stören, doch die Gelegenheit für eine Frage war günstig, und so wartete er ab, bis der Mann sich erhob.

Er war jünger, als Jakob zunächst angenommen hatte; sein Rücken war zwar gebeugt von schwerer Arbeit, sein Gesicht aber, obschon von Trauer gezeichnet, war das eines Mannes in mittleren Jahren.

Er war es, der Jakob ansprach: »Hast du meine Frau gekannt?«

Jakob schüttelte den Kopf. »Meine Großmutter ist gestorben und soll hier begraben werden.« Mit dem Finger wies er auf die freie Grasfläche neben dem frischen Grab. »Falls es nicht zu teuer ist«, fügte er hinzu.

Verständnisvoll nickte der Mann. »Wenn du meinen Rat willst, beauftrage nicht den Kirchendiener oder Pfarrer, sie schlagen noch eine hübsche Summe auf den Preis vom Sargschreiner und Totengräber drauf. Verhandele selbst mit den Handwerkern, so habe ich es auch gemacht. Sag ihnen, Niklas hat dich geschickt.«

Am nächsten Tag bekam Jakob die Quittung für sein selbstständiges Handeln. Zwar hatte er sich sowohl mit dem Schreiner als auch mit dem Totengräber geeinigt, aber als er den Pfarrer bat, eine Messe zu lesen, wurde er grob abgefertigt.

Wenn er seine Großmutter billig unter die Erde bekommen wolle, käme es auf den Tag für eine Messe auch nicht an. Den endgültigen Zorn des Hofpfarrers zog der

Junge sich jedoch zu, als jenem einige Tage später zu Ohren kam, dass die Messe nun in der Nachbargemeinde gelesen wurde. Der dortige Seelenhirte, stets benachteiligt durch die privilegierte Stellung des Schlosspfarrers, war für ein bedeutend geringeres Entgelt nur allzu bereit, für ihn in die Bresche zu springen.

Während Jakob in der Küche werkelte und Eier zu Schaum schlug, während er gleichzeitig ein wachsames Auge auf die Magd hatte, damit sie die Gewürze richtig abmaß, berichtete er Meister Christof von der Bestattung seiner Großmutter.

Der Meister hatte ihm das Geld vorgestreckt; Jakob würde die Summe in den nächsten Monaten abarbeiten.

Der Lehrherr lobte die Pfiffigkeit seines jungen Gehilfen, seine Schulden so niedrig wie möglich zu halten, warnte ihn aber auch.

»Sieh dich vor, versäume keine Messe und zeig dich ehrerbietig. Die hohe Geistlichkeit zum Feind zu haben, kann Ungemach bringen.«

In den Wochen, die der Bestattung seiner Großmutter folgten, hatte Jakob wenig Gelegenheit, sich Feinde zu machen. Wenn er die Küche verließ, dann tatsächlich nur, um die Messe zu besuchen oder den dringendsten Bedürfnissen nachzukommen. Nicht nur er arbeitete in dieser Zeit besonders hart. Das Schloss hatte zahlreiche Besucher; alle spürten, dass etwas im Gange war.

Seine Frage an die erste Beiköchin, ob sie Genaueres über die Vorgänge beim Herzog wisse, wurde jedoch nur mit einem unwilligen Brummen quittiert: »Kümmere dich um deine Arbeit, der Rest geht uns nichts an!« Ungeduldig drückte sie Jakob einen Korb mit Eiern in die Hand.

»Eiersuppe für vierzehn Personen, eile dich, weitere Gäste sind eben eingetroffen und hungrig.«

Schon wieder Gäste, dachte er verwundert. Während er mit einer Hand eine Prise Salz in die Eiermasse rührte, schrie jemand von draußen nach dem Meister.

Die Stimme klang empört, und noch bevor er sich umdrehte, um zu sehen, wer so energisch nach seinem Meister verlangte, stand er vor der kauzigsten Person, die er je gesehen hatte.

Zunächst konnte er nicht einmal feststellen, ob es sich um einen Mann oder eine Frau handelte. Die bartlosen Gesichtszüge waren für einen Mann recht weich, für eine Frau jedoch eindeutig zu maskulin. Noch viel seltsamer jedoch war die Kleidung der Person. Unter einem weiten und bestickten Mantel, der sicher kostspielig gewesen war, lugten bauschige Hosen hervor, die an den Fesseln wie ein Sack zusammengebunden schienen und deren ursprünglich grüne Farbe sich in ein fleckiges Gemisch gewandelt hatte.

Am auffälligsten jedoch waren sein ebenmäßiges Antlitz und die sonnengebräunte Haut. Gelocktes, dunkles Haar fiel ihm in Strähnen über die Schulter und vervollständigte seine eigenartig exotische Erscheinung.

Er erblickte Jakob und wies mit dem Finger auf ihn: »Du da, schaff' er mir den Koch mit Namen Christof herbei!«

Prüfend steckte er erst seine Nase und anschließend seinen Finger in den Topf, den Jakob abgestellt hatte.

»Was soll das werden? Eiersuppe etwa? Stümperei! Safran, Pfeffer, Muskat fehlen und zur Abrundung ein wenig Honig. Husch, husch!«, scheuchte er Jakob fort, während er begann, die wie erstarrt glotzenden Küchenmägde anzutreiben.

In diesem Moment betrat Meister Christof, gefolgt von seinem Gehilfen, die Küche. Hatten alle darauf gehofft, dass der Meister den anmaßenden Besucher zurechtweisen würde, so sah man sich getäuscht. Ein breites Lachen erschien auf Christofs Gesicht und er legte seinen Arm freundschaftlich um den Fremden.

»Lorenzo, welch eine Freude! Was bringt dich so weit in den Norden? Du musst mir berichten, doch erst, wenn ich hier fertig bin. Hast du keine Lust, mir zu helfen?«

Mit einem fragenden Blick wies er auf die Töpfe und Pfannen, in denen es brutzelte und schmorte.

Der Angesprochene seufzte tief auf. »Mir scheint, du hast Hilfe bitter nötig, mein Freund. Ich sehe nichts, was mein Herz vor Freude springen lässt und meinen Gaumen kitzeln könnte. Keine Inspiration im Topf, keine Begeisterung und Hingabe bei deinen Gehilfen. Feuer und Glut sollten nicht nur in der Herdstelle brennen, sondern auch in den Köpfen.«

»Das reicht!«

Jakobs ungeduldige helle Stimme unterbrach diese klagende Rede. »Wie könnt Ihr es wagen? Wenn Ihr schon unsere Bemühungen nicht schätzt, so könnt Ihr wohl kaum die Künste Meister Christofs anzweifeln.«

Offensichtlich amüsiert zwinkerte Lorenzo. »Sieh an, der junge Kater verteidigt dich.«

Ein Glucksen stieg in seine Kehle, doch bevor er etwas erwidern konnte, meinte Christof beschwichtigend: »Lorenzo ist einer der fähigsten Köche, die ich kenne, und arbeitet in der Heimat meines Vaters an einem bedeutenden Hof. Wir werden ihm zeigen, dass auch wir wissen, wie man köstliche Speisen bereitet. Also, an die Arbeit und haltet nicht weiter Maulaffen feil.«

Letzteres galt den Küchenmägden, die immer noch mit offenem Mund die fremdartige Gestalt des Mannes musterten und gespannt dem Wortwechsel gefolgt hatten. Sei es, dass die Anwesenheit des berühmten Kochs alle beflügelte oder der Meister ihren Ehrgeiz geweckt hatte, aber an diesem Tag übertrafen sich alle.

Die Eiersuppe, nach Anweisung Lorenzos zubereitet und abgeschmeckt, war köstlich wie nie zuvor. Jakob ging dem Fremden eilfertig zur Hand und genoss es, dass seine Meinung Gehör fand und er wie ein ausgebildeter Koch respektiert wurde. Zum ersten Mal empfand er Stolz auf sein Werk. Die Speisen für das große Festbankett zu Ehren der Gäste waren beeindruckend.

Der Suppe mit gerösteten Brotkügelchen folgte Forellenmus, welches in einen riesigen Fisch aus perfekt geformtem Brotteig gefüllt wurde. Um eine möglichst naturgetreue Farbe zu erhalten, hatte man den Teig mit verdünntem Obstgelee vorsichtig eingefärbt, sodass er einem lebendigen Fisch täuschend ähnelte. Weiterhin trug man geröstetes Wildschwein im Krautbett auf und servierte Mandelpastete mit in Wein gegarten Feigen.

Beinahe alle Gerichte gelangten gleichzeitig auf die Tafel im Festsaal, den Jakob nicht zu sehen bekam. Seine Aufgaben beschränkten sich auf die Küche, wo es bald so heiß wurde, dass man glauben konnte, selbst im Backofen zu stecken. Der Schweiß lief allen in Strömen über das Gesicht. Doch niemand beklagte sich; die Begeisterung war ansteckend und Lorenzo schien überall gleichzeitig zu sein.

Hier fügte er mit leichter Hand noch eine Prise Safran hinzu, rührte dort in einem Topf, den die Magd vergessen zu haben schien, und gab an anderer Stelle einer Platte den letzten künstlerischen Schliff, indem er die Perlhühnchen ein wenig zusammendrückte, als duckten sie sich vor anrückenden Jägern.

Säuerlich schmeckende Apfelscheiben wurden in Zimt, Pfeffer und fein geriebenen Mandeln gewendet und in Schmalz ausgebacken. Die Süßspeisen bildeten den Abschluss des Mahls.

Während die Küchenmädchen die benutzten Platten und Messer reinigten, hatten sich die beiden Küchenmeister schon zurückgezogen.

Völlig erschöpft und hochzufrieden fiel Jakob auf sein Lager. Die Begegnung mit Lorenzo hatte ihn in seinen Plänen bestärkt. Genau so wollte er kochen! Er würde alles lernen, was die großen Meister auszeichnete. Vielleicht konnte er ja nach dem Ende seiner Lehre reisen. Bevor er noch mit seinen Gedanken zu einem Schluss gelangte, fielen ihm die Augen zu.

Es folgten Tage voll mühevoller Arbeit, doch es war Jakob gleichgültig. Er betete im Stillen, dass Lorenzo noch lange bleiben möge.

Tatsächlich war keine Rede davon, dass der Fremde aus Italien seine Abreise plante. Jakob lernte nicht nur in kurzer Zeit viele Fertigkeiten und geschickte Handgriffe, die erstaunlich große Wirkung erzielten, er hörte auch vieles über das weit entfernt liegende Heimatland Lorenzos, der für einen so berühmten Mann fröhlich, mitteilsam und entgegen seines ersten Auftrittes ohne Dünkel war.

Bei der Arbeit herrschte eine beschwingte Stimmung, man scherzte und lachte, selbst wenn es viel zu tun gab. Inzwischen waren die meisten Obstsorten reif und zur Einlagerung bereit; Tiere wurden geschlachtet und ihr Fleisch gepökelt oder geräuchert.

Jakob lernte auch, dass ermüdende und langweilige Tätigkeiten besser von der Hand gingen, wenn man gut gelaunt miteinander umging. Je mehr er die beiden großen Meister bei der Arbeit beobachtete, umso klarer wurde ihm, wie unerfahren er noch war.

Gut zu kochen genügte keineswegs, um ein berühmter Küchenchef zu werden. Man musste den Überblick über die Zutaten und Waren behalten, die in der Küche benötigt wurden. Eine gute Auswahl der Küchenhilfen war unerlässlich, was ein erfahrenes Auge für die Fähigkeiten und die Schwächen der Menschen erforderte. Auch ein Meister konnte nicht alles alleine bewältigen und übertrug viele wichtige Verrichtungen an andere.

Da alle Speisen eines Mahles möglichst gleichzeitig aufgetragen wurden, war ein genaues Zeitgefühl für die Zubereitung ganz verschiedener Gerichte und Garzeiten vonnöten. Daneben war Fantasie gefragt, um ein Mahl oder Bankett zu einem Ereignis der Überraschungen zu gestalten. Er hatte von Lorenzo erfahren, wie die Fürsten in dessen Lande speisten, und war begeistert über den Einfallsreichtum des Kochs bei der Gestaltung großer Tafeln.

Eines Tages erschien wieder der Gewürzhändler und Jakob konnte kaum glauben, dass abermals ein ganzer Monat vorüber war. Es schien schon so lange her, dass er seine Großmutter unter die Erde gebracht hatte. Ein leises Gefühl der Schuld beschlich ihn.

Er hatte ihr Grab nur selten besucht. Erstaunt spitzte er die Ohren, als laute, offensichtlich sehr erregte Stimmen aus der Vorratskammer drangen. Seit Wochen war die Stimmung so entspannt, dass die zornigen Ausbrüche, zu denen der Kochmeister sonst neigte, fast in Vergessenheit geraten waren. Diesmal war es jedoch nicht Christof, sondern Lorenzo, der in einer fremden Sprache lautstark mit dem Händler diskutierte.

Jakob war nicht der Erste, den die Neugier an den Ort der Auseinandersetzung trieb. Schon eine ganze Gruppe Schaulustiger hatte sich eingefunden, um dem Spektakel beizuwohnen. Auch wenn niemand die fremd klingende Sprache verstand, war doch offensichtlich, dass der Italiener mit der gelieferten Ware nicht einverstanden war. Jetzt griff er gar in den Sack mit Safran, nahm eine Handvoll hinaus und schleuderte sie in die Luft. Entsetzt hielt Jakob den Atem an.

Herzog Johann war kein armer Mann, ganz im Gegenteil, aber allen war bewusst, wie teuer ausgerechnet dieses Gewürz war. Jeder kleine Stiel wurde mühsam mit der Hand aus einer Blüte gezupft, getrocknet und fest verschlossen über lange Strecken transportiert, bis es den Weg in die Küchen der Reichen fand.

Lorenzo wies mit steigender Empörung auf die Ware und stupste seinen Finger wiederholt gegen die Brust des Händlers, dessen Gesicht sich allmählich vor Zorn rötete.

Christof, durch das Geschrei aufmerksam geworden, kam hinzu und versuchte vergeblich zu schlichten. Lorenzo war nicht zurückzuhalten und wies auf den offenen Behälter.

»Seine Ware ist gestreckt. Es sind nicht nur Safranfäden, die er uns als gute Ware teuer verkaufen will. Wer weiß, wie die restlichen Gewürze beschaffen sind. Er ist ein Betrüger!«

Das war eine schwere und unter Umständen folgenreiche Anschuldigung. Erwiesener Betrug konnte mit Teeren und Federn bestraft werden und machte den Betroffenen vogelfrei. Das blasse Gesicht des Händlers bewies, dass er sich dessen bewusst war.

Meister Christof behielt einen klaren Kopf und schickte die Leute wieder an ihre Arbeit. Der Vorfall würde dem Klatsch und Tratsch am Hofe nur neue Nahrung geben, und der Koch wollte offensichtlich weder den Händler noch seinen Freund bloßstellen, bevor die Angelegenheit eindeutig geklärt war.

Jakob durfte als Einziger bleiben; gemeinsam mit Christof unterzog er die gesamte Lieferung der Gewürze und Kräuter einer genauen Prüfung. Obwohl sich keine weiteren Anzeichen für Betrug zeigten, hatte Lorenzo sich nicht getäuscht. Der Safran war mit anderen Samenfäden und einer undefinierbaren rötlichen Substanz vermischt.

Der Händler, ein erfahrener Kaufmann, war am Boden zerstört und zitterte vor Furcht. Es schien offensichtlich, dass man auch ihn betrogen hatte.

»Ich habe die Ware von einem Händler in Venedig erworben, der mich seit Jahren ordentlich beliefert. Es hat nie Klagen gegeben, das müsst Ihr mir glauben.« Vor Aufregung kippte seine Stimme und er sank verzweifelt auf einen Schemel.

»Ich bin ruiniert, wenn dies bekannt wird.«

»Soweit ist es noch nicht«, erklärte Christof. »Lasst uns überlegen, wie die minderwertige Ware in Euren Besitz gekommen ist. Ich glaube Euch ja, dass Ihr uns nicht wissentlich betrügen wolltet.«

Schon ein wenig ruhiger lehnte der Händler sich an die Wand. In sein Gesicht kehrte wieder etwas Farbe zurück.

»Normalerweise überprüfe ich die Qualität der Gewürze, besonders, wenn ich sie von einem neuen Händler übernehme. Dieses Mal dachte ich, es sei nicht nötig, da ich den Mann schon lange kenne und oft zu meiner Zufriedenheit bedient wurde. Das war ein großer Fehler, aber ich schwöre Euch, das war mein einziges Vergehen.«

»Wer ist der Mann, der Euch beliefert hat?«, wagte Jakob sich einzumischen. Er warf einen prüfenden Blick auf seinen Meister, doch dieser verzog keine Miene.

»Er heißt Pietro Grassoni und ist in Venedig ein angesehener Kaufmann. Seine Schiffe fahren über das ganze Meer, eines bis nach Indien. Er hat beste Verbindungen in die Häuser der Adelsfamilien und beliefert hin und wieder sogar den Palast des Dogen. Warum hätte ich bei ihm misstrauisch sein sollen? Ich habe niemals Beanstandungen gehabt, seine Gewürze waren stets in bestem Zustand.«

»Wenn er Euer einziger Lieferant war, muss er dennoch der Schuldige sein«, warf Christof ein.

»Es sei denn«, fügte Jakob hinzu, »jemand hat während der Reise die gute Ware gestohlen und sie gegen schlechte ausgetauscht.«

Er spürte den anerkennenden Blick Christofs mehr, als dass er ihn sah, aber der Händler wehrte ab.

»Ich lasse meine Waren während der Reise nicht aus den Augen, ich könnte zu viel verlieren. In unsicheren Gegenden trage ich sogar eine Waffe bei mir, und in Schlössern oder Abteien lagere ich nachts alles in den Vorratsräumen, die bewacht oder verschlossen sind.« Er zuckte hilflos die Schultern. »Es kann tatsächlich nur beim Kauf geschehen sein, alles andere ist unwahrscheinlich.«

Nachdenklich kratzte Christof sich am Kinn. »Ich werde um diese Sache kein Aufheben machen. Es wird sich um ein dummes Missverständnis handeln und wir schweigen darüber.«

Er warf einen befehlenden Blick auf seinen Lehrling und Jakob nickte unbehaglich.

»Dennoch wäre es gut, wenn Ihr zukünftig Eure Waren kontrolliert und den Verkäufer dieses Abfalls zur Rede stellt. Ein zweites Mal werde ich Euch nicht vor den Konsequenzen Eurer Nachlässigkeit bewahren. Ich spreche auch mit meinem Freund, der den Schwindel entdeckte. Für die heutige Lieferung werdet Ihr uns einen sehr guten Preis machen.«

Während der Händler noch Worte des Dankes stammelte, verließ der Meisterkoch schnell den Raum, und Jakob beeilte sich, ihm zu folgen.

Bevor sie die Küche wieder betraten, wandte sich Christof zu ihm um: »Der Mann wird sich vielleicht nicht wieder blicken lassen, dann brauchen wir einen Ersatz. Ich will, dass du dich morgen auf den umliegenden Märkten umhörst, welcher Händler anständige Gewürze zu einem guten Preis liefert. Selbst wenn er wiederkommt, kann es nicht schaden, sich weiter umzusehen. Wir brauchen Safran bester Qualität. Frage nach, wer einen guten Ruf hat und regelmäßig liefert. Noch eines«, er senkte die Stimme, bevor er fortfuhr, »kein Wort davon zu irgendjemandem, sonst wirst du nicht mehr in meiner Küche arbeiten. Ich will kein unnötiges Aufsehen.«

Jakob nickte. Dann machte er sich wieder an die Arbeit.

Während er Wildpasteten vorbereitete, Gelee färbte und Eier zu Schaum schlug, beobachtete er einige junge Frauen, die saure Äpfel und grüne und blaue Weintrauben zerquetschten und passierten, um damit zusammen mit Rotwein eine Agraz zuzubereiten, eine fruchtige Sauce, die zum Rehbraten gereicht würde.

In der Zwischenzeit entwarf Jakob schon einen Plan, wo er am nächsten Morgen in aller Früh beginnen würde, einen neuen Händler zu finden.

Jakob schlief schlecht in dieser Nacht und träumte wirre Dinge von fremden Fürstenhöfen. Schweißgebadet erwachte er und erhob sich von seiner Strohmatratze. Der Tag hatte noch nicht begonnen und nur gelegentlich hörte er das Stampfen der Pferdehufe im nahe gelegenen Stall.

Schlaftrunken ging er zum Brunnen, wusch sich flüchtig das Gesicht und schlenderte Richtung Küche. Über ihr befand sich das kleine Gemach Lorenzos. Jakob blieb erstaunt stehen, als er dort den schwachen Widerschein eines Lichtes sah. Die unterdrückte, jedoch unverkennbare Stimme Lorenzos sprach eindringlich auf Italienisch. Der Junge verstand die Worte nicht und wollte sich abwenden, als er Christofs scharfe Entgegnung hörte.

»Ich gebe mein Einverständnis nicht dazu. Italien ist zu weit weg und man kann sich auch hier etwas Nützliches aufbauen. Alles aufzugeben, nur weil man sich gnädigerweise wieder erinnert, ist nicht einzusehen.«

Es gab einen dumpfen Knall, als habe er mit der Faust gegen Holz geschlagen, und Lorenzo lachte leise.

»Du kannst deine Meinung noch ändern. Es gibt Schlimmeres, als ein luxuriöses Leben in einem italienischen Palast zu führen und sich verwöhnen zu lassen. Erinnere dich an die bunten Tage in der Sonne – erfüllt dich die Erinnerung nicht mit Freude? Hier ist es trübe, nicht nur das Wetter.«

Jakob drückte sich unwillkürlich in den Schatten der Mauer, als er einen Wachmann entdeckte, der sich von seinem Posten zum Ausgang bewegte, wohl um sich zu erleichtern. Am Himmel erschien der erste Lichtstreif des Tages. Nicht mehr lange und der Wirtschaftshof würde sich beleben.

Die beiden Küchenmeister redeten wieder in der fremden Sprache, und Jakob ging in die Küche, um sich nach etwas Essbarem umzusehen, bevor er sich auf den Weg zum Markt machte, der unterhalb der Burg in dem kleinen Flecken Jülich lag.

Vor der Kirche herrschte bereits das übliche Gewühl aus beladenen Karren, die Bauern aus der Umgebung zogen, und Fuhrwerken mit allerlei Tieren davor. Jakob schlängelte sich hindurch, bis er zwei Händler entdeckte, die exotische Gewürze anboten. Einer von beiden erklärte sich in der Lage, regelmäßig größere Mengen an den Hof des Herzogs zu liefern. Sie verabredeten, dass er sich beim Küchenmeister melden solle. Der Mann machte einen verlässlichen Eindruck auf Jakob. Dennoch bestand der Junge darauf, einige Proben von dessen Gewürzen mitzunehmen. Jakob besaß keine Zahlmittel, doch die Aussicht, den fürstlichen Hof zu beliefern, lockte den Händler sehr, sodass er die Proben kostenlos herausgab.

Während Jakob über den ausgefahrenen Weg zurückging, dachte er über das am Morgen Gehörte nach. Wollten die beiden Meister den Hof verlassen? Das wäre unvorstellbar. Erst seit Meister Christof vor einigen Jahren die Küche leitete, war seine Kunst in der ganzen Umgebung bekannt. Sogar der Bischof hatte versucht, ihn zu überreden, an sein Haus zu wechseln, jedoch ohne Erfolg.

Seine Küche war keine gewöhnliche. Nur wenige noble Familien in den niederrheinischen Landen konnten sich rühmen, eine Tafel mit derart kunstvollen und erlesenen Speisen zu bieten.

Es war unverkennbar, dass er sein Handwerk dort gelernt hatte, wo die feinsten Zutaten aus aller Welt ankamen. Die venezianischen Adelshäuser saßen an der Quelle. Schiffe aus der Neuen Welt brachten nicht nur die merkwürdigsten Esswaren, die kein Mensch zuvor je gesehen hatte, sondern ebenso bekannte und kostbare Gewürze und Speisen aus Indien und dem Orient.

Dort kochen zu dürfen, musste das Paradies sein, dachte Jakob. Der Preis spielte keine Rolle, solange das Ergebnis aufsehenerregend war.

Bevor er sich entschieden hatte, seiner Großmutter in die Küche zu folgen, hatte er sie oft von ihrer Arbeit sprechen hören. Sie hatte viel über die magischen Orte am Mittelmeer gewusst, obwohl sie niemals dort gewesen war. Ihre Tochter, Jakobs Mutter, hatte zu ihren Lebzeiten für den Fürstenhof mit den großen Handelshäusern über die Lieferungen von Gewürzen und exotischen Lebensmitteln verhandelt. Ihr waren die erstaunlichsten Dinge bekannt gewesen, und an langen Winterabenden hatten sie in der Küche gesessen und ihren Erzählungen über die großen Städte am Meer und die prächtigen Paläste gelauscht. Jakob wusste nicht, ob seine Mutter jemals wirklich all diese Dinge gesehen oder nur die Berichte der Händler wiedergegeben hatte.

Was mochte Christof bewogen haben, hierherzukommen? Vielleicht hatte der Küchenmeister diesen magischen Ort im Süden ja verlassen, weil eine Frau ihn enttäuscht hatte. Was für ein dummer Grund, dachte Jakob verächtlich. Er hatte schon öfter erlebt, wie Männer sich wegen einer Frau lächerlich machten, weil diese sich die absonderlichsten Dinge in den Kopf setzte und die Burschen ihnen zu Willen sein wollten. Wozu nur, fragte er sich. So etwas würde ihm nicht passieren.

Aber was auch immer sein Küchenmeister nun beschließen würde, er selbst musste noch Jahre lernen, bevor er seinen Siegeszug durch die Küchen antreten konnte.

Aufmerksam beobachtete Jakob in den nächsten Tagen die beiden Küchenmeister, doch es ereignete sich nichts, was auf baldige Veränderungen hinwies.

Die Gäste reisten ab und es wurden keine üppigen Speisen mehr gekocht. Stattdessen ritt der Medikus des Öfteren durch das Schlosstor, um nach dem Herzog zu sehen. Dessen Gesundheit schien angegriffen, was an den georderten Speisen leicht zu erkennen war. Jakob hatte seine Herrschaft nur wenige Male gesehen und noch niemals gesprochen – die hohen Herren sprachen nicht mit den Leuten aus der Küche. Eine Ausnahme war natürlich der Meister. Er plante schließlich die Feste und Bankette und musste wissen, was anstand.

Jakob hielt bei diesem Gedanken erschrocken inne. Er war gerade dabei, die Küche von Gemüseabfällen zu reinigen und umklammerte den Besen nun fest. Er war in der Lage zu zählen und konnte auch Zahlen malen; lesen und schreiben hingegen hatte er kaum gelernt. Ohne diese Fähigkeiten war es jedoch unmöglich, eine herausragende Stellung einzunehmen. Man musste in der Lage sein, Aufzeichnungen zu machen. Doch wo sollte er dies erlernen? Mutlos ließ er den Besen fallen und sank auf einen Schemel.

»Ich glaube es nicht, dass jetzt schon die Küchenjungen es sich am hellen Tage wohl sein lassen.«

Die empörte Stimme Marthas drang in seine Gedanken, und noch bevor er sich erhoben hatte, hatte sie ihn am Wickel gepackt und zerrte ihn hoch. Ein nicht ganz einfaches Unterfangen, war er doch mindestens einen Kopf größer als sie. Er wehrte sich und befreite sich aus ihrer Hand.

»Martha, weißt du, wie ich schreiben und lesen lernen kann?«

Vor Staunen stand der beleibten Frau der Mund offen. Sie brauchte eine Weile, bis sie begriff, dass seine Frage ernst gemeint war. Nun setzte sie sich selbst auf den Schemel.

»Von wem solltest du das lernen und wozu? Unsereins hat niemanden, der es ihm beibringt. Ein Lehrmeister verlangt Geld oder Kost und Unterbringung. Es sei denn …«, sie zupfte nachdenklich an ihrer Schürze, »du könntest in ein Kloster gehen und dich dem Herrn weihen, dann gäbe es vielleicht eine Möglichkeit.«

Jakob schüttelte den Kopf. »Ich muss lesen und schreiben lernen, sonst kann ich nicht Küchenmeister werden.«

Martha lachte laut. »Du hast Flausen im Kopf, junger Mann, das ist in deinem Alter nicht ungewöhnlich.« Sie erhob sich und stützte stöhnend ihren Rücken. »Lerne erst noch ein paar Jahre das Kochen und mache ordentlich deine Prüfung, danach dauert es weitere Jahre, bevor du zum Meister geprüft werden kannst. Bis dahin ist es noch lange. Wer weiß, vielleicht ergibt sich inzwischen eine Möglichkeit.«

Missbilligend fiel ihr Blick auf die nachlässig zusammengefegten Abfälle, und Jakob griff eilig nach dem Reisigbesen.

Die Tage wurden kälter und kürzer. Das Obst hatte man getrocknet oder zu Gelees eingekocht. Die Schlachtzeit stand vor der Tür, vor allem in den umliegenden Dörfern, wo sich Kätner und Pächter einige Tiere halten durften. Auf dem Schloss hielt man weniger von Stallvieh; man bevorzugte Wild. Und aufgrund der Krankheit des Herzogs, der nun schon einige Wochen daniederlag, hatte man sich gar auf Fisch und Geflügel beschränkt, was ihm weit besser bekam und auch leichter zu jagen war.

Immer noch befand sich Lorenzo bei ihnen, doch Jakob, der nach wie vor aufmerksam die beiden Meister beobachtete, bemerkte erste Anzeichen seiner Reisevorbereitungen.

Schließlich fasste er sich eines späten Abends ein Herz und sprach ihn an, nachdem sich alle übrigen schon zur Ruhe gelegt hatten und nur noch er und der Italiener im Wirtschaftshof die frische Herbstluft genossen.

»Ihr werdet uns bald verlassen, Meister Lorenzo?«

Der Ältere lächelte. »Du bist ein aufmerksamer Bursche. Du hast anscheinend viele Talente, besonders aber hast du dieses ganz gewisse Gespür für die feine Küche. So etwas kann man nicht lernen.

Christof sagte mir, du hast hier keine Angehörigen mehr. Du könntest mich begleiten. Ich kann dich in einer Palastküche in Venedig oder Genua leicht unterbringen.«

Er warf ihm einen forschenden Blick zu. Jakob fühlte, wie er ob der lobenden Worte errötete. Dennoch schüttelte er den Kopf.

»Ich danke Euch sehr, Meister Lorenzo. Wie gerne würde ich das tun.«

Der Gedanke begeisterte ihn, doch die Ungewissheit einer solchen Zukunft schreckte ihn ebenso ab.

»Aber ich muss noch viele Jahre lernen, bevor ich meine Prüfung ablege, ich weiß viel zu wenig, außerdem spreche ich nicht Eure Sprache, ich kann nicht einmal lesen und schreiben.«

»All das kann man lernen. Ich reise in den nächsten Tagen ab. Vor dem Winter erreiche ich Venedig nicht mehr; in Augsburg habe ich Freunde, bei denen bleibe ich. Zum Karneval allerdings möchte ich wieder daheim sein. Wenn du es dir anders überlegst, frage nach mir, ich werde dir helfen.«

Jakob dankte ihm, aber ihm lag noch etwas anderes auf dem Herzen: »Wird Meister Christof hierbleiben?«

Erstaunt sah Lorenzo den Jungen an. »Sicher bleibt er hier. Er hat sich dem Herzog verpflichtet. Was sollte er sonst machen?«

»Ich wünsche mir so sehr, dass der Meister noch lange beim Herzog bleibt. Niemand kocht wie er und ich will ebenso gut werden. Und so gut wie Ihr«, fügte Jakob schnell hinzu und er hörte das leise Lachen Lorenzos mehr, als er es in der Dunkelheit sah.

»Christof ist ein wirklich guter Koch, aber er ist nicht der einzige«, erklärte Lorenzo. »Hier allerdings gibt es im ganzen Land nichts Vergleichbares. Du solltest es dir überlegen, mein Junge, in Italien weiß man zu leben und zu kochen.«

Er schnalzte genießerisch mit der Zunge. »In den Palästen in Venedig, Genua und Florenz oder in Rom beim Heiligen Vater arbeiten die besten Köche der Welt. Du hast doch schon nahezu alles erfahren, was du hier lernen kannst. Wenn du wirklich kochen willst, musst du dorthin.«

»Ich werde es mir merken«, entgegnete Jakob.

Im Stillen dachte er, der Meister hätte gut reden. Er besaß die Mittel und war ein bekannter und angesehener Küchenmeister. Er selbst hingegen war zwar kein Unfreier oder gar Sklave, aber trotzdem ein armer Schlucker, abhängig vom Wohlwollen seiner Vorköchin, des Küchenmeisters, des Landesfürsten. Ohne deren Wohlwollen würde sein Schicksal ungleich härter sein.

Am nächsten Morgen lag Raureif auf den Wiesen und im Wirtschaftshof fegte der Wind die letzten Blätter aus den Kastanienbäumen. Kichernd liefen zwei Mägde unter den Schutz des Vordachs; eine Bö hatte ihre Röcke erfasst und hochgewirbelt.

Jakob achtete nicht weiter auf sie. Er kippte einen Trog mit schmutzigem Wasser in die Abflussrinne. Aus dem Augenwinkel sah er den Händler, den er vor Tagen auf dem Markt angesprochen hatte.

Sicherlich stellte er sich vor, um die Gewürzlieferungen zu besprechen. Die teuren Gewürze gingen bereits zur Neige und man konnte nicht mehr nach Belieben mit ihnen hantieren; beim Kochen beschränkten sie sich derzeit auf die einheimischen Gerichte aus dem Garten und auf die Lieferungen der Pächter, die jetzt ihre Schlachterzeugnisse brachten. Rote Beete, Zwiebelkuchen und Kohleintöpfe an Fastentagen, bis ein neuer Händler gefunden war.

Dem Fürsten schien es etwas besser zu gehen. Doch bis zum Weihnachtsfest waren keine Geselligkeiten geplant, Gäste wurden nicht erwartet, und so konnte man sparsam wirtschaften.

Umso überraschter war Jakob, als er am späten Nachmittag von einem Diener des Herrschers aus der Küche gerufen wurde.

Es war ein fein gekleideter Mann, nur wenig älter als er selbst, der angewidert die Nase rümpfte, als er die gerupften und ausgenommenen Hühner auf dem Tisch sah.

»Er möge sich sputen, der Kammerherr erwartet Ihn.«

Trotzdem wartete er noch, bis Jakob sich etwas gesäubert hatte.

Jakob warf das dunkle Tuch, welches als Schürze diente, auf einen Schemel und strich sich das Haar zurück. Er wusste, dass er bei Weitem nicht so glänzend aussah wie der Hausdiener, doch daran störte er sich nicht. Mit erhobenem Kopf folgte er und verbarg Neugier und Nervosität, so gut er es vermochte.

Noch niemals hatte er diesen Teil des Schlosses betreten und schon bald schwand sein Selbstbewusstsein. Die Pracht der hohen Räume faszinierte ihn. Überwältigt passierte er kostbares Mobiliar und große Spiegel, in denen er sich kaum erkannte, umrundete vorsichtig edle Teppiche, staunte über hohe Decken mit vergoldeter Holzvertäfelung. Er wurde angewiesen, zu warten und sich auf keinen Fall auf einen der zerbrechlich wirkenden Stühle zu setzen.

Das hätte er auch ohne Anordnung nicht gewagt. Plötzlich kam er sich so unbedeutend vor wie noch nie zuvor. In der Küche wusste er, wer er war, doch diese Umgebung schüchterte ihn ein.

Vorsichtig berührte er mit dem Finger das Muster der Wand. Die Stofftapete fühlte sich glatt und warm an. Er war froh, sich zumindest gründlich gewaschen zu haben und die neuen Schuhe seines ersten Lohnes zu tragen. Er strich mit der Hand über einen samtbezogenen Schemel und betrachtete gedankenverloren das Porträt einer schönen Frau, deren Bildnis die Kopfseite des Zimmers zierte.

Er musste eine Weile warten. Als er schon glaubte, man habe ihn in den Weiten dieser zahllosen Gemächer vergessen, öffnete sich die Tür.

Der Diener winkte ihm zu folgen. Nach einer weiteren Reihe kleiner Räume erreichten sie ein Schreibzimmer. Überrascht und erleichtert erkannte Jakob Meister Christof neben einem Schreibpult, hinter dem ein hagerer Herr mit gestutztem Bart saß. Dieser musterte ihn genau und räusperte sich schließlich.

»Nun, ich nehme an, dies ist der junge Mann, von dem Ihr spracht, Meister Christof? Er scheint mir noch recht jung, wenn auch kräftig und von guter Gesundheit, was von Vorteil ist. Wenn Ihr von Eurem Vorhaben überzeugt seid und ihn entbehren könnt, will ich mich nicht dagegen stellen. Mit einer zusätzlichen Einnahme ist uns allen gedient, nicht wahr? Sagt ihm, was er zu tun hat.«

Der Mann winkte lässig mit dem Finger, und zusammen mit dem Küchenmeister verließ Jakob das Gemach. Von dem Gesagten hatte er nur verstanden, dass er in der Küche entbehrlich war, und spürte, wie sich in seinem Hals etwas vor Furcht zusammenzog.

Sobald sie den herrschaftlichen Teil des Schlosses hinter sich hatten, bedeutete Christof ihm, ihm in den Garten zu folgen, der nach dem Regen verlassen wirkte. Der Küchenmeister lehnte sich gegen den feuchten Stamm eines Nussbaumes und sah ihn ruhig an.

Jakob war nervös, doch Christof ließ ihn nicht lange im Ungewissen.

»Du brauchst dich nicht zu fürchten, ganz im Gegenteil«, begann er. »Schon lange hatte ich keinen so vielversprechenden Lehrjungen mehr wie dich. Es wäre schade, wenn deine Talente ungenutzt blieben, weil du nie etwas anderes siehst als diesen Fürstenhof.«

Jakob hielt es nicht mehr aus. Er war blass geworden und platzte heraus: »Ihr wollt mich wegschicken? Was ist mit meiner Lehre zum Koch? Wo soll ich denn hin?«

»Beruhige dich. Ich habe mir Gedanken gemacht, was aus dir werden soll, und du wirst zufrieden sein. Also höre mir zu. Der Gewürzhändler ist nicht in der Lage, regelmäßig gute Ware zu liefern. Im letzten Jahr sind zwei weitere Händler an Krankheiten gestorben. Für eine Tafel, wie der Herzog sie führt, sind aber regelmäßige Lieferungen unentbehrlich. Da wir abseits der großen Handelswege liegen, kann es sein, dass wir auf Jahre hinaus keinen vernünftigen Händler bekommen.

Du sollst Lorenzo begleiten, der übermorgen das Schloss verlässt. Erkundige dich in Augsburg nach Händlern, erfrage ihre Preise und Bedingungen, lerne, so viel du kannst, über den Weg der Gewürze, und wenn du niemanden findest, der uns zuverlässig beliefern kann, begleite Lorenzo nach Italien. Lorenzo wird ausreichend Taler mitführen, um das Nötigste für dich auszulegen, aber der Herzog erwartet, dass du entweder einen Händler findest oder selbst als Händler für ihn tätig wirst.«

»Das bedeutet, ich verliere meine Ausbildung und kann nicht mehr kochen«, sagte Jakob entmutigt.

»Du Dummkopf, es gibt für einen Koch Wichtigeres, als in einer kleinen Küche Gemüse zu putzen. Streng deinen Kopf an und erkenne die Möglichkeiten, die sich dir bieten. Du wolltest schreiben lernen – du wirst auf dem Weg mit Lorenzo Gelegenheit haben, es dir anzueignen. Du kannst Sprachen lernen und viele verschiedene Gerichte kosten. Die Erfahrungen, die du machen wirst, werden dir vielleicht einmal die Gelegenheit bieten, später auf eigenen Füßen zu stehen, unabhängig vom Wohlwollen anderer. Und eventuell auch einmal ein großes Haus als Küchenmeister zu führen wie ich. Ich sollte es dir nicht sagen, doch möglicherweise wird der Wohnsitz des Herzogs nach Düsseldorf an den Rhein verlegt. Dann ist unser Schicksal ungewiss. Ich finde immer einen neuen Platz, doch du als Lehrjunge verlierst in diesem Falle alles.«

»Was geschieht, wenn ich versage? Kann ich dann zurückkehren?«

»Wir werden dir einen Lehrbrief ausstellen, der besagt, dass du im Auftrag des Herzogs unterwegs bist und jederzeit und überall deine Lehrzeit weiterführen kannst. Diese Reise kann dir sogar angerechnet werden.«

Jakob nickte etwas beruhigter. Er würde alles daransetzen, in Augsburg oder sogar früher jemanden zu finden und sobald als möglich zurückkommen. Hier war sein Zuhause; hier lagen seine Angehörigen begraben.

II. Eine lange Reise

Es blieb Jakob nicht mehr viel Zeit, sich auf die neue Lage einzustellen. Bevor er sich versah, hatte er ein bescheidenes Bündel mit seinen Habseligkeiten gepackt und steckte es in die verschließbare Truhe Lorenzos.

Caspar Mellen, ein Salzhändler aus Werl im Westfälischen, war ein umgänglicher Mann und würde sie bis Augsburg mitnehmen. Er lud zwei große Säcke mit Salz vor der Vorratskammer ab. Nachdem Jakob mit einiger Mühe die schwere Eichentruhe auf dem Fuhrwagen befestigt hatte, machte er es sich auf der Ladefläche bequem. Feste Tierfelle überspannten den Wagen, um Wind und Nässe abzuhalten. Zweifelnd betrachtete er den knappen Platz zwischen den Salzsäcken; drei erwachsene Männer würden kaum ausreichend Raum zum Schlafen haben.

Zusammen mit dem Salzhändler erschien Lorenzo. Angeregt plaudernd stiegen die beiden Männer auf den Kutschbock. Der Händler ergriff die Zügel und mit einem kurzen Ruck setzte sich der Wagen gemächlich in Bewegung. Es blieb Jakob verwehrt, noch einen letzten Blick auf das herzogliche Schloss und seine Heimat zu werfen. Er hörte die Stimmen der beiden über die beste Route nach Augsburg diskutieren. Während Lorenzo den direkten Weg bevorzugte, war Caspar Mellen an der einträglichsten Strecke interessiert. In jedem Fürstentum, an vielen Wegstrecken oder Flussübergängen waren Steuern auf seine Salzladung zu zahlen, sodass der Preis mit der Entfernung stieg. Nicht grundlos bezeichnete man allerorten den Preis für besonders kostspielige Waren als ›gesalzen‹. Nur exotische Gewürze wie Zucker, Pfeffer und Safran kosteten noch mehr.

Jakob hing seinen Gedanken nach. Noch vor wenigen Monaten hätte er es sich nicht träumen lassen, die Heimat zu verlassen, und nun wusste er nicht einmal, wann er wieder zurück konnte. Er lehnte sich gegen einen Sack und versuchte, es sich bequem zu machen. Bei jedem Stein und jedem Loch wurde er durchgeschüttelt. Der Weg wurde regelmäßig genutzt und die Räder der Fuhrwerke hatten tiefe Furchen in den feuchten Boden gegraben.

Anfangs kannte er noch den Weg, das nächste Dorf und die Äcker und Wiesen der umliegenden Bauern, doch gegen Mittag fuhren sie durch undurchdringlichen Wald, der kein Ende zu nehmen schien.

Jakob hatte bemerkt, dass die beiden Männer ihre Waffen griffbereit hielten – vielleicht gab es Räuber, schließlich führten sie wertvolle Ware mit sich. Das dichte Blätterdach ließ nur gelegentlich etwas Sonne hindurch, die auf dem Waldboden helle Kringel und Streifen zauberte. Im Wald war es still. Nur die Geräusche des Wagens, das knirschende Geschirrleder und das Schnauben der Pferde waren zu hören.

Jakob war eingenickt und schrak hoch, als der Wagen mit einem Ruck hielt.

Der Wald war einer freundlichen Hügellandschaft gewichen und in der Ferne sah er die geduckten, grauen Dächer eines Dorfes.

»Hinaus mit dir, junger Mann, du kannst uns zur Hand gehen.«

Der Händler wies ihn an, die Pferde auszuspannen und zeigte ihm, wie er sie binden musste, damit sie grasen konnten, ohne davonzulaufen. Inzwischen hatte Lorenzo aus den Vorräten einen Imbiss vorbereitet. Alle drei waren hungrig und genossen die überraschend milde Mittagssonne. Schweigend saßen sie im Gras und kauten.

Ein kleiner Bach plätscherte irgendwo in der Nähe und Jakob erhob sich, um Wasser zu holen.

»Tritt nicht auf die Kresse«, hörte er Lorenzo hinter sich. »Ich dachte mir schon, dass dies ein idealer Platz für Kräuter ist, und man sollte die Gunst der Natur und der Stunde nutzen.«

Lorenzo bückte sich und begann, einzelne grüne Pflanzen zu pflücken.

»Ich habe mich noch nie für Gräser interessiert, sie wachsen ja überall«, meinte Jakob. »Ich wusste nicht, dass man sie essen kann.«

Lorenzo schnaubte halb belustigt, halb verächtlich. »Du weißt vieles noch nicht, mein Junge. Nicht alles kann man essen, aber mehr als du glaubst. Es ist schon unverzichtbar, den Unterschied zu kennen, aber einem guten Koch fällt außerdem zu jedem Kraut sofort eine ganze Reihe passender Rezepte ein.«

Er wies auf ein Bett mit Kresse. Jakob tat es ihm gleich und begann, sorgsam die kleinen Pflanzen zu sammeln.

Der Händler hatte sich zu einem Nickerchen niedergelegt. Sie hockten sich ins Gras und sortierten ihre Ausbeute.

»Daraus lässt sich ein exzellentes Abendessen bereiten! Leichte Kost ist besonders vor der Nacht eine Wohltat für den Körper, es schläft sich leichter. Schwerer Bauch, schwerer Schlaf, verstehst du?«

Jakob nickte. »Ich habe schon bemerkt, dass Ihr stets auf die Gesundheit achtet. Dem Herzog ging es mit Eurer Kost bedeutend besser.«

»Grünzeug und Kräuter werden oft verächtlich angesehen, was ein großer Fehler ist. Bedenke allein, dass ein Drittel aller Tage Fastentage sind, an denen wir kein Fleisch essen. Auch wenn dann Fisch und Geflügel erlaubt sind, sollte ein Koch alle Möglichkeiten kennen.«

»Ich habe nie verstanden, warum an fleischlosen Tagen Huhn erlaubt ist, Lamm hingegen nicht«, unterbrach Jakob die Erklärungen des Küchenmeisters.

Lorenzo streckte sich im Gras aus und erläuterte ihm den Sinn.

»Vor langer Zeit befand ein Bischof aus Mainz, dass man Geflügel nicht zur fleischlichen Speise zählen kann, da Gott es am selben Tag wie die Fische erschuf. So wie die Fische aus den Tiefen des Meeres kommen, kommt Geflügel aus den Tiefen des Suppentopfes und ist daher nicht als Fleisch anzusehen. Spotte darüber nicht«, wies er Jakob mit strengem Ton an, als er sah, wie dieser sich das Lachen verbiss, »er handelte als Gottesmann und jedem ist mit seiner Auslegung gedient. Wer kann sagen, dass dies nicht im Sinne unseres Herrn ist?«

Wissbegierig rückte Jakob näher an ihn heran. »Ihr habt sicher an vielen bedeutenden Fürstenhöfen gedient. Ich würde zu gerne einmal ein großer Küchenmeister wie Ihr sein, aber das wird wohl nie der Fall sein.«

»Warum nicht?«

»Ich habe kein Latein gelernt und auch sonst nichts von dem, was man als hoher Hofbediensteter weiß.«

Lorenzo lachte. »Auch als Hochgeborener kommt man nicht mit Wissen auf die Welt, man muss es lernen. Du kannst das genauso.«

Jakob seufzte aus tiefster Seele auf. »Wie gerne würde ich das, aber von wem? Ich will nicht in ein Kloster gehen und bezahlen kann ich auch nicht.«

Lorenzo winkte entspannt mit einem Hühnerknochen, den er teilweise abgenagt hatte. »Schon gut, schon gut, ich habe dich verstanden. Du bist ein kluger Junge; solange wir unterwegs sind, werde ich dich in Latein und diesem und jenem anderen unterrichten.«

Er grinste listig: »Aber beklage dich nicht, dass es dir zu viel wird, denn ich bin anspruchsvoll bei meinen Schülern. Labor omnia vincit, die Arbeit besiegt alles. Lass uns mit dem Deklinieren beginnen, das passt gut zum Hufschlag der Pferde.«

Von diesem Augenblick an war für Jakob das ruhige Leben vorbei. Es schien beinahe so, als habe der Italiener nur darauf gewartet, seiner Bestimmung als Lehrmeister gerecht zu werden.

Keine Stunde des Tages verging mehr, ohne dass Jakob deklinierte, konjugierte, Vokabeln wiederholte oder lateinische Gedichte rezitierte. Lorenzo ließ nicht den kleinsten Fehler durchgehen.

»Honor, honoris, honori, honorem, honore«, deklinierte er leise, während sie sich hinter der Stadt Köln den Rhein entlang nach Süden wandten.

»Wie lautet der Vokativ«, unterbrach ihn Lorenzo.

Jakob lächelte. Solche Fragen brachten ihn nicht mehr in Verlegenheit. »Es gibt keinen, da man die Ehre nicht anreden kann.«

Der Salzhändler hörte seit Tagen stumm und verständnislos zu, wenn seine beiden Mitreisenden sich unterhielten. Er schien die Lehrstunden des Italieners ebenso zu missbilligen wie Jakobs Bemühungen.

Jakob hörte ihn einmal missmutig murmeln, der Junge solle sich nur keine unnützen Flausen in den Kopf setzen und es zieme sich für das einfache Volk nun einmal nicht, die Sprache der Hochwohlgeborenen zu lernen. Er selbst wäre bisher bestens ohne diese Kenntnisse zurechtgekommen.

Lorenzo und Jakob nutzten dennoch jede Gelegenheit, Buchstaben in den Staub zu malen.

Jakobs Ehrgeiz war geweckt. Die Arbeit eines Küchenmeisters verlangte nach vielen Kenntnissen und Fähigkeiten. Dafür besaß man dann an einem großen Hof Einfluss, Macht und Reichtum und beeinflusste das tägliche Leben mehrerer hundert Bediensteter. Dieses Amt gehörte zu den höchsten am Hofe, noch vor den Marschällen und Admiralsrängen. Dennoch waren die vergleichsweise wenigen Köche nicht in Gilden miteinander verbunden wie die Brotbäcker, Pastetenbäcker und Fleischer.

Die Pferde zogen den Wagen einen Hügel hinauf, die Hänge der Eifel lagen vor ihnen. Das Kloster der Bonner Benediktinerinnen hatte dem Händler die Weisung erteilt, auf Burg Vey in der Eifel, welche vormals zum Kloster gehörte, den Salzvorrat für den Winter abzuliefern. Eile war geboten.

Sollte das Wetter umschlagen, waren die schlechten Wege in diesem abgelegenen Teil des Reiches tückisch. Das Gefährt des Händlers war gut und noch nicht alt, aber wie schnell konnte eine Achse brechen, und dann wären sie leichte Beute für Vagabunden.

Sie machten in einem Weiler halt. Zwei Schweine suhlten sich in einem kleinen Tümpel, und Lorenzo stöhnte über den Gestank, der wie eine Decke über dem kleinen Dorf lag.

»Müssen wir ausgerechnet hier eine Rast einlegen?« Er hielt sich ein Tuch vor Mund und Nase.

Tatsächlich wirkte Lorenzo in dieser Umgebung wie einer der bunten Vögel, die Jakob in der Voliere des Herzogs bewundert hatte.

Stets in feinste Stoffe gekleidet, trug er auch heute ein gelbes Seidenwams mit bauschigen, geschlitzten Ärmeln. Darüber fiel ein ärmelloser, dunkler Mantel mit breitem Schulterkragen. Auf dem Kopf trug er ein rotes Barett mit gefärbten Federn. Seine Beine steckten in Leinenstrümpfen und an den Füßen trug er breite Schuhe, die statt der spitz zulaufenden Schnabelschuhe inzwischen in Mode waren.

Jakob sprang vom Wagen und erkannte, warum der Händler hier Rast machte. Durch den strengen Gestank der Schweine roch er einen leichten Duft von etwas weit Angenehmerem. Irgendwo in diesem Ort wurde gebacken.

Etwas abseits der flachen Strohdachhütten befand sich ein mit Schieferplatten bedecktes Steinhaus, hinter dem der glückliche Bewohner einen Ofen gebaut hatte.

Sie erstanden einige Laibe gegen einen ordentlichen Preis. Obwohl die Bewohner ganz offensichtlich in Armut lebten, schienen sie den Wert der Münzen deutlich weniger zu schätzen als ihr frisch gebackenes Brot.

Die gebackenen Laibe waren noch warm, und Lorenzo roch daran, um anschließend genießerisch die Fingerspitzen zum Mund zu führen.

»Exquisit! Es besteht aus einfachsten Zutaten, und trotzdem: Zusammen mit Schinken und Wein ist es eine

Delikatesse. Unsere Gaumen wurden in letzter Zeit ein wenig zu sehr verwöhnt. Alles, was zur Gewohnheit wird, schätzt man immer weniger. Merke es dir, Giacomo, der Wechsel im Geschmack erhält das Interesse, das gilt bei allen Speisen und auch bei so manch anderem, aber dafür bist du wohl noch zu jung.«

Jakob errötete, denn er war nicht mehr so jung, dass er nicht wusste, worauf der Meister anspielte. Als sie jedoch ein Stück entfernt des Ortes auf einer Lichtung schmausten, gab er ihm Recht. Auch einfaches Essen, gut zubereitet, schmeckte großartig.

Es sollte für eine ganze Weile ihre letzte kulinarische Freude bleiben. In der Folge trafen sie nur noch auf Orte, in denen die Bauern ihren Gerstenbrei und Rübeneintopf aßen. Nur selten erweiterten diese ihren Speiseplan, da ihre übrigen Erzeugnisse größtenteils auf den nahen Märkten verkauft wurden. Auch im Kloster Vey hielten sie sich nur kurz auf, um die Salzvorräte abzuladen, sich gründlich zu reinigen und an der Messe teilzunehmen, bevor es weiter nach Süden ging.

Jakobs Schreib- und Lesekenntnisse machten schnelle Fortschritte, und der Unterricht bereitete sowohl Lehrer als auch Schüler zunehmend Freude. Schon im Kloster Vey hatte er einer Nonne mühelos und ohne Scheu auf Latein geantwortet.

Sie erreichten den Rhein und hielten sich auf der gut ausgebauten Straße Richtung Koblenz, überquerten die Mosel auf einer schmalen Steinbrücke, wo kaum zwei Gefährte aneinander vorbeipassten, und fuhren weiter nach Mainz.

An jedem Flusslauf befanden sich Zollstationen, wo Mellen für seine Ware zahlen musste.

Die Ländereien des Mainzer Kurfürsten waren fruchtbar und einträglich, Obstbäume, Wein und Gerstenfelder säumten ihren Weg. Der Spätherbst zeigte sich von seiner besten Seite, und die Laune Caspar Mellens wurde immer besser. Er verstieg sich sogar dazu, seine beiden Reisebegleiter zu einem Glas goldenen Rheinweines einzuladen, sollten seine Geschäfte auf dem Mainzer Markt und am Kurfürstlichen Hof erwartungsgemäß gut verlaufen.

»Der Kurfürst Albrecht von Brandenburg ist gleichzeitig Erzbischof von Magdeburg und Mainz, lebt aber in Halle«, erklärte Caspar den beiden.

»Man sagt zwar, dass ein Kirchenfürst nicht beide Ämter gleichzeitig ausüben darf, aber die hohen Herren machen ihre eigenen Gesetze nach Belieben, wie man weiß. Er ist so gut wie nie hier, er hat mit den Reformierten auch alle Hände voll zu tun.«

Mellen schnaubte missbilligend. »Wir hätten damit weniger zu tun, wenn er nicht seinerzeit so gut am Ablasshandel verdient hätte.«

Seine Worte fanden wenig Beachtung. Lorenzo interessierten die habsburgischen Auseinandersetzungen nicht, und Jakob wusste kaum etwas über das, was außerhalb seiner bisherigen Welt geschah.

Jakob machte große Augen, als sie zwei hohe Schutzmauern passierten und durch eines der vielen Stadttore fuhren. Die beeindruckende Einfahrt, die großen Häuser, die vielen Menschen – er wusste gar nicht, wohin er zuerst blicken sollte.

»Ich würde nie wieder hinausfinden«, erklärte er ehrfurchtsvoll und betrachtete die prächtigen Fassaden entlang der Straße.

Mainz war bis 1462 eine Freie Stadt mit höchsten Privilegien für ihre Bürger gewesen, deren Reichtum man noch heute sah. Hier erfand Johannes Gutenberg den Buchdruck, dessen sich die Anhänger Martin Luthers gut zu bedienen wussten. In der Stadt des Erzbischofs hatten die Reformierten jedoch weniger Möglichkeiten, frei ihre Meinung zu äußern.

Vorbei am Augustinerkloster und Sankt Johannes bogen sie hinter dem Kurfürstlichen Schloss in eine kleine Gasse ein. Der Weg verengte sich und Caspar Mellen lenkte den Wagen in den engen Hof eines Gasthauses.

Ein Junge, der an einer Weidenrute schnitzend auf der Türpforte kauerte, sprang eilends herbei.

Während Caspar Mellen den Jungen anwies, die Pferde auszuspannen und zu versorgen, vertraten Lorenzo und Jakob sich die Beine und nahmen die Herberge in Augenschein.

Jakob kannte den Küchenmeister inzwischen gut genug, um zu erkennen, dass die Unterkunft nicht nach seinem Geschmack war.

Für ihn selbst war das schmale Domizil jedoch der Inbegriff des Komforts und er schleppte eifrig ihre Habe aus dem Wagen in das Haus.

Im vorderen Teil befand sich die Gaststube. Um diese frühe Tageszeit war sie nahezu leer; nur zwei Männer saßen am blank gescheuerten, langen Holztisch und tranken ruhig ihr Bier.

»Nun gut«, äußerte Lorenzo missgelaunt, »diese Absteige ist zumindest besser, als zu dritt auf einem Wagen zu nächtigen.«

Jakob grinste ihn an. »Ihr hättet ihm eben nicht diesen schmackhaften Kohleintopf als Nachtmahl aufdrängen sollen, Meister. Ihr habt sehr viel mehr Erfahrung in der Küche, ich hingegen in Schlafräumen, die man mit anderen teilen muss. Ich hatte Euch gewarnt.«

»Der ätzende Gestank hat mich beinahe meinen empfindlichen Geruchssinn gekostet. Nie wieder werde ich mit diesem Menschen in einem Raum nächtigen.«

Angewidert von der Erinnerung verzog er das Gesicht.

»Vergesst es einfach. Heute Abend speisen wir etwas Gutes, das wird Euch trösten.«

»Ich hoffe nur, dass die Küche dieses Etablissements besser ist als seine trostlose Ausstattung.«

Mit einer herrischen Geste winkte er den Wirt herbei und fragte nach seiner besten Unterkunft. Nur allzu willig war dieser ihm zu Diensten, denn er roch förmlich die Münzen, die der vornehme Gast mit sich führte.

Lorenzos Bemerkung machte Jakob nachdenklich. Er beschloss, die Sache mit dem Abendessen in die eigenen Hände zu nehmen. Er brauchte nur seiner Nase zu folgen, die ihn in die Küche führte. Die Zustände dort übertrafen seine Befürchtungen noch. Es war schmutzig; Gemüse, Würste und eine Kalbskeule lagen neben ungewaschenem Geschirr. Eine junge Frau mühte sich redlich, den Überblick über das Durcheinander zu behalten.

Als sie Jakob sah, schob sie mit unsauberen Fingern ihr Haar unter die Haube.

»Was willst du hier?« Ihre Frage klang nicht unfreundlich, eher resigniert.

»Mein Herr übernachtet in diesem Haus und wünscht, besonders gut zu speisen«, erklärte er. »Ich möchte sehen, was du ihm anbieten kannst.«

Sie griff nach einem Lumpen und wischte sich ohne großen Erfolg die Hände daran ab. Dann schwenkte sie lässig das Tuch in die Runde.

»Sieh dich um. Ich habe die Sachen heute frisch auf dem Markt gekauft. Du musst mir nur sagen, was ihm mundet.«

Jakob verzog keine Miene. Wenn sie die Waren tatsächlich heute erstanden hatte, so nur, weil sie schon einige Tage alt und entsprechend billig waren.

Er deutete eine kleine Verbeugung an, wie er es bei Lorenzo beobachtet hatte.

»Du bist sehr freundlich. Mein Meister ist sehr eigen mit seiner Nahrung, er kommt aus einem fernen Land, wo andere Sitten herrschen. Wenn du mir die Küche für kurze Zeit anvertraust, wäre ich dir sehr dankbar.«

»In welcher Höhe wärst du mir dankbar?«

Die junge Frau mochte keine begnadete Köchin sein, aber dumm war sie jedenfalls nicht, dachte Jakob. So hätte er selbst ebenfalls reagiert.

Er zog eine Münze aus der Tasche und hielt sie ihr hin. Ihre Augen begannen zu funkeln.

»Abgemacht, wenn die Speisen noch extra gezahlt werden.«

Er nickte vergnügt. »Und du gehst mir ein wenig zur Hand, damit ich die Küche vorbereiten kann.«

Im Verlauf der nächsten Stunde verlor sie zusehends ihr Misstrauen und staunte, mit welcher Geschwindigkeit sich ihre Küche verwandelte. Sie fegte und wischte den Boden, während Jakob sich daranmachte, ihre Vorräte zu inspizieren und nach Brauchbarem und Unbrauchbarem auszusortieren. Am Ende entschied er sich für Omelett, Kalbsrollbraten, Gemüsesuppe und gefüllte, ausgebackene Äpfel.

Er erklärte ihr den Arbeitsplan, damit alle Speisen zur gleichen Zeit fertig wurden und heiß auf den Tisch kamen.

Aus der hinteren Kalbskeule schnitt er dünne Streifen, klopfte sie mit dem Rücken des Messers vorsichtig glatt und bestreute sie mit Salz und Pfeffer. Er war nun froh, dass der Meister ihn angehalten hatte, unterwegs alle Kräuter, die sie fanden, zu sammeln und zu trocknen. Aus seinem Vorratssäckchen mischte er Majoran, Petersilie und Fenchelsamen und strich es über die Scheiben. Feine Speckstreifen vervollständigten die Füllung.

Am Ende wickelte er das Fleisch fein säuberlich auf und achtete darauf, die Seiten einzuschlagen, damit die Füllung nicht herausfiel. Dann steckte er die Enden fest und zog den Rollbraten auf einen Spieß.

Nun musste er ihn nur noch regelmäßig über dem Feuer drehen und mit dem aufgefangenen Bratensaft begießen, damit das Fleisch nicht austrocknete.

Das anfängliche Zögern der jungen Frau wich Arbeitseifer und sie ging ihm freudig zur Hand, mischte Butter mit Honig, um die Äpfel zu füllen, und begeisterte sich, als das Omelett schaumig in der Pfanne aufging.

Sie putzten gemeinsam das Gemüse und fochten einen kleinen Kampf darüber aus, was zu verwenden und was wegzuwerfen war. Jakob setzte sich durch. Der Duft des Kräuterbratens mischte sich mit dem der Suppe, die leise im Topf simmerte.

Ihre Wangen waren von der Wärme des Feuers rosig angehaucht und ihre Augen strahlten ihn an.

»Noch niemals habe ich so etwas gesehen. Kannst du nicht bleiben und mich das Kochen lehren?«

Er schüttelte den Kopf. »Ich bin selbst noch in der Lehre und im Auftrag meines Herrn unterwegs. Aber du kochst gerne und du solltest dich umsehen. Kochen ist etwas Wunderbares, wenn man es richtig macht.«

Sie füllte die Speisen in Schüsseln und nickte. Er hatte sie restlos überzeugt.

Plötzlich meinte sie schüchtern: »Mein Name ist Margarete. Mein Vater ist der Wirt. Wenn du es dir anders überlegst, bist du hier willkommen. Einen so guten Helfer können wir immer gebrauchen.«

»Ich danke dir für deine Freundlichkeit, doch jetzt muss ich zu meinem Meister. Er wird hungrig sein. Und wenn er fragt, wer diese Speisen zubereitet hat, dann weißt du, was du sagen musst.«

Fragend blickte sie ihn an und zeigte dann ungläubig auf sich.

»Du meinst, ich soll sagen, dass ich dies zubereitet hätte?«

»Ich habe dir nur dabei geholfen. Lächle ihn an, er wird es glauben.«

Sie errötete und sah ihm nach, wie er die schmale Holzstiege zu den Schlafräumen hochstieg.

Er kam gerade zur rechten Zeit, um sich einen Tadel abzuholen.

Lorenzos Laune hatte sich nicht gebessert. Die Strohmatten waren verwanzt und schimmelig und er hatte sie wütend in die Ecke getreten. Jakob bekam eine Kostprobe seines südländischen Temperamentes.

»Dieses elende Wirtshaus. Porca miseria! Wo hast du gesteckt? Hier kann man schreien und sterben und keine Seele lässt sich blicken.«

»Man sagte mir, Euer Nachtmahl ist bereit«, versuchte er zu beruhigen. »Geht nur, ich werde inzwischen Ordnung schaffen.«

»Nichts da, du kommst mit. Ich habe wenig Hoffnung, hier etwas Vernünftiges zwischen die Zähne zu bekommen. Vielleicht brauche ich dich, um irgendwoher etwas aufzutreiben.«

Er warf noch einen resignierten Blick auf den Raum und stiefelte hinab.

Der Knabe, der die Pferde versorgt hatte, half auch als Bedienung in der Gaststube; Jakob vermutete aufgrund seiner Ähnlichkeit, dass er der jüngere Bruder Margaretes war. Stumm stellte er zwei Krüge Bier vor die beiden. Lorenzo griff durstig danach.

Gereizt meinte er halblaut zu Jakob: »Ich dachte, wir sind hier in einer Stadt und nicht mehr auf dem Lande. Warum glotzt man mich so an?«

Tatsächlich hatten sich die beiden anderen Besucher des Wirtshauses umgedreht und starrten mit offenem Mund zu ihnen herüber. Allerdings war es diesmal nicht Lorenzo, der die Blicke auf sich zog, sondern die Töpfe mit den Speisen, die in diesem Augenblick aufgetragen wurden. Es duftete verführerisch.

Nur die Äpfel waren noch nicht serviert, der Nachtisch kam als einzige Platte zum Ende der Mahlzeit.

Lorenzo schnitt eine Scheibe des Bratens ab und biss hinein. Saft lief ihm das Kinn hinab und er wischte es sorgfältig ab.

»Erstaunlich«, murmelte er leise vor sich hin und ließ es sich schmecken. Obwohl er nichts mehr äußerte, sah Jakob, dass das Omelett und die Suppe ebenfalls Gnade vor seinen Augen fanden. Nachdem sie auch noch die Äpfel bis auf den letzten Bissen gegessen hatten, winkte Lorenzo den Jungen zu sich.

»Wer kocht bei euch?«

»Meine Schwester kümmert sich um die Küche«, stotterte der Junge, eingeschüchtert vom bestimmten Ton des Herrn. »Hat es Euch nicht geschmeckt?«

»Es war sehr gut. Sag ihr, ich möchte sie sehen.«

Margarete schien hinter der Tür gewartet zu haben, so schnell stand sie vor ihnen. Sie hatte sich gewaschen, eine saubere Schürze übergestreift und wirkte adrett und aufgeweckt. Welch eine Verwandlung, dachte Jakob erstaunt.

Lorenzo musterte sie kurz und meinte dann: »Du kochst ausgezeichnet. Mit wenigen Mitteln viel erreichen ist nicht einfach. Du hast das Beste daraus gemacht. Ein gutes Essen kann einen düsteren Tag erhellen, ich danke dir dafür.«

Unter seinem Lob war Margarete tief errötet. Jakob sah ihr an, wie peinlich ihr der kleine Schwindel war. Sie knickste nur kurz, warf ihm noch einen Blick zu, drehte sich um und lief davon.

»Sie ist ein Juwel in dieser Umgebung«, murmelte Lorenzo. Dann fiel sein Blick auf Jakob und sein Gesicht verdüsterte sich wieder.

»Du hingegen hast dir einen gemächlichen Tag gemacht. Nimm dir ein Beispiel an so viel Leidenschaft für die Arbeit. Während ich mein Bier trinke, kümmerst du dich um meine Kammer!«

Hatte Jakob noch die stille Hoffnung genährt, die Nacht im gleichen Raum wie Lorenzo verbringen zu dürfen, so wusste er jetzt, dass dies nicht der Fall sein würde. Seufzend erhob er sich und machte sich wieder hinauf, um das Lager für den Meister herzurichten.

Wenig später suchte er im Pferdestall nach einem Schlafplatz und stellte fest, dass Caspar Mellen schnarchend auf dem einzig freien Platz im Stroh lag.

Er griff nach einer Decke, als er hinter sich ein leises Geräusch vernahm. Margarete stand im Kücheneingang und beobachtete ihn.

»Du kannst in meiner Kammer schlafen.« Mit dem Kopf wies sie auf den Aufgang neben dem Heuschober.

Er zögerte nur kurz. Die Nächte waren schon empfindlich kalt und die Vorstellung, auf dem Wagen zu schlafen, war nicht verlockend.

Er rollte seine Decke zusammen und folgte ihr. Ihr Zimmer war nur ein winziger Verschlag. Neben einer hölzernen Truhe und einem Schemel entdeckte er im Halbdunkel eine dicke Strohmatratze, die den Boden bis zur Wand bedeckte.

Während er seine Decke darüber warf, entkleidete Margarete sich ungezwungen. Verlegen wandte er sich ab, zog seine Schuhe aus und legte sich vollständig bekleidet nieder, wobei er das Gesicht zur Wand drehte.

Er spürte, wie sie sich neben ihn niederließ, und wagte kaum zu atmen, als ihre Hand unter sein Wams fuhr. Mit einem erstickten Laut fuhr er herum.

»Deine Hand ist eiskalt«, murmelte er unsicher. Er hörte ihr leises Lachen.

»Du kannst mich ja wärmen.«

Im Dunkel ihrer kleinen Kammer spürte er sie mehr, als er sie sah. Sie trug ein wollenes Nachtkleid und mit plötzlicher Klarheit erkannte er, dass sie darunter nackt war. Sein Körper reagierte heftig und er presste sie an sich. Sie erwiderte die Umarmung und zerrte an seinem Wams.

»Zieh dich aus, ich will dich spüren.«

Die Aufregung machte ihn ungeschickt und es schien ihm eine Ewigkeit, bis er sich seiner Kleidung endlich entledigt hatte.

Abermals zog er sie an sich und wusste plötzlich nicht mehr, wie es weitergehen sollte.

Margarete rückte näher und küsste ihn.

Das Begehren überfiel ihn mit aller Macht; er warf sich auf sie und drang in sie ein, und bevor sie noch eine Reaktion zeigen konnte, war es auch schon vorbei. Ermattet blieb er auf ihr liegen, bis sie sich unter ihm regte.

»Wenn es dir nichts ausmacht, kannst du dich ein wenig erheben.«

Erschrocken und schuldbewusst ließ er sich neben ihr auf den Rücken fallen.

»Es tut mir leid. Nein«, verbesserte er sich schnell, »es tut mir natürlich nicht leid, ich meine nur, es war zu …« Er suchte nach Worten.

»Es war gut so.« Sie beugte sich über ihn und küsste ihn auf die Wange. »Es war das erste Mal für dich, nicht wahr?«

Er nickte und war froh, dass es dunkel war. Was hatte er nur getan? Im Stillen überlegte er bestürzt, ob er sie nun ehelichen musste.

Margarete schien seine Gedanken zu erraten. »Dir muss nichts peinlich sein. Du hast mir sofort gut gefallen. Aber dich bei der Arbeit zu beobachten, war etwas ganz Besonderes. Ich habe mir vorgestellt, dass ein Mann, der mit solcher Freude arbeitet, ein leidenschaftlicher Mann sein muss.«

»Ich habe dich enttäuscht«, murmelte er.

Abermals hörte er ihr leises Lachen. »Du warst nur ein wenig stürmisch und hast noch keine Erfahrung. Das lässt sich ändern.«

Beim zweiten Mal folgte er geduldig ihren Anweisungen, versuchte, sich zurückzuhalten, und lag schließlich erschöpft und zufrieden in ihren Armen.

Noch einmal liebten sie sich am frühen Morgen, bevor Margarete aufstand, um das Herdfeuer anzuzünden. Die gemeinsame Erfahrung der vergangenen Nacht schaffte eine gelöste Vertrautheit. Jakob bedauerte von Herzen, dass er sie so bald verlassen musste.

Er half ihr, einige Eimer Wasser vom Brunnen zu holen, wusch sich gründlich und bereitete mit ihr gemeinsam den Morgenbrei.

Vor den Augen des Meisters und Caspar Mellens wollte er sich nicht von ihr verabschieden, doch er wusste nicht, was er sagen sollte. Sie sah seine Unentschlossenheit, legte ihre Hand an seine Wange und lächelte ihn an.

»Ich werde dich nicht vergessen, Jakob. Ich werde auch nicht vergessen, was du mir über die Kochkunst erzählt hast. Du hast mir etwas gegeben und ich habe dir etwas gegeben. Lebe wohl.«

Er blickte in ihre Augen und nahm zum ersten Mal wahr, dass sie braun waren mit grünen Sprenkeln. Auch er würde sie nicht vergessen.

Entlang des Rheins auf der Straße nach Worms hingen die drei stumm ihren Gedanken nach. Die Sonne verbarg sich hinter grauen Wolken und ein frischer Wind wehte. Auf den Wiesen am Fluss weideten Schafe; vereinzelt begegnete ihnen ein Fuhrwerk.

Gegen Mittag überholte sie ein eiliger Reiter, vielleicht ein Kurier, der mit Schriftstücken unterwegs war, wie Caspar Mellen bemerkte.

In Worms würden sie sich zwei Tage aufhalten, weil dort Markttag war. Jakob überlegte, wie er schnellstmöglich einen Händler finden konnte, der zuverlässig und regelmäßig das Rheinland bereiste und die Bedürfnisse eines Hofes decken konnte. Mellen, den er am Abend dazu befragte, machte ihm wenig Hoffnung.

»In eurem Gebiet befindet sich kein weiterer Fürstenhof, der sich eine aufwändige und kostspielige Küche leistet. Fast alle Händler wenden sich nach Mechelen, wo Margarete von Österreich Hof hält und der Kaiser regelmäßig weilt. Nur der Markt in Köln oder Augsburg mit den reichen Häusern der Fugger oder Welser sind regelmäßige Abnehmer für feine Spezereien. Wenn es nicht anders geht, musst du eben selbst den Markt jede Woche aufsuchen.«

Die Erfahrungen des Händlers bestätigten sich. Trotz Jakobs beharrlicher Nachfragen fand sich kein Stand, an dem Gewürze in annehmbarer Qualität und entsprechender Menge verkauft wurden. Man zuckte nur die Schultern, denn keiner wollte sich wegen eines einzigen Hofes auf den Weg machen. Die Risiken waren zu hoch, und auch die Aussicht auf den guten Verdienst verleitete niemanden dazu, das Wagnis auf sich zu nehmen.

Lorenzo versuchte, ihn zu trösten. »Die Händler aus Venedig liefern ihre Waren nach Augsburg. Falls du niemanden findest, begleitest du mich nach Venedig und Genua. Niemand lässt sich dort ein gutes Geschäft entgehen. In Italien hat man eine gute Nase für Gewinn.«

Jakob sorgte sich trotz der wohlmeinenden Worte. Er hatte in Worms und auch schon in Köln bemerkt, dass die angebotenen Gewürze oftmals nicht mehr frisch waren, manchmal schon schimmelten oder so lange lagerten, dass ihr Aroma gelitten hatte.

Er hatte nur noch die Hoffnung, einen Händler ausfindig zu machen, der von Mechelen einen Umweg über die Rheinlande bis nach Köln machte. Die Aussicht, wegen der Reise nach Venedig womöglich ein ganzes Jahr zu verlieren, verdross ihn zutiefst.

Immer häufiger begegneten sie auf ihrer Reise Reitern und Fuhrwerken. Die Wege wurden breiter und waren in besserem Zustand; an manchen Stellen mussten sie nicht einmal zur Seite ausweichen, wenn ihnen ein Gefährt entgegenkam. Bei Ulm überquerten sie die Donau und reisten noch am gleichen Tag weiter Richtung Augsburg. Schon von Weitem sahen sie den Glockenturm der Peterkirche.

War Jakob von den großen Städten Köln und Mainz überwältigt, so erkannte er schon bei der Durchfahrt durch das Stadttor, dass Augsburg etwas Besonderes war. Es war nicht die Größe, es war der offensichtliche Wohlstand der Bewohner. Keine zerlumpten Kinder säumten den Weg, Kranke streckten ihnen nicht bittend die Hände entgegen, sondern wohlgekleidete Menschen gingen ihren alltäglichen Geschäften nach. Die Uniformen der Wachen waren ohne Makel, anders als in manch anderen Städten, wo sich die Stadtwachen oft nur nachlässig kleideten. Auch Lorenzo sah sich beeindruckt um.

In der Nacht hatte es zum ersten Mal in diesem Jahr geschneit und ein weißer Hauch bedeckte die Dächer.

Sie fuhren vorbei an prächtigen Kaufmannshäusern, deren hohe Giebel farblich geschmückt waren und häufig Baujahr und Initialen der Erbauer nannten. Überragt wurden sie von zahlreichen Kirchtürmen.

Lorenzo hielt einen Vortrag auf Latein, in dem er erklärte, dass besonders viele Reformierte in dieser Stadt lebten. Jakob hörte nur mit einem Ohr hin und blickte verstohlen und neugierig um sich.

Caspar Mellen suchte in dem Gewirr von Fußgängern, Karren, Reitern und spielenden Kindern seinen Weg zum Karmeliterkloster Sankt Anna. Mitten in dem Gewirr machten bunt gekleidete Narren ihre Faxen, um eine Münze zu erhaschen. Es roch nach Kohl und Braten und Jakob merkte, wie sein Magen knurrte. Am Vortag hatten sie nur wenig zu sich genommen, da sie die letzte Etappe bis Augsburg möglichst schnell hinter sich bringen wollten.

Der Pförtner von Sankt Anna besaß einen mächtigen Schlüsselbund und öffnete ihnen eine Seitenpforte. Es gab, anders als in den großen Schlössern, keinen Wirtschaftshof, sondern nur ein einfaches Nebengebäude, wo Vorräte, Brennholz und Arbeitsgeräte lagerten. Auch hier lud Mellen einen Salzsack ab und verabschiedete sich dann von seinen beiden Mitreisenden.

»Gute Weiterreise und ich danke Euch für die gute Verpflegung. Daran werde ich mich erinnern, wenn ich unterwegs einmal mehr nur einen Kanten trockenen Brotes habe.« Er stülpte seinen Hut über, der ihn vor Wind und Regen schützte, kletterte gemächlich auf den Wagen und fuhr davon.

Jakob blickte ihm nach. Es schien ihm, als sei mit Caspar Mellens Abfahrt auch die letzte Verbindung zu seiner Heimat zerrissen.

Viel Zeit, dem Vergangenen nachzutrauern, blieb ihm nicht. Bruder Johannes nahm sich seiner an, wies ihm einen Schlafplatz in einem Dormitorium mit acht Betten zu und erklärte ihm, er würde in den kommenden Monaten zusammen mit den übrigen Schülern unterrichtet werden. Lorenzo, dessen Freund Küchenmeister der Klosterküche war, hatte es so bestimmt. In der Zeit, die ihm verblieb, würde er in der Küche helfen.

Kaum hatte er sein bescheidenes Reisebündel auf der Liege abgelegt, öffnete sich abermals die Tür.

Ein junger Mann, etwas jünger als Jakob, trat ein und musterte ihn kurz, bevor er sich vorstellte. »Mein Name ist Stefan, ich soll dich herumführen. Doch zuvor sage mir, ob du zu den Reformierten gehörst.«

Verblüfft blickte Jakob ihn an. »Ich kenne keine Reformierten und ich weiß nur wenig über den Glaubensstreit. Ich will Küchenmeister werden, kein Seelenhirte.«

Stefan schien erleichtert. »Wenn du die nächsten Monate bei uns verbringst, wirst du bald genug darüber wissen. Kein Tag vergeht, ohne dass die Reformierten uns zusetzen. Ein Teil der Brüder hat das Kloster verlassen. Deshalb ist es recht ruhig, wir haben mehr Platz als gewöhnlich. Aber was immer auch geschieht, ich lasse mich nicht irremachen. Ich werde standhaft an die Gottesmutter glauben, ich habe sie gesehen.«

Jakob lächelte. »Ich habe sie auch schon oft gesehen. In unserer Kirche stand eine besonders schöne Figur.«

Er erntete keine Zustimmung. Die Lippen seines neuen Begleiters kräuselten sich herablassend. »Dummkopf, sie ist mir begegnet, im Sommer auf einer Wiese, außerhalb der Stadt.«

Er schien das wortlose Staunen Jakobs zu genießen und fuhr fort.

»Sie hatte einen Heiligenschein und trug ein blaues Kleid, selbst aus der Ferne konnte man ihre Milde und Schönheit deutlich erkennen.«

»Was hast du dann gemacht?«

»Natürlich bin ich auf die Knie gesunken und habe mein Gesicht bedeckt. Ihr Lichtkranz war so strahlend, dass er mich geblendet hätte. Eine große Ruhe kam über mich. Seither weiß ich, dass die Reformierten im Unrecht sind. Doch das einfache Volk lässt sich täuschen und läuft den Häretikern hinterher.«

Jakob widersprach nicht, obwohl ihm diese Geschichte ein wenig wirr vorkam. Sie liefen einen Gang entlang und Stefan öffnete eine Tür, die direkt in die Küche führte. Um diese Zeit trafen sie hier niemanden an. Der Raum war viereckig mit einer Feuerstelle, einem Backofen und mehreren Tischen für die Zubereitung der Speisen.

Verglichen mit der Schlossküche, die Jakob gewohnt war, erschien ihm diese Küche recht klein. Daneben führte eine schmale Stiege hinunter in den Vorratskeller mit einer getrennten Nische für Bier- und Weinfässer. Über den Hof, in dessen Mitte der Brunnen stand, betraten sie die Bibliothek und die Schreibstube.

»Hier werden wir uns nach der Terz zum Studium einfinden«, erklärte ihm Stefan. »Einer der Brüder unterrichtet uns morgens in Glaubensfragen, Latein, Griechisch, Französisch, der Mathematik und Philosophie. Du kannst dir jederzeit ein Buch nehmen und lesen, allerdings nur in diesem Raum.«

Jakob schwirrte der Kopf. »Ich weiß nicht, ob ich alles verstehe, ich hatte noch nie zuvor Unterricht.«

»Dann arbeite gewissenhaft. Die Brüder, und vor allem der Abt, sind streng, und wir werden regelmäßig geprüft.«

Es folgte noch die Beschreibung des Tagesablaufs, beginnend mit den Laudes, den Lobgesängen zum Tagesbeginn, bis zum Komplet am frühen Abend. Zumindest zur Vigil in der Nacht brauchte Jakob nicht zu erscheinen. Dafür erwartete man seine frühe Anwesenheit in der Küche, um die Mahlzeiten vorzubereiten. Nach den Unterweisungen musste er wieder in der Küche oder im Kräutergarten zur Stelle sein. Nur in den wenigen Nachtstunden war er auf sich gestellt.

Besorgt über seinen Mangel an Wissen nahm er sich vor, keine Minute des Tages ungenutzt zu lassen und die Mühe, die man sich mit ihm geben würde, durch Arbeitseifer wettzumachen.

Unmittelbar an die Kirche schloss ein Raum für die Kranken an. Eine Verbindungstür ließ sich öffnen, um selbst Schwerkranken die Möglichkeit zu geben, an der Messe teilzunehmen.

»Im Kloster der Heiligen Anna wird noch nach altem Klosterbrauch gelebt«, erläuterte Stefan weiter, »jeder Bruder muss lesen und schreiben können und wir haben kein zusätzliches Dienstpersonal für niedere Arbeiten. Wir verrichten alles selbst.« In seiner Stimme klang Stolz mit.

Jakob hatte davon gehört, dass in den Klöstern mitunter adlige Herren ein standesgemäßes Leben führten, ohne Neigung zu den geistlichen Berufen. Mit den religiösen Pflichten nahm man es auch nicht mehr so genau. Es spielte keine Rolle, ob man rechtzeitig zur Messe erschien oder gar ganz fehlte.

Nachdem Stefan ihn zurückließ, um sich den eigenen Aufgaben im Krankensaal zu widmen, suchte er nochmals die Küchengebäude auf, um Köche und Gehilfen kennenzulernen. Der Weg in die Vorratskammer wurde von einem beleibten Bruder versperrt.

»Nichts da! Das könnte dir so passen, dich einfach hier hereinzuschleichen. Damit du es weißt, Bürschchen, ich habe die frischen Würste und alles Übrige genau gezählt.«

»Aber ich will ja gar nichts mitnehmen oder essen«, versicherte Jakob ihm. »Ich wollte mir nur einen Überblick über die Vorräte verschaffen.«

»Du kannst mich fragen. Ich habe den vollständigen Überblick über alles, was sich hinter dieser Tür befindet.«

Daran zweifelte Jakob keinen Augenblick. Er wurde durch den mächtigen Leibesumfang des Bruders förmlich zurück in den Vorraum gedrängt und ergab sich resigniert in sein Schicksal. Der Vorratsraum musste warten.

In der Küche war inzwischen ein älterer Mönch damit beschäftigt, den Teig für Brot zu walken. Mehl stäubte unter seinen Händen und verteilte sich über seine Arme und den Tisch. Die ersten Brote lagen schon im Backofen und verströmten einen appetitanregenden Geruch.

Nach seinen wenig ermutigenden Erfahrungen mit dem Hüter des Vorratshauses fragte Jakob vorsichtig: »Kann ich helfen?«

»Hm, hm«, brummte der Bäcker. »Du kannst aufpassen, dass das Brot nicht verbrennt und rechtzeitig herauskommt. Die Schieber stehen dort.« Er wies mit dem Kinn die Richtung.

Sie arbeiten zwei Stunden stumm miteinander und Jakob wagte nicht mehr, ihn anzusprechen. Vielleicht hatte der Mann ja ein Schweigegelübde abgelegt.

Die erste Woche im Kloster Sankt Anna verging, ohne dass es ihm recht bewusst war. Jeden Tag geschah etwas Neues, jeden Tag lernte er, bis sein Kopf schier zu platzen drohte. Die erste Messe des Tages fand Stunden vor dem ersten Tageslicht statt.

Wieder einmal war er glücklich, den Beruf des Kochs anzustreben, eine Tätigkeit, die immer und überall von Nutzen war.

Essen musste jeder. Verglichen mit der hoch entwickelten Kochkunst der herzoglichen Küche war man im Kloster einfache Nahrung gewohnt. Doch auch diese konnte man schmackhaft oder lieblos zubereiten. Schon bald kannte er die Vorlieben und Abneigungen der einzelnen Mönche. Er hörte, dass eine ganze Reihe Mitbrüder das Kloster in den letzten Monaten verlassen hatte.

»Das ist kein Verlust«, meinte Stefan abfällig, »viele von ihnen wollten niemals im Kloster leben – ihre Eltern haben sie dazu verpflichtet. Doch in diesen unsicheren Zeiten der Häresie und der Ketzerei haben sie sich davongemacht. Sie erschaffen sich lieber einen bequemen Glauben.« Eine abwertende Geste verdeutlichte Jakob, was sein Mitbewohner davon hielt.

Jakob äußerte sich nicht dazu. Er beobachtete in den wenigen Tagen so manches, was ihn verwirrte. In den Wintermonaten war es am Nachmittag schon früh dunkel, und so gewöhnte er sich an, in der Küche mit einem der Brüder bei der Arbeit Latein oder Italienisch zu sprechen. Das Studium am Abend blieb in den dunklen Monaten den älteren Mönchen vorbehalten, da Kerzen teuer waren und streng eingeteilt wurden. Oft saß er noch spät im Schein des Herdfeuers und sprach mit Bruder Sebastian, dem er an seinem ersten Tag beim Backen geholfen hatte. Der wortkarge Mann war nach anfänglicher Zurückhaltung zunehmend mitteilsamer geworden.

Jakob war an einem späten Dezembertag damit beschäftigt, Fleisch in einer Beize zu marinieren. Die Tür öffnete sich und eine vornehm gekleidete Frau betrat den Raum. Erstaunt warf er einen fragenden Blick auf Bruder Sebastian.

Bruder Sebastian verzog keine Miene und händigte ihr einen Krug Milch, einige Scheiben Braten und Brot auf einer Platte aus. Mit einem Lächeln bedankte sie sich und verließ die Küche.

»Wer war das denn?«

Ruhig antwortete Bruder Sebastian: »Es ist besser, du kennst sie nicht. Sie besucht einen unserer Brüder und bedenkt uns mit großzügigen Spenden.«

Sprachlos blickte Jakob ihr nach. Wurde von den Kanzeln nicht Enthaltsamkeit gepredigt? Wenn dies nicht einmal in den Klöstern durchgesetzt wurde und die Diener des Herrn sich nicht an ihre Regeln hielten, hatten womöglich die aufrührerischen Ketzer nicht in allem Unrecht. Er hätte Bruder Sebastian gern gefragt, wagte jedoch nicht, ihn darauf anzusprechen.

In den folgenden Tagen beobachtete er aufmerksam die Pforte und bemerkte, dass die Dame nicht die einzige Frau war, die Zugang zum Kloster hatte und bis zum Morgengrauen blieb.

Es dauerte beinahe zwei Wochen, bis er Lorenzo wieder traf. Der Italiener besuchte Freunde und wartete ebenfalls auf einen Händler aus Venedig, der mit Waren unterwegs war. Von ihm erhoffte sich auch Jakob eine Gelegenheit, für die herzogliche Küche einen Handel abzuschließen.

Erst nach Tagen fand Jakob zum ersten Mal Zeit, sich in der Stadt umzusehen. In der Klosterküche benötigte man Mehl und er versprach, nach dem Besuch des

Marktes zur Mühle zu gehen und einen Sack mitzubringen. Doch zunächst trieb ihn sein Auftrag in die Stadt.

Der Markt mit seinem Angebot an frischen Waren war eine einzige Verlockung und Verführung. Lebendes Geflügel in Körben wurde angeboten, daneben festgebundene Ziegen und junge Schafe. Bauern aus der Umgebung hielten gesalzene Fische feil und geschickt aufgestapelte Kohlköpfe lockten zum Kauf. Die Vielfalt des Angebotes setzte Jakobs Fantasie in Gang; unzählige Gerichte waren mit diesen Waren möglich. Sinnend betrachtete er einen riesigen geflochtenen Zopf Zwiebeln, der, flankiert von roten Rüben, malerisch zwischen gerupften Gänsen lag. Man könnte die Rüben in Form schnitzen, überlegte er, mit Gänseklein und Gemüse gefüllt, fein gewürzt und abgeschmeckt. Bei diesem Gedanken kam ihm wieder der eigentliche Zweck seiner Reise zu Bewusstsein.

Die Gewürzhändler befanden sich an einem gesonderten Platz, geschützt durch eine Zeltwand, die verhinderte, dass Körnchen und Pulver der feinen Spezereien fortgeweht wurden oder ein fingerfertiger Dieb sich flink bediente.

Zu Jakobs Verwunderung gab es nur einen einzigen Stand für exotische Gewürze. Auf seine Frage erfuhr er, dass die meisten Händler ihre Kunden direkt belieferten und nur selten den Markt anfuhren. Lediglich die üblichen Salzhändler boten ihre Ware an, außerdem gab es Honig aus den Wäldern sowie einheimische Gewürze und Kräuter, je nach Saison.

Der Gewürzhändler verschränkte die Arme vor der Brust und blickte ihn prüfend an. »Ich glaube zwar nicht, dass du dir meine Ware leisten kannst, junger Mann, aber sieh dich ruhig um.«

Ein kurzer Blick auf die ausgetrockneten Muskatnüsse reichte Jakob, um festzustellen, dass diese kaum seine Erwartungen erfüllten. Dennoch bat er den Mann, einen Blick in die verschlossenen Behälter für Pfeffer, Safran und Lorbeerblätter werfen zu dürfen. Der Rest der Gewürze schien einwandfrei, doch der genannte Preis machte ihn stutzig. Die Töpfe mit Safran und Pfeffer waren bis zum Rand gefüllt.

»Meine Ware ist nicht nur die beste, sondern auch die billigste, die man im ganzen Land erhalten kann«, prahlte der Mann und steckte seine Daumen in den Gürtel, während er auf den Fersen wippte und ihn selbstgefällig anblickte.

»Wie kommt es, dass Ihr so günstig anbietet?«

»Hah, du kennst die Preise anscheinend. Ich biete billiger an, weil ich große Mengen direkt von einem Händler kaufe, der eigene Schiffe in Italien besitzt. Verstehst du?«

Er zwinkerte Jakob verschwörerisch zu und lachte, wobei sein schadhaftes Gebiss sichtbar wurde.

Das erklärte nicht das Angebot weit unter Preis, dachte Jakob. Er sah sich den Safran genauer an und entdeckte die gleichen feinen, weißen Fäden darin, die er auch schon beim Händler am Hofe des Herzogs gesehen hatte.

»Wie heißt der Händler, der Euch beliefert?«

Er hörte ein dunkles Lachen und sah in die spöttischen Augen des Kaufmanns.

»Ich verrate dir doch nicht meine Lieferanten und ziehe mir einen unliebsamen Rivalen heran.«

»Keine Sorge«, versicherte Jakob ihm. »Ich suche einen Händler, der den Hof meines Herrn in den Rheinlanden zuverlässig mit erstklassigen Gewürzen beliefert. Ich kenne nur Pietro Grassoni in Italien.«

»Dann hast du schon den Besten gefunden«, meinte der Mann anerkennend. »Es gibt nicht allzu viele, die die zusätzlichen Kosten und Mühen auf sich nehmen, über die Alpen und in den Norden zu liefern. Man kennt sich recht genau. Dich allerdings habe ich noch nie gesehen. Aber du bist noch jung und beginnst wohl gerade einen Handel.«

Jakob schüttelte den Kopf. »Ich bin kein Händler, sondern Küchenjunge. Wenn es Euch genehm ist, komme ich morgen mit meinem Herrn zu Euch und zeige ihm Eure Ware.«

»Nur zu«, erklärte der Kaufmann munter. »Vielleicht kommen wir zu einem Geschäft, von dem wir alle profitieren.«

Jakob war sich nahezu sicher, dass auch dieser Händler Safran anbot, der eine Beimischung anderer Stoffe enthielt, die darin nichts zu suchen hatten. Dennoch war sich der Mann der zweifelhaften Qualität seiner Ware augenscheinlich genau so wenig bewusst wie der Händler, der den herzoglichen Hof beliefert hatte.

Irgendwo musste in der Kette der Lieferanten ein Betrüger sitzen, der sich an gestrecktem Safran bereicherte. Vielleicht war es ja der Venezianer, von dem sie ihre Ware bezogen. Jakob selbst überblickte die Handelswege aber nicht genügend, um dies beurteilen zu können. Meister Christof würde Rat wissen.

Der Weg zur Mühle führte durch das nördliche Stadttor entlang eines munter plätschernden Baches. Seit Tagen schien zum ersten Mal die Sonne und Jakob schritt fröhlich aus. Hinter Weiden, deren tief herabhängende Zweige beinahe das Wasser berührten, entdeckte er das große Mühlrad. Langsam schaufelte es Wasser, während auf der Wiese zwei Kinder frisch gewaschene Säcke zum Trocknen auf eine Leine hingen. Er umrundete einen zugefrorenen Mühlenteich.

»Hallo ihr beiden, ich suche den Müller.«

Das ältere Kind, ein Mädchen, kam zögernd näher. »Mein Vater ist drinnen.«

Er stieg die wenigen Stufen hoch und sah im Halbdunkel des Raumes zunächst wenig. Dann erkannte er eine Frau mittleren Alters. Energisch trat sie ihm entgegen.

»Wenn Ihr etwas kaufen wollt, müsst Ihr nächste Woche wiederkommen. Bis dahin liefern wir nicht.«

Erstaunt und verärgert über den unfreundlichen Empfang erwiderte er: »Ich wünsche Euch ebenfalls einen guten Tag. Wenn es Euch nichts ausmacht, möchte ich den Müller sprechen.«

»Es macht mir etwas aus«, entgegnete die Frau. »Mein Vater ist krank und ich vertrete ihn.«

Er hatte angenommen, mit seiner Frau zu sprechen, doch bei näherem Hinsehen erkannte er, dass ihr Gesicht einfach nur einen vergrämten Ausdruck hatte, der sie älter machte.

»Es geht mir um keine große Lieferung«, meinte er beschwichtigend, »mein Problem ist die Qualität.«

»Unter Qualität versteht jeder etwas anderes«, erklärte sie schnippisch. »Das Korn kommt von den Pächtern des Kurfürsten, die ihren Zehnten hier abliefern und aus einigen Klöstern, es ist reif und trocken, bevor wir es mahlen.«

»Daran zweifle ich nicht. Doch ich finde niemanden, der es sehr fein mahlt und anschließend siebt.«

»Siebt? Ihr wollt gesiebtes Mehl? Vielleicht auch noch in weißes Leinen verpackt und mit Namen versehen?«

Das spöttische Lachen in ihrem wenig lieblichen Gesicht verging, als sie sein Gesicht sah. »Ihr meint diesen Unsinn ernst, nicht wahr?«

»Eure Idee mit weißem Leinen und einem Namenszug ist nicht schlecht. Es käme auf einen Versuch an. Wenn Ihr das Mehl in der entsprechenden Feinheit zustande bringt, liefere ich weiße Leinensäckchen mit Eurem Namen darauf. Wie ist Euer Name?«

Sie starrte ihn an, aber er wusste, dass er ihr Interesse geweckt hatte. Die folgende Stunde verbrachte er damit, ihr genau zu erklären, was er sich vorstellte.

Sie hieß Genoveva. Jakob versprach, dass ihr Mehl in den Küchen der bedeutenden Kaufleute der Stadt Absatz finden würde.

Auf dem Rückweg fragte er sich durch zu seinem Reisegefährten Caspar Mellen. Nachdem er ihn am Stadtrand in einem bescheidenen, aber bequemen Haus ausfindig machte, überredete er ihn, ihm einen Stapel seiner weißen Leinensäcke zu überlassen, in denen er Salz für kleinere Haushalte oder schmalere Geldbeutel abfüllte. Die Bezahlung sollte in Münzen oder Naturalien erfolgen. Es war kein hoher Betrag.

Am frühen Abend kam Jakob pfeifend durch die Eingangspforte des Klosters.

Erheitert betrachtete ihn der Bruder Pförtner und drohte scherzhaft mit dem Finger. »Wir haben deine Abwesenheit bemerkt. Ich frage lieber nicht, wo du dich den ganzen Tag herumgetrieben hast. Dein Küchenmeister wartet schon auf dich.«

»Ich glaube, ich werde ein Geschäft machen.« Jakob strahlte den Älteren an. »Vor dir steht vielleicht nicht nur ein zukünftiger Küchenchef, sondern auch ein erfolgreicher Kaufmann. Leider werde ich selbst dieses Mal nichts verdienen, außer Gottes Lohn.«

Etwas wehmütig blickte der Mönch ihm nach, wie Jakob leichtfüßig und voller Begeisterung davonlief.

Lorenzo saß auf einem mit blauem Samt bezogenen Stuhl und schrieb eifrig in ein kleines Buch. Als er Jakob sah, klappte er es zu und wies auf den Sitz ihm gegenüber.

»Ich will mich nicht damit aufhalten, dich zu fragen, was du den ganzen Tag gemacht hast. Es gibt Wichtiges zu bedenken.«

Er machte eine Pause, um seinen Worten Nachdruck zu verleihen, und fuhr dann fort. »Der Kurfürst wird im nächsten Monat beim Prior zu Gast sein; man plant die Hochzeit des fürstlichen Mündels. Die junge Dame ist erst zwölf und lebt in der Nähe von München. Uns obliegt es, die Speisenfolge so zu gestalten, dass sie Eindruck macht. Du weißt, dass in Augsburg viele reiche Kaufleute leben, denen das Beste gerade gut genug ist. Ihre Tafeln biegen sich bei Festlichkeiten unter der Last der Speisen. Der Kurfürst hat mir mitgeteilt, dass er damit nicht zu konkurrieren wünscht.«

»Er plant ein bescheidenes Essen?«, fragte Jakob erstaunt.

»Unsinn!«, antwortete Lorenzo barsch. »Er hat mich gebeten, ein Festmahl zu planen, welches voller Überraschungen ist. Die Auswahl der Speisen ist ihm weniger wichtig, denn alle Geladenen essen ständig viel und gut. Erwartet wird das Besondere.«

Nachdenklich klopfte er mit dem Fingernagel gegen seine Zähne.

»Er weiß, dass ich in Venedig und Florenz eine Vielzahl solch spektakulärer Gastmähler gestaltet habe. Hier aber fehlen mir Leute, die mir kenntnisreich zur Hand gehen.«

Jakobs Wangen begannen, vor Eifer zu glühen. »Ich werde für drei arbeiten, wenn Ihr mich zu Eurem Helfer macht. Allerdings benötige ich noch einen Tag, um etwas zu erledigen.«

Lorenzo lachte gut gelaunt. »Ich kann jede Hand brauchen, die in einem Topf rühren kann. Meinetwegen, nimm dir den morgigen Tag und grüße das Mädchen von mir. Danach stehst du mit mir in der Küche, Tag und Nacht, wenn es sein muss, bis wir dieses Mahl zu einem Ereignis gemacht haben, an das man sich erinnern wird.«

Am nächsten Morgen erschien Jakob in aller Frühe an der Mühle. Über seinem Rücken hing ein Rucksack, der eine ganze Anzahl der feinen, weißen Leinenbeutel enthielt, in denen Caspar Mellen gewöhnlich Salz verkaufte.

Jeden einzelnen hatte er säuberlich mit Tinte beschriftet. Genoveva war schon auf den Beinen und staunte, als er die Beutel auspackte.

»Bedeutet das Genoveva?« Ehrfürchtig bestaunte sie den Schriftzug und fuhr mit dem Finger darüber, als Jakob nickte.

Dann meinte sie: »Eure Worte haben mir keine Ruhe gelassen, ich habe die halbe Nacht Mehl gemahlen und gesiebt. Mehr als diese beiden Säcke ist dabei nicht herausgekommen.«

Mit einer Hand fuhr er durch das Mehl und konnte es kaum glauben. Seine Finger glitten durch das Mehl wie durch feinsten Staub. Es befand sich nicht mehr das kleinste Stück eines Kornhäutchens oder auch nur ein grobes Teil in diesem puderfeinen Mehl. Er war hingerissen und starrte sie bewundernd an.

»Das ist einfach großartig, Genoveva. Noch nie habe ich so perfekte Arbeit gesehen. Damit kannst du dein Glück machen.«

Sie errötete vor Stolz über sein Lob und meinte. »Es war auch ordentlich schwer. Werdet Ihr mir die beiden Säcke abkaufen?«

Er überlegte einen Augenblick. »Ich schlage vor, du überlässt dem Kloster einen Sack, den anderen kannst du auf dem Markt teuer verkaufen. Ich schenke dir die Leinenbeutel, packe das Mehl darin ab und verkaufe es als etwas ganz Besonderes. Seine Herstellung hat dich Mühe gekostet, das muss man bezahlen.«

Er teilte seinen Mehlanteil in zwei kleine Säckchen auf und schwang die Last auf die Schulter, dann machte er sich auf den Rückweg. Bei Caspar Mellen legte er eine Rast ein und überreichte ihm einen der Leinenbeutel, aber der Salzhändler wies es zurück.

»Behalte es, ich kann damit nichts anfangen und mein Weib kocht höchstens Bohneneintopf. Backe etwas Gutes und bringe es mir später einmal. Das ist mir lieber.«

Nachdem er etwas getrunken hatte, kehrte Jakob zurück zum Kloster.

Lorenzo betrachtete das Mehl anerkennend. »Das kommt wie gerufen. Wir werden es für die Süßspeisen des Festessens nutzen. Nimm dir aus meiner Schatulle, was du dafür gezahlt hast. Morgen gehen wir auf den Markt und überlegen uns, was wir zubereiten.«

Jakob dachte an den Gewürzhändler. »Erinnert Ihr Euch an den Händler mit dem gestreckten Safran, Meister?«

Lorenzo sah ihn erstaunt an. »Wie könnte ich diesen ärgerlichen Vorfall vergessen?«

Der Junge berichtete ihm von seiner Beobachtung und fragte: »Kann es sein, dass ein Lieferant aus Italien vorsätzlich etwas unter die Gewürze mischt, um sich gesetzwidrig zu bereichern?«

Lorenzos Antwort war vorsichtig. »So etwas kann natürlich geschehen. Die meisten Käufer wissen wenig über exotische Gewürze; viele Spezereien kann man dazu erst seit wenigen Jahren kaufen, meist sind sie selten und teuer. Selbst, wenn man feststellt, dass man einem Betrüger in die Falle gegangen ist, gibt man nur ungern zu, viel Geld für schlechte Ware bezahlt zu haben. In Augsburg leben Kaufleute, die es zu enormem Reichtum gebracht haben. Sie sind gute Kunden und wollen sich natürlich nicht verspotten lassen. Das mag den einen oder anderen Händler dazu verführen, unsaubere Ware anzubieten. Normalerweise fällt dies dem Gewürzschauer oder den vereidigten Stämpfern auf, die alle Gewürze prüfen, die in den Handel gelangen. Aber natürlich sind auch das nicht nur erfahrene Männer, Betrug kann auch dort passieren. Allerdings wäre es schon recht verdächtig, gleich zwei Spitzbuben in so kurzer Zeit über den Weg zu laufen. Wir sehen uns morgen diese Ware genauer an.«

Sie sprachen noch über den Speiseplan der nächsten Tage und gingen anschließend zu Bett.

Es schien Jakob, als habe er sich eben erst niedergelegt, als jemand ihn wachrüttelte. Vom Klosterturm hörte man die Glocke zum Frühgebet läuten und vor ihm stand Lorenzo, bereit zum Aufbruch. Trotz der frühen Stunde war der Küchenmeister makellos gekleidet. Jakob bewunderte einmal mehr dessen Disziplin.

Eilig warf er selbst seine Kleidung über und lief zum Brunnen, um sich zu waschen. Es war stockfinster und das Wasser lief ihm den Nacken hinunter. Vor Kälte schüttelte er sich. Auf den Pfützen hatten sich dünne Eiskrusten gebildet, ein kalter Wind fuhr ihm über das Gesicht. Er wickelte sich fest in seinen Umhang.

Auch Lorenzo schien zu frieren, sein Gesicht war gerötet, doch er schwieg und schritt zügig neben ihm. Durch das schnelle Gehen wurde beiden etwas wärmer und als sie die Straßen in der Nähe des Marktplatzes erreichten, spürten sie auch den Wind nicht mehr. Sie waren nicht die Einzigen, die um diese frühe Stunde unterwegs waren. Der Bäckerjunge lief beladen mit frisch gebackenem Brot vor ihnen her und der Geruch ließ Jakob das Wasser im Munde zusammenlaufen.

Lorenzo schien es ebenso zu ergehen, denn er zwinkerte ihm zu.

»Eine kleine Stärkung sollte uns für alles, was wir heute sehen, wappnen.«

Sie betraten ein Gasthaus, das am Abend warmes Essen und Bier oder Wein servierte und am Morgen kleine, noch warme Brotlaibe und gewürzten Wein oder heiße Milch anbot.

Sie aßen schweigend. Langsam färbte sich am Horizont der Himmel rot – ein kalter Wintertag kündigte sich an. Sie warteten, bis die Sonne sich als heller Streif zeigte, und spazierten dann zum Markt. Inzwischen waren die Straßen recht belebt, noch immer eilten Nachzügler zu den Marktständen, um ihre Erzeugnisse feilzuhalten.

Es gab reichlich Angebote von frischem Fleisch, denn die Bauern wollten ihr Geflügel oder die Schweine nicht über den Winter durchfüttern, und bei der Kälte war die lange Haltbarkeit des Fleisches gesichert.

Der Gewürzhändler stand dick vermummt in seinem Unterstand und schlug die Arme um sich in der Hoffnung, dass ihn das wärmen würde. Einige Frauen, ebenfalls in warme Winterkleidung gehüllt, versammelten sich um seinen Stand und begutachteten die Waren.

»Die feinsten Gewürze aus fernen Ländern für die hohen Damen und Herren«, hörte Jakob ihn sagen. »Ich habe Nelken, Pomeranzen, Zimt, Muskat, Zucker Canari und Paradieskörner, wenn Euch der Pfeffer zu kostspielig ist. Meine Preise sind trotz bester Qualität niedriger, als Ihr glaubt.«

Als er Jakob erkannte, winkte er ihm freundlich zu, bedeutete ihm aber auch, dass er noch beschäftigt war. Lorenzo konnte in aller Ruhe die Gewürze ansehen, steckte seine Nase in einen Sack Lorbeerblätter und betrachtete Kümmel und Selleriesamen. Schließlich griff er nach der winzigen Holzkelle und füllte sie mit Safran. Er schüttelte den Inhalt leicht und steckte seinen Finger hinein.

Dem Händler war sein Tun nicht entgangen und sobald der letzte Kunde gezahlt hatte meinte er: »Ich hoffe doch, alles ist zu Eurer Zufriedenheit. Die Ware ist frisch und hat ein wundervolles Aroma, wie Ihr feststellen könnt.«

Lorenzo antwortete nicht. Er zerrieb einige Safranfäden zwischen Daumen und Zeigefinger und betrachtete nachdenklich die leichte Gelbfärbung.

»Ihr habt meinem Gehilfen erklärt, die Ware sei von Grassoni? Ich bin selbst Venezianer und habe von ihm gehört.«

»Ich beziehe direkt von ihm, manchmal liefert auch ein Gehilfe, wenn er wegen seiner Geschäfte unabkömmlich ist.«

»Ein Gehilfe, wen meint Ihr damit?« Lorenzo hob den Kopf und Jakob bemerkte, wie sein Blick wachsam wurde.

Der Händler hob bedauernd die Schultern. »An seinen Namen erinnere ich mich nicht, er kommt stets im Auftrag seines Herrn. Wenn es Euch jedoch interessiert oder Ihr mit ihm sprechen wollt, dann kommt übernächste Woche wieder. Ich erwarte ihn mit einer kleineren Lieferung Muskatnüsse. Wenn Ihr die ältere Ware kauft, mache ich Euch einen guten Preis.«

»Ich kaufe nur erstklassige Zutaten«, wehrte Lorenzo ab, »und an Euren Lieferanten habe ich einige Fragen. Wir treffen uns dann in zwei Wochen in der Frühe wieder hier, bis dahin stellt mir diese Gewürze zusammen. Mein Gehilfe wird alles abholen bei Euch.«

Er reichte ihm eine Liste, drehte sich dann ohne weitere Worte um und strebte eilig dem Marktausgang zu.

Jakob hatte Mühe, ihm durch das zunehmende Gewühl auf dem Platz zu folgen.

Als sie endlich eine ruhige Nebenstraße erreichten fragte er neugierig: »Was sagt Ihr? Ist der Safran gestreckt?«

Lorenzo blieb stehen und streckte die Hände unter den wärmenden Überwurf, bevor er antwortete: »Seine Waren sind ziemlich fragwürdig und der Safran ist eine Ungeheuerlichkeit. Da er zweimal vom gleichen Händler kommt, muss ein Beutelschneider am Werke sein, der sich nicht nur mit gelegentlichem Betrug zufriedengibt. Ich denke, dass noch weitere Kaufleute übel betrogen werden, die wahrscheinlich unwissentlich minderwertige Gewürze feilbieten. Es ist nicht einfach, die echten von den falschen Fäden im Safran zu unterscheiden. Wir werden uns diesen Boten genauer ansehen, wenn er in den nächsten Wochen kommt.«

Lorenzo hatte nicht übertrieben. In den folgenden Tagen stand er in der Küche und probierte und entwarf Speisen. Jakob lernte in kurzer Zeit mehr als in den gesamten vorhergehenden Jahren. Er schlief wenig und träumte dann wild von Gebratenem, Gesottenem, von Rezepten und Abfällen, unter denen er zu ersticken drohte.

Doch es gab noch mehr zu bedenken als nur eine außergewöhnliche Speisenfolge.

Vorläufig konnte der Prior nur bestätigen, dass die Vermählung nicht an einem der zahlreichen Fastentage stattfinden würde, die beinahe ein Drittel aller Tage im Jahr ausmachten.

Des Weiteren sollten die Gerichte der Gesundheit zuträglich sein.

»Im Menschen befinden sich vier Säfte«, erklärte Lorenzo Jakob, während er getrocknete Früchte in einer Sauce siedete. »Als da sind Blut, Schleim, rote und schwarze Galle. Sie bestimmen anhand ihrer Vorherrschaft, um welches menschliche Temperament es sich handelt. Durch eine kluge Küche und entsprechende Nahrung bleiben die Säfte im Gleichgewicht und beugen Krankheiten vor. Ein Koch ist auf diese Weise für die Gesundheit mitverantwortlich.«

»Welches Temperament werde ich wohl sein?«

Lorenzo lachte. »Du bist meist heiteren Gemütes, unternehmungslustig, wie es scheint. Kein Phlegmatiker. Melancholisch nur wenig, du bist zwar sehr einfallsreich, aber hältst dich nicht bescheiden im Hintergrund. Choleriker bin ich selbst, damit kenne ich mich aus. Ich will niemandem gefallen und weiß alles selbst am besten. Du hingegen bist noch offen für alle Einflüsse, wenn du dich dann entschlossen hast, zu tun, was man dir aufträgt.«

Er wich zur Seite aus, als Jakob eine Selleriewurzel nach ihm warf.

»Du bist Sanguiniker, ein ausgeglichenes Temperament. Für ein wenig mehr Feuer im Blut solltest du gelegentlich mit scharfen Gewürzen sorgen. Jeder von uns ist eine Mischung der vier Temperamente.«

»Bei einem Bankett, wo viele verschiedene Temperamente an der Tafel sitzen, kann man sich dann kaum nach der Säftelehre richten«, entgegnete Jakob.

»Nicht in diesem Fall«, gab Lorenzo zu. »Dennoch muss man stets der Gesundheit zuträglich denken. Ein guter Koch erspart den Medikus.«

Nachdenklich setzte er sich auf einen Hocker. »Vor allem brauche ich noch Einfälle, welche besonderen Glanzstücke die Tafel enthalten soll.«

In den Nebengewölben der Küche polterten Töpfe zu Boden und erinnerten Jakob daran, dass er den Beiköchen und Hilfskräften die Liste der benötigten Zutaten geben musste. Es blieb nicht mehr viel Zeit, die Speisen für das Festmahl zu bestimmen.

»Wir könnten Fisch in Gelee bereiten«, schlug er vor, aber Lorenzo winkte ab.

»Das bietet jede gute Tafel, ich suche nach etwas Besonderem.«

»Dann machen wir es besonders«, erklärte Jakob eifrig. »Ich denke an eine Tafel, die einen See darstellt, wo unterschiedliche Fische schwimmen, wo Gemüse als Wasserpflanzen erscheinen und Muscheln aus Fischfleisch geformt sind. Wir könnten sogar ein Boot darüberfahren lassen, vielleicht mit dem Brautpaar«, spann er seine Gedanken weiter.

Lorenzo sprang auf. »Das ist es! Das Gelee muss klar und durchscheinend sein, dass man bis auf den Grund alles erkennen kann. Die ganze Tafel wird ein Geleekunstwerk werden. Außerdem braten wir junge Schwäne, und fügen zum Schluss alle Federn wieder hinzu. Sie können am Rande des Sees sitzen. Ein glasiertes Wildschwein kann dort stehen und trinken. Als Süßspeisen nehmen wir Bratäpfel mit Weinsauce und Lebkuchen, welche allesamt mit dem Wappen der beiden Familien versehen werden.«

Er klatschte in die Hände. »Eile dich, wir haben viel zu tun.«

Der Tag des Hochzeitsempfangs war auf die kommende Woche gelegt und die Küche summte vor Arbeit. Die richtige Vorbereitung eines Festmahles war die Hälfte des Erfolges.

Einen Tag vor dem Mahl begann ihre eigentliche Arbeit an der Tafel. Jakob hatte einen ganzen Tag gebraucht, bis er ein Gelee zustande brachte, welches klar wie Wasser war, jedoch den Geschmack nach Gemüse und Fleisch bewahrte.

Lorenzo legte die Zutaten fest, die darin eingelegt wurden. Dabei musste er beachten, dass in der flüssigen Masse alles am Ende aufrecht stehen musste, um den Eindruck eines Sees möglichst naturgetreu wiederzugeben. Er hielt geschnitzte Kohlstücke, die Algen darstellen sollten, an einem Faden hoch. Auf diese Weise fielen die Gebilde nicht in sich zusammen. Pilzköpfchen auf dem Boden stellten Steine dar und auf jede fest gewordene Schicht Gelee legten sie unterschiedliche gesottene und gefüllte Fische wie Aale, Forellen, Hechte, Karpfen und Krebse.

Nach emsigem Schaffen mit allen Küchenhilfen bekam der See ein naturgemäßeres Aussehen, und nach einem ganzen Tag war die Hauptarbeit gemeistert. Den Rand des Gelees verzierten sie mit feingezupfter Petersilie, welches wie Ufergras wirkte.

Das Werk füllte die komplette Tafel und war so gelungen, dass selbst Lorenzo begeistert war. Unter der strengen Aufsicht des Verwalters, den Jakob gleich zu Beginn in Augsburg kennengelernt hatte, wurde das Glanzstück im Vorratsraum eingeschlossen. Durch die Kälte würde es sich ausgezeichnet halten.

Sie begaben sich alle früh zur Ruhe. Am nächsten Morgen, dem Tag des großen Bankettes, begann die Arbeit schon vor dem Morgengrauen.

Als Jakob in der Frühe erschien, hatten die Küchenmägde schon die großen Feuer und Backöfen angeheizt. Zusammen mit dem Prachtstück des Banketts wurde eine weitere Tafel vorbereitet, die Eierkuchen mit Pilzen und Kräutern, Mangoldtorte, Kalbspastete mit Obstsauce, die gebratenen jungen Schwäne in ihrem weißen Federkleid sowie mehrere knusprige Spanferkel enthielt.

Wie ein Feldherr regierte Lorenzo an diesem Tag die Küche. Er hatte eine große Anzahl von Helferinnen ins Kloster beordert und die Küche schien aus allen Nähten zu platzen, war sie für einen derartigen Ansturm eigentlich nicht gedacht. Trotz einiger unliebsamer Zusammenstöße lief alles jedoch reibungslos. Es gab sieben Gänge, was bedeutete, dass alle Speisen siebenmal in gleicher Qualität und Beschaffenheit aufgetragen wurden. Lediglich der See aus Gelee war ein einmaliges Werk und wurde vor dem Brautpaar aufgebaut.

Bis in die entfernt gelegene Küche hörte man die Ausrufe der Bewunderung und des Entzückens. Nach kurzer Zeit war alles vollständig verzehrt und die Gäste am unteren Ende der Tafel mussten sich damit begnügen, ein kulinarisches Kunstwerk gesehen zu haben.

Nach dem Auftischen der süßen Speisen und des Naschwerks wurde Lorenzo in den Saal gerufen, damit man ihm für das unvergleichliche Bankett danken konnte. Als er den Dank weitergab an seine zahllosen Helfer in der Küche, nahmen dies alle restlos erschöpft, doch ebenso stolz und dankbar, einem so einzigartigen Küchenmeister dienen zu dürfen, auf.

Es ging auf das Weihnachtsfest zu. Nach dem üppigen Festessen blieb noch genug für die Bediensteten übrig, um von den Köstlichkeiten der großen Tafel etwas einzuheimsen. Lorenzo war nicht kleinlich. Was im Kloster nicht mehr zu verwerten war, ließ er an die Bedürftigen, die Kranken und Bettler verteilen.

Kaum waren die letzten Spuren des Bankettes verschwunden, schmiedeten Lorenzo und Jakob neue Pläne für ein Weihnachtsmahl. Daneben hatten sie nicht vergessen, dass sie dem Gewürzhändler einen Besuch schuldeten, um das Rätsel des gestreckten Safrans zu lösen.

III. Gefangenschaft und Freiheit

Als sie zum Markt kamen, fanden sie den Platz des Gewürzhändlers verlassen vor. Auf Nachfragen hörten sie, dass der Mann schon seit Tagen nicht mehr gesehen worden war. Von unguten Ahnungen getrieben, suchten Lorenzo und Jakob sein Haus an der Stadtmauer auf.

»Vielleicht hat er sich aus dem Staub gemacht«, vermutete Jakob.

Lorenzo schüttelte den Kopf. »Das glaube ich weniger. Er lebt hier und hat ein gutes Einkommen. Außerdem wirkte er nicht, als habe er ein schlechtes Gewissen.«

Sie klopften und rüttelten an der verschlossenen Eingangstür, doch niemand zeigte sich. Lediglich eine alte, zahnlose Nachbarin betrachtete kopfschüttelnd ihr Tun.

Ungeduldig erklärte Lorenzo: »Warte seine Rückkehr ab und lass mich durch jemanden rufen, wenn es soweit ist. Mir steht nicht der Sinn danach, vor dem Haus zu stehen.« Eilig strebte er zurück.

Jakob verspürte ebenso wenig Lust, in der Kälte zu warten, während es in der Küche wohlig warm war und dort genug Arbeit wartete.

Während der frühe Morgen verging, ohne dass sich etwas rührte, verlor er allmählich die Geduld. Mägde, Kaufmannsfrauen, Kinder und Handwerker, die ihren Geschäften nachgingen, musterten ihn neugierig.

Schließlich drückte er gegen ein Seitenfenster, welches sich überraschenderweise öffnen ließ. Im Halbdunkel des Raumes sah es aus, als läge eine menschliche Gestalt auf dem Boden. Jakob klopfte gegen das Holz des Fensterrahmens.

»Kann ich Euch behilflich sein?«

Er erhielt keine Antwort. Nach einem vorsichtigen Blick, ob niemand ihn beobachtete, drückte er das Fenster ganz auf, schwang sich auf das niedrige Sims und sprang in den Raum. Die Gestalt am Boden rührte sich nicht. Nur die gesamte Länge der Beine war zu sehen, der Rest steckte hinter einer Truhe. Vorsichtig näherte er sich. Er erkannte den Händler an der Kleidung, doch auch auf leisen Zuruf reagierte dieser nicht.

Es war bitterkalt im Haus, das Feuer im Kamin war seit Tagen nicht angefacht worden.

Selbst bei Volltrunkenheit konnte dies nicht gesund sein, dachte er. Der Mann lag auf dem Bauch, sein Gesicht war nicht zu sehen und Jakob drehte ihn um. Dazu war seine ganze Kraft erforderlich. Es schauderte ihn. Doch nichts hatte ihn auf den Anblick vorbereitet, der ihn erwartete, als er die Vorderseite des Mannes sah.

In seiner Brust steckte ein Dolch, den jemand bis an das Heft in ihn hineingestoßen hatte. Geronnenes und teilweise gefrorenes Blut klebte an seiner Kleidung und bedeckte den Boden unter ihm.

Mit einem leisen Schrei sprang er zurück. In diesem Augenblick donnerte eine Faust gegen den Eingang und er fuhr erschrocken zusammen.

Zuerst dachte er, Lorenzo sei zurückgekommen, doch bevor er etwas unternehmen konnte, flog die Tür auf. Ein Gesetzeshüter füllte den gesamten Rahmen aus und hinter ihm erkannte er die vertrocknete Gestalt der alten Nachbarin.

»Was habt Ihr hier zu schaffen?«, donnerte der Mann mit lauter Stimme. Erst jetzt gewöhnten sich seine Augen an das Dunkel des Raumes und er erblickte den Toten am Boden. Seine Hand fuhr instinktiv an das Messer in seinem Gürtel.

»Ihr habt den braven Meister Marcus auf dem Gewissen«, krächzte er entsetzt »und dafür werdet Ihr büßen.«

»Aber nein«, wehrte Jakob erschrocken ab. »Ich habe ihn so vorgefunden. Er ist schon länger tot, seht Euch doch nur die Wunde an.«

Der Mann warf einen misstrauischen Blick auf den Ermordeten. Er konnte nicht leugnen, dass die Bluttat tatsächlich schon vor einer ganzen Weile geschehen sein musste. Dennoch beharrte er darauf, Jakob festzusetzen, bis die Lage geklärt war. Jakobs verzweifelte Versicherungen, dass sein Meister ihn erwarte, fruchteten nichts. Erst als er den Namen des Priors erwähnte, erreichte er immerhin, dass man bereit war, einen Boten zum Kloster zu schicken.

Der Kerker von Augsburg war kleiner, als er erwartet hatte. Dennoch beherbergte er eine beachtliche Zahl von Menschen in den Gelassen.

Jakob wurde von einem übel stinkenden Gesellen unsanft in einen Raum gestoßen, der nahezu finster war. Jemand heulte neben ihm auf, als er versehentlich auf etwas Weiches trat. Als seine Augen sich an das Dunkel gewöhnten, sah er einen Jungen, der schmerzverzerrt seine Hand hochhielt.

»Es tut mir leid, habe ich dich verletzt?«

Schniefend und verschüchtert schüttelte das Bürschchen den Kopf. Daneben saß eine Frau auf dem nackten Steinfußboden und auch auf der anderen Seite machte er allmählich einige Gestalten aus. Aus einem Eimer stieg beißender Gestank hoch und verriet sofort seinen Zweck. Jakob kauerte sich in eine Ecke und hoffte inständig, dass Lorenzo schnell handelte.

Der nächste Tag verging, ohne dass sich das Geringste ereignete. Erst am darauffolgenden Tag zeigte sich der Stadtbüttel zusammen mit einer obskuren Figur. Seine Fragen nach Lorenzo wurden ignoriert, stattdessen begutachtete man durch die eisernen Gitterstäbe jeden Gefangenen auf das Genaueste.

Mitten in der Nacht stieß ihm jemand einen spitzen Gegenstand zwischen die Rippen, und er fuhr aus seinem Dämmerschlaf hoch.

»Du da, komm mit!«

Erleichtert erhob er sich. Endlich hatte das Warten ein Ende und er wurde aus diesem elenden Loch befreit. Zu seinem Erstaunen erblickte er jedoch nicht Lorenzo und auch sonst niemanden, den er kannte, sondern nur den seltsamen Fremden, der ihn im Kerker gemustert hatte.

Erst als man ihn ergriff, knebelte und fesselte, erkannte er, dass sich seine Lage nicht verbessert hatte. Außer ihm wurden noch der Junge und eine Frau, deren Alter unter Lumpen und Schmutz kaum zu bestimmen war, wie Vieh auf einen Karren geworfen.

Jakob zerrte an den Stricken und versuchte, den Knebel wegzuschieben, doch ohne Erfolg. War es schon im Kerker kalt gewesen, so fror er bald bis auf die Knochen. Es schien ihm eine endlos lange Zeit vergangen, bis das Fuhrwerk anhielt.

Inmitten einer Lichtung befand sich der Meiler eines Köhlers. Der Rauch des verbrannten Holzes lag schwer in der Luft und im Schein des Mondes sah er die weiße Rauchsäule oberhalb der kegelförmigen Erhebung. Kältestarr wankten sie in eine moosbewachsene Kate, wo ein Feuer sie allmählich wärmte. Vom Köhler war nichts zu sehen, doch ihr Bewacher nahm ihnen endlich die Knebel ab.

Der Junge hustete und sah mit entsetzten Augen um sich.

»Was habt Ihr vor mit uns?« Jakobs Stimme kam nur noch als heiseres Krächzen hervor. Er räusperte sich.

Er erhielt keine Antwort und ihm wurde bewusst, dass auch Lorenzo ihm nun wahrscheinlich nicht mehr helfen konnte. Er hatte von dem Raub kleiner Kinder gehört, auch von jungen Frauen, doch noch weigerte er sich zu glauben, dass seine Neugier und seine Fragen ihn in die Fänge von Banditen getrieben hatten.

Er musste fliehen, der Gedanke ließ ihn nicht mehr los. Doch so sehr er sich bemühte, die Fesseln saßen fest und wurden nur abgenommen, wenn sie aßen oder ihre Notdurft verrichteten. Der gut bewaffnete Entführer behielt sie im Auge.

In der Nacht fiel er vor Müdigkeit in einen kurzen, fahrigen Schlaf. Er wurde wach, weil sich das Kind schutzsuchend an ihn drückte. Auch der Junge war geknebelt, doch unter dem Tuch hörte er die leisen Schluchzer.

Am nächsten Morgen erschienen zwei weitere Männer. Wenigstens erhielten sie jetzt warme Kleidung und jeder bekam eine Schüssel mit Gerstenbrei. Wieder versuchte Jakob herauszufinden, was man von ihm wollte. Er besaß nichts von Wert für Banditen. Er erhielt keine Antwort, man beachtete ihn ebenso wenig wie die junge Frau, die, kaum dass man ihr den Knebel abgenommen hatte, die Männer laut und aufgebracht zur Rede stellte.

Jakob hatte über den Grund der Entführung lange gegrübelt, und das Ergebnis dieser Überlegungen gefiel ihm ganz und gar nicht.

Verzweifelt suchte er in den folgenden Tagen nach einer Möglichkeit zur Flucht.

Die drei Männer marschierten mit ihnen über einsame Pfade und Waldwege in südlicher Richtung. Sie führten Rucksäcke voller Vorräte mit sich; Jakob schloss daraus, dass sie sich fernab der Orte bewegten. Nach zwei Tagen nahm man ihnen die Knebel ab. Der Älteste, ein gedrungener, kräftiger Kerl mit dunklem Bart und zusammengekniffenen Augen erklärte ihnen, dass sie sofort wieder gebunden würden, falls sie schreien oder die Flucht ergreifen wollten.

Sie befanden sich in einer leicht bergigen Umgebung. In der Nacht war es so kalt, dass Jakob fürchtete zu erfrieren. Tagsüber ließ man sie marschieren, und schon bald wusste er nicht mehr, wo er sich befand und ob er jemals wieder zurückfinden würde. Eine stumme Lethargie hatte die drei Gefangenen befallen und sie versuchten nur noch, das Ziel, wo immer es sich befinden mochte, lebend zu erreichen. In der Ferne erblickten sie die schneebedeckten Gipfel der Alpen.

Nach einer Woche bot sich Jakob zum ersten Mal Gelegenheit, mit einem der Entführer ein Gespräch zu beginnen. Er war der Jüngste aus der Bande und bemühte sich vergeblich, hinter einem schützenden Felsvorsprung ein Feuer anzufachen. Den Gefangenen hatte man die Hände und Füße leicht gefesselt, um eine mögliche Flucht zu erschweren. Daran war in dieser kalten Einsamkeit aber ohnehin nicht zu denken.

»Wenn ich mich vor dich stelle, kann der Wind die Flamme nicht immer wieder ausblasen.«

Der junge Mann sah nur kurz auf und nickte mürrisch. Es dauerte trotzdem noch eine Weile, bis das Feuer in Gang kam. Schließlich stellte er einen Kessel in das Gestell, um ihre einzige warme Mahlzeit am Tag zuzubereiten.

»Du frierst ebenso wie ich«, bemühte Jakob sich, ein Gespräch zu beginnen. »Ich helfe dir gerne, das lenkt ein wenig ab. Wenn wir nicht marschieren, ist die Kälte kaum zu ertragen. Sagst du mir, wie du heißt?«

»Mein Name ist Johann, aber du brauchst nicht zu versuchen, dich mit mir anzufreunden. Ich will von Verbrechern nichts wissen.«

Entgeistert sah Jakob ihn an. »Verbrecher? Ich bin kein Verbrecher, ihr habt mich entführt. Das nenne ich ein Verbrechen.«

»Halt den Mund«, knurrte Johann. »Man weiß doch, dass Übeltäter nie ihre Straftat zugeben. Du hast im Gefängnis gesessen, sicher nicht für besondere Frömmigkeit. Und nun lass mich in Ruhe. Sebastian sieht es nicht gerne, wenn wir uns mit euch beschäftigen.«

»Sag mir nur noch eines, was habt ihr mit uns vor?«

Er erhielt keine Antwort. Den Berg hoch hörten sie die Stimmen der zurückkehrenden Jäger. Es war Jakob aufgefallen, dass ihre Stimmen im Schnee besonders weit trugen. Vielleicht auch deshalb, weil außer dem Rauschen des Windes beinahe kein Laut zu hören war.

In der Ferne hatten sie auf einem Schneefeld Gämsen ausgemacht und eines der Tiere erlegt. Der Anführer trug einen Bogen, während sein Jagdbegleiter das tote Tier auf den Schultern schleppte. War der Anführer auch ein guter Schütze, so hatten seine beiden Begleiter von Wild nicht die geringste Ahnung. Auf höchst unsachgemäße Weise bemühten sie sich, das Tier zu enthäuten, und nach einer Weile konnte Jakob nicht mehr an sich halten.

»Wenn ihr so weitermacht, wird auch das letzte Stück Fleisch restlos verloren sein und die Jagd war nutzlos.«

Erstaunt hielten die beiden inne. Sebastian sah ihn scharf an.

»Was kümmert es dich, du kriegst schon etwas zwischen die Zähne, wie die anderen auch.«

»Ich bin Koch und gewohnt, mit Nahrungsmitteln besser umzugehen. Es ist unerträglich, wie ihr das gute Fleisch behandelt. Selbst unter diesen widrigen Umständen könnte man wenigstens einen anständigen Braten machen. Wir brauchen unsere Kraft, um diese elende Kälte und die Anstrengungen durchzustehen.«

Den letzten Satz schrie er Sebastian ins Gesicht. Die Ungewissheit seines Schicksals, das beständige Weinen des Jungen und die verzweifelten Blicke der Frau zerrten seit Tagen an seinen Nerven. Er brauchte ein Ventil. Zornig und mit geballten Fäusten blickte er dem Mann ins Gesicht.

Der Anführer der Gruppe warf ihm nach kurzem Überlegen sein Jagdmesser zu und griff nach dem Bogen.

»Eine falsche Bewegung und du wirst es bereuen. Schneide das Fleisch so, wie du es für richtig hältst. Wenn du Koch bist, dann zeig, was du gelernt hast.«

Er wies die beiden anderen an, Jakob nicht aus den Augen zu lassen und ihm das Messer sofort wieder abzunehmen, wenn seine Arbeit erledigt war. Aus dem Rucksack steuerte Johann einen Rest Salz bei und Jakob machte sich an die Arbeit.

Es war kein junges Tier und ihm fehlten fast alle Zutaten und Gerätschaften, die er benötigt hätte, doch sie aßen seit Tagen nur Kornbrei und angeschimmeltes Brot. Der Braten war nach den Entbehrungen ein Hochgenuss und alle griffen gierig zu. Nicht das kleinste Stück blieb übrig.

Sie übernachteten in einer Felshöhle. Jakob hatte das Gefühl, als habe dieser Tag eine gewisse Annäherung zwischen den Gefangenen und ihren Bewachern gebracht, der Umgang war nicht mehr ganz so streng und mürrisch. Seit zwei Tagen durften die Gefangenen sogar miteinander sprechen.

Die junge Frau, die sich ihm als Margot vorgestellt hatte, kauerte sich auf den Fersen ihm gegenüber hin und meinte: »Das war ein sehr gutes Essen. Ich bin satt geworden, das ist ein komisches Gefühl.«

Betroffen sah er sie an. »Hast du öfter Hunger gelitten?«

Sie schob sich eine Strähne ihrer wirren Haare unter die Lammfellkapuze. »Ich bin im Haus meines Onkels groß geworden, er ließ mich oft hungern und hat mich geschlagen.« Ihre Stimme wurde flach, als sie weitersprach. »Nicht nur geschlagen, er hat …« Sie machte eine Pause, bevor sie fortfuhr. »Er hat mich nicht gut behandelt. Eines Tages habe ich zurückgeschlagen. Er fiel hin und brach sich ein Bein. Ich wurde verurteilt. Du hast den Kerker ja gesehen, viel zu essen gibt es dort auch nicht.«

Sie lächelte ihn schief an. »Ich weiß nicht, was sie mit uns vorhaben, aber es kann nicht furchtbarer werden als das, was ich hinter mir habe.«

»Weißt du, was mit Martin ist?«

Der Junge war nach dem Essen eingeschlafen. Zum ersten Mal sah sein Gesicht entspannt aus.

»Er hat es mir gesagt. Er wollte für seine Geschwister Eier stehlen und ist erwischt worden. Seine Mutter ist krank. Er hat eine Dummheit begangen. Wahrscheinlich hätte man ihn nach einer ordentlichen Tracht Prügel wieder laufen lassen, aber er hatte Pech. Jetzt sieht es für ihn nicht gut aus.«

»Ich zerbreche mir den Kopf, was sie mit uns vorhaben«, grübelte Jakob leise.

Margot warf einen Blick auf den Mann am Höhleneingang, der zur Wache eingeteilt war und mit dem Messer spielte, während er sie im Auge behielt

»Oh, das weiß ich schon.« Ihre Stimme war kaum ein Flüstern.

Jakob erwiderte nichts und sah sie mit großen Augen fragend an.

»Johann mag mich und hat es mir gesagt.« Sie lächelte spöttisch. »Ich sehe nicht immer so elend aus.«

Jakob errötete und sie wisperte: »Wir sind auf dem Weg über die Alpen nach Genua. Dort wollen sie uns verkaufen.«

Der Wächter erhob sich und trat zu ihnen an das Feuer. Margot erhob sich ebenfalls und wickelte sich in ihre Decke. Jetzt erst fiel Jakob auf, dass sie stets nahe bei den Männern geschlafen hatte, während Martin und er zusammenlagen. Er hatte die Blicke der Männer gesehen, wenn sie Margot betrachteten.

Während er in seine Decke gewickelt lag, schossen ihm tausend Gedanken durch den Kopf und endeten stets damit, dass er fliehen musste. Er wusste nicht viel über die Alpen, aber sie schienen unendlich groß und eiskalt zu sein. Es war mitten im Winter und er hatte vor zwei Tagen bei klarem Wetter die Gipfel gesehen, die hoch in den Himmel reichten. Es war unvorstellbar, diese zu überqueren. Sie hatten sich verschiedentlich kleinen Dörfern genähert, wo die Männer ihre Vorräte auffüllten, doch die Gefangenen hatte man nicht einmal in Rufnähe eines Ortes gelassen.

Jakob musste also warten, bis sie eine größere Stadt erreichten, um sich davonzumachen. Wie das gelingen sollte, davon hatte er jedoch keine Vorstellung, denn sie wurden unablässig bewacht und in kritischen Situationen sogar gefesselt und wieder geknebelt. Natürlich wusste er von Unfreien und Sklaven, die ohne eigene Rechte zum Besitz eines wohlhabenden Haushalts gehörten. Manchem ging es dabei sogar besser als einem Freien, der hart um sein tägliches Brot kämpfte.

Er würde sich nicht abfinden, schwor er sich im Stillen. Auf Lorenzo konnte er nicht mehr hoffen. Der Küchenmeister würde sich sicher bemühen und allen mit seinen Fragen zur Last fallen, doch am Ende aufgeben müssen. Seine, Jakobs Spur ließ sich nicht mehr verfolgen, er war jetzt auf sich gestellt. An Flucht war zumindest im Augenblick nicht zu denken. In den Weiten dieser Eiswüste war er auf die Erfahrung und Kenntnis der Entführer angewiesen.

Die Tage zogen sich in einer endlos scheinenden Spur durch den Schnee. Sie kämpften sich durch den Tiefschnee, und gelegentlich musste Jakob den Jungen auf seinen Schultern tragen, weil jener tief im weißen Pulver einsank, niederfiel und sich weigerte weiterzulaufen. Ihm ging jedes Gefühl für Zeit verloren.

Manchmal erreichten sie einen Pfad, der beinahe schneefrei durch ein Tal führte, dann wiederum ging es in eisige Höhen, wo der Wind ihnen in das Gesicht schnitt und sie sich so einwickelten, dass kaum noch ihre Augen aus dem Fell herausblickten.

In der Nacht hörte er aus der Ferne das Geheul der Wölfe. Margot suchte im Dunkeln angstvoll nach seiner Hand.

Immer jedoch fanden sie eine Scheune, einen Unterstand oder eine Höhle, und Jakob erkannte mit der Zeit, dass die Männer diesen Weg nicht zum ersten Mal gingen. Er war ihnen wohlvertraut und sie schätzten die Schwierigkeiten richtig ein, sodass sie zwar jeden Abend vor Erschöpfung einschliefen, jedoch nie so sehr ermattet waren, dass sie die Strapazen nicht mehr ertrugen.

Nicht immer hatten sie eine warme Mahlzeit oder ein schmackhaftes Essen, doch sie mussten keinen Hunger leiden. Margot und er verstanden sich inzwischen gut und oft genügte ein Blick, um sich miteinander zu verständigen oder zu warnen.

Jakob gewann den Eindruck, dass er die Anstrengungen besser als die anderen verkraftete. Der Junge litt am meisten; manchmal dachte er, das Kind würde es nicht schaffen.

Johann warf verliebte Blicke auf die junge Frau, bis Sebastian ihn eines Tages zurechtwies. Danach war er wieder mürrisch und unzugänglich und lief voran, ohne sich umzublicken.

Zur Linken ragten abweisende Gipfelspitzen auf, während sie durch eine langgezogene Schlucht marschierten. Sie waren seit Wochen unterwegs und es waren ihnen auf dem Weg keine anderen Menschen begegnet. Die Luft war trocken und so kalt, dass es Jakob schien, als friere ihm sogar die Nase zu.

Er zog den wollenen Umhang über sein Gesicht und ließ nur die Augen frei. Martin blickte zu ihm herüber und folgte seinem Beispiel. Neben ihnen flog eine Schar schwarzer Krähen auf und Jakob musste daran denken, dass man die Vögel für Unglücksbringer hielt.

Einige Stunden später gerieten sie in einen Schneesturm und waren gezwungen, eng aneinander gedrückt im Dickicht unter Tannen abzuwarten, bis der Wind nachließ. Es knackte im Gebüsch. Martin, der lange nicht mehr geweint hatte, schluchzte wieder auf. Jakob zog ihn zu sich und nahm ihn in den Arm, wo sich das Kind allmählich wieder beruhigte.

Am Abend bluteten seine Füße. Obwohl sie sich stets umsichtig und vorsichtig mehrere Lagen Stoff um die Füße wickelten und sie in festem Schuhwerk steckten, hatten außer Sebastian alle offene Blasen oder Druckstellen an den Füßen.

Bisher war Jakob noch glimpflich davongekommen, doch ein schmerzhaftes Brennen während des Tages hatte ihn vorgewarnt. Er biss die Zähne zusammen. Zum ersten Mal erschien ihm der Wind heute nicht mehr so beißend, vielleicht hatte die Reise bald ein Ende.

Am nächsten Morgen riss die Wolkendecke auf und die Sonne schien. Er schöpfte neuen Mut. Irgendwann mussten sie in einer Ortschaft ankommen, und dann würde sich eine Gelegenheit zur Flucht finden.

Selbst Martin sah wieder zuversichtlicher aus und vergaß eine Weile seine schmerzenden Muskeln und Füße.

Der Weg führte zwischen schroffen Felswänden entlang und Jakob bemerkte, dass kaum noch Schnee lag. Sein Gefühl hatte ihn nicht getrogen! Die Luft wurde milder und das Tal öffnete sich zu einer weiten Hügellandschaft.

Nun kämpften sie gegen nasse und verschlammte Wege, auf denen hin und wieder Hufspuren zu sehen waren. Die Zeichen mehrten sich – es konnte nicht mehr lange dauern, bis sie eine Ortschaft erreichten.

Unter sich erkannte er einen langgezogenen See, und je weiter sie talabwärts schritten, umso lauer wurde die Luft. Er bekam unbändige Lust, sich zu waschen und zu reinigen.

Mit Genugtuung bemerkte er die steigende Nervosität ihrer Bewacher. Sebastian schärfte ihnen jeden Morgen ein, sich unverdächtig zu verhalten, wenn ihnen ihr Leben lieb war.

Martin war im Verlauf der Reise immer stiller geworden, er weinte nicht mehr und schien sich in sich selbst zurückgezogen zu haben. Margot hingegen lachte und war vergnügt, als erwarte sie eine wunderbare Überraschung. Beide ergaben sich in ihr Schicksal und schienen sich damit abzufinden. Sie begegneten hin und wieder Wanderern, sahen sie jedoch kaum an und folgten den Anweisungen der Männer.

Auch Jakob gab keinen Anlass für Misstrauen. Er wartete auf die richtige Gelegenheit. Ohne Nahrungsmittel und Ortskenntnis konnte er sich nicht davonmachen, aber irgendwann musste sich eine Möglichkeit zeigen.

Seine Geduld wurde auf die Probe gestellt. Nach wie vor mieden sie die Ortschaften und es sollte noch eine gute Woche vergehen, bis sie von einer Anhöhe herab in der Ferne das Meer sahen. Zahlreiche Rauchsäulen kündeten von einer größeren Stadt und nach den Wochen in der Einsamkeit der klaren Bergluft rochen sie die Nähe der vielen Menschen auf beklemmende Weise.

Sie wurden wieder gefesselt und aneinander gebunden. Selbst ihre Beine band man zusammen, sodass sie nur noch gehen, aber auf keinen Fall laufen konnten.

»Was glaubt ihr denn, wohin ich könnte«, murrte Margot. »Kein Mensch spricht meine Sprache.«

Jakob dankte im Stillen Lorenzo, dass er ihm die Grundzüge des Italienischen erklärt hatte und er sogar den einen oder anderen Wortfetzen verstand. Allerdings hütete er sich, dies jemandem zu verraten.

Die Stadt durchquerten sie im Eilschritt, zwischen ihren drei Bewachern eingepfercht. Jakob bemerkte, dass die Gassen voller Unrat waren und die Menschen eilig ihren Geschäften nachgingen. Gruppen von Seeleuten drängten sich an ihnen vorbei und nachdem sie einige Straßen hinter sich ließen, in denen grell geschminkte Frauen in den Hauseingängen standen, erreichten sie endlich die Hafenanlagen. Trotz ihrer Eile war Jakob nicht entgangen, dass sie sich in einer Metropole befanden, und aus den Gesprächen um sie herum hörte er schließlich heraus, dass sie in Genua angekommen waren. Beeindruckt sahen sich die drei Gefangenen um.

Johann schubste sie ungeduldig vorwärts.

»Ihr bekommt noch reichlich Gelegenheit, Maulaffen feilzuhalten. Zuerst müsst ihr euch waschen.«

Sie betraten ein Gebäude, in dem es von Menschen aller Hautfarben und Rassen wimmelte. Jemand verzog angewidert das Gesicht, als Jakob an ihm vorbei ging.

Seit ihrem Aufbruch hatten sie sich kaum einmal flüchtig gereinigt. Wenigstens waren ihnen durch die Kälte die Läuse erspart geblieben, die sich bei anderen durch zahlreiche Bisse an Hals und Nacken bemerkbar machten.

Unter der strengen Aufsicht von Johann wusch er sich. Seine Haare wurden geschnitten und er erhielt saubere Kleidung. Nach einer Mahlzeit fühlte er sich wie ein neuer Mensch.

Als habe er ein Gespür dafür, dass seine Kräfte neu erwachten, nahm Johann ihn zur Seite.

»Ich bringe dich in einen Raum, wo du wartest, bis man dich holt. Du hast uns bisher keine Schwierigkeiten gemacht und es wäre besser für dich, weiterhin klug und fügsam zu sein. Sebastian hat besondere Pläne mit dir und wird dich auf ein Schiff bringen.«

Jakobs Gedanken rasten. Er hatte nicht mehr viel Zeit zu entkommen, bevor er endgültig als Sklave auf einem Schiff landete. Während sie einen langen, dunklen Gang hinabgingen, fasste er blitzschnell einen Entschluss.

Er stieß dem überraschten Johann seinen Ellbogen in die Brust, wirbelte herum und entriss ihm das Messer, welches dieser nur locker in der Hand hielt. Bevor er auch nur einen klaren Gedanken fassen konnte, stieß er kraftvoll zu und zog die Waffe wieder zurück.

Johann brachte einen klagenden Schrei heraus und sie stürzten gemeinsam zu Boden. Er hörte sich von Weitem nähernde Stimmen und zog dem Stöhnenden panisch die Klinge durch die Kehle.

Entsetzt von der blutigen Sudelei sprang er hoch. Mit dem Messer in der Hand sah er sich gehetzt um. Die Schritte der Näherkommenden hallten wie Donnerschläge und er hastete los. Einige verblüfft blickende junge Männer stieß er zur Seite und rannte Richtung Eingangstor, hinter sich die Schreie, als man den Toten entdeckte.

Die Menschenmenge kam ihm zugute. Er drückte sich an einer älteren Frau vorbei und wischte dabei unauffällig das Messer an ihrem rötlichen Umhang ab, bevor er es unter seinem Hemd in den Hosenbund steckte. Die aufgeregten Rufe wurden leiser und er zwang sich zu einem entspannten, schlendernden Schritt, um kein Aufsehen zu erregen.

Sein Herz klopfte so laut, dass er glaubte, jeder müsse es hören. Nicht mehr lange und es würde dunkel. Er folgte einer Bauernfamilie, die mit ihrem Karren auf das Stadttor zuhielt, als vor ihm die gedrungene Gestalt Sebastians wie aus dem Nichts auftauchte.

Noch immer hellwach und angespannt, nutzte Jakob den Moment der Überraschung, bevor der Mann reagierte, und rannte in die entgegengesetzte Richtung. Das Geschrei ignorierend, hetzte er vorbei an Marktständen, sprang über volle Körbe, bog in schmutzige, kleine Gassen ein und landete schließlich in einer verlassen wirkenden Toreinfahrt. Der beißende Geruch verriet ihm, dass in der Nähe die Straße der Gerber war.

Er warf einen vorsichtigen Blick in den Innenhof. Eine Frau mittleren Alters saß auf einem Hocker und nähte an einem Sattel. Sie entdeckte ihn und redete wie ein Wasserfall auf ihn ein, wobei sie sich nicht die Mühe machte, den Faden, den sie mit ihren Zähnen hielt, herauszunehmen. Ungeduldig wies sie auf eine bereits fertiggestellte Satteltasche und erwartete wohl von ihm dazu eine Äußerung.

Er zuckte nur mit den Schultern und überlegte noch, wie er sich verhalten sollte, als er hinter sich eine leichte Bewegung wahrnahm.

Immer noch den Schrecken seiner Flucht in den Knochen, fuhr seine Hand instinktiv an das Messer, als er sich umdrehte.

Ein gut gekleideter Mann, dessen fein gestutzter Bart sich bereits grau färbte, betrachtete ihn neugierig und antwortete der Frau in jenem gelassenen und bestimmten Ton, den nur ein Mensch hervorbrachte, dessen Leben in sicherem Wohlstand und Anerkennung verlief. Er winkte Jakob, mit ihm zu kommen, und nach einem leichten Zögern folgte er ihm.

Inzwischen war es dunkel geworden. Sie überquerten einen Innenhof und eine Straße und gelangten in ein Hafenkontor.

Unauffällig behielt Jakob die Umgebung im Auge, jeden Augenblick konnte einer seiner Entführer auf der Suche nach ihm wieder auftauchen. Er hatte keine Gelegenheit gehabt, sich zu merken, wohin er gelaufen war oder wo das Quartier für Sklaven und Gefangene lag, doch sein Gefühl sagte ihm, dass es noch in der Nähe sein musste.

Bisher hatte er noch kein Wort mit seinem neuen Begleiter gewechselt, jetzt setzte sich dieser an ein Pult und wies ihn an, ebenfalls Platz zu nehmen.

Seine Worte waren in einem freundlichen Tonfall, aber Jakob verstand ihn nicht.

Der andere versuchte es mit Französisch.

»Du bist auf der Flucht.« Es war weniger eine Frage als eine Feststellung.

Jakob antwortete nicht, aber der Fremde hatte an seinem Gesichtsausdruck erkannt, dass er ihn diesmal verstand.

»Was hast du verbrochen? Prügelei? Bist du ein Dieb?«

»Ich bin Koch.«

Der Mann lehnte sich in seinem Stuhl zurück und lachte. »Welchen Schaden hast du also angerichtet?«

Bis vor Kurzem hätte er noch jedem sein Missgeschick erzählen können. Man hatte ihn entführt und ihm war Unrecht geschehen. Doch damit war es nun vorbei. Er hatte einen Menschen getötet und sich schuldig gemacht.

Der Mann beobachtete ihn und meinte dann: »So schlimm wird es doch nicht sein. Ich selbst habe auch einmal in einer verzwickten Lage gesteckt und mir wurde geholfen.«

Er sann eine Weile nach: »Koch also …« Er lächelte abermals. »Komm mit, ich habe Hunger, wir wollen sehen, wie es mit deiner Wahrheitsliebe bestellt ist.«

An der Seite dieses Fremden waren seine Möglichkeiten zu entkommen deutlich besser. Zum ersten Mal bestieg Jakob eine Kutsche. Erleichtert bemerkte er, dass der Weg recht weit war und zu einem Wohnviertel führte, welches sich erheblich vom Hafengebiet unterschied. Trotz der Dunkelheit erkannte er prächtige Villen und Häuser, welche die Straße säumten. Auch die Wege waren breiter und in sauberem Zustand. Er war immer noch zu angespannt und jeden Augenblick zur Flucht bereit, um die Fahrt zu genießen, doch endlich hielt der Wagen.

Das Haus, das sie betraten, war groß und elegant. Weniger großzügig als das Schloss in seiner Heimat, doch vielleicht sogar noch vornehmer und reicher ausgestattet.

Ein Diener hielt ihnen die Pforte auf und Jakob sah sich in einem hohen Empfangsraum um, der mit Marmor ausgekleidet war und an dessen Wänden edle Teppiche hingen. Die kunstvolle Kassettendecke aus Holz gab dem Raum trotz seiner Höhe Behaglichkeit. Eine breite Treppe führte auf eine Empore. In einem Seitengemach brannte ein Kaminfeuer und bequeme Sitze standen im Halbrund.

Der Fremde ließ sich nieder und bedeutete ihm, es ihm gleichzutun.

»Willkommen in meinem Haus. Ich bin Rafael Scalia, Kaufmann und Seidenhändler. Dein Misstrauen und deine Vorsicht sind verständlich, aber wenn ich dir helfen soll, musst du offen sprechen.«

»Warum wollt Ihr mir helfen?«

»Eine berechtigte Frage.«

Sie wurden unterbrochen, ein Diener brachte Wein und ein Tablett mit Speisen. Jakob lief das Wasser im Munde zusammen und Rafael schmunzelte.

»Dachte ich es mir doch, dass du Hunger hast. Greif zu und ich werde dir erklären, was ich von dir will.«

Jakob zwang sich, nicht allzu gierig den kalten Braten und den Käse in sich hineinzustopfen, während Rafael redete.

»Ich habe gesehen, wie Sebastian hinter dir her war.«

Als er sah, wie Jakob zusammenzuckte, machte er eine beruhigende Geste. »Keine Sorge, ich weiß, mit wem du es zu tun hattest. Er ist Sklavenhändler und nicht zimperlich, wenn es darum geht, ein paar Goldmünzen zu verdienen. Ich sehe einem Menschen an, ob er als Sklave geboren wurde, und du bist es nicht.« Einen Augenblick schwieg er versonnen.

»Du scheinst ein heller Bursche zu sein, wenn du es geschafft hast, Sebastian zu entkommen. Er macht normalerweise keine Fehler. Trotzdem bin ich kein Träumer und helfe niemanden, der es nicht wert ist. Du wirst mir also die Wahrheit sagen, damit ich weiß, was ich mit dir anfange.«

»Ich spreche diese Sprache nicht sehr gut.« Er suchte nach den richtigen Worten. »Was ist, wenn Euch diese Wahrheit nicht gefällt?«

»Lass es darauf ankommen, aber wage nicht, mich anzulügen. In dieser Stadt bleibt nichts geheim.«

Jakob vergrub sein Gesicht in den Händen und dachte nach. Plötzlich stand das Bild seiner Großmutter vor seinem inneren Auge. Wie lange schien es her, dass er in der Sicherheit des Schlosses gelebt hatte, in der vertrauten Wärme der Küche arbeitete und darauf hoffte, sein Leben werde sicher und erfolgreich verlaufen.

Welches unbillige Schicksal hatte es nur soweit kommen lassen, dass er nun wie ein Gejagter, besudelt mit dem Blut eines Menschen, in einem entfernten Land saß, angewiesen auf die Mildtätigkeit eines Fremden. Er wollte vor dem Mann nicht schwach und kindisch erscheinen.

Er setzte alles auf eine Karte und begann mit seiner Geschichte. Er ließ nichts aus, nicht seine große Hoffnung auf eine Laufbahn als Koch und Küchenmeister, nicht die ungewollte Aufgabe, für seinen Fürsten eine Handelsverbindung zu finden. Er klagte sich selbst an, dass seine unangebrachte Neugier ihn in die missliche Lage einer Untersuchung gebracht hatte und dies mit der Entführung durch Sebastian und seine Kumpane endete. Er berichtete von der Überquerung der Alpen und sah, dass Rafael ihn anstarrte. Er unterbrach ihn kein einziges Mal, nicht einmal, als er mit stockender Stimme von seiner Flucht erzählte und auch davon, dass er seinen Bewacher erstach.

Es mussten Stunden vergangen sein, bevor er schwieg. Auch Rafael sprach kein Wort.

Erst nach einer Weile meinte er: »Höre mir zu, Giacomo. So wirst du ab nun heißen. Du brauchst dich nicht mehr zu fürchten. Zunächst einmal brauchst du Schlaf. Man wird dir eine Kammer zuweisen und morgen nach dem Frühmahl sprechen wir darüber, wie es mit dir weitergeht. Deine Herkunft werde ich niemandem erklären und auch du solltest darüber schweigen. In einer Hafenstadt wie dieser haben viele ein bewegtes Schicksal hinter sich. Die Vergangenheit kann man bereuen, aber nicht mehr ändern. Entscheidend ist, wie man die Zukunft gestaltet.«

Als Jakob am Morgen erwachte, wusste er zunächst nicht, wo er war. Der Raum war noch dunkel, schwere Vorhänge ließen kein Tageslicht hinein. Erst nach Minuten besann er sich auf die Geschehnisse des Vortages.

Er warf die warme Decke zurück und schüttelte sich. Das Feuer im Kamin war erloschen und von der Tür kamen schabende Geräusche, die er sich nicht erklären konnte. Vorsichtig öffnete er und erblickte ein Dienstmädchen, das an der Tür kratzte, um sich bemerkbar zu machen. Der häusliche Betrieb war schon in vollem Gange und vereinnahmte ihn. Die junge Frau zog die Vorhänge auf, entfernte die kalte Asche aus der Feuerstelle und kündigte an, mit heißem Badewasser und einem Frühstück zurückzukommen. Abwartend stand sie, um seine alten Kleider in Empfang zu nehmen, die er ihr zögernd reichte.

Sie rümpfte die Nase, derartige Wäsche war ihr bisher nicht zugemutet worden. Bevor sie nach seiner letzten Hose greifen konnte, schob er die kichernde Magd zur Tür hinaus.

Nachdem man ihm einen Zuber mit heißem Wasser gebracht hatte, ließ er sich erleichtert in die dampfende Wärme sinken, gerade rechtzeitig, um vor einer weiteren Invasion von Dienstboten geschützt zu sein. Man wusch und trocknete ihn ab wie ein Kind, band sein Haar mit einem Samtband zusammen und legte ihm neue Kleidung hin.

Abermals wehrte er sich energisch, als sich zwei junge Frauen an ihm zu schaffen machten, um ein gefälteltes Hemd mustergültig anzulegen. Sie lachten und schnatterten und er war froh, das meiste nicht zu verstehen.

Seine Füße waren immer noch mit Blasen und Wunden übersät. Sie würden eine Weile für die Heilung brauchen und ihn die Strapazen der letzten Wochen nicht so schnell vergessen lassen. Ein großer Spiegel warf im Salon sein Bild zurück. Jakob erkannte sich nicht wieder.

»Welche Verwandlung! Lass dich ansehen.« Rafael war hochzufrieden mit dem Ergebnis.

»Zunächst ist es besser, wenn du der Stadt den Rücken kehrst, bis der Tod des Sklavenhändlers vergessen ist und Sebastian die Suche nach dir aufgibt. Glücklicherweise hat dich kaum jemand zu Gesicht bekommen. Ich bin Kaufmann und verschiffe für die Familie der Medici Wollwaren und Spiegel aus Flandern und Frankreich hauptsächlich nach Konstantinopel. Von dort bringe ich Seide und andere Waren zurück. Es ist ein einträgliches Geschäft, doch wir müssen uns fortwährend gegen die Vorherrschaft der Kaufleute aus Venedig behaupten, die zwei Drittel des Handels kontrollieren. Ich will dich in den Orient senden, damit du meine Interessen wahrnimmst. Es sind unruhige Zeiten; die Muselmanen bereiten sich auf einen Krieg gegen die Habsburger vor. Ich brauche verlässliche Leute, die sich zwischen diesen Fronten und Interessen bewegen.«

Jakob sprang erregt auf. »Ich bin Euch zu großem Dank verpflichtet, Ihr habt mich aus einer fast hoffnungslosen Lage gerettet und ich will Euch gerne zu Diensten sein. Aber ich bin kein Kaufmann. Ich weiß gar nichts über

Handel, über Seide oder Spiegel. Sie interessieren mich nicht einmal. Ich bitte Euch, helft mir bei der Rückkehr in meine Heimat. Ich kann Euch meine Dienste als Koch anbieten, bis ich die Kosten abgearbeitet habe.«

»Ich brauche keinen Koch. Du bist ein aufgeweckter Junge und man kann den Handel lernen. Wir treffen eine Abmachung. Du wirst zusammen mit Stefano Vico, einem meiner Kapitäne in Konstantinopel, als mein Beauftragter auftreten und wickelst die Geschäfte ab. Im Gegenzug halte ich dir einen gewissen Raum im Schiff frei für eigene Geschäfte. Ich beteilige meine Partner gerne an meinen Unternehmungen, das verbindet und schafft Zufriedenheit. Wenn du in einem Jahr immer noch Koch werden willst, bist du frei und kannst gehen, wohin du willst.«

Jakob fasste sich an die Stirn und lief im Raum auf und ab. »Ein ganzes Jahr! Womit sollte ich handeln? Wo soll ich es bekommen und wem verkaufen? Ich war noch nie auf einem Schiff. Die Ungläubigen fürchte ich. Können wir nicht ein anderes Abkommen schließen?«

Rafael schüttelte langsam den Kopf. »Ich täusche mich selten in Menschen. Ich kann nicht glauben, dass du ein Hasenfuß bist. Wenn dich die Kochkunst so sehr interessiert, dann solltest du besonders begierig sein, in den Osten zu gelangen. Die meisten Spezialitäten, Obst, Gewürze, Gemüse werden von dort hergebracht. Mach meinetwegen nebenher einen Gewürzhandel auf, ich habe mir sagen lassen, dass man auch damit reich werden kann. Besser noch, handle mit Edelsteinen, sie verderben nicht.«

Jakob stützte seine Arme auf die hohe Lehne eines Stuhles. »Das ist eine Möglichkeit«, murmelte er. »Ich könnte sogar für den Fürsten in meiner Heimat tätig sein, auch wenn er sicher nicht daran dachte, mich bis in das Herkunftsland der Gewürze zu entsenden.«

Rafael hielt ihm die Hand hin. »Schlag ein und wir sind im Geschäft. Ich verspreche dir, du wirst es nicht bereuen. Manche Menschen muss man tatsächlich in ihr Glück schubsen.«

Sie schüttelten die Hände und Jakob hatte einen Augenblick lang das Gefühl, als würde sein Leben erst jetzt eine entscheidende Wende nehmen. Vielleicht hatte ja eine höhere Macht ihn hierher geführt, dachte er.

Es klopfte an der Tür, herein traten zwei junge Damen.

Rafael streckte seine Arme aus. »Giulia, meine liebe Tochter, ich möchte dir jemanden vorstellen. Dies ist Giacomo. Wir haben soeben Pläne für gemeinsame Unternehmungen beschlossen.«

Er begrüßte die hübsche junge Frau, die ihn neugierig und kokett musterte. Verlegen sah er zur Seite, wobei sein Blick auf ihre Begleiterin fiel, deren Lippen sich amüsiert kräuselten. Er musste sich beherrschen, sie nicht wie ein tumber Dorftrampel anzustarren.

Sie war das schönste Mädchen, das er je gesehen hatte. Ihre Robe war bescheidener als Giulias, doch sie trug sie mit der Würde einer Königin. Ihr dunkles Haar war hochgesteckt und mit einem perlenbesetzten Netz gehalten. Es war das einzige Detail ihrer Kleidung, an das er sich später erinnern würde, bevor er in ihren tiefblauen Augen versank. Sie hieß Bianca, stammte aus Florenz und war mit ihrer Tante zu Gast in Genua. Biancas Vater und Rafael waren entfernt verwandt und machten zusammen Geschäfte. Es bestanden enge Verbindungen zu der einflussreichen Familie der Medici und damit auch in den Vatikan.

Jakob unterhielt sich mit den beiden Damen, ohne genau zu wissen worüber, und fühlte sich am Ende, als sie sich verabschiedeten, wie der dümmste Narr. Wie in Trance verbrachte er den Vormittag. Er versuchte, nicht an sie zu denken, aber ebenso gut hätte er versuchen können, von einem Moment auf den anderen blind zu sein.

Rafael nahm ihn mit in sein Handelskontor. Er wollte nicht unnötig Zeit verlieren, da schon in vier Wochen das Schiff nach Konstantinopel auslief und es noch überreichlich Arbeit gab.

Pino nahm sich Jakobs an. Der wieselflinke junge Italiener sprach kein Französisch, war jedoch bestens in den Sprachen des Orients bewandert, wie er versicherte.

Dies half Jakob im Augenblick jedoch wenig. Er hatte große Mühe, seinem Redestrom zu folgen. Glücklicherweise waren Gestik und Mimik derart deutlich und prägnant, dass sie wie eine eigene Sprache wirkten. Mehr als einmal brach Jakob in lautes Gelächter aus, weil der Mann in seinem Bemühen um Verständlichkeit zu originell und liebenswert wirkte. Seine Welt waren die Zahlen. Er jonglierte damit und erklärte schnell und präzise die Frachtmengen, die Errechnung der Beladung, gefolgt von Einkaufspreisen, Margen und Gewinnen.

Jakob verstand wenig, erhielt aber einen ersten Eindruck von der Vielfalt der Kenntnisse, die ein Kaufmann benötigte. Weiterhin gab es Listen für die Seeleute, die Offiziere, ihre Entlohnung und Anteile, Verpflegungslisten und Kosten. Fast alle Zahlen ratterte der junge Mann herunter, ohne auch nur einmal seine Bücher zu bemühen.

Erst als Jakob nach einem köstlichen Essen wieder in seinem behaglichen Gemach lag, dachte er an samtige Augen, eine schlanke Gestalt und das Lächeln im Mundwinkel.

»Bianca«, flüsterte er leise, bevor er erschöpft einschlief.

Nachdem er sich einmal damit abgefunden hatte, für Rafael in das Land der Ungläubigen zu fahren, gewann er allmählich Freude an seiner neuen Aufgabe. Am Abend wurde beim Essen über die Schließung der Ravensburger Handelsgesellschaft diskutiert, die bisher Abnehmer zahlreicher Güter gewesen war. An ihre Stelle traten die Welser und Fugger, die gute Preise zahlten und an jedem einträglichen Geschäft interessiert waren.

»Die Ravensburger waren an Bankgeschäften nicht interessiert, ein großer Fehler«, bemerkte Rafael, und seine Gäste nickten.

»Für Geschäfte mit Geld sollte man sich nicht zu schade sein«, bemerkte ein älterer Mann. »Ebenso wenig kann man die großen Veränderungen durch die neu entdeckten Länder ignorieren. Die fremdartigen Produkte sind hochbegehrt, und wer es sich leisten kann, kauft sie. Ein Dummkopf, wer diese neuen Begehrlichkeiten nicht bedient.«

»Mit König Manuel von Portugal haben die Augsburger Verträge über ein Gewürzmonopol aus der Neuen Welt abgeschlossen. Weiß der Himmel, wie sie das geschafft haben. Wenn Ihr Euch für Gewürze interessiert, liegt die Zukunft in Indien und der Neuen Welt. Entsetzlich weit weg, aber lukrativ. Wir müssen uns damit abfinden, dass die Venezianer vorläufig die Hand auf Alexandria halten – dorthin gelangen die meisten Lieferungen. Konstantinopel könnte sogar bald völlig ausfallen. Wir müssen uns nach Alternativen umsehen.«

»Schön und gut«, meinte ein bedächtiger Besucher, »wir haben den Vorteil, weniger den Piraten ausgeliefert zu sein. Der Sultan hält seine Küsten und Gewässer sicher. Davon profitieren wir im Gegensatz zu anderen, die nach Nordafrika segeln und ihnen ständig ausgesetzt sind.«

Jakob sah schnell, dass die Genueser Kaufleute sich kannten und gegenseitig halfen. Sie besprachen das politische Geschehen, von dem ihr Handel oft unmittelbar abhing.

Diese Welt war neu für ihn, doch er lauschte aufmerksam und lernte. Nicht nur Warenströme und Preise diskutierte man, sondern auch die rechtlichen Voraussetzungen und die Pflege der entsprechenden Kontakte – bis hin zu großzügigen Bestechungen von Beamten. Alles war ineinander verwoben. Die meisten der am Tisch Versammelten waren seit ihrer Kindheit damit vertraut und in diese Welt eingebunden.

Hatte Jakob bisher dafür gearbeitet, dass köstliche Speisen auf den Tisch gelangten, so betrachtete er nun die andere, die geschäftliche Seite seines Handwerks. Jetzt saß er selbst an einer Tafel mit kostbarem Geschirr, in einem Raum, den er vor Jahresfrist kaum gewagt hätte zu betreten. Ihm wurde vorgelegt wie einem vornehmen Gast, und er musste sich zum wiederholten Male sagen, dass alles mit rechten Dingen zuging und er nicht ein Betrüger war, der sich ungebührlich etwas erschlich.

Seine Sprache war noch zu ungeschliffen, so schwieg er meist und hörte zu. Es fiel ihm auf, dass man ihn mit Respekt behandelte, doch er war nicht mehr so arglos zu glauben, dass ihnen ein simpler Kochlehrling besondere Aufmerksamkeit wert war. Rafael behandelte ihn wie seinen Sohn und was immer der Grund dafür sein mochte, er würde es herausfinden. Im Augenblick war er dankbar für seine Lage, die seinen Interessen nur dienlich sein konnte.

Als Jakob sich nach dem Frühstück auf den Gang ins Hafenkontor vorbereitete, hörte er draußen lautes Gelächter. Sein Herz tat einen Sprung; er brauchte nicht an das hohe Fenster zu treten, um zu wissen, dass sich Bianca und Giulia im Garten vergnügten.

Er warf einen Blick hinaus und entdeckte sie zunächst nicht. Die Sonne schien und es war schon frühlingshaft mild. Kaum zu glauben, dass in den Bergen im Norden eisige Temperaturen und tiefster Winter herrschten. Zwischen den immergrünen Büschen versteckte sich seine Angebetete und winkte heiter zu ihm hoch.

Sie hatte nach ihm Ausschau gehalten und ihn sofort entdeckt. Der Tag schien plötzlich strahlend hell. Er würde Erfolg haben und sie heiraten.

Erschrocken über seinen abwegigen Gedankengang trat er vom Fenster zurück. Selbst als erfolgreicher Kaufmann oder Küchenmeister konnte er niemals darauf hoffen, ein engelsgleiches Geschöpf wie Bianca zu ehelichen. Sicher hatte ihr Vater feste Pläne für ihre Zukunft; über einen Koch würde er laut lachen.

Ein Diener hatte ihm eine vollständig neue Ausstattung bereitgelegt und Jakob kleidete sich sorgfältig an, betrachtete sein Äußeres kritisch im wandhohen Spiegel und sprang die Treppen hinunter.

Wenigstens einige Worte wollte er mit ihr wechseln. Bei ihrem ersten Treffen musste sie zu der Ansicht gelangt sein, einen vollendeten Einfaltspinsel vor sich zu haben.

»Wohin so eilig? Wie können langweilige Zahlenkolonnen und Reisevorbereitungen so aufregend sein, dass man ihnen entgegenläuft?« Sie stand im Seitenausgang unter der Treppe, der auf direktem Weg in den Garten führte.

»Guten Morgen, Bianca.«

Seine Stimme schien belegt und er spürte einen Knoten im Hals, nahm sich aber zusammen. Er wollte einen guten Eindruck hinterlassen.

»Die Reisevorbereitungen sind aufregend, aber sie sind nicht der Grund für meine Eile. Ich wollte Euch begrüßen, bevor ich gehe.«

Sie warf ihm einen koketten Blick zu, doch dann wurde ihr Gesicht plötzlich ernst.

»Welche Arbeiten müsst Ihr heute denn erledigen?« Giulia rief nach ihr, doch sie ignorierte es.

»Mein Wissen ist noch sehr gering, sodass ich einfache Arbeiten erledige, die man mir aufträgt. Listen erstellen, Zahlen addieren, Rechnungen kontrollieren.« Er verzog den Mund. »Hauptsächlich lerne ich, weil ich Fehler mache. Man denkt immer, besonders viel zu wissen, wenn man gar nichts weiß. Je mehr ich lerne, umso mehr Fragen kommen mir in den Kopf.«

Sie lachte. »Ihr habt immerhin schon einen wichtigen philosophischen Grundsatz verstanden. Was habt Ihr denn bisher gelernt?«

Ein Schatten flog über sein Gesicht, als störe ihn etwas.

»Ich habe keine griechischen Philosophen studiert wie Ihr, ich kann erst seit Kurzem lesen und das nicht einmal sehr gut. Mein Französisch ist kaum besser als meine Kenntnisse des Italienischen, und Latein beherrsche ich nur in Grundzügen. Ich habe an einem Hof im Norden gelernt zu kochen, aber ich hatte noch nicht die Gelegenheit, meine Prüfungen abzulegen.«

Warum erzählte er ihr das alles? Langsam schlenderten sie über den Vorhof zum Stall, von wo aus die Kutsche ihn zum Kontor bringen sollte. Er war wütend auf sich selbst und aus irgendeinem unerklärlichen Grund sogar auf sie.

Das verbindliche Lächeln war aus ihrem Gesicht verschwunden und er hätte sich ohrfeigen mögen. Sie legte ihre Hand auf seinen Arm, und die Berührung fuhr wie ein Blitz durch seinen Körper.

»Wenn du dir in kurzer Zeit so viel angeeignet hast, musst du klug und von schnellem Verstand sein. Ich kenne junge Männer, die von früher Jugend an Unterricht erhielten und deren Kenntnisse mehr als bescheiden sind. Du hingegen bist ehrgeizig und zielstrebig.«

Unbewusst war sie in eine familiäre Anrede gefallen. Er bemerkte es und wies auf die Kutsche.

»Ich würde mich gerne mit dir unterhalten, aber man wartet auf mich.«

»Ich begleite dich, die Kutsche kann mich anschließend nach Hause bringen. Ich verabschiede mich nur von Giulia.«

Er blickte ihr nach, als sie dem Haus zustrebte. Von der Kleidung bis zur Körperhaltung, von der Ausdrucksweise bis zu ihrem Betragen – sie war bis in die Fingerspitzen die Tochter einer einflussreichen, wohlhabenden Familie. Ihr Leben spielte sich in der vornehmsten Umgebung der Welt ab. Sie würde ihn unglücklich machen, dachte er plötzlich. Sein Herz schmerzte jetzt schon, wenn er an seine Abreise dachte und daran, sie nicht wiederzusehen. Eine junge Frau wie sie war unerreichbar für ihn.

Auf der Fahrt sprachen sie über unverfängliche Dinge, bemerkten, dass die Mandelbäume schon anfingen zu blühen.

Jakob lehnte sich aus dem Fenster. »Ich habe häufig Mandelmilch zubereitet, ich wusste nicht, dass Mandeln auf Bäumen wachsen und solch schöne Blüten haben.«

»Erzähle mir von deiner Arbeit«, forderte Bianca ihn auf. »Hast du gerne in der Küche gearbeitet?«

»Gerne?« Er holte tief Luft. »Kochen ist für mich keine Arbeit! Es ist ein Vergnügen und ich vermisse es.« Er begegnete ihrem fragenden Blick und fuhr fort: »Ich sehe ein Huhn, zum Beispiel.« Er sah, dass sie das Lachen unterdrückte, und grinste selbst.

»Ein Huhn auf dem Markt oder in der Küche.«

»Ich verstehe, was du meinst.«

»Gleichgültig, welches Nahrungsmittel, ich überlege immer, was ich damit machen kann, um es schmackhaft zuzubereiten und angemessen auf den Tisch zu bringen. Es macht Freude, es anzufassen, zu verändern, etwas damit zu erschaffen.«

Er redete sich in Begeisterung. »In der Küche, wo ich lernte, begann ich gerade, selbstständig zu arbeiten. Mein Traum ist es, Küchenmeister zu werden, Bankette auszurichten für Menschen, die gutes Essen zu schätzen wissen. Ich habe gesehen, auf den Märkten hier ist das Angebot größer, besser, sogar billiger. Es ist unglaublich, all diese Waren anzuschauen, ich bekomme sofort Lust, damit etwas anzufangen. Allein durch den Anblick kommen mir zahlreiche Ideen in den Kopf. Man braucht Zeit, um gut zu kochen, und muss überlegen, welche Nahrungsmittel im Geschmack harmonieren. Sorgfältig jede einzelne Arbeit durchzuführen ist ebenso wichtig wie gute Zutaten. Nachlässigkeit und Eile sind von großem Nachteil, es schmälert die Freude an der Herstellung schöner Gerichte. Am Ende soll das Ergebnis so köstlich sein, dass Essen zur Lust wird. Jetzt begreife ich, was Meister Christof meinte – der Küchenmeister in meiner Heimat –«, fügte er erklärend hinzu. »Er sagte, ich muss hinaus, um zu lernen. Ich wollte nicht weg von daheim, aber er wusste, wovon er sprach. Ohne Kenntnisse habe ich keine Zukunft als großer Koch.«

Jakob sprach mit blitzenden Augen und voller Begeisterung. Die junge Frau rückte näher an ihn heran.

»Ich habe dich zuvor noch nie in Giulias Familie gesehen.«

»Ich habe Rafael Scalia vor Kurzem erst kennengelernt«, antwortete er leichthin.

»Ich komme aus einem Fürstentum im Norden, aus den Rheinlanden. Er hat mich sehr freundlich aufgenommen.«

»Deine Eltern werden dich sicher sehr vermissen.«

»Meine Eltern sind seit Langem tot. Meine Großmutter zog mich auf, sie verstarb erst kürzlich. Ich habe keine Angehörigen mehr.«

Sie erreichten den Hafen und die Kutsche näherte sich dem Kontor. Auf dem Gelände ging es geschäftig zu.

»Sieh nur!« Bianca wies mit der Hand auf einige große Galeonen, die im Hafen vertäut lagen.

»Seitdem aus der Neuen Welt immer mehr Waren nach Europa gelangen«, erklärte sie ihm, »ist nicht nur Asien der Lieferant für kostbare Güter. Die Anzahl der Schiffe ist um ein Vielfaches angestiegen. Nicht nur Spanien profitiert von dieser einträglichen Entdeckung, auch unsere Häfen gewinnen an Wichtigkeit. Unglücklicherweise haben jedoch immer noch die Schiffe Venedigs die Nase vorn.«

Bevor er ausstieg, nahm er ihre Hand in die seine und betrachtete sie. Ihre Hand war weiß und zart, sie hatte nie gearbeitet. In einem plötzlichen Impuls legte er sie an seine Wange.

»Giacomo, lass dich nicht entmutigen, verfolge deinen Traum und du wirst Erfolg haben.«

Er schloss einen Moment die Augen und roch das leichte Duftwasser an ihrem Handgelenk. Dann ließ er die Hand sinken. »Es gibt so vieles, um das ich dich bitten möchte, doch es ist sinnlos, Bianca. Deine Welt ist nicht die meine.«

»Warum bist du so mutlos? Du bist ein Jahr unterwegs, nutze es für dich. Du kannst meine Welt zu der deinen machen, wenn der Wille stark genug ist. Meine Familie und die Familie meines Onkels sind nicht von hoher Geburt; sie sind Kaufleute und manche nennen uns verächtlich Krämer. Der Wohlstand meiner Familie begann mit einer ersten Schiffsladung.«

»Ich danke dir für dein Vertrauen in mich. Darf ich dich noch einmal sehen, bevor ich abreise?«

»Giulia erzählte mir heute Morgen, dass ihr Vater vor deiner Abreise eine kleine Feier plant. Natürlich werden meine Tante und ich ebenfalls kommen.«

Er nickte und stieg aus. Ohne sich noch einmal umzublicken, betrat er das Kontor.

Jakob entschloss sich, dem Rat Rafaels und Pinos zu folgen und den kleinen Laderaum, der ihm großzügig zur Verfügung gestellt worden war, für eigene Geschäfte zu nutzen. Rafael räumte ihm Kredit ein und stellte ihm eine Anzahl feinster Wollballen zur Verfügung. Mit dem Erlös könnte Jakob Gewürze und andere Waren kaufen, die wiederum in Italien einen guten Preis erzielten. Aus diesen Gewinnen würde er dann den Kredit zurückzahlen.

Natürlich war Rafael Kaufmann und berechnete ihm den üblichen Zins, Jakob bekam nichts geschenkt. Trotz seiner Sprachschwierigkeiten erklärte ihm Pino langsam und ausführlich, wie er die Reise für sich auf die vorteilhafteste Weise nutzen konnte. Herstellungsweise, Qualität und Preise von Seide und Wolle hatte er inzwischen beinahe so gut im Kopf wie sein Lehrmeister. In Konstantinopel zahlte man zwar mit Goldmünzen, den Sultani, doch häufig auch noch mit kleinen Silbermünzen, den Aspern. Für eine Goldmünze erhielt man 59 Asper.

»Weiterhin gibt es auch noch den Para, den Altin und Mangir«, dozierte Pino.

»Versuche, stets Goldmünzen zu erhalten, was für den internationalen Handel üblich ist. Lass dich nicht abspeisen, sie erzählen Neulingen alles Mögliche, vor allem mit dem Hinweis auf irgendein obskures neues Recht. Sie sind gewiefte Händler«, warnte er eindringlich. »Sie arbeiten mit allen Tricks, sind charmant, laden dich ein, befreunden sich mit dir. Wenn sie dir dann ein für dich unvorteilhaftes Geschäft anbieten, sieht man sich in der Zwickmühle. Denke also daran, erst die Arbeit, dann das Vergnügen. Bei jeder Ladung musst du einen Verlust von zwanzig Prozent einrechnen, vorausgesetzt, du gerätst nicht in einen Sturm oder in die Hände von Piraten. Die Gewinnspanne bei Gewürzen beträgt nach Abzug deiner Kosten ungefähr vierzig Prozent. Sollte es Schwierigkeiten geben, halte dich an Vico und unseren Vertreter in Konstantinopel. Er wird auch einen Wechsel akzeptieren. Es sind erfahrene Leute.«

Jakob bemühte sich, sich alles einzuprägen. Pino bestand darauf, dass er sich Notizen machte. Seine Schrift hatte sich in den letzten beiden Wochen sprunghaft verbessert. Das Rechnen war ihm immer leicht gefallen.

Auf dieser Reise stand Pino ihm nicht zur Seite, doch einer der Seeleute stammte aus Konstantinopel und fungierte als Übersetzer.

Daneben gab es noch den Kapitän und seinen Maat, die Schiff und Route bestens kannten. Die Schiffe Rafaels, seines Vetters und der Medici fuhren auf allen Meeren, brachten Silber aus der Neuen Welt, Pfeffer aus Portugal, Holz aus Skandinavien, Gold und Gewürznelken aus Malakka, Edelsteine und Seide aus dem Orient.

Die beiden Wochen flogen vorbei, ehe er sich dessen bewusst wurde. Nur manchmal, wenn er erschöpft im Bett lag und Zahlen, Konten, Waren und Routen beiseiteschob, sah er ein lächelndes Gesicht mit violettblauen Augen vor sich.

Die Abschiedsfeier hatte er nicht vergessen. Rafael hatte sie zu seinen Ehren arrangiert und gab damit dem Gerede neue Nahrung.

Giulia war bei den seltenen Gelegenheiten, wo er sie traf, ausgesprochen freundlich zu ihm. Sie war ein lebhaftes, aufgeschlossenes Mädchen und umgarnte ihren Vater, der ihren Wünschen gegenüber völlig machtlos war.

Ihre Mutter war vor zwei Jahren an einer schweren Erkältung gestorben. Von einer neuen Frau für Rafael schien nicht die Rede zu sein. Jakob erfuhr nur das Nötigste von Pino, viel Zeit für private Gespräche gab es nicht.

Rafael hatte ihm eine vollständig neue Garderobe schneidern lassen, gegen Vorschuss, wie er versicherte. Die Summen, die er dabei für Jakob auslegte, ließen diesen schwindeln.

Jetzt musste er erfolgreich werden, allein schon, um seinen Verpflichtungen nachzukommen. Als er an diesem Abend die neue Kleidung anlegte, fand er sich so prächtig wie ein König. Über schwarzen Strümpfen trug er eine bauschige, schwarz-rot gestreifte Hose aus feinstem Tuch.

Sein Wams war an den Armen weit geschnitten und geschlitzt, darunter kam bunter Seidenstoff zum Vorschein.

Lorenzo würde seine helle Freude an ihm haben, dachte er. Sogar ein Paar Schuhe mit breitem Abschluss vorne hatte man ihm hingestellt, sie unterstrichen den achtbaren Eindruck.

Er selbst wollte nur einen einzigen Menschen heute beeindrucken und sein Herz klopfte, als er sie im Speisesaal erblickte.

Sie hatte sich ebenfalls herausgeputzt, alles an ihr schien zu funkeln. Ein silberdurchwirktes Überkleid fiel weit ausgestellt bis zu ihren Füßen, besaß jedoch ein enges Mieder und einen großzügigen, pelzverbrämten Ausschnitt. Eine Kette mit Saphiren schmückte ihren Hals. Sie wirkte elegant und älter als die junge Frau, die ihm in der Kutsche Mut zugesprochen hatte.

Ihr warmes Lächeln war jedoch dasselbe wie zuvor. Jakob konnte nur wenige Worte mit ihr wechseln, denn seine Tischdame war Giulia, die ihn mit lustigen Anekdoten über ihren sprechenden Papagei unterhielt, den sie vor einigen Tagen bekommen hatte und der sich beharrlich weigerte zu reden.

Er bemerkte, dass Bianca ihn immer wieder ansah und ihm wurde warm ums Herz. Es waren ungefähr zwei Dutzend Leute eingeladen, meist Kaufleute, und bald drehte sich das Gespräch wieder um Preise und Handelsrouten. Inzwischen stellte auch er die richtigen Fragen. Pino hatte gute Arbeit geleistet und Jakob sonnte sich in der Anerkennung für seinen Eifer und Fleiß. Rafael war sichtlich stolz auf ihn. Wenn Jakob nun auch noch gewusst hätte, warum er von ihm so auffallend protegiert wurde, hätte er den Abend noch unbeschwerter genießen können.

Nach dem Essen ging man in den Garten und es gelang ihm und Bianca, sich von den anderen abzusondern.

»Wir haben wenig Zeit, aber ich möchte mich von dir verabschieden, ohne dass uns alle dabei ansehen.« Er nahm ihre Hand und zog sie an seine Lippen.

»Ist dies alles, was du dir von mir wünschst? Meine Begehrlichkeiten sind größer.«

Als er sie fragend ansah, legte sie ihre Arme um seinen Hals und drückte sich an ihn. Er war so überrascht, dass er einen Augenblick fassungslos war.

Der Augenblick ging schnell vorüber, er griff in ihr Haar und küsste sie mit aller Leidenschaft.

Sie erwiderte den Kuss, vergrub ihr Gesicht schwer atmend an seinem Hals und flüsterte. »Ich will dich nicht verlieren! Du sollst an mich denken, wenn du fort bist, du sollst dir wünschen, dass ich bei dir wäre, und Sehnsucht haben, zu mir zurückzukommen.«

Er strich ihr Haar, das sich unter dem Ansturm der Gefühle gelöst hatte, zurück.

»Wie könnte ich dich vergessen. Ich werde mich jede Minute nach dir sehnen.«

»Das reicht mir nicht.«

Sie schob ihn von sich fort und murmelte halblaut: »Ich werde heute Nacht zu dir kommen und bei dir bleiben. Giulia weiß Bescheid, sie wird mir behilflich sein. Vor dem Morgengrauen kann ich wieder in meinem Zimmer sein.«

Er sah ihr Gesicht im Schein einer Laterne, ihre Lippen und die dunklen Augen und wünschte sich nichts mehr, als sie im Arm zu halten. Dennoch schüttelte er langsam den Kopf.

»Das wäre der falsche Weg, Bianca. Ich will dich so sehr, dass es schmerzt, aber es soll nicht heimlich und versteckt sein. Ich darf dich nicht bitten, auf mich zu warten, aber ich werde alles unternehmen, um Erfolg zu haben und zurückzukehren. Du selbst hast mir gesagt, dass ich ehrgeizig bin und meinen Weg gehen werde. Wenn du an mich glaubst, will ich es auch tun. Ich kann dich nicht der Gefahr aussetzen, dass du dich mit deiner Familie und deiner Umgebung entzweist oder gar noch Schlimmeres passiert und ich dann weit fort und nicht an deiner Seite bin.«

Eine einzelne Träne lief ihr über die Wange und brach ihm beinahe das Herz.

»Ernesto ist im Auftrag meines Onkels ebenfalls nach Konstantinopel gefahren und er kam als Todkranker wieder.«

»Wer ist Ernesto?« Ein Stich der Eifersucht durchzuckte ihn.

»Der Sohn Rafaels. Im Frühjahr vor zwei Jahren kehrte er zurück und starb bald darauf. Versprich mir, vorsichtig zu sein, es gibt so viele Gefahren auf dem Meer und noch mehr an Land.«

Er zog sie wieder an sich. »Ich verspreche dir alles. Sorge dich nicht um mich. Ich habe inzwischen Übung darin, schwierige Lagen zu überstehen.«

Noch einmal küssten sie sich lange und sehnsuchtsvoll. Die Gäste verließen nach und nach das Haus und ihr kurzzeitiges Fehlen schien unbemerkt geblieben zu sein. Er bewunderte Bianca, mit welch leichter Selbstverständlichkeit sie sich vor den anderen von ihm verabschiedete. Nur ihre Augen hielten ihn fest und sprachen zu ihm.

Als Jakob sich später in seinem Zimmer entkleidete, wusste er nicht mehr, ob er ein edler Ritter oder ein kompletter Schwachkopf war. Die Berührung mit ihrem Körper hatte alle seine Sinne entflammt und er bemühte sich, nicht ständig an sie zu denken. Er sann darüber nach, dass in den vergangenen drei Wochen nicht ein einziges Mal die Rede von einem verstorbenen Sohn Rafaels gewesen war.

Es war feuchtkalt und dunkel, als er sich am nächsten Morgen auf den Weg zum Hafen machte. In der Ferne krähte ein Hahn und die ersten Vögel regten sich.

Er zog den warmen Umhang fest um seine Schultern und betrachtete die große Karacke, die am Pier vor ihm lag. Der imposante Dreimaster mit seinem bauchigen Rumpf besaß einen hochgezogenen Bug und ein ebenso hohes Heck. Er hatte in der Zeit der Beladung einiges über die *Andromeda* gehört und wusste, dass eine Mannschaft von beinahe 120 Personen darauf angeheuert hatte.

Auf dem Deck herrschte rege Emsigkeit. Schon am Vortag waren die letzten Waren eingeladen worden und die Seeleute hatten ihre Habseligkeiten verstaut. Nur er und der Kapitän verfügten über eine eigene Kajüte, die ihren Namen jedoch kaum verdiente.

Die Enge war das Auffallendste, wie Jakob zunächst feststellte. Jeder noch so kleine Raum wurde für etwas Unabdingbares genutzt. Den meisten Raum nahm die Handelsware ein, gefolgt von Wasser, Lebensmitteln und Holz.

Sogar Hühner und Ziegen wurden mitgeführt. Die Mannschaft würde davon kaum profitieren, nur für ihn und den Kapitän gab es ordentliche Mahlzeiten. Jakob schlenderte über das Deck und achtete darauf, niemandem im Wege zu stehen und nicht über die zahlreichen Seile, Rollen und Körbe zu stolpern. Er hatte noch einmal mit Pino, der ihn auch auf die Schwierigkeiten der Mission hingewiesen hatte, alle Geschäftsabläufe sorgfältig erörtert.

Nach dem Zusammenbruch des byzantinischen Reiches brach die Gewürzlieferung zunächst völlig zusammen und alle Europäer wurden des Landes verwiesen. Die Genueser bildeten eine Ausnahme. Sie blieben dauerhaft in der Stadt und betrieben auch unter den osmanischen Herrschern ihren Handel.

Während die Venezianer sich nun in Alexandria und auf den Gewürzinseln eindeckten, bestanden zwischen einigen Genueser Kaufleuten und der Hohen Pforte nach wie vor Verbindungen.

Dennoch ließ der Gewürzhandel dorthin deutlich nach und Rafael hatte seine Schiffe von Anfang an mit Gütern beladen, nach denen hohe Nachfrage bestand und die sich einfach transportieren ließen. Gewürze kamen nun nicht mehr nur aus Indien, sondern zunehmend aus anderen Teilen der Welt, jedoch waren die Ziele weiter entfernt und gefährlich zu bereisen.

Auch die Produktionsorte seiner Wollwaren und Tuche verlagerten sich allmählich. Kamen sie bislang hauptsächlich aus Flandern und dem Rheinland, so waren auch England und Frankreich mit ihren Angeboten interessant. Neben den schweren Wollstoffen boten sie zusätzlich leichtere Waren, die sich der Mode schneller anpassten.

Jakob achtete darauf, dass alle Ballen sorgfältig unter Deck trocken gelagert und befestigt wurden. Nasse und verschimmelte Stoffe brachten nichts mehr ein.

Der Maat, ein stämmiger Seemann mit tiefschwarzem Bart, zog zu seiner Verblüffung die Mütze vom Kopf.

»Wenn der junge Herr sich zum Kapitän bemühen will. Er möchte sich vorstellen.«

»Du kannst mich Giacomo nennen. Ich war noch nie auf einem Schiff und werde sicher oft genug deinen Rat brauchen.«

Der Mann grinste ihn an und zeigte eine lückenhafte Reihe von Zähnen.

»Ist mir recht, ich bin Pietro.« Er wies mit dem Daumen hinter sich, als Jakob sich in die falsche Richtung bewegte.

Bevor er ging, meinte Jakob: »Pietro, lass deine Mütze auf dem Kopf, wenn du mit mir sprichst.«

Der Kapitän war ein Edelmann vom Scheitel bis zur Sohle. Elegant gekleidet winkte er Jakob nonchalant zu sich und wies auf den einzig freien Sitz. Die neben ihm stehende Flasche Rotwein war gut zur Hälfte geleert, und es war noch nicht einmal Mittag.

Er schenkte Jakob ein Glas ein und meinte: »Junger Mann, Giacomo ist Euer Name, nicht wahr, willkommen an Bord. Ich bin Stefano Vico, Kapitän dieses großartigen Schiffes, salute!«

Nachdem sie sich zugeprostet hatten, erklärte er: »Ich fahre viermal im Jahr von Genua nach Konstantinopel, immer hin und zurück. Wir machen nur einen kurzen Halt auf der griechischen Insel Chios, frischen die Vorräte auf und wenn die Zeit reicht, besuchen wir einen Sklavenmarkt. Jedes Mal denke ich: *nie wieder Konstantinopel!*, und kaum bin ich daheim, will ich nur wieder weg.«

Er lachte. »Es macht süchtig, Ihr werdet sehen.«

Jakob legte die Füße hoch und machte es sich bequem. Durch den Schiffsrumpf ging ein Zittern.

Vico drehte sein Glas in der Hand und betrachtete die Farbe des Weines. »Wir legen gleich ab.«

»Müsst Ihr nicht an Deck, um das Ablegen zu beaufsichtigen?«

Ein erstaunter Blick traf ihn. »Wozu? Jeder weiß, was er zu tun hat, und Pietro hat die Aufsicht. Er kann das, ich nicht.«

Dieses Mal war es an Jakob, erstaunt zu sein. »Ich nahm an, dass ein Kapitän am besten weiß, was auf dem Schiff zu tun ist.«

Vico nahm einen tiefen Schluck. »Das ist manchmal so, oft ist es nicht so. Für diese einfachen Arbeiten ist Pietro da, ich führe die disziplinarische und kaufmännische Aufsicht.«

Er griff nach der Flasche und füllte sein Glas wieder. »Außerdem besitze ich einen bescheidenen Anteil an der Fracht und verdiene an jeder Fahrt. So wie Ihr. Selbst die Galeoti, die Ruderer der Venezianer, können mit Waren handeln, jedenfalls mit der Menge, die sie unter ihrer Ruderbank unterbringen.«

»Sind das nicht Sklaven?«

»Wo denkt Ihr hin! Nur Freie, das ist im Falle eines Überfalls sicherer. Es sind gute Leute, manchmal etwas rau. Die Seefahrer aus Genua fahren schon lange nicht mehr mit Ruderschiffen. Das kostet zu viel Raum und Zeit, man muss ständig die Vorräte auffrischen und verteuert die Waren durch höhere Kosten. Aber die Venezianer schwören darauf. Bei Überfällen ist man mit Ruderern wendiger.

In gut zwei Wochen, so Gott und der Wind uns wohlgesonnen sind, erreichen wir Konstantinopel, bleiben drei Wochen dort und segeln wieder nach Hause.«

Er sah Jakobs bedenkliche Miene und meinte beruhigend: »Mit Piraten hatten wir noch nicht viel zu schaffen, wir halten uns nicht in gefährlichen Gewässern auf und ich kann mich auf meine Leute verlassen, denn ich behandle sie sehr gut.«

In den Tagen auf See konnte Jakob beobachten, dass die gute Behandlung Kapitän Vicos hauptsächlich darin bestand, sich nicht allzu häufig blicken zu lassen.

Anfangs waren die rollenden Bewegungen des Schiffes neu für ihn und gelegentlich kämpfte er auch mit einer leichten Übelkeit. Nach einer Woche jedoch spürte er davon nichts mehr und genoss sogar das Schaukeln der Wellen. Weit unangenehmer war etwas anderes.

Das Schiff wurde mit jedem Tag mehr zu einer Wiege des Gestanks und der Unsauberkeit. Es gab eine Luke am Heck des Schiffes, die als Abort genutzt wurde, doch nicht immer hielten sich die Männer daran. Ratten und Ungeziefer waren weit zahlreicher als die Mannschaft, und die lachende Versicherung von Pietro, dass sie dadurch auf gar keinen Fall verhungern würden, jagte Jakob Entsetzen ein.

Pietro hatte ihn offenbar in sein Seemannsherz geschlossen und saß gelegentlich abends mit ihm an Deck. Er erzählte von seinen abenteuerlichen Reisen, auf denen ihm Seeungeheuer begegnet waren und schöne Meerjungfrauen, erklärte ihm das Firmament und wie man sich daran orientieren konnte.

Jakob fühlte sich in der Gesellschaft Pietros wohler als bei Vico, dessen Weinkonsum seine eigene Trinkfestigkeit deutlich überstieg. Schon zwei Gläser des Roten setzten ihn außer Gefecht, während er dem Kapitän auch nach zwei Flaschen nicht das Geringste anmerkte.

Sie segelten in der Nähe der Küsten. Das Meer war nach Bekunden des Maats recht ruhig. In der Nähe der antiken Stadt Athen regnete es zwei Tage lang ununterbrochen und Jakob kontrollierte besorgt seine Wollballen, damit die Feuchtigkeit nicht eindringen konnte.

Einer der Seeleute fungierte nebenher als Schiffskoch, jedoch mit abscheulichem Erfolg. Nachdem die frischen Vorräte aufgebraucht waren, hatte er sich an einem Eintopf aus Ziegenfleisch versucht, wofür das mitgeführte Tier sein Leben lassen musste. Als Jakob kostete, bedauerte er sich selbst ebenso wie die Ziege, die in seinen Augen unnützerweise geschlachtet worden war. Die Mischung aus verkohlten und grauen Brocken ließ keinerlei Herkunft erkennen. Er schüttelte sich vor Widerwillen, zwang sich jedoch, mit der gleichen stoischen Ruhe zu essen wie Vico.

Pietro, dem er sein Leid über die schlechte Nahrung klagte, erklärte ihm, dass er auf jeden Fall essen müsse, was immer er bekäme. Schlechte Mahlzeiten seien ein Schutz gegen Ungeziefer und Ratten, die ihn annagen würden, wenn er nach gutem Essen riechen würde.

Er blickte den Maat misstrauisch an, aber dieser sah so ernst und überzeugt aus, dass an der Behauptung vielleicht doch ein wahrer Kern war.

Eine griechische Insel, die über klares Trinkwasser verfügte und ihnen Oliven und Käse verkaufte, erschien ihm wie die Rettung in der kulinarischen Einöde. Der Aufenthalt war kurz, dennoch nutzten die meisten Männer die Gelegenheit, sich die Füße zu vertreten und ließen sich von Einheimischen an Land rudern.

Jakob zögerte, als er das schwankende Boot sah, dem er sich anvertrauen sollte. Es war zwar nicht allzu weit zum Ufer, aber er war als Kind nur selten im Teich beim Schloss einige Züge geschwommen. Erst als Mario, ein Seemann, sich als exzellenter Schwimmer bezeichnete und auf ihn zu achten versprach wie auf seinen Schatz zu Hause, wagte er sich die Strickleiter hinab. An Land fiel er beinahe zu Boden.

»Das Land schwankt«, rief er besorgt. Alle brachen in lautes Gelächter aus.

»Sei kein Dummkopf«, beruhigte Mario ihn, immer noch lachend. »Deine Beine sind an die Schiffsbewegung gewöhnt. Das gibt sich mit der Zeit wieder. Wir Seeleute sind immer an unserem Gang erkennbar. Wir leben zu lange schon auf dem Schiff.«

Jakob genoss die Luft, die nach feuchter Erde und Gras roch. Eine Frau brachte ihnen etwas zu essen und später erschienen Händler mit frischen Vorräten, vor allem jedoch mit Frischwasser.

Er folgte dem Rat Pinos und kaufte einige Zitronen. Die Früchte würden helfen, den gefürchteten Skorbut zu vermeiden. Der Ziegenkäse, die eingelegten Oliven und das Brot schmeckten köstlich, und auch von ihnen erwarb er einen ansehnlichen Vorrat.

Am nächsten Morgen setzten sie die Reise fort. Jakob leistete Vico Gesellschaft und trug die Reisedaten und Kosten in das Bordbuch ein.

Der Kapitän lud ihn zu dem unvermeidlichen Glas Wein ein und er akzeptierte ergeben. Er trank nur winzige Schlucke, um nicht schon am Morgen die Wirkung des unverdünnten Weines zu spüren.

»Ich habe schaurige Geschichten über die Ungläubigen gehört. Sind sie wirklich so furchtbar und grausam?«

Vico sah ihn über den Rand des Glases an und grinste. »Warte nur ab, mein Junge. Du wirst staunen. Die Kaufleute in Konstantinopel sind nicht schlechter organisiert als die Genueser. Das Handelshaus der Aslan, unser Geschäftspartner und Agent vor Ort, kennt unsere Wünsche genau und ist immer bestens vorbereitet. Sie sind gastfreundlich und nehmen uns in ihr Haus auf. Vergiss nur niemals, dass du keine Frauen ansehen darfst, das ist unhöflich und kann Ärger machen. Alkohol ist auch verboten, leider.«

Er zog eine missvergnügte Grimasse.

»Welche Sprache sprechen sie?«

»Viele Sprachen. Die Familie Aslan ist recht groß, zwei der Söhne sprechen ein leidliches Französisch, im Allgemeinen spricht man Persisch oder Türkisch, auch Arabisch und Griechisch. Ahmed ist ein weltoffener, sehr kultivierter Mann mit besten Verbindungen. Er wird dir jede Frage gerne beantworten.«

Jakobs Vorstellungen vom Land der Osmanen waren immer noch sehr verschwommen und dürftig. Umso erstaunter betrachtete er die zahlreichen Schiffe aller Länder, die sich wie ein Schwarm Fische der Stadt näherten.

Sie hatten einzelne Inseln umrundet und näherten sich nun dem Ziel ihrer Reise. Von Weitem sah er vergoldete Kuppeln und Minarette und im Abendlicht auf einer Landnase den Sultanspalast, dessen Größe und Pracht ihn sprachlos machten.

Ein gut ausgebauter Kai mit Gebäuden, die als Warenlager dienten, bestätigte den ersten Eindruck einer wohlorganisierten Welt. Nichts deutete darauf hin, dass er sich in einem Land befand, das man als barbarisch in seiner Heimat fürchtete.

Auch der Empfang durch die Familie Aslan war herzlich. Vico stellte Jakob vor, und zu seiner Überraschung sprach der Kapitän fließend in einer weichen Sprache, von der er kein Wort verstand.

Ein junger Mann, nur wenig älter als er selbst, näherte sich ihm und sprach ihn auf Französisch an. Es war

Ali, der zweitjüngste Sohn, der Jakob bei der Begrüßung nicht in die Augen sah.

Sie wurden ohne weitere Umstände zu Sänften geleitet, die sie zu einem Gebäude im eleganten Stadtteil Pera brachten, dessen hohe Mauern von außen wie eine Festung wirkten.

Er versuchte, Vico einen fragenden Blick zuzuwerfen, doch dieser eilte entspannt voraus und sah sich nicht nach ihm um.

»Vielleicht möchtet Ihr Euch von der beschwerlichen und langen Reise reinigen, bevor Ihr unser bescheidenes Mahl teilt.«

Ali wies zu einem Raum, aus dem es angenehm roch, und Jakob nickte. Er war sich bewusst, dass er auf die gepflegte Erscheinung des jungen Orientalen selbst wie ein Wilder wirkte.

Er betrat das ihm zugewiesene Gemach und blieb beeindruckt stehen. Noch niemals hatte er solch eine üppige Ausstattung gesehen. Man konnte den Raum als Badehaus bezeichnen, doch er war der einzige Gast. In den schimmernden Marmorboden eingelassen war eine Wanne mit Wasser, welches einladend dampfte und verlockend duftete. Feine Tücher und ätherische Öle befanden sich ebenso auf den kleinen Tischen wie Schalen mit Obst und Fruchtsäfte. Sogar ein neues Gewand, weit fallend und mit Goldbordüre verziert, lag für den Gast bereit. Jakob warf seine übel riechende Kleidung in einen Korb und ließ sich aufseufzend in das warme Nass sinken.

Die Tage brachten eine Überraschung nach der anderen – nur über Geschäfte wurde kein Wort gesprochen. Vico, den er mit steigender Ungeduld darauf hinwies, winkte ab.

»Du musst lernen, dass man Geschäfte ganz nebenher bespricht. Wir können nicht kommen, alles erledigen und segeln wieder fort. Das entspricht nicht den Gewohnheiten der Menschen in diesem Land.«

Er behielt diesen Gedanken im Kopf, als er Ali gegenüber saß und aus verschieden Schalen Gerichte kostete. Gegessen wurde zweimal am Tag, am späten Vormittag und vor Sonnenuntergang. Die Gerichte erregten sofort seine Aufmerksamkeit, sie waren ganz anders als die seiner Heimat.

Manche Speisen wurden mit Joghurt zubereitet, andere bestanden aus Gemüse, niemals fehlte ein Pilaw, ein Reisgericht, das auf die unterschiedlichste Weise und mit verschiedenen Gewürzen zubereitet werden konnte. Pasteten, Obst und raffinierte Süßigkeiten mit Honig, Mandeln und Nüssen, Baklava genannt, und Kombinationen von Fleisch und Früchten, die er noch nie gesehen hatte, erregten Jakobs Aufmerksamkeit.

Ali entging sein Interesse nicht. Er führte seinen Gast zum großen Markt, wo Jakob aus dem Staunen nicht mehr heraus kam.

Er hätte seine gesamte Zeit dort verbringen mögen, doch sein Interesse musste der Seidenlieferung gelten, und nachdem er Ali für seine Freundlichkeit ein lackiertes Kästchen geschenkt hatte, kam zum ersten Mal die Sprache darauf, welche Waren er mitzunehmen gedenke.

Sie saßen in einem Gasthaus auf tiefen, weichen Kissen und man reichte ihm eine Schale mit einer schwarzen Flüssigkeit. In einer Pfanne über glühenden Kohlen wurden grüne Bohnen geröstet, die ein kräftiger, schwarzer Mann mit großer körperlicher Anstrengung pulverfein mahlte und mit kochendem Wasser übergoss. Aus dem Sud entstand ein dunkles Gebräu, Kaffa genannt. Es wurde stark gesüßt. Jakob kostete vorsichtig. Der Geschmack war eigenartig, doch nicht unangenehm. Ali teilte ein Stück Honigbrot mit ihm.

»Sag mir, Ali«, begann er das Gespräch, nachdem er noch einen weiteren Schluck des fremdartigen Getränkes zu sich genommen hatte, »ich habe mit großem Vergnügen gesehen, wie gut man in Eurem Haushalt zu kochen weiß. Ich kenne einen Palast in meiner Heimat, der über viele Köche verfügt und wo ebenfalls sehr gut gekocht wird. Was muss man machen, um für den großen Sultan, den ihr den Prächtigen nennt, zu kochen?«

»Das ist eine schwierige Frage«, meinte Ali erheitert. »In den zahlreichen Küchen des Palastes arbeiten mehr als viertausend Menschen. Der Oberküchenmeister, der Herr der obersten aller Küchen, Matbah-i-amire genannt, herrscht über zwölf Oberköche mit zweihundert Helfern. Da gibt es die Kuşhane, in der nur für den Sultan gekocht wird. Dann gibt es die Küche für die Sultansmutter, die für die Frauen kocht, sowie weitere Küchen, die jede einen Hauptkoch und viele andere Köche mit unterschiedlichen Arbeitsbereichen haben. Es gibt allein dreihundert Hilfsköche und weitere hundert Sonderköche mit ihren Unterabteilungen und Lehrlingen.«

Jakob hatte sich verschluckt und Ali wartete, bis sich seine Atmung wieder normalisierte, bevor er fortfuhr.

»Der Palast ist eine eigene Stadt mit einem eigenen Verwaltungssystem und unzähligen Angestellten, Bediensteten, Eunuchen und Sklaven. Jeder Einzelne hat eine ganz spezielle Aufgabe und ist nur dafür zuständig.«

»Was muss ein junger Mann machen, wenn er in diese festgefügte Ordnung dringen will, um die Kochkunst zu lernen?«

Ali grinste verschmitzt. »Man muss jemanden kennen, der einen kennt, der dort arbeitet.«

Er hob die Hände in gespielter Verzweiflung. »Bevor du mir sagst, dass du Oberküchenmeister des Sultans werden willst, lass mich dir noch den Basar zeigen.«

Jakobs Bild über die Stadt und ihre Bewohner hatte sich in kurzer Zeit nicht nur ganz und gar verändert, er war auch voller Bewunderung und Hochachtung für eine Lebensweise, die nicht nur prachtvoll, sondern auch virtuos geordnet war.

Ali spürte sein Interesse und zeigte ihm mit zunehmender Freude jeden Tag mehr vom Alltag seines Volkes. Jakob fragte nicht mehr nach Vico; zu gut gefiel es ihm in der Stadt und in Begleitung seines neuen Freundes. Es gab so viel zu entdecken und zu bestaunen, sogar einige höfliche Redewendungen in der Landessprache hatte er sich mit Alis Hilfe angeeignet.

Der große Basar bot mit seinen unzähligen Ständen und Geschäften mehr Waren feil als der Markt in der großen Stadt Köln.

Ali erklärte ihm, dass auch hier eine strenge Ordnung bestand und alles in Gesetzen und Erlassen geregelt war. So beaufsichtigte der Muhtesip die einzelnen Händler und Handwerker und kontrollierte, ob die Vorschriften der zahlreichen Zünfte, der Esnaf, umgesetzt wurden.

Gewichte, Maße und Qualitäten mussten eingehalten werden. Jakob berichtete Ali, dass es auch in seiner Heimat Zünfte für das Handwerk gab, doch die Menge der Zünfte in Konstantinopel übertraf alles, was er gehört hatte. Die Esnaf überwachte ebenso wie in seiner Heimat die Ausbildung der Lehrlinge. Um einen Meistertitel zu erwerben, musste der Geselle seine handwerklichen Fähigkeiten unter Beweis stellen. Gelang ihm dies, erhielt er eine schriftliche Bestätigung und wurde in das Meisterregister eingetragen.

»Um einfacher Koch zu werden, musst du ungefähr sieben Jahre lernen«, erklärte Ali. Er wusste inzwischen, dass Jakob mit einer Kochausbildung begonnen hatte, sie jedoch wegen familiärer Veränderungen abgebrochen hatte. Dennoch verstand er, dass der Fremde seinen Traum gerne verwirklicht hätte. Sie standen vor einem Teppichgeschäft und beobachten zwei Männer, die ein fein ziseliertes Muster knüpften. Ihre Rücken waren von der jahrelangen gebeugten Haltung krumm, doch sie lächelten den beiden zu und luden sie zu einem erfrischenden Getränk ein.

Das vorsichtige Misstrauen, welches Pino ihm für den Umgang mit den freundlichen Fremden eingeschärft hatte, war lange verschwunden. Die Menschen waren herzlich, offen und großzügig. Dies konnte allerdings auch anders aussehen, wie Jakob an einem warmen Frühlingstag in einem der bequemen Rasthäuser feststellte. Ein wortgewaltiger Spanier forderte mit lauter Stimme und großer Herablassung etwas zu essen und zu trinken, beschwerte sich dann über die scharfen Gewürze und warf das Brot auf den Boden, da es ihm zu hart war.

Man ignorierte ihn lange und bediente ihn unwirsch. Am Ende forderte man einen Preis, der das Zehnfache dessen betrug, was man Jakob abverlangte.

Hatte er in der ersten Woche noch im Gästetrakt des Handelshauses Aslan übernachtet, so schlief er inzwischen bei Ali. Sein Freund besaß trotz seiner Jugend schon ein eigenes Haus in der Stadt, unweit des Palastes.

Jakob kehrte in seine Räume zurück und wusch sich ausgiebig vor dem Essen, auch dies war eine Eigenart des Landes. Man legte größten Wert auf absolute Sauberkeit und strafte die schmutzstarrenden Fremden mit Verachtung. Nie wieder würde Jakob jemandem in Konstantinopel entgegentreten, ohne sich zuvor gereinigt zu haben. Mit Scham dachte er an seine Ankunft, wo er seine Geschäftspartner ebenso begrüßt hatte.

Eine junge Frau betrat das Gemach und war ihm behilflich. An diese Annehmlichkeit hatte er sich schnell gewöhnt, auch daran, dass sie die Körperpflege reichlich großzügig auslegte und er nach ihrem ersten Erscheinen mit hochrotem Kopf zum Essen kam und gar nicht wusste, wo er hinsehen sollte. Ali frotzelte süffisant, als er den verlegenen Freund an der Abendtafel begrüßte.

Zunächst besprachen sie die Seidenlieferungen und Preise. Erst vor Kurzem waren Karawanen über die Seidenstraße nach Konstantinopel gelangt und hatten die kostbaren Ballen in den bewachten Lagerräumen der Familie Aslan deponiert.

Vico und Jakob hatten sie einen Tag zuvor geprüft. Stoffe, Farben und Webart waren von herausragender Qualität. Der Händler kannte den Preis ebenso gut wie der Käufer. Natürlich feilschte man um die Höhe, doch dies war mehr ein Spiel zum Zeitvertreib, denn am Ende würde man sich auf den korrekten Marktpreis einigen – vorausgesetzt, beide verhielten sich höflich und zuvorkommend.

Die Ware im Gespräch herabzusetzen oder unverschämt niedrige Preise zu fordern, galt als plump und führte niemals zum Erfolg. Mit solchen Menschen machte ein angesehener Kaufmann keine Geschäfte. Im Gegenzug sorgte er selbst dafür, dass der Käufer erstklassige und fehlerfreie Stoffe mit in seine Heimat nahm. Erst wenn beide Parteien mit dem Handel zufrieden waren, trennte man sich mit der Versicherung, bald wieder in Freundschaft zusammenzukommen.

Das Geschäft stand kurz vor dem Abschluss. Jakob war bereit, etwas mehr als die kalkulierten Preise zu zahlen, da die Seide von einer solchen Beschaffenheit war, dass man in Italien ein Vermögen damit verdienen konnte. Auch für sich selbst hatte er eine entsprechende Menge eingekauft.

Ali hatte ihm geschickt die Ballen mit dem auffälligsten und schönsten Muster reserviert, ohne dafür einen Aufpreis zu verlangen. Allein mit diesen Stoffen konnte er seinen Kredit bei Rafael tilgen. Er versprach dem jungen Türken, bei der nächsten Fahrt der *Andromeda* wieder an Bord zu sein.

Mochte die Schiffsreise auch entsetzlich sein, so war der Aufenthalt in dieser aufregenden Stadt mit einem Freund wie Ali an der Seite eine unwiderstehliche Verlockung. Fand er dabei auch noch die Gelegenheit, mit der Zeit ein Vermögen zu verdienen, musste seine Rückkehr nach Hause eben warten. Dennoch verlor er die Wünsche seines Fürsten nicht aus den Augen und erkundigte sich eingehend nach Gewürzen und Preisen. Sein kleiner Anteil im Laderaum würde mit Stoffen und Gewürzen beinahe überborden, doch er war fest entschlossen, alles unterzubringen. Notfalls würde der Platz für den Weinvorrat des Kapitäns geopfert, dachte er grimmig.

Die Zeit ihrer Abreise kam näher. Am vorletzten Tag ihres Aufenthaltes brachte Ali ihn zum Reitstall der Familie und überredete den sich sträubenden Jakob, auf ein Pferd zu steigen.

Unglücklich hockte er im Sattel.

»Ali, das ist nichts für mich, ich kann nicht reiten. Ich will es auch nicht lernen, ich brauche es weder als Koch noch als Händler.«

Er meuterte noch, als das Tier in einen langsamen Trab fiel und er wie ein Mehlsack durchgeschüttelt wurde.

Ali lachte, bis ihm die Tränen kamen.

»Ich bin froh, dass es dich so erheitert«, schrie er zornig und mit leichter Verzweiflung in der Stimme, was nur einen erneuten Lachsturm entfesselte. Sogar der Sklave grinste verstohlen.

Er wusste nicht, wie man das Pferd zum Stehen brachte, also bemühte er sich, dem Rat des Dieners zu folgen, sich gerade zu halten und auf Gewichtsverlagerungen seines Körpers zu achten. Der braunhäutige Dienstbote schien eine besondere Fähigkeit zu haben, mit Pferden umzugehen. Es bedurfte nur einer kurzen Bewegung oder eines Lautes und das Tier gehorchte ihm.

Langsam bekam Jakob ein Gefühl für die Bewegungen und den Rhythmus. Er nahm den Zügel auf und dirigierte das Tier stolz quer über das Übungsgelände.

»Sieh doch, Ali, ich kann es schon.«

»Ich sagte dir doch, du lernst es schnell. Es wird dir gefallen, wenn wir zusammen ausreiten oder auf die Jagd gehen.«

Es hatte ihm tatsächlich Spaß gemacht und ihm die Scheu vor den großen Tieren genommen. Er freute sich schon darauf, die Lektionen fortzusetzen und mit Ali in die Wälder zu reiten.

»Warum hast du nie Reiten gelernt?«, erkundigte sich sein Freund. »Es macht dir doch Spaß und ich kenne keinen Mann, der Pferde nicht liebt.«

»In meiner Heimat war das nicht möglich«, erklärte er. »Zunächst besaß ich nicht die Mittel, mir ein Pferd zu kaufen, und reiten kann man nur, wenn man Stallknecht ist und für die hohen Herren die Pferde besorgt. Es geziemt meiner Herkunft außerdem nicht, mich mit den Zeichen der hohen Geburt zu schmücken. Man muss aus nobler Familie sein, um ein Pferd zu besitzen und zu reiten.«

Er sah Unverständnis in den Augen seines Freundes und erklärte: »Bei uns kann man nicht wählen, was man machen möchte im Leben. Gott hat bestimmt, wohin wir geboren werden und damit müssen wir uns zufriedengeben. Meine Familie hat dem Fürsten gedient und gehört zu seinem Haus. Wir sind zwar Freie, aber ich kann ohne seine Erlaubnis trotzdem nicht fort oder eine Tätigkeit ausüben, die er nicht gutheißt.«

Alis Augen wurden groß. »Vielleicht solltest du bei uns leben! Hier kannst du werden, was du möchtest, ganz deinen Fähigkeiten entsprechend. Selbst der beste Freund des Sultans war Sklave und hat es bis zum obersten Heerführer gebracht. Die Sultanin war ebenfalls früher eine Sklavin. Nun ist sie die mächtigste Frau im Reich.«

Jakob senkte die Augen. »Ich bin christlich geboren und erzogen, es ist eine Sünde, nach etwas zu streben, was mir nicht zusteht.«

»Das macht dir Sorgen, nicht wahr? Hier leben Menschen aller Glaubensrichtungen, und ich kann mir nicht vorstellen, dass sie ins Verderben stürzen, weil sie nach mehr Wohlstand und Anerkennung streben. Ich spreche nicht von den Betrügern; diese werden von allen Religionen verurteilt. Aber Gott – deiner und meiner – hat uns den Verstand doch nicht gegeben, damit wir ihn nicht benutzen.«

Jakob wusste nicht, ob Ali nicht vielleicht im Recht war. Noch nie hatte er sich diesen Fragen gestellt oder sie auch nur stellen müssen. Aber der Alltag in Konstantinopel führte ihm täglich vor Augen, wozu der Einzelne fähig war, wenn er entsprechend seiner Talente arbeitete. Der Gedanke, einfach zu bleiben, war berauschend. Wer würde ihn schon vermissen? Doch dann schob sich das Bild einer schönen jungen Frau in seine Erinnerung. Es war nicht erforderlich, sofort eine Entscheidung zu treffen, die er möglicherweise bereuen konnte.

Die Sänftenträger setzten die beiden jungen Männer ab. Jakob war so in das Gespräch und in seine Gedanken vertieft, dass er der Umgebung keine Beachtung geschenkt hatte. Jetzt bemerkte er, dass sie an einer imposanten Pforte hielten, vor der zahlreiche Garden und eine große Anzahl Menschen standen, die auf Einlass warteten.

Ali nahm ihn an der Hand und schob sich an ihnen vorbei. Sie ernteten einige missbilligende Blicke, doch sein Freund ließ sich davon nicht beeindrucken. Er zog ein Schreiben aus dem Wams und hielt es dem mit Messern und Säbel bewaffneten Wachposten vor die Nase.

Dieser las das Schreiben sorgfältig und schrie einen Befehl. Jakob warf einen fragenden Blick auf Ali, doch der winkte nur gelassen ab.

»Geduld, mein Freund. Diese braucht man, wenn man in den Palast möchte.«

Sie richteten sich auf einige Wartezeit ein und Jakob beobachtete eine Gruppe wild aussehender Soldaten, die den Palast verließ.

Als er Ali auf sie aufmerksam machte, meinte der: »Das sind Akindschi, schlimme Gesellen. Meine Tante hat mich als kleiner Junge immer vor ihnen gewarnt, denn sie stehlen und verschleppen Kinder. Auch heute noch liefern sie Sklaven, die sie auf ihren Beutezügen fangen.«

Schließlich ließ man Jakob und Ali in einen Vorhof, und ein weibischer Eunuch mit affektiertem Benehmen führte sie zur Küche.

Es handelte sich eher um einen riesigen Küchentrakt, dessen Räume ineinander übergingen. Jakob verlor sehr bald die Orientierung, so verschachtelt und vielgestaltig waren die Gebäude angeordnet. Überall kochte und brutzelte es in Töpfen und auf Spießen, überall saßen Männer und bereiteten Mahlzeiten zu. Die unterschiedlichen Düfte und Aromen waren überwältigend. Ebenso die unübersehbare Menge der Nahrungsmittel und Geschirre, die gehandhabt wurden. Er wollte stehen und zusehen, doch der Eunuch trieb sie mit quäkender Stimme vor sich her, bis sie eine Küche erreichten, in der es etwas ruhiger zuging.

Ali besprach sich mit einem Küchenchef und wandte sich dann an Jakob.

»Dies ist Omar, der Koch für die ausländischen Gesandten. Er spricht deine Sprache und ist bereit, dich als Gehilfe für einige Zeit zu unterweisen. Wenn du wiederkommst und immer noch kochen willst, bist du willkommen in der Küche.«

Jakob starrte sprachlos erst auf Ali, dann auf Omar. Dann fasste er sich und stotterte beinahe vor Aufregung.

»Natürlich will ich, welche Frage. Ali, das ist ja unglaublich, ich kann wirklich in der Küche des Sultans kochen?«

»Hier ist nicht die Küche des Sultans«, berichtigte Omar ihn mit sonorer Stimme und einem leicht singenden Tonfall. »Wir kochen nur für fremde Besucher, die zu Gast im Palast sind. Die Küche des Sultans betreten wir nicht.«

Es war eigenartig, plötzlich wieder Worte in seiner Muttersprache zu hören, wenn auch mit einem fremden Klang.

Jakob sah den kräftigen Mann an und erklärte: »Es würde mich stolz und glücklich machen, an Eurer Seite zu kochen. Ich habe viel zu lernen und bin begierig zu sehen, wie man hierzulande Gerichte zubereitet. Sobald ich wieder in Konstantinopel bin, werde ich mich bei Euch melden.«

Der letzte Tag verging schnell. Noch einmal überprüfte er seine Waren, verglich Listen, Summen und Wechsel, um keinen Fehler zu begehen. Als er vor dem Schiff auf Vico wartete, hörte er hinter sich vertraute Laute in seiner eigenen Sprache.

»Schafft die Körbe in das hintere Deck, die vordere Ladung ist für Brügge bestimmt.«

Interessiert wandte er sich um und entdeckte den Maat des benachbarten Schiffes.

»Verzeiht meine Frage, liefert Ihr auch Waren an den Rhein?«

Misstrauisch musterte ihn der hochgewachsene Mann, dessen Gesichtshaut von Sommersprossen übersät war und sich in der Sonne schälte.

»Warum wollt Ihr das wissen?«

Erklärend antwortete Jakob: »Ich suche einen Gewürzhändler, der Waren an den Hof meines Fürsten ins Rheinland liefert.«

Der Mann wies ihm den Weg zu seinem Kapitän, einem rotgesichtigen, breitschultrigen Holländer.

»Ich laufe Antwerpen an und wir liefern unsere Waren bis nach Köln«, erklärte dieser. »Wenn Euer Fürstenhof nicht allzu weit von unserer Route entfernt liegt, können wir ins Geschäft kommen.«

Jakob entschied sich, die Wartezeit zu nutzen, und bat ihn in ein nahe gelegenes Gasthaus. Der Mann war vorsichtig und wollte wissen, warum Jakob nicht selbst lieferte, wo er doch eigene Waren verschiffte. Nachdem er seine Fragen zur Zufriedenheit beantwortet hatte und ihm genau geschildert hatte, um welchen Fürstenhof es sich handelte, war dieser bereit, seine Händler in den Niederlanden auf dem Weg nach Köln dorthin zu schicken. Sie würden versuchen, sich in zwei Monaten wieder in Konstantinopel zu treffen. Er gab die Familie Aslan als Kontakt an, und sie trennten sich mit Handschlag unter gleichgestellten Kaufleuten.

Die Rückreise war noch misslicher als erwartet. Ein Sturm überfiel sie, kaum dass sie der Stadt den Rücken gekehrt hatten und schüttelte das Schiff gewaltig durch. Die Seeleute schrien sich Befehle zu und rannten über das Deck, stets in Furcht, von einer Welle über Bord gespült zu werden.

Die kostbaren Seidenballen wurden glücklicherweise verschont, doch die empfindlichen chinesischen Porzellanstücke, die Vico auf eigene Rechnung gekauft hatte, zerbrachen zum Teil. Er ertränkte seinen Kummer in Wein und bekam vom Sturm kaum noch etwas mit. Als er seinen Rausch ausgeschlafen hatte, segelten sie schon wieder in den ruhigeren Gewässern der griechischen Inseln.

Jakobs Waren befanden sich nach dem Unwetter in weit besserem Zustand als er selbst. Die heftigen Bewegungen und Drehungen des Schiffes hatten unangenehme Folgen. Ihm war speiübel und er verbrachte zwei Tage in der Kabine, nicht weniger unpässlich als der Kapitän.

Vor einer griechischen Insel, die für ihren Sklavenmarkt bekannt war, lagen sie zwei Tage auf Reede. Der Maat wollte sich ebenso wie Vico auf dem Markt umsehen, doch Jakob zog es vor, nur kurz an Land zu gehen und sich von den Strapazen der bisherigen Rückreise zu erholen.

Bevor sie Genua erreichten, machten sie in Pisa Halt, wohin sie einen Teil der Waren lieferten und wo Biancas Familie ein Haus unterhielt, in welchem sie auf die Rückkehr ihrer Freundin Caterina de' Medici warten wollte. Bei dieser Gelegenheit konnte Jakob feststellen, dass Biancas Familie in der Tat eine einflussreiche Kaufmannsfamilie war. Allein die Erwähnung des Namens ließ die Menschen am Kai aufhorchen.

»Wisst Ihr, wo sich das Haus der Familie befindet?«, fragte Jakob einen Händler, der zu einer Gruppe Kaufleute gehörte, welche über dic geforderten Preise für chinesisches Porzellan und Seide diskutierten.

Nachsichtiges Lächeln über seine unkundige Frage stand in ihren Gesichtern.

»Sein Haus?« Einer der Männer entschloss sich, ihm zu antworten.

»Jeder weiß, wo sich sein Haus befindet. Es ist einfacher, Ihr mietet Euch eine Kutsche und lasst Euch hinfahren. Ein feiner Herr, auf dem Weg vom Hafen zu den Wohnvierteln ist leichte Beute für allerlei Gesindel.«

Er entschloss sich, zunächst eine kurze Nachricht für Bianca zu schreiben und sein Kommen anzukündigen. Er wollte nicht unangemeldet erscheinen und sichergehen, dass man ihn auch empfing. Er gab dem Boten den

Auftrag, die Antwort der Familie abzuwarten, bevor er zurückkehrte.

In der Zwischenzeit gab es genügend Arbeit. Er saß mit Vico in der Kajüte, überprüfte Rechnungen, Lieferscheine, Wechsel und Zahlungsanweisungen. Die Fahrt hatte sich nach einer ersten Überprüfung der Konten mehr als gelohnt.

Jakob war überrascht, dass die Fahrt ihm tatsächlich ein kleines Vermögen bescherte. Selbst nach Abzug der Kreditkosten, seiner eigenen Ausgaben und des unvermeidlichen Schwundes hatte er weit mehr verdient, als er in einem Jahr als Gehilfe des Küchenmeisters erarbeiten hätte können.

Er sah sich nicht als Kaufmann. Aber er war klug genug zu erkennen, dass dieses Jahr in Genua für ihn eine unverhoffte Möglichkeit bereithielt, die er nach Kräften nutzen wollte. Als Belohnung gab es eine, wenn auch kurze, Lehrzeit in der exotischsten Küche der Welt. Mochte die Reise ihm wie ein Fegefeuer anmuten, er hätte noch weit größere Mühsal auf sich genommen, um in einer der Küchen des mächtigen und sagenumwobenen Sultans zu kochen oder mit Ali die bunte Stadt zu erkunden.

Es dunkelte schon, als der Bote zurückkehrte und ihm mitteilte, dass er zum Nachtmahl erwartet wurde.

In seiner Heimat wäre eine Einladung zu dieser späten Stunde nicht erfolgt, doch im Süden erwachte das gesellschaftliche Leben erst nachts. Zusammen mit Vico besuchte er eines der in Hafennähe gelegenen Badehäuser, wusch sich gründlich, ließ sich rasieren und legte neue Kleidung an. Anschließend fühlte er sich bereit, der Familie seiner Angebeteten gegenüber zu treten.

Der unvermeidliche Schmutz und die üblen Gerüche an Bord, das Schwanken des Schiffes, welches sich im Sturm in ein tanzendes Ungeheuer verwandelte, waren schnell vergessen. Da sie am nächsten Morgen weiter nach Genua segeln würden, blieb ihm nur dieser Abend, um Bianca zu sehen.

Der Frühlingsabend war mild, und hier und da sang noch ein Vogel, als er sich in der Dämmerung in einer gemieteten Kutsche auf den Weg machte.

Er war ungeduldig und wollte nicht mehr warten. Bianca würde sein frühes Erscheinen verzeihen. Die breite Allee führte ein Stück aus der Stadt hinaus, vorbei an Herrenhäusern, und hielt vor einem prächtigen Eingangstor. Musik drang nach draußen und der Lichtschein von Fackeln erhellte einen Garten, in dem die ersten Büsche blühten.

Noch bevor er sich bemerkbar machte, öffnete ein Bediensteter die Pforte und ließ ihn mit einer Verbeugung ein.

Ein zweiter Diener, gewandet in Stoffe, in denen sich in seiner Heimat ein hoher Herr sehen lassen konnte, führte ihn zum Eingang.

Jakob bemerkte, dass alle Diener kostspielig in den Farben der Familie – gold und blau – gekleidet waren. War schon Rafaels Haus prächtig ausgestattet, so konnte er doch sehen, dass es mit eleganter Leichtigkeit von diesem Palast übertroffen wurde. Der Eingang war mit kleinen Mosaiken ausgelegt, feinste Teppiche und Gemälde bedeckten die Wände.

Er ergriff ein angebotenes Glas und wanderte auf der Suche nach Bianca durch die Halle. Trotz seines frühen Erscheinens war er nicht der erste Besucher. Eine breite Treppe führte in den oberen Wohnbereich, und er warf einen Blick auf die Menschen unter sich, bevor er sich umwandte und erstarrte.

Am oberen Ende der Treppe hing ein besonders großes Gemälde. Hinter einem sitzenden älteren Ehepaar standen drei junge Männer. Einer davon war er selbst.

Er musste sich täuschen und trat einen Schritt zurück. Doch das Bild veränderte sich nicht. Verwirrt betrachtete er sein Abbild genauer. Er schien darauf jünger zu sein, vielleicht ein oder zwei Jahre, und trug die Haare anders. Die Kleidung war kostbar, wie bei allen Personen auf dem Bild. Dennoch war es unverkennbar sein Gesicht, seine Haltung. Wie war so etwas möglich?

»Du siehst ihm sehr ähnlich, nicht wahr?«

Bianca stand hinter ihm und einen Augenblick sah er nur sie. Sie war noch schöner als in seiner Erinnerung, und er fragte sich, warum sie sich nur mit ihm abgab, wo jeder junge Mann sich glücklich schätzte, ihre Aufmerksamkeit zu erringen.

Wie immer in ihrer Gegenwart musste er sich zwingen, nicht wie ein Tölpel zu wirken.

»Ich dachte schon, es ist ein Bild von mir. Wer ist das?«

»Das sitzende Paar sind meine Großtante und mein Großonkel. Dahinter stehen ihre drei Söhne«, erklärte sie. »Der mittlere ist Rafael, ich nehme an, er ist dein Vater, auch wenn er dies bisher nicht öffentlich sagte.«

Jakobs Hand fuhr an die Stirn. »Wie kommt diese Ähnlichkeit zustande? Ist es Zufall oder was bedeutet das?«

»Das solltest du Rafael fragen. Wir alle haben gerätselt, aber die Antwort weiß außer ihm niemand. Doch zunächst – lass mich dich willkommen heißen.«

Sie zog ihn zur Seite und legte ihre Lippen auf die seinen.

»Willkommen zurück! Ich bin so glücklich, dass du die Reise gut überstanden hast. Du kommst mir größer vor.«

Er antwortete nicht und küsste sie so stürmisch, dass sie sich nach Atem ringend lachend befreite.

»Komm mit mir, ich will dich meinen Eltern vorstellen.«

Sie wandte sich zur Treppe, doch abermals griff er nach ihr, drängte sie gegen die Wand und küsste sie, bis sie keinen Atem mehr hatten.

An diesem Abend blickte er noch öfter in überraschte Gesichter, doch nun wusste er, woher ihr Erstaunen rührte. Er würde mit Rafael sprechen, sobald er wieder in Genua war.

Als er in dieser Nacht auf seinem Lager an Bord der *Andromeda* lag, kam ihm seine Großmutter in den Sinn. Fragen nach seinem Vater war sie meist ausgewichen. Jakob hatte angenommen, dass es zu schmerzlich für sie war, über ihn zu reden. Über ihre Tochter hatte sie oft und gerne gesprochen, und mit zunehmendem Alter dachte er, dass sein Vater seine Mutter vielleicht im Stich gelassen hatte. Niemand erwähnte ihn je, ja die meisten hatten ihn nicht einmal gekannt.

Jakob schlief in dieser Nacht wenig und träumte wild. Die Morgendämmerung setzte gerade ein, als er sich erhob und ankleidete. Vor ihm erstreckten sich die Hafenanlagen von Genua. Während er ein einfaches Frühstück zu sich nahm, waren seine Gedanken bei Bianca. So schwer ihm der Abschied von ihr auch gefallen war, sein Kopf war voll mit Vermutungen und Ungereimtheiten.

Rafael schuldete ihm einige Erklärungen, dachte er gereizt. Zu lange schon war er ein Spielball gewesen, abhängig von anderen Menschen und Umständen. Ali hatte ihn gelehrt, dass man sein Schicksal in die eigene Hand nehmen konnte, und genau dies beabsichtigte er zu tun.

Nach einer ruhigen Fahrt erreichten sie endlich Genua. Ungeduldig verfolgte Jakob das Anlegemanöver und sprang als Erster an Land.

Dennoch galt sein erster Besuch Pino in dessen Kontor. Dieser freute sich aufrichtig, ihn zu sehen, bestürmte ihn mit Fragen und wollte Dokumente sehen.

Stolz überreichte Jakob ihm die Wechsel, Listen mit Beständen, Preisen, Verkaufserträgen und seine Endabrechnung. Für eine Weile war es still im Kontor und er ließ seinem jungen Lehrer Zeit, alles genauestens zu überprüfen. Schließlich ließ Pino die Unterlagen sinken und sah ihn an.

»Bravo, Giacomo. Ich hätte es nicht besser gemacht.« Er breitete die Arme aus und zog ihn an sich. »Ich habe es gleich gewusst, du hast den Handel im Blut. Rafael wird beeindruckt sein. Und nun setz dich und berichte mir.«

Aufmerksam lauschte Pino seinen Schilderungen und unterbrach ihn nicht ein einziges Mal. Er lachte leise in sich hinein, als Jakob den Kapitän nachahmte. Nochmals besprachen sie ausführlich den Frachtbrief, die Rechnungen und Lieferscheine. Die Fahrt war sowohl für Rafael als auch für Jakob von beachtlichem Erfolg gekrönt.

»Das nächste Mal werde ich mir die Reise nicht entgehen lassen«, erklärte er. »Wir werden gegeneinander antreten, wer als erfolgreichster Kaufmann abschneidet. Du hast schneller gelernt, als ich ahnte. Geh jetzt, Rafael wartet schon auf dich.«

Er klopfte ihm noch einmal freundschaftlich auf die Schulter, und Jakob betrat wieder die Straße. Noch immer fühlte er sich in der Hafengegend unsicher.

Während er auf die Kutsche wartete, sah er sich um. Er befürchtete jederzeit, Sebastian über den Weg zu laufen, doch außer den Seeleuten, die über eine schmale Stiege Waren aus dem Schiff in die Lagerhäuser schleppten, war nichts zu entdecken.

In der Ferne kreischte eine Frau und beschimpfte einen Matrosen. Es war warm und er griff nach einem Taschentuch. Seine Hand streifte das Säckchen, in welchem er eine Auswahl erlesener Perlen mit sich führte. Der Ertrag seiner Geschäfte würde noch höher liegen als der von Pino erwähnte Prozentsatz. Nicht umsonst hatte er aufmerksam den Kaufleuten in Rafaels Haus gelauscht und auch von Ali einiges gelernt. Er würde das Jahr nutzen und seine eigenen Interessen verfolgen.

Er stieg in eine Kutsche. Als sie um die nächste Ecke bog, wurde das Geschrei lauter und er lehnte sich neugierig aus dem Fenster. Die beruhigende Stimme eines Mannes versuchte, eine aufgeregte Frau zu besänftigen, doch sie wehrte sich gegen ihn. Etwas in der erregten Stimme, die Italienisch mit einem Akzent sprach, ließ ihn aufhorchen.

Er entdeckte sie vor einem Bierausschank und lachte auf. Die Frau erblickte ihn und stieß einen Schrei aus, bevor sie auf ihn zustürzte.

»Jakob, Jakob bist du es?«

Sie musterte ihn forschend von oben bis unten und atmete tief durch, während ihr Begleiter, ein gut gekleideter Mann, ihn argwöhnisch betrachtete.

»Ich bin es tatsächlich, aber ich hätte nicht gedacht, dich hier zu treffen, Margot.«

Die junge Frau hatte sich nur wenig verändert. Sauberer und wohlgenährter sah sie aus, doch ihre gewagte Kleidung verriet sofort ihre Profession. Sie strahlte ihn an.

»Ich habe dich gesucht. Gleich nachdem Sebastian mich an ein Haus verkauft hat. Du weißt schon …«

Er nickte etwas unbehaglich.

»Ich habe gehört, du hast dein Glück gemacht und da habe ich gedacht, wir könnten uns gegenseitig helfen. Ich war schon ein paar Mal hier und habe nach dir Ausschau gehalten.«

Er warf einen fragenden Blick auf ihren Begleiter.

»Oh, wie unhöflich von mir«, plapperte Margot munter weiter. »Dies ist Stefano, ein ehrenwerter Kaufmann. Er berichtete mir von dir.«

Der ehrenwerte Kaufmann nickte gemessen mit dem Kopf. »Ihr seid Giacomo, der Sohn Rafaels. In dieser Stadt sprechen sich Neuigkeiten schnell herum. Es ist mir eine Ehre und ein Vergnügen, Euch kennenzulernen, und ich hoffe, wir treffen uns bei anderer Gelegenheit wieder. Wenn Ihr mich nun entschuldigt?«

Er verabschiedete sich und ließ die beiden allein. Margot öffnete ohne weitere Umstände die Kutsche und sie stiegen ein.

»Ich nehme an, es ist dir angenehmer, nicht mit mir gesehen zu werden, obwohl meine Beziehungen in der Stadt schon recht gut sind.«

»Erzähl mir, wie es dir ergangen ist. Weißt du etwas von dem Jungen?«

Sie wischte sich den Schweiß vom Gesicht. »Puh, ist es heiß hier drin. Martin ist verkauft worden, irgendwo in den Osten. Dort mag man zarte Bürschchen.«

Sie warf einen Blick auf Jakobs Gesicht. »Mach dir um ihn keine Sorgen, er ist zäher als er aussieht, und mit ein wenig Geschick kann er ein ganz gutes Leben haben. Solche wie er werden verwöhnt und gehätschelt, während unsereins sein tägliches Brot hart erarbeiten muss. Doch jetzt berichte mir von dir. Wie kommt es, dass dieser steinreiche Mann plötzlich dein Vater ist?«

»Ich weiß nicht, ob er mein Vater ist. Ich arbeite für ihn.«

Ihr Blick sprach Bände. »Sicher, Schätzchen. Sagtest du nicht, du bist Koch? Und deine Kleidung?«

Ungeniert befingerte sie sein Beinkleid. »Feinste Seide, ich glaube es kaum. Du riechst sogar nach Reichtum.«

»Was willst du von mir, Margot? Geld?«

Sie schnalzte mit der Zunge. »Geld kann man immer gebrauchen, aber ich will nichts geschenkt. Ich biete dir ein Geschäft an, du bist doch nun ein Händler. Oder sagt man Kaufmann? Na egal, es geht jedenfalls um eine Abmachung.«

Die Kutsche rumpelte um eine Ecke und sie hielt sich krampfhaft am Fenster fest.

»Du bist ein netter Junge, Giacomo. Ich habe in diesem grässlichen Haus angefangen zu arbeiten, wohin Sebastian mich verkaufte, übrigens für einen unverschämt niedrigen Preis. Selber schuld, dieser Dummkopf. Mit etwas Glück habe ich es geschafft, mich unabhängig zu machen. Ich habe einen Gönner gefunden, musst du wissen. Er bewundert mich sehr und hat mich freigekauft. Jetzt arbeite ich nur noch, wenn ich mag, und helfe meinem Gönner in seinem Geschäft.«

»Was macht er denn?«, warf Jakob schnell ein, bevor sie weiter sprach.

»Er ist Besitzer eines Kräuterladens. Heilkräuter, Tinkturen, so etwas. Sehr interessant, ich lerne eine Menge bei ihm.« Sie kicherte.

»Das beste Geschäft macht man natürlich mit Liebestränken. Du würdest Augen machen, wenn du wüsstest, wer dort alles erscheint. Damen der besten Gesellschaft. Natürlich nur in der Dunkelheit und verkleidet. Manche schicken auch ihre Dienerinnen.«

»Ich brauche keinen Liebestrank«, unterbrach Jakob sie. »Gesund bin ich ebenfalls.«

»Ich weiß«, meinte sie leichthin. »Du bist in ziemlich guter Verfassung.«

Sie musterte ihn nochmals ausführlich und Jakob errötete zu seinem Ärger.

»Die Frauen werden dir auch ohne Liebestrank hinterherlaufen. Dafür hast du noch nicht einmal ein Vermögen nötig.«

Sie lehnte sich zu ihm vor. Ihr Atem streifte ihn, und er drückte sich so weit zurück in das dünne Polster, wie er konnte.

»Ich biete dir Informationen an. Bei einer gefragten Hure reden die Männer, und im Geschäft meines Freundes reden die Frauen. Ich weiß, dass dies gefährlich sein kann, aber dir vertraue ich.«

Wahrscheinlich vertraute sie vor allem auf seine Finanzkraft, überlegte er, doch warum eine Möglichkeit außer Acht lassen.

»Vielleicht bist du tatsächlich in der Lage, etwas herauszufinden, aber vielleicht auch nicht und du schneidest nur auf.«

Die Kutsche hielt vor Rafaels Haus.

»Wenn du mir sagen kannst, warum ich Rafael so ähnlich sehe und was damals geschah, dann sind wir im Geschäft.«

Er stieg aus und gab dem Kutscher Anweisung, seine Begleitung nach Hause zu fahren. Ein Diener öffnete eilfertig die Pforte und hieß ihn willkommen.

IV. Die Pforte zur Welt

Er hatte sich auf das Gespräch mit Rafael so gut vorbereitet, wie er vermochte. Nervös wischte Jakob seine feuchte Hand an einem Tuch ab, während er in der Empfangshalle wartete. Mit niemandem, nicht einmal mit Bianca, hatte er über eine mögliche Verwandtschaft mit Rafael gesprochen. Jeder behandelte ihn wie dessen Sohn, obwohl er sich kaum vorstellen konnte, wieso man Rafael dann in Jakobs Heimat nicht kannte oder ihn nie erwähnt hatte.

Er hörte hinter sich ein Geräusch und drehte sich um. Rafael breitete die Arme aus und lachte über das ganze Gesicht.

»Zweifelst du immer noch daran, dass du für das Kaufmannsgewerbe gemacht bist? Willkommen in Genua, du kommst zurück nach einer erfolgreichen Reise.«

Er umarmte ihn und zog ihn zu einem bequemen Sitz. Als Jakob ihm die Papiere vorlegen wollte, winkte er ab.

»Das hat Zeit. Ich weiß, du hast großartige Ware eingekauft und die Kosten niedrig gehalten. Warte nur ab, wie du nach der endgültigen Abrechnung dastehst.«

Er beauftragte einen Diener, Speisen und Getränke zu bringen und ließ den Einwand Jakobs, er sei nicht hungrig, nicht gelten. Also geduldete er sich, bis man ihnen etwas gebracht hatte, und stieß mit Rafael auf seinen Erfolg an.

»Du bist still, mein Junge. Du solltest glücklicher aussehen. Ist etwas nicht in Ordnung?«

Er lehnte sich in seinem Sitz zurück und betrachtete ihn aufmerksam.

Jakob holte tief Luft. »Ich war zuvor in Pisa und habe die Familie Bertolini besucht. Bianca zeigte mir in der Eingangshalle des Hauses ein interessantes Familiengemälde.«

Rafael hatte den Kopf gesenkt. Sein Gesicht lag im Schatten und überlegend zerbröselte er ein Stück Brot in seiner Hand. Als Jakob schwieg, sah er ihn schließlich an.

»Du hast dich gefragt, warum du mir so ähnlich siehst.«

»Das ist nicht die einzige Frage, die ich habe. Ich will endlich wissen, was vor sich geht.«

Langsam nahm Rafael einen Schluck Wein und wischte sich sorgfältig den Mund ab. »Du hast wohl das Recht, Fragen zu stellen und ich werde dir sagen, was es mit deiner Herkunft und deinem Hiersein auf sich hat.« Er schlug die Beine übereinander.

»Zunächst musst du wissen, dass meine Familie schon seit vielen Jahren Handel treibt. Wir waren stets und sind noch immer ein mächtiges und einflussreiches Haus, früher allerdings mehr als heute. Die Kaufleute von Genua besaßen vor hundert Jahren größeren Einfluss, als es derzeit der Fall ist. Wir stützten und machten mit unserem Geld Könige und Päpste, handelten und heirateten klug, um das Vermögen zu bewahren und zu mehren. Als Mitglied einer solchen Familie hat man Verpflichtungen und Verantwortung sich und den Seinen gegenüber.

Als junger Mann reiste ich im Auftrag meines Vaters und Onkels, knüpfte Verbindungen und schloss Freundschaften, die sich bis heute bewähren.

Auf einer dieser Reisen brachte mich der Zufall an den Hof des Fürsten, an welchem du geboren wurdest. Ich traf deine Mutter und habe mich Hals über Kopf in sie verliebt. Sie war ein sehr schönes Mädchen und hat mich gleich bezaubert. Wir verliebten uns ineinander.«

Er unterbrach sich und warf einen forschenden Blick auf Jakob, der ihn gebannt anstarrte.

»Dann seid Ihr tatsächlich mein Vater?« Seine Stimme kippte beinahe vor Aufregung.

Rafael hob die Hand und bedeutete ihm zu schweigen. »Ich versuchte vergeblich, meinen Aufenthalt zu verlängern oder deine Mutter zu bewegen, mich nach Genua zu begleiten. Eine Heirat war unmöglich, das war uns beiden klar. Meine Familie hätte sie niemals akzeptiert und sie wollte die ihre nicht verlassen und sich dieser schwierigen Lage in einem fremden Land aussetzen. Wir trennten uns nach einigen Wochen und ich sah sie nie wieder.«

»Dann wusstet Ihr gar nichts von mir?«

»Du kannst mir glauben, wie überrascht ich war, als du mir zufällig im Hafen über den Weg liefst. Die Ähnlichkeit ist so groß, dass niemand sie übersehen kann. Dann deine Sprache, dein Bericht – du konntest nur das Kind dieser Beziehung sein.«

»Wenn man meine Mutter nicht wollte, wird man mir gegenüber genau die gleichen Vorbehalte haben.«

»Die Lage hat sich seither verändert«, erklärte Rafael ruhig und drehte sein Weinglas in der Hand. »Meine Eltern sind tot, meine Frau starb schon vor Jahren und mein Sohn lebt ebenfalls nicht mehr. Nur meine Tochter kann unseren Namen weitertragen. Und ein anerkannter Bastard ebenfalls.«

Er lächelte Jakob an. »Und wie es aussieht, ähnelst du mir nicht nur äußerlich.«

»Ich soll das Erbe dieses Hauses antreten?« Erregt sprang Jakob auf. »Das kann nicht Euer Ernst sein. Ich habe andere Pläne und will nicht für den Rest meines Lebens bleiben.«

»Setz dich wieder hin und höre mir zu, mein Sohn.«

Jakob hörte die stille Genugtuung in der Stimme Rafaels, als er ihn zum ersten Mal als seinen Sohn ansprach.

»Ich habe bemerkt, dass du dich für Bianca Bertolini interessierst. Mag sie die Frau deines Herzens sein oder eine andere – als meinem Sohn stehen dir alle Wege und Möglichkeiten offen. Als Koch aus einem fremden Land sind deine Aussichten eher gering. Gleichwohl will ich mein Wort halten. Du arbeitest ein Jahr für mich, oder besser, du arbeitest für dich, denn du bist es, der für sich selbst den Grundstock eines kleinen Vermögens erwirtschaften wird. Ich profitiere nur nebenbei davon.«

Er lachte. »Frauen, wie immer sie sein mögen, hatten noch nie etwas gegen einen vermögenden Mann. Eine Bertolini schon gar nicht. Du hast Geschmack und obwohl in geschäftlicher Hinsicht dort nicht viel zu holen ist, wäre die Verbindung nicht unpassend. Ein fähiger und rühriger Sohn ist mir allemal lieber als einer, der sich seine Geltung erheiraten muss. Wenn Kochen eine weitere Leidenschaft ist, nun denn, wir werden sehen, was daraus zu machen ist. Geld kann man auf vielfältige Weise verdienen.«

Er stand auf und kam zu Jakob, legte die Hand auf seine Schulter und meinte:

»Nach dem Tod Ernestos war ich verzweifelt. Mein Sohn war mein Leben. Ich bin nicht mehr jung und brauche einen Nachfolger. Giulia ist schon lange einem jungen

Grafen versprochen, der ihr ermöglicht, einen Titel zu führen. Er interessiert sich natürlich nicht für die Tätigkeiten eines Kaufmannes. Du bist mein Sohn, Giacomo, in jeder Hinsicht. Man wird dich anerkennen, dafür sorge ich.«

Jakob antwortete nicht. Er hatte die Möglichkeit gesehen, dass Rafael vielleicht wirklich sein Vater war, doch die Bestätigung seiner Vermutung stürzte ihn in Verwirrung. Plötzlich schien ihm sein Leben aus der Hand zu gleiten und in eine Richtung zu gehen, die er nicht mehr zu überblicken vermochte.

Schließlich berichtete Jakob doch von seiner ersten Fahrt und geriet ins Schwärmen, als er von Konstantinopel sprach. Seiner Bitte, ihn auf der nächsten Reise dorthin wieder begleiten und vielleicht sogar den Aufenthalt im Hause seines Freundes verlängern zu dürfen, stimmte Rafael begeistert zu.

Jakob wusste genau, dass er damit Hoffnungen weckte, die er vielleicht nicht erfüllen konnte.

Über der Arbeit in den nächsten Tagen vergaß er beinahe, dass er Margot getroffen hatte. Eines Abends stand sie vor dem Kontor und wartete auf ihn. Obwohl er sich keine neuen Hinweise von ihr erhoffte, bat er sie in seine Kutsche. Sie hatte sich sicher bemüht und er wollte sie entschädigen. Glücklicherweise war ihre Kleidung nicht so grell wie beim letzten Treffen. Sie wirkte entspannt und lächelte.

»Du wirst dich wundern, was ich herausgefunden habe. Sagte ich doch, dass meine Mittel, an Informationen zu kommen, nicht schlecht sind.«

Mit einem kleinen Fächer schlug sie kokett auf seinen Arm. »Du hast wirklich unglaubliches Glück. Erst dachte ich ja noch, es hat dich zufällig nach Genua verschlagen, aber dann begriff ich den ganzen Plan. Ganz schön ausgekocht, dein Vater.«

»Wovon redest du, Margot? Von welchem Plan sprichst du und wieso ist mein Vater ausgekocht?«

Sie legte sich bequem in den Sitz zurück und ihre Augen wurden schmal.

»Wir haben noch nicht über den Preis für meine Neuigkeiten gesprochen. Was ich dir sage, verändert dein Leben zum Besseren und ich will daran teilhaben.«

»Ich muss dich enttäuschen. Rafael sagte mir schon, dass er mein Vater ist und damit sind deine Berichte hinfällig. Doch du sollst nicht leer ausgehen. Ich werde dir auf jeden Fall deine Kosten erstatten und, mehr noch, dir eine kleine Entschädigung zahlen.«

Er zog eine bestickte Geldkatze hervor, die er an seinem Gürtel befestigt hatte. Ihr Inhalt würde sie zufriedenstellen, dessen war er gewiss. Er warf sie in ihren Schoss und während Margot ihn nicht aus den Augen ließ, öffnete sie die Geldkatze.

Ein rascher Blick genügte ihr. »Du bist kein Geizhals. Wenn man bedenkt, dass du keine weiteren Informationen von mir erwartet hast. Aber vielleicht bin ich dir noch mehr wert als das. Was hat dein Vater dir noch erzählt?«

Er zuckte die Schultern. »Nichts Besonderes. Er war überrascht, als er mich in der Hafengegend entdeckte. Natürlich erkannte er mich sofort, er sah in seiner Jugend genauso aus wie ich.«

»Kann ich mir denken, dass er überrascht war, schließlich hat er bestimmt nicht damit gerechnet, dass du Sebastian abschüttelst und die Flucht ergreifst. Er hat Sebastian jedenfalls nicht den vollen Preis bezahlt. Beinahe hätte er dich durch dessen Unachtsamkeit noch verloren.«

Jakob sah sie fragend an. »Ich verstehe wirklich nicht, was du meinst. Wofür hat er Sebastian bezahlt?«

Margot zog die Augenbrauen spöttisch hoch. »Ach, hat dein geschätzter Vater dir nicht erzählt, dass er Sebastian mit der Aufgabe betraut hat, dich herzubringen? Seit deiner Geburt wusste dein Vater immer ganz genau, wie es um dich steht. Nicht umsonst ist ein Spitzel aus Italien in deiner Umgebung aufgetaucht. Er hat sich von zwei Seiten fürstlich entlohnen lassen. Oder hast du ernsthaft geglaubt, italienische Meisterköche frieren sich freiwillig den Hintern im Norden ab, wenn sie hochgelobt im Luxus eines venezianischen oder genuesischen Palastes leben können?«

»Meister Christof und Lorenzo?«, flüsterte Jakob entgeistert. »Das ist unmöglich. Woher willst du das wissen?«

»Es war gar nicht so schwer, das herauszufinden«, erklärte Margot mit blitzenden Augen. »Ich habe dir doch gesagt, meine Quellen sind gut.«

Sie schlug die Beine übereinander und wippte mit dem Fuß, wobei ihre schmalen Knöchel zu sehen waren. Sie steckten in kostspieligen Spitzenstrümpfen.

»Erzähle mir alles, was du herausgefunden hast, und mache dir um deine Bezahlung keine Sorgen.«

Jakobs Stimme klang belegt. Sie nahm es befriedigt zur Kenntnis.

»Rafael erhielt Nachricht von deiner Geburt durch einen Boten. Er hat deine Mutter wohl sehr geliebt und sie auch mit Geld unterstützt. Nach ihrem Tod bekam deine Großmutter noch einmal eine Summe, die für Kleidung und Nahrung gedacht war. Dann passierte jahrelang nicht mehr viel. Erst vorletztes Jahr, nach dem Tod seines Sohnes, hat er sich wieder an dich erinnert. Er sandte seinen

Küchenmeister mit den besten Empfehlungen an seinen alten Freund, den Fürsten, in dessen Diensten deine Mutter und Großmutter standen. Dieser Koch schickte regelmäßig Berichte über dich. Du hast wohl für ihn gearbeitet und wie ich hörte, mochte er dich. Seine Berichte waren jedenfalls voll des Lobes. Also beschloss Rafael, dich herzuholen, in der Hoffnung, dass du sein Erbe antrittst.«

»Deswegen ist also Lorenzo aufgetaucht. Und ich dachte, er wolle den Meister zurück in seine Heimat holen.«

»Das vielleicht auch. Man munkelt, die beiden stünden sich sehr nahe. Jedenfalls wollten sie jetzt im Frühjahr zusammen nach Rom, wo Lorenzo eine Stellung im päpstlichen Haushalt angeboten bekam. Sebastian sollte dich in Augsburg in Empfang nehmen und unter einem Vorwand über das Gebirge führen. Er macht das regelmäßig, bringt Sklaven und Waren selbst im Winter sicher nach Norden oder Süden. Seine Preise sind entsprechend und er ist kein armer Mann, auch wenn er nicht so wirkt. Er gibt ungeheure Summen für seine Vergnügungen aus. Ich weiß, wovon ich spreche.«

Sie grinste anzüglich und er zog es vor, auf ihre Anspielung nicht einzugehen.

»Wenn Lorenzo Sebastian kennt, dann weiß er, dass ich in Genua bin?«

»Möglich. Allerdings wird Sebastian es ihm nicht unbedingt gesagt haben. Er war wütend genug, dass er dich suchen und aus dem Gefängnis holen musste, was ihn zusätzlich Geld gekostet hat. Deswegen ließ er mich und den Jungen gleich mitgehen. So kam für ihn noch etwas Gutes dabei heraus.«

Sie lachte. »Ich hatte meine Gelegenheit und ich sage dir, ich nutze sie nach Kräften. Das solltest du auch. Du weißt genau wie ich, wie Hunger und Kälte schmecken. Rafael hat sich einen Dreck um dich geschert, bis er dich brauchte. Soll er jetzt ruhig zahlen, du bist es wert. Sein ehelicher Sohn war nicht halb so klug und gut aussehend, nach allem was man von ihm erzählt.«

Schon seit einer Weile stand die Kutsche vor der Villa Rafaels und der Kutscher wartete geduldig.

Bevor Jakob ausstieg, meinte er: »Du hast gute Arbeit geleistet, auch wenn ich wünschte, ich hätte es nie erfahren. Ich lasse dir deinen Lohn zukommen.«

Sie griff nach seinem Arm. »Ich habe es nicht nur für Geld getan – ich mag dich, Jakob. Wenn du etwas brauchst, Informationen, Nachrichten, was auch immer, ich bin gerne bereit. Darüber hinaus ist dein kleines Geheimnis bei mir gut aufgehoben.«

Aufmerksam sah er sie an. »Was meinst du damit?«

Ihre sonst so vergnügten und schelmischen Augen blickten plötzlich ernst.

»Du bist Sebastian entwischt und ich weiß natürlich, wie dir das gelungen ist. Keine Sorge«, fügte sie hastig hinzu, als sie seinen Gesichtsausdruck sah. »Ich hätte genau das Gleiche gemacht. Niemand wird es erfahren, zumindest nicht von mir und vor Sebastian bist du sicher, er hat mehr zu verlieren als du und wird den Mund halten.«

»Ich vertraue dir, Margot«, meinte er langsam und wusste im selben Augenblick, dass das der Wahrheit entsprach. Sie würde ihn nicht verraten. Ihre gemeinsame, wochenlange Wanderung durch die Kälte hatte ein Band geschmiedet, das trotz ihrer Unterschiedlichkeit nie abgerissen war.

In der Villa Scalia fand an diesem Tag ein Fest statt. Wie in beinahe allen wohlhabenden Familien war es üblich, gelegentlich Freunde und Geschäftspartner zu einem Essen mit verschiedenen Darbietungen einzuladen. Noch vor wenigen Wochen hätte Jakob es sich nicht nehmen lassen, in der Küche zu stehen und den Köchen zuzuschauen oder zur Hand zu gehen. Jetzt fehlte ihm dafür die Zeit.

Mit Pino hatte er die Berechnung der Kosten und Gewinne für seine anstehende Fahrt ausgearbeitet. Sie würden einige einfache Waren besonders günstig anbieten und kostbare Produkte teurer verkaufen. Bei Gewürzen wurde im Allgemeinen eine Gewinnspanne von 40 Prozent kalkuliert. Selbst wenn er unter dieser Marge verkaufte, würde er durch größere Mengen noch gewinnen.

Ein Händler aus Frankreich verlangte eine beachtliche Menge Alant, ein Mittel gegen die Pesterkrankung. Das Haus Aslan bezog das Mittel von verschiedenen Mamluken aus dem Süden des osmanischen Reiches.

Jakob wusste nicht, woher genau es kam, doch er würde es erfahren. Die Preise für das Mittel kannte er dafür umso besser.

Ihm blieb nicht viel Zeit, sich für das Fest anzukleiden. Er hoffte, an diesem Abend Bianca wiederzusehen. Ihr Vater wurde erwartet, und sie würde ihn sicher begleiten.

Der große Festsaal des Hauses erstrahlte im Schein vieler Kerzen und Fackeln. Schon waren die ersten Gäste eingetroffen und sein Vater erwartete ihn ungeduldig. Gemeinsam begrüßten sie die Ankommenden und erklärten auf diese Weise demonstrativ ihr familiäres Verhältnis.

Bianca erschien am Arm eines Kardinals, Ippolito de' Medici, der auf dem Weg nach Ungarn war, wo er als päpstlicher Legat seine Aufgaben erfüllen wollte.

Während Jakob lebhaft mit Biancas Vater über die zunehmenden Gefahren im Mittelmeerraum sprach, beobachtete er, wie sich der junge Mann angeregt und vertraut mit Bianca unterhielt.

Er hätte nach dem Mahl nicht zu sagen gewusst, welche Speisen er zu sich genommen hatte. Seine Tischdame war Giulia, die sich jedoch mehr ihrem Gegenüber, einem aufgeblasenen Adligen, zuwandte.

Jakobs Aufmerksamkeit teilte sich zwischen den Gesprächen über Handelsrouten und Waren und dem Ende des Tisches, wo Bianca sich prächtig mit einem anderen Mann unterhielt. Erst nachdem die Tafel aufgehoben und fortgetragen war, konnte er sie zur Tanzfläche bitten.

»Ich danke dir, dass du mir die Ehre deiner Aufmerksamkeit schenkst.«

Sie lachte ihn kokett an. »Ich habe dich keine Minute aus den Augen gelassen, Giacomo. Du hast keinen Grund zur Eifersucht. Ippolito und ich kennen uns seit unserer Kindheit, und er hatte höchst interessante Neuigkeiten.«

»Außerdem ist er ein Mann Gottes, was ihn jedoch nicht dazu bewegt, seinen Appetit zu mäßigen.«

Er musterte die Tanzenden.

»Sei nicht so verdrießlich, sonst könnte man dich noch für einen Anhänger dieses freudlosen Mönches aus deiner Heimat halten, von dem jetzt ständig die Rede ist.«

Bianca wechselte das Thema. »Du wirst die Familie der Medici vielleicht nicht kennen. Ippolito hat bislang Florenz im Namen der Familie regiert, sein Vater war Herzog von Nemours und er ist der rechtmäßige Erbe. Leider bevorzugt der Heilige Vater Alessandro de' Medici und hat ihm die Stadt übergeben, obwohl er noch sehr jung und unerfahren ist.

Er und meine liebe Freundin Caterina de' Medici sind die Leidtragenden dieser päpstlichen Vorliebe für Alessandro. Wir haben immer befürchtet, dass ihr Leben deswegen in Gefahr ist.

Gelegentlich besuchte ich Caterina im Kloster, doch lange hielt ich es dort nicht aus. Glücklicherweise ist sie inzwischen wieder im Palazzo Salviati und in meiner Nähe.«

»Du bist keine Frau für ein Kloster, Bianca.«

»Woher willst du das wissen, mi amor?«

Das herausfordernde Lächeln in ihrem Mundwinkel verlockte ihn, sie an sich zu reißen und zu küssen, doch er beherrschte sich mit Mühe.

»Möchtest du nicht mit mir tanzen?«

Die Paare führten eine Gagliarda auf, die zum Teil gehüpft, zum Teil feierlich geschritten wurde.

»Ich kann nicht tanzen. Noch eines der Dinge, die ich nicht beherrsche, wobei ich nicht glaube, dass ich mich um diese Kenntnisse bemühen werde.«

»Wie gedankenlos von mir. Wir könnten in den Park gehen und es versuchen, tanzen kann sehr amüsant sein.«

Er sah sich um. Alle schienen beschäftigt und niemand vermisste ihn. Er legte Biancas Hand in seine Armbeuge und schlenderte mit ihr hinaus.

»Ich könnte dich entführen – niemand hat bemerkt, wie wir den Saal verlassen haben.«

Sie lachte ihr helles Lachen. »Glaubst du das wirklich? Nichts bleibt unbemerkt, dessen kannst du gewiss sein.«

Er seufzte. »In einer Küche kenne ich mich aus, ich weiß, was als Nächstes geschieht und kann mich entsprechend verhalten. Sogar in einem Kontor ist mir inzwischen beinahe alles vertraut, Zahlen sind verlässlich. Wenn es jedoch darum geht, das Wirken hintergründiger Menschen zu durchschauen, bin ich noch sehr unerfahren.«

»Bei mir wirst du nie befürchten müssen, dass ich dich hintergehe oder nicht offen zu dir bin. Ich bin in dieser Welt der Intrigen und Machtspiele groß geworden und kann dir helfen, die Zusammenhänge zu verstehen.«

Er nahm ihre Hand und küsste sie leicht, bevor er sie zu einem Seiteneingang zog, wo die Treppe der Dienstleute zu seinem Gemach führte.

Das erste Morgenlicht schickte seine Strahlen in den Raum. Wohlig rekelte sich Bianca unter der leichten Decke und griff nach Jakob.

»Schläfst du noch?«

»Wie könnte ich schlafen, wenn die begehrenswerteste Frau der Welt neben mir liegt?«

Sie küsste seine Schulter. »Wie soll ich dir jemals am hellen Tag und vor anderen wieder in die Augen sehen, ohne zu erröten?«

»Das müssen wir auf jeden Fall, also lass uns schon einmal üben.«

Er schob sich unter die Decke und griff nach ihr.

Bianca quietschte und versuchte vergeblich, sich ihm zu entwinden.

Seine Zunge liebkoste ihre Brüste und umspielte ihren Bauchnabel. Sie stöhnte leise und stieß kleine Laute der Lust aus, die seine Leidenschaft entfachten. Ihre Finger gruben sich in die Laken und ihr Körper bäumte sich auf.

»Giacomo, bitte, ich ertrage es nicht mehr.«

Sie wollte ihn zur Seite drücken, doch Jakob ließ es nicht zu. Er kannte die Ungeduld seiner schönen Geliebten inzwischen.

Ihre Körper brauchten sich nicht kennenzulernen, es war, als ergänzten sie sich auf magische Weise. Wie zwei

Teile eines Ganzen bewegten sie sich in einem gemeinsamen Rhythmus, der keiner Anleitung bedurfte.

Jakob spürte die warme, seidige Haut unter seinen Händen, strich über die Innenseiten ihrer Oberschenkel und näherte sich ihrer intimsten Stelle.

Bianca warf die Decke zurück. Ihr Atem ging schwer und ihr Körper glühte.

Auch Jakob zitterte vor Begierde, doch noch hielt er sich zurück. Er fuhr fort, sie zu küssen und zu streicheln, bis sich ihr Körper ihm entgegen hob. Schnell drang er in sie ein und ihr entfuhr ein leidenschaftlicher Laut. Ihre Hände fanden zueinander und ihre Lippen vereinigten sich in einem langen Kuss. Er saugte an ihren Lippen und sie zog ihn tief in sich hinein. Die Lust überwältigte sie – und erst als Bianca sich ein letztes Mal aufbäumte und erzitterte, ließ er seiner eigenen Erregung freien Lauf. Stöhnend brach er über ihr zusammen.

Schwer atmend lagen sie Hand in Hand nebeneinander, bis sich Bianca aufrichtete. Mit dem Finger zeichnete sie die Linien seiner Brustmuskeln nach.

»Das hast du in dieser Nacht nicht zum ersten Mal gemacht.«

Er öffnete die Augen. »Eben so wenig wie du. Sollte eine junge Dame deines Standes nicht unberührt in die Ehe gehen?«

»Unbedingt. Schließlich will kein Mann das Kind eines anderen in seiner Erbfolge sehen.«

Jakob spürte einen Knoten in der Magengegend. »Du bist doch nicht schwanger?«

Bianca lächelte verschmitzt. »Würde dich das erschrecken? Ich wäre für dich doch keine Mesalliance.«

Unbehaglich meinte er. »Natürlich nicht.«

Ihr Lächeln vertiefte sich. »Es gibt keinen Grund zur Besorgnis. Ich bin nicht schwanger und achte darauf, es auch so schnell nicht zu werden. Für Kinder ist es noch viel zu früh.«

Während er sich hinter einen Paravent begab, um sich zu erleichtern, wickelte Bianca sich in die Decke und verschränkte die Arme hinter dem Kopf.

»Hast du sie sehr geliebt?«

»Wen geliebt?«

Er band ein Tuch um seine Hüften und setzte sich zu ihr auf die Bettkante.

»Die Frau, mit der du vor mir zusammen warst.«

Jetzt grinste er sie an. »Außerordentlich. Sie war schön wie die Sonne, sanft wie ein Lamm und sie besaß Qualitäten, die du nicht hast.«

Ihre Stirn hatte sich bedrohlich gerunzelt. »Welche Qualitäten?«

»Sie war stumm wie ein Fisch.«

Das seidene Kissen flog in Richtung seines Kopfes, doch er rettete sich lachend zur Seite.

Sie wollte ihn scherzhaft schlagen, aber er hielt ihre Fäuste fest, und als sie sich wie eine Wildkatze wehrte, legte er sich mit seinem vollen Gewicht auf sie.

»Ich könnte Tage mit dir in diesen Kissen verbringen«, flüsterte er in ihr Ohr, »und ich hoffe, uns bleibt noch ein wenig Zeit vor meiner Abreise, doch ich muss gehen. Pino erwartet mich, da wir in wenigen Tagen auslaufen.«

»Mein Vater nimmt mich heute schon mit zurück. Man will meine Freundin Caterina mit dem zweiten Sohn des französischen Königs verheiraten, um sie aus dem Weg zu haben. Meines Vaters Anwesenheit ist dringend erforderlich. Wir fahren mit dem Schiff bis Pisa, wo er Alessandro de' Medici trifft.«

»Dann sehen wir uns erst, wenn ich wieder zurück bin.«

Er konnte sich nicht vorstellen, wochenlang ihr Lachen nicht zu hören und sie nicht in den Armen zu halten.

Sie nahm sein Gesicht in die Hände und küsste ihn. »Du wirst mir schrecklich fehlen und ich werde jeden Tag an dich denken, bis du wieder bei mir bist.«

Der zarte Blütenduft, der Bianca anhaftete, begleitete ihn noch, als Pino ihn im Kontor begrüßte. Auf dieser Fahrt wollte der Genuese ihn begleiten und Jakob freute sich darüber, einen amüsanten Reisegefährten auf der verhassten Seestrecke bei sich zu haben. Mochte der Kapitän auch seine Qualitäten haben, so war dessen trinkfreudige Lebensweise weit entfernt von Jakobs Gewohnheiten.

Am Tag ihrer Abreise verglichen sie ein letztes Mal sorgfältig die Liste der Lieferungen an das Konstantinopler Handelshaus mit den Waren im Bauch der *Andromeda*. Vor allem die wertvollen, geschliffenen Spiegel bedurften einer sorgfältigen Verpackung in Tierhäuten, um auch bei rauem Wetter keinen Schaden zu nehmen.

Eine Kajüte für Jakob alleine gab es diesmal nicht, er teilte die enge Unterkunft mit Pino. Dafür stand ihm weit mehr Raum für Waren zur Verfügung als bei der ersten Reise. Er befürchtete nicht ganz zu Unrecht, dass dies zu Lasten des geschäftstüchtigen Kapitäns ging. Doch Pino, den er darauf ansprach, zuckte gleichgültig die Schultern.

»Er macht immer noch mehr Gewinn als viele andere.«

Am nächsten Morgen liefen sie bei strahlendem Sonnenschein aus. Eine leichte Brise wehte und kräuselte die Wellen über dem Meer. Pino und er standen voller Erwartung auf dem erhöhten Deck des Achterkastells, das nur den Offizieren, dem Eigner und besonderen Gästen vorbehalten war. Sie beobachteten den lebhaften Schiffsverkehr in der Hafeneinfahrt, und Pino winkte gelegentlich grüßend anderen Schiffen zu, auf denen ihm bekannte Kapitäne oder Kaufleute fuhren. Auch Jakob gegenüber verhielt man sich zunehmend respektvoll; die Nachricht, dass Rafael ihn als Sohn annahm, sprach sich offenbar in Windeseile herum. Voller Vorfreude auf das Ziel hielt Jakob die Nase in den Wind.

Dennoch gab es schon bald Probleme. Am nächsten Morgen erklärte Vico ihnen, dass Feuchtigkeit in den Laderaum eindrang. Ein unhaltbarerer Zustand, da nicht nur die jetzige Ladung gefährdet war, sondern besonders die empfindlichen Seidenballen, die sie auf der Rückreise transportieren wollten.

Pino, Vico und Jakob beschlossen, den nächsten Hafen anzulaufen, um den Schaden schnellstmöglich beheben zu lassen.

»Das Beste ist, wir laufen Pisa an«, meinte Pino. »Es sei denn, wir segeln zurück nach Genua.«

Das wollten sie auf jeden Fall vermeiden, und so lagen sie schon an diesem Abend wieder in einem Hafen. Der Schaden war bald festgestellt. Die Handwerker brauchten mindestens einen Tag, um die schadhaften Stellen abzudichten.

Jakob wollte die Zeit nicht ungenutzt verstreichen lassen. Die Versuchung, seiner geliebten Bianca einen Besuch abzustatten und sie zu überraschen, war zu groß.

Er nahm eine Kutsche und ärgerte sich, dass seine Reitkünste noch zu dürftig waren, um ein Pferd zu mieten. Sollte er neben seiner Tätigkeit im Sultanspalast Zeit finden, musste er diese Fertigkeit unbedingt verbessern.

Inzwischen kannte er den Weg zum Palais der Bertolinis in Pisa und gab dem Kutscher Anweisung, die Pferde anzutreiben.

Nachdem er die Hafengegend mit ihren Lagerhäusern und Werkstätten hinter sich gelassen hatte, erreichte er die befestigte Stadtmauer. Von seinem Vater hatte er schon gehört, dass Pisa seit mehr als zwanzig Jahren als Hafen der Stadt Florenz galt, nachdem die Florentiner Pisa belagert und schließlich besiegt hatten. Sie wurde die Stadt des Leders und der Pelze genannt. Wie Fürsten herrschte die Familie Medici nun auch in dieser Stadt. Daher war er nicht verwundert, als die Kutsche vor dem prächtigsten Gebäude hielt.

Hohe Fensterbögen mit kunstvoller Verzierung schmückten das zweigeschossige Gebäude. Der Wagen hielt in einem überdachten Eingang, der Ankommende nicht nur vor Wind und Sonne, sondern auch vor neugierigen Blicken schützte.

Ein dunkelhäutiger Bediensteter öffnete die Pforte und ließ ihn ein.

Aus einem der angrenzenden Räume hörte er die leise Stimme Biancas und sein Herz schlug schneller. Jakob bedeutete dem Diener, ihn nicht anzumelden, er wollte ihr eine Überraschung bereiten und trat leise durch ein Vorzimmer.

Sein Name fiel und er hielt inne.

»Giacomo weiß nichts darüber. Überlasse ihn mir. Ich möchte nicht, dass er etwas über diesen Betrug herausfindet. Er ist älter als ich, jedoch noch sehr unbefangen und gutgläubig. Er denkt, es ist reine Liebe. Warum ihn verletzen? Eine Verbindung zwischen uns ist für alle von Vorteil.«

Die Antwort ihres Vaters hörte er kaum. Er war wie vom Donner gerührt und spürte, wie etwas in ihm gefror.

Wie betäubt strebte er eilig dem Ausgang zu. Der Kutscher blickte erstaunt, als er wieder erschien und ihm schroff den Rückweg befahl.

Auch Pino, der die Ausbesserungsarbeiten mit Vico überwachte, staunte, als er Jakob nach kurzer Zeit wieder entdeckte. Dieser saß mit einem Glas Wein in der Hand an Deck und schien niemanden zu sehen.

»Ich hoffe doch nicht, dass du unserem Kapitän Konkurrenz machen willst und schon am hellen Tag dem Wein zusprichst.«

Jakob antwortet nicht und nahm einen tiefen Schluck. Pino rief nach einem Becher und als einer der Matrosen ihm einen reichte, schenkte auch er sich ein Glas ein.

»Es lohnt nicht, sich wegen einer Frau das Herz schwer zu machen, glaub mir. Was immer vorgefallen ist, die schöne Bianca wird Zeit haben, ihr Verhalten zu überdenken. Wenn du wieder zurück bist, ist alles nur noch halb so schlimm.«

»Ich brauche mir über sie keine Gedanken mehr zu machen. Was immer ich mir vorgestellt oder gewünscht habe, es ist vorbei. Wahrscheinlich hatte nie etwas begonnen und meine Einbildung hat mir einen Streich gespielt.«

Pino schüttelte ungläubig den Kopf und trank noch einen Schluck.

»Das glaube ich nicht.« Er hob in typisch südländischer Manier beide Hände. »Aber wer kennt schon die Frauen, mein Freund? Ich könnte dir noch ganz andere Geschichten erzählen, aber jeder macht seine eigenen Erfahrungen.«

Schweigend brüteten sie eine Weile vor sich hin und tranken die Flasche aus. Als gegen Abend der Seemann meldete, das Schiff sei beinahe wie neu und Feuchtigkeit könne praktisch nicht mehr eindringen, waren beide Männer angetrunken und erleichtert, dass sie die Reise fortsetzen konnten.

Als wolle das Schicksal ihn besänftigen, war die Fahrt von keinem weiteren Vorfall gestört. Das Wetter war gut, die Verpflegung erträglich und auch der Schmutz an Bord nicht mehr so barbarisch, wie Jakob befürchtet hatte. Lag es daran, dass er mit Pino einen angenehmen Reisegefährten hatte oder daran, dass er besser vorbereitet war, nichts trübte die gute Stimmung an Bord. Er hätte die Fahrt genossen, wenn nicht dieses schmerzliche Gefühl in seinem Innern wie eine offene Wunde schwärte.

Durch die guten Winde und die störungsfreie Fahrt erreichten sie Konstantinopel einige Tage früher als berechnet. Dennoch erwartete sie schon ein Vertreter des Handelshauses Aslan, der sofort nach Ali schicken ließ. Dankbar nahm Jakob das Angebot an, das prachtvolle Badehaus seines Gastgebers zu nutzen. Zu Hause kam er kaum in den Genuss solch feudaler Räume, die einzig für die Reinigung des Körpers gestaltet waren.

Ali strahlte über das ganze Gesicht, als er seinen Freund erblickte, und umarmte ihn wie einen Bruder. Er ließ gleich Jakobs persönliche Dinge packen, denn natürlich sollte sein Gast wieder bei ihm in der Stadt logieren.

In den ersten Tagen hütete Jakob sich, ungeduldig nach dem Sultanspalast zu fragen oder die Rede auf geschäftliche Fragen zu lenken, auch wenn es ihn noch so sehr drängte. Er würde zu gern schnell den geschäftlichen Teil erledigen, um sich dem eigentlichen Ziel, der Küche im Palast, zuzuwenden.

Er vertraute seinem Freund, der schließlich genau wusste, was ihm am Herzen lag. Sie liefen durch die Stadt, ruhten auf weichen Kissen, während ihnen köstliche Speisen serviert wurden und hübsche Tänzerinnen in wehenden Schleiern für sie tanzten.

Schon am frühen Morgen, bevor die Sonne zu stark brannte, erhoben sie sich, und Jakob erhielt weitere Unterweisungen in der Kunst des Reitens. Schon bald war er in der Lage, gemeinsam mit Ali kleinere Ausritte zu unternehmen, stets begleitet von einem kräftig gebauten Sklaven, der ein wachsames Auge auf sie behielt.

Jakob sollte sich nicht vergeblich geduldet haben. Endlich kam Ali auf die Waren zu sprechen, die er nach Genua verkaufen wollte.

Da gab es zunächst die üblichen Seidenstoffe, die aus China über die Seidenstraße nach Westen gelangten. Über den Landweg erreichten Karawanen aus Indien und Arabien mit Gewürzen und Rohstoffen, die für die Herstellung unterschiedlichster Erzeugnisse erforderlich waren, Konstantinopel. Hinzu kamen wertvolle Pelze von Tieren, die noch nie ein Mensch in seiner Heimat zu Gesicht bekommen hatte.

Ali war nicht untätig gewesen. Er hatte für seinen Freund die kostbarsten und seltensten Stücke zurückgelegt, zu Preisen, dass sich diesem die Haare sträubten. Jakob wusste genau, dass er trotz dieser gewaltigen Preise nur mit außergewöhnlichen Stücken auch außergewöhnliche Gewinne machen konnte. Denn in den Städten Italiens interessierte nicht das Mittelmaß – gesucht wurde das Besondere. Dafür zahlten Fürsten oder reiche Kaufherren jeden geforderten Preis. Trotzdem füllte Jakob ein Drittel des ihm zur Verfügung stehenden Frachtraumes mit Gütern zu erschwinglichen Preisen, um den Rahmen der Ausgaben nicht völlig zu sprengen.

Pino, der sich auf eigene Faust mit befreundeten Händlern traf, versprach Jakob, bis zu seiner Rückkehr nach Genua dessen Güter zu lagern, damit dieser sich dann selbst um den Verkauf kümmern konnte. Jakob hatte kurzerhand beschlossen, nicht sogleich nach Genua zurückzukehren. Erst bei der übernächsten Fahrt wollte er die Heimreise antreten, um möglichst viel Zeit in der Küche des Palastes zu verbringen.

Ali saß ihm gegenüber und hörte sich seinen Bericht über seine neuen Familienverhältnisse an. Erstaunt schüttelte er den Kopf.

»Das sind gute Neuigkeiten, du wirst glücklich sein, eine Familie gefunden zu haben. Deine Geschäfte laufen gut und sind ertragreich. Du hättest viele Gründe, dankbar zu sein. Und dennoch: Bei deinem letzten Besuch sah ich dich lachend und aufmerksam. Jetzt bist du nachdenklich und scheinst abwesend. Ich bin dein Freund, du kannst mir sagen, was dich bedrückt.«

Jakobs Miene war abweisend. »Ich kann nicht darüber reden.«

»Es ist also eine Frau. Ich hätte es mir denken können.«

Zornig sprang Jakob auf und lief hinaus. Die Sonne ging eben unter und im Innenhof war es ruhig. Aus dem Brunnen plätscherte Wasser und lief in seitlichen Rinnen zu üppig blühenden Blumenbeeten hinab, in den Bäumen zwitscherten die ersten Vögel ihr Abendlied.

Er setzte sich auf eine Steinbank. Eine ältere Sklavin erschien, um nach seinen Wünschen zu fragen, doch er winkte ab und sie zog sich wortlos zurück.

Er sollte Ali nicht vor den Kopf stoßen, überlegte er, sein Freund meinte es gut mit ihm. Dem Gedanken an Bianca war er bisher erfolgreich ausgewichen. Enttäuschung und Schmerz waren noch zu frisch, um darüber nachzudenken oder gar zu sprechen. Er musste sie vergessen. Trotzdem kam ihm immer wieder ihre Versicherung in den Sinn, ihn niemals zu hintergehen. Auf der anderen Seite hatte sie auch erklärt, mit Intrigen und Lügen groß geworden zu sein. Ihre Beweggründe waren vielleicht sogar begreiflich. Als Erbe des Hauses Scalia war er eine gute Verbindung. Sie wusste von Beginn an, wen sie vor sich hatte, noch bevor er selbst ahnen konnte, dass Rafael sein Vater war. Mit einer Aufrichtigkeit hinsichtlich ihrer Ziele hätte er leben können, nicht jedoch mit ihrer Täuschung.

Inzwischen war die Dunkelheit hereingebrochen; im Haus wurden die Lichter angezündet. Jakob erhob sich und ging zurück. Einige Musiker spielten ein wehmütiges Lied und mehrere junge Frauen bewegten sich im Rhythmus der Flöten und Zimbeln. Er ließ sich neben Ali nieder und sah ihnen eine Weile zu.

»Ich wollte nicht deine Gefühle verletzen.« Alis Worte waren leise. Er sah seinen Freund nicht an, sondern beobachtete weiter die Tänzerinnen.

Jakob atmete tief ein. »Du hast richtig geraten, es ging um eine Frau. Ich versuche, sie zu vergessen.«

Langsam und zögerlich kamen die ersten Sätze, als er von der Schönheit Biancas sprach, von ihrem starken Willen und der Fähigkeit, ihn zu bestärken und zu ermutigen. Die Worte des Verrates hatten sich in seinem Gedächtnis eingebrannt.

Nachdenklich erklärte Ali: »Möglich, dass sie tatsächlich ein falsches Spiel mit deinen Gefühlen treibt, möglich auch, dass sie es ganz anders meinte. Rede mit ihr, sonst wird es dich auf immer beschäftigen.«

Am nächsten Tag trafen sich die Kaufleute der Familie Aslan mit Pino und Jakob, um den erfolgreichen Abschluss ihrer Geschäfte zu feiern. Beide Seiten waren hochzufrieden.

Wechsel über beachtliche Summen gingen an neue Besitzer über und das Schiff fuhr mit der wertvollen Fracht zurück nach Genua. Die Hälfte der Strecke würden sie zusammen mit Schiffen der Hohen Pforte segeln.

Die Piraten wagten sich selten in das Hoheitsgebiet des Sultans, dessen schnelle Schiffe ihnen den Garaus machten. Man legte Wert auf sichere Handelsrouten, anders als auf den Strecken nach Nordafrika, Ägypten oder in die Neue Welt, wo die Gefahren immer größer wurden. Trotzdem kam es gelegentlich vor, dass ein Schiff angegriffen wurde. Vico hatte selbst schon unliebsame Erfahrungen gemacht und wollte das Risiko so gering wie möglich halten.

Es schien Jakob eine Ewigkeit her, seit er sich zuletzt mit der Zubereitung von Speisen beschäftigt hatte. Als er die mit seltenen Genüssen kunstvoll angerichteten Schüsseln betrachtete, überfielen ihn plötzlich Zweifel.

Was hatte er schon Besonderes gelernt? Wenige Monate an der Seite eines Meisterkochs und ein großes Bankett in Augsburg waren nicht beeindruckend. Vielleicht waren seine Fähigkeiten nur bescheiden und man hatte ihn gelobt aus dem Wissen heraus, dass es sich bei ihm um den Sohn Rafaels handelte. Vielleicht verdankte er seine Förderung auch nur diesem Umstand und er besaß gar keine besonderen Fertigkeiten.

Am Hofe des Sultans würde sich seine Zukunft erweisen. Niemand dort bedurfte seiner oder hatte Grund, ihm zu schmeicheln. Dennoch – der Handel mit Gütern war zwar lukrativ und fiel ihm nicht schwer, aber er spürte dabei niemals diese tiefe Genugtuung, die ihm die Zufriedenheit von Menschen nach einem gelungenen Mahl verschaffte. Die Freude, wenn er ein Stück Fleisch in die Hand nahm, wenn er kostete, um fehlende Zutaten herauszuschmecken, war nicht zu vergleichen mit anderen Tätigkeiten. Es war viel Arbeit, doch es war ihm keine Mühe.

Er spürte, wie Ali ihn beobachtete. Es war gut, einen Gefährten wie ihn zu haben. Alle Berichte über die schrecklichen Ungläubigen hatte er längst vergessen. Ali hatte ihm angeboten, zu seinem Glauben überzutreten. Er sorgte sich um ihn und wollte seine Seele vor der ewigen Verdammnis retten. Sie hatten sich schweren Herzens geeinigt, den Glauben des anderen zu respektieren, auch wenn sie beide zutiefst überzeugt waren, sich im Jenseits dadurch nicht wiederzusehen.

Er warf einen Blick in die Runde. Etwa ein Dutzend Händler, die zum Handelshaus Aslan gehörten oder auch teilweise selbstständig arbeiteten, saßen bequem auf seidenen Kissen im Kreise. Es waren Männer unterschiedlichsten Alters, bekleidet mit weiten Gewändern und einem Stoffgewinde auf dem Kopf, mit dem sie ihr Haar bedeckten. Dadurch wirkten sie größer und eindrucksvoller.

Die meisten trugen Bärte und benutzten die rechte Hand, um die Speisen geschickt zu einer handlichen Portion zusammenzudrücken und in den Mund zu schieben. Man trank gekühlte Fruchtsäfte, die teilweise sehr süß waren, ebenso wie die mit viel Honig zubereiteten Nachspeisen.

Zu beinahe jeder Speise gehörte Reis und Jakob hatte gelernt, die unterschiedlichen Gerichte, die alle als Pilaw zählten, zu schätzen.

Man unterhielt sich halblaut und hörte seinem Gegenüber aufmerksam zu. Laut erhobene Stimmen, wie er sie bei Geselligkeiten in seiner Heimat kannte, oft genug auch Auseinandersetzungen, angeheizt vom heißen Wein, waren völlig undenkbar. Die Leute mochten Heiden sein, dachte er im Stillen, doch man konnte manches von ihnen lernen.

Eine der Tänzerinnen betrat den Raum. Zu der schon bekannten Musik, die immer noch ein wenig fremd in seinen Ohren klang, begann sie mit wiegenden Hüften zu tanzen. Einer der Männer erhob sich und gesellte sich zu ihr. Er hob die Arme und tanzte ebenfalls, ohne seine Partnerin zu berühren, jedoch in völligem Gleichklang mit ihren Bewegungen.

Jakob senkte den Blick. Es gab an jedem Ort etwas, was er schätzte und bewunderte, doch auch etwas, was sich ihm entzog oder ihn unangenehm berührte. Aber es wäre eine Kränkung des Gastgebers gewesen, sich zurückzuziehen, also harrte er aus. Er widmete sich den Speisen und stellte in Gedanken die Liste der Gewürze zusammen, die in jedem Gericht enthalten sein mochten.

V. Im Palast der Wunder

»Nicht so viel! Allah soll dich verstoßen, du Unglücklicher!«, schrie Omar, der eigentlich Otto hieß und sich türkischer verhielt als jeder Einheimische.

Er ohrfeigte den Jungen, schubste ihn zur Seite und kippte noch einen Topf Reis mit Safran, der hier Crocus genannt wurde, in den Kessel.

»Viel zu viel Pfeffer, wer soll das essen?«

Er griff nach einem Löffel und kostete, wobei er die Augen schloss und schluckte, bevor er zustimmend nickte.

Während Jakob in einem Topf mit Hühnerragout rührte und die Szene beobachtete, dachte er darüber nach, was er in den letzten beiden Wochen alles gelernt hatte.

Vor allem benutzte man Gewürze weit sparsamer, als er dies aus der Küche des Herzogs kannte. Der Geschmack wurde dadurch intensiver, betonte stärker die einzelnen Zutaten und ließ auch zarte Aromen besser zur Geltung kommen. Dennoch hatte es Tage gedauert, bis ihm die Gerichte nicht mehr fad erschienen. Seine Zunge musste sich umgewöhnen, von der kräftigen und manchmal beißenden Note einer Speise auf ihre feinen Bestandteile.

Der Sultan hatte es nicht nötig, seinen Reichtum mit üppig gewürzten Bissen unter Beweis zu stellen. Jedermann wusste: Er war der reichste und mächtigste Mann der Welt. Seine Küche sollte fein und raffiniert sein, der Gesundheit zuträglich und das Herz beim Anblick erfreuen.

Jakobs anfängliche Zweifel an seinen eigenen Fähigkeiten waren verschwunden. Natürlich ließ man ihn nicht kochen, wie es ihn verlangte. Er arbeitete eher wie ein Lehrjunge in Omars Küche und durfte nichts selbstständig entscheiden. War eine Speise zur Zufriedenheit des Meisterkochs fertig, rief man den Sklaven für das kostbare Geschirr, der wiederum seinen Diener beauftragte, die zur Speise passende Platte herbeizuschaffen.

Die immense Anzahl von Sklaven und Bediensteten, die für jede kleine Handreichung eine eigene Zuständigkeit besaßen, überblickte Jakob noch immer nicht. Einen Pilaw zu Omars Zufriedenheit zu bereiten, war weit einfacher für ihn.

Mit der Zeit erkannte er, dass im Palast ein feines Gespinst von Abhängigkeiten und Verbindungen bestand, dem man sich nicht entziehen konnte, wollte man auf Dauer in dieser Stadt bestehen.

Omar zahlte für das Privileg, seine Gerichte den einflussreichsten Besuchern präsentieren zu dürfen. Diese lobten seine Kochkunst und er war hoch angesehen. Zahlte er nicht oder nicht ausreichend, landeten die Platten am unteren Ende der Tafel, wo die Schreiber und andere Begleiter einer fernen Mission saßen. Bestach er einen Leibsklaven der Sultansmutter mit Geld oder erlesenen Süßigkeiten, einer Währung, die teilweise mehr wog als Münzen, durfte er sogar die verschiedenen Frauen beliefern, die normalerweise ihre Speisen nur aus ihrer eigenen Küche bezogen. Diese teilten unter Umständen das Lager des Herrschers und besaßen eine nicht zu unterschätzende Macht.

Jakob lernte, dass mehr noch als Besitz die Macht das höchste angestrebte Ziel war. Oft ging es dabei nicht um deren Ausübung, sondern um das einfache Überleben.

Das Leben der Sklaven galt nicht viel und war bei einem groben Fehler schnell verwirkt. Wohl dem, der dann einflussreiche Freunde oder Abhängige hatte, die ihn retteten.

Der gescholtene Küchenjunge setzte sich auf einen Schemel zu seinen Füßen und rieb sich die gerötete Wange. Tröstend steckte Jakob ihm ein Stück des klein geschnittenen Fleisches zu und sah noch sein dankbar aufleuchtendes Gesicht, bevor er sich still davon machte.

»Ich habe gesehen, was du gemacht hast«, knurrte Omar. »In meiner Küche entgeht mir nichts. Glaube nicht, dass du hier neue Sitten einführen kannst.«

Jakob zog den Topf vom Feuer, kostete vorsichtig mit gespitzten Lippen und griff nach Ingwer und Honig.

»Vielleicht noch getrocknete Trauben und Nüsse, was meint Ihr?«

Abwägend nickte Omar mit dem Kopf. »Ungewöhnlich, doch warum nicht. Versuch es erst mit einer kleinen Menge.«

Jakob schöpfte eine Kelle voll in ein irdenes Gefäß und fügte die genannten Zutaten bei. Dann kostete er erneut und rührte noch eine Prise Pfeffer dazu, bevor er es Omar reichte.

»Es ist nicht zu süß und auch nicht zu scharf, nicht zu herzhaft und trotzdem von allem etwas. Nicht schlecht, überhaupt nicht schlecht, dein Ragout. Aber es fehlt etwas. Finde es selbst heraus.«

Jakob überdachte noch einmal die Liste der Gewürze, die er dem Ragout zugefügt hatte: Kardamom, Ingwer, Koriander, Kreuzkümmel, Nelken und Zimt.

Er lächelte. Natürlich, es fehlte noch etwas. Salz und ein Hauch Muskat würden dem Gericht den vollendeten Geschmack geben. Für die Schärfe sorgte eine kleine, rote Schote, die er noch nie zuvor gesehen hatte. Den Fehler, sich danach durch das Gesicht zu fahren, hatte er nur einmal begangen. Seine Augen hatten gebrannt und getränt, und obendrein hatte er sich noch den Spott der anderen Köche zugezogen. Ganz klein schnitt er die Stücke, die er dem Ragout zufügte, bevor er die getrockneten Trauben und die gerösteten Nüsse hineingab. Abermals schmeckte er ab und reichte eine volle Kelle weiter an seinen Küchenmeister.

Diesmal war es perfekt. Omar verdrehte genießerisch die Augen, schnippte mit dem Finger und erklärte: »Mein Ragout wird ein Ereignis. Du bist recht brauchbar in meiner Küche.«

Am Abend traf Jakob sich mit dem Amsterdamer Kaufmann, Mijnheer Vandenhoff, der ihm versprochen hatte, Gewürze an den Hof ins Rheinland zu liefern. Jakob war nun schon in der Lage, ihm den besten Händler für Gewürze zu nennen. Preise und Qualität entsprachen seinen Vorstellungen, und er bestellte große Mengen der gebräuchlichsten Gewürze.

»Handelt Ihr auch mit Seide oder anderen Tuchen?«, erkundigte sich Jakob. »Ich kann Euch behilflich sein, auch andere Waren zu kaufen.«

Der Flame winkte ab. »Ich weiß Eure Hilfe zu schätzen«, erklärte er, »aber ich kann mich nur zwischen Spezereien und anderen Waren entscheiden. Nach der Reformation der Gewerbeordnung in meinem Land darf man nicht mehr gleichzeitig Spezereien mit anderem vermengen. Entweder ist man Gewürz- oder Zeugkrämer. Meine nächste Fahrt wird allerdings mit einem anderen Schiff erfolgen und ich werde Rohstoffe einkaufen.«

Diese Gewerbeordnung war Jakob neu und er beschloss, sich zu erkundigen, ob sie auch Genua betraf.

In seinem Gemach kleidete er sich eilig um. Die Reitstunden mit Ali wollte er nicht versäumen. Ausflüge in die Umgebung gehörten zu ihrem abendlichen Ritual und die weite Kleidung war dabei behaglich und praktisch.

Die heißeste Zeit des Jahres brach an und sie warteten mit den Ausritten stets bis kurz vor Sonnenuntergang. Mittags suchte man den Schatten und die Stadt fiel in einen Mittagsschlaf, bis die Sonne wieder tiefer am Himmel stand.

Am nächsten Morgen hatte Jakob schon in aller Frühe in der Küche zu stehen. Es war noch ruhig und die ausländischen Gäste, von denen immer eine Gruppe im Palast anwesend war, wachten erst in einigen Stunden auf, um nach einer Mahlzeit zu verlangen.

Er war erstaunt, als der oberste Küchenmeister in der Gesandtschaftsküche erschien. Eilig fiel Jakob auf die Knie, wie auch alle übrigen Küchenhilfen, und hob erst den Kopf, als der Mann vor ihm stand und ihm mit dem kleinen Finger ein Zeichen gab, sich zu erheben.

»Du bist ein Helfer des Küchenmeisters Omar. Man sagte mir, dein Name ist Darko und du bist in der Lage, mir dieses Gericht zu bereiten.«

Er hielt ihm einen Zettel hin, auf dem in krakeliger Schrift das Wort »Hufeisen« geschrieben stand.

Jakob lächelte. »Ich kenne das Rezept. Es ist nicht so schwer zuzubereiten. Wann braucht Ihr es?«

Der Herr aller Palastküchen umfasste mit festem Griff sein Kinn und drehte das Gesicht zu sich.

»Ich brauche es sofort, hörst du? Und mache es gut, sonst kann dir auch dein Gott nicht helfen.«

Mit wehendem Mantel verließ er die Küche. Jakob wagte nicht zu fragen, wohin er das Hufeisen schicken sollte.

Es handelte sich um einen Krapfen, der aus Weizenmehl, Käse und Gewürzen zu einer Wurst gerollt wurde und dann in Hufeisenform in Fett ausgebacken wurde. Dazu reichte man eine rote Fruchtsauce, am besten aus Kirschen, entschied er. Die Kombination aus Frucht und Schärfe war besonders in seiner Heimat beliebt und das Hufeisen gehörte zu den gefragten Nachspeisen.

Er scheuchte einige Jungen auf, die erstarrt über den hohen Besuch auf dem Boden hockten und sich immer noch nicht zu bewegen wagten.

Es wäre einfacher zu wissen, ob man die Nachspeise süß oder herzhaft bevorzugte, dachte er, während er den Teig knetete. Beides war beim Hufeisen möglich.

Der junge Helfer, der sich vor wenigen Tagen die Ohrfeige eingeholt hatte und Abdul hieß, brachte den gehobelten Käse herbei.

»Es wird für Kerim sein«, flüsterte er ehrfürchtig. »Der Meister der Matbah-i-amire ist ihm verfallen.«

»Kennst du denn diesen Kerim?«, fragte Jakob, dessen Namen man im Palast nicht aussprechen konnte. Deshalb wurde er kurzerhand Darko genannt. Er stäubte noch eine Handvoll Mehl über den Teig.

»Ich habe von ihm gehört und ihn einmal von Weitem gesehen«, antwortete der Junge. »Ich weiß, dass er ein Sklave aus dem Norden ist, mit hellen Haaren und heller Haut. Ähnlich wie deines, nur noch heller«, erklärte er. »Der oberste Küchenmeister hat ihn gekauft und er war lange krank, nun beginnt er sich zu erholen. Ständig hat er sonderbare Wünsche – und sie werden ihm alle erfüllt. Viele wollten ihn haben, er ist sehr schön.«

Jakob war bekannt, dass nur wenige Auserwählte Zutritt zum Inneren des Palastes hatten. Einige Eunuchen besaßen große Macht. Selbst bis zu den Außenbezirken, wo die Soldaten verkehrten, die Händler, Köche und Bittsteller, reichte ihr langer Arm, und ihr Wort war Gesetz. Die Mächtigsten hielten beinahe selber Hof, besaßen Reichtum, Einfluss und eine eigene Dienerschaft. Sie entschieden auch darüber, wer zum Sultan vorgelassen wurde. Es war ein mühsames System von Bestechung, Beziehungen und manchmal einfach nur Sympathie oder Abneigung, die über Erfolg oder Misserfolg entschied.

Viele einflussreiche Eunuchen und Palastbeamte hielten sich Lustknaben, je nachdem, welcher Art ihre Verstümmelung war. Nur Frauen waren völlig tabu. Die Frauen im Palastinnern gehörten dem Sultan. Einzig seine Mutter hatte eine besondere Stellung. Unter den Hunderten von ausnahmslos schönen Frauen waren viele, die in ihrem ganzen Leben den Herrscher niemals zu Gesicht bekamen und natürlich auch keinen anderen Mann. Fälle von Betrug waren zwar schon vorgekommen, doch noch niemals hatte man davon gehört, dass eine Frau aus dem Palast geflohen war – oder sie den Betrug überlebte.

Omar erzählte nur wenig über die Gepflogenheiten der Frauen, obgleich er sicher einiges darüber wusste. Der Klatsch blühte in der Palaststadt; es war nahezu unmöglich, irgendetwas in diesem Konglomerat von Müßiggang, Eifersucht und Betriebsamkeit zu verbergen.

Abdul schleppte einen schweren Korb Gemüse herbei, das schon gereinigt und geschnitten war. Schon den ganzen Morgen schien er besonders vergnügt zu sein und auch jetzt grinste er leise in sich hinein.

»Dir scheint es heute gut zu gehen.« Jakobs Türkisch verbesserte sich mit jedem Tag, an dem er gezwungen war, die Sprache zu sprechen, da ihn sonst außer Omar niemand verstand.

Abduls Grinsen vertiefte sich. »Er leidet wie ein alter Hund. Geschieht ihm recht.«

»Von wem sprichst du denn?«

Der Junge beugte sich vertraulich zu ihm hinüber. »Omar ist verliebt«, flüsterte er, »und es ist ganz hoffnungslos für ihn. Es ist dieser nutzlose Kerim. Als er ankam, da wusste ich gleich, was das für einer ist. Er macht alle verrückt, alle Eunuchen und alle Männer. Er weiß noch nicht, wie gefährlich so etwas ist.«

»Ich kann nicht glauben, dass alle nach der Pfeife eines hübschen Burschen tanzen, davon gibt es doch genug.«

»Das allein ist es wohl nicht. Er muss recht gebildet sein, er studierte in einem Kloster der Ungläubigen. Außerdem hat er so eine Art, jeden um den Finger zu wickeln. Bisher konnte er nicht viel Unheil anstellen, es ging ihm ja nicht gut. Die Palastluft bekommt nicht jedem.« Abdul kicherte boshaft.

Der Küchenmeister erschien spät. Er kostete die fertig gebackenen Hufeisen und nickte beifällig.

»Sie sind gut geworden. Ich werde sie selber bringen.«

Er packte alles auf ein Tablett und verließ mit hängenden Schultern die Küche.

Er ist unglücklich, dachte Jakob. Der Mann mochte kein Ausbund an Freundlichkeit und guter Laune sein, aber er hatte ihn aufgenommen und ihm geholfen, sich im Wirrwarr aus Küchen, Gängen und Dienerschaften zurechtzufinden.

Der zweite Küchenchef brachte die Liste der Speisenfolge für den Tag und es gab keine Gelegenheit, müßigen Gedanken nachzuhängen.

Erst am Abend, als er im Gasthaus hinter dem Nebenportal auf Ali wartete, sah er Omar wieder. Der Küchenmeister saß allein und in Gedanken versunken gegen die Wand gelehnt. Es wäre unhöflich gewesen, den Älteren einfach anzusprechen, und obwohl Omar ihn sah, winkte er ihn nicht zu sich. Er wollte offensichtlich alleine sein.

Jakob bestellte sich ein Sorbet und wartete auf seinen Freund. Er war erleichtert, als er Ali endlich im Eingang entdeckte. Ein wenig Ablenkung durch einen schnellen Ritt würde ihm nach dem anstrengenden Tag guttun. Die vielen verschiedenen Gerüche und Aromen der Küche, die ihm noch anhafteten, würden sich in der frischen Seeluft auflösen.

Jakob gewöhnte sich immer mehr an das Leben in der Palaststadt. Schon nach wenigen Wochen hatte er das Gefühl, ein kleiner Teil des virtuosen Ablaufs zu sein.

Außergewöhnliche Rezepte schrieb er auf, während er die einfachen im Kopf behielt. Für einige Speisen wie Börek war er besonders gefragt, denn seine Pastetenfüllungen waren außerordentlich beliebt und wurden auch schon von den Küchenmeistern der anderen Küchen angefordert.

Er war gerade mit der Herstellung einer größeren Menge Pilaw beschäftigt, als ihm auffiel, dass außer ihm und Omar niemand mehr in der Küche war. Etwas schien in der Luft zu liegen. Omar bereitete eine Pastete vor. Aus dem Augenwinkel beobachtete Jakob erstaunt, dass der Koch eine kleine Phiole aus dem Gewand zog und den

Inhalt in die Pastete goss. Verstohlen sah der Küchenmeister sich um, doch Jakob war gewissenhaft mit seiner eigenen Arbeit beschäftigt.

In den nächsten Tagen vergaß Jakob den kleinen Vorfall beinahe. Hinter vorgehaltener Hand berichtete man Unerhörtes.

Der Sultan beabsichtigte, seine Favoritin zur Frau zu nehmen. Nun gab es schon eine Sultanin, die ihm Kinder geboren hatte, doch ihr Stern war gesunken und Hürrem oder Roxelane, wie sie gerufen wurde, sollte die neue Herrscherin nach der Sultanmutter werden. So etwas war noch niemals geschehen. Eine Sklavin konnte es durchaus zu Macht und Einfluss bringen, jedoch mit dem Herrscher als seine Ehefrau zu regieren war beispiellos. Der Palast summte vor Aufregung, Klatsch und Betriebsamkeit.

Jakob kannte die Regeln inzwischen gut genug. Eine törichte Frage oder unpassende Neugier konnte lebensgefährlich sein. Freundschaften gab es innerhalb dieser Mauern kaum, jeder suchte seinen Vorteil und eine immer bessere Position. Dennoch war er neugierig. Was führte Omar im Schilde? Einige Tage wartete er ab, ohne dass etwas Bemerkenswertes geschah. Es gab keine Nachricht über einen plötzlichen Todesfall und auch die Abläufe in der Küche blieben unverändert.

Es würde ein herrliches Fest zu Ehren der Hochzeit des Sultans geben. Die Vorbereitungen begannen und nahmen einen Umfang an, der alles Vorhergehende in den Schatten stellte.

Aus allen Teilen des großen Reiches bestellte man schon jetzt Unmengen der auserlesensten Waren und Nahrungsmittel, damit sie rechtzeitig vor dem großen Fest eintrafen. Der Herrscher wollte mit seinem Reichtum und seiner Stärke die ganze Welt beeindrucken. Die Stadt begann, sich herauszuputzen. Man sprach von nichts anderem mehr.

»Wir erhalten alle neue Kleidung – ich werde aussehen wie ein Prinz«, prahlte Abdul, während er schniefend ungezählte Zwiebeln schnitt. »Vielleicht muss ich sogar die fremden Besucher bedienen, wenn du fort bist«, meinte er zu Jakob. »Ich habe schon einige Worte deiner Sprache gelernt.«

Zu Jakobs großem Kummer würde er das Fest nicht miterleben. Die *Andromeda* sollte in wenigen Tagen einlaufen.

»Wie dumm, dass Omar mich beauftragt hat, diesem Kerim seine geliebte Pastete zu bringen. Dadurch verpasse ich den Umzug der Frauen aus dem Neuen in das Alte Serail.«

Als Jakob interessiert aufblickte, fuhr er erklärend fort. »Natürlich bekommt man die Frauen nicht zu sehen, sonst müsste man sterben. Doch allein die Sänften und Bewacher in ihren schönen Farben sind prächtig anzusehen. Ich wollte den Kamin hochklettern zum Dach des Innenhofs, dort hat man eine gute Sicht.«

»Hast du immer die Pasteten zu Kerim gebracht?«

»Fast immer. Ich mag ihn einfach nicht. Zu affektiert, wenn du weißt, was ich meine. Er ist verrückt nach deiner Taubenpastete. Gestärkt hat sie ihn trotzdem nicht, obwohl ein Arzt die Pastete empfahl. Man sagt schon, dass der Meister der Matbah-i-amire allmählich ungeduldig wird und Verdacht schöpft.«

»Welchen Verdacht?«

»Entweder spielt er ihm die Krankheit sehr erfolgreich vor oder er hat eine sehr seltsame Krankheit. Jedenfalls traut sich der oberste Küchenmeister vorläufig nicht an ihn heran, aus Furcht, sich anzustecken.«

Am Abend besprach Jakob mit Ali die Warenliste für Genua und ein wehmütiges Gefühl beschlich ihn. Wann würde er wieder zurückkehren in diese bunte, abenteuerliche Welt, die so anders war als die seine? Die abendlichen Ausritte mit seinem Freund, die Gespräche über Speisen in der Küche und das lebhafte Gewimmel im Basar hatten tiefen Eindruck auf ihn gemacht.

Er lag in einem weichen Kissen und sah auf die Tänzerinnen, die sich nach dem Essen anmutig zu einer bestrickenden Musik bewegten.

Ein junges Mädchen mit mandelförmigen, schwarzen Augen zog seine Aufmerksamkeit auf sich. Er konnte die Augen nicht abwenden von ihrer schlanken, biegsamen Gestalt, und seine Gedanken waren plötzlich nicht mehr bei Ali. Ihre Wangen waren gerötet und ihre Lippen schimmerten verführerisch. Als spüre sie sein Interesse, schien sie nur noch für ihn zu tanzen.

Die Schläge der Pauke weckten ihn am Morgen. Jeden Tag ging der Nachtwächter durch die Viertel, um die Menschen zum Frühgebet zu wecken. Meistens war Jakob schon vorher wach, doch heute hatte er länger geschlafen. Neben ihm bewegte sich etwas und der dunkle Schopf des Mädchens kam zum Vorschein. Er lächelte.

Sie war jünger, als er anfangs vermutete, mit der Anmut eines kleinen Kätzchens.

Er zog sie in seinen Arm. »Du hast mir deinen Namen noch gar nicht gesagt.«

»Ich heiße Naysha.« Sie streckte sich an seiner Seite genüsslich aus. »Ist es wahr, dass du im Palast des Herrschers arbeitest?«

Als er bejahte, wurden ihre Augen groß. »Das muss ganz wunderbar sein. Was tragen die Tänzerinnen dort?«

Sie glaubte ihm nicht, dass er noch niemals bei den Festen der Palastangestellten zugegen gewesen war. Er nahm sich vor, dies bei Gelegenheit nachzuholen. Er berichtete von seiner Arbeit und den Aufgaben der anderen Küchen, bis es Zeit wurde, sich von ihr zu verabschieden. Er wusste, sie würden sich wiedersehen.

In einer der wenigen Pausen setzte er sich zu Omar auf eine Bank im Schatten des Vordaches. Die Mittagssonne hatte schon zu große Kraft, um sich ihr direkt auszusetzen. Jakob streckte die Beine weit von sich.

Die abwesende Haltung seines Küchenmeisters ignorierend erkundigte er sich:

»Gibt es in den kommenden Tagen Feste für die Dienerschaft?«

Omar betrachtete ihn erstaunt von der Seite. »Es ist das erste Mal, dass du mir eine Frage stellst, die nicht mit der Küche zusammenhängt.« Sein braun gebranntes, rundes Gesicht verzog sich zu einem Lächeln. »Ich dachte schon, du wärst selbst aus einer Art Brotteig.« Er kratzte sich den feisten Nacken.

»Also, lass mich einmal nachdenken. Da ist das Fest für die weißen Eunuchen. Da hast du zwar nichts verloren, aber nachdem deine Pasteten dort so sehr geschätzt werden, gibt es vielleicht eine Möglichkeit.«

»Was ist das für ein Fest und was unterscheidet außer der Hautfarbe einen weißen von einem schwarzen Eunuchen?«

»Im Alten Palast, wo die Mutter des Sultans mit ihren Damen lebt, dienen die schwarzen Eunuchen; nur die Damen selbst, die schwarzen Eunuchen und der Sultan dürfen diesen Bereich betreten. Diese Eunuchen wurden als Kinder völlig entmannt, oft im Gegensatz zu den weißen, die erst später oder nur teilweise zu Eunuchen wurden. Deren Machtbereich ist der Neue Serail, wo der Sultan mit seiner Lieblingsfrau lebt. Sie gehören ebenfalls zum inneren Dienst und bewachen das äußere Serailtor. Jeder Palast hat seine eigenen Regeln und Formen. Sie lieben sich nicht, wie du dir denken kannst, und ich möchte nie zwischen die Mühlsteine der beiden Paläste geraten.

Wir sind mit unserer Küche Teil des Palastes, gehören aber zum dritten Teil, dem Äußeren Dienst. Das Fest der weißen Eunuchen ist nur eines in einer langen Reihe von Festlichkeiten, die dieses Jahr zu Ehren der Hochzeit des Sultans erfolgen. Hast du nicht bemerkt, dass man eine große Tribüne errichtet hat, wo Spiele und Kämpfe aller Art stattfinden? Sogar golddurchwirkte Gitter hat man gebaut, hinter denen die Frauen vor Blicken geschützt sitzen. In den Straßen zündet man in der Nacht bunte Lichter an, Gaukler und Zauberer treten auf und sogar seltene, wilde Tiere kann man sehen. Ein junger Mann wie du sollte daran teilnehmen und sich nicht nur in der Küche vergraben.«

»Und Ihr, Omar? Nehmt Ihr daran teil?«

»Ich bin nicht in der Stimmung für Feste.«

Er machte eine abwehrende Handbewegung, doch Jakob bemerkte, dass sich seine Augen langsam mit Tränen füllten. Ärgerlich wischte er sie fort und blickte zur Seite.

Eine Weile schwiegen beide, dann meinte Jakob vorsichtig: »Ich würde Euch gerne helfen, aber in Liebesdingen kenne ich mich nicht aus.«

Ein verdutzter Blick traf ihn. »Was meinst du denn damit?«

Jetzt war es an Jakob, verwundert zu sein. »Ich dachte, Ihr und der Knabe Kerim, also ich meine, man sagte mir, Ihr seid verliebt«, stotterte er verwirrt.

Jetzt lachte der Koch. »Dieses verflixte Klatschnest, es ist nicht zu glauben.«

Dann wurde seine Miene wieder ernst. »Merke dir eines, Darko. Vertraue niemandem in der Palaststadt, alles wird man gegen dich verwenden, wenn man Nutzen daraus ziehen kann. Es führt zu weit, dir all die kleinen Intrigen zu schildern, denen ich ausgesetzt bin, aber eines kannst du mir glauben: Ich begehre keine Knaben für meine Vergnügungen.«

»Dann wollt Ihr Kerim gar nicht?«

Omar schwieg, und Jakob dachte schon, dass er vielleicht doch nicht die Wahrheit über den Jungen gesagt hatte, als er die geflüsterten Worte hörte: »Ich will ihn herausholen aus diesem Vipernnest.«

Jakob dachte an die Tropfen, die der Koch heimlich in die Pastete geträufelt hatte und verstand gar nichts mehr.

Omar drehte sich zur Seite, als knote er seinen Gürtel neu. Dabei brachte er seinen Mund an Jakobs Ohr.

»Versprich mir, bei deinem Leben, zu schweigen!«, flüsterte der Küchenmeister. Jakob senkte den Kopf zur Bestätigung.

»Kerim ist der Sohn meiner Schwester. Ich muss ihm helfen.«

Überrascht starrte er Omar an. Dann entschloss er sich, offen zu sprechen.

»Ich habe die Phiole gesehen, die Ihr benutzt habt.«

Omar nickte. »Es spricht für deine Verschwiegenheit, dass du bisher nichts davon erwähnt hast. Es sind nur Tropfen, die etwas Müdigkeit, Fieberflecken und Übelkeit erzeugen, Merkmale einer Krankheit, die er nicht hat. Ich muss ihn vor dem Zugriff dieses liebestollen Kastraten schützen, der verrückt nach ihm ist. Dieser Bastard!«

Hatten sie bisher nur geflüstert, so entfuhr ihm der letzte Ausdruck laut, und erschrocken lehnte er sich mit geschlossenen Augen gegen die Wand. Sie sprachen zwar in ihrer Muttersprache, die kaum jemand im Palast verstand, dennoch war es ratsam, vorsichtig zu sein. Jemanden aus dem Palast zu entführen, wurde mit dem Tode bestraft –gleichgültig, ob es sich dabei um einen hohen Beamten oder einen unwichtigen Lustknaben handelte.

Der oberste Küchenmeister besaß starken Einfluss. Er stand der Küche des Herrschers und einem Dutzend Küchenmeistern vor und sah den Sultan sogar gelegentlich persönlich. Seinen Augapfel zu entführen kam einer Verschwörung gleich.

Hilflos hob Jakob die Schultern. »Ich habe Euch meine Hilfe angeboten, doch bei dieser Sache weiß ich nicht, wie sie aussehen könnte.«

»Sei unbesorgt, ich belaste dich nicht mit diesem Problem. Es wird mir beizeiten etwas einfallen. Niemand sonst weiß, dass der Junge mein Neffe ist. Ich hoffe, du wirst mein Vertrauen nicht missbrauchen und schweigst.«

Immer noch hielt Omar die Augen geschlossen. Jakob erhob sich leise und ging nachdenklich wieder an seine Arbeit.

Am Abend übersah er das anzügliche Grinsen Alis. Wie gewohnt ritten sie eine Stunde entlang des sandigen Strandes, bevor sie sich zum Essen trafen. In den Wochen seines zweiten Aufenthaltes war ihm dieser Ablauf ebenso lieb geworden wie Ali.

Sein Freund traf sich am Tage mit Geschäftspartnern und berichtete ihm, dass ihre Anwesenheit am nächsten Tag in der Gesandtschaft der Stadt Genua erforderlich war.

Jedes Land besaß in den großen Handelsmetropolen eine Gesandtschaft, die bei allen Belangen des Handels und auch oft der Politik zu Rate gezogen wurde. Alle ordentlichen Kaufleute stellten sich dort vor und waren eingetragen. Seit vielen Jahren schon bestand die Verbindung des Hauses Scalia mit der Hohen Pforte und die Namen seines Vaters und Pinos waren bestens bekannt. Erstaunt hatten die Beamten zur Kenntnis genommen, dass nun auch ein Sohn Rafaels in eigenem Namen Geschäfte tätigte. Die erforderlichen Dokumente lagen ihnen vor – Pino hatte sie ihm umsichtig auf seiner ersten Reise mitgegeben – und mithilfe des Handelshauses Aslan wurde er in das Register eingetragen.

Einen Teil der Männer in der Gesandtschaft kannte Jakob schon. Er tauschte Neuigkeiten mit soeben erst eingetroffenen Händlern aus, man fragte ihn nach dem besten Übersetzer in der Stadt und den Preisen, die sie zurzeit für ihre Waren erzielen konnten.

Hier erfuhr man von der Ankunft großer Karawanen und dem Umfang des Angebotes. Wichtig war, den Bedarf und die Anforderungen in der Heimat zu kennen und diese Güter möglichst günstig zu beschaffen. War der Preis zu hoch, lohnte ein Einkauf auch in großem Umfang möglicherweise nicht.

Rafael hatte bisher niemals Spezereien befördert, sondern sich darauf verlegt, mit unverderblichen Waren zu handeln. Andere hatten mit ihnen jedoch große Gewinne erzielt. Jakob überlegte, in dieses Geschäft mit einer größeren Summe einzusteigen. Inzwischen wartete man auf die Ankunft der *Andromeda* sowie dreier weiterer Schiffe Rafaels. Jakob sah ihrem Eintreffen mit gemischten Gefühlen entgegen.

Sein Wissensdurst war noch lange nicht gestillt; er begann gerade erst, die Kochweise im Palast zu verstehen. Und erst mit dem Verständnis für die fremden Verhaltensweisen, mit dem Gefühl für ihre Kochsitten, begann das eigentliche Vergnügen.

Jakob erarbeitete sich langsam Anerkennung und nun sollte er schon wieder fort. Es schien ihm fast, als sei es sein Schicksal, nichts zu Ende führen zu können. Auf dem Weg zum Palast sprach er mit Ali darüber. Sein Freund hörte ihn schweigend an, bevor er sich äußerte.

»Du bist Rafaels Sohn und er wünscht sich, dass du seine Unternehmungen fortführst. Seinem Vater soll man gehorchen. Vielleicht aber gibt es trotzdem eine Lösung für dich. Lass mich mit meinem Vater sprechen, er kennt dich und Rafael, vielleicht fällt ihm etwas ein.«

Er dachte über Alis Worte nach und machte sich wenig Hoffnung, dass sich an seiner Lage etwas änderte. Man würde Rafael nicht verärgern wollen, indem man sich seinen Wünschen widersetzte.

Unter den prüfenden Augen der Wachen betrat Jakob den Nebeneingang zum zweiten Innenhof, suchte Schatten im Bogengang und wandte sich zur Ostseite, wo sich die Küchen des Palastes befanden. Eine Gruppe Palastangestellter hatte sich zu einem Haufen zusammengefunden, aus dem lautes Geschrei und Gelächter zu hören war. Neugierig schob er sich nach vorne und sah zwei Janitscharen, die einen Zwerg von einer Seite zur anderen schubsten. Dessen kurze Arme und Beine wirbelten umher, sehr zum Vergnügen der Umstehenden. Hilflos war er dem Mutwillen der beiden Soldaten ausgeliefert. Jakob drängte sich zurück, rannte in die Küche und kam mit zwei Krügen Leichtbier zurück, so schnell er konnte.

»Platz da!«, schrie er schon von Weitem, und die Menge teilte sich vor ihm, um ihn durchzulassen.

»Eine Stärkung für die tapferen Janitscharen des Sultans.«

Er hielt ihnen die Krüge vor die Nase und nutzte ihre momentane Verblüffung, um dem Zwerg mit den Augen ein Zeichen zu geben.

»Trinkt auf die Gesundheit des Sultans!«

Erfreut griffen die beiden Nächststehenden zu und leerten den Inhalt mit einem einzigen Zug. Einer der Soldaten wischte sich mit dem Handrücken über den Mund und reichte Jakob den Krug zurück. Er zwirbelte seinen Schnurrbart und klopfte ihm auf die Schulter.

»Guter Mann bist du, ein guter Mann.«

Sie sahen sich um, doch der Zwerg hatte schon das Weite gesucht.

Die Menge verlief sich und nach einem letzten Gruß verschwanden die Landesverteidiger zum Ausgang. Jakob stand mit den Krügen im Hof, nur ein alter Diener nickte ihm anerkennend zu; er hatte sein Ablenkungsmanöver mitbekommen. Durch den Hof machte er sich auf den Weg zu seiner Küche.

Vier Kuppeln prangten über diesem Bereich. Zunächst passierte er die Kuşhane, die allein für die Mahlzeiten des Sultans bestimmt war, gefolgt von der Küche für die Sultansmutter und ihre Enkelinnen sowie der Küche für die Frauen. Im Anschluss befand sich der Küchentrakt für die weißen Eunuchen und hohen Beamten, die Küche für die einfachen Bediensteten, eine weitere für die Sklaven und eine für die ausländischen Gesandten und Personen des Staatsrates. Die letzte Küche war die Helvahne, die Küche für Süßspeisen.

Er hatte viel gelernt in der kurzen Zeit und manch Eigenartiges gesehen. Erstaunlich war, dass in den Küchen viel Butter verwandt wurde, man strich sie sogar über das Brot. Hingegen wurde Schweinefleisch völlig verschmäht. Ali hatte erklärt, dies geschehe aus religiösen Gründen, doch recht verstanden hatte er diese nicht.

Suppe nahm man meist zu Beginn einer Mahlzeit ein, was für Jakob keinen rechten Sinn machte, sollte die Flüssigkeit doch zur besseren Verdauung der festen Speisen dienen und sie hinunterspülen.

Fleisch wurde nicht sehr lange gekocht wie in seiner Heimat, sondern häufig nur kurz und scharf gebraten und mit Tarator, einer scharfen Sauce aus Brot, Nüssen, Knoblauch, Essig und Olivenöl gereicht. Pilaw und Börek waren ihm schon gut vertraut und es gab unzählige Rezepte, Reisgerichte und Pasteten herzustellen.

Man trank Säfte mit Rosenwasser oder Nelken verfeinert und fruchtige, gekühlte Sorbets, während die Soldaten Boza, ein Leichtbier aus vergorener Hirse tranken. Man benutzte die rechte Seite des Löffels, um gemeinsam mit anderen aus einer Schüssel zu essen, führte jedoch nur die linke Seite des Löffels zum Mund. Die Spitze wurde niemals benutzt.

Merkwürdig erschien ihm auch, dass man sich nach dem Essen die Hände reinigte, bevor man eine Tasse Kaffa zu sich nahm.

Es gab Früchte, die er noch nie zuvor gesehen hatte, die jedoch in der Küche des Palastes ihren festen Platz besaßen. Da gab es die dunkle Eierfrucht und die hellgrüne, längliche Kürbisfrucht, beide aus dem weit entfernten Indien, aus dem auch die meisten Gewürze stammten. Er hatte sich an die neuen Sitten gewöhnt, und manches gefiel ihm ausgesprochen gut. Seine Herkunft war gleichgültig; es zählte nur, dass er die besten Taubenpasteten der Sultansküche herstellte und die weißen Eunuchen ihm versicherten, sein Börek mache süchtig.

Immer wieder schlich sich jemand zu ihm und bat ihn, eine Platte außer der Reihe zuzubereiten. Die Trinkgelder dafür waren hoch und erlaubten ihm, auch ohne Hilfe Rafaels ein beinahe verschwenderisches Leben zu führen.

Der Vorratsverwalter grüßte ihn freundlich; nur manchmal schalt er Jakob, wenn dieser nach alter Gewohnheit zu viel scharfes Gewürz anforderte. Im letzten Monat hatte die Palastküche 25 Kilo Safran verbraucht, hatte der Verwalter ihm berichtet – ein Vermögen, das nur der reichste Mann der Erde sich leisten konnte.

Noch war es ruhig. Die allmorgendlichen Vorbereitungen erledigten die Küchenjungen, sie putzten und schnitten Gemüse und Fleisch, bereiteten Teig vor und setzten die Suppen und Brühen an. Ein Aroma unterschiedlichster Speisen hing in der warmen Luft, inspirierend und beruhigend zugleich. Die Hauptessenszeit begann erst nach Sonnenuntergang. Jakob hoffte auf einige ruhige Minuten, in denen er ein neues Rezept ausprobieren wollte.

Er hoffte vergeblich. Einer der Köche ließ ihn wissen, dass er nochmals das Hufeisengericht mit Kirschsauce in den Neuen Palast zu bringen habe, der Auftrag sei dringlich.

Das Küchenpersonal hatte bereits eine Kostprobe vom Zorn des Meisters der Matbah-i-amire erhalten, da dieser niemanden vorfand, der das Geforderte herstellen konnte.

Eilig machte Jakob sich an die Arbeit. Der flinke Abdul stellte alle geforderten Zutaten bereit und holte aus der Helvahne die süße Fruchtsauce, und nach weniger als einer Stunde machte sich Jakob mit seinem Tablett auf den Weg.

Zum ersten Mal betrat er den Bereich des Inneren Palastes. Ungeduldig ließ er die Prozedur der Kontrollen durch die Wachen über sich ergehen, bis er endlich eintreten durfte.

Er hatte Schlösser und Herrenhäuser in seiner Heimat gesehen, doch dies war etwas ganz anderes.

Die filigrane Leichtigkeit der Räume, ihr durch feinste Schnitzereien gefiltertes Licht, die geschwungenen Bögen der Eingänge und Fenster, die farbenfrohen Stoffe und blumigen Wandmalereien ließen ihn staunend innehalten.

Erst der energische Ruf eines Wachpostens brachte Jakob zurück zu seinem Auftrag, und er folgte schnell einem Diener, der ihm den Weg wies. Durch eine verwirrende Anzahl von Gängen und Treppen erreichten sie ein Gemach, das in dieser üppigen Umgebung erstaunlich schlicht ausgestattet war. Über den Marmorboden verstreut lagen verschiedene Kleidungsstücke, leeres Essgeschirr und ausgebreitete Schriftstücke. In der Mitte des Raumes befand sich ein Diwan, auf dem eine Gestalt kauerte.

»Reizend, dich begrüßen zu dürfen.«

Jakob hörte eine helle Mädchenstimme und sah ungläubig hoch.

»Ich dachte schon, die Köche finden ihren eigenen Herd nicht mehr. Muss ich noch einmal so lange warten, lasse ich dich auspeitschen, du Wurm.«

In Jakob kochte der Zorn hoch, doch er beherrschte sich mühsam.

Die Stimme gehörte einem jungen Mann mit den Zügen eines Engels, der ihn in seiner Muttersprache ansprach, wenn auch mit dem gleichen singenden Tonfall, in welchem auch Omar sprach. Kaum zu glauben, dass diesem Mund solche Worte entsprangen, doch ein Blick in eisblaue Augen zeigte ihm deutlich, dass der Bursche seine Worte ernst meinte.

Dessen ungeachtet konnte er sich eine Antwort nicht verkneifen.

»Dann werdet Ihr aber keine Hufeisen mehr genießen können, da niemand außer mir sie herzustellen weiß.«

Der Junge hob den Kopf und betrachtete ihn wie einen seltenen Käfer, der wider alle Erwartungen davonflog.

»Du bist neu oder noch nicht lange Sklave«, stellte er fest, »sonst würdest du nicht so aufsässig sprechen.«

»Ich bin kein Sklave, sondern arbeite freiwillig in der Küche des Küchenmeisters Omar, der mir seine Gunst schenkte und mich dort arbeiten lässt.«

Der Junge lachte und ließ eine Reihe blendend weißer Zähne sehen. Er war wirklich ungewöhnlich anziehend, dachte Jakob nicht ohne Grimm. Sein blondes, gelocktes Haar fiel bis auf die Schultern und unterstrich den mädchenhaften Charakter seiner Erscheinung.

»Omar, natürlich, wer sonst. Nur bei ihm herrschen diese lockeren, fremdländischen Sitten.«

Er stand auf und trat so nahe zu Jakob, dass dieser den leichten Geruch eines Parfums wahrnahm und die glatte, seidige Haut seines Gesichtes vor sich sah.

»Du kennst die Regeln dieses Hauses wohl nicht so gut wie du solltest. Man widerspricht keinem weißen Sklaven. Dieses Mal will ich es dir nachsehen, doch zukünftig wirst du mir gehorchen. Ab sofort servierst du mir meine

Mahlzeiten, hörst du. Ich wette mit dir, in weniger als einem Monat kennst du die Regeln ganz genau.«

Langsam fuhr er mit dem Zeigefinger an Jakobs Hals entlang und hinterließ mit seinem Fingernagel eine Kratzspur. Jakob trat einen Schritt zurück und der junge Mann lachte erneut.

»Mein Name ist Kerim. Ich esse morgen zwei Stunden nach Sonnenaufgang wieder. Erkundige dich danach, was ich mag.«

Auf dem Rückweg hatte Jakob kein Auge mehr für die Schönheiten des Palastes. Warum konnte er die Frechheiten des Jungen nicht einfach ignorieren, grollte er immer noch, als er die Küche wieder betrat. Er hatte nicht die geringste Lust, der Laufbursche eines machtsüchtigen Lustknaben zu sein, der ihn nur von seiner Arbeit abhielt.

Zornig stieß er einen Topf zur Seite und die übrigen Köche und Gehilfen blickten überrascht auf. Bei der Arbeit war er bisher nie schlecht gelaunt gewesen.

Omar überwachte im Eingang die Lieferung der frisch geschlachteten Tiere, die für das Abendessen benötigt wurden. Er erteilte den Nebenköchen Anweisungen, wie sie die Lämmer und Hühner vorzubereiten hatten, und warf einen fragenden Blick in die Runde, doch die Küchenjungen zuckten nur mit den Schultern. Sie konnten sich schon denken, dass Kerim auch an Jakob seine Krallen gewetzt hatte.

Dieser arbeitete verbissen für den Rest des Tages. Er erinnerte sich an die einzigartigen Tafeldekorationen, die er unter Lorenzos Anleitung geschaffen hatte, und um sich abzulenken, schuf er eine Pastete in der Form eines lebensgroßen Schwans.

Er wies die Küchenjungen an, feinste Zutaten sorgfältig vorzubereiten, und begann in aufgebrachter Missstimmung mit der Arbeit.

Je länger er arbeitete, umso ruhiger wurde er. Mit großer Sorgfalt wählte er Zutaten und Mengen. Er mischte Kräuter und Gewürze, schnitt das Fleisch in Würfel und würzte, bis das Ragout seinen Vorstellungen genau entsprach. Nüsse und Trockenfrüchte kostete er, bis er mit dem Ergebnis zufrieden war.

Jedes kleine Detail des Teiges formte er sorgfältig wie ein Künstler, bis sein Werk naturgetreu einem fliegenden Schwan glich. Um eine gleichmäßige Farbe zu erzielen, buk er die Teile einzeln, setzte sie zusammen und füllte den Körper des Schwans mit dem gewürzten Fleisch.

Man ließ ihn arbeiten; nur Omar warf gelegentlich einen Blick auf sein Tun. Beifällig nickend kehrte er dann zu seiner eigenen Arbeit zurück.

Als Jakob zum Schluss seinen beinahe fertigen Schwan in einer Halterung betrachtete, streckte er sich vor Erschöpfung. Draußen war es schon dunkel. Er hatte gar nicht gemerkt, wie spät es war.

Echte Federn anzubringen war in diesem Palast unüblich, also glasierte er den Teig dunkel und verwandte rote Farbe für den Schnabel, bis ein schwarzer Schwan sich in Vollendung vor ihm erhob, als wolle er davonschweben.

Die Küchenjungen hatten ihm die groben Arbeiten abgenommen, nun standen sie alle im Kreis um ihn und klatschten in die Hände. Im Eingang drängten sich Köche aus anderen Küchen und bestaunten sein Werk.

Omar reckte sich zu seiner vollen Größe und verscheuchte die Zuschauer.

»Meine Gehilfen lernen ihr Handwerk gut. Geht wieder an eure Arbeit.«

Dann meinte er zu Jakob: »Wir beherbergen noch keine wichtigen ausländischen Gäste. Nicht wichtig genug, um ihnen mit diesem Prachtexemplar ungebührliche Hochachtung zu erweisen. Ich berate mich mit den übrigen Herrschern der Küchen, wem dieses Kunstwerk zusteht.«

Jakob nickte und wankte nach Hause. Es war ihm gleichgültig, wer sein Gericht essen würde. Er fühlte sich leer, doch in dieser Erschöpfung lag auch eine wohltuende Zufriedenheit.

Er schlief tief und traumlos. Am nächsten Tag ließ ihn der oberste Küchenmeister rufen, kaum dass er die Küche betreten hatte.

Jakob befürchtete schon, Kerim wieder über den Weg zu laufen, doch er wurde in einen Raum geführt, der eher an ein Schreibbüro erinnerte.

Neben dem Küchenmeister saß auf hohen Seidenkissen der ranghöchste weiße Eunuch, eine imposante Erscheinung mit strengen Gesichtszügen, der ihn unbewegt musterte.

Jakob sank ehrerbietig auf den Boden und senkte den Kopf.

»Uns wurde von Omar, deinem Vorgesetzten, ein Gericht vorgesetzt«, begann der oberste Küchenchef, »welches du allein geschaffen hast?«

Jakob räusperte sich und bejahte, während er überlegte, ob sein Ragout vielleicht doch zu pikant war. Er wusste um die empfindlichen Geschmacksnerven der Eunuchen.

»Nachdem wir dein Gericht vorkosten ließen, entschied ich, es Seiner Exzellenz, dem obersten Beamten des Neuen Palastes anzubieten. Er geruhte, sich lobend darüber zu äußern, und hat einige Fragen an dich.«

Jakob wagte nicht aufzublicken. Zuviel Macht lag in den Händen dieses Eunuchen, der mit einem Wink über Leben und Tod im Palast entscheiden konnte.

Seine Stimme war leise und wohltuend. »Wo hast du die Kunst des Kochens erlernt?«

»Mein Fürst hatte einen berühmten Koch aus Venedig, der mir die Güte erwies, mich in der Kochkunst zu unterweisen. Später lernte ich einen anderen Küchenmeister kennen, der in Italien an Fürstenhöfen arbeitete. Beide Männer unterwiesen mich, doch ich verbrachte nicht ausreichend Zeit bei ihnen, um meine Ausbildung zu beenden. Dann bat mich mein Vater um Hilfe in seinem Handelshaus.«

Der weiße Eunuch schwieg eine Weile, bevor er fragte: »Was bist du also, Kaufmann oder Koch?«

Eine gute Frage, überlegte Jakob im Stillen, bevor er sich zu einer diplomatischen Antwort entschloss.

»Ich bin Koch, Exzellenz. Doch mein Vater erwartet meine Unterstützung, und als sein Sohn schulde ich ihm Gehorsam.«

»Dennoch arbeitest du als Koch und nicht als Kaufmann.«

»Mein Vater erleidet keinen Schaden dadurch. Ich warte auf die Rückkehr unserer Schiffe und bin der Hohen Pforte zutiefst dankbar für die Möglichkeit, ihr in der Zwischenzeit als Koch dienen zu dürfen.«

»Dein Gericht war ausgezeichnet und man spricht gut von dir. Wir bieten dir an, in der Küche Omars als zweiter Koch zu arbeiten, doch dafür musst du dich zum

Bleiben entschließen. Du wirst wissen, dass dies eine bevorzugte Stellung ist.«

Jakob atmete tief ein, sein Herz klopfte so laut, dass es sicher im ganzen Raum zu hören war. Er wusste nicht, was er antworten sollte.

Schließlich erklärte er leise: »Ich danke Euch sehr, Exzellenz. Kochen ist mein Leben und meine Leidenschaft und nichts würde mich glücklicher machen, als ein Koch im Palast zu sein. Doch wenn mein Vater ruft, muss ich gehen.«

Er wagte nicht aufzublicken. Oft genug hatte man in der Küche über die wechselnden Stimmungen, die Unberechenbarkeit und Rachsucht der Eunuchen gespottet.

»Bleibe, so lange du willst. Vielleicht änderst du deine Meinung noch.«

Der Eunuch winkte seinen Sänftenträgern und ließ sich hinaustragen, während Jakob mit tief gesenktem Kopf kniete.

Erst, als er die trappelnden Schritte der Träger nicht mehr hörte, sah er hoch und blickte direkt in die Augen des Obersten Küchenmeisters.

Nachdem der weiße Eunuch so liebenswürdig zu ihm gewesen war, würde dieser ihn nicht schlecht behandeln, dachte er.

»Erlaubt mir ein Wort«, begann er zögernd, »es geht um den Auftrag, den ich von Kerim erhielt.«

Der Küchenmeister hob die Hand und gebot ihm zu schweigen.

»Erst mit deiner Zusage wirst du die Würde eines Kochs und die dafür erforderlichen Dokumente erhalten. Bis dahin aber bist du ein Helfer der Matbah-i-amire wie jeder andere. Als solcher betrittst du zukünftig nicht mehr den Inneren Palast. Das ist alles, geh nun!«

Beschwingt und voller Zuversicht lief Jakob über den Innenhof zur Küche. Der Herr der weißen Eunuchen selbst hatte seine Kochkunst gelobt, und wenn er den Inneren Palast nicht betreten durfte, war er die Plage Kerim wohl für alle Zeiten los. Er durfte bleiben, solange sein Herz begehrte. Die Welt schien ihm strahlend hell und alle Wege standen ihm offen.

Nichts trübte an diesem Tag sein Glück, abgesehen von dem stets vorhandenen kleinen Schmerz in seiner Brust. Doch er wollte heute nicht daran denken. Er würde arbeiten, mit Ali durch die Gassen ziehen, und da war ja auch noch Naysha, seine verspielte, zärtliche Tänzerin.

Zurück bei der Arbeit, durchkreuzte Omar seine abendlichen Pläne mit einem Schlag. Als Hilfskoch in einer Matbah-i-amire musste er eine Prüfung ablegen. Dies setzte großes Wissen voraus und Omar beabsichtigte, ihn nach der Arbeit darauf vorzubereiten, damit er in wenigen Wochen vor der Zunft bestand und deren Prüfungsfragen zu beantworten wusste.

»Aber ich habe keine Ahnung, was man mir abverlangt«, versuchte er sich herauszureden.

»Ich werde bald abreisen und muss mich um die Geschäfte meines Vaters kümmern. Es bleibt keine Zeit für eine Prüfung – und wozu auch diese, wenn ich gar nicht mehr da bin.«

Doch Omar ließ nichts gelten. »Du hast mir erklärt, seit deiner frühen Kindheit in der Küche zu arbeiten. Damit hast du die erforderliche Lehrzeit hinter dir. Du kannst kochen und hast Erfahrung in der Beschaffung und Lagerung von Nahrung. Du kennst die Preise. Du bist fähig, eine Großküche zu führen.«

Die Küchenjungen grinsten und ein halblautes ›Hoho!‹ war aus dem Hintergrund zu hören.

Jakob war sich gar nicht bewusst gewesen, dass er in der Hektik der Arbeit die Küchenhelfer selbstbewusst durch Küchen und Vorratsräume scheuchte. Lediglich Mahmut, der erste Hilfskoch Omars, zog ein galliges Gesicht. Er neidete Jakob die Anerkennung und den Erfolg und setzte ihn herab, sobald Omar außer Sichtweite war.

»Willst du als mein Hilfskoch arbeiten, brauchst du das Zeugnis der Zunft. Ich akzeptiere keine Hilfsköche ohne Ausbildung. Was du wissen musst, bringe ich dir bei, du bist nicht der Erste, den ich durch die Prüfung bringe.«

Schließlich fügte Jakob sich. Am Abend berichtete er Ali von den Ereignissen.

Sie ritten im Schritt über einen ausgetrockneten Weg zum Strand. Vor ihnen flog ein Schwarm Möwen auf und die tief stehende Sonne verwandelte das Wasser in ein Meer aus Silber.

Ali bestärkte ihn darin, die Prüfung zu versuchen.

»Du kannst nur gewinnen. Was immer du einmal mit deinem Leben anfängst, die schriftliche Bestätigung als gelernter Koch der Hohen Pforte wird dir viele Türen öffnen. Küchentüren, meine ich«, erklärte er feixend.

Für die beiden jungen Männer verlief in diesen Tagen jedoch nicht alles wunschgemäß.

Die Ankunft der Schiffe aus Genua schien sich zu verzögern. Ali erkundigte sich im Hafenkontor, doch andere Schiffe aus Italien waren pünktlich eingetroffen. Von einem Unwetter war ebenso wenig bekannt wie von anderen Gefahren oder Unbilden, die für die Verspätung der *Andromeda* verantwortlich sein konnten.

Warentransporte mit dem Schiff ließen sich selten auf den Tag genau festlegen. Verspätungen waren an der Tagesordnung. Nach einer Woche begannen sie, sich ernsthaft Gedanken zu machen und Nachforschungen anzustellen.

Florentinische Kaufleute berichteten von Unruhen in ihrer Heimatstadt, die sich gegen die Herrschaft Alessandros de' Medici auflehnte. Hungersnot und Krankheiten grassierten. Der Papst krönte Karl V. in Bologna zum König von ganz Italien. Auch Frankreich versprach wieder einmal, sich mit den Habsburgern zu versöhnen. Damit war Karl V. uneingeschränkter Herrscher über ganz Italien und Kaiser des Heiligen Römischen Reiches.

Dies alles erklärte jedoch nicht die Verspätung der *Andromeda*.

Unabhängig von politischen Wirren war jeder an der Sicherheit der Handelswege interessiert, denn sie allein brachten Geld in die Kassen der notorisch verschuldeten Herrscher. Jakob begann zu befürchten, dass das Schiff in die Hände von Piraten geraten war.

Für Nachforschungen blieb ihm zu wenig Zeit. Omar ließ ihn ganze Kapitel des Regelwerks für Köche auswendig lernen und stellte verzwickte Fragen über muslimische Glaubens- und Essgewohnheiten.

Daneben trafen immer mehr ausländische Besucher zu Ehren der Vermählung des Padischahs in der Stadt ein. Die höchsten Würdenträger wurden aus der Küche Omars beliefert. Abends war Jakob daher zu erschöpft für den Ausritt mit Ali; er sank auf sein Bett und schlief meist schon, wenn die Sklaven ihn auszogen und zudeckten.

Die Tage vergingen, und von der *Andromeda* fehlte jede Spur.

Inzwischen schien es offensichtlich, dass ein Unglück das Schiff getroffen hatte. Jakob würde damit nicht in der Lage sein, die restlichen Kredite und Zinsen zurückzuzahlen. Auch wenn es sich um Verpflichtungen an seinen Vater handelte, tröstete ihn dies wenig.

Ali versuchte, ihn zu beruhigen und erklärte ihm, dass jeder Kaufmann Gewinne und Verluste machte, das Schiff bestimmt versichert sei und er schon wieder erfolgreich sein würde. Außerdem blieb ihm immer noch die Hoffnung, dass das Schiff wohlbehalten in Genua angekommen war.

»Es ist eben doch nicht meine Profession«, stöhnte Jakob eines Abends, als sie gemeinsam aßen. »Ich hätte bei meinen Kochtöpfen bleiben sollen, darauf verstehe ich mich.«

Die Prüfung vor der Zunft der Köche rückte näher. Jakob fieberte ihr entgegen und hoffte, nun doch noch zu den Hochzeitsfeierlichkeiten des Sultans in Konstantinopel zu sein. Sein Traum, als ausgebildeter Koch an diesem Ereignis teilzunehmen, dämmte die Sorge um das verschwundene Schiff und seine möglichen finanziellen Einbußen etwas ein.

In den Nächten schlief Naysha bei ihm, lachte, wenn er nachdenklich die Stirn in Falten legte, und lenkte ihn mit ihrer sorglosen Heiterkeit ab.

Der große Tag der Prüfung brach mit strahlendem Sonnenschein an. Schon am frühen Morgen war es heiß und Jakob schwitzte, als er das Haus verließ. Sein Kopf war noch voll mit letzten Ratschlägen und Anweisungen, die Omar ihm mit auf den Weg gegeben hatte.

Die Kommission bestand aus acht älteren Männern, die in einer Reihe vor ihm saßen. Er selbst musste stehend ihre Fragen beantworten. An der Seite hielt ein Schreiber alle Fragen und Antworten fest.

Als sie seine Nervosität bemerkten, lächelte einer ihm beruhigend zu.

Man begann mit harmlosen Fragen zu seiner Person. Name, Ausbilder und Orte wurden festgehalten und niedergeschrieben.

Im ersten Teil der Befragung ging es hauptsächlich um die strengen Zunftbestimmungen, sein Verständnis für die Hierarchie in der Rangfolge einer Großküche. Danach folgten die Verhaltensregeln im muslimischen Jahr, der Ramadan mit seinen vorgeschrieben Übungen und die Fastenspeisen.

Man erlaubte ihm eine kleine Pause, um sich zu stärken, bevor man zu den Fragen über bestimmte Kenntnisse der Kochkunst und den Bestimmungen für die Bakkal, die Lebensmittelhändler, überging, von denen er die Nahrungsmittel bezog. Der letzte Fragenkomplex betraf die Steuerabgaben an die Hohe Pforte. Als man ihn nach einigen Stunden entließ, fühlte er sich ausgebrannt.

Die Anstrengung, mit der er sich auf Sprache und Fragen konzentrierte, forderte ihren Preis. Omar hatte ihn für den Rest des Tages von der Arbeit entbunden. Erst nach einigen Tagen würde er das Ergebnis erfahren.

Daheim wusste Jakob nichts mit sich anzufangen und so ritt er zum Palast. Die Arbeit beruhigte ihn meistens. Als er dort ankam, bestürmten ihn die Küchenhelfer und Sklaven mit neugierigen Fragen. Er hatte etwas hinter sich gebracht, was ihnen noch bevorstand. Man klopfte ihm freundschaftlich und ermunternd auf die Schultern, lachte über seine Ängste, und es überkam ihn ein plötzliches Gefühl der Erleichterung und Zusammengehörigkeit mit den Menschen, mit denen er seit Wochen Seite an Seite arbeitete.

Am nächsten Morgen in der Frühe, noch bevor er sich auf den Weg zum Palast machte, erreichte ihn die Nachricht aus Genua. Pino hatte ihm ein Eilschreiben gesandt, im dem er ihm mitteilte, dass die *Andromeda* untergegangen war und der größte Teil der Fracht mit ihr.

Die Mannschaft konnte sich an Land retten, ebenso der Kapitän und er selbst, sowie ein kleiner Teil der Ladung, der in letzter Minute auf ein Boot umgeladen wurde. Mit einem befreundeten Schiff kehrte die Mannschaft nach Genua zurück. Erst nach Feststellung des Schadens würden sie Konstantinopel wieder anlaufen.

»Es ist merkwürdig«, erklärte er Ali, »ich müsste betroffen und erschüttert sein, doch ich fühle mich befreit. Es sind nur Gegenstände, die Schaden genommen haben. Ich kann bleiben und dich entweder mit meinem Jammer ermüden, weil ich meine Prüfung nicht bestanden habe, oder mit dir ein rauschendes Fest feiern, weil ich mein Ziel erreicht habe. In jedem Falle bleibe ich im Palast und werde zu Ehren der Hochzeit eures Herrschers für die Gesandten kochen.«

»Es gibt auch keinen Grund, sich zu sorgen«, meinte Ali leichtherzig. »Der entstandene Schaden wird wahrscheinlich von der Seeversicherung gedeckt und sich in Grenzen halten. Für deinen Vater gibt es nicht zum ersten Mal Ausfälle; er ist ein vermögender Kaufmann und den Verlust eines Schiffes kann er leicht verkraften. Außerdem verfügst du über ausreichend Geld, um dich mit neuen Waren einzudecken.«

»Es ist das Geld meines Vaters, nicht meines«, berichtigte Jakob. »Ich habe keine Ersparnisse, nur Schulden und keine Ahnung, ob ich sie jemals zurückzahlen kann.«

»Du hast genügend Mittel und auch Einkommen. Dein Vater hat nach deiner ersten Reise einen ansehnlichen Betrag in der Handelsvertretung für dich hinterlegt. Den Rest kannst du von mir bekommen, wenn du zu stolz bist, deinen Vater zu bitten.«

»In der Palastküche verdiene ich auch etwas«, meinte Jakob. »Es ist natürlich kein Vermögen, aber bei der Vermählung erhalten alle Palastangestellten Goldmünzen als Belohnung.«

»Ich werde die Augen für dich offen halten, ob ungewöhnlich schöne und ausgefallene Waren erhältlich sind, und eintreffende Karawanen aufsuchen. Zusammen schaffen wir es, deinen Verlust aus der letzten Reise wieder wettzumachen.«

Er konnte sich auf Ali verlassen, der seine Einkäufe bestens vorbereitete.

Die Arbeiten für die Vermählung des Sultans schritten auf ungewöhnlich schnelle Weise voran. Die Stadt putzte sich heraus, die Häuser schmückten sich, die Straßen waren voller Reisender, Maultiere und Gepäckkarren, und auch der große Palast schien vor Menschen überzuquellen.

Gereizt empfing Mahmut ihn am nächsten Morgen.

»Wo bleibst du denn? Ist dir der Hochmut zu Kopf gestiegen, nur weil man dich einmal gelobt hat? Mach dich an die Arbeit und schäle das Obst!«

Er wies auf eine ganze Reihe voller Körbe, die bis zum Rand gefüllt waren mit Äpfeln und kleinen, gelben Birnen. Es würde Stunden dauern, diese zu schälen, doch Jakob widersprach nicht und machte sich an die Arbeit. Im Regelfall war dies eine Tätigkeit für die einfachen Küchenjungen, doch er wusste aus Erfahrung, dass es wenig Sinn machte, dem ersten Beikoch zu trotzen.

Der halbe Vormittag war schon vergangen und er hockte immer noch schälend auf einem Schemel, als Omar erschien.

Auf dessen Stirn bildete sich eine Zornesfalte. Er rückte seinen Turban gerade und warf einen Unheil verkündenden Blick auf Jakob.

Wortlos schritt er dann an ihm vorbei in die Hauptküche. Vereinzelt fing Jakob einen Wortfetzen der halblauten Auseinandersetzung zwischen Omar und Mahmut auf, bis Abdul erschien und ihn von den Apfelkörben befreite.

Es war das letzte Mal, dass Mahmut ihm eine Anweisung erteilte. Von nun an ignorierte der erste Koch der Gesandtenküche Jakob vollständig.

Es war Jakob gleichgültig. Er kochte inzwischen die gängigsten Gerichte des Palastes, und darüber hinaus hatte er ein untrügliches Gespür für die Feinheiten der Küche entwickelt. Sein Geschmack hatte sich gewandelt. Noch vor Wochen sollte eine Speise möglichst intensive Gewürze enthalten. Nun verstand er es, die einzelnen Aromen zu betonen, ohne sie mit Salz, Pfeffer oder Gewürzen zu überdecken.

Es gab Aromen, die sich harmonisch zueinander fügten, die den Geschmack einer Speise abrundeten, und andere, die ein Gericht zerstören konnten. Die ideale Zusammensetzung für ein Stück Fleisch oder ein Gemüse zu finden, war sein Ziel. Es sollte zu einem Erlebnis werden, das sich am Gaumen entfaltete. Immer wieder probierte er aus, wie er das beste Resultat erzielen konnte und lernte die Eigenheiten und Feinheiten eines jeden Geschmacks kennen und einzusetzen.

Er entwarf ein Gericht wie ein Maler ein Bild vor seinem inneren Auge. Die üppige Küche des Palastes, die keine Einschränkungen für die zum Teil edlen und kostspieligen Nahrungsmittel kannte, war die vollkommene Ausbildung, wie sie nirgendwo anders zu finden war.

Am nächsten Tag winkte Omar ihn zu sich und schwenkte ein Pergament. Jakobs Herz klopfte, als er sich auf einer Bank im Innenhof zu ihm setzte.

»Die Ergebnisse deiner Prüfung sind da«, erklärte der Koch und studierte die Aufzeichnungen. »Die Fragen über die muslimischen Fastentage ergeben 10 Punkte, während die Fragen über gesundheitsfördernde Speisen nur 9 Punkte ergeben, ganz bemerkenswert!«

Er hielt die Rolle hoch und las weiter: »Das beste Ergebnis erzielst du natürlich im praktischen Bereich, den Koch der Zunft hast du jedenfalls überzeugt, er gibt dir die höchstmögliche Punktzahl. Na gut, ich kenne ihn, er selbst war nur mäßig erfolgreich. In den Abrechnungen …«, er suchte nach dem Ergebnis. Jakob hielt die Spannung nicht mehr aus.

»Meister Omar, ich bitte Euch, sagt mir nur eines. Habe ich bestanden oder nicht?«

Omar drehte sich zu ihm und betrachtete ihn höchst überrascht.

»Was für eine Frage! Natürlich hast du bestanden, gebe ich mich vielleicht mit Nichtskönnern ab? Es geht um einen exzellenten Abschluss für dich. Du hast die Höchstnote um zwei Punkte verfehlt, sehr bedauerlich, aber dies ist, wie man in der Schlussbemerkung schreibt, deinen fehlenden sprachlichen Fähigkeiten zuzuschreiben.«

»Dann bin ich jetzt anerkannter Hilfskoch im Palast des Sultans.«

Es war mehr eine Feststellung als eine Frage. Er konnte sein Glück noch gar nicht fassen. Mit einem solchen Dokument stand ihm in den Küchen seiner Heimat eine gute Stellung zu. Jeder würde sich rühmen wollen, einen Koch zu haben, der für den reichsten und mächtigsten Herrscher gekocht hatte, selbst wenn er diesen noch nie zu Gesicht bekommen hatte.

Omar betrachtete ihn mit Wohlgefallen. »Du hast deine Sache gut gemacht. Du bist fleißig, hast Talent und die Begeisterung und Liebe für die Arbeit, die man braucht, um Erfolg zu haben. Du könntest es weit bringen an diesem Hof, vielleicht sogar einmal meine Stellung einnehmen. Es gefällt mir, einen Gehilfen wie dich auszubilden, wenn ich weiß, dass dieser mein Erbe antreten wird. Du kennst nicht nur die Welt des Palastes, sondern bist gereist, du weißt, was Ungläubige gerne speisen. Mahmut ist ein ausgezeichneter Koch, doch nicht in der Lage, mit Menschen umzugehen. Außerdem hat er keine Ahnung, wie man außerhalb dieser Stadt lebt.«

Jakob schloss überwältigt die Augen. Die Möglichkeiten, die der Palast des mächtigsten Mannes der Welt bot, schienen schier unerschöpflich. Dennoch konnte er sich nicht vorstellen, für immer in der Stadt der Wunder zu bleiben. Etwas zog ihn zurück. Es war nicht der Wunsch, wieder in den Rheinlanden zu leben, überlegte er. Zu lange schien die Welt seiner Kindheit hinter ihm zu liegen, es war zu viel geschehen und er hatte zu viel erlebt.

Vielleicht war es der fremde Glaube, der ihn als Andersgläubigen ausschloss. Er fühlte sich wohl bei Ali, in der Palastküche und sogar in den Armen Nayshas, und dennoch fehlte ihm etwas.

»Ich kann nicht für immer bleiben«, erwiderte er auf die unausgesprochene Frage Omars bedauernd. »Auch mein Vater hat Erwartungen an mich. Ich möchte ihn nicht als Vorwand benutzen, aber wenn er meine Hilfe braucht, so schulde ich sie ihm.«

Er sah Omar in die Augen. »Ihr habt mir sehr geholfen und mich gefördert, deshalb will ich aufrichtig sein. Ich kann mir nicht vorstellen, mein ganzes Leben im Palast zu verbringen. Ich möchte wieder zurück.«

Auch in Omars Gesicht stand Bedauern. »Wie lange kannst du noch bleiben?«

Jakob hob die Hände in der typischen Geste des Mittelmeeres.

»So lange, wie es geht.« Beinahe hätte er ›Inschallah‹ hinzugefügt.

»Sobald ein Schiff meines Vaters eintrifft, werde ich mich um eine neue Ladung bemühen und damit in meine Heimat zurückkehren.«

Wie leicht ihm das Wort ›Heimat‹ über die Lippen kam, dachte er. Dabei konnte er nicht einmal mehr sagen, wo sich diese genau befand. Waren es die Wälder im Norden oder schon die quirlige Hafenstadt in Italien?

»Manchmal denke ich auch an die Stadt meiner Jugend zurück und wünsche mir, wieder dort zu sein.«

Die Stimme Omars riss ihn aus seinen Überlegungen.

»Die hohen Berge, der Schnee im Winter, die Wärme eines Kamins und die Feier zur Geburt des Herrn, all das habe ich beinahe vergessen. Doch dann frage ich mich, was sollte ich dort? Hier ist mein Leben, habe ich mein

Auskommen und Bequemlichkeit. Manchmal bietet die Fremde eben die besseren Bedingungen.«

Omar rollte seine Urkunde zusammen, steckte sie in eine Hülle und band diese zu, bevor er sie Jakob überreichte.

»Bewahre sie sicher auf! Solltest du sie verlieren, gibt es eine Abschrift in der Zunft davon. Ich wünsche dir Glück und Erfolg, wo immer du in einer Küche stehen wirst.«

Jakob dankte ihm. Omar war nicht der Mann für große Gefühlsäußerungen, doch es war unübersehbar, dass er seine Hand schützend über Jakob gehalten hatte.

Jetzt erhob er sich und wies zur Küche. »An die Arbeit! Eine Gesandtschaft des französischen Königs ist eingetroffen. Wir müssen erfahren, was diese Leute zu sich nehmen.« Er brummte vor sich hin. »Sie haben die Frühmahlzeit beinahe unberührt gelassen. Denken sie vielleicht, sie werden vergiftet?«

Jakob zuckte die Schultern. »Vielleicht kennen sie unsere Speisen nur nicht. Ich spreche einige Worte französisch und werde sie fragen, was sie essen möchten.«

Omar blieb vor ihm so plötzlich stehen, dass er beinahe in ihn hineingelaufen wäre.

»Das ist es, was ich meine. Du sprichst ihre Sprache und kannst das Problem lösen. Ich hätte dich wahrhaftig gerne in meiner Nähe.«

Die Franzosen waren eine Gruppe missmutiger Männer, schlecht gekleidet und erschöpft von den Strapazen ihrer Reise. Jakob ertrug kaum ihren durchdringenden Geruch nach Tieren und ungewaschenen Körpern. Dennoch bemühte er sich redlich, sich nichts anmerken zu lassen. Den Vorschlag, sich in einem Bad zu erfrischen, wiesen sie empört von sich, akzeptierten jedoch die neuen Gewänder, die ein Sklave ihnen vorlegte.

»Das Essen ist völlig ungenießbar«, klagte ein älterer Gesandter Jakob. »Kaum festzustellen, was es sein soll, und es schmeckt nach rein gar nichts. Ich habe mich mit Honigbrot gesättigt, das konnte man zumindest erkennen.«

»Wir werden alles tun, um Euren Gaumen zufrieden zu stellen«, erklärte Jakob.

»Berichtet mir, was Ihr gerne zu Euch nehmt, und ich bereite es zu.«

Ihre Ansprüche waren recht bescheiden. Brot, Körnerbrei, gekochte Eier in scharfer Sauce und mit Hühnerfleisch, Nüssen und Speck gefüllte Pasteten. Jakob hatte einige Kostproben aus der Küche gebracht und sah befriedigt, wie sie es sich schmecken ließen. Die osmanischen Gerichte mundeten ihnen deutlich besser, wenn man sie mit französischen Namen versah und in ihrer Muttersprache servierte, dachte Jakob amüsiert.

Sie aßen mit den Händen und lehnten jede Art von Besteck strikt ab.

»Ich habe auf der Durchreise in einem italienischen Hof sogar ein Gerät gesehen, mit dem man die Fleischstücke aufnimmt«, erklärte Monsieur de Montmarais. »Die Kirche verbietet es, da es wie ein Teufelsspieß aussieht. Wie kann ein Christenmensch so etwas in die Hand nehmen? Der Herr hat uns Hände gegeben, mit denen man essen kann. Alles Weitere ist unnütz und dummer Tand.«

Jakob antwortete nicht. Was gottgefällig war, hing ihm zu häufig vom jeweiligen Ort ab. Was dem einen Lust war, war dem anderen Last.

Er suchte nach einem harmlosen Thema, während die vier Herren der Delegation schmausten.

»Ich sehe, Ihr habt einen weiten Weg hinter Euch gebracht. Woher kommt Ihr?«

»Aus dem Poitou«, murmelte Montmarais, während er einzelne Krümel aus seinem Bart entfernte. »Es ist ein wundervolles Land, in dem sich sogar der König gerne aufhält. Kennt Ihr es?«

Jakob verneinte. »Ich würde es gerne kennenlernen. Sicher weiß man auch dort eine gute Küche zu schätzen. Die hohen Herren speisen überall gerne gut.«

Befriedigt strich der Franzose sich über den flachen Bauch.

»Genau so ist es. Unsere Wälder sind voll mit Wild, die Bäche voller Fische und die Bäume tragen herrliches Obst. Unsere Köchin wusste einen Apfelkuchen zu machen, dass mir bei dem bloßen Gedanken daran das Wasser im Munde zusammenläuft.«

»Mein Apfelkuchen ist auch nicht schlecht«, versuchte Jakob ihn zu locken. »Lasst mich versuchen, ob ich Euren Geschmack treffe.«

An den Vorlieben für die mitgebrachten Speisen war zu sehen, dass sie weniger die exotischen, leichten Gerichte schätzten, sondern wie in seiner Heimat die stark gewürzte Kost bevorzugten.

Die weit entwickelte Kunst am Sultanspalast, den Eigengeschmack von Fisch oder Fleisch mit Zutaten zu verfeinern, war ihnen gänzlich unbekannt. Besonders misstrauisch betrachteten sie frisches Obst. Sie hielten die Osmanen für außerordentlich derbe Naturen, da sie weder an rohem Obst noch an kurz gegartem Gemüse erkrankten.

Zu Jakob fassten sie schnell Vertrauen. Bei ihm waren sie sicher, dass er keine politischen Fallstricke für sie auslegte. Als Koch bestand sein Interesse nur darin, sie nach ihrem Geschmack zu verwöhnen.

Er nahm Monsieur de Montmarais mit zu einem der abendlichen Ausritte mit Ali. So unterschiedlich die drei Männer auch waren, ihre Vorliebe für schnelle Pferde und lange Ausritte einte sie.

Am Abend gelang es Ali sogar, Montmarais zu einem erfrischenden Bad im Meer zu überreden. Er und Jakob redeten lange, um den Franzosen zu überzeugen, dass er keinen tückischen Krankheiten erläge, wenn die schützende Schicht aus Schmutz, Schweiß und der Himmel mochte wissen, was nicht noch allem, vom Meerwasser weggespült würde.

Am Ende gab er zu, sich selten so wohl und sauber gefühlt zu haben. Sein Appetit litt ebenfalls nicht unter der ungewohnten Handlung.

Während Jakob seine französischen Sprachkenntnisse verbesserte, änderte sich Montmarais in den kommenden beiden Wochen zusehends. Er nahm etwas zu und ließ sich rasieren. Seine Haut wurde glatt und leicht gebräunt durch die Sonne und er entdeckte seine Vorliebe für die Bekleidung der Osmanen.

»Sie ist der Hitze in diesem Land angepasst«, erklärte er seinen Reisegefährten, die sich stoisch an die Gewohnheiten ihrer Heimat hielten. »Die Nahrung, die Kleidung und selbst die Sitte der täglichen Reinigung sind sinnvoll, um in diesem Land zu leben.«

Jakobs und Alis Anregungen fanden bei ihm Gehör. Ließ er sie auch stets wissen, dass er als Spross einer Adelsfamilie weit über ihnen stand, so verschmähte er ihre Gesellschaft nicht. Seine Gefährten aus der Heimat verbrachten gelangweilte Tage im Gästeflügel des Sultanspalastes und warteten auf eine Audienz, die auf Wochen hinaus nicht möglich war.

In den Tagen vor der Hochzeit des Padischah hatte man Wichtigeres zu tun, als die Gesandtschaft eines Königs zu empfangen, der für das osmanische Reich von geringer Bedeutung war.

Am Tage vor dem großen Ereignis hatte Jakob vom Morgengrauen bis in die späten Abendstunden gearbeitet und schritt nun müde die Mühlengasse hoch zum Bedesten, dem großen Basar, auf dem er sich mit dem Franzosen zum Essen verabredet hatte.

Vorbei an Ständen, wo es angefangen von Sklaven bis zu Haushaltsgegenständen und Nahrungsmitteln alles zu kaufen gab, was man sich nur vorstellen konnte, hatte sich eine ganze Reihe Gasthäuser angesiedelt.

Vor ihm liefen einige Damen auf hohen Schuhen, damit ihre Füße nicht den Schmutz der Gasse berührten. Es waren wahrscheinlich Frauen aus hohem Hause, ein leichtes Parfum nach Veilchen lag in der Luft. Die meisten Besucher waren jedoch barfuß oder trugen so wie Jakob einfache Sandalen.

Stumm ließ er sich neben Montmarais in ein Polster sinken und winkte der Bedienung. Er war zu müde, um zu sprechen, und nachdem sie eine Weile schweigend ihr Bier getrunken hatten, fragte Montmarais: »Was hat Euch zu den Ungläubigen und in die Küche des Sultans gebracht?«

Jakob versuchte, die Bilder der Einkaufslisten, Speisenfolgen und Zwischenfälle des Tages aus dem Kopf zu vertreiben und sich auf die Frage seines Gegenübers zu konzentrieren.

»Mein Vater hat mich nach Konstantinopel gesandt. Ali half mir, den Posten als Koch zu bekommen.«

»Ihr werdet glücklich sein, wenn Ihr wieder nach Hause reist. Es mag prächtig sein in dieser Stadt, doch nichts riecht so gut wie die Erde der Heimat. Natürlich sind die Düfte dieses Landes verführerisch, die Tänze und Melodien berauschend und sogar die Speisen schmecken von Tag zu Tag besser. Doch was ist dies gegen die kühle Abendluft zu Hause, die Sprache, die man versteht ohne nachzudenken, und Freunde, die dich ohne Anmeldung aufsuchen.«

Bei seinen Worten überfiel Jakob das Heimweh und plötzlich wusste er, wo sein Zuhause war. Es war dumm gewesen, sich von der ersten kleinen Schwierigkeit ins Bockshorn jagen zu lassen. Er würde nach Genua zurückkehren und sich um Bianca bemühen.

Eine Frau wie sie gab man nicht um einer Eitelkeit wegen einfach auf. Er war nicht mehr der unbedarfte Küchenjunge aus den Rheinlanden, der sich kaum traute, sie anzusprechen. Seine Erschöpfung schien auf einmal verflogen und er lächelte Montmarais an.

»Ihr sprecht weise Worte. Erzählt mir mehr über Euer Land und Euren König. Wie lebt es sich an seinem Hof?«

»François I. ist ein milder und kluger Herrscher. Er reist mit seinem Hof durch das ganze Land und man sagt, dass er dabei die Hand eines jeden Untertans schon einmal gedrückt hat. Meist jedoch hält er sich in den bevorzugten Schlössern Blois und Amboise auf. Dort lebt es sich sehr gut. Man amüsiert sich mit Jagden, Aufführungen und großen Banketten, an denen man auf unterschiedlichste Art belustigt wird.«

Jakob winkte einem Jungen, die Becher aufzufüllen, und lehnte sich vor.

»Erzählt mir genau, was man dort auf die Tafel bringt.«

»Es ist so viel, dass ich nicht weiß, wo ich anfangen soll. Vor allem natürlich Wild und Fische aus den Wäldern und Flüssen des Königs. Gesottenes und Gebratenes, Pasteten, Fleischklöße, Breie, in recht gefälliger Weise dargeboten. Auf seinen Reisen durch das Land begleitet ihn die ganze Hofgesellschaft und die Dienerschaft, und auch dort wird diese üppige Tafel geboten.«

»Ich glaube, Ihr flunkert, mein Herr«, erklärte Jakob ungläubig. »Wie kann ein Koch für den König eine große Tafel vorbereiten, wenn man unterwegs ist und gerade ein Schloss erreicht? Ich habe gehört, dass der Sultan auf seinen Reisen und Kriegszügen häufig nicht besser speist als seine Janitscharen.«

Montmarais lächelte. »Ihr solltet tatsächlich mein Land einmal besuchen. Der Zug des Königs besteht aus drei großen Abteilungen. Die erste reitet voraus, um alles für die Ankunft vorzubereiten. Sie führen die gesamte Ausstattung eines Hofes mit sich, wie Tische, Stühle, Betten, Truhen mit Geschirr und Wäsche, damit niemand der Herrschaften auf die gewohnten Gegenstände verzichten muss. Ihnen folgt der König mit seinem Gefolge. Wenn er erscheint, ist das Schloss vorbereitet, eingerichtet und die Küche bereit. Die letzte Abteilung beginnt ihre Arbeit nach Abreise des Hofes. Sie regelt die Bezahlung der Dienstleute, die Miete für die Unterkunft und für alle Leistungen, die in Anspruch genommen wurden. Ich selbst habe einen hohen Beamten des Königs einige Male auf einer solchen Reise getroffen. Es ist ein Erlebnis, es zu sehen.«

Er winkte ab, als man seinen Becher noch einmal füllen wollte.

»Ich werde mich zur Ruhe begeben und ihr solltet das ebenfalls tun. Morgen feiert man die Vermählung des Sultans – Ihr werdet viel Arbeit haben. Mein König weiß nicht, warum man um die Vermählung mit dieser Dame ein solches Aufheben macht.«

Er beugte sich nieder zu Jakobs Ohr und flüsterte: »Ich weiß es, offen gesagt, auch nicht.«

Er winkte ihm noch einmal flüchtig zu und verließ die Schänke.

Jakob bezahlte und erhob sich. Hier feierte man das Bekenntnis des Sultans zu seiner Favoritin, die er nun zur Sultanin erhob. Sie lebte mit ihren Damen im Harem und empfing die Besucher, die sie zu sehen wünschte. Ihre Macht war ungleich größer als die aller anderen Frauen im Serail; ja, man sagte, sogar größer als die der Walide, der Mutter des Sultans, die seine ehemalige Favoritin bevorzugte.

Morgen war der Tag ihres Sieges. Sie hatte ihm Kinder geschenkt und sein Leben geteilt, wie keine Frau in der Vergangenheit an der Seite des Herrschers.

In Jakobs oder Montmarais' Heimat verstand man die Hingabe des Padischahs zu einer ehemaligen Sklavin nicht. Im Gegenteil, man achtete streng darauf, dass eine zukünftige Königin von königlichem Geblüt war. Eine einfache Frau konnte niemals offiziell an der Seite des Herrschers sitzen und ihm Thronfolger gebären. Zumindest war dies die offizielle Denkweise, dachte Jakob, während er hinab zum Mehltor ging, wo sich sein Pferd befand. Der Palastklatsch blühte bis in die Küche, und er hatte hier und dort abfällige Bemerkungen der Eunuchen über Ibrahim Pascha gehört. Der Freund und Heerführer des Sultans heiratete in die oberste Klasse der Herrscherfamilie ein, indem er die Schwester des Sultans zur Frau nahm. Auch er war ein ehemaliger Sklave, was man ihn deutlich spüren ließ.

Vieles war in diesem Land großzügiger als in seiner Heimat, doch die Menschen waren auch hier nicht frei von Eifersucht und Dünkel.

In Alis Haus angekommen, schickte er nicht nach Naysha. Heute war es tatsächlich sinnvoll, ein wenig früher schlafen zu gehen.

VI. Neue Gefährten

Jakob hatte das Gefühl, seinen Kopf gerade erst niedergelegt zu haben, als ihn eine Dienerin weckte. Schlaftrunken folgte er ihr und ließ sich waschen und rasieren. Nach einem Guss kalten Wassers fühlte er sich frischer. Mit gespannter Erwartung eilte er zur Palastküche. Auf dem Weg dorthin kam er an zahlreichen Ständen vorbei, wo der Sultan Speisen für das einfache Volk bereitstellte. Alle sollten mit ihm glücklich sein und feiern. Im Hippodrom wurden Zerstreuungen wie Wagenrennen, Kämpfe und Belustigungen geboten und in den geschmückten Straßen erklang Musik.

Er hatte kein Auge dafür. Seine Gedanken konzentrierten sich auf die eigene Arbeit. Noch nie waren so zahlreich ausländische Gesandte in der Stadt gewesen. Jedes Herrscherhaus beeilte sich, dem osmanischen Machthaber Glück zu wünschen. Nur die Habsburger waren ausgeblieben. Sie sahen begreiflicherweise keinen Grund, dem Feind einen Gruß zu senden.

Omar stand in der Küche und dirigierte Scharen von Küchenjungen und Hilfskräften, die für diesen Tag eingestellt worden waren.

Mahmut war nirgendwo zu entdecken und so übernahm Jakob die Aufgabe, den mit Speisen beladenen Tellern den letzten Schliff zu geben. Das Geschirr wurde auf Anforderung aus dem angrenzenden Geschirrhaus gebracht, für welches eigene Diener zuständig waren.

Es handelte sich nicht um einfache Teller, sondern um kostbare, mit Gold verzierte Stücke, die an diesem Tag benutzt wurden. Nur das Beste und Edelste des Serails kam zur Geltung. Betrug oder gar Diebstahl fürchtete man kaum; jeder Diener oder Sklave hatte seine Aufgabe und eine Vernachlässigung seiner Pflichten konnte äußerst üble Folgen haben.

Neben verschiedenen Arten Fleisch am Spieß gab es Fischgerichte, Blätterteigpasteten, mit Fleisch gefülltes Gemüse und Brote, sein von allen geliebtes Börek, Brezeln und Fladenbrote, unzählige Sorten Pilaw, Eierspeisen, Joghurt- und Fruchtsaucen und eine eigene Tafel für die Süßspeisen.

Ein Küchenjunge rief die Anweisungen nach neuen Platten in die Küche, sobald er die Meldung bekam, dass eine der gefüllten Schüsseln oder Teller geleert waren. So bestand eine Kette zwischen dem Speisesaal und der Küche. Jeder Handgriff, jeder Schritt und jede einzelne Tätigkeit waren nach Zuständigkeiten geregelt und alle Bediensteten arbeiteten nach jahrelang eingeübtem Muster Hand in Hand.

Die Schreckensvisionen von Zwischenfällen und Unordnung, die Jakob sich ausgemalt hatte, blieben aus. Die Arbeit war nicht anstrengender als an gewöhnlichen Tagen, wenn auch die Speisen zu diesem besonderen Anlass erlesener waren und noch mehr Sorgfalt erforderten.

Von den eigentlichen Feiern sah und hörte er nichts. Lediglich das Geschrei der Janitscharen, die wiederholt den Sultan hochleben ließen, war aus dem zweiten Innenhof zu hören.

Es war nach Mitternacht, als er sein Pferd in den Hof zu Alis Haus lenkte. Er übergab die Zügel einem verschlafenen Sklaven und fiel, ohne sich auszukleiden, auf sein Bett.

Drei Tage hintereinander dauerten die Gelage, und als endlich wieder der Alltag einkehrte, war Jakob blass und spitz im Gesicht.

Die Sonne stand hoch am Himmel, als er durch Geräusche in seinem Zimmer erwachte. Entsetzt fuhr er auf.

Alis braunes Gesicht lachte ihn an. »Du hast geschlafen wie ein Bär und dich auch so angehört. Lass uns zusammen essen, ich habe Nachrichten für dich.«

Die Ankunft des Schiffes lag schon mehr als zwei Tage zurück, doch Ali hatte die Nachricht zurückgehalten.

»Du warst zu beschäftigt, ich wollte dir nicht noch mehr aufbürden und wusste ja, dass nach den Festlichkeiten Ruhe einkehren würde. Jetzt hast du etwas Muße und kannst dich um dein eigenes Geschäft kümmern. Du siehst aus, als ob du neben den vollen Töpfen in deiner Küche verhungert wärst.«

»Es gab zu viel Arbeit, um in Ruhe zu essen«, gab Jakob zu. »Ich habe auch wenig Hunger, wenn ich zwischen Hunderten von Genüssen arbeite. Doch das kann ich jetzt nachholen. Ich träume schon von saftigem Obst, von herzhaften Gemüsepasteten und gebratenen jungen Täubchen. Mir läuft bei dem Gedanken das Wasser im Munde zusammen.«

Ali meinte. »Du kannst alles haben – und ich sage dir unterdessen, was du kaufen wirst.«

Während Jakob mit Genuss kaute, erklärte sein Freund ihm, was er sich gedacht hatte.

»Wir kaufen eine große Menge Alaun ein. Der beste Alaun kommt aus den Minen von Phokäa, die früher einmal Genua gehörten. Jetzt bauen wir ihn ab, die Minen gehören der Sultanin. Nordwestlich von Rom, in Tolfa, baut man ebenfalls Alaun ab. Der Papst wolle sich unabhängig machen von den Lieferungen der Osmanen, da der Sultan die Ausfuhr nach Italien nur gegen eine hohe Steuer erlaubt. Dadurch ist es außerhalb unseres Reiches sehr teuer.

In Tolfa nutzt die Familie Medici die Minen, sie zahlen für die Nutzungsrechte eine hohe Abgabe an den Papst. Beide Seiten machen auf diese Weise ein Vermögen. Wenn wir die Steuer für die Ausfuhr unterlaufen, unterbieten wir den Preis der Medici und haben sogar die bessere Ware. Das Beste daran ist jedoch, dass wir auf einen Schlag ein Vermögen machen. Ich kenne einige Kaufleute, die ihn gerne abnehmen würden. Den Gewinn teilen wir. Es wäre ausreichend, um den Verlust aus deiner letzten Fahrt wettzumachen. Zusätzlich werden wir natürlich das Übliche verschiffen, Seide, Pelze, Porzellan und so weiter.«

Plötzlich war Jakob hellwach. Ungläubig sah er Ali an.

»Die Abgaben unterlaufen? Weißt du, was das heißt? Wenn es herauskommt, verlieren wir nicht nur unsere Waren, sondern vielleicht auch unser Leben. Dein Vater hat einen guten Namen in der Handelskammer, wir gefährden den Ruf deiner Familie.«

»Ich habe nicht vor, den Ruf der Familie zu riskieren«, beruhigte Ali ihn. »Ich dachte an etwas anderes. Du hast für den Palast gekocht, konntest deine Interessen im Handel nicht wahren und hast Verlust gemacht. Wir machen eine Eingabe an den Sultan und bitten ihn, uns für eine einzige Fahrt die Steuer zu erlassen. Ich kenne einige einflussreiche Eunuchen, die sich für uns verwenden könnten.«

Jakob wiegte den Kopf. »Es ist sehr schwer, solch eine Eingabe durchzubringen, das habe ich im Palast mit seinen unzähligen Bediensteten schon gemerkt. Jeder denkt dort nur an sich und seine eigenen Interessen. Unbegründet riskiert niemand etwas. Versuchen können wir es trotzdem … was haben wir schon zu verlieren. Wir brauchen vor allem einen einflussreichen Fürsprecher.«

Während sie zum Hafen gingen, erklärte Ali ihm den Nutzen des begehrten Minerals.

»Alaun hat eine bindende Wirkung. Der Stein wird gebrochen, gebrannt, in Wasser gelöst und kristallisiert. Vor allem die Gerber brauchen es für ihre Lederwaren. Sie werden dadurch weich und geschmeidig. Es hat aber noch weitere Verwendungen. Es fixiert die Farbe auf Tuchen, damit der Stoff beim Waschen nicht ausbleicht, und wirkt heilend bei Wunden. Manchmal benutzt man den Alaunstein auch gegen Körpergeruch. Trotz der Minen in Italien ist unser Alaun der Beste. Wir kennen die Gewinnung des Minerals seit Jahrhunderten und liefern eine bessere Qualität.«

»Das heißt, unser Gewinn wäre tatsächlich sicher, wenn wir eine unversteuerte Lieferung nach Genua bringen könnten.«

»So einfach ist es leider nicht. Der Papst verbietet die Einfuhr. Er möchte seine eigene Mine fördern und hat kein Interesse an unserem Alaun.«

»Aber wo können wir es absetzen, wenn wir es nicht nach Genua liefern?«

Ali grinste. »Nicht jeder im Einflussbereich des Papstes muss sich ihm unterwerfen. Wir werden die Ladung an einen jüdischen Händler in Amsterdam verkaufen. Ich kenne einen Kapitän …«

»Mijnheer Vandenhoff«, entfuhr es Jakob.

»Du kennst ihn?«

»Er hat schon einmal Waren für mich befördert, auch wenn ich an diesem Geschäft nicht beteiligt war. Er scheint ein verlässlicher Mann zu sein. Wir sollten mit ihm sprechen.«

»Zunächst brauchen wir die Genehmigung aus dem Palast«, mahnte Ali. »Wir gehen unsere Sache Schritt für Schritt an.«

Den Rest des Tages verbrachten sie damit, die Ladung aus Genua zu überprüfen und zu lagern. Sein Vater hatte das neue Schiff, die *Bufera*, abermals Vico anvertraut, dessen Gesicht sich erhellte, als er Jakob sah.

»Ich dachte schon, ich sehe dich nie wieder. Sei froh, die letzte Reise versäumt zu haben. Pino hat getobt, als die ganze schöne Ladung verloren ging. Was soll es, Gott gibt dir und nimmt auch wieder, so ist das Leben.«

Er berichtete ausführlich über das Drama, bei dem glücklicherweise kein Seemann Schaden erlitten hatte, und fragte, wie es Jakob ergangen war.

Dieser erzählte ausführlich von den Hochzeitsfeierlichkeiten in der Stadt, machte über die neuen Frachtkäufe allerdings nur allgemeine Angaben, als Vico sich danach erkundigte.

Nach den Vergnügungen der letzten Tage schienen sich die Stadtbewohner erholen zu wollen. In der Küche war es ruhiger als gewöhnlich. Es war schon beinahe Mittag, als die ersten Bestellungen für ein Mahl in die Gesandtschaftsküche gebracht wurden.

Jakob gönnte sich eine kleine Pause im Schatten der Mauer und sah von Weitem den Zwerg, den er vor den Janitscharen geschützt hatte. Wie eine muntere kleine Kugel rollte er auf Jakob zu und blieb vor ihm stehen.

»Dein Börek ist unglaublich, es macht süchtig.« Seine Stimme war erstaunlich tief.

»Es sieht nicht einmal besonders aufregend aus, doch im Mund hat man das Gefühl, die Aromen entfalteten sich nacheinander. Willst du uns wirklich wieder verlassen?«

Jakob hätte darüber erstaunt sein können, dass sogar der Zwerg über seine Pläne informiert war, doch er wusste inzwischen, dass nichts so schnell die Runde im Palast machte wie ein Gerücht.

»Das Schiff meines Vaters nimmt mich mit zurück. Ich werde die Zeit in der Palastküche nie vergessen und oft voller Sehnsucht daran denken. Sie hat mich sehr beeindruckt.«

»Ich werde mit Sehnsucht an dein Börek denken«, seufzte der kleine Mann. »Du hast mir einmal geholfen. Kann ich etwas für dich tun?«

»Ich weiß nicht«, überlegte Jakob. »Wer ist der einflussreichste Mann im Palast, den du kennst?«

»Natürlich der Padischah«, erklärte der Zwerg prompt. »Wer könnte einflussreicher sein?«

»Sicher«, erwiderte Jakob, »doch wen kennst du selbst gut genug, um mit ihm zu sprechen?«

Der Kleine wiegte seinen Kopf. »Mein Schwager ist sehr beliebt bei der Walide. Die Mutter des Sultans besitzt viel Macht. Warum fragst du?«

»Ich brauche eine Genehmigung für eine steuerfreie Ausfuhr.«

»Natürlich für eine Ware, die normalerweise mit hohen Steuern belegt ist und nicht ausgeführt werden darf?« Der Zwerg blinzelte ihn listig an.

»Nein«, wehrte Jakob ab. »Es handelt sich nicht um etwas Ungesetzliches. Ich habe eine Fracht verloren und möchte den Verlust wieder wettmachen. Ich darf die Ware ausführen, verdiene nur nicht genug daran. Wenn man mir die Ausfuhrsteuer für eine ganze Schiffsladung erlassen würde, wäre ich mein eigener Herr.«

»Dann könntest du zu uns zurückkehren und im Palast kochen!«

»Das weiß ich nicht«, bekannte Jakob ehrlich. »Aber ich verspreche dir etwas. Wenn ich die Genehmigung bekomme, gebe ich Omar mein Börekrezept. Dann kannst du es so oft essen, wie du möchtest.«

Der Zwerg sprang auf die Füße. »Mal sehen, mal sehen. In der Zwischenzeit kannst du mir gerne noch ein Börek zubereiten. Ich habe heute Abend Gäste.«

Jakob deutete eine kleine Verbeugung an und lächelte. »Es wird mir ein Vergnügen sein.«

Kaum war der Zwerg verschwunden, erschien Omar. Er wischte sich die Hände an einem Tuch ab und setzte sich zu ihm. Dann bot er Jakob ein Stück Zwiebelbrot an und sie aßen eine Weile schweigend.

Der Koch sah angespannt und traurig aus. Das Schicksal seines Neffen schien ihn immer noch sehr zu belasten. Jakob hatte ihm mitgeteilt, dass das Schiff seines Vaters im Hafen lag und der Abschied nicht mehr lange auf sich warten lassen würde.

»Du wirst mir fehlen«, meinte Omar seufzend. »Es war gut, ein wenig in der Muttersprache zu reden. Du warst der beste Gehilfe, den ich je hatte, und wirst immer eine Küche wie diese brauchen. Wenn dir das bewusst wird, ist es hoffentlich nicht zu spät für dich.«

»Das weiß ich jetzt schon, aber nicht immer kann man das tun, was man gerne möchte.«

Omar lächelte ihn von der Seite an und gab ihm einen Stoß.

»Du kannst mich nicht für dumm verkaufen. Etwas zieht dich nach Hause zurück, was wir dir nicht bieten können. Dein Vater ist es wahrscheinlich nicht.«

Jakob überlegte, ob er auch Omar von seiner Genehmigung erzählen sollte, doch er beschloss zu schweigen. Der Koch gelangte nicht in die Nähe der einflussreichsten Beamten.

Die Ruhe in der Palastküche gab ihm in den nächsten Tagen Gelegenheit, sich wieder ausführlicher mit seiner Rückreise zu beschäftigen. Mit Vico und dem Handelshaus Aslan besprach er die Warenliste, und sie enthielt beinahe die gleichen Gegenstände wie die vorhergehende Lieferung. Lediglich die besonderen Seidenstoffe, die Ali seinerzeit für Jakob reserviert hatte, waren dieses Mal nicht dabei.

Jakob und Ali entschlossen sich, ihr Vorhaben mit dem Alaun so lange für sich zu behalten, bis die Genehmigung tatsächlich vorlag.

Ali hatte seine Beziehungen spielen lassen, hatte Bestechungsgelder gezahlt und Gespräche geführt; jetzt mussten sie sich in Geduld üben.

Sie nahmen ihren abendlichen Ausritt wieder auf und Jakob widmete sich wieder mehr Naysha, die bitterlich weinte, als sie von seiner baldigen Abreise erfuhr. Er nahm sich vor, ihr ein großzügiges Geschenk zum Abschied zu machen und Ali zu bitten, auf sie zu achten.

Omar war ebenfalls nach den Festtagen in wechselvollen Stimmungen. Mal arbeitete er mit zugeknöpfter Verbissenheit in der Küche und ahndete jede kleine Unaufmerksamkeit, mal erschien er gut aufgelegt und mitteilsam.

Er unterhielt sich mit Jakob immer wieder über dessen Abreise und fragte interessiert nach.

Jakob meinte scherzhaft: »Wollt Ihr selber auch einmal Kaufmann werden, oder warum interessiert Ihr Euch plötzlich für die Lagerräume eines Schiffes?«

Munter schwenkte der Koch einen Bund Minze. »Es ist immer gut zu wissen, woher eine Ware kommt und wohin sie geht. Man kann im Leben nie genug lernen.«

In zwei Tagen sollte die Rückreise erfolgen und Jakob und Ali hatten die Hoffnung auf eine Nachricht aus dem Palast schon beinahe aufgegeben. Sie kehrten von einem späten Ritt am Strand zurück und fingen gerade noch einen Mann in der Kleidung eines Palastboten vor der Pforte ab. Mit nervösen Fingern erbrach Ali das Siegel und stieß einen Schrei aus.

»Wir haben sie, Jakob, ich glaube es kaum, wir haben die Ausnahmegenehmigung für eine Fahrt!«

Sie fielen sich um den Hals, bezahlten den Boten und eilten ins Haus. Jetzt gab es mehr als reichlich zu tun, um in letzter Minute alles zu veranlassen, was sie für die Ausfuhr brauchten. Die Lieferanten und Händler mussten benachrichtigt werden, und es war schon nach Mitternacht, als sie sich ansahen und erkennen mussten, dass die Arbeit länger als zwei Tage dauern würde.

»Mindestens eine Woche«, erklärte Ali. »Wenn wir den besten Alaun wollen, braucht allein die Lieferung noch vier Tage. Wir müssen mit Vandenhoff verhandeln und die Preise festsetzen.«

Sie einigten sich darauf, die Abreise um eine volle Woche zu verschieben. Bis dahin sollten alle Fragen geklärt sein.

Als Jakob am nächsten Morgen Omar verkündete, dass dieser Tag sein letzter in der Küche des Sultanspalastes sein würde, die Abreise sich jedoch um eine Woche verzögerte, sah ihn der Küchenmeister entsetzt an. »Das ist … das ist …« Er brach ab und verließ fluchtartig die Küche.

Verdutzt blickte Jakob ihm nach, und auch die übrigen Köche sahen sich ratlos an.

Schon seit einigen Tagen war Jakob das seltsame Verhalten Omars aufgefallen. Ob er aus Sorge um seinen Neffen so außer sich geriet oder er sich nicht wohl fühlte, blieb ein Rätsel.

Sein Tag war ausgefüllt mit Besuchern, die ihm zum Abschied Glück und Gesundheit wünschten. Am Nachmittag erschien der Zwerg mit verschwörerischer Miene.

»Ich habe mein Versprechen gehalten«, flüsterte er Jakob zu. »Nun ist es an dir, dein gut gehütetes Rezept an den Küchenmeister weiterzugeben, damit ich auch in Zukunft den besten Börek der Welt genießen kann.«

Jakob war erstaunt. Sollte tatsächlich der Zwerg sein Fürsprecher gewesen sein, oder hatte letztendlich der gute Kontakt des Hauses Aslan zum Erfolg geführt? Es spielte keine Rolle, dachte er. Was zählte, war der Erfolg. Einige seiner erfolgreichsten Rezepte hatte er niedergeschrieben und wollte sie zum Abschied Omar übergeben. Bei ihm waren sie in guten Händen.

Ihm war ein wenig wehmütig ums Herz, als er das letzte Mal die große, schwer bewachte Pforte hinter sich ließ, die er in den letzten Wochen so selbstverständlich passiert hatte. Würde er je wieder in einer Küche stehen, wo Mengen und Qualitäten der Zutaten derart verschwenderisch zur Verfügung standen? Er fragte sich zum wiederholten Male, ob seine Entscheidung richtig war, obwohl er die Antwort in seinem Innern kannte.

Sein Weg führte ihn nach Balat – ein Stadtteil, in dem hauptsächlich Juden lebten. Kapitän Vandenhoff hatte sich hier bei Freunden einquartiert. Über dem Hauseingang erkannte er das Zeichen des Davidsterns, welches die meisten Häuser in diesem Viertel zierte.

Eine junge Frau hieß ihn willkommen und er erkannte die kräftige Stimme des Kapitäns.

Nichts am Äußeren des Kapitäns ließ erahnen, dass es sich bei ihm um einen Juden handelte. Weder Kleidung noch Haar entsprachen deren Tradition. Jakob wollte aber nicht unhöflich sein und fragen, deshalb nahm er zunächst den angebotenen Sitzplatz und ein Glas Saft.

Der Seemann war kein Osmane, er verlor keine Zeit und kam gleich zur Sache.

»Euer Freund hat mir schon mitgeteilt, worum es geht. Ich kann Euch den gesamten Laderaum zur Verfügung stellen. Wir werden jede Ecke des Schiffes vollstopfen mit dem Zeug. Mein Gewinnanteil wird der übliche sein. Wir werden ein Vermögen verdienen. Hah!«, rief er glücklich aus, »wie habt Ihr das nur geschafft? Die Hohe Pforte verzichtet nie auf ihre Abgabe.«

Seine Stimme wurde plötzlich leise. »Wer weiß alles von dieser steuerfreien Ausfuhr?«

Jakob sah ihn prüfend an. »Nur mein Freund und wir beide. Es ist nicht nötig, dies zu erwähnen. Es geht niemanden etwas an.«

»Dazu kann ich Euch nur raten. Wo viel Gewinn ist, sind auch viele Neider, und ich möchte nicht, dass uns oder der Ladung etwas zustößt. Wir werden alle darüber schweigen.«

Sie einigten sich über den Verkauf in Amsterdam. Die Bezahlung würde über Wechsel in den Handelsvertretungen erfolgen.

»Wird es nicht Fragen geben, weil wir die Steuer nicht an den Palast abführen?«

Vandenhoff verneinte. »Mein Buchhalter ist verlässlich und wird alles regeln. Den Gewinn für Euren Freund werde ich mit Wechsel an die türkische Gesandtschaft in Amsterdam schicken. Vielleicht schaffe ich es sogar, Euch den Wechsel persönlich auszuhändigen; sonst bekommt Ihr Euren Anteil in Genua.«

Er sah Jakob in die Augen. »Ich habe mich über Euren Freund kundig gemacht. Er stammt aus einer anständigen Familie und hat noch nie ein krummes Geschäft gemacht. Ich übrigens ebenso wenig. Es geht hier darum, ein Vermögen zu verdienen, und wir müssen uns aufeinander verlassen. Ihr seid Koch und Sohn eines ehrenwerten Kaufmannes. Ich kenne Euch jedoch kaum und kann nur hoffen, dass ich mich nicht in Euch täusche.«

»Ich gebe Euch mein Wort, über unser Geschäft zu schweigen und ebenfalls auf redliche Abrechnung zu achten.«

Sie gaben sich die Hand. Vandenhoff ließ Gläser bringen und eine Karaffe, die eine klare Flüssigkeit enthielt.

»Ich habe es satt, in diesem Land immer nur Säfte zu trinken. Der Mensch muss auch einmal etwas Anständiges in der Kehle spüren! Auf gute Gesundheit und ein Geschäft, an dem wir alle gut verdienen.«

Jakob hob ebenso sein Glas. »Darauf, dass ich dieses Mal mit der Ladung mehr Erfolg habe als bei der letzten

Fracht nach Genua.« Er nahm einen tiefen Schluck und spürte sofort die warme Wirkung des starken Getränkes.

Der Kapitän ließ sein Glas sinken. »Ich habe von der *Andromeda* gehört. Übles Pech, so etwas. Auf diese Ladung werde ich stärker achten als auf jede andere zuvor, dessen könnt Ihr gewiss sein. Schließlich steht auch für mich einiges auf dem Spiel.«

Jakob erklärte, dass in drei Tagen die Ladung mit Alaun einträfe, und sofort nach der Beladung sollte das Auslaufen erfolgen. Dafür wollte Vandenhoff alle Papiere in der Handelsvertretung vorbereiten.

Einen Tag später würde Jakob an Bord der *Bufera* nach Genua abreisen.

Die Zeit des Abschieds war gekommen. Jeden Tag erschienen Besucher, um Jakob für die Zukunft Glück zu wünschen. In den wenigen Wochen im Palast hatte er mehr Freunde gefunden als in seinem gesamten bisherigen Leben, und wieder befiel ihn leise Wehmut.

Ali versuchte ihn zu trösten. »Du entstammst einem Handelshaus, welches Schiffe besitzt. Wenn es dir dort nicht mehr gefällt, dann komm zurück. Hier kannst du immer dein Glück machen.«

Auch Ali fiel der Abschied schwer, doch er nahm die Dinge mit orientalischer Gelassenheit. Sein Schicksal war vorherbestimmt, und wenn es Allah gefiel, würde er seinen Freund wieder sehen.

Sie überließen es dem holländischen Kapitän, den Alaun auf seinem Schiff zu überwachen. Er legte die Papiere den Hafenbeamten vor, die verwirrt den steuerfreien Abtransport kontrollierten. Doch die Dokumente waren von höchster Stelle mit einem Siegel versehen. Es gab nur eine kurze Verzögerung, jedoch keine Schwierigkeiten.

Kurz vor der Abreise trafen die drei Partner noch einmal zusammen.

Vandenhoff erläuterte: »Morgen früh ist es soweit. Mein Schiff ist bis an seine Grenzen beladen. Ich schicke Nachricht nach Genua und Konstantinopel, sobald ich Amsterdam erreiche und die Ladung gelöscht ist.«

Noch einmal drückten sie sich die Hand, bevor sich ihre Wege trennten.

Am letzten Abend vor seiner Abreise ritt Jakob mit Ali entlang des Strandes. Der Wind zerrte an seinem Mantel und war kühler als in den letzten Wochen; der Sommer ging zu Ende.

»Mach dir keine Gedanken um die Ladung«, versicherte Ali. »Juden sind nicht meine Freunde, aber sie sind gute Kaufleute. Handel und Geld liegen ihnen im Blut.

In Flandern sitzen viele Tuchweber, sie sind auf Alaun angewiesen, den die Gerber aus Amsterdam beziehen. Es wird kein Problem sein, ihn gewinnbringend zu verkaufen. Außerdem haben wir einen Wechsel von ihm als Sicherheit. Entspanne dich, Jakob, du bist jetzt ein reicher Mann. Bau dir ein großes Haus und nimm dir die Frau, die du haben willst.«

Er lachte über Jakobs Gesichtsausdruck. Schließlich stimmte Jakob in sein Gelächter ein. Aber so einfach, wie Ali die Dinge aus Konstantinopel kannte, waren sie in seiner Heimat nicht.

In der Nacht weckte ihn ein ohrenbetäubender Krach. Ein Gewitter zog mit rollendem Donnern über das Meer. Er trat ans Fenster und blickte in den strömenden Regen, der die Trockenheit des Sommers hinwegspülte. Tief sog er die frische Luft in seine Lungen, bevor er sich wieder auf sein Lager begab.

Am nächsten Morgen schien die Sonne wieder vom blauen Himmel, nur einzelne Pfützen zeugten von der nächtlichen Urgewalt. Der trockene Boden saugte die Feuchtigkeit auf wie ein Schwamm, und über dem Meer hing ein feiner Dunstschleier.

Vico winkte von der Schiffsempore zu ihm hinunter. »An Bord mit dir, es geht Richtung Heimat.«

Er blickte über die verstreuten Taue und Seile am Boden hinweg auf die hölzerne Rampe, über die die letzten Waren ins Schiff getragen wurden. Das wertvolle Handelsgut lag schon seit zwei Tagen fest verstaut im Laderaum, jetzt wurden nur noch einzelne Nahrungsmittel ergänzt wie Frischwasser, lebende Tiere und Limonen, die nach neuesten Erkenntnissen der Weltumsegler gegen den gefürchteten Skorbut halfen.

Ali hatte ihn nicht zum Schiff begleitet. Der Abschied fiel beiden so schwer, dass sie beschlossen hatten, ihn nicht unnötig zu verlängern.

Ein Mann trat schüchtern zu ihm. »Wenn der Herr erlaubt – dort im Gasthaus wartet jemand auf Euch.«

Fragend sah er den Fremden an, doch dieser verzog keine Miene.

»Wer ist es?«

Der Mann zuckte nur die Achseln und wies mit dem Finger auf das nächstgelegene Gasthaus, einen einfachen Schuppen für die Hafenarbeiter, wo sie bescheidene Mahlzeiten einnehmen konnten oder ein Getränk bekamen.

»Ich habe keine Zeit, Rätsel zu raten. Wenn du mir nicht antwortest, gehe ich nicht fort von hier.«

Der Mann verlegte sich aufs Bitten. »Es ist wichtig, Herr. Verzeiht mir, ein Freund von Euch schickt mich, Euch zu holen.«

»Welcher Freund?«

Der Fremde kramte in seiner Kleidung und zog einen Zettel hervor.

Jakob erkannte seine eigene Handschrift. Es war eines der Rezepte, die er Omar hinterlassen hatte.

»Woher hast du das?«

Abermals wies der Mann auf die Schänke. Jakobs Neugier war geweckt, doch er hatte die Warnung Vandenhoffs noch im Ohr und war vorsichtig. Im Hafen konnte vieles geschehen. Er rief zwei kräftige Lastenträger herbei und wies sie an, ihn zu begleiten.

»Jemand will dort etwas von mir«, erklärte er den beiden. »Ich will sicher sein, dass ich nicht in eine Falle laufe.«

Die beiden nickten entschlossen und stapften breitbeinig neben ihm.

Er öffnete die Tür und stand Omar gegenüber. Verblüfft starrte er den Koch an, den er nur an seinen Gesichtszügen erkannte. Der nickte ihm mit bleichem Gesicht zu und bat ihn an einen der fleckigen und unsauberen Tische. Jakob entließ seine beiden Helfer und setzte sich.

»Was bedeutet das? Warum seid Ihr hier und in dieser Verkleidung?«

Der Küchenmeister hatte sich bislang in orientalischen Kleidern gezeigt; in der Ausstattung eines Europäers wirkte er fremd und streng.

»Ich weiß mir nicht anders zu helfen. Ich habe dir immer geholfen, nun brauche ich dich.«

Jakob nickte. »Ich weiß, dass Ihr mich immer freundlich behandelt habt. Was verlangt Ihr von mir?«

»Nimm ihn mit. Ich bezahle dich dafür großzügig. Ich habe Gold. Er muss fort von hier und ich weiß nicht, wem ich vertrauen kann.«

»Wen soll ich mitnehmen? Wovon sprecht Ihr, Omar?«

Er winkte in eine Nische des Raumes. Eine verkleidete Gestalt trat an den Tisch und setzte sich. Sie war so verschleiert, dass Jakob annahm, es handele sich um eine Frau. Bei den ersten Worten fuhr er jedoch entsetzt zusammen.

»Wir sollten unsere frühere Auseinandersetzung vergessen, bis ich wieder auftreten kann. Bist du einverstanden? Mein Onkel zahlt gut, du hörst es ja.«

Die blasierte Stimme Kerims hätte er unter jedem Gewand wiedererkannt. Abwehrend hob er die Hände. »Das ist ganz unmöglich. Er ist das Eigentum eines hohen Beamten, und ich setze die Sicherheit des ganzen Schiffes und seiner Mannschaft aufs Spiel, wenn ich ihn entführe.«

»Von Entführung kann keine Rede sein«, versuchte Omar ihn zu beruhigen. »Kein Mensch weiß, wo er ist. Man glaubt ihn auf dem Weg zu den Bädern, um sich zu erholen. Es wird Tage dauern, bis man ihn vermisst. Inzwischen befindet ihr euch weit auf dem Meer. Du brauchst gar nichts davon zu wissen, dass er an Bord ist. Er hat sich eben einfach ohne dein Wissen eingeschlichen. Du musst lediglich dafür sorgen, dass er ungesehen an Bord gelangt und in einer versteckten Ecke ausreichend Vorräte hat, um die drei Wochen zu überstehen. Wir haben es schon ohne deine Hilfe versucht, doch das Schiff wird zu gut bewacht.«

»Omar, ich bitte Euch«, stöhnte Jakob. »Ihr wisst nicht, wie es an Bord zugeht. Es gibt keine versteckten Ecken. Es gibt kaum Platz. Auf einem Schiff ist man nicht lange unsichtbar.«

Kerim mischte sich ein. »Dann lass doch einen dieser dummen Stoffballen draußen und ich krieche in die entstehende Lücke. Ich habe nicht die Größe einer Kleidertruhe, falls dir das entgangen ist.«

Die gereizte Stimme war nicht zu überhören und er handelte sich einen Rippenstoß von Omar ein.

Jakob war sich darüber im Klaren, dass er einen entlaufenen Sklaven aus dem Palast entführen würde.

Ärgerlich sprang er auf und lief überlegend einige Schritte auf und ab, während Omar ihn gespannt und ängstlich beobachtete. Die Konsequenzen, wenn dies bekannt wurde, könnten furchtbar sein. Der Küchenchef hatte zwar behauptet, dass niemand von seiner Verwandtschaft mit Kerim wusste, doch sicher konnte man nicht sein. Andererseits, überlegte Jakob, verdankte er Omar seine Ausbildung und Anerkennung als Koch. Wahrscheinlich hatte jener ihn öfter geschützt, als ihm bewusst war. Schließlich war die Küche ein Nest für Klatsch und Intrigen, von denen er auf wundersame Weise verschont geblieben schien.

Er kämpfte mit sich, wog das Für und Wider ab. Es war in hohem Maße töricht, sich mit dem auffälligen jungen Eunuchen auf die Reise zu begeben.

Entschlossen hob er schließlich den Kopf. »Ich bin einverstanden, allerdings nur unter der Bedingung, dass sich Euer Neffe an Bord nach meinen Anweisungen richtet.«

Er sah, wie Omar die Augen schloss und tief aufatmete.

»Das werde ich dir nicht vergessen. Kerim ist nicht einfach, aber er ist alles, was ich noch an Familie besitze.«

Der Entschluss zur Hilfe war eine Sache, eine andere war es, Kerim ungesehen an Bord zu bringen. Schließlich trieben sie eine Kiste auf, in die Kerim sich jammernd und schimpfend hineinzwängte. Sie wurde als Geschenk für Jakob aus dem Palast deklariert und von einigen Männern aus der Schänke zu den übrigen Kisten vor das Schiff gelegt. Dort stand sie eine volle Stunde in der Sonne, bevor zwei Seeleute sie in Jakobs Kajüte trugen.

Vorsichtig öffnete Jakob die Bretter und rüttelte an Kerims Schulter. Er befürchtete schon, der Junge sei einem Sonnenstich zum Opfer gefallen, als dieser sich mit einem anstößigen Fluch ins Leben zurück meldete.

Er streckte seine langen Glieder aus, reckte sich und sah sich in Jakobs bescheidener Kajüte um.

»Beim Propheten, hier ist es ja armseliger als beim einfachsten Janitscharen. Für die üppige Bezahlung kann ich wohl etwas Besseres verlangen.«

Er sah Jakob mit einer Mischung aus Herablassung und Hochmut an. Dieser merkte, wie ihm das Blut in den Kopf stieg.

»Du kannst gar nichts verlangen. Wenn es dir nicht passt, lasse ich dich wieder an Land rudern, wir sind noch ganz in der Nähe des Palastes. Im Übrigen merke dir eines«, Jakobs Stimme schwoll gefährlich an und er bemühte sich um Beherrschung, »du befindest dich jetzt in der Welt der Christen. Dort rufst du den Propheten besser nicht an, wenn dir dein Leben lieb ist. Außerdem habe ich weder etwas verlangt, noch erhalten. Es wäre auch gar nicht mit Geld bezahlbar, dich drei volle Wochen in meiner Nähe zu ertragen.«

Die Miene Kerims wechselte zu beleidigter Empfindlichkeit.

»Du bist derartig roh, dass es mir die Sprache verschlägt.«

Er gab der Holzkiste einen Tritt und fuhr wehleidig fort: »Wir kommen schon zurecht in dieser ungemütlichen Klause, ich habe schon Schlimmeres überstanden, du wirst sehen.«

Jakob verdrehte die Augen und suchte das Weite. Er würde auf dieser Reise eben mehr Zeit mit Kapitän Vico verbringen als in seiner Kajüte. In der Tür drehte er sich um.

»Wenn dir die Umgebung zu einfach und unbehaglich ist, dann versuche eben, sie etwas wohnlicher zu gestalten. Dienstboten, wie du sie aus dem Palast gewohnt bist, gibt es hier nicht.«

Vico gab sich wie üblich seiner liebsten Gewohnheit hin und bot Jakob ein Glas an, das dieser dankbar akzeptierte. Leise und zunehmend vergnügt betranken sich die beiden an diesem Abend.

Mitten in der Nacht torkelte Jakob in seine Kajüte, versetzte seinem Mitbewohner einen kräftigen Stoß, der ihn an den Rand der schmalen Schlafpritsche beförderte, und fiel zufrieden in einen tiefen Schlaf.

Das Schaukeln des Schiffes verursachte Jakob Übelkeit. In sein Bewusstsein drang der liebliche Geruch eines leichten Parfüms und mit einiger Mühe öffnete er die Augen.

Vor ihm stand Kerim und rieb seinen Oberkörper mit Veilchenwasser ab. Jakob schloss bei seinem Anblick gleich wieder die Augen und hoffte, der Albtraum würde enden.

»Eine Wäsche mit wohlriechender Essenz könnte dir auch nicht schaden«, erklärte der Bursche und warf ihm einen anklagenden Blick zu. »Du stinkst wie eine Hafenkneipe. Eine Zumutung für einen gepflegten Menschen, der Wert auf sein Äußeres legt.«

Stöhnend richtete Jakob sich auf und hielt sich den Kopf. Er hatte wochenlang kaum Alkohol getrunken und sein gestriges Saufgelage rächte sich nun auf böse Weise. Der Veilchengeruch wurde übermächtig. Mit letzter Kraft gelangte er zu einem Eimer, um sein Elend loszuwerden.

Danach ging es ihm deutlich besser, doch nun war Kerim käsebleich und der angeekelte Blick, den er Jakob zuwarf, sprach Bände.

»Was für eine Schweinerei! Hast du daran gedacht, dass ich in diesem Loch die nächsten drei Wochen leben und essen muss? Das ist ja nicht zu ertragen.«

Jakob kippte sich einen Rest Wasser über den Kopf, um wieder klar zu werden.

»Du wirst es ertragen, sonst landest du wieder im Serail, wo man vermutlich kurzen Prozess mit dir macht.«

Nur die Freundschaft zu Omar bewegte Jakob, den blonden Eunuchen um sich zu dulden. Bisher hatte er sich wenig Gedanken darüber machen können, wie der Alltag mit einem blinden Passagier in seiner Kajüte aussehen konnte. Kerim brauchte etwas zu essen und musste ungesehen den Abort erreichen. Ein nicht ganz leichtes Unterfangen, doch Jakob war entschlossen, sich nicht zum Diener des arroganten Lümmels degradieren zu lassen.

Unter dem Vorwand, die Nahrungsmittel zu überprüfen, steckte er eine Kiste Schiffszwieback, eingelegte Sardinen und Oliven, getrocknete Früchte und Nüsse ein. Das sollte für einige Tage reichen. So dünn wie Kerim war, aß er sicher nicht viel.

Er besaß einen Schlüssel für seine Kajüte, den er jedoch bisher noch nie benutzt hatte. Er musste darauf achten, dass die Tür während der ersten Woche der Reise stets geschlossen blieb, damit niemand seinen Gast entdeckte. In der Nacht, kurz nach der Ablösung der Mannschaft, würde er ungesehen die Latrine aufsuchen können. Bis dahin musste er sich eben behelfen. Andere konnten das auch, dachte Jakob grimmig.

Die ersten Tage auf See war die Mannschaft so beschäftigt, dass niemand etwas bemerkte. Jakob hielt sich zum Entzücken Vicos häufig bei ihm oder an Deck auf. Das Wetter war herbstlich mild und die Seereise vergleichsweise beschaulich. Sie kamen gut voran. Nach einer knappen Woche erklärte ihm Vico, dass er noch einmal einige Sklaven kaufen wolle und sie für zwei Tage an Land gehen würden.

Das kam Jakob wie gerufen. Auf diese Weise würde er es vielleicht einrichten können, Kerim als seinen Neuerwerb auszugeben.

Auf den griechischen Inseln gab es verschiedene Märkte. Vico dachte an zwei bis drei junge, kräftige Männer, die gut als Arbeiter zu veräußern waren und mit denen er seinen Verdienst noch erhöhen konnte. Er hätte gerne mehr gekauft, doch die beengten Platzverhältnisse auf dem Schiff ließen ihm keine Wahl.

Der Anker sank geräuschvoll in die Tiefe. Zwei Boote wurden zu Wasser gelassen und die Männer schwangen sich behände hinein. Sie ruderten an Land, wo sich die Ankunft eines Schiffes schnell herumsprach. Fliegende Händler und junge Frauen säumten das Ufer und boten ihre Dienste an. Wie aus dem Nichts erschienen Bettler und Kinder, um die Fremden um eine milde Gabe anzuflehen.

Vico verteilte einige Münzen und scheuchte die Menge dann fort.

Bisher hatte Jakob nur einmal den großen Sklavenmarkt in Konstantinopel besucht; danach hielt er sich fern davon. Die Vorstellung, beinahe einmal selbst auf einem solchen Platz gelandet zu sein, verursachte ihm Übelkeit.

Der Ort war ein einfaches Fischernest mit einem eher dürftigen Markt. Während Vico missmutig die wenigen zusammengebundenen Sklaven betrachtete, sah Jakob sich bei den Ständen der Bauern um. Sie boten die einfachen Erzeugnisse ihrer Felder an, Oliven, Öl, Früchte und Nüsse.

Vico gesellte sich zu ihm. »Es gibt kein vernünftiges Angebot«, murrte der Kapitän. »Vor uns waren zwei große Segler da und haben alles gekauft, was einigermaßen kräftig war. Nur einige Frauen und ein jammervoller Knabe sind übrig geblieben. Ich mache mich auf den Weg zurück. Wir bleiben heute Abend hier liegen und segeln erst morgen früh weiter.«

Jakob nickte ihm zu. »Nehmt die Männer mit. Ich sehe mich noch einige Minuten um und rudere selbst mit dem zweiten Boot zurück.«

Er schlenderte zu dem Karree, in dem einige Sklaven angebunden im Schatten saßen. Die Frauen ließen die Köpfe hängen und blickten kaum auf, als er vorbeiging. Ein schmaler Junge schaute sehnsüchtig zu den Obstständen. Etwas an ihm schien vertraut und er ging näher, um ihn genau in Augenschein zu nehmen.

Der Junge sah auf und stieß einen Schrei aus.

Sein Wärter fuhr hoch und schwang drohend einen Stock, doch der Knabe ließ sich nicht zurückhalten.

»Jakob!«, schrie er aus Leibeskräften. »Jakob, ich bin es, Martin!«

Jakob hatte ihn schon erkannt. Völlig fassungslos rannte er zu seinem früheren Leidensgefährten. Der Wärter trat näher, er witterte ein Geschäft.

»Er ist ein schöner Junge, gesund, gute Haut und Zähne. Ein Vermögen wert.«

Jakob verstand die Worte des Händlers nicht, doch es war unschwer zu erraten, was er wollte.

Er zog seine Geldbörse hervor und bot ihm einige Goldtaler. Es war mehr als ausreichend, doch der Mann hielt mit auffordernder Geste weiter die Hand auf.

Jakob war unbeeindruckt. Er hatte nicht umsonst das Verhalten der Händler auf dem Basar kennengelernt. Er steckte das Gold wieder in die Börse und machte Anstalten, sich umzudrehen. Aus dem Augenwinkel sah er Martins entsetztes Gesicht, doch seine Rechnung ging auf. Der Mann gab nach und band den Jungen los, nachdem die Taler ihren Besitzer gewechselt hatten.

Martin fiel ihm schluchzend um den Hals. Seine Erleichterung war so groß, dass er in sich zusammensank.

Bevor sie das Boot bestiegen, kam Jakob ein Gedanke. Er winkte einem der Jungen zu und bedeutete ihm, sie zum Schiff zu rudern. Er zeigte ihm einige Münzen und machte ihm begreiflich, dass er zurück schwimmen müsste. Gebannt sah der Halbwüchsige auf die Geldstücke, bevor er einen misstrauischen Blick auf Jakob warf. Einem Fremden traute man besser nicht, und die Gefahr, ein fremdes Schiff nicht mehr verlassen zu können, war groß. Doch von den Münzen konnte er seine Familie einen ganzen Monat ernähren. So entschloss er sich, das Risiko einzugehen. Die Dämmerung brach schon herein, und mit einem schnellen Sprung ins Wasser konnte er sich notfalls retten.

Jakob bestieg mit seinen beiden Begleitern das Boot und sie erreichten rasch das Schiff. An Deck brachte Jakob Martin zunächst in die Kajüte, wo Kerim es sich soeben schmecken ließ.

Dem jungen Griechen bedeutete er, leise zu sein, und schlich mit ihm an das Heck, wo sich der junge Mann um einige Münzen reicher ins Wasser gleiten ließ. Mit etwas

Glück würde man lediglich drei junge Männer im Boot gesehen haben, und so konnte Jakob behaupten, mit zwei Sklaven zum Schiff zurückgekehrt zu sein.

Endlich würde Kerim seine Kajüte verlassen können.

Er hatte die Rechnung ohne den Wirt gemacht. Kerim hatte es sich inzwischen wohnlich eingerichtet und dachte nicht daran, die Rolle eines Sklaven zu spielen.

»Soll ich vielleicht zusammen mit diesem Lumpenbündel im Frachtraum vor mich hinvegetieren wie eine Ratte? Übel genug, dass ich gezwungen bin, mich mit der Kajüte zufrieden zu geben.«

»Ich kann dir zeigen, wie hart ein Lumpenbündel sein kann.«

Martin stürzte sich mit geballten Fäusten auf Kerim. Gemeinsam fielen sie zwischen die Pritsche und eine Holztruhe.

Jakob sprang einen Schritt zurück, um nicht auch noch hinuntergezogen zu werden.

»Schluss jetzt! Es reicht!«

Sein energischer Befehl brachte die beiden zunächst zur Vernunft und sie richteten sich wieder auf. Kerim strich sich erbost seine Kleidung glatt und warf Martin einen verächtlichen Blick zu. Dieser funkelte drohend zurück.

Jakob setzte sich auf die Pritsche.

»Wir müssen miteinander auskommen, solange diese Reise dauert«, wies er die beiden Streithähne zurecht. »Es gibt keinen Platz auf diesem Schiff, wo ich euch unterbringen kann, außer natürlich dem Frachtraum. Ihr könnt euch denken, dass es dort noch weniger angenehm ist.«

Er warf einen beschwörenden Blick auf Kerim. »Du weißt, dass man dich suchen wird. Sei froh, dass du dich in meiner Kajüte verstecken kannst. Martin, du bist zwar kein Sklave mehr und nun frei, doch das ändert vorläufig nichts an deiner Lage. Du wirst auf einer Decke auf dem Boden schlafen. Ich spreche mit dem Kapitän, dann könnt ihr jederzeit an Deck.«

Er strich sich über die Stirn und erklärte nachdrücklich: »Ich will keine Schwierigkeiten, vertragt euch gefälligst, sonst setze ich euch im nächsten Hafen ab. Ich kann euch behilflich sein, wenn wir in Genua ankommen, doch dafür erwarte ich, dass ihr die Rolle spielt, die ich euch zuweise.«

Martins Gesicht war zerknirscht und reuevoll. Mit ihm würde er weniger Probleme haben.

Kerim machte eine großmütige Geste. »Keine Sorge, bisher hatten wir ja keine Schwierigkeiten.«

Jakob ahnte, dass er versöhnlich gestimmt war, weil Martin zu seinen Füssen auf dem Boden schlafen musste. Der Eunuch würde wohl niemals seine herrschaftliche Attitüde verlieren.

Seufzend erhob er sich. »Ich rede mit Vico, danach könnt ihr hinaus.«

Hatte er gehofft, damit die Schwierigkeiten gebannt zu haben, stellte er zu seinem Leidwesen bald fest, dass es sich allenfalls um eine Atempause der beiden handelte. Bei jeder Gelegenheit fielen sie wie Hund und Katze übereinander her und beschwerten sich abwechselnd bei ihm.

Wiederholt klagte Jakob Vico sein Leid. Dieser schüttelte verständnislos den Kopf.

»Warum lässt du sie nicht auspeitschen? Ich würde sie in die Wanten jagen, bis sie Blut schwitzen. Es sind junge Kerle, die nichts zu tun haben. Irgendwohin müssen sie mit ihrer Energie.«

Jakob lächelte müde bei der Vorstellung, Kerim an Bord zu beschäftigen. Der Kapitän hatte versucht, ihn auszuforschen, wo er den bildschönen, jungen Eunuchen auf der gottverlassenen Insel gefunden hatte, doch Jakob hatte sich in geheimnisvolles Schweigen gehüllt.

Er entdeckte Martin auf einer Taurolle hockend und setzte sich neben ihn. Eine Weile beobachteten sie schweigend die Wellen.

»Erzähle mir, was passiert ist, nachdem wir in Genua getrennt wurden«, fragte Jakob. »Ich traf Margot und sie sagte mir, du bist verkauft worden.«

Martin legte sein Kinn in die Hand. Er wandte den Kopf ab.

»Man sagte uns, du bist entflohen und wir müssten es büßen. Ich hatte Angst. Auch Margot habe ich nicht mehr gesehen. Noch nie habe ich mich so allein gefühlt.«

Eine Möwe setzte sich auf die Reling und beobachtete sie neugierig. Die Südspitze Italiens war im Dunst zu sehen.

Der Vogel flatterte mit den Flügeln und flog davon.

»Seitdem bin ich von einem Händler an den nächsten verkauft worden, es waren vier oder fünf. Jeder hoffte, mit mir ein gutes Geschäft zu machen, doch ich bin nicht kräftig genug für schwere Arbeit und zu alt für die Eunuchen im Osten. Die meisten habe ich gar nicht verstanden, ich spreche nur meine Muttersprache und habe etwas Türkisch gelernt.«

»Ich könnte dir behilflich sein, wieder nach Hause zu kommen.«

Martin schüttelte resigniert den Kopf. »Was soll ich dort? Meine Familie braucht keinen weiteren Esser. Außerdem«, er schluckte und räusperte sich, »man würde sich meiner schämen. Auch wenn ich weder ein Lustknabe noch ein Eunuch bin, man würde reden.«

Martin hatte sich in den Monaten seit ihrer gemeinsamen Reise über die Alpen stark verändert. Er war nicht mehr das schmächtige Kind, und auf seiner Haut waren Spuren von verheilten Hieben zu sehen. Arme und Beine waren lang und schlaksig geworden. Auf der Oberlippe spross der Anfang eines leichten Flaums. Das Verletzliche in seinem Gesicht war verschwunden und hatte einer Ernsthaftigkeit Platz gemacht, für die er noch zu jung war. Er war schnell gewachsen und musste noch schneller erwachsen werden.

»Wie alt bist du jetzt?«

»Im Winter werde ich dreizehn.« Er hielt sein Gesicht in die Sonne und schloss die Augen. »Ich könnte mit dir gehen und für dich arbeiten, nur auf einem Schiff bin ich nicht gerne. Ich mag keine engen Räume.«

»Das habe ich gemerkt«, erklärte Jakob trocken, und sie sahen sich an und lachten.

»Wenn du bei mir bleiben willst, finde ich schon etwas für dich. Für den Anfang genügt es, wenn du dich mit Kerim einigen könntest.«

»Pah, mit dem kann sich keine Menschenseele einigen. Entweder macht man es so, wie er will, oder man muss sich prügeln. Er gehorcht dir nur, weil er abhängig ist von dir. Er ist verlogen, berechnend, selbstsüchtig und arrogant.«

»Er ist nicht einfach, das ist wahr, und ich werde froh sein, wenn sich unsere Wege trennen.«

Martin legte seine Hand auf Jakobs Schulter. »Ich habe dir noch gar nicht richtig gedankt. Ich kann es noch kaum fassen, dass der ganze Schrecken wirklich vorbei ist. Nachts werde ich wach und weiß nicht, wo ich bin. Dann erinnere ich mich und ich kann meine Angst immer noch spüren. Ohne dich hätte ich größere Probleme als den närrischen Eunuchen. Margot hätte sich auch für mich einsetzen können. Sie hat es nicht getan.«

»Margot hatte andere Probleme, nimm es ihr nicht übel. In so einer Lage rettet jeder zuerst seine eigene Haut. Am Ende hatten wir alle drei noch Glück.«

Martin nickte. »Du hast wohl besonders viel Glück gehabt.«

Er zupfte an seiner neuen Kleidung. »So prächtige Sachen habe ich höchstens bei den reichen Kunden der Sklavenmärkte gesehen.«

Jakob hatte den fragenden Ton in der Stimme des Jungen bemerkt.

Er legte den Kopf schief. »Es ist eine kuriose Geschichte, vielleicht erzähle ich sie dir eines Tages.«

Neben dem Schiff entdeckten sie eine Gruppe Delfine, die verspielt hochsprangen und sie eine Weile begleiteten. Von Westen frischte der Wind auf und blies dunkle Wolken über den Himmel. Die Seeleute machten sich an den Segeln zu schaffen und der Maat schrie Befehle über das Deck.

»Lass uns in die Kajüte gehen, es wird kühl und ich habe Hunger.«

Von der griechischen Insel hatte er noch Käse und Oliven. Er wusste, dass Martin ständig hungrig war. Kerim hatte ihn schon ›Vielfraß‹ geschimpft, doch das beeindruckte Martin nicht, der ebenso schlank war wie er. Der Eunuch war lediglich besonders groß und wirkte dadurch graziler.

Vor dem schmalen Eingang blieben sie stehen und sahen sich entsetzt an. Ein Poltern, als nehme jemand die

Kajüte auseinander, drang auf den schmalen Gang. Jakob riss die Tür auf und wäre beinahe über einen Stock gestürzt, der ihm den Weg versperrte.

Kerim lag auf den Knien vor der schmalen Liege und fuchtelte mit dem langen Ende eines Stockes auf dem Boden herum. Sein Gesäß steckte in weißen, weiten Hosen und ragte in die Luft, während sein Kopf fast unter der Liege verschwand.

Martin brach in Gelächter aus, und augenblicklich tauchte der hochrote Kopf Kerims auf.

»Anstatt dumm zu lachen solltest du mir helfen, die elende Ratte zu erledigen«, schrie er erbost. »Seit zwei Nächten höre ich ihr Getrappel. Sie bringt mich um den Verstand. Ihr beide bemerkt sie natürlich nicht, weil der eine sich bewusstlos zecht und der andere seinen Wanst vollgeschlagen hat und schnarcht. Jetzt ist sie mir schon wieder entwischt.«

»Reg dich nicht auf«, beschwichtigte Martin ihn, »ich bin der beste Rattenfänger, den du dir vorstellen kannst. Ich musste sie im Kerker oft genug erwischen, weil ich sonst nichts zu essen bekommen hätte.«

Kerim starrte ihn bestürzt an und wusste nicht, ob der Junge ihn verspottete oder die Wahrheit sagte.

Zumindest hatten sie an diesem Abend Ruhe vor seinen spöttischen und bissigen Bemerkungen. Er beklagte sich nicht einmal über Martins nachlässige Essmanieren, an denen er bisher immer Anstoß genommen hatte. Dafür präsentierte sein ungeliebter Mitbewohner ihm am nächsten Morgen die tote Ratte, die er angewidert betrachtete, bevor sie in den Fluten verschwand.

Das Meer hatte gewaltigen Seegang, auch wenn ihnen in der vergangenen Nacht ein Sturm erspart geblieben war. Wind fegte über das Deck und ein kräftiger Regen zwang die drei jungen Männer, in der Kajüte auszuharren.

Martin und Jakob beobachteten Kerim, der mit einer spitzen Feder ein Muster auf den Holzboden ritzte. Gleichmäßige spitze Erhebungen auf zwei gegenüberliegenden Seiten ergaben ein Muster. Er lieh sich einige Münzen von Jakob, verteilte sie auf die Pfeile und erklärte schließlich: »Dies ist ein Brettspiel, man kann zu zweit spielen.«

Bis zum Abend vergnügten Martin und er sich damit, sich gegenseitig zu besiegen.

Jakob weigerte sich beharrlich teilzunehmen. Derartige Vergnügungen wurden von den Kirchen als Teufelszeug verurteilt. Dennoch kam er nicht umhin, gespannt dem Spielverlauf zu folgen. Immerhin hielten die Streithähne für einen Tag Ruhe, dachte er erleichtert.

Auf der Insel Sizilien legten sie einige Stunden an und nahmen ein letztes Mal frisches Wasser auf. Das Land war grüner als die Hügel bei Konstantinopel, wenn auch jetzt am Ende des Sommers das Gras etwas fahl wirkte.

»Das Königreich Sizilien gehört zur spanischen Krone«, erklärte Vico Jakob und Kerim, der an Deck zu ihnen trat und den beiden Booten hinterherblickte, die an Land ruderten.

Zahlreiche Schiffe ankerten vor der Insel. Die Schifffahrtsaison näherte sich dem Ende, und viele Schiffe blieben im Winter in ihren Heimathäfen, um den Stürmen aus dem Weg zu gehen und damit fällige Ausbesserungen erledigt werden konnten.

Martin hatte sich nicht davon abhalten lassen, an Land zu gehen. Das Gefühl, als freier Mensch wieder zu laufen, wohin er wollte, war für ihn berauschend nach seiner monatelangen Gefangenschaft.

»Viel zu sehen gibt es dort nicht«, fügte der Kapitän abwertend hinzu. »Es ist einer dieser elenden Flecken, wo man geboren sein muss, um es zu lieben.«

»Ist Genua ähnlich wie Konstantinopel?«, fragte Kerim hoffnungsvoll. Der Kapitän lachte.

»Nicht ganz, mein Junge, nicht ganz. Du wirst dich genauso an die anderen Lebensumstände anpassen müssen wie Jakob, als er nach Konstantinopel kam.«

Er betrachtete den anziehenden Eunuchen, der immer noch in die flatternden, weiten Gewänder der Sultansstadt gekleidet war.

Kerim bemerkte seinen Blick. »Sicher besitzt jeder Palast Eunuchen und ich finde dort eine neue Heimat.«

Die Unsicherheit in seiner Stimme war nicht zu überhören. Bisher hatte sich Jakob kaum Gedanken darüber gemacht, was aus Kerim werden sollte. Er wusste, dass Omar ihm einen Beutel mit Gold und Edelsteinen gegeben hatte, den er sorgfältig in einer Ecke der Kajüte versteckte. Kerim nahm an, dass niemand von dessen Existenz ahnte, doch auf dem Schiff ließ sich nichts verbergen, und sowohl er als auch Martin hatten ihr Wissen für sich behalten. Sie brauchten seine Schätze nicht.

Der Kapitän antwortete nicht. Er beobachtete mit zusammengekniffenen Augen die Seeleute, die soeben ihre Boote an Land schoben.

»Mach dir keine Sorgen«, meinte Jakob. »Du und Martin wohnt zunächst bei mir, bis ihr euch eingelebt habt und wisst, was ihr anfangen wollt.«

»Dann denke bitte daran, dass ich zwar ein Sklave war, jedoch kein Dienstbote bin. Martin ist ein Subalterner, während ich aus einer angesehenen Familie stamme und noch niemals jemandem gedient habe.«

Jakob verzog das Gesicht. Kerim stellte wieder einmal seine Geduld auf die Probe. Während Vico ihn mit hochgezogener Braue spöttisch angrinste, erklärte er barsch: »Du wirst dich damit abfinden müssen, dass deine Lage sich verändert hat. Ich habe dich nicht gebeten, uns zu begleiten, und du kannst jederzeit gehen, wohin du willst.«

Er wusste nur zu gut, dass der exotische Kerim ohne seine Unterstützung keinen Tag in einer für ihn fremden Welt leben konnte, ohne in Gefangenschaft zu geraten oder dass ihm noch Übleres widerfuhr. Er, Jakob, hatte die Verantwortung für die beiden jungen Männer übernommen, ob es ihm gefiel oder nicht.

Sie segelten den ganzen Tag entlang der italienischen Küste nach Norden; in zwei Tagen wollten sie in Genua anlegen. Die Mannschaft war bester Laune und verbrachte den milden Spätsommerabend an Deck.

Während der Reise war ihnen jeglicher Alkohol untersagt, doch in Anbetracht der gelungenen Fahrt gestattete der Kapitän ausnahmsweise eine bescheidene Ration für jeden Seemann. Auf dem unteren Mannschaftsdeck wurde gesungen und Jakob hörte vereinzelt lautes Gelächter.

Der Grund hierfür war deutlich zu vernehmen. Er breitete eine Decke auf dem Oberdeck aus und legte sich darauf. Selbst hier oben wurde er Zeuge der lautstarken Auseinandersetzung zwischen Kerim und Martin.

»Du stinkst wie eine alte Ziege«, hörte er Kerim in seiner hohen Stimme schreien. »Und nicht nur das, du isst wie ein Schwein. Überall liegen Essensreste von dir, die genauso elend riechen wie du.«

»Und du keifst wie ein gemeines Marktweib, jämmerlicher Eunuch.«

»Oho, du hältst dich wohl für besonders männlich? Eunuch könntest du nicht einmal werden, wenn du wolltest. Man kann schließlich nichts entfernen, was gar nicht vorhanden ist.«

Man hörte Gepolter und schließlich wieder die atemlose Stimme Kerims. »Nur zu, zerstöre auch noch das letzte Mobiliar dieser armseligen Behausung. Wenn man für Argumente zu dumm ist, bleibt nur sinnlose Gewalt.«

»Hat dir schon einmal jemand erzählt, dass du zitterst, während du schläfst? Du fürchtest dich im Dunkeln wie ein kleines Mädchen.« Martins Stimme bebte vor Wut.

Kerim hingegen schien die Auseinandersetzung weniger zu erregen. Boshaft erwiderte er: »Ich habe dich nachts auch beobachtet. Ich konnte nicht einschlafen, weil du geschmatzt und gesabbert hast. Du hast zuvor wohl häufig im Stall bei den Tieren genächtigt?«

Ein wütendes Knurren und ein abermaliges Poltern war die Antwort. Geräuschvoll flog die Kajütentür auf und Kerim erschien an Deck. Er erblickte Jakob, stieg die Stufen auf das Oberdeck hoch und setzte sich zu ihm auf die ausgebreitete Decke. Seine Haut hatte auf See die helle Blässe verloren und einen goldenen Ton angenommen, der ihm gut stand. Er wirkte nicht mehr so zerbrechlich wie im Sultanspalast und sah gesünder aus.

»Warum verkaufst du den Burschen nicht einfach? Sollen sich doch andere mit ihm ärgern. Ich verstehe allmählich, warum niemand ihn haben wollte.«

»Er ist genauso frei wie du«, entgegnete Jakob scharf. »Ihr sollt endlich lernen, miteinander auszukommen. Es könnte auch nicht schaden, wenn du weniger feindselig mit ihm umgehst. Er wurde von einem Tag zum andern von seiner Familie getrennt und seither nur noch wie ein Tier behandelt.«

»Ich vergehe vor Mitgefühl. Glaubst du, ich bin freiwillig das, was ich heute bin? Warum setzte ich mich wohl dieser unbequemen Reise aus, wenn es mir im Palast so gut gegangen wäre?«

»Immerhin besitzt du etwas, was Martin und mir fehlt. Ich trage zwar kostbare Kleidung, aber dafür fehlt mir dein Auftreten. Du hast gelernt zu sprechen, du hast so vieles gelernt, was Martin und ich nicht beherrschen. Der Junge geriet in Gefangenschaft, weil er Hunger hatte. Sich zu pflegen oder gut zu kleiden war seine geringste Sorge. Mir ging es gut, aber ich wurde nicht in den Wissenschaften oder der Redekunst unterrichtet wie du. Lesen kann ich erst seit kurzer Zeit und manches fällt mir immer noch schwer.«

Der junge Eunuch wurde nachdenklich. »Das wusste ich nicht. Ich dachte, als Sohn eines reichen Kaufmanns hast du alle Möglichkeiten.«

Jakob kam ein Gedanke. »An Land wirst du manches benötigen. Kleidung, Unterkunft, Verbindungen. Das Leben ist kostspielig in einer großen Stadt. Ich finde, du solltest dafür bezahlen.«

Kerims Augen wurden wachsam. »Sagtest du nicht, du willst mir helfen?«

»Wir helfen uns gegenseitig. Ich verschaffe dir, was du brauchst, und du unterrichtest Martin und mich und lehrst uns alles, was du selbst weißt.«

Kerim stöhnte. »Dich zu unterrichten würde vielleicht zum Erfolg führen, du begreifst schnell und interessierst dich für alles. Martin hingegen weiß absolut gar nichts. Mir fällt nicht ein, wo ich beginnen sollte.«

»Hilf ihm zunächst bei einfachen Dingen. Schrei ihn nicht an, weil er schmutzig ist, sondern zeige ihm, wie man sich reinigt. Er kann dir dafür erklären, wie man sich in unserem Land kleidet. Welche Hosen und Jacken angemessen sind, welche Farben passen oder nicht. Du hast einen unübertrefflichen Geschmack für gute Kleidung und Nahrung.«

Jetzt grinste Kerim ihn mit blitzenden Augen an. »Du brauchst mir keinen Honig ums Maul zu schmieren. Keiner kennt sich mit Nahrung besser aus als du. Mein Onkel konnte mich nur überzeugen, mit dir zu fahren, weil ich verrückt auf diese köstlichen Hufeisen bin.«

Jakob lachte. »Ich verspreche dir, du bekommst sie, sobald wir wieder an Land sind.«

Er hielt Kerim die Hand hin und der junge Eunuch schlug ein. »Dann haben wir eine Vereinbarung.«

Kerim erhob sich und spazierte über das Deck davon.

»Schöne Kanaille, dieser Was-auch-immer.« Der Kapitän hatte sie beobachtet und blickte Kerim nach, wie er die Stufen hinab zur Kajüte stieg.

Er hielt Jakob ein Glas hin, das dieser dankbar annahm. »Er ist anstrengend«, stimmte Jakob zu, »aber er kann auch ungeheuer charmant und gewandt sein.«

»Habe ich noch nicht festgestellt«, brummt Vico und kippte den Inhalt seines Glases in einem Zug hinunter, bevor er nach der Flasche griff und sich abermals einschenkte. »Solche mögen für die Paläste der Osmanen taugen, bei uns sind sie zu nichts nutze.«

Jakob widersprach nicht, schließlich hatte er diese Meinung bis vor Kurzem geteilt. Aber Kerim besaß Talente und Fähigkeiten, von seinem aufsehenerregenden Äußeren nicht zu reden. Er wollte wenigstens versuchen, diese zu nutzen. Mit den Eigenarten Kerims würde er mit der Zeit schon zurechtkommen.

Er blickte auf die im Halbdunkel liegende Küstenlinie. Irgendwo dort musste Pisa liegen. Lange hatte er den Gedanken an Bianca verdrängt, doch plötzlich war sie da, die Erinnerung an dieses unvergessliche Gefühl der Zärtlichkeit und Verbundenheit. Im gleichen Augenblick meldete sich auch der Schmerz über ihre Worte, als sie sich unbeobachtet glaubte. Ich sollte sie vergessen, sagte er sich zum hundertsten Mal. Doch dann gewann sein Kampfgeist wieder die Oberhand und er ballte die Hände zu Fäusten.

Die Küste vor Genua lag in leichtem Morgennebel, und hier und dort erkannte er prunkvolle Villen, eingebettet in gepflegte Gärten, an den Hängen vor der Stadt.

Die Mannschaft war vollzählig an Deck, entweder beschäftigt mit zahlreichen Arbeiten oder aber der Heimat entgegenfiebernd. Jakob kannte inzwischen die Einfahrt in den Hafen recht gut. Vereinzelte Gebäude waren ihm schon vertraut und das Kontor seines Vaters geriet langsam in Sicht.

Nach einigen Stunden war das Schiff im Hafen vertäut und die drei jungen Männer betraten die Stadt. Pino begrüßte Jakob voller Freude, warf einen fragenden Blick auf seine beiden Begleiter, war jedoch zu höflich, um ihn direkt auf die beiden anzusprechen. Er würde schon noch früh genug erfahren, was es mit den jungen Männern auf sich hatte.

Jakob trug die Frachtbriefe und Ladungslisten mit sich. Er wollte sich schnell einen Überblick über die Verluste seiner letzten Reise verschaffen. Mit den Erträgen der jetzigen Fahrt konnte er die Kosten möglicherweise decken, doch ein Gewinn war kaum zu erwarten. Den erhoffte er sich aus den Niederlanden. Über dieses Geschäft würde er jedoch vorläufig schweigen.

Während er mit Pino angeregt Zahlenkolonnen addierte, Preise verglich, Angebote einsah und zahlreiche Papiere unterzeichnete, saßen Martin und Kerim gelangweilt daneben.

Schließlich wurde es Kerim zu viel. Ärgerlich erhob er sich.

»Ich bin hungrig und durstig. Außerdem würde ich mich gerne waschen. Besteht in diesem Gebäude die Möglichkeit, das eine oder andere Problem zu lösen?«

Überrascht blickte Pino auf und schlug sich mit der Hand an die Brust.

»Wie unhöflich von mir. Verzeiht mir. Ich bin stets so begierig darauf, alles Neue zu erfahren, dass ich ganz vergaß, wie man sich nach einer Seefahrt fühlt. Eine Kutsche steht schon für euch bereit.«

Er sah Jakob an. »Dein Vater hat viel von dir gesprochen, er hält große Stücke auf dich und hegt große Erwartungen. Er wird erfreut sein, dich zu sehen.«

Pino hatte nicht zu viel versprochen. Rafael stand schon in der Eingangshalle und begrüßte Jakob mit offenen Armen.

»Mein Sohn, ich bin überglücklich, dich wieder hier zu sehen. Wir haben viel zu besprechen.«

Mit einem freundlichen Nicken begrüßte er auch Martin und Kerim. Nichts deutete darauf hin, dass er über die fremde Begleitung verwundert war oder er auch nur eine Frage stellte. Er rief nur kurz nach einer Dienstbotin, die sich der Gäste annahm und sie mit allem versorgen sollte, was sie benötigten.

Während er mit seinem Vater ein einfaches Mahl einnahm, berichtete Jakob ausführlich von seiner Arbeit im Palast des Sultans. Begeistert schilderte er die unvorstellbare Pracht, die vollkommene Struktur der einzelnen Arbeitsbereiche und das geordnete Leben am Hof und in der Stadt.

Sein Vater lauschte, nickte und stellte gelegentlich eine Frage. Erst am Ende, als Jakob schwieg, kam er auf seine beiden Begleiter zu sprechen.

»Ich weiß noch nicht genau, was ich mit ihnen anfangen soll«, bekannte Jakob achselzuckend. »Für Martin lässt sich sicher eine Arbeit finden. Weit schwieriger wird es für Kerim sein. Wer braucht schon einen anspruchsvollen Eunuchen? Er hat keine Heimat mehr, wohin ich ihn schicken könnte, er kam schon als kleines Kind zu den Osmanen. Er ist kenntnisreich, schön anzusehen und arrogant.«

»Dir wird nichts anderes übrig bleiben, als ihn bei dir zu behalten«, erklärte Rafael.

»Betraue ihn mit der Aufgabe, deine Kleidung zusammenzustellen, oder lass ihn irgendetwas verwalten. Der Junge kann Pino zur Hand gehen. Eine Arbeit im Kontor findet sich immer, zumal ich große Pläne habe.«

Jakob beugte sich vor. »Pläne welcher Art?«

Rafael fuhr nachdenklich mit dem Finger den fein ziselierten Messerknauf entlang, mit dem er sein Fleisch schnitt.

»Es ist noch nicht beschlossen, doch wir haben Gespräche geführt.« Er machte eine Pause, bevor er zögernd fortfuhr. »Die Veränderungen im Handel sind unübersehbar und wir müssen ihnen rechtzeitig begegnen. Schon seit Jahren stellen wir fest, dass unsere Häfen zwar noch Knotenpunkte sind für den Handel, doch nicht mehr in dem Maße, wie dies noch vor fünfzig Jahren der Fall war.

Die Häfen in Spanien und Portugal holen in großer Geschwindigkeit auf, bei ihnen kommen die Gewürze und Waren an, die in der Zukunft gebraucht werden. Für diese neuen Ziele liegen wir ungünstig.«

»Wir liegen nicht ungünstiger als die Häfen in den Niederlanden«, entgegnete Jakob. »Unsere Waren gehen über die Alpen nach Norden, wo reiche Käufer sitzen und wo sie gebraucht werden. Du hast selbst gesagt, dass wir im letzten Jahr gute Gewinne gemacht haben.«

»Wir können uns auf bisherige Erfolge nicht mehr berufen. Ein guter Kaufmann muss vorausschauen, Entwicklungen erkennen und ihnen gerecht werden. Wir genießen immer noch Vorteile von unseren Beziehungen zur Hohen Pforte, doch dies ist eine heikle Angelegenheit und kann schnell vorbei sein. Darauf allein dürfen wir nicht bauen.«

Jakob erhob sich und schenkte seinem Vater noch ein Glas Wein ein.

»Wir haben doch Handelsverbindungen in viele andere Städte und sind nicht auf die Hohe Pforte angewiesen.«

Rafael machte eine wegwerfende Handbewegung. »Der Transport von Spanien oder den Niederlanden ist nicht halb so lukrativ. Der Transport über weite Strecken, beispielsweise aus der Neuen Welt oder Indien ist langwierig und riskant, aber er ist nun einmal der einträglichste. Doch es gibt noch eine andere Möglichkeit.«

Er legte die Fingerspitzen zusammen und sah Jakob eindringlich an.

»Ich spreche mit dir darüber, weil du mein Sohn bist und mein Nachfolger. Doch du musst Stillschweigen bewahren. Es geht um große Summen, da verliert so mancher den Kopf.«

Jakob nickte gespannt. »Du kannst dich auf mich verlassen. Niemand wird von unserem Gespräch erfahren.«

»Du weißt vielleicht, dass Kaiser Karl V. viel Geld braucht. Er ist in chronischer Geldnot, hat ungeheure Summen bei den reichen Kaufmannsfamilien in Nürnberg geliehen und braucht noch weit mehr, um seine Kriege zu finanzieren. Vor allem mit Frankreich gibt es ständig Reibereien, die ihn mehr kosten, als er besitzt.

Gegenwärtig gelangen aus der Neuen Welt große Mengen Edelmetall in den Besitz Spaniens. Daraus werden die Reales geprägt, die Münzen, die die habsburgische Krone dringend benötigt. Der Weg der Münzen über den Atlantik ist gefährlich, niederländische und englische Piraten wissen genau, was befördert wird. Wie die Wölfe lauern sie den Schiffen der spanischen Krone in der Straße von Gibraltar und dem Kanal zur Nordsee auf, und schon mehr als eines ist in ihre Hände gefallen.

Der Kaiser war anlässlich seiner Krönung im Lande. Die Medici waren natürlich anwesend und du kennst unsere enge Verbindung zur Familie. Man denkt laut über neue und sicherere Wege nach. Eine Möglichkeit besteht darin, das Geld von Barcelona nach Genua zu bringen. Von dort aus gelangt es in die Hände der Habsburger, die damit ihre Soldaten bezahlen. Die ersten Schiffe sind sicher angekommen und auch der Landweg hat sich bewährt. Wir haben in der Handelskammer beschlossen, diese zusätzliche und sehr einträgliche Quelle zu nutzen. Der Hafen unserer Stadt hat mit der Entdeckung der Neuen Welt an Bedeutung eingebüßt und wir können den Weg der neuen Waren nicht beeinflussen, wohl aber den Weg, den das Gold nimmt. Dort liegt unsere Zukunft und du wirst an diesem Plan teilhaben.«

»Was hast du mit mir vor? Soll ich für dich nach Spanien reisen?«

Rafael schüttelte den Kopf. »So weit ist es noch nicht. Zunächst brauchen wir neue und andere Schiffe. Deine Anwesenheit im Kontor ist von größerem Nutzen. Pino wird dir helfen, doch auch er ist über die neuen Pläne nur unzureichend informiert. Wenn wir den ersten Auftrag erhalten, ist es früh genug, darüber zu sprechen.

Ich nehme an, du willst außerdem eine Weile in der Stadt bleiben, um persönliche Dinge zu regeln.«

Jakob nahm noch einen Bissen Käse und spülte ihn mit einem Schluck Wein herunter.

»Ich danke dir für dein Vertrauen. Was mich angeht, so gibt es nichts zu regeln. Ich möchte nur, dass Martin und Kerim angemessen untergebracht werden.«

Sein Vater hob erstaunt die Brauen. »Ich nahm an, die junge Bertolini hat dein Herz gewonnen. Oder hat dich im Orient etwas so abgelenkt, dass du das Interesse verloren hast?«

»Nein«, erklärte Jakob einsilbig. Er wollte nicht über dieses Thema sprechen, und sein Vater besaß genug Feingefühl, nicht darauf zu beharren.

Er verabschiedete sich und ging in sein Gemach. Dort ließ er sich auf sein Bett fallen und dachte nach.

VII. An der Wegkreuzung

»Dieses schimmernde Apfelgrün mit Rosenrot ist genau das Richtige!«

Die helle Stimme Kerims klang über den Gang und wurde nur noch von der ärgerlichen Antwort Martins übertönt.

»Ich bin doch kein Papagei aus deiner lächerlichen Voliere. Ein anständiger Mensch kleidet sich in gedeckten, vornehmen Farben, das habe ich immerhin schon gelernt.«

»Martin, so warte doch! Wir wollen auf eine Abendeinladung gehen und nicht zur Messe.«

Er entdeckte Jakob, der müde nach einem langen Tag die Treppe hinaufkam.

»Sag ihm bitte, dass diese Farben wundervoll miteinander harmonieren und sein beklagenswert nichtssagendes Gesicht interessanter machen. Er ist stur wie ein alter Esel, wenn es um Farben geht.«

Kerim, selbst in edle Stoffe gewandet, stand fordernd vor ihm.

Wider alle Erwartungen hatte der junge Eunuch in der Hafenstadt Furore gemacht. Man riss sich um seine Gesellschaft, denn er war witzig, schlagfertig, sogar seine bissigen Bemerkungen nahm man begeistert auf. Sein Aussehen wurde ebenso gerühmt wie sein exzellenter Geschmack, und seine Art, sich zu kleiden, hatte zahlreiche Nachahmer gefunden. Selbst die Sprache war für ihn nur eine vorübergehende Einschränkung.

An Martin, der sich von früh bis spät im Kontor aufhielt, prallte er dagegen ab. Obwohl Martin nicht Jakobs schnelle Auffassungsgabe besaß, biss er sich wie ein Terrier in seine Aufgabe fest, bis er sie bewältigte.

Zu Beginn fielen ihm die Abrechnungen noch schwer, doch er ließ nicht locker. Seine Bewunderung für Pino und dessen souveräne Arbeitsweise spornte ihn unermüdlich an. Dem lebhaften Italiener wiederum gefiel der fleißige Junge und bald war Martin der schreibende Schatten des Kontorleiters.

Mehr als ein Monat war vergangen, seit sie in Genua angekommen waren. Jakob hatte sich in die Arbeit gestürzt, aber auch keine Vergnügung ausgelassen.

Der Wind fegte über die Bucht und wirbelte die Blätter von den Bäumen. Der Herbst hatte Einzug gehalten – die Jahreszeit der Feste und Maskenbälle.

Bianca hatte ihm gleich nach seiner Ankunft einen Brief geschrieben, doch er hatte nicht geantwortet und seitdem auch nichts mehr von ihr gehört.

Auf dem Weg zu einer abendlichen Einladung ritt Jakob sein neues Pferd. Kerim, der es vorzog, mit einer Kutsche zu reisen, war ihm vorausgeeilt.

Einer plötzlichen Eingebung folgend, bog er in eine Nebenstraße ein und folgte dem Verlauf der spärlich beleuchteten Gasse, bis er vor einem gepflegten Stadthaus anlangte. Über dem Eingang rankten schmiedeeiserne Pflanzen. Er klopfte nur einmal kurz und die Tür öffnete sich, als habe man auf ihn gewartet. Ein junger Diener verbeugte sich, nahm seinen Umhang entgegen und wies ihm stumm mit der Hand den Weg in einen Nebenraum, der stark nach Kräutern roch.

Die Wände waren mit Gestellen bedeckt, die zahlreiche lateinisch beschriftete Gefäße enthielten. Ein großes Fass strömte einen unangenehm beißenden Geruch aus. Er versuchte, die Aufschriften zu entziffern, konnte sie sich jedoch nicht erklären.

Hinter sich hörte er ein Geräusch und drehte sich um.

»Sieh da, mit dir habe ich nicht gerechnet. Aber ich freue mich, dich zu sehen.«

Margot streckte ihm die Hände entgegen. Sie trug die Kleidung einer wohlhabenden Geschäftsfrau.

»Du siehst gut aus, Margot. Ich freue mich ebenfalls.«

Sie lächelte ihn an. »Ich sagte dir doch, ich werde mein Glück machen, genauso wie du. Ich hörte zwar, dass eines eurer Schiffe einen Schaden erlitt, aber mit der letzten Reise hast du dies wieder wettgemacht.«

»Du bist ja bestens informiert.«

»Das gehört zu meinem Geschäft. Komm mit, es gibt angenehmere Orte als den Kräuterladen.«

Er folgte ihr eine Treppe hoch und in ein behagliches Zimmer. An der Kopfseite brannte ein Feuer im Kamin, davor stand eine samtbezogene Bank. Sie setzte sich und winkte ihn neben sich.

Eine Weile sprachen sie über Belanglosigkeiten, doch Margot spürte genau, dass ihr Besucher etwas auf dem Herzen hatte. Sie drängte ihn nicht; jeder, der sie aufsuchte, kam über kurz oder lang auf sein Anliegen zu sprechen.

Jakob blickte sich im Raum um. »Das ist ein schönes Haus, gehört es deinem Mann?«

»Es gehörte ihm. Er verstarb vor einigen Wochen, nun besitze ich es. Ich sollte einige Dinge verändern, sie sind nicht mehr zeitgemäß, doch es fällt mir schwer.«

»Es tut mir leid, das zu hören«, bekannte er überrascht. »Es ist sicher nicht leicht, wieder alleine zu sein, nachdem du gerade erst einen Mann gefunden hast.«

»Er war schon älter und nicht mehr gesund. Er hat mich gut versorgt zurückgelassen. Wenn ich daran denke, wie elend es mir ging, bevor ich ankam, bin ich ihm wirklich dankbar. Vor allem aber hinterließ er mir den Kräuterladen und das Wissen, das er in einem langen Leben erworben hat. Ich komme gut zurecht. Doch genug von mir. Ich hörte, du bist verliebt. Dein Vater erwähnte so etwas auf einer Gesellschaft.«

Jakob senkte den Kopf und trommelte mit den Fingerspitzen nervös auf der Holzlehne.

»Ich weiß es nicht, Margot. Ich kam, um dich um Hilfe zu bitten, doch ich habe selbst keine Ahnung, wie du mir helfen könntest. Ich dachte, du bist eine Frau und weißt vielleicht …«

Sie legte ihre Hand beruhigend auf die seine. »Erzähl mir, was passiert ist.«

Er berichtete von seinem Besuch im Palast der Medici. Beinahe wörtlich wiederholte er das kurze Gespräch, das er aufgeschnappt hatte, und sah Margot fragend an, als erwarte er von ihr eine besondere Erkenntnis.

Margot strich sich eine Locke ihres Haares unter die Haube und meinte vorsichtig:

»Ist es nicht möglich, dass du die Worte, aus dem Zusammenhang gerissen, falsch verstanden hast? Warum fragst du sie nicht einfach?«

»Wenn sie ein falsches Spiel mit mir treibt, wird sie natürlich lügen. So günstig wie möglich zu heiraten ist ihr gutes Recht, doch ich will wissen, ob sie mir ihre Gefühle vorgespielt hat.«

»In diesem Fall würdest du sie natürlich sofort vergessen, nicht wahr?«

»Ich habe schon vergeblich versucht, sie zu vergessen.«

Margot lächelte. »Ich kann versuchen, es herauszufinden. Ihre Freundin ist eine gute Kundin meiner Bekannten, einer Wahrsagerin.«

»Dann kennst du Bianca?«

»Sie ist eine sehr schöne junge Frau. Ich habe sie mehrfach mit ihrer Freundin Caterina bei Isabel, der Wahrsagerin, getroffen. Isabel stammt aus Florenz, doch inzwischen lebt sie in Genua. Wir profitieren voneinander, wenn du weißt, was ich meine.«

Er wusste es nicht genau, doch zog es vor zu nicken.

»Ich brauche einige Tage, vielleicht eine Woche. Es wird nicht allzu schwierig sein zu erfahren, was der jungen Dame an dir liegt, obwohl sie ja nun nicht mehr in der Stadt ist.«

Er bemerkte, wie Margot sich kurz auf die Lippen biss, maß dem jedoch keine Bedeutung zu.

Erleichtert stand er auf und griff nach seiner Geldkatze. »Ich wäre dir sehr dankbar.«

»Du brauchst mich dafür nicht zu bezahlen. Sagen wir, es ist ein Freundschaftsdienst.«

Sie geleitete ihn zur Tür. Der junge Diener erschien und reichte ihm wieder wortlos seinen Umhang. Vielleicht war er stumm, dachte Jakob, das konnte in dieser Stellung von Vorteil sein.

Er näherte sich der Via Garibaldi, die ein wenig außerhalb der Stadt lag und wo ein Freund seines Vaters zur Einweihung seines neuen Hauses geladen hatte. Es war von beeindruckender Größe, aus hellem Stein gebaut und strahlte beleuchtet von zahlreichen Fackeln, die livrierte Diener hielten, um die Gäste in Empfang zu nehmen. Fröhliche Musik klang bis auf die Straße. Ein Hausdiener bemühte sich, sein aufgeschrecktes Pferd zu halten und zu den Stallungen zu führen.

Damen und Herren in auserlesenen Kleidern und mit kostbarem Schmuck flanierten durch die große Halle und bewunderten die edle Ausstattung des Palastes. Selbst in dieser Straße, wo viele einflussreiche Kaufleute lebten, war der neue Palast sehenswert.

Vor etwas über einem Jahr hätte Jakob kaum gewagt, seine Nase durch die Tür eines solchen Hauses zu stecken, doch inzwischen bewegte er sich mit größter Selbstverständlichkeit zwischen den ersten Familien der Stadt. Während er bewundernd einer besonders glanzvoll gekleideten Dame hinterherblickte, deren Kleid über und über mit kleinen rosa Perlen bestickt war, überlegte er, dass er diese Sicherheit vor allem seinem Vater verdankte, der ihn allen einflussreichen Kaufleuten der Stadt als seinen Sohn präsentierte.

Selbst die Hausdiener waren in feinste Stoffe gekleidet, trugen ein Wams aus brauner Seide und eine Hose aus grüner Brabanter Wolle.

Man reichte ihm ein Glas und während er weiterschlenderte, trank er einen Schluck. Nur wenige Bekannte sah er unter den Dutzenden von Gästen. Inmitten einer lachenden Menge saß Kerim und amüsierte die Gesellschaft, indem er jemanden nachäffte.

Es zog Jakob in den Speisesaal, er war neugierig, was man zu dieser besonderen Gelegenheit anbieten würde. Weit lieber noch hätte er die Küche besichtigt, doch dies war ihm in seiner Stellung verwehrt.

Aldo, ein Geschäftsfreund seines Vaters, der mit ihm ein Schiff nach Norden teilte, trat ihm in den Weg.

»Ich hörte schon, dass du wieder zurück bist. Erfolgreich zurück, muss ich wohl sagen, ich gratuliere dir, junger Freund.«

Jakob nickte dankend mit dem Kopf. »Es waren eine glückliche Fahrt und ein guter Aufenthalt.«

»Dein Vater berichtete, der Sultan habe dich empfangen und du bist im Palast ein und aus gegangen. Hast du tatsächlich die osmanischen Speisen studiert?«

Jakob konnte ein Lachen über die eigenwillige Auslegung seiner Tätigkeit nicht unterdrücken.

Erheitert erklärte er: »Ich habe in der Gesandtschaftsküche gekocht und sehr viel gelernt.«

»Darüber musst du uns unbedingt berichten. Nur selten gelangt man in den Palast und wenn, kann man sich kaum frei bewegen. Kochen ist neben dem Handel anscheinend deine Leidenschaft, ein ungewöhnlicher Zeitvertreib für einen jungen Mann.«

»Kochen ist tatsächlich meine Leidenschaft. Mein Traum war immer, Küchenmeister zu werden.«

»Manchmal muss man Träume begraben. Es gibt Schlimmeres, als reich und erfolgreich in Genua zu leben.«

Er legte den Kopf in den Nacken und lachte herzhaft, wobei er eine Reihe langer, gelber Zähne entblößte, die Jakob an das Gebiss seines Pferdes erinnerten.

»Genua ist prachtvoll«, stimmte Jakob zu.

»In der Tat, die Stadt ist ebenso prächtig wie Amsterdam.«

Jakob spürte einen freundschaftlichen Schlag auf die Schulter. Die Stimme klang ihm bekannt und verblüfft erkannte er Kapitän Vandenhoff.

»Ich komme soeben aus den Niederlanden und begleite einen der Ratsherren der Stadt.«

Aldo und Vandenhoff kannten sich bereits, und während sie einen kleinen Schwatz über die politische Lage in den Niederlanden führten, brannte Jakob darauf, den Kapitän alleine zu sprechen.

Er musste sich gedulden und horchte erst auf, als der Name Bertolini fiel.

»Seine Tochter ist vorgestern nach Frankreich aufgebrochen. Sie soll sich schon einmal am Hof des Königs einleben, um Caterina zu berichten.«

Aldo stimmte sein lautes Lachen an. »Die Medici haben noch nie etwas dem Zufall überlassen, und eine kluge Frau ist sie wohl. Sie wird ihre Aufgabe gut erfüllen. Inzwischen wird Florenz mit harter Hand geführt. Aufstände sind dort also kaum zu erwarten.«

»Sprecht ihr von Bianca Bertolini?« Aufgeregt konnte Jakob die Frage nicht zurückhalten.

»Allerdings«, meinte Aldo. »Der Papst selbst hat sie zur Hofdame von Caterina de' Medici ernannt. Eine große Ehre, wie ich meine, ist sie doch nicht von hoher Geburt. Man sagt, er komme damit dem Wunsche Caterinas entgegen, die in der Fremde ihre Freundinnen bei sich haben möchte.«

Jakobs Herz begann zu hämmern. In diesem Augenblick wurde ihm klar, dass er zu lange gezögert hatte.

Aldo entdeckte einen guten Bekannten und entschuldigte sich.

Mit einem Augenzwinkern meinte Vandenhoff. »Endlich! Ich dachte schon, wir werden ihn heute Abend nicht mehr los. Ich habe mir die Mühe gemacht, eine Fracht nach Italien anzunehmen, weil ich dir etwas persönlich überreichen wollte. Komm mit, ich weiß, wo man ungestört ist.«

Er führte Jakob einen schmalen Gang entlang. Sie überquerten einen schwach erleuchteten Innenhof und betraten schließlich einen finsteren, kleinen Raum.

»Pfui Teufel«, entfuhr es Jakob, »konntest du keine Kammer finden, wo es weniger stinkt?« Unbewusst waren beide in eine vertrauliche Anrede gefallen.

Vandenhoff zündete eine Fackel an, die in einem zerbeulten Halter an der Wand hing.

»Es ist der Abort für Bedienstete«, grinste er. »Hier kommt selten jemand her, wenn viel zu tun ist.«

Aus seinem Wams zog er ein Dokument und reichte es Jakob. Es war der Beleg über eine schwindelerregende Summe, die bei einem jüdischen Geldhaus auf seinen Namen eingetragen war.

»Dein Anteil! Damit bist du ein reicher Mann, mein Junge. Am besten bewahrst du Stillschweigen über die Herkunft. Die Juden sind zuverlässig und ich werde ganz sicher meinen Mund halten. In den nächsten Tagen musst du zu Aaron, er braucht noch deine Unterschrift, dann ist alles geregelt.«

Jakob hielt das Schriftstück ans Licht und starrte ungläubig darauf.

»Wieso ist es so viel? Wir haben mit weit weniger gerechnet.«

Vandenhoff zuckte die Achseln. »Wir hatten Glück. Die Nachfrage ist hoch, da sich die Lieferungen aus Italien immer wieder verzögern und die Preise gestiegen sind. Pass auf das Dokument auf. Aber für alle Fälle hat Aaron eine Abschrift.«

Er öffnete die Tür und ein Schwall kalter, frischer Luft wehte hinein.

»Lass uns feiern gehen, wir haben guten Grund dazu.«

Jakob nickte und versteckte das Dokument sorgfältig in seinem Wams. Er hatte geglaubt, dass der Erfolg seines Geschäftes ihn überglücklich machen würde, trotzdem fühlte er sich eigenartig leer und freudlos. Mit plötzlicher Klarheit erkannte er, dass ihn trotz seines überwältigenden Erfolges Reichtum allein nicht zufriedenstellte, so angenehm es sich damit auch lebte. Er brauchte etwas ganz anderes und musste darüber nachdenken, wie er sein Glück wiederfinden konnte.

Doch nicht heute, dachte er ernüchtert, während Vandenhoff ihm vergnügt den Arm um die Schulter legte und ihn zu einem Diener mit Getränken führte. Heute würde er so lange feiern, bis er nicht mehr denken konnte.

Er war noch nicht betrunken genug, um nicht festzustellen, dass sein Bratenstück zäh, trocken und von minderer Qualität war. Vorsichtig spuckte er es in die Hand und ließ es zu Boden fallen. Als er sich umsah, traf sein Blick auf einen schwarz gekleideten Gast, der ihm einen verständnisvollen Blick zuwarf.

Er kam langsam auf Jakob zu und meinte halblaut: »Ich habe auch schon besser gespeist. Wie ich hörte, kennt Ihr die erlesensten Gerichte aus fernen Ländern. Euer Vater rühmte nicht nur Euer gutes Geschick als Kaufmann.

Ihr habt anscheinend vielfältige Talente. Lasst uns ein wenig gehen, ich würde gerne mit Euch reden.«

Der Mann hatte sich nicht vorgestellt, doch in dieser Umgebung befanden sich nur Männer mit ausgezeichnetem Ruf und besten Verbindungen.

Jakob war ein wenig übel; frische Luft konnte also nicht schaden. Der mit Fackeln beleuchtete, neu angelegte Innenhof war mit bunten Mosaiken gepflastert und ein kleiner Brunnen plätscherte in der Mitte, es fehlten jedoch noch die erforderlichen Bänke und Sitzgelegenheiten.

Der Fremde lehnte sich lässig an die Mauer. »Ihr seid kein Unbekannter in der Stadt. Eure Geschichte verbreitet sich schnell, der verlorene Sohn, könnte man sagen. Euer Vater will einen Kaufmann aus Euch machen, er braucht einen Nachfolger. Aber was wollt Ihr selbst?«

Jakob versuchte, sich auf sein Gegenüber zu konzentrieren. Die Gedanken flogen ein wenig wirr durch seinen Kopf.

»Ich habe nichts dagegen, ein Vermögen zu verdienen.«

»Ihr braucht kein Vermögen mehr, Ihr seid schon reich. Ist es Euer Wunsch, Eure Leidenschaft, Eurem Vater zu folgen, oder wollt Ihr eigene Wege gehen?«

»Was interessiert Euch das?« Das Gespräch wurde ihm lästig.

»Ihr seid ein interessanter junger Mann. Gewitzt und ehrgeizig. Ich hörte zufällig, dass man im Vatikan einen neuen Küchenchef sucht für einen wichtigen Posten. Eine Schnittstelle zwischen geistiger und weltlicher Macht, die viele reizen würde. Doch man sucht noch nach einer speziellen Persönlichkeit für diese besondere Aufgabe. Nur Koch zu sein, genügt nicht ganz. Eure Chancen wären sicher nicht schlecht.«

Er legte den Kopf ein wenig schief und erinnerte Jakob damit an eine Krähe, die ihr Korn prüfend anblickte, bevor sie es verschluckte.

»Warum kommt Ihr damit zu mir und fragt nicht einen der vielen, die diese Aufgabe reizt?«

»Wir interessieren uns nur für die Besten. Die größten Künstler, die besten Schreiber und natürlich auch die höchsten Genüsse. Es gab einen anderen Bewerber«, gab der Fremde unumwunden zu, »doch daraus ist nichts geworden. Dann hörten wir von Euch.«

»Ich habe kein Interesse.«

Er wandte sich zum Gehen, doch der Mann fasste nach seinem Arm.

»Eure Erfahrungen am Hof des Sultans machen Euch zu einem bevorzugten Kandidaten, und Ihr könntet Bedingungen stellen. Fragt nach Giulio Barini, falls Ihr es Euch anders überlegt. Ein solches Angebot sollte man nicht leichtfertig abtun, große Chancen liegen nicht wie Kiesel am Wegesrand.«

Jakob nickte flüchtig. Sein Desinteresse war nicht ganz echt, doch etwas hielt ihn davon ab, dem Mann zu vertrauen. Vielleicht war es seine ausweichende Art, dachte er plötzlich wieder völlig nüchtern. Noch immer erstaunte und verwirrte es ihn, wenn einflussreiche Männer Interesse an ihm bekundeten. Hinter ihrem Handeln stand stets ein handfestes persönliches Interesse, soviel hatte er gelernt.

Er würde Margots Dienste wohl noch häufiger in Anspruch nehmen.

Sein Interesse an der Feier war erloschen. Er sah seinen Vater in ein Gespräch mit Geschäftsfreunden vertieft, und im großen Saal wurde immer noch getafelt. Im Vorbeischlendern nickte er einigen bekannten Gesichtern flüchtig zu und erreichte unbehelligt die Eingangspforte. Während ein Diener sich beeilte, sein Pferd zu holen, entdeckte er Kerim, der in einen weiten Mantel gehüllt zwischen den Säulen stand und mit einem Besucher leise flüsterte.

Der Eunuch schlenderte heran.

»Dir gefällt es wohl auch nicht besonders«, meinte Kerim und zog zum Schutz gegen den kalten Wind den Umhang fester um sich. »Man stopft sich nur voll und spricht über langweilige Geschäfte. Ein Frevel in Anbetracht der Kunst, die man in diesen Räumen zur Erbauung aufbietet. Hast du die Gemälde im oberen Saal gesehen, besonders das Portrait des Meisters Vecellio? Ein wirklich großer Künstler.«

Er warf einen forschenden Blick auf Jakob und meinte: »Welche Laus ist dir denn über die Leber gelaufen?«

»Kennst du einen Mann mit Namen Giulio Barini?«

Kerim legte nachdenklich einen Zeigefinger auf sein Kinn. »Ich bin mir nicht ganz sicher. Vielleicht habe ich den Namen schon einmal gehört. Auf jeden Fall ist er nicht einer bekannten Familie der Stadt zuzuordnen, dann würde ich ihn sofort erkennen. Was ist mit ihm?«

»Er hat mir ein merkwürdiges Angebot als Koch im päpstlichen Haushalt gemacht.«

»Was ist daran merkwürdig? Dein Vater hat jedem, der es hören wollte oder nicht, kundgetan, welch hochbegabter Meisterkoch du bist. Dieser Mann wird sicher nicht der letzte sein, der dir eine entsprechende Stelle anträgt. Allerdings würde ich derzeit nicht unbedingt nach Rom oder Florenz gehen. Wahrscheinlich ist dein Vorgänger wie viele andere dieser Tage dem Schwarzen Tod zum Opfer gefallen, und es herrscht ein gewisser Notstand an fähigem Gesinde.« Er grinste spöttisch, wurde dann aber wieder ernst und stöhnte theatralisch auf.

»Ich kenne dieses entschlossene Gesicht von dir. Du wirst doch nicht deine großartige Position aufgeben, um in einer verräucherten, engen Küche zu stehen und den Mägden beizubringen, wie man Hühner ausnimmt.«

»Das ist lächerlich«, antwortete Jakob ein wenig zu schnell. Ein Diener brachte sein Pferd und er saß auf. Kerim griff in den Zügel und hielt ihn zurück.

»Du weißt, dass du mir nichts vormachen musst«, meinte er halblaut, sodass die Umstehenden ihn nicht hörten. »Ich rede gern und viel, aber noch besser weiß ich, wann ich den Mund halten muss.«

Jakob gab dem Pferd die Sporen und preschte davon. Während des Rittes gestand er sich ein, dass er ein Problem hatte.

Er verwünschte den Fremden, der seine Fantasie in Gang gesetzt hatte. Was hinderte ihn daran, das Angebot anzunehmen? Der Gedanke, wieder in einer Küche zu stehen und selbst den Speiseplan zu bestimmen, frei von Zwängen und Vorgaben, war wie ein berauschendes Gift, das sich langsam in seine Adern schlich. Er dachte an die oft mühevolle und zeitraubende Arbeit, an den Schweiß und den Ärger, doch nichts wog die Befriedigung auf, die einem gelungenen Mahl folgte, wenn er wusste, dass er Menschen, welche schon die besten Genüsse kannten, überrascht und begeistert hatte.

Wenn er kochen könnte, wie er wollte, er würde alle Früchte ausprobieren, die aus der Neuen Welt und dem Fernen Orient hierher gelangten. Welch eine berauschende Möglichkeit! Noch nie zuvor hatte es diese Vielfalt gegeben, die neuen Gerüche, Aromen, Kombinationen. Er unterbrach seinen Gedankengang, schalt sich einen Narren und konzentrierte sich auf sein Pferd. Es war eine dunkle Nacht, Wolken jagten über den Himmel und nur an wenigen Ecken befand sich ein Windlicht, welches den Weg spärlich erhellte.

Er wollte seinen Vater nicht enttäuschen und er hatte zu viel Armut und Leid kennengelernt, um sich danach zu sehnen, wieder ein bedeutungsloser Niemand zu sein. Mittellosigkeit war keine Verlockung.

In der Nacht fand er keinen Schlaf und wälzte sich von einer Seite zur anderen. Wenn er in einen unruhigen Schlaf fiel, sah er wirre Bilder, die er am nächsten Morgen vergessen hatte.

Als wolle er die verführerischen Ideen verscheuchen, stürzte er sich in den Tagen nach dem Fest in die Arbeit.

Pino war wie immer zu Scherzen aufgelegt und führte das Kontor gut gelaunt. Die Geschäfte liefen ausgezeichnet; er brütete über den Plänen für zwei weitere große Schiffe. Martin und er verstanden sich großartig.

Der Junge hatte noch manchmal Probleme, die Sprache zu verstehen, doch Pinos Geduld und Humor machten es ihm leicht. Eifrig lauschte er den Gesprächen, machte sich Notizen und brachte Gewünschtes herbei, kaum dass man es ausgesprochen hatte. Sein Interesse für Warenströme schien eher noch zuzunehmen, je mehr er lernte; er vertiefte sich mit Leidenschaft in Papierrollen, Zahlungen und Bestellungen und kannte allmählich die Preise besser als Jakob.

»Er ist ein wirklicher Gewinn«, vertraute Pino Jakob an, als Martin den Raum verließ. »Fleißig und zuverlässig, außerdem hat er ein Gespür für Zahlen. Er will anerkannt werden und sich seinen Platz verdienen. Ich glaube, wir können noch viel von ihm erwarten.«

Die letzten Worte hatte Martin noch gehört. Er stellte zwei Gläser mit Getränken vor die Männer und meinte: »Ich bekomme für meinen Einsatz so viel Geld in einem Jahr, wie meine Mutter in ihrem ganzen Leben nicht gesehen hat, zusätzlich Kleidung, Nahrung und eine Unterkunft. Ich müsste verrückt sein, wenn ich dafür nicht mein Bestes geben würde. Abgesehen davon gefällt mir die Arbeit.«

Pino stand auf und entschuldigte sich. »Ich treffe mich mit dem Schiffsbauer. Ich würde gerne ein wenig Zeit mit euch verbringen, abends in Ruhe trinken und reden, aber die Pläne sind eilig. Im Frühjahr müssen wir bereit sein.«

Martin warf ihm einen beinahe bewundernden Blick nach. »Das möchte ich auch einmal.«

»Was meinst du?«, fragte Jakob und ließ einen Frachtbrief über eine Ladung aus Athen sinken.

»Ich will über alles so gut Bescheid wissen, dass ich niemanden fragen muss. Dein Vater vertraut Pino völlig, und er würde stets in seinem Interesse handeln. Er hat nicht einmal gemerkt, dass er dabei selbst ein reicher Mann geworden ist. Es ist ihm auch nicht wichtig – nur die Arbeit interessiert ihn. Du hast diese Art der Besessenheit doch auch und verstehst das bestimmt.«

»Der Handel mit Waren ist interessant, aber ich kann der Arbeit im Kontor bei Weitem nicht so viel abgewinnen wie du oder Pino.«

»Ich rede nicht vom Handel, sondern vom Kochen. Du solltest dich sehen, wenn eine Küche in deinen Blick gerät. Ich frage mich, wie lange du dich noch mit Frachtlisten quälen willst.«

»Zerbrich dir nicht meinen Kopf, ich weiß genau, was ich tue.«

Es kam schärfer heraus, als er beabsichtigte.

Martin senkte den Kopf und sah auf den Boden. Jakob legte ihm reumütig die Hand auf die Schulter.

»Es tut mir leid, ich wollte dich nicht anfahren. Zurzeit scheint nur jeder besser zu wissen, was gut für mich ist, als ich selbst.«

»Niemand denkt, dass du im Kontor nicht glücklich bist. Aber ich kenne dich eben besser. Vielleicht macht sich auch der Eunuch seine Gedanken. Trotz seiner Dickfelligkeit hat er ein Gespür für Stimmungen.«

»Das ist das erste Mal, dass du ein gutes Haar an ihm lässt.«

»Sag es nur nicht weiter«, grinste Martin. »Er sorgt sich um dich und deinen Vater und meinte, die Neider der Familie hingen ihm manchmal zum Hals heraus.«

»Neider? Wen meint er damit?«

Martin zuckte die Schulter. »Ich hatte keine Zeit und, um ehrlich zu sein, auch keine Lust, mich mit ihm zu unterhalten. Sicher wird er es dir verraten.«

Diese Gelegenheit ergab sich schneller als vermutet. Kaum hatte er das Haus am Abend betreten, schwebte Kerim ihm wie eine dunkle Wolke entgegen. Er trug ein weites Gewand aus schwerer nachtblauer Seide und erinnerte ihn mehr denn je an seinen Auftritt im Serail.

»Ich möchte keinen Kommentar zu meiner Kleidung hören«, ging der Eunuch in die Offensive, »ich habe es einfach satt, immer diese unbequemen Hosen und Westen zu tragen. Komm mit!« Er fasste Jakob energisch am Arm und zog ihn hinaus in den Patio.

Der Brunnen plätscherte leise und ein Dienstmädchen schöpfte mit einem Gefäß Wasser, um die Blumen zu gießen.

Kerim beachtete sie nicht und setzte sich auf eine Bank. Sein neuestes Spielzeug, ein kleiner Hund mit plüschigem weißem Fell, versuchte, an ihm hochzuspringen. Kerim nahm ihn auf den Schoß und kraulte sein kleines Kinn.

»Wir könnten im letzten Sonnenlicht hier draußen essen, was meinst du?«

Jakob schüttelte den Kopf. »Ich habe noch etwas vor und ich glaube nicht, dass du mich so ungeduldig erwartet hast, um gemeinsam mit mir bei Sonnenuntergang zu speisen.«

Kerim seufzte. »Warum eigentlich nicht? Manchmal ertrage ich die Nähe vieler Menschen nicht und bin froh, alleine oder in Gesellschaft eines vertrauten Menschen zu sein.«

»Martin erwähnte schon, dass dir die großen Gesellschaften manchmal missfallen. Ich dachte immer, sie machen dir besonders viel Spaß.«

»Meistens schon«, gab Kerim zu und streckte die langen Beine entspannt von sich, »aber im Grunde ist es nicht viel anders als im Serail. Wo Erfolg ist, sind auch schon Schmarotzer und Intriganten am Werk. Außerdem reden die meisten Menschen, die ich hier antreffe, nur über Geld und Geschäfte. Das langweilt mich.«

»Kerim, ich habe keine Zeit, Rätsel zu raten. Sag mir, was du loswerden willst.«

»Du bist immer so direkt. Nun gut, ich habe zufällig ein Gespräch mit angehört.«

»Natürlich ganz zufällig.«

Ärgerlich sprang Kerim auf. Der Hund landete unsanft auf dem Boden und gab ein Winseln von sich. Kerim beachtete ihn nicht.

»Ich muss es dir nicht erzählen, wenn du mich mit deinen Bemerkungen vor den Kopf stoßen willst. Ich tue dir schließlich einen Gefallen und nicht umgekehrt.«

»Schon gut«, brummte Jakob. »Ich bin im Augenblick kein guter Gesellschafter.«

Der Eunuch führte in seiner pathetischen Art die Hand zum Hals, setzte sich aber wieder hin.

»Es war vor einigen Tagen auf diesem Fest, nachdem wir vor dem Ausgang miteinander gesprochen hatten. Ich, nun ja, du weißt, ich suche nicht gerne die Aborte der Männer auf und habe mich ein wenig im Garten hinter den Büschen aufgehalten. Als zwei Männer leise herantraten, dachte ich zunächst, es handele sich um ein geheimes Stelldichein, sie verhielten sich jedenfalls so, als wollten sie nicht gesehen werden. Sie waren in meiner unmittelbaren Nähe, ich hätte sie fast greifen können, aber mein Hintern schwebte über der Erde und ich hoffte nur, sie würden sich bald wieder entfernen. Das Gegenteil war der Fall. Sie schienen sich auf eine nette, kleine Plauderei einzurichten und ich wurde erst aufmerksam, als ich mich vorsichtig in eine bequemere Position gebracht hatte.«

Er ignorierte das leichte Zucken um Jakobs Mundwinkel und fuhr fort.

»Obwohl wir weit genug vom Haus entfernt waren und keine Menschenseele in der Nähe war, außer mir natürlich, von dem sie nichts wussten, flüsterten sie beinahe. Das machte mich neugierig.«

Er räusperte sich. »Zunächst schien mir ihr Gerede ziemlich langweilig, es ging um den Einfluss eines Halunken, der sich unzulässig bereicherte und dem man die Suppe versalzen wollte. Irgendwann aber fiel der Name deines Vaters und vor Schreck wäre ich beinahe in meinen eigenen Unrat gerutscht.«

Jetzt konnte Jakob sich nicht mehr zurückhalten und lachte laut, verstummte aber sofort wieder, als er das ärgerliche Gesicht Kerims sah.

»Das Lachen wird dir schon noch vergehen. Die beiden hörten sich nicht an, als würden sie Scherze treiben. Leider konnte ich ihren Worten nicht entnehmen, was sie planten, aber ich sage dir, es hörte sich bedrohlich an und es ging zumindest teilweise auch um deinen Vater.«

»Mein Vater macht nur Geschäfte mit achtbaren Kaufleuten, aber natürlich weiß man nie genau, mit wem diese Leute verkehren. Schon möglich, dass sich darunter ein Gauner befindet. Wahrscheinlicher ist, dass es sich um Konkurrenten handelt. Hast du die Männer gesehen und erkennst du sie wieder?«

Kerim schüttelte den Kopf. »Es war stockdunkel, sonst hätten sie mich entdeckt. Ich konnte gerade erkennen, dass einer der beiden recht kräftig war. Ich habe das Gefühl, es ist etwas im Gange, von dem wir nichts wissen.«

»Ich werde die Augen und Ohren offen halten«, erklärte Jakob. »Mach dir nicht zu viele Gedanken, es ist so, wie du sagtest. Neider finden sich überall und mein Vater ist sicher daran gewöhnt, dass man ihm nicht nur Gutes wünscht.«

Er erhob sich. »Es war gut, dass du mich gewarnt hast. Ich bin froh, dass du hier bist.«

Er wandte sich ab, doch Kerim griff nach seinem Arm. »Nimm es nicht auf die leichte Schulter, ich habe ein ungutes Gefühl.«

Auf dem Weg zu Margot nahm Jakob die Kutsche. Sie hatte eine abgelegene Kutschenstation an einer wenig benutzten Straße in Richtung der Berge gewählt.

Mitfühlend betrachtete er die Ansammlung erbärmlich wirkender Kinder, die in der Kälte standen und deren Kittel und Fußlappen kaum ausreichend wärmten. Er warf ihnen eine Handvoll kleinerer Münzen zu und betrat das aus grauem Stein errichtete Haus. Drinnen brannte glücklicherweise ein helles Feuer. Margot hatte sich auf der einzigen Sitzbank niedergelassen, ein dampfendes Getränk vor sich. Sie winkte ihn zu sich heran.

Sie war schlichter gekleidet als beim letzten Mal und trotzdem erschien sie ihm in dieser Umgebung wie ein strahlender Stern in der Nacht.

»Wie machst du das nur? Jedes Mal, wenn ich dich sehe, siehst du schöner aus.«

Vergnügt lächelte sie. »Du wirst dafür immer gewandter. Ist das der Einfluss deines Eunuchen?«

»Kerim gibt sich jedenfalls alle Mühe, aus Martin und mir einen gesellschaftlichen Erfolg zu machen.«

Er bestellte für sich ebenfalls einen gewürzten Wein, verdünnte ihn zusätzlich mit Wasser und sah Margot gespannt an.

»Hast du etwas herausgefunden?«

Margot fuhr mit dem Fingernagel nachdenklich einer Holznarbe auf der Tischplatte entlang.

»Es ist eigenartig, je mehr Informationen ich erhalte, desto mehr Fragen tauchten auf. Ich habe einiges gehört, doch es ergibt nicht immer einen Sinn.«

Jakob hob fragend die Schultern. »Sage mir einfach, was du über Bianca weißt.«

»Ihre Zofe ist mit ihr abgereist, doch die Mutter der Zofe lebt nach wie vor hier. Sie berichtete, dass ihre Tochter viel von dir erzählte. Es scheint so, dass Bianca dir sehr zugetan war und unter deiner Zurückhaltung gelitten hat.«

Jakob ballte unbewusst die Fäuste. »Ich war wohl ein ziemlich selbstgerechter Dummkopf.«

Margot verzog den Mund. »Du hättest mit ihr reden müssen, aber das spielt jetzt keine Rolle mehr, denn ihr Vater hat sie nach Frankreich geschickt. Diese Mission kam reichlich überstürzt zustande. Er hat Druck auf sie ausgeübt, weil sie anfangs nicht gehen wollte. Um ihr die Entscheidung leichter zu machen, hat man zusätzlich eine äußerst vorteilhafte Ehe arrangiert. Vorteilhaft natürlich in erster Linie für die Familie Bertolini, die dadurch finanziell wieder gut dasteht. Das war alles, was ihr Vater sich erhofft hat.«

»Sie heiratet in Frankreich?«, flüsterte Jakob wie betäubt. »Das kann ich nicht glauben.«

»Solltest du aber. Wahrscheinlich ist es schon geschehen. Sie nahm ein Schiff und ihr Bräutigam holte sie bei ihrer Ankunft in Frankreich ab, damit sie sicher reist. Über den Mann habe ich leider noch nicht viel herausgefunden, außer, dass er ziemlich wohlhabend ist.«

Sie sah in das versteinerte Gesicht Jakobs und bekam Mitleid mit ihm.

»Nimm es dir nicht so sehr zu Herzen, ihr habt euch doch noch nicht lange gekannt. Irgendwann wirst du wieder eine neue Liebe finden, die dich vergessen lässt …«

»Hör auf!« Er sprang auf und schlug aufgebracht mit der Hand gegen die hohe Lehne eines Stuhls, sodass dieser polternd umfiel und der Wirt mit besorgtem Gesicht in die Stube hereinsah. Nachdem Margot ihm mit der Hand ein Zeichen gegeben hatte, zog er sich wieder zurück.

»Setz dich wieder hin und beruhige dich«, meinte sie. »Dein Zorn ändert nichts mehr.«

Gehorsam ließ er sich nieder und stürzte den erkalteten Inhalt seines Bechers in einem Zug hinunter.

»Es gibt einige Ungereimtheiten bei dieser Sache«, versuchte sie ihn abzulenken. »Wer könnte ein Interesse daran haben, Bianca fortzuschicken, oder wer hat etwas davon, wenn die Familie Bertolini zu Wohlstand gelangt? Hast du Feinde?«

Jakob versuchte, von der niederschmetternden Vorstellung loszukommen, dass Bianca nun einem anderen Mann angehörte, und entgegnete, plötzlich müde: »Ich bin noch nicht lange genug hier, um mir Feinde zu machen, es sei denn, du meinst Sebastian. Immerhin habe ich seinen Bruder auf dem Gewissen.«

Margot schüttelte langsam den Kopf. »Irgendetwas geht vor sich.«

Jakob hob den Kopf. »Die gleichen Worte gebrauchte auch Kerim. Er entnahm einem Gespräch, dass man meinem Vater schaden will.«

»Wer will ihm schaden?«

»Das kann ich nicht sagen. Wahrscheinlich irgendwelche Neider. Ich habe versprochen, wachsam zu sein, aber ich weiß nicht, wo ich anfangen soll.«

Margot lächelte ihm beruhigend zu. »Dafür hast du mich. Wenn etwas in dieser Stadt passiert, höre ich über kurz oder lang davon.«

Jakob zog einen kleinen Beutel aus seinem Wams. »Du wolltest kein Geld, aber ich habe dir etwas mitgebracht.«

Sie nahm den kleinen, dunkelgrünen Samtbeutel, den er ihr reichte, und warf ihm einen fragenden Blick zu.

»Öffne ihn. Du bist mir behilflich und ich möchte dir danken.«

Der Beutel enthielt eine funkelnde Kette aus Smaragden und Rubinen. Die Steine glitzerten im Schein des Feuers. Überrascht fuhr sie mit dem Finger die einzelnen Glieder entlang.

»Die Kette ist ein Vermögen wert. Du brauchst mir nicht solch kostspielige Dinge zu schenken. Es bringt mich in Verlegenheit.«

»Bitte, nimm sie als Zeichen meiner Freundschaft. Wenn ich Feinde habe, werde ich auch gute Freunde brauchen. Darüber hinaus habe ich noch einen Auftrag für dich. Ich benötige Informationen über einen Mann mit Namen Giulio Barini.«

»Ich kenne ihn«, meinte sie kurz, »was willst du von ihm?«

»Er will etwas von mir und ich frage mich, wie ernsthaft sein Angebot ist.«

»Er kommt aus Florenz«, erklärte Margot. »Man sagt, er wäre Priester gewesen, übernahm jedoch die Familiengeschäfte, als seine beiden älteren Brüder starben. Dennoch munkelt man, er spioniere in Florenz für den Papst, der seine privaten Ziele dort verfolge. Ein Mann mit zweifelhaftem Ruf, meiner Meinung nach.«

»Den Eindruck hatte ich auch«, murmelte Jakob. »Er flößte mir Unbehagen ein, auch wenn ich nicht sagen kann, warum. Er bot mir eine Stelle als Küchenmeister im Vatikan an.«

Margot hob überrascht die Augenbrauen. »Dein Vater ist sicher nicht begeistert, wenn du ihn verlässt.«

»Warum glaubt eigentlich jeder, genau zu wissen, was das Richtige für mich ist?«, rief Jakob mit so viel Trostlosigkeit in der Stimme, dass Margot lachen musste.

»Du sträubst dich doch nur noch, weil du nicht weißt, wie du es deinem Vater beibringen sollst. Manchmal sehen Außenstehende die Lage eben klarer als der Betroffene.«

Sie nahm seine Hand und drückte sie. »Triff deine eigenen Entscheidungen und warte damit nicht zu lange, damit die Beschlüsse der anderen nicht dein Leben bestimmen.«

»So wie bei Bianca«, meinte er mit Bitterkeit in der Stimme. Margot nickte.

Auf dem Rückweg kämpfte er mit Zorn gegen sich selbst und Verzweiflung über den Verlust Biancas. Er überlegte ernsthaft, sich sofort auf den Weg zu ihr zu machen, verwarf den Plan jedoch als undurchführbar.

Am liebsten wäre er mit dem nächsten Schiff nach Konstantinopel geflüchtet, doch Kapitän Vico war vor einigen Tagen aufgebrochen, nachdem das Wetter einigermaßen sicher schien. Es ging auf die Weihnacht zu, und zusätzlich zur Kälte hatte es auf dem Meer in den letzten Wochen einige Stürme gegeben, die das Auslaufen verhinderten. Dazu kam, dass Jakob sich zusammen mit Pino und Martin in den Vorbereitungen für die beiden neuen Schiffe befand, die im Frühjahr auf die Mission nach Barcelona geschickt wurden. Von diesem Unternehmen wussten außer ihm und seinem Vater nur wenige. Innerlich zerrissen, wie er weiterplanen sollte, erreichte er das Haus und warf dem Stallburschen die Zügel zu.

Die Mägde eilten, ihm ein heißes Bad zu bereiten, und als er aufseufzend in das warme, parfümierte Wasser sank, sann er darüber nach, dass er diese Freuden als Küchenmeister wohl kaum genießen können würde.

Er schloss die Augen und überließ sich seiner Verzweiflung.

»Du solltest nach Hause gehen.«

Die Stimme seines Vaters schreckte ihn von langen Zahlenkolonnen hoch und er rieb sich die Augen.

»Es ist bald Mitternacht und das Kerzenlicht schadet den Augen, wenn man zu lange dabei arbeitet.« Rafael stand in der Tür und beobachtete ihn.

»Eine meiner Berechnungen stimmt nicht. Ich kann den Auftrag nicht erteilen, bevor ich nicht weiß, wo der Fehler liegt.«

»Giacomo, wir werden nicht untergehen, wenn du dich damit morgen befasst. Selbst Martin ist nicht so besessen von der Arbeit wie du im Augenblick, und das will etwas heißen.« Sein Vater lachte leise. »Manchmal denke ich, der Junge besteht selber aus Zahlen.«

Er legte den Arm um Jakob, blies die Kerze aus und führte ihn hinaus.

»Lass uns etwas essen. Du siehst blass aus und man sagte mir, du kommst nicht einmal zu den Mahlzeiten heim.«

Er betrachtete Jakob sorgenvoll, der stumm in der Ecke der Kutsche lehnte.

Zwei verschlafene Mägde, die man extra aus dem Schlaf gescheucht hatte, brachten ein Brett mit kaltem Fleisch, Oliven und Wein herbei und sie begannen schweigend zu essen.

Rafael beugte sich vor. »Ich will mich nicht in Angelegenheiten mischen, die mich nichts angehen, aber ich sehe, dass du unglücklich bist. Natürlich mache ich mir meine Gedanken und ich nehme an, der Grund ist Bianca Bertolini. Ich vermutete nicht, dass deine Gefühle für sie so tief sind. Vielleicht solltest du wissen, dass dort, wo du bisher lebtest, eine eheliche Verbindung anders zustande kommt als in den Adels- und Kaufmannsfamilien der großen Städte. Auf dem Lande heiratet man oft nach Vorlieben, doch hier«, er hob Schultern und Hände in der typisch südländischen Geste der Fatalität, »schließt man einen möglichst vorteilhaften Vertrag. Dies berücksichtigt nicht die persönlichen Gefühle, die in einer langjährigen Ehe doch niemals ein Garant für den Erfolg einer Verbindung sind – ja, durch die Last der Empfindungen kann sie sich sogar recht unerfreulich entwickeln. Natürlich bist du in der glücklichen Lage, dir eine Frau nach deinen Vorstellungen zu suchen. Doch dies ist nicht die Regel, und der alte Bertolini hat begreiflicherweise große Pläne für seine Tochter und gibt sie dem, der ihm den besten Nutzen verspricht.«

Jakob lehnte sich zurück und schloss kurz die Augen. Dann öffnete er sie wieder und sah seinen Vater an. Rafael machte sich offenbar ernsthafte Sorgen um ihn.

»Es trifft mich sehr, Bianca zu verlieren. Ich kann sie nicht vergessen und habe das Gefühl, dass ein anderer Mann mir meine Frau wegnimmt. Das wird sich niemals ändern. Ich hätte schneller handeln müssen, es ist meine eigene Schuld. Es gibt aber noch etwas, was ich dir sagen möchte.«

Sein Vater sah ihn erwartungsvoll an. Jakob gab sich einen Ruck.

»Es fällt mir schwer, nachdem du zu mir so großzügig und hilfreich warst, doch ich kann mir nicht länger vormachen, dass aus mir einmal ein Kaufmann wird. Ich sehe Pino und Martin im Kontor, die mit Leidenschaft arbeiten und sich für alles interessieren, was mit dem Handel, mit Preisen und Verkehrswegen zu tun hat. Bei mir ist das nicht so.«

Sein Vater wollte ihn unterbrechen, doch er hob abwehrend die Hand und fuhr schnell fort, bevor ihn der Mut verließ: »Ich möchte wieder kochen, nicht nur zum Vergnügen. Es bedeutet mir das Gleiche wie dir das Handelshaus. Ich bitte dich, Vater, lass mich einen anderen Weg gehen.«

»Du bist noch jung und vorschnell in deinem Urteil. Ohne Zweifel hast du Talent für beides, den Handel und die Kochkunst. Ich kann dich natürlich nicht gegen deinen Willen im Kontor halten, aber ich brauche jemanden, auf den ich mich verlassen kann.«

Er sprach langsam und nachdenklich. »Vielleicht war die Zeit zu kurz, dich an ein neues Leben zu gewöhnen. Gib uns beiden ein wenig mehr Zeit – ich bin mir sicher, du wirst dich noch für das Handelshaus begeistern. Die ganze Welt steht dir offen. Denke an deine Reise nach Konstantinopel. Du liebst doch das Abenteuer ebenso wie den Erfolg. Ein Leben als Kaufmann wird dich auf Dauer absichern und auch zufriedenstellen. Wenn du es nicht versuchst, habe ich niemanden, dem ich etwas hinterlassen kann.«

Jakob entgegnete nichts. Je mehr sein Vater um ihn warb und je nachhaltiger man ihm die unzweifelhaften Vorteile eines gesicherten Lebens vor Augen führte, desto mehr sperrte sich etwas in ihm.

Das Kontor war etwas für Pino und Martin, er würde sich nie an ein Leben zwischen Einkaufslisten und Rechnungen gewöhnen. Sein Abenteuer war die Küche, waren die neuen Möglichkeiten. Er erwiderte nichts mehr und zog sich bald in sein Schlafgemach zurück.

Am nächsten Morgen stand er schon kurz nach Sonnenaufgang an der Pier und ließ sich von einem Seemann zu einem Frachter führen, der am Vortag aus der Neuen Welt eingelaufen war.

Der Maat kannte ihn flüchtig und gewährte ihm einen Blick in den Frachtraum. Säcke mit eigenartigen Knollen waren da, Töpfe mit traurig herabhängenden Blättern, an denen fremdartige Früchte hingen, standen festgezurrt im Dämmerlicht der Ladefläche. Die Luft war voll Staub und den unvermeidlichen Gerüchen, die ein Schiff mit sich führte, doch darin roch er die fremden, fruchtigen Aromen der Pflanzen und Früchte.

Ein Gefühl der Erregung ergriff ihn. Prüfend rieb sein Finger über die glatte Haut einer rötlichgrünen Beere. Er zog sie vom Stängel, schnupperte daran und steckte mehrere dieser Art in den Sack. Einige kopfgroße, am Boden liegende gelbe Kugeln weckten seine Aufmerksamkeit. Er griff danach und merkte, wie schwer sie waren.

Aus seinem Gürtel zog er ein Messer und schnitt einen Kegel hinein. Ihr Inneres hatte die Farbe der untergehenden Sonne und war weich, schien jedoch wenig Saft zu enthalten. Eine feste Konsistenz, überlegte er, während er prüfend das unbekannte Aroma einsog. Ich werde es kochen und den Geschmack prüfen. Zur Not lässt es sich exzellent füllen und dekorieren.

Zusammen mit einer runzligen, eierförmigen Frucht wanderte es in seinen Sack. Eine hölzerne Kiste mit braunen Knollen, aus denen madenähnliche, weiße Wurzeln ragten, ließ er unbeachtet.

Nachdem er aus einer weiteren Kiste noch grüne, leicht angeschimmelte Früchte eingesteckt hatte, stieg er die schmale Stiege nach oben. Der Maat war mit einigen

Silberstücken zufrieden und ließ ihn mit seiner Ausbeute ziehen. Er konnte es kaum erwarten, zu Margot zu gelangen. Bei ihr konnte er ungehindert seine Erzeugnisse ausprobieren, ohne dass man ihn störte oder nachfragte.

Margot war einige Tage verreist und ihr stummer Diener ließ ihn ein.

Den Rest des Tages verbrachte er wie im Rausch, schnitt, kochte und bemühte sich, die Besonderheiten der neuen Aromen kennenzulernen. Oft erschloss sich ein Geschmack erst, wenn er Pfeffer, Salz, Honig oder Essig hinzufügte, doch die kleinen roten Früchte kamen ohne jeden Zusatz aus. Ihre eigenartige Mischung aus Fruchtsüße und herzhaftem Fleisch würde sich ausgezeichnet als Sauce eignen.

Die Tage schienen plötzlich davonzufliegen. Schon in aller Frühe erschien Jakob im Kontor, arbeitete an der Seite Martins und Pinos konzentriert und aufmerksam. Abends forschte er mit neuen Früchten, Kräutern und Waren, die er im Hafen sammelte. Wenn alle schliefen, fiel er als Letzter todmüde in sein Bett.

Die Weihnachtstage vergingen und das neue Jahr brach an. Sein Vater gab einige großzügige Einladungen, bei denen die Honoratioren der Stadt mit ihren Frauen ebenso zugegen waren wie die Familien der mächtigen Kaufleute. Niemand schien erstaunt darüber, dass Jakob die Abende selten zu Hause verbrachte.

Es hatte sich herumgesprochen, dass er regelmäßig eine der bekannten Kurtisanen aufsuchte. Sein Vater schien erleichtert und zufrieden; nur Kerim runzelte manchmal fragend die Stirn. Doch der Eunuch beschäftigte sich derzeit mehr mit einem jungen Sklaven aus Venedig, der ihn in Atem hielt. Für Nachforschungen über das Tun seines Freundes blieb ihm wenig Zeit.

Die Tage wurden schon wieder merklich länger und die Mittagssonne bekam zunehmend Kraft, als Jakob aus dem Kontor trat. Er zog seine dicke Jacke aus und atmete tief die salzige, frische Meeresluft ein. Nachdem er seinen Lederbeutel am Sattel seines Pferdes befestigt hatte, schwang er sich hinauf.

An diesem Abend würde er für Margot kochen. Nicht zum ersten Mal war seine Freundin Richterin über seine eigenwilligen Kreationen. Manche Gerichte aß sie mit offensichtlichem Genuss, doch einiges mundete ihr keineswegs oder war so fremdartig, dass sie ablehnend den Teller von sich schob.

Jakob ließ sich nicht entmutigen. Er hatte sich über den Winter mit einem guten Dutzend fremder Früchte vertraut gemacht und benutzte sie inzwischen recht routiniert. Er kannte ihre Vor- und Nachteile, wusste, welche schnell verfaulten und welche in der Kühle oder getrocknet länger haltbar waren, ohne ihr spezielles Aroma einzubüßen. Manche aß man gesüßt, andere konnte man süß oder herzhaft variieren, wieder andere schmeckten nur mit herzhaften Gewürzen wie Salz oder Pfeffer und ließen sich mit anderen Spezereien verfeinern.

Die Möglichkeiten schienen unendlich und er vergaß, wie schon so oft, die Zeit. Margot musste ihn mehrmals beinahe gewaltsam aus ihrer Küche schieben, sonst wäre er noch über seinen Töpfen eingeschlafen.

Gelegentlich stand sie daneben, reichte ihm die geforderten Zutaten an oder arbeitete selbst an der Feuerstelle, um Heilpflanzen einzukochen, Tee herzustellen und Heilsalben zu rühren. Er interessierte sich wenig für ihre ungewöhnlichen Rezepturen. Als er sich einmal über beißende Gerüche beklagte, konterte sie lakonisch, dass auch seine Versuche das Haus nicht immer mit Wohlgerüchen erfüllten und darauf zog er es vor, sich nicht mehr dazu zu äußern.

So verschieden ihre Ziele bei der Herstellung und Erforschung von Kräutern sein mochten, sie fühlten sich wohl zusammen, lachten über misslungene Versuche und aßen meistens zusammen zu Abend.

»Was hältst du davon?«, fragte er sie und schob einen gut gefüllten Teller in ihre Richtung.

Margot saß auf einer langen Holzbank vor dem Tisch, auf dem noch die Zutaten für das abendliche Mahl lagen. Vorsichtig kostete sie das Fleisch und zog nachdenklich die Stirn kraus.

»Wildgeschmack mit Früchten, recht ungewöhnlich, aber nicht schlecht. Diese Süße in Verbindung mit dem herben Fleisch ist gut.« Ihr Löffel fuhr abermals in den Topf. »Eine kleine Schärfe ist noch zu schmecken. Ist es Pfeffer? Nein, nein, lass mich raten, was kann die Schärfe sein?«

»Du errätst es nicht. Ich kannte das Gewürz vor kurzer Zeit auch noch nicht. Eine kleine rote Schote, jedoch noch schärfer als Pfeffer, viel schärfer«, betonte er. »Man braucht nur wenig davon.«

»Reh mit Zwiebeln, Pflaumen und diesem neuen Pfeffer ist jedenfalls ein Genuss. Kannst du nicht einmal für mich kochen, wenn ich eine Abendgesellschaft gebe?«

Jakob setzte sich neben sie und füllte sich eine Schale mit Fleisch.

»Du hast noch nie eine Abendgesellschaft gegeben.«

Aus einer Karaffe mit verdünntem Wein goss er sich einen Becher ein und nahm einen tiefen Schluck.

»Wenn es soweit ist, bin ich gerne dazu bereit.«

»Seltsam, dass ein Mann wie du so viel Freude an der Zubereitung von Speisen hat. Ich kann das gar nicht.«

»Natürlich kannst du es. Du hast es nur nie ernsthaft versucht.«

Er griff nach einem Ei und rollte es zu ihr. »Nimm das und schlage es in der Schüssel auf. Füge einen Löffel Sahne hinzu und verrühre es.«

Unschlüssig hielt Margot das Ei in der Hand. »Wirklich, Jakob, ich kann das nicht.«

Er lächelte verschmitzt. »Denk einfach, es ist eine deiner übel riechenden Wurzeln und du bereitest einen Liebestrank. Komm schon«, ermunterte er sie, »du kneifst doch sonst nicht so schnell.«

Margot zog eine Schüssel heran und mischte das Ei mit einem Löffel Sahne. Dann blickte sie ihn fragend an.

»Nun rühre die halbfeste Butter dazu.« Er hatte Fett für seine Sauce benötigt und schob ihr nun die Schale zu.

»Rühre sie gut unter und dann füge so viel Mehl hinzu, dass du den Teig locker kneten kannst und nichts mehr an deinen Händen kleben bleibt. Willst du etwas Süßes backen, nimm noch zwei volle Löffel Zucker hinzu, für herzhaften Teig eine Prise Salz.«

Sie überlegte kurz und entschied sich für Zucker.

Jakob schob ihr noch den Rest der eingeweichten Pflaumen hinüber, die von seinem Rehbraten übrig geblieben waren. Er legte die Füße auf einen Holzscheit und sah zu seiner Zufriedenheit, wie Margot mit Vergnügen und einiger Kraft den Teig bearbeitete.

»Es macht tatsächlich Freude«, erklärte sie und wischte mit dem Arm eine Strähne ihres Haares zurück, die ihr bei der Anstrengung ins Gesicht gefallen war.

»Du kannst fühlen, was du schaffst«, stimmte Jakob zu. »Für einen schnellen Genuss ist es das ideale Rezept. Rolle den Teig aus und bedecke die Hälfte davon mit den Pflaumen, den Rest des Teiges legst du darüber und stichst mit der Messerspitze einige Male ein. Wir schieben es in den Backofen und warten, bis es goldbraun gebacken ist.«

Er stäubte eine Prise Zimt und eine Handvoll gehackter Nüsse auf das saftige Obst, und sie bugsierte vorsichtig die obere Teigplatte darüber. Dann schob sie das Blech in den Ofen und schloss die Ofentür.

»Das ist schon alles«, erklärte Jakob. »Sage nie wieder, du kannst keine Mahlzeit bereiten. Man kann dieses süße Gericht noch vielfach variieren, aber oft sind die einfachsten Dinge die Besten.«

»Ich bin gespannt, wie mein erster Versuch schmecken wird. Es ist sicher nicht zu vergleichen mit den raffinierten Speisen, die du gewöhnlich kochst.«

»Das spielt keine Rolle. Es ist vollkommen gleichgültig, ob du ein bescheidenes Gericht oder ein kompliziertes bereitest. Wichtig ist nur, dass die Zutaten in Ordnung sind und du damit gut umgehst. Die einfachsten Gerichte sind manchmal die Besten.«

Margot schwitzte in der Wärme der Küche. Ihre Wangen waren gerötet und ihre Augen strahlten. Es war nicht schwer zu erkennen, warum ihre Verehrer von ihr bezaubert waren.

Sie legte die hölzerne Teigrolle zur Seite und wischte mit einem Tuch die Mehlkrümel zusammen.

»Ich muss mit dir reden«, meinte sie zögerlich. »Du hast mich vor Monaten schon um Auskunft gebeten und ich kann dir nun Informationen geben.«

»Was meinst du?« Erstaunt sah er auf.

»Es geht um Giulio Barini.«

Jakob hatte den Namen schon beinahe vergessen. Der Mann hatte sich nicht mehr sehen lassen und er hatte angenommen, sein Angebot bestünde nicht mehr. Gespannt beugte er sich vor.

»Es fällt mir nicht leicht, darüber zu sprechen.«

Margot erhob sich nervös und stocherte im Kamin. Funken sprangen auf und ein Holzscheit fiel knisternd zur Seite.

»Du weißt, dass ich viele Verehrer und Gönner habe, die mich schätzen und unterstützen. Natürlich bin ich nicht so dumm, mein Herz an sie zu hängen. Ich dachte, dies liegt endgültig hinter mir. Dann kam Giulio und ...«, in einer hilflosen Geste hob sie die Schultern und lehnte sich gegen die Wand.

»Ich kann nicht einmal sagen, dass ich ihn liebe. Er kann sehr charmant sein, und in gewisser Weise bedeutet er mir etwas. Dennoch sehe ich sehr genau, dass er mich benutzt. Er hat mich ausgehorcht, auch über dich und deinen Vater. Keine Angst«, fügte sie eilig hinzu, als sie die besorgte Miene Jakobs sah. »Ich habe nichts Wichtiges ausgeplaudert. Was denkst du von mir.«

»Was wollte er denn?«

Margot zuckte die Schultern. »Etwas Genaues hat er nicht gesagt, aber ich nehme an, es geht um eine alte Rechnung mit deinem Vater. Vor allem wollte er dich gewinnen, an den Hof seines Herrn zu kommen. Daran lag ihm sehr viel. Ich soll dir diesen Posten schmackhaft machen.«

»Richte ihm aus, dass es dir gelungen ist. Ich werde fortgehen von hier.«

Er war über seine eigenen Worte erstaunt. Plötzlich waren seine Zweifel wie weggewischt, als sei ein Vorhang zerrissen, der seine Wünsche verdeckt hatte. Er hatte versucht, seinem Vater gerecht zu werden, doch das schien ihm nun nicht mehr wichtig.

»Wann triffst du ihn wieder?«

Margot nahm seine Hände. »Er ist in Florenz. Ich begleite dich und komme mit dir. Eine kleine Veränderung wird mir guttun.«

»Du hängst tatsächlich an diesem merkwürdigen Menschen, nicht wahr?«

Ihr Gesicht schien ihm eine Spur zu gleichmütig.

»Er ist kein guter Mann. Ich habe etwas Besseres verdient, denkst du nicht? Aber bis dieser Bessere kommt, kann ich schließlich nicht auf alles verzichten.«

Jakob grinste sie an. »Natürlich nicht. Wenn man bedenkt, wie du noch vor zwei Jahren lebtest, fallen scharenweise Verehrer, ein großzügiges Haus, prächtige Kleider und ein hübsches Sümmchen kaum ins Gewicht.«

Sie gab ihm einen freundschaftlichen Knuff in die Seite. »Du hast es gerade nötig.«

Sie funkelte ihn an. »Ich hatte schönen Erfolg. Aber ich sehe Frauen, die zu lange auf diese Art weitergemacht haben. Ich will so nicht enden und ich will noch etwas erleben. Genua ist eine wunderschöne Stadt, aber dort draußen ist so viel mehr zu entdecken und zu erleben. Ich kann dieses Haus leicht verkaufen und habe damit einen kleinen Grundstock, mir etwas Neues aufzubauen, dort, wo man meine Vergangenheit nicht kennt. Du verspürst doch die gleiche Abenteuerlust.«

Er zuckte die Schultern. »Ich brauche keine Abenteuer.«

»Nein«, entgegnete sie trocken, »du brauchst nur die große Küche eines reichen, einflussreichen Mannes, ausgestattet mit edelsten Genüssen und zahlreichen Helfern, ein angenehmes Heim und ausreichend Mittel, so zu leben, wie du willst. Ich sehe dich vor Genügsamkeit geradezu leuchten.«

Er lachte, doch sie blieb ernst.

»Jakob, Giulio ist ein Mann des Papstes, auch wenn er kein Kirchenmann mehr ist. Im Augenblick lebt er in Florenz im Palast der Medici und ist Sekretär des Herzogs von Florenz. Es gab Unruhen in der Stadt und manches war zu ordnen, unter anderem auch der Haushalt im Palazzo Vecchio. Viele der alten Angestellten sind treue Anhänger der Medici und konnten sich mit Alessandro nicht arrangieren. Man sagt ihm nach, ein unehelicher Sohn des Papstes zu sein, der sich sehr für ihn einsetzt. Du bist frei von Vorurteilen und hast keine politischen Interessen. Als man von dir hörte, wollte man dich gleich als Küchenmeister. Man hat sogar mit deinem Vater gesprochen, doch dieser hat die Bitte ablehnend beschieden.«

»Davon weiß ich nichts.« Zorn über die Eigenmächtigkeit seines Vaters flammte in ihm auf. Margot legte beruhigend die Hand auf seinen Arm, doch er schob sie zur Seite und sprang auf.

Aus dem Ofen kam der angenehme Geruch des Backwerks. Er öffnete den Backofen und hob mit einem Schieber das Blech hinaus. Vorsichtig stellte er den leicht gebräunten Kuchen auf den Tisch. Es duftete köstlich und würde sich ausgezeichnet als Frühstückskuchen eignen.

»Vergiss deinen Vater«, meinte Margot. »Du hast dich nie mit ihm darüber unterhalten, warum er dich so viele Jahre nicht sehen wollte und dich dann auf so befremdende Art in sein Haus holte. Du nimmst es ihm insgeheim noch immer übel, und das macht dich zornig und verschlossen.«

Jakob winkte ab. »Hier hat er mich jedenfalls anständig behandelt und ich will mich nicht aufgrund längst vergangener und nicht mehr zu ändernder Geschehnisse mit ihm überwerfen. Das ist lange vorbei.«

»Er hat nie gesehen, wie du in der Küche arbeitest, sonst würde er vielleicht seine Meinung ändern.«

Jakob wechselte das Thema: »Lass uns nach Florenz gehen. Ich werde Küchenmeister beim Herzog, doch was wirst du anfangen? Ich kann mir nicht vorstellen, dass du dich nur der Eroberung eines einzigen Mannes widmen willst.«

»Das Wichtigste nehme ich mit«, meinte sie scherzhaft. »Alles, was ich brauche, habe ich in diesem Körper und in diesem Kopf.«

Es schien Jakob noch gar nicht so lange her, dass er sich auf einem rumpelnden Wagen auf den Weg gemacht hatte, und dennoch war mehr passiert, als anderen in einem langen Leben widerfuhr.

Sie hatten sich entschlossen, zu dritt zu reisen. Margot saß zum ersten Mal in ihrem Leben auf einem Pferd. Der Damensattel war bequem und gut gepolstert, auch wenn sie nach einem Tag darüber murrte, seitlich zu sitzen, während der Herrensitz ihr weit bequemer schien.

Der Eunuch war nicht mehr zu halten gewesen, als er hörte, dass Jakob und Margot nach Florenz aufbrachen. Genua war ihm langweilig geworden und er lechzte nach neuen Vergnügungen. Die Stadt am Arno war bekannt für ihre prächtigen Bälle und Feste.

Zu Jakobs Verwunderung hielt sich Kerim gut zu Pferde; anscheinend ritt er nicht zum ersten Mal. Am Vortag waren sie mit einem Schiff seines Vaters nach Livorno gereist und schickten ihr gesamtes Gepäck mit einem Karren in den Palast der Medici, bevor sie ihre Pferde ausluden und sich auf den Weg machten. Sie hatten in kleinen Gasthäusern auf dem Weg genächtigt und näherten sich nun ihrem Ziel.

Sein Vater hatte ihn mit unbewegtem Gesicht angehört, als er ihm vor zwei Monaten seine Absichten erklärte. Seine Gesichtszüge schienen regungslos, nur die Wangenmuskeln verhärteten sich. Hatte Jakob eine Auseinandersetzung oder gar laute Argumente erwartet, so sah er sich getäuscht. Obwohl er sicher war, die richtige Entscheidung zu treffen, fühlte er Beschämung. Rafael hatte ihm versichert, dass er sein Sohn und Erbe blieb und er mit seiner Hilfe rechnen konnte. Dass dies auch die Einkünfte aus dem Handelshaus betraf, erwähnte er nur am Rande.

Für Jakob bedeutete es wirtschaftliche Sicherheit, unabhängig von seinen Einnahmen als Küchenmeister, die ebenfalls sicher nicht unbeträchtlich sein würden.

Er ritt durch die sommerlichen Hügel der Toskana, die Strahlen der Mittagssonne brannten auf seinem Gesicht und die Grillen zirpten. Seine Kehle war trocken. Dennoch erfüllte ihn tiefe Zufriedenheit. An den Hängen wuchs Wein und in den Niederungen reiften Oliven an knorrigen Bäumen. In der Nähe der Stadt befanden sich kleine Gärten und Steinhütten. Niemand schien sich dort aufzuhalten, doch als Jakob einer Hütte zu nahe kam, hörte er das drohende Knurren eines Hundes.

Durch eines der südlichen Tore erreichten sie schließlich Florenz und sahen zu ihrer Betroffenheit, dass die Stadt stark gelitten hatte. Nachdem die Pest ihren giftigen Atem ausgehaucht und Tausende Tote zurückgelassen hatte, mussten sich die Einwohner im letzten August den kaiserlichen Truppen Kaiser Karls und des Papstes nach langer Belagerung und Hungersnot ergeben. Obendrein zahlte die ausgeblutete Stadt die ungeheure Summe von achtzigtausend Florin.

Seit Kurzem residierte Alessandro de' Medici im Alten Palast. Er sollte die Ordnung mit fester Hand wiederherstellen. Seinem Haushalt würden sie zukünftig angehören.

Nachdem sie an einem Marktstand nach dem Weg gefragt hatten, ritten sie vorbei am Palazzo Pitti über den Ponte Vecchio. Vor ihnen lag ein verlassener Platz und seitlich vor ihnen erblickten sie eine trutzige Palastfront mit einem hohen Turm. Margot zog ein enttäuschtes Gesicht.

»Klein ist es zwar nicht, aber ich habe es mir doch prächtiger vorgestellt.«

Sie warf einen prüfenden Blick auf Jakob, doch dieser lenkte sein Pferd zum Seiteneingang.

Das Erdgeschoss war aus massiven Steinquadern erbaut; darüber lagen noch weitere Etagen mit zahlreichen Fenstern. Zum Platz hin befand sich das große Eingangsportal, zu dem einige Stufen hinaufführten, während seitlich das Tor für berittene Gäste und Sänften lag. Nur wenige Leisten und Figuren schmückten das Gebäude und milderten kaum seine beeindruckende Wuchtigkeit. Etwas weiter zum angrenzenden Nebengebäude hin lag der Eingang für die Dienstleute.

Zur Mittagsstunde waren die Straßen und Plätze der Stadt nahezu verlassen, vor dem Haupttor standen jedoch zwei bewaffnete Wachen.

Jakob stieg vom Pferd, noch bevor er aber den Mund öffnen konnte, trat ihm einer der Wachleute gebieterisch entgegen.

»Verschwindet hier. Das ist der Eingang für die hohen Herren. Ihr habt hier nichts verloren.« Er wies mit der Hand zum Seiteneingang, doch Jakob ließ sich nicht mehr so schnell einschüchtern.

Er reckte sich zu seiner vollen Größe und blickte auf den Torwächter herab. »Ich bin der neue Küchenmeister des Herzogs. Geh mir aus dem Weg!«

Der Wachposten lachte ihm frech ins Gesicht. »Unser Küchenmeister steht bereits in der Küche. Scher dich zum Nebeneingang oder ich zeig dir, wo es langgeht.«

Verwirrt zog Jakob die Brauen hoch. »Der neue Küchenmeister? Wovon redest du?«

Der Wächter ließ ihm keine Zeit, die Lage zu klären, und scheuchte Jakobs Pferd energisch vorwärts. Jakob sah nur noch aus dem Augenwinkel, wie sein Kamerad eine abfällige Bewegung in die Richtung seiner Gefährten machte. Aufgebracht zerrte er sein Pferd mit sich. Kerim und Margot blickten verständnislos.

In einer Ecke des Hofes saßen zwei Mägde neben dem stinkenden Abfallhaufen und rupften Rebhühner. Jakob fragte nach Meister Barini, doch sie zuckten nur gleichmütig mit den Schultern.

»Nicht da.«

»Es sieht nicht so aus, als erwarte man uns ungeduldig«, bemerkte Kerim.

Vorsichtig, um seine edle Fußbekleidung nicht zu verschmutzen, umrundete er eine verdächtig aussehende Pfütze und nahm den Eingang für die Dienerschaft in Augenschein.

»Vielleicht hast du den Mann falsch verstanden.«

»Nein«, kam Margot ihm zu Hilfe. »Ich weiß genau, dass Giulio sich sehr darum bemüht hat, Jakob als Küchenmeister zu gewinnen. Es kann sich nur um einen Irrtum der Dienstleute handeln.«

»Das werden wir herausfinden«, knurrte Jakob.

Im dunklen Türbogen gewahrte er eine Gestalt. Vom hellen Licht geblendet kniff er die Augen zusammen. Allmählich gewöhnten sich seine Augen an das Halbdunkel des Eingangs und er entdeckte ein hübsches junges Mädchen, das die Ankömmlinge gebannt anstarrte.

Er stellte sich noch einmal höflich vor und bat sie, ihnen den Weg zur Küche zu zeigen. Die junge Frau schien nicht ganz so maulfaul wie die beiden Küchenhilfen.

»Da seid ihr ja ganz falsch. Ich zeige euch den Weg.«

Sie eilte flink vor ihnen einige Stufen hinunter und einen schmalen Gang entlang und trat dann in eine geräumige Küche.

An beiden Seiten des Raumes befanden sich große Kamine mit Grillgestellen. An den Wänden entlang schimmerten matt glänzende Töpfe und Pfannen auf langen Regalen und in der Mitte des Raumes arbeiteten einige Frauen an zwei Tischen. Er machte eine leichte Verbeugung und stellte sich vor. Dann wandte er sich an die älteste Frau.

»Man hat mich als neuen Küchenmeister hierher bestellt und nun höre ich, es gibt schon einen anderen Meister. Habt die Freundlichkeit und sagt mir, an wen ich mich wenden kann, um dieses Verwirrspiel zu beenden.«

Die Frau wischte sich die Hände an ihrem Oberkleid ab und musterte ihn neugierig.

»Es ist niemand da. Der Meister kocht für den Herzog, ist aber derzeit unabkömmlich. Er hat von Euch gesprochen und meinte, dass dieser Tage noch ein weiterer Koch ankommen würde. Küchenmeister seid Ihr aber wohl nicht.«

»Wo befindet sich Giulio Barini?«, mischte sich Margot ein und schob sich an ihm vorbei zu der Frau. »Er hat dem Herrn eine feste Zusage gegeben.«

Die Alte zog die Mundwinkel herab. »Ach, dieser Barini. Es ist nicht das erste Mal, dass der etwas verspricht, was er nicht hält. Er ist für den päpstlichen Haushalt zuständig, und der Herzog schert sich keinen Deut darum, was er sagt.«

Kerim stöhnte laut. »Das wird ja immer unersprießlicher. Wir sind einem Hallodri aufgesessen und machen uns am besten gleich wieder auf den Weg zurück.«

Die junge Frau, die sie hergeführt hatte, mischte sich ein. »Bitte bleibt doch. Wir brauchen noch einen Koch und weitere Diener. Seit die Duchessina hier wohnt, können wir jede zusätzliche Hilfe gebrauchen. Vielleicht könnt Ihr als ihre Hausdiener aushelfen.«

Jakob hörte nur ein verächtliches Zischen aus Kerims Mund und konnte sich trotz ihrer misslichen Lage ein Grinsen nicht verkneifen. Sein Freund als Diener eines jungen Mädchens war eine amüsante Vorstellung. Er fasste einen Entschluss.

»Wir werden uns etwas ausruhen. Danach sehen wir weiter.«

»Das ist ein guter Gedanke. Ich heiße Maddalena. Ich zeige Euch Eure Kammer.«

Unzufrieden zog Kerim die Schultern zusammen, als er das bescheidene Zimmer betrat, das er mit Margot und Jakob teilen sollte. Man nahm wohl an, dass Margot als Jakobs Frau mitreiste und niemand machte sich die Mühe, den Irrtum aufzuklären.

»Für einige Stunden mag es angehen«, erklärte Jakob.

Er würde nicht so einfach aufgeben. Auf keinen Fall wollte er bei der ersten Schwierigkeit reumütig zu seinem Vater zurückkehren.

Nachdem sie ihre Vorräte verzehrt und ihre Kleidung gewechselt hatten, machte er sich wieder auf den Weg in die Küche.

Einige Mägde arbeiteten emsig an einem Tisch, angeleitet von einem herrisch dreinblickenden rundlichen Mann. Als er Jakob zu Gesicht bekam, winkte er ihn herablassend zu sich.

»Ihr seid also der Fremde, der glaubt, hier nun das Sagen zu haben.«

Bevor er fortfahren konnte, schob Jakob den sich unwirsch Wehrenden energisch in den Gang, damit nicht alle neugierigen Ohren die Auseinandersetzung mitbekamen.

»Mäßigt Euch, Mann! Mein Name ist Giacomo. Wir werden das Missverständnis klären, aber nicht wie zwei dahergelaufene Strolche, die sich in die Haare geraten. Wie ist Euer Name und wer hat Euch über mein Kommen informiert?«

Der Dicke wand sich aus seinem Griff und antwortete widerwillig: »Ich bin Alfredo, seit Jahren der Küchenmeister des herzoglichen Haushaltes. Ich besitze das Vertrauen der Familie, und Herzog Alessandro denkt gar nicht daran, einem Fremden seine Küche anzuvertrauen. Es war die Idee der Signora, Barini mit der Suche nach einem eigenen Koch zu beauftragen. Küchenmeister, dass ich nicht lache. Wenn Ihr wollt, könnt Ihr Euch so nennen, aber Ihr kocht nur für eine Handvoll Leute.«

»Von welcher Signora sprecht ihr?«

»Von der ersten Dienerin der jungen Duchessina Caterina. Wenn sie nicht im Kloster Murate weilt, hält sie sich im Palazzo auf. Ihre Dienerschaft begleitet sie. Sie legt Wert auf einen eigenen Hof, sie ist nun mal ein verwöhntes Kind.«

»Wo finde ich die Signora?«

»Bringt Ihr das zweite Frühstück. Maddalena gehört zu ihren Dienerinnen, sie kann Euch zeigen, was sie mag und wo Ihr sie findet. Jetzt lasst mich meine Arbeit verrichten und haltet Euch von meinen Töpfen fern.«

Maddalena führte sie in den privaten Wohnbereich ihrer Herrin im westlichen Flügel des Palastes. Sie überquerten lange Flure und stiegen hier eine Treppe hinauf, dort eine hinunter und Jakob verlor schon bald die Orientierung. Durch ein offen stehendes Fenster ging der Blick in einen grünen Patio. Dienerinnen eilten geschäftig hin und her.

Schließlich bedeutete Maddalena ihm, in einem Vorzimmer zu warten. Es war ein hoher, geräumiger Raum mit farbenprächtigen Gobelins. Eichentruhen und hochlehnige Stühle mit bequemen Kissen standen verteilt. Auf einem Schreibtisch lagen schön geschliffene Glasfiguren und am gegenüberliegenden Ende glänzten gewaltige vergoldete Kerzenleuchter. Die herrliche Deckentäfelung milderte die Höhe und vermittelte eine angenehme Wohnlichkeit. Die gesamte Einrichtung zeugte von langjährigem Wohlstand.

Die hohe Tür öffnete sich und Jakob trat in das Kabinett der Duchessina.

Das Kind saß in einem gepolsterten Stuhl. Auf dem Schemel vor ihr saß eine Dame mittleren Alters, ein Schreiben in der Hand. Beide blickten ihm gespannt entgegen.

Die Frau erhob sich und Jakob verneigte sich stumm. Ein erster Augenblick der Spannung verflog, als das Mädchen in die Hände klatschte und lachte.

»Ihr seid so groß und schlank. Ich kenne nur kräftige Köche wie den Meister Alfredo und den Koch im Vatikan. Kostet Ihr Eure Gerichte nicht selber?«

»Doch, Eure Hoheit«, entgegnete Jakob. »Aber ich brauche nur einen Bissen, um festzustellen, ob etwas gelungen ist.«

Sie neigte den Kopf, sodass er Gelegenheit bekam, sie in Augenschein zu nehmen. Das Mädchen war keine ausgesprochene Schönheit. Seine Haut war dunkel getönt und seinen Gesichtszügen fehlte jene delikate Feinheit, die Damen aus den oberen Klassen oft auszeichnete. Dennoch wirkte es offen und freundlich. Anders verhielt es sich mit der Gesellschaftsdame, deren Blick verschlossen war und keine Gefühle zeigte.

»Erlaubt mir eine Frage«, wandte er sich an sie. »Giulio Barini bat mich, den ehrenvollen Posten des Küchenmeisters in diesem Hause zu übernehmen. Es erstaunt mich, dass dieser Posten besetzt ist und ich nicht so willkommen bin, wie ich es mir vorgestellt hatte.«

Die Signora machte eine wegwerfende Handbewegung.

»Die Duchessina hat ihren eigenen Hofstaat und wird diesen auch auf ihren Reisen mitnehmen. Er ist nicht wesentlich bescheidener als der des Herzogs und wird demnächst noch umfangreicher. Was Eure Begrüßung angeht«, sie machte eine kleine Pause und musterte ihn nachdenklich, »so holen wir diese jetzt eben nach. Ich heiße Euch im Gefolge der Duchessina willkommen. Als ihr Küchenmeister obliegen Euch zahlreiche Aufgaben. Wir wissen um Eure Erfahrung am Hofe des osmanischen Sultans.

Dies sollte genügen, um unsere hohen Erwartungen an Eure Kochkunst zu rechtfertigen. Große Gesellschaften sind derzeit nicht geplant, doch dies wird vielleicht schon bald der Fall sein. Nutzt die Zeit, Euch zurechtzufinden und die Vorlieben unserer Hoheit genau zu bedienen. Wir werden in den nächsten Tagen noch Zeit finden, Einzelheiten zu besprechen. Zunächst lasst Euch von Maddalena die Unterkunft des letzten Kochs zeigen. Vorläufig könnt Ihr dort mit Euren Dienern wohnen.«

Das Mädchen nickte ihm freundlich zu und die Signora rief nach der Dienerin. Er war entlassen. Nachdenklich ging er zu seinen Gefährten zurück. Kerims Laune hatte sich noch weiter verschlechtert.

»Ich sage dir, was wir machen. Wir kehren zurück! Ich habe keine Lust, mich von einem Haufen untergeordneter Dienstboten als ihresgleichen behandeln zu lassen. Hast du dir einmal die dreckigen Abtritte angesehen? Mir wird übel, wenn ich nur daran denke. Hier bleibe ich auf keinen Fall.«

»Das musst du auch nicht«, stimmte Jakob ihm bei. »Mir gefallen die Verhältnisse auch nicht besonders.«

Er sank auf einen niedrigen Sitz und stützte sein Kinn auf die Faust.

»Natürlich könnt ihr beide nach Genua zurückkehren, wann immer ihr wollt.«

Margot hatte bisher geschwiegen. Sie zupfte an ihrem bestickten Ärmel und wirkte in ihrer Eleganz völlig fehl am Platz.

Kerims Einwurf ignorierend meinte sie sachlich: »Hier können wir wirklich nicht bleiben, es ist zu eng und zu schmutzig. Das heißt aber nicht, dass wir zurückmüssen. Während ich ein passendes Quartier suche, kannst du dich um die Küche kümmern und herausfinden, warum man dich herholte.«

»Und was ist mit mir?«, warf Kerim gereizt ein. »Soll ich vielleicht allein nach Genua reiten und mich dort zu Tode langweilen?«

»Sei nicht so melodramatisch«, beschied Margot ihm. »Du kommst mit mir. Bei der Auswahl eines Hauses hast du einen exquisiten Geschmack und einen unbestechlichen Blick.«

»Apropos Geschmack«, meinte Kerim und versuchte, sich die Befriedigung über Margots Worte nicht anmerken zu lassen, »ich habe Hunger. Schändlich, dass man uns nicht einmal eine Erfrischung angeboten hat, aber dieser fette Koch bewacht vermutlich seinen Vorrat wie ein Frettchen seine Beute.«

Er stieß mit dem Fuß gegen einen Hocker und verzog schmerzhaft das Gesicht.

Ihre Stimmung war getrübt. Nachdem die beiden den Palast verlassen hatten, schlug Jakob den Weg zur Küche ein. In einer Nische hinter einem Treppenabsatz hörte er ein gedämpftes Geräusch.

»Ist da jemand?«

Niemand antwortete, doch die dunkle Ecke war kaum einsehbar und lag in der Drehung der Wendeltreppe. Er tastete sich vorwärts und langsam gewöhnten sich seine Augen an die Dunkelheit. Mit dem Fuß stieß er an eine Gestalt, die am Boden kauerte. Schemenhaft erkannte er Maddalena.

»Was machst du hier? Geht es dir nicht gut?«

Eine Träne lief ihre Wange hinab und fiel auf seine Hand. Als er ihren Arm ergriff, zuckte sie zurück.

»Es ist nichts, ich habe mich nur verletzt.«

Ihre dunklen Haare quollen unter der Haube hervor, der Ärmel ihres Kleides hatte einen Riss.

»Na, na«, murmelte er beruhigend, als sie erneut in Tränen ausbrach. »Wer immer dich unglücklich gemacht hat – du solltest dich von ihm fern halten.«

»Diese Hexe«, brach es aus ihr heraus, »ich hasse sie.«

Er setzte sich neben sie auf den Boden. Tröstend strich er ihr das Haar zurück.

Sie musterte ihn von der Seite, schniefte auf und wische sich mit einem Zipfel ihrer Kittelschürze über das Gesicht.

»Ihr seid ein netter Mann. Ganz anders, als ich mir vorgestellt habe.«

Geschmeichelt fragte er: »Was hast du denn über mich gehört?«

Sie zuckte mit den Schultern. »Die Signora hat mit ihrem Besucher lange über Euch gesprochen. Ich habe Euren Namen einige Male gehört, als ich ihnen Gebäck brachte, und dass Ihr alsbald wieder zurücksollt.«

Alarmiert setzte er sich gerade. »Wer war der Besucher? Maddalena, versuche, dich an alles zu erinnern.«

Seine Stimme war lauter geworden. Erschrocken blickte sich das Mädchen um und legte ihm die Hand auf den Mund.

»Wenn man hört, dass ich rede, wird die Alte mich noch mehr quälen, als sie es ohnehin schon tut.«

»Ich verspreche dir, niemand wird etwas erfahren.« Seine Stimme war nur noch ein Flüstern an ihrem Ohr.

Sie drückte sich an ihn. »Ich habe gleich gemerkt, dass etwas vor sich geht«, wisperte sie. »Wenn ich das Zimmer betrat, hörten sie auf zu sprechen. Aber ich habe trotzdem genug mitbekommen. Sie hat sich einverstanden erklärt,

Euch zu Eurem Vater zurückzuschicken, wenn er ihre Bedingungen erfüllt.«

»Welche Bedingungen?«

»Das habe ich nicht verstanden.« Bedauernd verzog sie das Gesicht. »Aber sie wollten Euch die Umstände gründlich unbequem machen, damit Ihr gleich wieder umkehrt.«

»Das ist ihnen auch fast gelungen«, meinte er missvergnügt. »Ich kann mir nur nicht erklären, wer ein Interesse daran hat, mich von hier zu vergraulen. Man kennt mich doch gar nicht.«

Überrascht sah Maddalena ihn an. »Ich dachte, das wisst ihr. Die Signora meinte zum Schluss, dass sie schon Sorge trägt, damit es seinem Sohn nicht allzu wohl ist in diesem Palast. Das habe ich ganz genau gehört. Euer Vater sieht Euch wohl lieber daheim als in der Fremde.«

Deshalb hatte sein Vater also scheinbar großmütig zugestimmt. Er hatte für den Fall der Fälle schon seine Arrangements getroffen. Nun, dachte er ergrimmt, er sollte sich getäuscht haben.

Ihn überfiel ein Gefühl von Einsamkeit, wie er es seit dem Tode seiner Großmutter nicht mehr gespürt hatte.

Maddalena riss ihn aus seinen Gedanken. »Es tut mir leid, ich hätte es Euch vielleicht nicht sagen sollen.«

Mitfühlend streckte sie die Hand aus, zog sie aber gleich wieder zurück. Sie waren fast im gleichen Alter, doch sie war eine Dienstmagd und er war der Sohn eines mächtigen Kaufmannes und obendrein vielleicht Küchenmeister.

»Aber ich helfe Euch gerne, wenn ich kann.« Ihre Stimme war immer noch leise. Er war dankbar für ihre Anwesenheit.

»Berichte mir etwas über dieses Haus. Warum kannst du die Signora nicht leiden? Schlägt sie dich?«

Sie zog die Knie an und schlug die Arme darum. Irgendwo am anderen Ende der Treppe hörte man eine Tür ins Schloss fallen und Stimmen, die sich entfernten.

Nachdem es wieder ruhig geworden war, meinte sie: »Sie ist sehr streng und lässt keine Fehler zu. Sie straft jede Kleinigkeit hart. Sie scheint nie zu schlafen und ihr entgeht nichts. Die Mutter der jungen Fürstin nahm sie in ihre Dienste und seit deren Tod kümmert sie sich um die junge Fürstin Caterina. Sie wird ihren Schutz brauchen. Die Herren leben nicht ungefährlicher als ihre Untertanen. Seit der Herzog hier ist, geschehen schlimme Dinge in der Stadt und in diesem Palast.«

Ihre Worte waren nur noch ein leises Geflüster und er musste sich anstrengen, sie zu verstehen. Unwillkürlich senkte auch er seine Stimme.

»Schlimme Dinge?«

»Herzog Alessandro ist ein Bastard, ein Kind der Schande, wisst Ihr das nicht? Man munkelt, der Heilige Vater selbst sei bei seiner Mutter gelegen und habe ihn in einer Nacht zusammen mit dem Teufel gezeugt. Die Duchessina hat ein Anrecht auf die Herrschaft in Florenz, darum muss sie von hier verschwinden. Einige waren darüber froh, doch seit der Herzog nach Florenz gekommen ist, wünscht sich mancher, sie würde ihr Recht erhalten und bleiben. Unter ihrer Herrschaft könnte es auch nicht schlimmer sein. Mein Onkel ist Stallmeister bei den Pferden und sagt, der Herzog hat sogar schon mit seiner Mätresse im Stall …« Sie schwieg plötzlich, entsetzt über ihre eigenen Worte.

Die pikanten Details dieses Rendezvous, über die sich der Palast in diesen Tagen erregte, schienen ihren Zuhörer indes weniger zu interessieren.

»Wohin soll die Duchessina geschickt werden, wenn man sie nicht hier haben will?«

»Sie soll den Sohn des französischen Königs heiraten, stellt Euch das vor. Dabei ist sie gar nicht von königlichem Blut. Einigen ist das ganz egal, Hauptsache, sie ist weit fort und stört die Machenschaften des Herzogs nicht. Wenn die Medici nicht gegen andere kämpfen, streiten sie untereinander.«

»Ich bin der Küchenmeister der Duchessina. Gibt es mehrere Küchen in diesem Palast? Der bisherige Küchenmeister ist mir nicht geneigt und ich möchte ungestört arbeiten.«

Ihre Augen weiteten sich vor Freude. »Es gibt eine kleine Küche am anderen Ende des Ganges; sie gehörte früher zur Gesindeküche. Sie hat nur einen Kamin, doch für die Duchessina reicht es bestimmt. Wenn Ihr für sie und ihre Dienstboten kocht, muss ich nie wieder in den Trakt des Herzogs, darüber wäre ich sehr glücklich.«

Sie griff nach seiner Hand. »Ich bitte Euch sehr, seht Euch die Küche an, sie wird bestimmt genügen.«

Ihrer Begeisterung nach zu urteilen, war sein Konkurrent anscheinend nicht sonderlich beliebt, dachte Jakob. Kein Wunder, wenn er sich auch bei anderen so bedrohlich und schlecht gelaunt benahm. Er folgte Maddalena über einen Hof und einige Stufen hinab in einen Raum. Zufrieden wies sie um sich.

Er betrachtete das kleine Gelass und fragte sich, wie seine Vorgänger in dieser Enge für das Gesinde eines großen Haushaltes hatten kochen können. Es gab kaum Platz für einen Tisch; an eine Küchenhilfe, die zusammen mit ihm hier kochte, war gar nicht zu denken.

Maddalena schob sich an ihm vorbei und öffnete einen Durchlass.

»Dies ist der Vorratsraum.«

Einladend hielt sie eine niedrige Tür auf, die beim Öffnen leise knarrte. Er zog den Kopf ein und trat ein. Etwas größer als die Küche bot der Raum wenigstens Platz für ausreichend Vorräte und vielleicht auch noch Gelegenheit, einen kleinen Arbeitsplatz für einen Gehilfen zu schaffen. Durch eine Luke unterhalb der Decke fiel ein Streifen Sonne hinein und malte helle Streifen auf den festgetretenen Lehmboden.

Er lächelte. Es war einfach, in einer vollkommen eingerichteten Küche mit guten Helfern etwas zu kochen. Wenn dies seine Bewährung sein sollte, so würde er sich der Herausforderung stellen.

Er brauchte sich nur nach der passenden Küchenhilfe umzusehen. Maddalena zuckte hilflos die Schultern, als er sie danach fragte. Bisher hatte sie um die Küche anscheinend immer einen großen Bogen gemacht. Er musste nochmals mit der Signora reden; als Küchenmeister benötigte er Auskünfte, um seine Arbeit ordentlich zu verrichten, mochte der Haushalt auch noch so unbedeutend und klein sein.

Auf dem Weg zu seiner Kammer traf er Margot. Sie machte ein Gesicht wie eine zufriedene Katze und begleitete ihn zur Hauptküche zurück.

»Ich muss dem Mann klarmachen, dass ich einen Teil seiner Küchenutensilien brauche«, erklärte er. »Wenn er schon nicht seine Küche mit mir teilt, muss er eben einen Teil der Ausstattung entbehren.«

Margot hakte sich bei ihm ein und meinte lächelnd: »Ich sehe mir den Halunken einmal an und danach zeige ich dir unsere neue Unterkunft. Kerim ist gleich dortgeblieben. Ihn zieht nichts in diesen düsteren Palast zurück.«

In der Küche herrschte Stille. Die Zeit für das abendliche Mahl war noch nicht gekommen und anscheinend gab es keinerlei Vorbereitungen zu treffen. Der Küchenmeister lag auf einer Bank an der Wand und schnarchte mit halb geöffnetem Mund. Sonst war niemand zu sehen.

Margot grinste Jakob an: »Er sieht doch ganz harmlos aus. Mit dem werde ich schon fertig.«

Sie setzte sich auf die Bank und nahm den feisten Kopf des Koches in ihren Schoß. Während sie seine Wangen streichelte und ihre Finger verspielt hinter seinen Ohren kraulten, wurde er allmählich wach und wollte hochfahren. Sie hielt ihn leicht zurück und gurrte.

»Aber, aber, Küchenmeister, ruckartige Bewegungen bekommen Euch nicht. Ihr müsst die Dinge langsam angehen.«

Benommen wandte er den Kopf und blickte auf den über ihm wogenden Busen.

»Wer … ich meine, was, zum Teufel … Wer seid Ihr denn?«

Sie beendete ihr Fingerspiel, schob seinen Kopf zurück und erhob sich.

»Meine Freunde nennen mich Margot. Nur die besonders guten Freunde, meine ich. Ich habe solchen Hunger und der neue Küchenmeister verbot mir, Euch zu wecken. Ich dachte …, nun ja, verzeiht mir, wenn ich Euch gestört habe.«

Sie wurde tatsächlich rot und schlug die Augen nieder. Sprachlos betrachtete Jakob ihre Vorstellung und bewunderte ihre vollendet natürliche Art, die einen Gedanken an Verstellung nicht aufkommen ließ. Anscheinend hatte er ihre Talente in jeder Hinsicht unterschätzt.

Der Koch räusperte sich, sein Kinn bebte vor Interesse und Hilfsbereitschaft.

»Ihr stört mich nicht, ganz und gar nicht. Welch eine Ungastlichkeit, Euch hungern zu lassen. Der da ist noch neu, er kennt sich nicht aus in meiner Küche.« Seine Hand wies dabei herablassend in Jakobs Richtung. »Aber es war richtig, zu mir zu kommen. Ich habe noch Pastete von heute Mittag, Kapaun und Wurzelgemüse, sagt nur, was Euch mundet.«

Jakob, der ebenfalls seit seiner Ankunft noch nichts gegessen hatte, lief allein bei der Beschreibung das Wasser im Munde zusammen. Dieser alte Geizhals, dachte er erbost, mir hat er keinen Krümel angeboten. Er lehnte sich mit verschränkten Armen gegen die Wand und beobachtete schweigend, wie Alfredo Platten mit verschiedenen Köstlichkeiten herbeischleppte.

Scherzend und lachend fütterten sich die beiden und beachteten Jakob mit keinem Blick. Margot flüsterte ihm etwas ins Ohr und Alfredo lachte mit vollem Mund.

»Die Speisen sind köstlich«, meinte Margot und nahm noch ein Stück Fleisch. »Ich verstehe gar nicht, warum Ihr den Vergleich mit Jakob scheut. Die Dienstmägde behaupten, Ihr wollt ihn aus diesem Grund nicht kochen lassen. Das verstehe ich gar nicht.«

Alfredos feistes Gesicht wurde so rot, dass Jakob fürchtete, er würde gleich platzen. Seine Faust fuhr donnernd auf den Tisch und ließ die Platten scheppern.

»Das ist nicht wahr! Ich fürchte keinen Rivalen. Zwei Küchenmeister in einer Küche gedeiht nicht. Ich will ihn nicht um mich haben, so ist das.«

Margot wiegte den Kopf, als denke sie angestrengt nach. »Wenn er denn bleiben muss, wo könnte er hin, damit er Euch nicht im Wege steht?«

»Was weiß ich. Soll er doch in der alten Gesindeküche werkeln, die entspricht genau der Wichtigkeit seiner Person.« Er lachte dröhnend.

»Das wird nicht gehen. Wahrscheinlich ist dort nicht einmal eine brauchbare Feuerstelle. Ich kenne solch einfache Küchen.«

»Ich sage Euch was.« Alfredo setzte sich kerzengerade hin und blinzelte mit den Augen. Er hatte eine großartige Idee und bezog gnädigerweise Jakob ins Gespräch mit ein.

»Dort ist ein ordentlicher Kamin, er zieht sogar noch ganz gut. Wenn Ihr Euch dorthin verzieht, könnt Ihr zwei Küchenhilfen und einen Anteil an Geräten von hier mitnehmen.«

Sein Blick war derart durchtrieben, dass Jakob nicht daran dachte, es dem alten Gauner zu einfach zu machen. Außerdem hatte Margot eine so bühnenreife Vorstellung geliefert, dass er nun nicht einfach zustimmen konnte.

Er zierte sich. »Ich bin mir nicht sicher, ob ich meine Fähigkeiten dort unter Beweis stellen kann, zumal Ihr mich nicht als Küchenmeister anerkennen wollt. Meine Eignung und Stellung könnte infrage gestellt werden.«

»Doch, doch«, beeilte sich Alfredo feixend zu versichern. »Wir sprechen uns gegenseitig als Küchenmeister an, daran soll es nicht scheitern. Also«, erklärte er plötzlich energisch, »Ihr könnt annehmen oder nicht. Die Gesindeküche, zwei Mägde, einen ordentlichen Teil aller erforderlichen Gerätschaften und den Titel – und ich sehe Euch hier nicht mehr. Schlagt ein!«

Er hielt Jakob seine feiste Handfläche hin und Jakob wusste, dass er zu keinen weiteren Zugeständnissen mehr bereit war. Entschlossen schlug er ein.

Er war sich darüber im Klaren, dass der listige Alfredo ihm weder die besten Gerätschaften noch die fähigsten Hilfen gewähren würde, und so blieb er und kämpfte um jeden Topf und jede Pfanne, die ihm geeignet erschien.

Während die Vorbereitungen für die Abendmahlzeit auf Hochtouren liefen, war Alfredo nur halb bei der Sache. Zufrieden stellte Jakob seine Ausrüstung zusammen. Anders verhielt es sich mit den beiden Mägden, die Alfredo ihm zugestand.

Ein junges Mädchen und eine gichtgebeugte ältere Frau schien er gut entbehren zu können. Die beiden schleppten seine Ausbeute auf einem Karren in die Dienstbotenküche. Die Alte, Maria gerufen, legte die Hand auf ihren Rücken und streckte sich leise stöhnend, während das junge Mädchen die Kochgeschirre auf die wenigen Regale verteilte.

Bisher schienen die Signora und die Duchessina ihre Mahlzeiten aus der Küche Alfredos zu beziehen, doch damit sollte es ab dem nächsten Tag vorbei sein. Es war schon spät in der Nacht, als Jakob zusammen mit Margot ihre neue Bleibe betrat. Er hatte kein Auge für das geschmackvolle Herrenhaus in der Nähe des Palastes. Die Räume waren behaglich eingerichtet und in einem Kamin glühten noch Scheite unter der Asche. Todmüde fiel er auf sein Lager und war eingeschlafen, bevor Margot ihm gute Nacht wünschen konnte.

Zusammen mit Selina, seiner jungen Küchenmagd, war er schon im Morgengrauen wieder unterwegs, um auf dem Markt das Beste zu kaufen, was die Umgebung zu bieten hatte. Er wurde nicht enttäuscht. An den Ständen bot man lebende Gänse, fangfrische Fische, Eier, Gemüse und Knollen, ja sogar Gewürze.

Er wurde sich mit verschiedenen Händlern und Bauern einig, seine Küche ab nun regelmäßig zu beliefern. Verschiedene irdene Krüge, die der Vorratshaltung dienten, vervollständigten seinen Einkauf.

Er beeilte sich, zusammen mit Selina die Waren auf einem Karren in den Palast zu schaffen. An diesem Morgen wollte er Alfredo zuvorkommen.

Auch Maria war schon auf den Beinen, ein Feuer brannte im Kamin und in einem gusseisernen Topf simmerte Haferbrei.

Jakob nahm einen Löffel, kostete und verzog das Gesicht. »Essen die Damen diesen Brei jeden Morgen?«

Maria nickte schüchtern. Jakob merkte deutlich, dass seine beiden Hilfen bisher selten um ihre Meinung gefragt worden waren und offenbar Angst vor ihm hatten.

»Die Duchessina isst gerne Kuchen und Früchte«, erklärte Maria scheu. »Sie trinkt warme Milch mit Honig, während die Signora gewürzten Wein und eingelegten Fisch bevorzugt. Ich habe gestern mitgenommen, was wir heute brauchen.«

»Das ist ausgezeichnet, Maria. Du denkst mit und das wird uns helfen, gut miteinander auszukommen. Erzähle mir mehr über die Vorlieben der beiden Damen.«

Das faltige Gesicht erhellte sich unmerklich. Eifrig zählte sie die Lieblingsgerichte der Herrschaft auf, rührte dabei emsig im Topf und reichte gelegentlich Jakob etwas an, wonach er verlangte.

Er zeigte Selina, wie sie das Obst zu schälen und zu dekorieren hatte, damit es gefällig auf der Platte lag, fügte hier einige Blättchen Minze hinzu und legte dort Apfelschnitze zu einer Blüte zurecht, wie er es im Palast des Sultans gelernt hatte, wo man die Speisen stets als Freude für die Augen präsentierte. Zu dieser Jahreszeit war das Angebot an Früchten und Beeren glücklicherweise vielfältig. Beinahe andächtig faltete Maria die Hände und betrachtete wohlgefällig das Werk.

Währenddessen schlug er Eier, Butter, Honig, Sahne und Mehl zu einem Teig für den Kuchen, rieb eine Zitronenschale hinein, wies Selina an, das mitgebrachte Huhn vorzubereiten, prüfte die Salzheringe und setzte Rotwein mit Zimt, Zucker und Galgantpulver auf.

Tief atmete er den Duft des Weines ein. »Er sollte einige Tage ziehen, dann wird er noch besser. Doch für heute muss es reichen.«

Zufrieden reckte er sich. Zusammen mit Selina belud er ein großes Tablett und trug es mit ihr in die Räume der beiden Frauen. Maddalena empfing sie und sah erfreut auf.

»Die Signora ist bereits auf den Beinen und weckt die junge Fürstin. Ich werde ihr sagen, dass das Frühstück von Euch bereitet wurde.«

Dankbar sah sie ihn an. »Es ist eine Erleichterung, morgens nicht zu Meister Alfredo zu gehen. Er war nie pünktlich fertig, und ich habe mir immer seinen Zorn und obendrein noch den der Signora zugezogen.«

Sie warf einen Blick auf die Speisen. »Das sieht sehr hübsch aus. Man merkt, dass Ihr weit gereist seid. Niemand macht sich bei einem einfachen Gebäck und Früchten zum Morgenmahl diese Mühe. Es wird vor allem der jungen Fürstin zusagen. Sie liebt gute Speisen.«

Jakob lächelte. »Berichte mir, was sie besonders mögen und welche Speisen ihnen weniger zusagen. Isst du mit ihnen?«

Entsetzt sah sie ihn an. »Wo denkt Ihr hin, Meister Jakob. Ich nehme mir manchmal etwas von den Resten. Man sieht es aber nicht gerne.«

»Das brauchst du nicht. Ich habe in meiner Küche genug zu essen. Wenn du Zeit und Hunger hast, komm einfach zu mir.«

Ihre erstaunten Dankesworte hörte er kaum noch, denn er war schon wieder auf dem Weg zurück.

Er hatte selbst Hunger wie ein Wolf. Auch Selina und Maria schienen bislang nicht verwöhnt worden zu sein. Sie griffen erst zögernd, doch dann mit zunehmender Freude zu und begeisterten sich vor allem für seinen Kuchen.

Schließlich hielt Selina sich den Bauch. »Ich habe noch nie so gut gegessen. Gott wird Euch Euren Großmut vergelten.« Auch Marias dunkle Augen glänzten zufrieden.

»Wenn man gut arbeitet, soll man auch anständig essen«, brummte Jakob verlegen.

Er hatte noch keine Küche erlebt, wo man inmitten der besten Speisen die Leute so knapp hielt. Entweder waren die Mittel, die man Alfredo gewährte, äußerst gering bemessen, oder er war geizig.

Jakob saß am kleinen Holztisch in der Speisekammer und berechnete die vorläufigen Ausgaben für Küche und Dienstleute. Den Berichten der beiden Frauen nach wurde recht bescheiden gespeist. Nur bei offiziellen Einladungen und Festen konnte es nicht üppig genug zugehen. In mehreren Töpfen kochten Gerichte, und auf einem Spieß über dem Feuer drehte sich ein Kapaun.

Er hörte Schritte und drehte sich um. Maddalena stand in der Tür und schnupperte.

»Es riecht mindestens genauso gut bei Euch wie bei Meister Alfredo. Er hat getobt, als er erfuhr, dass Ihr das

Frühmahl bereitet habt, aber die Signora hat ihn zurechtgewiesen und erklärt, das Ihr nun stets die Speisen der Damen bereitet.«

»Dann war sie wohl zufrieden.«

Maddalena nickte und warf einen sehnsüchtigen Blick auf die Reste der Mahlzeit, die noch auf dem Tisch standen.

»Sie will Euch alsbald sehen.«

Jakob erhob sich. »Du siehst hungrig aus.«

Er machte eine einladende Bewegung zu einem provisorischen Holzregal, auf dem die Reste der Morgenmahlzeit standen. »Nimm dir, was du magst.«

Die Signora empfing ihn allein. Obwohl es draußen recht warm war, brannte ein Feuer im Kamin.

»Setzt Euch zu mir, Küchenmeister.«

Er bemerkte den spöttischen Unterton in ihrer Stimme genau, ignorierte ihn aber und setzte sich ihr gegenüber. Sie war eine Frau in mittleren Jahren, mit strengem Gesicht und dunklen Haaren, die an den Ansätzen schon heller wurden. Sie neigte ein wenig zur Fülligkeit, doch dies fiel nur wenig auf, denn sie kleidete sich geschickt und mit Sorgfalt, ohne übertriebenen Prunk.

Auch Jakob wurde einer genauen Musterung unterzogen.

Schließlich lehnte sich die Signora in ihrem Sitz bequem zurück.

»Für den hohen Titel des Küchenmeisters scheint Ihr mir noch recht jung.«

»Ich bin noch jung«, stimmte Jakob zu, »aber nicht zu jung für diese Aufgabe. Ich habe viele Jahre in der Küche gearbeitet, ich habe in einem fremden Land alles gelernt, was ein Küchenmeister braucht. Ich kann kochen, Leute anleiten, schreiben und rechnen und bin in der Lage, ein großes Haus zu führen mit allen Verpflichtungen. Ich bin sicher, Ihr wusstet, wie alt ich bin, bevor Ihr mich hierher gerufen habt.«

Er war keineswegs so entspannt und selbstbewusst, wie er zu wirken versuchte. Diese Frau entschied über seine Zukunft. Sein Körper war gespannt wie eine Bogensehne.

»Große Worte für einen so jungen Kerl«, murmelte die Frau. »Euer Frühstück war ausgezeichnet, das ist wahr. Ich mag keine süßen Speisen, früher vielleicht, doch das hat sich geändert«, fuhr sie nachdenklich fort. »Euer Kornbrei mit Rosinen war gut und der Rest war ebenfalls vortrefflich und apart. Morgen früh hätte ich gerne Hartwurst aus Bologna. Ich habe eine Schwäche dafür. Alfredo kocht ebenfalls gut, aber er hat nicht mehr Euer Feuer.«

Sie lächelte und zeigte eine Reihe starker, gelber Zähne.

»Ihr scheint entschlossen, Euch in diesem Haus zu behaupten. Schon gut«, winkte sie ab, als er etwas entgegnen wollte. »Ich verstehe vollkommen. Ihr mögt befähigt sein, sogar ungewöhnlich gut befähigt, aber in Eurem Alter und mit dieser ungewöhnlichen Ausbildung bekommt man so schnell keine Anstellung als Küchenmeister in einem angesehenen Haus. Dies ist Eure Gelegenheit und Ihr wollt sie nutzen und darum kämpfen. Warum auch nicht.«

Sie kratzte sich am Kopf und er atmete vorsichtig aus, als sie fortfuhr.

»Die Stelle des Küchenmeisters ist eine verantwortungsvolle Aufgabe, besonders in diesem Falle. Die Duchessina ist nicht von Freunden umgeben, man muss besonders auf sie achten, wenn Ihr versteht. Eure Position kann Euer Glück, aber auch Euer Elend sein, wenn Ihr unvorsichtig handelt. Drücke ich mich klar aus?«

Er sah ihr offen in die Augen. »Ich habe gehört, dass Herzog Alessandro die Stadt regiert und diese Nachfolge nicht von allen gestützt wird. Es gibt Auseinandersetzungen und unterschiedliche politische Interessen, das habe ich schon verstanden. Als Küchenmeister der Duchessina werde ich sehr aufmerksam sein, damit Ihrem Haus kein Schaden entsteht, in keiner Hinsicht. Meine Loyalität gehört dem Hause, dem ich diene.«

»Ich sehe, Ihr seid kein Dummkopf. Möglicherweise seid Ihr am Ende ein glücklicher Zufall für uns.«

Sie legte den Kopf zurück und lachte. Mit einem Mal wirkte sie jünger und zugänglicher und Jakob begriff, dass ihre Lage wohl nicht immer einfach war.

»Wenn Ihr erlaubt, sollten wir über Kosten und Haushaltsführung sprechen«, erklärte er. »Ich habe bisher auf eigene Rechnung gehandelt, da ich noch nichts über den Umfang dieses Haushaltes weiß. Eine Liste der vorläufigen Kosten habe ich für Euch erstellt, doch größere Gesellschaften und Einladungen habe ich nicht berücksichtigt.«

Sie überflog stumm seine Aufstellung und nickte gelegentlich.

»Ihr seid kein Verschwender. Ich habe nichts dagegen einzuwenden. Solange Eure Ausgaben in diesem Rahmen bleiben, ist es Eure Sache zu wirtschaften. Reicht mir eine Feder, ich werde Eure persönliche Entlohnung hinzufügen, die der meinen entspricht. Über die Ausrichtung von Festlichkeiten sprechen wir, wenn diese anfallen.«

Er sprang auf, konnte aber seine Verwirrung nicht ganz verbergen. Sie lächelte.

»Auch ich stehe im Dienst der Duchessina, wenn auch an erster Stelle.«

Sie machte eine verabschiedende Geste; Jakob verbeugte sich und wollte den Raum verlassen.

»Noch eine Anmerkung, Küchenmeister Jakob. In Eurer besonderen Stellung ist ausgewählte Kleidung angemessen. Ihr seid kein Koch, sondern ein Meister, kleidet Euch also entsprechend.«

Im Vorzimmer warf er einen Blick auf die Zahlen der Signora, lehnte sich an die Wand und schloss die Augen. Er hatte es geschafft.

»War es so schlimm?« Vor ihm stand Maddalena und blickte ihn mitfühlend an.

Er grinste übermütig und näherte seine Stimme ihrem Ohr. »Ich habe den Drachen gezähmt. Jedenfalls für heute.«

Er breitete begeistert die Arme aus und verneigte sich vor ihr.

»Vor dir steht der bestätigte Küchenmeister der Duchessina. Jetzt können wir beginnen. Wir werden kochen, dass die Küche brodelt, dass jeder sich balgt, bei uns zu speisen, dass der Signora Tränen in die Augen treten, die Duchessina süchtig wird nach meinen Leckereien und der Papst mich abwerben will.« Er griff nach ihren Armen und wirbelte sie im Kreise.

»Meister Jakob, ich bitte Euch. Seid still, sonst verliert Ihr Eure Stellung schneller, als Ihr sie erhalten habt.«

Ihre Wangen waren gerötet und sie senkte die Lider. Er zog sie am Arm mit sich, bis sie die Nische unter der Treppe erreichten, wo sie ihm ihr Herz ausgeschüttete hatte.

»Höre mir zu, Maddalena! In Zukunft werde ich deine Hilfe oft benötigen. Nicht jeder meint es gut mit der Herrschaft und wir müssen sie schützen.«

Seine Stimme war gedämpft und sie musste sich anstrengen, ihn zu verstehen.

»Ich kenne die Duchessina kaum und auch die Signora ist mir fremd, doch unser Schicksal ist mit dem ihren verbunden. Geht es der Duchessina gut, werden auch wir nicht zu klagen haben. Verstehst du das?«

Sie nickte eifrig. »Was soll ich denn tun?«

»Sei weiterhin aufmerksam wie bisher. Beobachte das Verhalten ihrer Gäste, ihre Stimmung und ob sie aufrichtig wirken. Natürlich auch, was sie gerne essen und was nicht. Deine Informationen sind wichtig für mich. Kann ich auf dich zählen?«

»Das wisst Ihr doch, Meister. Ihr seid der Einzige in diesem Haus, der freundlich zu mir ist.«

Er drückte ihre Hand. Dann sprang er auf und machte sich auf den Weg in sein neues Reich. Es gab viel zu tun. Zunächst musste er die Küche mit allem Erdenklichen ausstatten, was für den täglichen Bedarf benötigt wurde.

Maria war hierbei eine unerschöpfliche Quelle des Wissens. Sie lebte seit ihrer frühen Kindheit in der Stadt und kannte jeden Händler, jeden Marktstand und jeden Bauern der Umgebung. Sie wusste, welche Waren es in guter Qualität zu erwerben gab und von welchem Händler man sich besser fernhielt. Gemeinsam erstellten sie eine lange Liste für den Einkauf der nächsten Tage. Währenddessen wies er Selina an, die Füllung für die Gans zuzubereiten, die er mit gewürzten Karotten, Sellerie und Zwiebelgemüse servieren wollte.

»Im Dorf meines Vaters isst man es mit Teigtalern«, meinte Maria mit neu erwachtem Selbstbewusstsein. »Man könnte sie füllen und dazu reichen.«

»Versuchen wir es«, erklärte Jakob. »Wir nehmen eine feine Gemüse- und Kräuterfüllung, die den Geschmack der Gans abrundet. Ein wenig Majoran dazu, was wir auch in der Füllung der Gans verwenden.«

Er beobachtete Maria, die gekonnt den Teig knetete, ausrollte und wieder knetete.

»Mein Vater war Lasagnari, er hatte ein kleines Geschäft, in dem er die Teigwaren herstellte und verkaufte. Ich bin zwischen Mehlsäcken groß geworden.« Sie lächelte leise und knetete eifrig weiter, walkte und zog die Masse auseinander, halbierte sie und rollte abermals aus.

»Das richtige Verhältnis von Mehl, Wasser und Fett ist wichtig. Ein wenig Salz. Man kann dann Pfeffer, Speck und Käse zufügen oder auch Käse, Muskatnuss und Zimt. Man kann sie füllen oder braten – nichts ist vielseitiger.«

Fasziniert sah Jakob zu, wie der Teig immer feiner und dehnbarer wurde. Eine Fülle von Möglichkeiten schoss im durch den Kopf.

»Wieso lässt dieser Dummkopf Alfredo dich und Selina einfach ziehen?«

»In Meister Alfredos Küche durfte ich nie solche Arbeiten verrichten. Ich habe Gemüse geputzt und geschält, Geflügel gerupft und ausgenommen und Fleisch vorbereitet. Er hat nur wenige Gehilfen lange behalten, sie waren ihm zu dumm und unvorsichtig. Selina musste die Küche fegen und ist mit auf den Markt gegangen, um Einkäufe zu tragen. Sie hat einmal ihre Meinung geäußert – danach wollte er sie nicht mehr sehen. Er hat sie fürchterlich angeschrien. Sie wäre schon lange gegangen, aber sie hat keine Eltern mehr und muss ihre jüngeren Geschwister versorgen. Die Abfälle aus der Küche des Herzogs waren wichtig für sie.«

Jakob biss sich auf die Lippen. Ihm war es immer gut gegangen und er vergaß manchmal, wie viel Elend und

Armut um ihn herum herrschte. Zumindest sollten seine Leute niemals Hunger leiden oder sich vor ihm fürchten.

Er bereitete eine Käse-Kräuterfüllung vor, und gemeinsam belegten sie die ausgeschnittenen runden Teigtaschen, klappten jeweils eine zweite darüber und rollten die Ränder leicht nach innen. Dann garten sie sie in heißer Brühe. Jakob fischte mit der Kelle eine heraus und kostete.

»Nicht schlecht, vielleicht ein wenig mehr Muskat beim nächsten Mal. Wir servieren sie in gewürztem warmem Olivenöl.«

»Die beiden Damen wünschen stets nur einen einzigen Gang«, erklärte Maddalena, die ihn schon eine Weile aus der Eingangstür beobachtete und einen Stapel gewaschener Kleidung im Arm hatte. »Aber dieser sollte verschiedene Platten haben.«

Jakob nickte. Für das Mittagsmahl hatte er frische Früchte arrangiert, eine Suppe aus Fleischbrühe, Karotten und Sahne, verfeinert mit Limone und Ingwer und gewürzt mit Muskat, Salz und Pfeffer. Der Kapaun war üppig gefüllt und erhielt ein Bett aus Marias Teigtaschen. Einige Wachteln, mit Pflaumen gegart, scharf gewürzte Fleischbällchen aus Schweinebacke und Speck, Fisch auf glasierten Zwiebeln und abschließend eine Creme aus Milch, Zucker, Vanille, Eigelb und Safran mit frittierten Kuchen sollte für heute reichen.

Seine erste Mahlzeit durfte nicht übertrieben ausfallen. Die wenigen Speisen für das Mittagsmahl sollten allerdings perfekt in Geschmack und Darbietung sein. Die ersten Fleischbällchen hielt er zurück und probierte lange, bis sie genau seinen Vorstellungen entsprachen.

Auch die Nachspeise wiederholte er, bis ihre Festigkeit seinen Ansprüchen genügte. Er dekorierte die Creme mit dem Wappen der Medici: Der goldene Schild bestand aus Zucker, Mandeln, Rosenwasser und Eiweiß, gefärbt mit Safran und sechs Kugeln aus kandierten Kirschen.

Es war eng in der heißen Herdecke und die Arbeit musste schnell vonstatten gehen. Doch als Jakob mit Maddalenas Hilfe das Tablett mit Speisen in den Salon brachte, war alle Anstrengung vergessen.

Er beeilte sich, wieder in die Küche zu gelangen. Für eine neue Garderobe war keine Zeit gewesen und den Hinweis auf seine Kleidung hatte er nicht vergessen.

Selina und Maria hatten den Tisch in den Hof gestellt und saßen im Freien.

»Hier ist es angenehmer als drinnen und solange das Wetter gut ist, essen wir im Hof.«

Er setzte sich dazu und schweigend bediente jeder sich. Es war noch genügend übrig geblieben. Ein Knecht ging zum Brunnen und zog einen Eimer Wasser hoch, füllte sein Gefäß, hievte es auf die Schulter und schritt davon, wobei er einen verwunderten Blick auf die stille Tafelrunde warf.

Maddalena brachte die ersten leeren Platten zurück und lachte über das ganze Gesicht.

»Ihr könnt euch nicht denken, was die Duchessina sagte«, kicherte sie. »Wenn sie weiterhin so gutes Essen bekommt, wird die Liege im Kloster für sie zu schmal. Sie hat so eifrig zugegriffen, dass die Signora sie ermahnte. Aber auch die Signora verzehrte den ganzen Fisch beinahe allein, so gut hat er ihr geschmeckt.«

Sie wies auf die halb leeren Schüsseln. »Darf ich kosten?«

Jakob nickte und schob einen Topf in ihre Richtung. »Aus den Fleischresten machen wir ein Ragout für später, alles Übrige könnt ihr nehmen, aber kommt nicht auf den Gedanken, es zu verkaufen. Es soll nur für euch und eure Angehörigen sein. Bleibt etwas übrig, ist es für die Bedürftigen.«

Er hielt sich an die Regel der christlichen Küchenmeister, die bei allem Überfluss niemals die Armen vergessen sollten. Selbst bei den Osmanen hatte man dies nicht anders gehalten.

Er sah drei Augenpaare erstaunt und freudig aufleuchten. Alfredo schien auch dieses Gebot bisher nicht beachtet zu haben.

Küchenhilfen erhielten meistens einen lächerlich geringen Lohn, der hauptsächlich aus Nahrungsmitteln und Kleidung bestand, falls überhaupt etwas für sie abfiel. Doch zu viel wollte er zu Beginn nicht ändern. Man musste abwarten, was die Zeit brachte.

Kerim warf die kurze, braune Hose auf den Boden, wo sich schon ein ordentlicher Haufen Kleidung befand. Schließlich raffte er einige Stücke zusammen und wandte sich zu Jakob, der am Fenster saß und schrieb. Seine Feder kratzte auf dem Papier und er tauchte sie in das Tintenfass.

»Der Händler ist ein Narr. Du bist doch kein Handlanger, der in den Farben der einfachen Leute in einer Küche steht. Graue Kittel, schlammbraune Hosen, welch niederdrückende Aufmachung! Nimm diese beiden Hosen und das Wams, bis wir etwas Geeignetes gefunden haben. Ich werde meinen Schneider bitten. Er hat zwar ungeheuer viel zu tun, da er für alle großen Familien tätig ist, aber ich bringe ihn schon her.«

»Mach nicht solch ein Aufheben, Kerim, ich brauche nicht viel! Die meiste Zeit stehe ich in der Küche, wo nur meine Hilfen mich sehen.«

»Wem sagst du das! Du hast selbst nach drei Monaten noch nicht festgestellt, wie ich unser Heim eingerichtet habe. Du besitzt eine einzige anständige Weste und deine Schuhe sind beschämend für deine hohe Stellung. Willst du, dass man hinter deinem Rücken redet?«

»Du erzählst mir doch immer, dass man sowieso über mich spricht. Klatsch ist in dieser Stadt unvermeidlich.« Er legte die Feder nieder und reckte sich.

Draußen fegte der Herbstwind durch die Straßen und wirbelte die Blätter in die Höhe. Sein erstes großes Festmahl stand bevor und er wollte dieses Ereignis zu einem Erfolg machen. Der Brief von seinem Vater fiel ihm ein, den Barini an diesem Morgen überbracht hatte. Den freundlichen Worten war ein Wechsel beigefügt: sein Anteil aus dem Handelshaus. Mit keinem Wort hatte Jakob seinem Vater gegenüber die Intrige erwähnt, die ihn wieder nach Hause hätte bringen sollen. Das beinahe enge Verhältnis, das sie in Genua verbunden hatte, war einer zurückhaltenden Höflichkeit gewichen. Nur von Pino und Martin kamen herzliche Nachrichten.

Margot rekelte sich auf ihrer Liege. Sie ließ ein kostbares Buch sinken und winkte ihrem stummen Diener, den sie nach Florenz mitgenommen hatte, ihr Weinglas zu füllen. Mit Bedacht wählte sie aus einer Schale eine kandierte Frucht und steckte sie sich in den Mund.

»Man sagt dir eine Affäre mit der jungen Gräfin Isabella nach«, meinte sie kauend.

»Sie selbst schweigt beharrlich, aber ich glaube, sie ist nicht die Einzige, die dich anbetet.«

»Dummes Zeug«, erklärte Jakob unwirsch. »Ihr beide wisst genau, dass ich seit Wochen höchstens Marktfrauen und Küchenhilfen sehe.«

Kerim grinste anzüglich. »Ich würde an deiner Stelle ergründen, ob dein Zipfel überhaupt noch einsatzfähig ist. Es ist in hohem Maße ungesund, ihn derart zu vernachlässigen.«

»Du musst es ja wissen«, knurrte Jakob. Er griff nach dem Wams und zog es prüfend über. Margot machte eine anerkennende Bewegung. »Es steht dir hervorragend. Auf dem Empfang des Herzogs wirst du Aufsehen erregen.«

Jakob lächelte. »Wir finden überall Beachtung. Eine schöne Frau, ein kapriziöser Eunuch und ein zu junger Küchenmeister sind eine ungewöhnliche Verbindung.«

»Es war genau richtig, nach Florenz zu kommen«, meinte Kerim zustimmend. Er knöpfte Jakobs Weste zu und trat mit prüfendem Blick einen Schritt zurück.

»Diese Stadt hungert nach dem Elend der letzten Jahre nach Glanz und Vergnügungen. Der Herzog und seine Freunde laden beinahe jeden Tag zu ungewöhnlichen Festen ein. Viele angesehene Familien kehren vom Lande zurück, und selbst das Volk auf der Straße ist guter Dinge. Die Einladung des Papstes zur Feier der Verlobung der Duchessina wird Maßstäbe setzen für alle zukünftigen Feste in der Stadt.«

»Nur zu«, warf Jakob ein, »gib dir ordentlich Mühe, mich nervös zu machen. Ich weiß auch so, was auf dem Spiel steht.«

»Wir wissen, dass du nicht nur Freunde in der Stadt hast und halten die Augen offen«, beruhigte Margot ihn. »Immerhin haben wir zwei alberne Bosheiten in den letzten Wochen verhindert.«

Sie spielte auf die tote Maus an, die auf unerklärliche Weise in eine seiner Pasteten gelangt war und die Maddalena im letzten Augenblick entdeckte, bevor eine Zofe die Platte der jungen Fürstin servierte.

Außerdem war eine Suppe völlig versalzen und nur der Zufall, dass Maria einen Löffel naschte, brachte das Malheur ans Tageslicht.

Jakob hatte sich den Kopf zerbrochen, wie es dazu gekommen war. Er war sich jedoch völlig sicher, dass ihm diese Missgeschicke nicht passiert waren. Es musste einen Saboteur geben.

Außer Maria, Selina und ihm arbeiteten mittlerweile noch zwei zusätzliche Küchenjungen in der engen Gesindeküche, und Paolo, ein junger Koch, hatte am Vortag angefangen. Händler und Kaufleute lieferten ihre Waren an. Es war ein stetes Kommen und Gehen und nahezu unmöglich, alle Geschehnisse im Auge zu behalten.

Er hatte zuerst an Alfredo gedacht, der ihm die Anerkennung versagte und ihm den jungen Ruhm neidete. Doch der Meister des herzoglichen Haushaltes konnte es nicht gewesen sein. Seine Leute betraten niemals das feindliche Lager der Gesindeküche und selbst die Lieferanten waren nicht dieselben. Und an einen Verräter unter seinen Leuten wollte er nicht glauben; sie hingen von ihm ab und verdankten ihm viel.

Derzeit richtete man einen Salon für Jakob im Palast ein. Er brauchte eine Stube für seine Schreibarbeiten und Abrechnungen, in der Küche und im Vorratsraum war schon lange kein Platz mehr. Mit Beginn der kühleren Jahreszeit entfiel auch die Möglichkeit, in den Wirtschaftshof auszuweichen. Vielleicht war es einer der Handwerker, die Alfredo bestochen hatte, überlegte er.

Die Tür öffnete sich und Ricos hübscher dunkler Schopf erschien in der Öffnung.

»Störe ich?«

Kerim winkte seinen jungen Sklaven zu sich und strich ihm liebevoll über das Haar.

»Du störst mich doch nie.«

Margot verdrehte die Augen. Der Kleine war neugierig und verfressen, was Kerim nicht im Geringsten störte. Er lachte nur über dessen kindische Streiche und amüsierte sich über die Untaten.

Margot vertiefte sich wieder in ihr Buch und Jakobs Feder kratzte weiter über das Papier, während Rico seine letzten Abenteuer schilderte.

»Ich habe dem Krämer ein Bein gestellt und das ganze Zeug flog über den Boden«, kicherte er boshaft. »Eigentlich wollte ich diesem Widerling Alfredo eins auswischen, aber er ließ sich den ganzen Tag nicht blicken. Dafür kam mir sein Freund gerade Recht. Er hat geflucht wie ein Bierkutscher. Eines seiner Gewürzsäckchen habe ich mitgehen lassen. Ich dachte mir, vielleicht kann ich unserer Küche damit einen Gefallen tun und sie etwas anreichern.«

Jakob hob den Kopf. »Was soll das heißen? Gerade du bekommst doch wohl genug zu essen. Wenn du etwas gestohlen hast, musst du es zurückgeben.«

Rico blickte ihn unter seinen langen, halb gesenkten Wimpern herausfordernd an.

»Gestohlen! Das Zeug bleibt doch im selben Haus. Ich habe es Alfredo genommen und gebe es nun eben dir.«

Er kramte unter seinem Wams einen Beutel hervor und warf ihn auf den Boden.

»Bester Safran, ich wette, der Mann hat das Fehlen eines einzigen, kleinen Beutels nicht einmal bemerkt.«

Interessiert öffnete Jakob den Beutel und roch am Inhalt. »Nicht sehr intensiv, keine frische Ware.«

Rico kam näher. »Er ist ganz frisch angekommen, sagte der Händler. Ich habe ihn hinter der Küchentür belauscht. Die neue Köchin hat die Ware angenommen und der Händler erklärte ihr genau, dass dieser Safran eine besonders hohe Qualität hat, getrennt aufbewahrt wird und nicht mit anderen Angeboten vergleichbar ist. Ich glaube, Meister Alfredo will damit ein zusätzliches Geschäft machen; für seine eigene Küche ist er jedenfalls nicht gedacht. Die Alte hat Anweisungen gegeben, die Säcke in einen gesonderten Raum zu liefern.«

Jakob trat mit dem Beutel ans Fenster, um das Gewürz besser in Augenschein zu nehmen.

»Guten Safran erkennt man immer auch an seinem Geruch.«

Er rieb einige Fäden zwischen den Fingern, schüttete dann eine kleine Menge in seine Handfläche, zog sie auseinander und schüttelte den Kopf.

»So etwas habe ich schon einmal gesehen, und es hat mir eine Menge Ärger eingebracht.«

Margot war aufgestanden und warf einen Blick auf seine gefüllte Handfläche. »Was ist damit?«

Er griff nach einer Schale auf dem Tisch und leerte den gesamten Beutelinhalt hinein, fuhr mit dem Finger durch die rötlichen Fäden und sortierte bedächtig einige zur Seite.

»Dieser Safran ist kräftig gestreckt und der Betrug ist nicht einmal besonders sorgfältig verdeckt. Der Gauner ist sich seiner Sache anscheinend recht sicher, wahrscheinlich hatte er bisher immer Erfolg mit seinen Machenschaften. Selbst wenn jemand Verdacht schöpft, so gibt man nicht gerne zu, dass man sich für viel Geld übers Ohr hauen ließ.«

Skandallüstern beugte Rico sich vor. »Wirst du ihn bei der Zunft anzeigen?«

»Vorläufig nicht. Es ist besser, die Sache zunächst auf sich beruhen zu lassen und die Augen offen zu halten.«

Enttäuscht meinte Rico: »Ich bin dafür, ihn zur Rede zu stellen. Immerhin habe ich einen Betrug aufgedeckt und werde das bestimmt nicht verschweigen.«

»Du wirst gar nichts tun«, wies Jakob ihn zurecht. »Wenn es eine einmalige Sache war, lohnt sich der Aufruhr nicht, und wenn es öfter geschieht, könnte es gefährlich sein.«

Er hatte ein ungutes Gefühl bei der Sache. Die Erinnerung an den trostlosen Aufenthalt im Gefängnis in Augsburg, den ihm seine Nachforschungen eingebracht hatten und die daraus entstandenen Verwicklungen seiner Entführung waren noch lebhaft in seinem Gedächtnis.

Maulend stibitzte Rico sich eine Handvoll der gezuckerten Früchte und duckte sich wie ein geschmeidiges Kätzchen unter Margots Händen weg, die sich einen Augenblick zu spät nach ihm umdrehte. Der Junge flitzte aus dem Salon, wobei er die hohe Tür so heftig hinter sich zuzog, dass sie bei dem Knall zusammenzuckten.

Jakob beugte sich wieder über seine Schreibarbeit. Mehr als hundert Gäste würden der Einladung in den Medici Palast folgen und Alfredo musste für ganze drei Tage seine Küche opfern. Er hatte getobt, als der Herzog ihm die Anweisung erteilte und seine Leute unter seiner unwilligen Laune leiden lassen.

Mägde und Köchinnen waren begierig, für Jakob zu arbeiten. Trotz aller Spötteleien über seine Jugend und Unerfahrenheit war er nicht in Schimpf und Schande fortgejagt worden, wie Alfredo vollmundig zu Anfang prophezeite. Seine freundliche und sichere Art hatte sich herumgesprochen, und nun war man neugierig, wie es mit seinen Fähigkeiten bestellt war, wenn es um ein großes Festmahl ging.

Er war sich darüber im Klaren, dass es sein Untergang ebenso wie sein Durchbruch werden konnte und war entschlossen, das Beste auf den Tisch zu bringen, was man bisher in Florenz gesehen hatte. Margot und Kerim waren hierbei von größtem Wert für ihn. Ihre Einladungen in die Paläste der ersten Familien gaben ihm einen guten Überblick über die Vorlieben und Abneigungen des hohen Standes. Vor allem durch Margot erhielt er viele Hinweise darüber, was man hinter vorgehaltener Hand erzählte. Immer noch fanden die Damen den Weg in ihren Salon und verlangten nach Mitteln gegen Schmerzen der verschiedensten Art. Es schien sich trotz ihrer Diskretion nicht verheimlichen zu lassen, dass sie eine Meisterin der Tinkturen war. Mancher Liebestrank stammte ebenfalls aus ihren gläsernen Phiolen, doch meistens bat man sie um Tränke zur Linderung von Beschwerden. Sogar der misstrauische Kerim lobte die Wirksamkeit ihrer Kräuterextrakte und Aufgüsse.

Noch einmal überflog Jakob die Anzahl der Speisetafeln. Zu Beginn würde er entsprechend der Jahreszeit eine große Jagdszene auftischen. Er hatte dabei den Erfolg aus Augsburg in Kopf. Dieses Mal wollte er jedoch ein weit größeres Werk schaffen, mit zahlreichen Einzelheiten und gefärbten Figuren aus Brotteig, Fleisch, Gemüse und Früchten. Wie ein buntes Gemälde des großen Künstlers Buonarroti sollte die Tafel wirken.

Sein Entwurf hatte seine Beiköche zuerst in stummes Staunen versetzt, dann jedoch eine beinahe fieberhafte Emsigkeit ausgelöst. Alle waren begierig, sich bei dem Werk hervorzutun; täglich gab es neue Vorschläge und Ideen, die er umsetzen konnte.

Danach folgte die Safransuppe, die sich die Duchessina wünschte, begleitet von geräuchertem Schinken, Oliven, Pasteten und eingelegter Zunge.

Im Anschluss daran sollte es eine Überraschung geben. In zwei geröstete Pfauen, denen das Federkleid mit großer Genauigkeit nach dem Braten wieder eingesetzt wurde, füllte er ein Geflügelragout. Innerhalb eines jeden Pfaues befand sich jedoch noch eine Kapsel, in der ein halbes Dutzend junger Tauben saß, die durch eine Röhre mit Luft versorgt wurden und nach Möglichkeit alle gleichzeitig ihr enges Gefängnis verlassen sollten. Er zerbrach sich den Kopf, wie er dies bewerkstelligen konnte, um einen besonders eindrucksvollen Effekt zu erzielen und trotzdem kein heilloses Durcheinander zu verursachen.

Daneben gab es Rehragout mit Stachelbeeren, glasierte Wildschweinkeule, Fisch mit Feigensenfsauce und viele weitere Genüsse. Den Abschluss bildete eine Obstcreme, die aus verschiedenen Früchten das bunte Wappen des Medici-Papstes Clemens VII. bildete.

Eine vergleichsweise einfache Sache, überlegte Jakob. Dennoch musste die Creme besonders delikat sein und den frischen Geschmack der Früchte enthalten und durfte nicht, wie bisher üblich, nur auf sichtbare Wirksamkeit bedacht sein. Die goldene Farbe würde er mit Äpfeln aus China darbieten, die ein Handelsschiff aus dem Osten geliefert hatte. Die Frucht war bislang nicht sonderlich geschätzt, doch er hatte ihren Saft und einen Teil der abgeriebenen Schale mit Zucker, Eigelb, etwas Pfeffer und süßem Wein erhitzt, nach dem Erkalten schaumige Sahne und Eischnee hinzugefügt und alles mit Gelatine fest werden lassen. Die schnittfeste Masse war golden und löste sich im Munde zu einem Geschmack, der eine Ahnung ferner Küsten und Köstlichkeiten bot.

Eine Pyramide mit seltenen Früchten wurde ebenfalls gereicht, viele davon bislang gänzlich unbekannt.

Es kam seinen Vorbereitungen entgegen, dass die Nächte schon kühl waren und es auch am Tage nicht zu warm wurde. So hatte er genügend Zeit für die Vorarbeiten, ohne dass etwas ranzig wurde oder verdarb.

Die Pferde im Hof schnaubten nervös und als Jakob aus dem Fenster sah, entdeckte er Rico und seinen Freund, den Sohn des Kutschers. Die beiden standen auf dem Mauervorsprung über dem Eingang zum Stall, hatten ihre Hosen heruntergelassen und pinkelten auf die unter ihnen stehenden Pferde.

Maria fing vorsichtig den Saft der Waldbeeren auf, die sie für die blaue Farbe benötigte. Kein einziger Spritzer sollte ihre neue Schürze beflecken. Sie warf einen Blick auf Jakob, der die Reinheit der bunten Pfauenfedern begutachtete, die er wieder einsetzte. Nur noch einen Tag blieb Zeit, alle Vorbereitungen zu treffen.

Alfredos zornige Stimme hallte von draußen herein, doch der Küchenmeister des Herzogs hatte derzeit wenig Einfluss. Seit Tagen hatte man ihn nur gereizt erlebt. Seine Pflicht wäre es, sich an den Festvorbereitungen zu beteiligen, doch niemand vermisste ihn oder forderte ihn dazu auf. Daher nahm man von seinen lauten Ausbrüchen kaum mehr Notiz, was ihn nur noch mehr aufbrachte.

»Woher soll ich das wissen«, schrie er über den Hof einen Pferdeknecht an. »Muss ich mich um alles kümmern? Grassoni kennt sich schließlich hier aus. Frag deinen Herrn, wo er gewöhnlich übernachtet.«

Jakob überflog die Liste der Nahrungsmittel und die Lieferzeiten, damit alles frisch und zuverlässig in seine Küche gelangte. Es war eine Unmenge kostspieliger Zutaten. Am Hofe seines rheinischen Fürsten hätte man ihn schlichtweg für verrückt erklärt, derartige Summen auszugeben. Am herzoglichen Hof in Florenz spielte dies jedoch keine Rolle. Ebenso wie in Konstantinopel sollte die Tafel Eindruck machen und die Macht des herzoglichen Haushaltes zur Schau stellen.

Mit verkniffenem Gesicht stapfte Alfredo durch seinen alten Herrschaftsbereich, nicht ohne neugierig auf die Arbeiten zu schielen und eine abfällige Handbewegung zu machen, bevor er sich verzog.

»Er wird es uns büßen lassen, wenn er wieder hier ist«, flüsterte eine Magd sorgenvoll. »Nur ein völliges Versagen von Meister Jakob könnte ihn darüber trösten, dass er nicht für die Festlichkeiten verantwortlich ist.«

»Ich weiß schon, was du denkst«, wisperte ihre Nachbarin. »Dazu wird es nicht kommen. Die Speisekammer wird fest verschlossen und bewacht, er kann nichts ausrichten. Er hat selbst dafür gesorgt, dass das schwere Schloss zur Speisekammer nicht aufzubrechen ist. »

Die beiden grinsten sich an.

Die ersten hohen Gäste befanden sich schon in der Stadt und für den kommenden Tag erwartete man den Gesandten des Papstes. Der französische König hatte seinen Vertreter ebenfalls geschickt, um seine zukünftige Schwiegertochter zu beobachten. Man wusste schon, dass sie freundlich und gewandt war, doch je mehr Einzelheiten bekannt waren, um so genauer konnte man sich auf sie einstellen.

Sie sollte ein Erfolg für die königliche Familie sein, in politischer, doch auch in privater Hinsicht. Der zweite Königssohn war nicht offen und zugänglich wie sein älterer Bruder, sondern schwerfällig und verschlossen. Eine hübsche Gemahlin würde ihn aufmuntern, hoffte der König.

Die Familie Medici, allen voran der Papst, verfolgte ganz andere Interessen mit der jungen Frau. Jakob war inzwischen lange genug in Florenz, um das Vorgehen des Medici-Papstes zu begreifen. Diese Ehe sollte das Bündnis zu Frankreich stärken. Der Überfall der Truppen Kaiser Karls auf Rom lag noch nicht lange zurück, und François war erklärter Gegner des Kaisers. Mochte Karl auch auf eine Allianz mit Rom drängen, so war eine Rückversicherung mit seinem Feind ein Faustpfand. Demzufolge hängte man die Vorverhandlungen auch nicht an die große Glocke; die Absprachen geschahen still und beinahe unbemerkt. Bis zum jetzigen Zeitpunkt nahm man diese Gespräche am Kaiserhof nicht ernst, denn eine Medici als Gattin des Sohnes des französischen Königs war kaum vorstellbar.

Die immense Mitgift und die Zusage, Mailand endgültig Frankreich zuzusprechen, waren jedoch überzeugende Argumente, die Eheschließung der beiden jungen Leute voranzutreiben.

Herzog Alessandro dagegen wollte die junge Fürstin vor allem loswerden. Sie war eine stete Gefahr für seine umstrittene Herrschaft in der Stadt, wo er von Rechts wegen wenig zu suchen hatte und obendrein auch nicht sonderlich beliebt war. Doch auch er wollte sein Haus mit aller Pracht den Fremden vorstellen und für seinen Vater die Familie Medici ehrenvoll vertreten. Mit allem erdenklichen Prunk waren die Vorbereitungen getroffen, die Paläste prächtig ausgestattet und der Küchenmeister angewiesen worden, nur beste Speisen anzubieten.

Den glanzvollen Abschluss bot der letzte Abend mit einem großen Empfang im Hause des Herzogs unter der Leitung des noch jungen Küchenmeisters Jakob. Die Vorratskammern füllten sich mit teuren Waren und edelsten Genüssen, zusätzliche Knechte und Mägde wurden eingewiesen. Mit seinen engsten Köchen und Küchenhilfen hatte Jakob immer wieder die verschiedenen Abläufe geprobt. Niemals sollte ein Gast ein leeres Weinglas vorfinden, die Platten mussten jederzeit gut gefüllt sein und keiner durfte dem anderen im Wege stehen.

Er hatte ein raffiniertes Wegesystem ausgetüftelt, einen Rundlauf, der verhinderte, dass sich Diener und Mägde einander in die Quere liefen und behinderten. So gelangten die Aufträge rasch in die Küche und ebenso flink wurde bedient. Einen Tag vor dem Fest waren alle Arbeitsgänge soweit vorbereitet, nur noch letzte Handgriffe wurden erforderlich und die frischen Speisen konnten schnell bereitet werden. Er dankte im Stillen mehr als einmal Omar und der Palastküche des Sultans, wo er die Planung von großen Festen gelernt hatte. Eine exakte Festlegung verhinderte viele Katastrophen.

Die Gefahr, dass sich im letzten Augenblick ein Saboteur einschleichen könnte, war jeder Küchenhilfe bewusst und alle hielten die Augen auf, doch völlige Sicherheit konnte es nicht geben. Zu viele Fremde kamen in diesen Tagen in den Palast.

Die Diener der ausländischen Gäste waren oft noch arroganter als ihre Herrschaft und verirrten sich regelmäßig in Räume, in denen sie nichts verloren hatten. Auch die Küche wurde nicht von ihnen verschont; so kam es vor, dass immer wieder eine der Mägde einen elegant gekleideten Diener zu den Wohnräumen zurückbegleitete.

Jakob überwachte die letzte Farbgebung eines Gelees, welches den in Form eines Busches geschnitzten Kohl überzog. Dabei überlegte er, wie Margot es wohl angestellt hatte, auf eines der Feste der Duchessina am Vorabend zu gelangen. Ihr Begleiter war ein gut aussehender, junger Mann und Jakob war sich sicher, ihm schon im Palast begegnet zu sein.

Er wusch sich die Hände und bemerkte wohlgefällig, dass sofort eine Küchenhilfe seinen Arbeitsplatz reinigte. Seine Leute waren eingespielt und folgten bereitwillig seinen Anweisungen.

Er machte sich auf den Weg zu seinem neuen Schreibraum, um einen Beutel mit Münzen zu holen. Auf halber Höhe einer Wendeltreppe, die zu den höher gelegenen Räumen und Salons führte, vernahm er eine vertraute Stimme.

Was machte Kerim zu dieser Zeit im Palast? Bevor er die Kammer betrat, hörte er seinen Namen und eine Frauenstimme antwortete leise.

Niemand schien sonst zugegen und er näherte sich vorsichtig der angelehnten Tür.

»Ich habe den Kerl so satt, er ist brutal und hat selbst für meine Begriffe eigenartige Vorlieben. Ich hoffe, er hält sich an unsere Abmachungen.«

»Das Fest ist morgen vorbei. Ohne seine Unterstützung hätte Jakob niemals seine Chance bekommen. Ich könnte heute Abend auf dem Fest noch einmal mit ihm sprechen.«

Obwohl Margot ihre Stimme dämpfte, erkannte er sie genau.

Er hörte ein ergebenes Seufzen. »Lass nur, ich komme schon mit ihm zurecht. Und wie du sagst, morgen ist es sowieso vorbei.«

Jakob drückte sich gegen die Wand und schloss die Augen. Was ging hier vor sich?

Als er Schritte hörte, jagte er die Stufen wieder hinunter. In der Küche, zwischen seinen emsig arbeitenden Gehilfen sank er auf einen Schemel und versuchte, das Gehörte zu begreifen.

Bei all den umfangreichen Vorbereitungen für das große Festmahl, den Händlern, die von ihm bezahlt werden wollten und den Anweisungen für seine Leute, vergaß er zeitweise den Vorfall, doch immer, wenn er einen Augenblick zur Ruhe kam, hörte er Margots Gewisper.

Seine Freunde trafen Vereinbarungen, von denen er nichts wissen sollte. Es musste mit dem morgigen Fest zusammenhängen, soviel schien klar. Gewaltsam verdrängte Jakob die dunklen Gedanken und konzentrierte sich auf seine Arbeit. Sie war wichtiger als die kleinen Intrigen seiner Freunde. Was immer sie im Schilde führten – er würde es über kurz oder lang herausbekommen, doch im Augenblick gab es Wichtigeres.

Noch ein letztes Mal besprach er mit Maria, Selina und den engsten Helfern in der Küche den morgigen Tag. Sie waren gut vorbereitet, doch er konnte sich nicht leisten, in seiner Aufmerksamkeit nachzulassen.

Es wurden Wachen eingeteilt, die den Eingang der verschlossenen Vorratskammer bewachten. An diesem Abend schlief er im Palast, um in aller Frühe zugegen zu sein. Es war schon beinahe Mitternacht, als er die Halle durchquerte. Leise Musik von einem Flötenspieler und eine Stimme drangen aus einem Zimmer am Ende des

Flurs. In diesem Trakt befanden sich die Räume der einfachen Gäste. Eine Tür öffnete sich und gegen das Licht eines Kaminfeuers erkannte Jakob den Musiker, der sich mit einer Verbeugung verabschiedete.

»Ich weiß eure Großzügigkeit zu schätzen, Meister Grassoni.«

Er hatte den Namen schon gehört. Plötzlich erinnerte er sich wieder. Es war im Hof vor der Küche gewesen, aber nicht nur dort. Es war der italienische Gewürzhändler, der seinen gestreckten Safran in Augsburg verkauft hatte.

Er öffnete die Tür zu seinem Gemach und erblickte Isabella, die sich auf seinem Bett rekelte.

»Endlich, ich dachte schon, du kommst gar nicht mehr.«

»Ich habe schon nicht mehr gehofft, dich noch zu sehen«, meinte er, ließ sich auf dem Bett nieder und zog seine Schuhe aus. »Es ist schon spät und ich muss im Morgengrauen aufstehen.«

Sie streckte ihm ihre Arme entgegen und lächelte einladend. »Dann sollten wir keine Zeit mehr verlieren.«

XIII. Erfolge und Intrigen

Das erste Tageslicht drang noch nicht in den Raum. Im Dunkel erhob sich Jakob leise, um Isabella nicht zu wecken. Er warf nur schnell sein einfaches Gewand über; die Festkleidung konnte man ihm später bringen.

In der Küche war er nicht der Erste. Maria hatte kaum ein Auge zubekommen, klagte sie, viel zu aufgeregt sei sie gewesen. Auch Selina kam schon gähnend hinzu. Die Wache bestätigte ihm, dass es keinen ungewöhnlichen Vorfall gegeben hatte, und beruhigt inspizierte er die Vorratskammer, wo er alles zu seiner Zufriedenheit vorfand.

Eine fast zwölf Schritte lange Tafel trug sein Meisterwerk aus Gelee, verziert mit zahlreichen Einzelheiten des täglichen Jagdlebens. Da waren die kleinen brauen Wildschweine, die Rebhühner in einem Bett aus Pilzen, ein lebensgroßer Fasan, der mit den Flügeln schlug, ein Jäger kniete mit seinem Bogen am blauen Teich, in welchem kleine silberne Fische schwammen. Kaninchen, Wachteln und sogar ein echter Fuchs fanden ihren Platz in diesem kulinarischen Meisterwerk.

Es war der perfekte Beginn eines spektakulären Essens. Selbst auf den erlesenen Tafeln der verwöhnten Adelsfamilien von Venedig oder Rom gab es nichts Vergleichbares. Sein Gehilfe hatte einen Freund unter den Musikanten. Sie würden, auch dies ein ungewöhnliches Novum, die Musik kurz unterbrechen und mit schnellen Trommelschlägen die Aufmerksamkeit auf den offiziellen Beginn der Mahlzeit und den besonderen Augenblick der Darbietung lenken, bevor sie zu einem bekannten Jagdlied übergingen.

Doch zunächst mussten die beiden Pfauen vorbereitet und bratfertig gemacht werden, Ihre Federn sollten schnell eingesetzt werden, um sie zu servieren, bevor sie erkalteten. Maria kümmerte sich schon um den großen Topf mit der Suppe.

Das Problem der jungen Tauben schien einigermaßen gelöst, auch wenn Jakob sich nicht sicher sein konnte, dass die Tiere in ihrer Aufregung nicht wild durch den Raum flattern würden. Vorsichtshalber hatte er die Diener angewiesen, gleich die Fenster zu öffnen, damit sie hinausfliegen konnten, bevor sie etwas fallen ließen und die Kleidung der Gäste ruinierten.

Auf einem kleinen Grill briet die Wildschweinkeule, das Rehragout war vorbereitet und wurde lediglich erwärmt. Fisch konnte erst kurz vor dem Servieren gebraten werden, ein kritischer Moment im Zeitablauf.

Als alle Küchenhilfen eingetroffen waren, versammelte er seine Truppe noch einmal um sich und gab letzte Anweisungen, damit jede Magd, jeder Gehilfe genau wusste, welches seine ganz spezielle Aufgabe für den Tag war.

In der Küche waren nun alle erforderlichen Vorbereitungen abgeschlossen. Jakob begab sich in den Festsaal, um dort nach dem Rechten zu sehen. Der oberste Mundschenk besprach die Reihenfolge der Getränke mit ihm, und er schärfte seinen Helfern noch einmal ein, stets die Gläser gefüllt zu halten.

Hinter einer abgetrennten Wand befanden sich verschiedene Fässer mit Getränken, große Gefäße mit gewürztem Wein, mit Mandelmilch und verdünnten Säften. Trinkpokale standen auf einer Seite, falls ein Gast einen zusätzlichen Becher benötigte.

Maddalena erschien mit seinem Gewand auf dem Arm. »Es ist Zeit, Küchenmeister.«

Sie lächelte ihn ermutigend an. »Wir waren noch niemals so gut vorbereitet wie zu diesem Festessen. Es wird alles gut gehen.«

Sie reichte ihm die Kleidung und er zog sich hinter der Wand um. Rote, enge Hosen, dachte er grimmig. Kerim musste verrückt sein. Unter einem blauen Wams trug er ein Hemd mit bauschigem Arm, das aus schwarzen und blütenweißen Längsstreifen genäht war und mit einem rotledernen Armbund abschloss. Die Schulterpolster waren wie sein breiter Ledergürtel ebenfalls rot. Ein blaues Barett auf dem Kopf vervollständigte seinen eleganten Aufzug.

Die Signora erwartete ihn und überrascht erkannte er, dass auch sie nicht so beherrscht auftrat wie gewöhnlich. Möglicherweise stand nicht nur für ihn viel auf dem Spiel an diesem Tag.

Sie stand aufrecht am Fenster und führte ein weißes Seidentuch zum Mund, um sich zum wiederholten Male die Mundwinkel abzutupfen.

»Wie weit seid Ihr mit Euren Vorbereitungen für den Empfang?«

»Macht Euch keine Sorgen, es wird alles zu Eurer Zufriedenheit sein.«

»Eure Rechnungen belaufen sich auf gut ein Drittel der Kosten, die Meister Alfredo für ähnliche Festlichkeiten gefordert hat, wie ich bemerkt habe. Muss ich befürchten, dass unsere Gäste nicht satt werden?«

Jakob grinste vergnügt. »Das müsst Ihr gewiss nicht, Signora. Ich versichere Euch, nicht die Menge macht den kulinarischen Erfolg dieses Festes aus. Ihr habt mich angewiesen, für ein aufsehenerregendes Mahl zu sorgen, und das werde ich. Bisher hat man Unmengen von Speisen auf die Tafel gebracht, um den Wohlstand, den Reichtum und wohl auch die Macht des Hausherrn zu zeigen.

Eure Gäste hungern jedoch nicht, es sind wohlgenährte und verwöhnte Mitglieder der besten Familien der Stadt. Wir bieten ihnen das Besondere, das Ungewöhnliche, den Kitzel für den Gaumen. Früchte, die vor ihnen noch niemand in diesem Lande zu Gesicht bekam. Nach dieser Einladung der Duchessina werden sie von außergewöhnlichen Schöpfungen berichten und trotzdem gesättigt sein.«

»Ich kann nur hoffen, dass Ihr trotz Eurer Jugend wisst, was Ihr tut. In jedem Fall habt Ihr es geschafft, meine Neugier zu wecken.«

Sie setzte sich ein wenig entspannter auf eine mit Samtkissen belegte Bank und musterte ihn. Offenbar fand sie nichts an seinem Äußeren auszusetzen.

»Es gibt noch einen weiteren Punkt zu bedenken. Wir haben nur einen einzigen Vorkoster, alle übrigen sind Leute des Herzogs. Es gibt für einen gewitzten Übeltäter auf diesen Festen Möglichkeiten, Unheil anzurichten. Das muss vermieden werden.«

Jakob fragte sich insgeheim, warum sie mit diesem Problem bis jetzt gewartet hatte. Die Einteilung der Leute beim Festessen war zwar seine Aufgabe, doch von weiteren Vorkostern war bisher nicht die Rede gewesen.

»Ein einziger Vorkoster kann alle Speisen prüfen, welche die Duchessina zu sich nimmt. Ich weise ihm seinen Platz hinter ihrem Sitz zu, wenn Ihr einverstanden seid. Außerdem habe ich selbst ein waches Auge auf alle Speisen und Leute, die das obere Ende der Tafel bedienen. Es sind vertrauenswürdige und langjährige Diener, ich habe sie selbst ausgewählt.«

Sie nickte und hob den Blick. »Es ist ein gutes Gefühl, mit meiner Aufmerksamkeit nicht mehr alleine zu sein und einen Verbündeten zu haben. Doch nun geht, ich will Euch nicht aufhalten. Ihr werdet noch zu tun haben.«

Das war nur zu wahr. In der Küche wartete schon der erste von mehreren Unglücksfällen des Tages auf ihn. Aus einer der Kugeln waren die Tauben ausgebrochen und mussten wieder eingefangen werden. Die Stallburschen beteiligten sich unter großem Gelächter und Gejohle an der Jagd und aus den Augenwinkeln bemerkte er Alfredo, der übellaunig an eine Stalltür gelehnt die Szene beobachtete. Er schlenderte zu ihm.

»Ich habe Euch noch gar nicht gedankt«, meinte Jakob. »Eure Küche war in ausgezeichnetem Zustand und Ihr habt mir meine Arbeit nicht erschwert. Sie wird Euch morgen wieder wie gewohnt zur Verfügung stehen.«

Der Küchenmeister knurrte nur unbestimmt.

»Ich habe übrigens etwas entdeckt, was mich verwirrt. Ist es möglich, dass man Euch schlechten Safran verkauft? Eine Probe davon gelangte zufällig zu mir und ich hoffe doch, dass man Euch nicht betrügt mit schlechter Ware.«

Der Koch schien plötzlich hellwach. »Wo habt Ihr die Probe her?«

»Einer der Gehilfen brachte sie, ich erinnere mich nicht, welcher es war. Er sprach von einem Händler aus Venedig.«

»Habt Ihr einen Beweis?« Alfredos Stimme schien plötzlich etwas Lauerndes zu haben, und Jakob schüttelte, wachsam geworden, den Kopf.

»Es war nur wenig, doch eindeutig gestreckt. Ich habe so etwas schon einmal gesehen, deshalb war ich vorsichtig. Wisst Ihr etwas darüber?«

Unwirsch schüttelte der Mann den Kopf. »Was geht mich das an? Meine Ware war immer einwandfrei. Niemand bietet mir minderwertiges Zeug an. Jeder weiß, dass man sich damit in größte Schwierigkeiten bringt.« Hastig drehte sich der Koch um und ließ Jakob stehen.

Er verbarg etwas oder er hat Angst, dachte Jakob. Der Fund gestreckten Safrans und die Anwesenheit Grassonis konnte unmöglich ein Zufall sein.

In der Eingangshalle, die in einen großzügigen Patio mit Bogengang führte, erschienen die ersten Gäste der Duchessina. Auch wenn offiziell die junge Fürstin einlud, so war doch Herzog Alessandro Hausherr und empfing prachtvoll gekleidet den Gesandten des Papstes. Während er sich liebenswürdig um den Mann kümmerte und ihn die breite Treppe in den ersten Stock hoch geleitete, hatte Jakob Gelegenheit, den mächtigsten Mann der Stadt zu beobachten.

Seine Hautfarbe war dunkler als die der meisten Angehörigen seiner Familie und gab dem Gerücht Nahrung, dass seine Mutter ein einfaches, schwarzhäutiges Hausmädchen gewesen war. Hinter seinem Rücken wurde er gar *der Mohr* genannt. Die vollen, weichen Lippen überspielten den kalten Ausdruck seiner stechenden Augen. Er konnte charmant lächeln und war tadellos erzogen, doch das täuschte niemanden darüber hinweg, dass er einen Gegner mitleidlos töten ließ, wenn ihm der Sinn danach stand. Als habe er Jakobs Blick im Rücken gespürt, drehte er sich in der Treppenbiegung um und warf einen nachdenklichen Blick auf ihn.

Jakob verbeugte sich leicht in seine Richtung und verdrängte das ungute Gefühl, das ihn bei der Aufmerksamkeit des Herzogs befiel.

Der Blick in die große Halle zeigte die ganze Eleganz dieser Stadt. Jakob hatte seit seiner Ankunft in Florenz einige Paläste gesehen, dennoch raubte ihm der Anblick den Atem.

Der helle Marmorboden war mit wertvollen Teppichen ausgelegt, an den Wänden wechselten sich Marmorreliefs mit Gemälden bekannter Künstler ab. Pflanzen aus fernen Ländern mit ausladenden Blättern und fremdartigen Blüten ließen die Besucher staunen. Auf einer griechischen Säule rankten sich weiße Blumen bis zum Boden hinab und verströmten einen angenehm frischen Geruch.

Dazwischen wandelten elegant gekleidete Besucher. Die Frauen trugen erlesene Roben, an denen die Schneiderinnen wochenlang gearbeitet hatten; nicht weniger aufwendig gewandet waren ihre Begleiter. Feinste chinesische Seide, leichte Brabanter Tuche, Damast aus dem Osten – Jakob kannte genau deren Herkunft und ihren Wert. Schimmernde Perlen und blitzende Edelsteine schmückten fast alle Damen, die an diesem Abend zeigen konnten, was ihre Schmuckschalen bargen.

Einen Augenblick staunte er noch über das festliche Gepränge, bis er sich auf den Weg zur Küche machte. Bevor die Gäste nicht ihre Plätze an der langen Tafel eingenommen hatten, wurde nichts angeboten, und er hatte Zeit, zum hundertsten Male alle Platten, Speisen und Arbeiten zu kontrollieren.

Endlich war es soweit. Die Musikanten begannen ihr Trommelspiel im Speisesaal, dass Zeichen für den Beginn der Mahlzeit.

Seine Augen waren überall. Vorsichtig balancierten die Küchenhilfen mehrere Tafeln durch die Gänge, um seine große Jagdszene im Festsaal wieder zu einem Stück zusammenzusetzen.

Selbst noch im Gang hörte er schon die lauten Ausrufe des Staunens und der Bewunderung, und sein Herz schlug schneller. Als er den Saal betrat, setzten seine Hilfen schon das letzte Teil zusammen. In der prächtig ausgestatteten Halle, beleuchtet von zahlreichen Kerzen, kam seine Arbeit besonders eindrucksvoll zur Geltung.

Bei seinem Erscheinen brachen zwei Gäste in spontane Beifallsbekundungen aus und alle übrigen schlossen sich ihnen an.

Ihm schoss das Blut ins Gesicht bei dieser unerwarteten Huldigung; sogar der Herzog nickte ihm wohlwollend zu. Es schien jedoch niemand zu wagen, den ersten Schnitt in den kunstvoll arrangierten Gelee zu machen und sich zu bedienen, deshalb nahm er eine Platte, winkte nach einem Messer und legte als erster der jungen Duchessina vor. Dies schien man als Zeichen zu verstehen und nach und nach bedienten sich auch die Gäste.

Zwei Stunden später war von seiner Jagdszene nicht mehr viel zu erkennen. Die Reste wurden abgeräumt und die Safransuppe mit den verschiedenen Braten wurde aufgetragen.

Es war schon beinahe Mitternacht, als man die beiden großen Pfauen auf die Tafel brachte, auch ihre Darbietung wurde mit Ausrufen des Entzückens begleitet.

Er hatte die beiden Vögel bis beinahe zum Ende der Mahlzeit zurückgehalten. Nun entfernte er einen Teil des Federkleides und ließ seine Gehilfen das Fleisch zerteilen, ohne jedoch die Kapseln im Innern der Vögel zu berühren. Einige Gäste hatten sich erhoben, plauderten miteinander oder vertraten sich nach den langen Stunden des Genießens einfach nur die Füße.

Die Musikanten spielten die wohlbekannte Weise der weißen Taube, die im Waldeshain ihren Gefährten lockte. Mit seinem Beikoch öffnete Jakob die Kapseln, und aus den Pfauen schwirrten die Tauben, zunächst noch verwirrt und orientierungslos.

Eine Magd streute Körner zum Fenster hin und stieß die Läden nach draußen auf. Die Vögel drehten eine Runde unter der reich verzierten und bemalten Decke des Saales, bevor sie das Futter entdeckten und sich zum Fenster wandten. Das von Jakob befürchtete Durcheinander blieb aus, nur eine Taube ließ auf den weiten Rock einer älteren Dame etwas fallen, was diese jedoch nicht bemerkte.

Nach der ersten Verblüffung hörte er Beifallsrufe und das entzückte Gelächter der Damen.

Die meisten Gäste waren lange gesättigt, nun aber ließ man es sich nicht nehmen, noch ein kleines Stück des vortrefflichen Fleisches zu kosten. Ein Pfau kam auch in edleren Haushalten nicht jeden Tag auf die Tafel.

Jakob hatte den ganzen Abend die Gesellschaft nicht aus den Augen gelassen und befriedigt zur Kenntnis genommen, dass alle über Gebühr zugriffen. Er wusste, sein Mahl war nicht nur zum Erfolg, sondern zum Ereignis geworden. Man würde darüber reden und sich an seinen Vorgaben orientieren.

Klugerweise hatte er reichlich Zeit verstreichen lassen, bis er die Fruchtspeise auftischte. So wurde auch diese noch gewürdigt, bevor sich die Duchessina, der Herzog und der päpstliche Legat in ihre Räume zurückzogen.

Der Morgen graute schon, aber immer noch standen die letzten Besucher in der Halle und plauderten angeregt, bis endlich der letzte Gast nach seinem Pferd oder seiner Sänfte verlangte.

Auch die Köche, Diener und Mägde mussten so lange ausharren und warteten verstohlen gähnend in den Ecken. Der große Festsaal war nahezu geräumt. Nichts wies darauf hin, dass vor wenigen Stunden beinahe zweihundert Gäste ein üppiges Mahl in diesen Räumen verzehrt hatten. Ein letztes Mal nach dieser Schlacht betrat Jakob die Küche Alfredos.

Auch hier blitzten schon Töpfe und Geschirr, der Boden war sauber gefegt und die Abfälle im Schweinetrog entsorgt, sofern sie nicht dem einen oder andern dienlich waren.

Maria saß mit hängenden Schultern auf einem Hocker. Als sie ihn sah, glänzten ihre Augen.

»Ich bin schon so alt, aber ein solches Fest habe ich vorher noch nie gesehen. Solch edle Speisen, solch eine Pracht. Ich kann meiner Familie erzählen, dass ich zwar nur eine einfache Hilfe bin, aber immerhin zugegen war.«

Jakob legte ihr die Hand auf die Schulter. »Du warst kein unwichtiger Teil der Vorbereitung. Ohne dich hätte ich die besten Händler nie gefunden.«

Sie nickte ihm müde zu und erhob sich, wobei sie die Hand auf den schmerzenden Rücken legte.

»Ich danke Euch, Küchenmeister, aber nun gehe ich schlafen.«

Während ein Knabe die letzten Kerzen und die Feuer in den Herden löschte, stieg Jakob in sein Zimmer. Auch er war erschöpft und der Weg zum Haus war zu ihm zu weit. Er streifte nur Schuhe und Kleidung ab und war eingeschlafen, kaum dass er auf dem Bett lag.

Am Morgen wurde er von der Sonne geweckt, die ihre Strahlen durch das hohe Fenster direkt auf sein Bett schickte. Er blinzelte, bevor er die Augen aufschlug, und sah eine Magd, die sich an seiner Kleidung zu schaffen machte.

Als sich die Tür leise öffnete und er Kerim erkannte, schickte er die Magd hinaus.

Hinter Kerim folgte Margot. Sie nahmen auf seinem Bett Platz, Kerim brannte vor Mitteilungsdrang.

»Ich verstehe, dass du nach einem langen Tag müde bist, aber du ahnst nicht, was in der Stadt los ist. Vom Markt bis in den Salon des Fürsten redet man nur vom gestrigen Empfang und dem einzigartigen Mahl. Du bist jetzt eine Berühmtheit und kannst zukünftig ganz andere Forderungen stellen. Das elende, kleine Küchenloch dürfte passé sein.«

»Deine Mägde und Köche laufen wie stolze Pfauen durch den Palast«, fügte Margot stolz lächelnd hinzu. »Sie machen jedem klar, dass sie zu dir gehören und nicht zu Meister Alfredo. Wir wussten, dass du dein Metier beherrschst und wir auf deine Fähigkeiten vertrauen konnten, aber du hast alle Erwartungen übertroffen.«

Jakob verschränkte die Arme hinter dem Kopf und kniff die Augen zusammen.

»Sehr passend, zu mir von Vertrauen zu sprechen, wo ihr offenbar hinter meinem Rücken mit dem Herzog Vereinbarungen trefft.«

Kerim und Margot wechselten einen schnellen Blick. Dann zuckte Kerim leichtherzig mit den Schultern.

»Wir hätten es uns denken können, dass in diesem Palast nichts verborgen bleibt. Elendes Personal.«

»Anstelle meine Leute zu verdammen, solltest du lieber die Schuld bei dir suchen. Was habt ihr mit dem Herzog zu schaffen?« Jakobs Stimme war laut und scharf geworden.

»Wann hätten wir denn mit dir reden sollen?« Margot versuchte, ihn zu beschwichtigen. »Du warst kaum zu Hause, und wenn du einmal kamst, dann nur, um erschöpft ins Bett zu fallen oder über Auftragslisten und Preisen zu brüten. Wir wollten dich nicht behelligen. Und es war doch klar, dass man dir nicht einfach so die Herrschaft über ein großes Abendessen gestatten würde. Selbst mit Talent und Können ist dies nicht zu erreichen. Ohne ein wenig Nachhilfe hättest du es nicht geschafft.«

»Nachhilfe? Was meinst du damit? Geld, oder deine spezielle Zuwendung an Alfredo?«

Margots Gesicht verschloss sich und er bereute seine Bemerkung, kaum dass er sie ausgesprochen hatte.

»Streitet euch nicht«, warf Kerim ein. »Wir haben jeden Grund, zusammenzuhalten. Den Luxus, niemanden nötig zu haben, können wir uns alle nicht leisten.«

Er stand auf, öffnete die Tür und warf einen forschenden Blick in den Gang, bevor er die Tür sorgfältig wieder schloss.

»Man weiß in diesen alten Palästen nie, wer hinter welcher Mauer lauscht«, erklärte er. »Du bist sicher der beste Koch, den ich je gesehen habe, und ich habe einige Erfahrung«, erklärte er, während er zum Fenster schlenderte und einen Blick hinauswarf.

»Eines sollte dir jedoch klar sein. Irgendwann erreicht man eine Höhe, wo Fähigkeiten sich mit Verbindungen und Verpflichtungen mischen müssen, um seine Interessen durchzusetzen und die Arbeit unangefochten zu erledigen, ohne in die Fallstricke irgendwelcher Neider zu geraten. Glaube mir, ich weiß, wovon ich spreche.«

»Ich hingegen weiß immer noch nicht, was ihr mit dem Herzog zu tun habt.«

»Es gibt keinen Grund, uns anzugreifen.« Kerim lehnte sich lässig an die Wand, verschränkte die langen Arme über der Brust und meinte: »Dir muss doch klar sein, dass in einem Palast wie dem des Herzogs die Dinge niemals einfach liegen. Du bekommst gar nichts ohne Gegenleistung, vor allem, wenn an einem Hof so gegensätzliche Interessen wie die des Herzogs und die der Duchessina sich kreuzen. Es geht um Geld, Macht und natürlich Vergnügen. Wir haben das Vergnügen geboten, damit du die Macht erhältst, die uns allen dienlich ist.«

Jakob räusperte sich. »Welches Vergnügen habt ihr geboten? Ich will wissen, was vor sich geht.«

»So genau willst du es sicher nicht wissen, aber Margot und ich haben unsere Profession und Erfahrung bei einer der nächtlichen Lustbarkeiten des Herzogs in die Waagschale geworfen. Wir haben mit dem Herzog eine Abmachung getroffen und haben uns alle daran gehalten. Du konntest deine Fähigkeiten unter Beweis stellen und hast gewonnen. Es hat sich für uns drei auf jeden Fall gelohnt.«

Jakob warf einen Blick auf Margot, die bei Kerims Worten die Augen gesenkt hatte.

»Ich glaube, mir wird übel«, murmelte er.

Margot legte ihre Hand auf die seine. »Du hast uns so oft geholfen und uns nie im Stich gelassen, endlich konnten wir etwas für dich tun.«

Er blickte verlegen von Margot zu Kerim. »Ich hätte lieber geglaubt, den Erfolg allein meinem Können zu verdanken, aber das war wohl ziemlich einfältig. Natürlich bin ich dankbar für eure Hilfe, aber versprecht mir, in Zukunft mit mir zu reden.«

Die Tür öffnete sich wieder und Rico stürmte in den Raum, blieb vor seinem Bett stehen und starrte ihn misstrauisch an. Er krauste seine hübsche Nase und schnupperte.

»Was riecht denn hier so unangenehm?« Sein anklagender Blick traf Jakob. »Ich werde jeden Tag ermahnt, mich sauber zu halten, und du legst dich schmutzig und mit Kleidern in dein Bett.«

Jakob schwang die Beine aus dem Bett und lächelte den Jungen an.

»Ich war zu müde, aber sonst befolge ich Kerims Weisung ganz strikt. Wir wissen doch, wie genau er es mit der Reinlichkeit nimmt.«

Kerim verzog nur leicht das Gesicht, enthielt sich aber eines Kommentars. Die Ankunft des Jungen lenkte von dem heiklen Thema ab.

Margot und Kerim verabschiedeten sich schließlich. Jakob versprach, sich gegen Abend mit ihnen zu treffen. Für die Bewirtung der herzoglichen Gäste war Alfredo zuständig, während die Duchessina für einige Tage in das Kloster Murate reiste, wo sie die Weihnachtsfeiertage und den Jahreswechsel zu verbringen gedachte. Sie liebte die einfache Lebensweise im Kloster und war den Benediktinerinnen bereits ans Herz gewachsen.

Für Jakob und seine Leute waren dies willkommene Tage der Ruhe nach den aufreibenden Vorbereitungen für das Fest. Die Verheiratung der Duchessina mit dem zweiten Sohn des französischen Königs war in die Wege geleitet und sollte spätestens im Sommer stattfinden.

Jakob stieg in den hölzernen Waschtrog und kippte sich einen ordentlichen Guss Wasser über den Kopf. Er schüttelte sich. Die Magd hatte sein Badewasser schon vor einer Weile bereitgestellt; es war inzwischen kalt geworden. Während er sich mit einem Tuch fröstelnd wusch, überlegte er, was dies für ihn und seine Freunde bedeuten konnte.

Ebenso wie Kerim und Margot hatte er Florenz lieben gelernt und die Möglichkeiten, die sich ihm als anerkanntem Koch eines Fürsten oder Papstes in Italien boten, waren in jedem Fall größer als in einem fremden Land. Die wenigen französischen Sprachkenntnisse, die er von Lorenzo gelernt hatte, wurden gelegentlich durch hohe Gäste aufgefrischt. Neben Latein wurde es in den Adelshäusern gesprochen, die Wert auf gesellschaftliche Anerkennung legten und damit zum Ausdruck brachten, dass sie sich auch außerhalb ihrer gewohnten Umgebung unterhalten konnten.

Jakob wusste, dass der französische Hof niemals lange an einer Stelle verweilte; eine perfekt eingerichtete Küche würde er unterwegs aber sicherlich nicht vorfinden. Außerdem konnte er im Tross der Duchessina kaum erwarten, dass die bewährten Köche des königlichen Hofes seinetwegen zur Seite rückten. Vielleicht konnte die Signora ihm raten, wenn sie aus dem Kloster wieder zurückkam.

Er entstieg dem Trog und griff nach einem Trockentuch. Endlich hatte er Zeit, sich in Ruhe in der Stadt umzusehen und vielleicht interessante Leute zu treffen. Bisher hatte er alle Nachrichten nur von Margot oder Kerim erhalten; für eigene Erkundungen und Besuche blieb keine Zeit. Seit seiner Ankunft hatte er hauptsächlich die Küche, die Lager der Händler und die Waren, die im Hafen ankamen, zu Gesicht bekommen.

Nachdenklich stieg Jakob in einfache, braune Hosen. Niemanden interessierte es heute, wie er gekleidet war.

In der Küche traf er Rico wieder, der sich mit Maria unterhielt und nebenher einige Leckereien in seiner weiten Jacke verschwinden ließ. Trotz seines ständigen Appetits nahm Rico kaum zu, und Jakob wunderte sich nicht zum ersten Mal, wie viel der quirlige Junge vertilgen konnte.

»Ich habe heute Morgen eine kleine Gemüsetorte vorbereitet«, meinte Maria entschuldigend, »aber es ist nicht mehr viel davon übrig. Ich wollte etwas Neues versuchen und sie Euch zu kosten geben, damit Ihr den Geschmack beurteilt. Ich habe sie unvorsichtigerweise nicht weggeräumt, als ich im Hof mit den Knechten sprach.«

Sie hatte den Satz noch nicht beendet, als Rico sich den letzten Rest der Torte in den Mund stopfte.

»Ich kann den Geschmack auch beurteilen«, erklärte er kauend, »sie ist wundervoll, sehr gut.«

Er schenkte sich ein Glas Milch ein und spülte den Rest mit einem großen Schluck hinunter, bevor er in den Hof verschwand.

»Er ist ein so netter kleiner Kerl«, meinte Maria lächelnd und sah ihm nach, »man kann ihm nicht böse sein. Der Enkel meiner Schwester ist genau wie er, aufgeweckt und immer hungrig.«

Jakob erinnerte sich an manche Kopfnuss, die er sich für kleinere Vergehen in der Küche seines Küchenmeisters eingefangen hatte, als er in Ricos Alter war.

Er schob die Erinnerungen beiseite, besprach mit Maria die Verwendung der umfangreichen Reste des Festessens und betrat dann die Speisekammer. Zu seiner Verblüffung fand er zwischen den Vorräten seinen Koch Paolo, der sich in aller Seelenruhe einen Korb mit feinen Spezereien und Naschwerken füllte. Als er Jakob im Dämmerlicht der Kammer erkannte, wurde er eine Spur blasser, fuhr jedoch fort, einige Esswaren in seinen Korb zu packen.

»Du hast wohl großen Hunger oder weshalb nimmst du reichlich, ohne mich vorher zu fragen?«

»Ich wusste nicht, dass ich mich erkundigen muss, ob ich meinen Anteil an den Waren mitnehmen kann. Er steht mir schließlich zu.«

Die dreiste Art des jungen Mannes, der noch jünger war als er selbst, reizte ihn und er merkte, dass ihm vor Ärger das Blut ins Gesicht schoss.

»Niemand nimmt ohne meine Erlaubnis etwas aus der Speisekammer mit, das solltest du wissen.«

Er hob das Tuch an, welches den Korb bedeckte und warf einen Blick hinein.

»Wie kommst du auf den Gedanken, dass dir Muskatnüsse, Nelken und ein ganzer Kuchen zustehen?«

Paolo hob die Schultern. »Es ist üblich in den Küchen von Florenz, dass sich nach Festen die Köche zuerst bedienen, bevor die Mägde und Hilfen ihren Anteil erhalten. Außerdem regt Euch nicht auf, ich habe günstig einen Beutel Safran erstanden und werde ihn der Küche der Duchessina überlassen. Ein großzügiges Geschenk, wie ich finde.«

Jakob versuchte vergeblich, seinen Ärger zu beherrschen. »Was fällt dir ein? Die Duchessina braucht deine Geschenke nicht. Weder du noch andere werden sich an ihrer Küche bereichern, ich dulde es nicht. Deinen Safran kannst du getrost behalten, wenn er überhaupt das Geld wert ist, das du für ihn gezahlt hast. Und nun verschwinde von hier, ich will dich in meiner Küche nicht mehr sehen.«

Sprachlos starrte Paolo Jakob hinterher, der zornig in den Hof stürmte. Selbst Maria, die dem Wortwechsel gefolgt war, sah ungläubig auf ihren sonst so gelassenen Dienstherrn.

Paolo rannte aufgebracht hinter ihm her, immer noch den gefüllten Korb im Arm. Er fand Jakob vor der Tür und zischte ihm wütend zu: »Es ist mir egal, was Ihr denkt, meinen Anteil nehme ich in jedem Falle mit. Wenn Ihr meine Kochkunst nicht würdigt, wird Meister Alfredo mich gerne nehmen. Er hat mir die eine oder andere kleine Gefälligkeit bisher gut entlohnt. Meinen Safran, den Ihr nicht schätzt, nehme ich natürlich wieder mit.«

»Warte!« Jakob hielt Paolo am Arm fest, ließ ihn jedoch wieder los, als der Junge erschreckt einen Satz zurück machte.

»Behalte den Korb, aber lass mich einen Blick auf den Safran werfen. Ich glaube nicht, dass er von guter Qualität ist.«

Misstrauisch setzte Paolo den Korb auf den Boden und öffnete den kleinen Sack mit Safran, wobei er Jakob nicht aus den Augen ließ. Anscheinend hielt er ihn für fähig, gleich über ihn herzufallen und ihm doch noch seine Beute zu entreißen.

Er schüttete einen kleinen Teil in die offene Handfläche des Küchenmeisters, der prüfend die Fäden auseinander zog.

»Genau, wie ich es mir dachte«, murmelte Jakob. »Es ist wieder dieser gestreckte Plunder.«

Er wandte sich an Paolo, der den Korb an seinen Körper presste.

»Wo hast du diese Ware gekauft?«

»Meister Alfredo empfahl mir, bei seinem wichtigsten Händler danach zu fragen. Nicht jeder bekommt Safran zu diesem bevorzugten Preis, deshalb braucht man seine Empfehlung.«

Bevor Jakob antworteten konnte, rief ein Küchenjunge nach ihm. Er würde dieser leidigen Safrangeschichte auf den Grund gehen, schwor er sich. Für den restlichen Tag aber bekam er keine Gelegenheit mehr, daran zu denken. Die Abwicklung und Abrechnung des Festes nahm seine volle Aufmerksamkeit in Anspruch und erst am nächsten Vormittag, als er Meister Alfredo im Gang begegnete, fiel ihm der Vorfall mit Paolo wieder ein.

»Auf ein Wort, Meister«, rief er seinem Rivalen zu. »Ich habe von meinem Koch erfahren, dass er von Euch den Rat erhielt, besonders günstig Safran zu kaufen. Verratet Ihr mir, wo ich diesen erhalten kann?«

Alfredo musterte ihn herablassend. »Warum sollte ich Euch dienlich sein? Ihr habt bisher auch ohne meine Hilfe gewirtschaftet. Fragt Eure beste Kraft Maria«, meinte er höhnisch, »sie kennt doch alle Händler.«

Damit drehte er sich um und war verschwunden.

Vielleicht kann sie mir tatsächlich weiterhelfen, dachte Jakob, aber auch Maria wusste keinen Rat. Er entschloss sich, den Stier bei den Hörnern zu packen und sich direkt an Grassoni zu wenden. Dieses Mal würde er vorsichtig sein und nur behutsam auf den Busch klopfen.

Er hatte Glück. Nach einigem Suchen fand er ihn im Pferdestall, wo er zusammen mit dem Schmied den Huf eines Pferdes kritisch begutachtete.

»Wenn ich dir doch sage, dass er auf diesem Fuß unsicher geht. Man merkt es erst am Ende eines langen Rittes. Vielleicht hat er sich einen Stein eingetreten.«

Er warf einen unwilligen Blick auf Jakob, der seine Untersuchung störte. Grassoni war kein beeindruckender Mann. Eher klein gewachsen, mit dichtem, dunklem Haar, das in den Ansätzen schon ergraute, und einem Spitzbart, wirkte er wie ein durchschnittlicher Händler.

Er trug dunkelgrüne kurze Hosen, ein helles Hemd und ein hellgrünes Wams. Als Jakob sich mit einem leichten Hüsteln bemerkbar machte, wandte Grassoni sich um und ein Blick aus stechenden dunklen Augen traf ihn.

»Wollt Ihr etwas von mir, junger Mann?«

Seine Stimme war erstaunlich dunkel und voll für einen Mann seiner Statur, dachte Jakob. Er machte eine kurze Verbeugung.

»Gestattet, dass ich mich vorstelle, mein Name ist Jakob …«

»Ah«, unterbrach ihn Grassoni, »ich hörte es schon. Ihr seid der neue Koch, der Alfredo das Leben so schwer macht. Was wollt Ihr von mir?« Er kam einige Schritte auf Jakob zu und streckte sich zu seiner voller Größe. Dennoch reichte er Jakob höchstens bis zur Schulter.

»Es ist nicht meine Absicht, dem herzoglichen Küchenmeister das Leben zu erschweren«, antwortete Jakob förmlich.

Die wenig liebenswürdige Art Grassonis störte ihn, doch er wollte den Mann nicht misstrauisch machen und bemühte sich, seine herausfordernden Worte zu ignorieren.

»Ich habe schon in meiner Heimat von Euch gehört und freue mich, Euch endlich persönlich zu sehen. Als Alfredo Euren Namen nannte, dachte ich gleich daran, Euch um einige Proben von Gewürzen zu bitten und mir Eure Preise zu nennen. Man sagte mir, wenn ich gute Ware wohlfeil erstehen will, muss ich mich an Euch wenden. Der Haushalt der Duchessina ist nicht so üppig wie der des Herzogs, und ich muss dieser Tatsache Beachtung schenken.«

»So, so, sagt man das. Wo in Eurer Heimat habt Ihr denn von mir gehört?«

Obwohl Grassoni vorsichtig war, so hörte Jakob doch den geschmeichelten Ton aus seinen Worten. Der Mann war also eitel, dachte er amüsiert und legte noch ein wenig nach.

»Es war in Augsburg, wo ich auf dem Markt nach besonders guten Spezereien fragte. Der Händler erwähnte Euch als Lieferant und sprach in recht lobenden Worten von Euch.«

Grassoni strich sich selbstgefällig über den leicht rundlichen Bauch.

»Nun ja, ich habe natürlich Handelsbeziehungen in viele Länder. Lasst uns ein wenig an die frische Luft gehen und dort weiterreden, hier im Stall ist nicht der rechte Ort für geschäftliche Gespräche.«

Trotz der Sonne lag Frost in der Luft. Der Geruch von Rauch aus den zahlreichen Kaminen der Stadt vermischte sich mit den Ausdünstungen der Tiere im Stall und dem Geruch der Abfälle auf dem nahen Misthaufen.

Sie verließen den Hinterhof und bogen in eine Nebengasse ein, die zur Hauptstraße führte. Ein kleines Gasthaus lag gegenüber, Grassoni strebte darauf zu. Er bestellte zwei warme Weingetränke und lehnte sich dann bequem zurück.

»Ihr wollt also Geschäfte machen mit mir. Ich muss Euch sagen, dass dies normalerweise nicht ganz so einfach ist. Die meisten meiner Kunden kenne ich seit vielen Jahren, oft auch schon deren Väter. Geschäfte, wie ich sie betreibe, sind Vertrauenssache. Von Euch weiß ich gar nichts, Ihr seid wie ein Vogel vom Himmel gefallen.«

Er lachte über den Vergleich und trank einen kräftigen Schluck aus seinem Becher.

Auch Jakob trank ruhig ebenfalls einen Schluck, bevor er antwortete. »Ich bin am Rhein aufgewachsen und kam erst vor wenigen Jahren zu meinem Vater nach Genua. Er wollte mich für sein Handelshaus gewinnen, doch die Kochkunst ist das Einzige, was mich wirklich interessiert.«

Er berichtete von seiner Kindheit in den Rheinlanden, seiner Reise über Augsburg nach Genua, wobei er geflissentlich die kritischen Momente aussparte.

Grassoni nickte und trank gelegentlich einen Schluck.

Schließlich meinte Jakob: »Bei meinem Vater habe ich gelernt, dass Händler vor allem gute Kunden brauchen. Ich bin Küchenmeister der Duchessina, und selbst wenn meine Küche derzeit noch bescheiden ist, so habe ich vor, meinen Weg zu machen. Ich könnte ein guter Kunde werden.«

»Vor allem könnt Ihr Euch exzellent selbst verkaufen«, meinte Grassoni herablassend. »Schon gut, ich mache Euch ein paar Angebote, sozusagen, um miteinander warm zu werden. Schreibt mir eine Liste der Gewürze, die Euch interessieren, und ich werde sehen, was ich tun kann für einen jungen, aufstrebenden Küchenmeister.«

Jakobs Liste wurde nicht allzu lang, schließlich hatte er kein ernsthaftes Interesse an einer Beziehung zu dem Venezianer. Als er nach einigen Tagen das Angebot Grassonis erhielt, war daran nichts auszusetzen. Die Preise waren günstig, wenn auch nicht auffallend niedrig. Aus dem Angebot ließ sich nichts Verdächtiges herauslesen.

So einfach ließ der Mann sich nicht in die Karten schauen, dachte Jakob resigniert. Vielleicht sollte er seinen Verdacht für sich behalten und nicht weiter hinter ihm her schnüffeln. Er hatte schon genügend Ärger wegen seiner Nachforschungen gehabt; im Augenblick war zudem Wichtigeres zu tun.

Der Herzog gab am Weihnachtstag eine Einladung und hatte zu Alfredos wachsendem Ärger verfügt, dass abermals Jakob als verantwortlicher Küchenmeister das Mahl arrangierte. Das widerwillige Entgegenkommen seines Konkurrenten war einer bissigen Feindseligkeit gewichen und er konnte nur hoffen, dass Alfredo die Küche starrköpfig mied und ihm das Feld überließ.

Am frühen Abend begab er sich ins herzogliche Vorzimmer, um sich über Anzahl der Gäste und Art der Einladung mit dem Regenten der Stadt zu besprechen. Man ließ ihn lange warten.

Als die Tür sich endlich einen Spalt öffnete, hörte er das helle Gelächter und die Worte einer Frau.

»Macht Euch keine Gedanken um meine Zukunft, mein hoher Herr, ich genieße das volle Vertrauen Biancas und sie hat doch stets gewusst, was vor sich geht, oder etwa nicht? Ich werde nach Frankreich zurückkehren und ihr Eure besten Grüße übermitteln.«

Er zuckte bei diesem Namen immer noch zusammen. Die Dame schloss die Tür und rauschte an ihm vorbei, ohne ihn eines Blickes zu würdigen. Sie hatte fast den Ausgang erreicht, als er seinen Mut zusammennahm und hinter ihr herrief.

»Verzeiht mir meinen Mut, Euch anzusprechen. Ich hörte Eure letzten Worte und bin ein Freund Bianca Bertolinis. Ich hoffe, es geht ihr gut?«

Die Frau drehte sich langsam zu ihm um und musterte ihn. Sie war älter, als er zunächst angenommen hatte, und musste die Dreißiger schon eine Weile überschritten haben. Sie war schön und in besonders auffälliger Weise gekleidet, mit tiefem Dekolleté, welches gerade abschloss und ihre Rundungen beinahe provokant umfasste. Das würde Margot gefallen, dachte er, bevor er sich von dem erfreulichen Anblick losriss und ihr in die Augen sah.

»Wenn Ihr ein Freund Biancas seid, so wundere ich mich, dass Ihr ihren neuen Namen nicht zu kennen scheint. Sie ist seit einiger Zeit vermählt und trägt den Namen ihres Gatten.«

Ihre helle Stimme war spöttisch, doch ihr Blick schien nicht uninteressiert.

Er verbeugte sich leicht vor ihr. »Ich bin Jakob, Sohn des Rafael Scalia und der Küchenmeister der Duchessina. Unsere Familien sind befreundet, doch seit ihrer Abreise habe ich kaum etwas von ihr gehört. Ich selbst war lange Zeit verreist.«

»Bianca, Gräfin de la Brosse, erfreut sich guter Gesundheit; ich werde ihr Eure Wünsche ausrichten. Sie wird am Hofe des Königs geschätzt und freut sich auf die Ankunft ihrer neuen Herrin, der Duchessina, die dann zur königlichen Familie gehört. Als deren Küchenmeister werden wir Euch sicher ebenfalls am Hofe des Königs begrüßen dürfen.«

In ihren letzten Worten war eine kleine Frage versteckt, doch Jakob begnügte sich damit, sich stumm zu verbeugen.

Er blickte ihr nach und fragte sich, was sie wohl mit Bianca verband. Sie hatte ihm ihren Namen nicht verraten, aber was spielte es noch für eine Rolle, dachte er. Bianca war glücklich verheiratet und das offenbar mit einem hochstehenden Beamten. Sie hatte die kurze Liaison mit ihm sicherlich schon vergessen.

Sein Magen krampfte sich zusammen und seine Fäuste ballten sich, ohne dass er es bemerkte.

Ein Diener riss die Flügeltür auf und winkte ihn in den Salon. Der Herzog stand neben seinem Sekretär, der die letzten Schriftstücke zusammenfaltete und sich dann unter Verbeugungen zurückzog. Jakob blieb mit Herzog Alessandro allein.

Die Unterredung währte nur kurz, der Herzog hatte offenbar wenig Lust, sich über Kosten und Details seiner Einladung den Kopf zu zerbrechen. Er wünschte ein ausgezeichnetes Mahl ohne jede Effekthascherei, da Rom mehrere Gesandte an den Hof schickte und er auf keinen Fall den Eindruck eines maßlosen Verschwenders erwecken wollte. Ausgezeichnet sollte es sein, jedoch von einer gewissen Bescheidenheit, fügte er mit herabgezogenem Mundwinkel hinzu.

Jakob versicherte ihm, die Kosten im Auge zu behalten, und meinte abschließend: »Solange ich nicht gezwungen bin, gute Ware mit billigem, gestrecktem Safran zuzubereiten, werdet Ihr nichts zu klagen haben.«

Der Herzog hob interessiert den Kopf.

»Was meint Ihr damit? Ich habe nie verlangt, dass man minderwertige Ware auf den Tisch bringt, um die Kosten zu senken.«

Jakob ärgerte sich über seine Bemerkung, kaum dass sie ihm entschlüpft war.

»Ich habe verschiedene Beobachtungen gemacht, dass gestreckter Safran in Umlauf ist und habe einen Verdacht, dem ich nachgehen wollte. Da mir aber noch der Beweis fehlt, will ich Euch nicht damit langweilen.«

Alessandro de' Medici schien mit seinen Gedanken schon woanders und nickte ihm flüchtig zu. Er hob die Hand, damit war Jakob verabschiedet.

Voll des Unmutes machte er sich auf den Weg zu seinem Haus. Es war vollkommen überflüssig, ohne jeden Beweis Verdächtigungen auszusprechen, von der Gefahr ganz zu schweigen.

In Gesellschaft seiner Freunde vergaß er seine unbedachte Äußerung wieder. Sie hatten zu seiner Heimkehr ein kleines Essen für ihn vorbereitet und empfingen ihn gut gelaunt.

»Damit du nicht immer nur für andere kochen musst, haben wir für dich etwas arrangiert.«

Jakob lachte vergnügt. Er wusste nur zu gut, dass weder Margot noch Kerim sich für Küchenarbeiten oder die Zubereitung von Nahrung interessierten. Rico hielt sich zwar ständig in Küchen auf, jedoch nur, um Leckereien zu mausen. Sie hatten zu einer Garküche geschickt, die bekannt für ihre ausgezeichneten Speisen war, und wenn sie auch nicht an Jakobs Fähigkeiten heranreichte, so musste er zugeben, dass er in letzter Zeit nicht oft Gelegenheit gehabt hatte, ein derart entspanntes Mahl einzunehmen.

Einige Bekannte gesellten sich im Laufe des Abends hinzu. Es war schon weit nach Mitternacht, als er müde auf sein Lager fiel. Normalerweise schlief Jakob schnell ein, doch in dieser Nacht lag er noch lange wach. Es war das Gespräch mit der Besucherin des Herzogs, welches ihm nicht aus dem Kopf ging. Wie mochte Bianca jetzt leben, war sie glücklich mit einem anderen Mann? Obwohl er ihr alles Glück wünschte, nagte die Vorstellung an ihm und raubte ihm den Schlaf.

Er hatte hier und dort Frauen kennengelernt und manche machten es ihm leicht. Warum nur konnte er Bianca nicht vergessen?

Immer noch spürte er die Vertrautheit ihres Körpers, hörte ihr Lachen und dachte an die Augenblicke stillen Einverständnisses. Er hatte sich dieser Gemeinsamkeit so sicher gefühlt, dass er viel zu wenig um sie gekämpft hatte. Keine andere Frau hatte ihm dieses Gefühl von Glück und Nähe geben können. Zum wiederholten Male nahm er sich vor, die fruchtlosen Gedanken beiseitezuschieben. Er musste sich mit den Gegebenheiten abfinden.

Am nächsten Tag leistete er sich den ungewohnten Luxus eines Müßiggängers, blieb lange im Bett, nahm mit Margot das Morgenmahl ein und besprach mit Kerim seine neue Garderobe und die Ausstattung einiger leer stehender Räume im Haus, die der Eunuch als Gäste- und Studienzimmer einrichten wollte. Kerims Vorstellungen kreisten um kostbare Stoffe sowie teure und hochbeschäftigte Künstler, und als Jakob die Preise hörte, wurde ihm schwindlig.

»Wir sind noch nicht soweit, einen Palast wie Suleiman der Prächtige zu führen«, versuchte er seinen begeisterten Freund zu bremsen. »Ich bin Küchenmeister, kein Herzog oder Papst mit unbegrenzten Mitteln.«

Schmollend erklärte Kerim sich bereit, die Ausstattung noch etwas zurückzustellen, bis ihre Mittel eine angemessene Gestaltung zuließen. Auf keinen Fall war er bereit, die Räume mit bescheidenem Mobiliar zu füllen – dann sollten sie besser leer stehen.

»Es wird mir etwas einfallen«, meinte er abschließend optimistischer. »Überlass die Lösung dieses Problems einfach mir.«

Jakob zweifelte nicht daran, dass ihm der findige Eunuch mit seiner Überzeugungskraft bald ein Ergebnis präsentieren würde. Kerim konnte weder warten noch sich bescheiden.

Lange hielt Jakob die Untätigkeit zu Hause nicht aus. Schon am Nachmittag machte er sich auf den Weg in seine Küche. Maria versuchte vergeblich, sich eines hartnäckigen Händlers zu erwehren, der ihr Gemüse verkaufen wollte, das er auf dem Markt nicht losgeworden war.

Er scheuchte mit einigen harschen Worten den Mann fort, der leicht angetrunken war. Zornig und murrend schob jener seinen Karren schwankend zum Tor hinaus und Maria stieß einen erleichterten Seufzer aus.

»Er tut mir ja leid, aber seine Ware ist nicht mehr frisch und das weiß er auch. Seine Frau wartet mit einer ganzen Reihe kleiner Kinder darauf, dass er mit dem Ertrag seiner Verkäufe nach Hause kommt, aber er trägt das Wenige, was er verdient, noch ins Wirtshaus.«

Sie überlegten gemeinsam, wie das Festmahl der päpstlichen Delegation zu den Feiertagen aussehen sollte, und einigten sich auf diverse Gemüse und Wildgerichte.

Der Herzog selbst war ein leidenschaftlicher Jäger; nach den Ausflügen in die nah gelegenen, herzoglichen Wälder brachten seine Jagdhelfer Karren mit erlegtem Wild in den Wirtschaftshof. Die Küche des Herzogs bediente sich nach eigenem Ermessen und der Rest wurde auf dem Markt verkauft.

Neben am Spieß gebratener Wildschweinkeule, geräucherter Entenbrust und feinen Würsten aus der Lombardei plante Jakob ein Bohnen-Feigen-Püree mit Salbei zu reichen, gefolgt von Petersilienwurzeln in einem Omelett, gut gewürzt mit Käse aus Parma, Pfeffer und Muskat. Salat aus gebratenen Zwiebeln liebte der Herzog, wie Maddalena ihm erklärte. Das junge Mädchen war eine zuverlässige Quelle der Information und hielt Jakob unverbrüchlich die Treue.

Das Gericht war beliebt und einfach, doch Jakob gedachte, die Zwiebeln nicht nur in der Ofenglut zu braten und mit Sauce zu mischen. Man nahm die verbrannten äußeren Schalen der Zwiebeln ab und schnitt aus dem gegarten, weißen Innern einen Salat, den man mit einer Sauce aus Olivenöl, Essig und der gewohnten Gewürzmischung aus Pfeffer, Zimt, Ingwer, Nelken und Safran anrührte.

Aus der Neuen Welt waren Früchte eingetroffen, die er in der Sauce verarbeiten wollte, sodass sie zusätzlich noch eine fruchtige und eine scharfe Komponente erhielt. Die kleinen, scharfen Schoten, die er schon oft benutzt hatte, dienten dazu vortrefflich. Hinzu nahm er die roten Früchte, welche an Büschen gediehen und denen man heilsame Wirkung nachsagte.

Einige Bauern berichteten, dass sie mit gutem Erfolg in ihren Gärten wuchsen. Im Innern der Frucht befanden sich Kerne, die er entfernte, da sie bitter schmeckten, doch das Fruchtfleisch war saftig, mit einer leicht süßlichen Note. Für eine Sauce eigneten sich diese Früchte ausgezeichnet, dachte er, als er sie mit heißem Wasser überbrühte und ihre hauchdünne Haut abzog.

Nach den Feiertagen würde er einige Versuche damit anstellen; vielleicht eigneten sie sich auch als Sauce, in welche man frisches Brot tunken konnte oder die man zu Würsten aß.

Außerdem ließ sich aus beinahe jedem Gemüse eine gute Suppe kochen, je nach Jahreszeit entweder kalt oder warm. Vielleicht sollte er eine heiße Kohlsuppe mit Rahm und Eigelb reichen, verfeinert mit einer der köstlichen Würzmischungen, die er vom Hofe des Sultans kannte. Diese rötlich-scharfe Mischung aus dem fernen Orient hütete er wie seinen Schatz.

Als Nachspeise konnte er feinen Kuchen mit eingeweichtem Dörrobst belegen. Dazu aus einer Tasse Zucker, einer Tasse Obstsaft und einem Eiweiß fest geschlagene Creme darüber gießen und im Brotofen zu einer weißgoldenen Haube backen. Ein einfaches, jedoch köstliches Abschlussgericht, dachte er befriedigt. Er hatte es noch in der Küche Margots in Genua ausprobiert und noch niemandem angeboten. Dies war endlich die Möglichkeit, es zu präsentieren.

Er konnte sicher sein, dass es den Beifall der Gäste fand, immerhin hatte es schon Gnade vor Kerims Augen gefunden. Kerim hatte ein untrügliches Gespür für erfolgreiche, neue Kreationen, mochte es in Hinsicht auf Kleidung, Stil oder kulinarische Genüsse sein.

Maddalena blickte über seine Schulter, als er die Menüfolge niederschrieb:

Bohnen- und Feigen-Püree
Lombardische Würste
Feine Kohlsuppe mit exotischen Gewürzen
Omelett mit Petersilienwurzeln
Gebratene Wildschweinkeule
Geräucherte Entenbrust
Zwiebelsalat
Obstkuchen mit Eierschaum

Sie versuchte, seine Worte zu entziffern, gab es aber bald auf; ihre Kenntnisse im Schreiben und Lesen waren zu gering.

»Ich lese es dir vor. Ich kann schon sehr gut lesen.«

Ricos stolze Stimme erklang hinter ihm und der Junge las Maddalena laut die Speisenfolge vor.

»Das Bohnenpüree und die Suppe kannst du weglassen, ich mag Bohnen und Kohl nicht, alles andere ist gut.«

»Vielen Dank für deine Beurteilung«, entgegnete Jakob, »aber es geht nicht um dein Mittagessen.«

Rico setzte sich auf einen Schemel und streckte die Beine aus. Dabei fiel Jakob auf, dass der Junge im letzten Halbjahr sehr gewachsen war. Die regelmäßige gute Nahrung zeigte Wirkung.

Er wies auf Brot und Wurst. »Du bist bestimmt nicht gekommen, um mir Gesellschaft zu leisten. Wenn du Hunger hast, bedien dich.«

Zu seiner Überraschung schüttelte der Junge den Kopf.

»Ich bin gekommen, weil ich dich etwas fragen wollte. Sergio und ich haben im Hof gespielt. Du weißt doch, der Sohn des Kutschers«, fügte er erläuternd hinzu, als Jakob fragend die Augenbrauen hochzog.

»Wir haben die Schritte von Wand zu Wand gezählt, weil Kerim mir die Aufgabe stellte, die Fläche des Hofes zu errechnen.«

»Ich soll dir bei einer Rechenaufgabe helfen?«

Rico machte eine abwehrende Handbewegung.

»Das meine ich nicht. Die Fläche zu errechnen, ist sehr einfach. Wir wollten danach wissen, wie viel Platz das Mauerwerk braucht und wie groß die dahinter liegenden Räume sind. Dabei habe ich auch Alfredos Küche abgeschritten, natürlich, als er fort war. Die Außenmauern sind alle gleich dick, nur nicht bei Alfredos Küche, dort sind sie dreimal so dick wie an allen anderen Stellen.«

Jakob unterbrach ihn ungeduldig. »Ich verstehe nicht ganz, wobei ich dir helfen soll. Für solche Berechnungen ist Kerim viel besser geeignet; ich habe noch zu tun, wie du dir denken kannst.«

»So warte doch«, meinte der Junge, »vielleicht habe ich ja ein geheimes Versteck entdeckt. Wenn ich annehme, dass die Mauern der Küche ebenso dick sind wie alle übrigen, dann muss drinnen ein zusätzlicher Raum existieren.«

Zweifelnd sah Jakob ihn an. »Ein Geheimnis zu entdecken, davon habe ich als Kind auch immer geträumt. Wie groß ist denn dein geheimes Versteck?«

Rico zog ein Stück Papier aus der Tasche und meinte dann. »Ich habe es genau berechnet, es ist etwas mehr als ein *Braccio*, also die Länge von zwei Füßen Unterschied zwischen Innen- und Außenseite der Küche.«

Jakob lachte. »Dann muss es sich um ein ganz kleines Geheimnis handeln! Was sollte man in so einem winzigen Schlauch schon groß unterbringen? Ich nehme an, die Außenmauern sind an dieser Stelle dicker, vielleicht, weil von dort der kalte Wind weht oder aus einem anderen Grund. Entschuldige mich nun und halte dich aus Alfredos Küche heraus. Ich brauche keinen zusätzlichen Ärger mit dem Mann.«

Lächelnd machte er sich an die Arbeit. Er konnte den Kleinen verstehen. Wahrscheinlich hätte er selbst auch solch abenteuerliche Spiele ersonnen, aber seine Kindheit war ganz anders verlaufen als die des verwöhnten Knaben.

Maria erschien im Eingang, nahm ihm das Messer aus der Hand und machte sich daran, Petersilienwurzeln zu schälen. Er war schon zu beschäftigt, um Rico wahrzunehmen, der sich mit enttäuschtem Gesicht hinausschlich.

Kein Gericht gelangte auf die Tafel des Fürsten oder der Duchessina, welches er nicht zuvor ausprobierte, bis es zu seiner vollen Zufriedenheit war. Die Zusammensetzung der Zutaten und Mengen legte er strikt fest, um keine unterschiedlichen Ergebnisse zu erreichen und um die gleichbleibende Qualität aller Gerichte zu sichern. Dies war recht ungewöhnlich, da die meisten Küchenhilfen nicht schreiben oder lesen konnten und die Küchenmeister ihre Rezepte nur mehr oder weniger genau kannten.

Entsprechend schwankend konnten die Ergebnisse ausfallen. Jakob dagegen hatte von Lorenzo gelernt, wie sinnvoll schriftliche Erinnerungen waren. Lediglich für große Ereignisse ließ sich eine solche Vorbereitung nicht immer durchführen; dann musste sich die Erfahrung und das Wissen des Küchenmeisters bewähren.

Ein Händler brachte die geschlachteten Enten und Jakob verließ seine Töpfe, um zusammen mit Maria die Lieferung zu begutachten.

Der Mann kam nicht zum ersten Mal und wurde freundlich begrüßt. Seine Enten waren in bestem Zustand und sollten alsbald in die Räucherkammer. Jakob scheuchte die Hofhunde weg, die neugierig an den Tieren schnupperten. Am frühen Abend herrschte auch sonst lebhaftes Treiben im Wirtschaftshof. Der Schmied untersuchte die Hufe eines Pferdes, Mägde standen zu einem kurzen Plausch am Brunnen und einige Kinder schlugen mit Stöcken nach einem Ball.

Aus Alfredos Küche trat Grassoni und schlenderte zu Jakob herüber.

»Gute Ware«, meinte er anerkennend und wies auf die Enten. »Ihr habt Euch nicht entschlossen, meine Gewürze zu bestellen?«

Jakob lehnte sich an die Wand und schüttelte langsam den Kopf.

»Eure Preise sind gut, aber kaum besser als die meines Händlers. Der Wechsel lohnt nur bei größerem Unterschied. Man hat mich wohl falsch informiert.«

Grassoni warf ihm von unten einen Blick zu. »Vielleicht auch nicht. Die besten Preise erhält man natürlich bei einem entsprechend großen Auftrag oder wenn man lange mit mir Geschäfte macht. Ich brauche mich nicht um Kunden zu bemühen, man bemüht sich um mich. Gleich nach dem Fest werde ich die Stadt verlassen. Meine Abnehmer sitzen meistens in Venedig und nördlich der Alpen. In diese Gegend hier komme ich nur, um gute Freunde zu sehen.«

Jakob antwortete nicht. Er hatte keine Lust, sich mit diesem windigen Gesellen einzulassen, der anscheinend seine Kasse mit gestrecktem Safran aufbesserte. Ohne Beweise und Zeugen war es jedoch gefährlich, jemanden zu beschuldigen.

Als spüre der Händler seine Ablehnung, machte er eine angedeutete Verneigung und verschwand wieder in Alfredos Küche.

Jakob bemerkte, dass Kerim und Margot sich in den Tagen vor dem Weihnachtsfest bemühten, ihm ein warmes und angenehmes Heim zu bieten, aber obwohl er ihnen versprochen hatte, sich mehr bei ihnen aufzuhalten, trieb es ihn auch weiterhin in seine Küche.

Sie waren zu zahlreichen prachtvollen Festen eingeladen, mit der die Florentiner Gesellschaft die Weihnachtszeit zum Glänzen brachte.

Margot traf sich mit den zukünftigen Hofdamen der Duchessina. Sie erklärte Kerim und Jakob, dass es an der

Zeit sei, sich eine achtbare Position zu erkämpfen; sie wolle vielleicht sogar der Duchessina nach Frankreich folgen.

Kerim winkte ab, er amüsierte sich prächtig und dachte nicht daran, sein neues Heim so schnell wieder aufzugeben.

Der Tag der Einladung kam heran und Jakob schlief wieder im Palast, verließ abends als Letzter die Küche und kam morgens nur wenige Minuten nach Maria und Selina an, die schon die Feuer entfachten, wenn es draußen noch stockfinster war.

Es bedurfte nicht mehr vieler Worte und Erklärungen. Jakob und seine Leute hatten ausreichend Fertigkeiten entwickelt und das Mahl zu Ehren der Gäste des Herzogs lief ohne Zwischenfälle ab, als habe man schon jahrelange gemeinsame Erfahrung. Die Ruhe, mit der Jakob die Küche leitete, sein Fleiß und seine Freundlichkeit zahlten sich aus.

Vom einfachen Küchenjungen bis zur alten Maria bemühte sich jeder nach Kräften, ihn zu unterstützen, und seine Dankesworte am Ende des Tages freuten sie ebenso wie sein Dank mit klingender Münze zum Fest. Nachdem alle mit strahlenden Augen die Küche verlassen hatten, sank er auf einen Schemel und griff nach einem Glas.

Gewöhnlich aß er bei Küchenarbeiten nie, es sei denn, er kostete die Speisen. Nun aber fiel die Anspannung des Tages von ihm ab und er bekam plötzlich Hunger. Er zündete eine Kerze am Herdfeuer an und ging in die Speisekammer. Alfredo hatte sich nicht die Mühe gemacht, seine eigenen Vorräte aus der Kammer auszuräumen; wahrscheinlich vertraute er zu Recht darauf, dass Jakob die Sachen nicht anrührte.

Das hatte er auch nicht nötig. Es war überreichlich vom Festmahl übrig und er nahm eine gehörige Portion Zwiebelsalat. In der Wildschweinkeule steckte das große Messer, er zog es mit Schwung heraus. In diesem Augenblick rutschte er auf einem Stück Fett aus und das Messer flog in hohem Bogen davon.

Jakob duckte sich instinktiv, um nicht in die Flugbahn des scharfen Gerätes zu gelangen, und fiel der Länge nach hin. Sein Hinterkopf stieß empfindlich gegen ein Regal. Einen Fluch unterdrückend, kam er wieder auf die Beine.

Im flackernden Licht der Kerze konnte er das Messer nicht entdecken, also tastete er, auf den Knien liegend, unter dem Tisch und den Regalen danach. Mit schmerzendem Kopf schob er ein unbegreiflich schweres Fass zur Seite, um dahinter zu suchen.

Schließlich bekam er an der rückwärtigen Wand etwas zu fassen und zog energisch daran. Entsetzt sah er, wie eines der Regale sich zu drehen schien. Im ersten Moment fürchtete er, der Stoß gegen seinen Kopf könnte böse Folgen gehabt haben, doch dann entdeckte er einen dunklen Spalt hinter dem Regal.

Er rappelte sich auf und leuchtete mit der Kerze in die Dunkelheit. Zu Jakobs Verblüffung führten dahinter schmale Stufen nach unten. Entschlossen schob er das Regal noch weiter zur Seite und horchte, ob niemand in der Nähe war. Es war gegen Mitternacht des Weihnachtstages; tiefe Ruhe lag über dem Palast. Selbst vom Hof her war nichts zu vernehmen, keine Pferde, die gegen die Wand traten, kein Hund, der bellte, oder letzte Nachtschwärmer auf dem Weg nach Hause.

Vorsichtig stieg er die schmale Stiege hinab und betrat nach wenigen Stufen einen geräumigen Keller, in dem sich vom Boden bis zur Decke Leinensäcke stapelten. Sie waren weder versiegelt noch besonders aufwendig verschlossen. Er band einen auf und steckte seine Hand hinein. Schon bevor er sehen konnte, wonach er griff, war ihm klar, was sich darin befand. Der ganze Raum strömte einen unverwechselbaren Geruch nach Safran aus.

Mit klopfendem Herzen steckte er eine Probe in seine Westentasche, verschloss den Sack sorgfältig wieder und machte sich auf den Weg nach oben.

Er schob das Regal in seine alte Position und fand schließlich auch das Messer unter dem Tisch. Als er die Speisekammer verließ, wies nichts mehr darauf hin, dass er das Geheimnis Alfredos entdeckt hatte.

Rico, der pfiffige kleine Kerl, hatte also Recht gehabt mit seinen Berechnungen, dachte Jakob, während er den Safran in der Küche nochmals betrachtete. Er war natürlich gestreckt – nicht so stark, wie er vermutet hatte, aber das Ergebnis seiner Untersuchung war dennoch eindeutig. Dort unten stand gestreckter Safran in einer Menge, die ein immenses Vermögen bedeutete, wenn man ihn zum regulären Preis verkaufte.

Er hatte Alfredo weit unterschätzt und ihn für einen zwar unangenehmen Zeitgenossen gehalten, jedoch nicht für einen Betrüger in diesem unfassbaren Ausmaß.

An Schlaf war nicht mehr zu denken. Dennoch aß Jakob seinen Teller leer und stellte ihn zur Seite, bevor er sich in seine Schreibstube begab, wo er auf einer Liege übernachtete. Er löschte die Kerze und dachte nach.

Es war seine Pflicht, die Zunftleitung über den Vorfall zu informieren. Doch was würde dies für das Haus Medici bedeuten, wenn unter ihrem Dach ein solcher Betrug ruchbar wurde? Sie waren bei den meisten Bürgern schlecht angesehen, und man würde sie verdächtigen. Es war noch nicht vergessen, dass der Papst seine Einwilligung zur furchtbaren Plünderung der Stadt durch die Truppen des Kaisers gegeben hatte und man die Stadt vor drei Jahren ausgehungert hatte, um den Herzog an die Macht zu bringen.

Bei vielen Zusammenkünften und in privaten Gesprächen begegnete man stillen Vorbehalten der Familie Medici gegenüber, wenn auch niemand wagte, dies offen zu zeigen oder auszusprechen.

Seine aussichtsreiche Stellung im Hause würde er damit ebenfalls sofort verlieren. Vielleicht war es sinnvoll, sich mit dem Herzog zu beraten. Auf keinen Fall konnte er die Entdeckung schweigend übergehen und für sich behalten. Offenbar arbeitete Alfredo Hand in Hand mit Grassoni.

Er fiel in einen unruhigen Schlaf und war früh auf den Beinen. Erstaunt sah Selina auf, die noch schlaftrunken ein Frühmahl zusammenstellte.

»Warum ruht Ihr nicht noch, Meister Jakob? Maria und ich können leicht alles alleine zurück in unsere Küche räumen.«

Jakob nahm nur einen Becher warme Milch und ein Stück Brot und überlegte kauend, was heute Morgen zu unternehmen war. Zunächst packte er einen Korb voller Speisen und bat Maria, einen Küchenjungen damit zu seinem Heim zu schicken. Die Gerichte aus dem Gasthaus nebenan waren sicher nicht schlecht, doch nicht zu vergleichen mit seinen eigenen Speisen.

Mit Herzog Alessandro zu sprechen, schien ihm die beste Idee, auch wenn der Mann ihm nicht sehr angenehm war. Zweifellos hatten die Medici gute Beziehungen zu den Zunftleitungen der Stadt und konnten die unangenehme

Angelegenheit diskret und ohne Aufsehen beenden. Was hatte dieser verschlagene Unglückswurm Alfredo sich dabei nur gedacht? Die Strafen für solche Vergehen waren sehr streng und Jakob wagte kaum daran zu denken, was dem Mann blühen würde.

Er hatte es sicher nicht verdient, aber dennoch würde Jakob für ihn ein gutes Wort einlegen. Nachdem Alfredo jahrelang in Diensten der Familie stand und sich zuvor nichts zuschulden kommen ließ, musste es eine mildere Strafe geben.

Es war noch bei Weitem zu früh, um den Herzog zu behelligen, und so zwang er sich, sich auf die Abrechnung des Festmahls zu konzentrieren. Dennoch ertappte er sich immer wieder dabei, wie sich das Bild des vollgestopften Kellers vor sein inneres Auge schob.

Endlich konnte er sich zu den Räumen im vorderen Teil des Palastes begeben und dem Sekretär des Herzogs sein Anliegen vortragen. Er mochte den arroganten Mann nicht, der ihn mit hochgezogenen Brauen anhörte und ihn auf Latein ansprach.

»Es handelt sich nicht um die Abrechnung des Mahles«, antwortete er geduldig auf Italienisch, das gespreizte Vatikanlatein seines Gegenübers ignorierend.

»Dies hat in der Tat noch Zeit. Es geht um eine andere und unaufschiebbare Angelegenheit, die ich nur mit dem Herzog zu besprechen gedenke. Er würde bestimmt sehr verärgert sein, wenn ihm die Sache zu spät zu Ohren käme.«

Seine leichte Drohung reichte aus, ihm beinahe umgehend Einlass zu gewähren, und er nahm sich vor, sich dieses Erfolgsrezept zu merken.

Der Herzog hatte sich soeben angekleidet und winkte seinem Diener, den Vorhang zur Bettstatt zuzuziehen. Er war anscheinend nicht allein.

Er war selbst zu dieser frühen Stunde mit ausgesuchter Eleganz gekleidet: Über einem tiefblauen Beinkleid trug er ein blütenweißes Spitzenhemd, darüber eine Weste aus Silberbrokat und einen taubenblauen Samtmantel.

»Verzeiht mir den morgendlichen Überfall, Eure Hoheit«, begann Jakob zögernd, »doch es wäre Euch vielleicht nicht recht, wenn andere hören, worum es geht.«

Er erntete einen überraschten Blick, doch der Herzog war gewandt im Umgang mit diskreten Neuigkeiten und führte ihn wortlos in das Nebengelass, welches ihm als private Schreibstube diente.

»Ich hoffe, Ihr habt einen guten Grund für Eure Heimlichtuerei«, meinte er, warf seinen Mantel lässig über eine Truhe und nahm hinter seinem Schreibpult Platz. Er legte die Fingerspitzen gegeneinander und beobachtete Jakob, der nervös den Raum durchquerte.

»Unter der Küche Eures Kochs Alfredo befindet sich ein Keller, von dessen Existenz vermutlich außer ihm niemand weiß«, begann Jakob. »Ich entdeckte ihn zufällig letzte Nacht, als etwas zu Boden fiel und ich den geheimen Mechanismus der Tür in Gang setzte.«

Er sah zum Herzog, doch dieser hatte den Blick gesenkt und hörte ihm mit unbewegtem Gesicht zu.

»In diesem Keller befinden sich zahllose Säcke mit Safran, deren Menge selbst in Eurem Haus höchst ungewöhnlich wäre, doch zu allem Übel ist dieser Safran gestreckt. Ich bitte um Euren Rat. Das Vergehen fällt unter die Gerichtsbarkeit der Zünfte, doch ich will auch die Interessen des Hauses im Auge behalten.«

Zum ersten Mal blickte der Herzog ihn mit echtem Interesse an. Er wies auf einen Stuhl, und Jakob setzte sich.

»Das ist tatsächlich etwas Ungeheuerliches. Mit wem habt Ihr sonst noch darüber gesprochen?«

»Wie ich schon sagte, habe ich diese Entdeckung erst in der vergangenen Nacht gemacht. Ich habe mit niemandem sonst darüber gesprochen.«

»Es war sehr klug von Euch, zuerst damit zu mir zu kommen. Dieser Vorfall bleibt unter uns, vertraut Euch sonst niemandem an. Alfredo arbeitet schon lange für unser Haus, es dauert mich, ihn zu verlieren. Er war kein schlechter Koch, jedenfalls bis Ihr gekommen seid.«

»Was wird nun geschehen und was wird aus Alfredo?«

»Wenn sich Euer Verdacht als wahr erweist, wird er die Stadt auf dem schnellsten Wege verlassen. So kurz nach meiner Ankunft werde ich keinen öffentlichen Skandal zulassen. Der Posten meines Küchenmeisters ist damit frei für Euch. Das ist es doch, was Ihr wollt, oder täusche ich mich? Die Duchessina wird uns bald verlassen und Eure Zukunft ist gesichert. Von meinem Küchenmeister erwarte ich Loyalität.«

»Dann wollt Ihr den Vorfall verschweigen?«

Der Herzog warf ihm einen langen Blick aus verengten Augen zu. Jakob fühlte sich plötzlich unwohl.

»Ihr könnt gehen, Küchenmeister, ich habe noch eine morgendliche Verpflichtung. Sobald es meine Zeit erlaubt, werden wir uns den Keller gemeinsam ansehen und beraten, was zu geschehen hat. Ich schicke den Diener zu Eurem Haus.«

Jakob sprang auf und verbeugte sich. Er verließ das Gemach und machte sich einigermaßen verwirrt auf den Weg nach Hause.

Natürlich wollte der Herzog kein Aufsehen, aber konnte er eine solche Missetat einfach ignorieren? Nachdenklich schlenderte er in Richtung seines Hauses. Die Glocken von Santa Maria riefen zur Messe und erinnerten ihn daran, wie lange er selbst nicht mehr die Kirche aufgesucht hatte. Ganze Familien, doch auch Meister der verschiedenen Gilden mit ihren Gesellen und Lehrlingen, kleinere Gruppen von Frauen und jungen Mädchen – alle strebten dem Gotteshaus zu.

Als viel beschäftigter Küchenmeister der Familie Medici sah man ihm nach, dass er unregelmäßig zur Kirche ging, doch nun schloss er sich den Gläubigen an und betrat den beeindruckenden Dom mit dem weithin sichtbaren Campanile. Das Mittelschiff mit seinen hohen Bögen war voller Menschen, die zum Christfest in die Kirche eilten und den Durchgang nach vorne versperrten, wo Jakob gerne noch einen Blick in die unvergleichliche Kuppel geworfen hätte.

Man hatte ihm berichtet, dass sechzig Menschen übereinander kaum reichten, um die Kuppeldecke zu berühren. An einigen Stellen war noch zu erkennen, wo marodierende Soldaten des Kaisers vor fünf Jahren Wände und Heiligenfiguren beschädigt hatten, doch vieles war im Auftrag des Herzogs eiligst ausgebessert worden.

Die heilige Messe begann und er reihte sich ein in den Chor der Betenden.

Vor dem Dom erwartete ihn Margot mit Rico an der Hand, der ungeduldig von einem Bein auf das andere hüpfte.

»Wir begleiten dich nach Hause«, erklärte Margot. »Deinen Korb mit Leckereien hat Rico schon genau in Augenschein genommen. Ein köstliches Festessen wartet auf uns und er kann es kaum erwarten, nach Hause zu kommen.«

»Die Messe ist immer so langweilig«, stöhnte Rico. »Ich muss vorne bei den Jungen sitzen, die miteinander flüstern und die ich nicht kenne.«

»Kerim muss sich Gedanken darüber machen, wie Ricos Erziehung verlaufen soll«, äußerte Margot. »Er hat weder Arbeit noch Spielgefährten. Es ist nicht gut für das Kind, sich nur mit uns zu befassen. Kerim mag ein ausgezeichneter Lehrer sein, aber Rico braucht Jungen seines Alters.«

Sie grüßte mit einem freundlichen Kopfnicken ein älteres Paar, das erfreut zurückwinkte. Jakob wunderte sich immer wieder darüber, wie schnell die junge Frau Freundschaften schloss. Seine Bemerkung dazu quittierte Margot mit einem Lächeln.

»Wenn man sein ganzes Leben in einer Küche verbringt, trifft man natürlich niemanden. Ich gehe gerne aus und lade gerne ein.«

Er sah sie von der Seite an. Sie war fast immer gut gelaunt und fröhlich, dabei hübsch und geschmackvoll gekleidet. Es war nicht verwunderlich, dass jeder sie mochte, zumal sie ein großes Herz und viel Humor besaß.

»Es wundert mich, dass du noch nie dem Werben eines Mannes nachgegeben und dich fest gebunden hast; deine Verehrer müssen doch schon deine Tür eindrücken.«

»Das ist auch so«, meinte Rico vorlaut, »du musst nur einmal sehen …«

»Unsinn«, unterbrach Margot ihn unwillig. »Dies ist kein Thema für ein Kind, und du, Jakob, solltest mich besser kennen. Ich habe nicht vor, mich zu binden.«

Er dachte an Barini. Er hatte den Mann einige Male gesehen und fragte sich, ob Margot unglücklich verliebt war. Giulio Barini schien auch im Medici-Palast Freunde zu haben; er war einer jener Männer, die überall ein wenig intrigierten und ihre undurchsichtigen Geschäfte trieben. Jakob hatte ihn schon in Genua nicht gemocht, für Margot wünschte er sich einen anderen Verehrer.

Zu Hause herrschte rege Betriebsamkeit. Einige Freunde Kerims und Margots waren geladen, und die Diener brachten Wein und Schalen mit den Genüssen aus der herzoglichen Küche.

Rico versuchte wie immer, ein großes Stück des Rosinenkuchens zu erhaschen und war enttäuscht, dass er mit allen teilen musste. Kerim zog ihn mit seinem Appetit auf und trotzend verzog Rico sich in eine Ecke.

»Du bist heute so zerstreut, was sorgst du dich?« Margot hielt Jakob einen Becher hin.

Er wandte sich vom Fenster ab und nahm das angebotene Glas Wein aus ihrer Hand.

»Es ist nichts, ich mache mir Gedanken um unsere Zukunft.«

»Du machst dir zu viele Gedanken. Du bist erfolgreich, wohlhabend, gut aussehend, was willst du mehr? Sieh dich hier um, wer hat in deinem Alter schon so viel erreicht?«

Er lächelte sie an. »Deine Beziehungen und Berichte, Kerims Witz und sein untrügliches Gespür für Geschmack waren dabei wohl mitentscheidend. Ich bin euch beiden zu großem Dank verpflichtet.«

»Deine gefühlvollen Worte täuschen mich nicht darüber hinweg, dass du angespannt bist. Ich kenne dich gut genug, um zu wissen, dass dich etwas beunruhigt, aber du willst wohl nicht darüber sprechen.«

Er schüttelte den Kopf. »Nicht jetzt. Es ist auch nicht so wichtig.«

»Leg dich ein wenig hin und ruhe dich aus, du hast so viel gearbeitet in den letzten Wochen. Heute ist der Abendempfang des päpstlichen Legaten.«

»Ich werde nicht dabei sein«, erklärte er. »Ein wenig Ruhe wird mir sicher guttun.«

Er war froh, sich zurückziehen zu können und ein wenig allein zu sein, doch bereits in der Frühe des nächsten Morgens erschien ein Bote des Herzogs, der ihn in den Palast bestellte. Immerhin schien auch dem Herrscher die Aufklärung des Betruges in seinem Haus wichtig genug, um schnell zu handeln. Jakob beeilte sich und folgte eiligen Schrittes dem Mann. In der herzoglichen Küche erwarteten ihn außer dem Herzog noch dessen Sekretär und sein Advokat.

Sicher schritt Jakob in die Speisekammer, kniete sich auf den Boden und reichte unter dem Regal an die Wand, wo er erwartungsgemäß den Griff fand und kräftig zog. Abermals schob sich das Regal zur Seite. Neugierig drängten sich die hinter ihm Stehenden vor. Der Sekretär zündete zwei Fackeln an und leuchtete in die dunkle Öffnung.

Einer nach dem anderen stieg vorsichtig die schmale Stiege hinab, Jakob folgte als Letzter. Unten angekommen, blieb ihm vor Überraschung der Mund offen stehen.

Der Raum war absolut leer. Fassungslos blickte er im flackernden Schein der Fackeln auf leere Wände und Boden. Hilflos stotterte er beinahe.

»Ich schwöre Euch, der ganze Keller stand voller Säcke. Ich habe doch nicht geträumt.«

»Das vielleicht nicht«, meinte der Herzog spöttisch, »aber manchen Gewürzen sagt man doch zauberische Wirkung nach, der Ihr vielleicht erlegen seid.«

»Eure Anschuldigung ist ungeheuerlich und Ihr könnt sie nicht beweisen«, fügte der Advokat hinzu. »Wir sollten wieder nach oben gehen und dann in Ruhe überlegen, was zu tun ist. Es ist frostig hier unten und ich kann mir Besseres denken, als mir am Weihnachtstag in einem kalten Keller Unsinn anzuhören.«

»Es ist kein Unsinn«, wehrte Jakob sich. »Jemand muss den Keller ausgeräumt haben. Vielleicht hat man mich beobachtet oder Spuren gefunden, dass das Geheimnis entdeckt war. Ich bin mir absolut sicher, dass ich mich nicht geirrt habe.«

Man hörte nicht mehr auf ihn. Die drei Männer machten sich auf den Weg nach oben. Ihm blieb nichts anderes übrig, als ihnen zu folgen.

Zornig ballte er die Hände zu Fäusten. Er war weder betäubt noch übermüdet gewesen, allerdings musste er zugeben, dass selbst der Geruch nach Safran verschwunden war. Wie konnte das geschehen?

Der Herzog führte sie in sein Arbeitszimmer und bot seinen Gästen einen Sitz an, nur Jakob musste stehen bleiben. Er fühlte sich wie ein Angeklagter, der einen Konkurrenten aus niederen Beweggründen anschwärzte. So musste es aussehen und am liebsten hätte er zornig gegen die Tür getreten.

Ein älterer Diener servierte mit aufreizender Langsamkeit heißen Weihnachtspunsch und alle schwiegen, bis der Mann den Raum verlassen hatte.

Schließlich ergriff der Herzog das Wort. »Wir können uns glücklich schätzen, dass niemand über den Vorfall gesprochen hat, so ist es doch, oder?«

Die Frage richtete sich an Jakob, der sich räuspern musste, bevor seine Zustimmung zu hören war.

»Nun«, fuhr er fort, »mein Koch Alfredo bleibt selbstverständlich in der Stellung als Küchenmeister, es ist ihm nichts vorzuwerfen. Von Euch muss ich mich jedoch trennen, so bedauerlich dies in Anbetracht Eurer ungewöhnlichen Fähigkeiten auch ist.«

Er unterdrückte den Einwurf, dass er Küchenmeister der Duchessina und nicht des Herzogs war. Es war der Hausherr, der ihn davonwies.

»Euer Ehrgeiz ist über das Ziel hinausgeschossen, doch Ihr seid noch jung und könnt lernen. Ich schicke Euch nach Rom mit einer Empfehlung des Hauses. Im Vatikan wird man Eure Kochkünste zu schätzen wissen.«

Jakob reckte sich und hob das Kinn. Dies alles ging ihm ein wenig zu schnell, er war sich keiner Schuld bewusst. Die Intrigen der Medici waren stadtbekannt. Etwas stimmte hier ganz und gar nicht.

»Für Eure Hilfe bin natürlich dankbar, doch als Küchenmeister der Duchessina will ich nicht abreisen, ohne zuvor mit ihr zu sprechen. Ich bin nach wie vor überzeugt, mich nicht geirrt zu haben. Wenn Ihr erlaubt, möchte ich diese wenigen Tage abwarten.«

Der Herzog war Widerstand nicht gewöhnt. Er warf Jakob einen finsteren Blick zu, bevor er sich wieder unter Kontrolle hatte und einen gleichmütigen Ausdruck annahm.

»Wie Ihr meint. Sie wird sich meiner Auffassung anschließen. Die Küche des Palastes ist Euch ab jetzt verschlossen, aber da Ihr Caterinas Küchenmeister seid, könnt Ihr weiterhin das kleine Gelass am Wirtschaftshof nutzen, welches Euch von ihr zugewiesen wurde.«

Die letzten Worte entbehrten nicht einer leisen, spöttischen Ironie.

Der Herzog war kein volkstümlicher Mann, er wahrte Distanz und seine stechenden Augen zeigten eine gewisse Unberechenbarkeit. Seine Bemerkungen über Jakobs Jugend erschienen diesem wie blanker Hohn, war der Herzog selbst doch kaum älter als er selbst.

Jakobs Weigerung, sich sofort nach Rom zu begeben, hatte ihm keine zusätzliche Sympathie eingebracht.

Alessandros Einfluss in Rom war nicht zu unterschätzen. Die Gerüchte, dass er der leibliche Sohn des Heiligen Vaters war, wollten nicht verstummen. Eine gewisse Familienähnlichkeit war jedenfalls ebenfalls unübersehbar.

Nachdenklich ging Jakob die langen Flure des Palastes entlang in Richtung des Wirtschaftshofes.

Er hätte auf Margot hören sollen, die ihn mehrfach gewarnt hatte, dass er zu arglos und gutgläubig sei. Er ließ sich nicht einreden, sich geirrt zu haben, doch vielleicht hätte er nicht so sehr darauf bestehen sollen. Ein erfahrener Mann hätte in Anbetracht des leeren Raumes besser gelacht und eingeräumt, zu tief in den Becher geschaut zu haben. Aber er war nun einmal kein guter Schauspieler oder Intrigant.

Eines nahm er sich jedoch vor: die fatale Geschichte mit Margot und Kerim zu besprechen. Wenn er die Stadt verlassen musste, blieb ihm auch nichts anderes übrig, als bald mit ihnen zu reden.

Maria und Selina hängten soeben die Töpfe wieder an ihre alten Plätze an die Wand. Trotz der Großzügigkeit der Palastküche fühlte sich Maria in der kleinen Küche deutlich wohler.

Der Gedanke, was aus seinen Leuten wurde, wenn er sie verließ, traf ihn schmerzlich. Er hatte Verantwortung übernommen und konnte sie nicht im Ungewissen zurücklassen. Er nahm sich vor, sie auf jeden Fall mit einer kleinen Summe zu entschädigen, damit sie nach seinem Fortgang keine Not leiden mussten.

Um seine eigene Zukunft fürchtete er nicht. Er wusste, was er konnte, und außer den Einkünften aus dem Handelshaus hatte er noch die beruhigende Summe im jüdischen Bankhaus von Amsterdam.

Dennoch verbitterte und ärgerte es ihn zutiefst, sich so bloßgestellt zu sehen. Wie hatte der elende Küchenmeister nur herausgefunden, dass er ihm auf die Schliche gekommen war, und vor allem, wie hatte er den Keller in dieser Geschwindigkeit räumen können?

Er musste Helfer haben. Es war unmöglich, so viele Säcke aus der Palastküche zu entfernen, ohne dass es Zeugen gab, selbst in der Nacht war dies nicht so einfach. Irgendjemand musste etwas beobachtet haben. Er ging über den Wirtschaftshof zu den Ställen und winkte einen der jungen Stallburschen herbei.

»Sag mir, hattest du letzte Nacht Stallwache?«

Der Junge verneinte und wies mit der Hand auf die Strohballen, wo ein weiterer Stallknecht sich zum Ruhen niedergelegt hatte.

»Peppo hatte Wache, Küchenmeister.«

Er rüttelte den Jungen am Arm, der schlaftrunken auffuhr. Er hielt ihm eine Münze vor die Nase und sagte: »Ich habe einige Fragen an dich und brauche ehrliche Antworten. Willst du dir das Geld verdienen?«

Beim Anblick der Münze war der Junge plötzlich hellwach und nickte eifrig.

»Es geht um letzte Nacht. Hat jemand Pferde benötigt oder wurde etwas geholt oder gebracht? Berichte mir alles, was du beobachtet hast.«

»Niemand ist in den Stall gekommen und man hat auch keine Pferde verlangt. An einem Feiertag wie gestern arbeiten wir nur das Nötigste.« Der Junge schlug die Augen nieder und Jakob spürte, dass er nicht reden wollte.

»Hat man dir verboten, etwas zu erzählen? Ich werde nicht darüber sprechen und niemand wird wissen, dass ich etwas von dir erfahren habe.«

Peppo blickte begehrlich auf das Geld. Es war mehr, als er in Wochen verdiente, doch er schüttelte den Kopf und sagte so laut, dass es bis zum Stalleingang zu hören war: »Ich kann Euch leider gar nichts sagen, man hat unsere Dienste nicht gebraucht.«

Es dauerte einen Moment bis Jakob verstand, dass der Junge in diesem Augenblick nicht reden konnte. Unverrichteter Dinge ging er in den Palast zurück. In seiner Schreibstube konzentrierte er sich ein letztes Mal auf die Abrechnung des Weihnachtsmahles, bemüht, dass ihm nicht der kleinste Fehler unterlief. Dennoch schweiften seine Gedanken immer wieder zu dem unerklärlichen Vorfall.

Hatte Alfredo schnell reagiert, als er herausfand, dass jemand sein Geheimnis entdeckt hatte, oder war es ein intrigantes Bravourstück, welches dazu diente, ihn aus dem Palast zu graulen? Doch die unzähligen Säcke konnten nicht nur diesem Zweck gelten, überlegte er; ein Bruchteil davon hätte gereicht. Er musste den Stalljungen noch einmal alleine erwischen, um mit ihm zu reden. Er legte die Feder zur Seite und schloss das Wirtschaftsbuch.

Unruhig trieb es ihn wieder in die Küche zurück, doch er fand sie verlassen vor. Maria hatte ihm eine kleine Mahlzeit hinterlassen und er lächelte über ihre Umsicht. Inzwischen wusste jeder im Palast, was geschehen war, er machte sich nichts vor. Der Klatsch blühte hier wie überall.

Er aß die inzwischen kalt gewordene Suppe. Von einer Pastete fand er nur noch Krümel, vielleicht hatten die Küchenjungen sie unter sich aufgeteilt, die letzten Reste warf er in den Hof.

Er nahm eine Karaffe mit Wein und einen Becher und ging innerlich unruhig wieder zu seinem Schreibzimmer zurück. Er betrank sich nie, doch vielleicht war heute der richtige Zeitpunkt, dachte er verdrießlich.

In der Nacht hörte er von Ferne lärmendes Rufen, doch eine bleierne Müdigkeit ließ ihn nicht ganz erwachen und er versank wieder in tiefen Schlaf. Die Sonne schien schon hell durch das Fenster und malte Kringel auf den hellen Marmorboden, als Jakob endlich erwachte.

Er schüttete sich einen ganzen Topf eisiges Wasser über den Kopf, um wieder klar zu denken. Das Wasser erfrischte ihn und er fühlte sich bereits etwas besser, auch wenn der schale Geschmack auf der Zunge und ein leichtes Pochen hinter seiner Stirn blieben.

Er hatte sich gerade angekleidet, als es an seiner Tür heftig klopfte. Margots junge Zofe bat ihn mit blassem Gesicht, schnell nach Hause zu kommen, schon in der vergangenen Nacht habe sie nach ihm gesucht.

Er warf seinen pelzbesetzten Mantel über und eilte der Frau nach. Die Luft war trotz des Sonnenscheins eisig, vor seinem Gesicht erschienen weiße Atemwölkchen. Es war ein klarer, schöner Wintermorgen. Die Straßen füllten sich nach den Feiertagen mit Handwerksburschen,

Bäckergesellen, die ihre Brote in Körben austrugen, und jungen Frauen auf dem Weg zum Markt. Sie wichen einem mit Wein beladenen Kutschwagen aus und erreichten das Haus. Es war ungewöhnlich still im Inneren. Irgendetwas schien anders als sonst. Er eilte die Stufen hoch zum Salon und stieß die Tür auf.

Der Anblick, der sich ihm bot, war so erschreckend, dass er zunächst wie gelähmt stehen blieb.

In der Mitte des Raumes lag Rico reglos und mit bleichem Gesicht auf einer Liege, während Margot auf dem Boden kniete und mit tränenüberströmtem Gesicht seine Hand hielt. Kerim lehnte am Kamin, auch sein Gesicht wächsern und ohne jeden Ausdruck. Einige Dienstboten weinten leise. Sie blickten kaum auf, als Jakob den Raum betrat und sich dem Lager Ricos näherte.

»Was ist denn geschehen, was ist mit ihm?«

Er stellte die Frage, weil er nicht glauben konnte, was er sah. Der Junge war tot, ein Blick in das Gesicht des Knaben genügte, um Gewissheit zu erlangen. Fassungslos wandte er sich an Kerim.

»Was ist denn nur passiert? Er war doch gestern noch ganz gesund.«

»Man hat ihn getötet, vergiftet wahrscheinlich.«

Die Stimme seines Freundes jagte ihm einen Schauer über den Rücken. Sie schien völlig unbewegt, ganz entgegen dem Temperament des sonst so lebhaften Eunuchen.

Margot legte ihr Gesicht auf den toten Körper und schluchzte verzweifelt.

»Ich hätte besser auf ihn achten müssen, ich wusste doch, dass er sich manchmal aus dem Haus stiehlt.«

Jakob bat mit einer Geste die Diener, den Raum zu verlassen, und mit gesenkten Köpfen schlich einer nach dem anderen hinaus.

»Warum glaubt ihr, dass man Rico vergiftet hat?«

Kerim hörte den Schmerz in seiner Stimme und erklärte: »Das war unübersehbar. Ich sehe diese Anzeichen nicht zum ersten Mal. Er hatte starke Leibschmerzen, erbrach sich dauernd. Die Krämpfe nahmen zu, bis es zu Ende war. Es ist ein schmerzhafter Tod, den man seinem Feind wünscht, aber niemals einem Kind.«

Unter dem Schock des Ereignisses hatte der Eunuch sich ganz in sich zurückgezogen. Seine Stimme hatte einen hohlen, ungerührten Klang, der Jakob mehr erschreckte als die Trauer und das Weinen Margots.

Tränen traten in seine Augen. Es schien völlig unfassbar, dass der quirlige, fröhliche Junge plötzlich nicht mehr lebte. Mit erstickter Stimme wandte er sich erneut Hilfe suchend an Margot und Kerim.

»Wer macht so etwas? Warum dieses Kind? Jeder liebte ihn! Er war für alle ein Sonnenschein.«

»Es ist diese Stadt«, flüsterte Kerim. »Sie leben mit Mord, Intrigen und Ränken, und nun haben sie mein Kind ermordet.«

Noch nie war Kerims Stimme so hasserfüllt gewesen.

Margot sah erschrocken zu ihm auf. »Wir dürfen uns nicht dazu verleiten lassen, vorschnell zu urteilen. Jakob und ich werden uns um das Nötigste kümmern.«

Sie erhob sich und legte den Arm um Kerim, eine vertraute Geste enger Freundschaft.

»Ich weiß, wie schwer es dir fällt, doch wir müssen Abschied nehmen.«

Kerims Blick war so leer, dass Jakob sich nicht sicher war, ob er sie überhaupt gehört hatte.

In der Halle warteten die Dienstboten auf Anweisung. Margot gab Anordnungen und überlegte mit dem Majordomus, wie die Bestattung vor sich gehen sollte. Sie war voller Trauer, doch sie wirkte gefasst.

Nachdem alles Erforderliche geregelt war, kam sie zurück zu Jakob, der immer noch versuchte, das Unbegreifliche zu verstehen.

Sie strich mit dem Finger eine Träne aus seinem Gesicht.

»Wir müssen stark sein. Kerim wird uns brauchen, er hat das Kind so sehr geliebt. Rico erinnerte ihn an seine eigene Kindheit und er sagte mir einmal, dass er sich in seinem Alter immer einen Beschützer gewünscht habe. Er wollte der Vater des Jungen sein, weil er selbst nie Kinder haben kann. Für uns ist es sehr traurig, aber für ihn ist es eine Tragödie.«

Wie sehr der Tod Ricos den bisher immer leichtherzigen Kerim aus der Bahn geworfen hatte, war in den folgenden Tagen unübersehbar.

Völlig teilnahmslos saß er in einer Ecke, starrte mit ausdruckslosem Gesicht stundenlang in die Ferne und ließ sich kaum dazu bewegen, etwas zu essen. Margot und Jakob bemühten sich nach Kräften, ihn ein wenig abzulenken, doch er reagierte einfach nicht auf sie.

Die Bestattung ging vorüber, doch auch an diesem Tag sah man ihn unbewegt. Er hatte keine Tränen und wirkte beinahe wie ein unbeteiligter Besucher.

Sein Verhalten beunruhigte Jakob und Margot zutiefst. Sie ließen ihn nicht aus den Augen, als befürchteten sie, er könne sich aus Gram etwas antun.

Jakob flüchtete nach einer Woche in die Palastküche; die gedrückte Stimmung im Haus ertrug er nicht mehr.

Der Jahreswechsel ging vorüber. In wenigen Tagen erwartete man die Rückkehr der Duchessina mit ihren Dienern. So hatte Jakob einige Vorbereitungen zu treffen, die ihn von dem traurigen Ereignis ablenkten. Die Räume Caterinas wurden gelüftet und gereinigt, ihre Wäsche vorbereitet, und er sah Maddalena wieder öfter, die ein Schreiben der Signora mit genauen Anweisungen überreichte, was die Duchessina zu speisen wünschte.

Jakob verzog das Gesicht, als er die Wünsche las. Offenbar hatte das junge Mädchen in der kargen klösterlichen Umgebung wenig Naschwerk bekommen.

»Ihr lächelt wenigstens wieder«, meinte Maddalena. »Die Arbeit wird Euch guttun. Zudem schreibt sie kein Wort davon, dass sie Euch aus ihren Diensten entlassen wird. Vielleicht wird doch noch alles gut; sie mögen den Herzog nicht und müssen sich nicht seinem Willen beugen.«

Maddalena zweifelte nicht an der Unschuld Jakobs. Alle Palastangestellten, die ihn kannten, glaubten eher an eine Intrige des herzoglichen Küchenmeisters als an einen Verleumdungsversuch Jakobs. Es war nicht seine Art, mit Menschen arglistig umzugehen.

Sie standen im Wirtschaftshof, wo ein Händler Kohlköpfe auslud und in großen Körben zum Vorratsraum schleppte. Mit dem Fuß stieß der Mann eine tote Taube zur Seite, die Maddalena vor die Füße fiel. Das Tier war steif gefroren und angeekelt sprang sie zur Seite.

»Schon wieder eine. Das ist nun der dritte tote Vogel in wenigen Tagen auf dem Hof. Vielleicht haben sie eine Krankheit.«

Der Händler kam zurück und hörte ihre Worte.

»Das glaube ich nicht. Eine junge Katze knabberte heute Morgen an einem Brotstück, und die ist jetzt auch tot. Ich habe sie schon weggebracht. Es macht keinen guten Eindruck, wenn in der Nähe einer Küche totes Getier herumliegt, noch dazu, wenn es sich um eine so bekannte Küche handelt.«

Jakob meinte irritiert: »Sie kann unmöglich durch unser Brot gestorben sein. Das einzige Brot habe ich selbst gebacken und auch davon gegessen.«

»Eigenartig ist es schon«, erklärte Maddalena nachdenklich. »Die Tauben und ein Spatz lagen tatsächlich in der Nähe der Küche. Vielleicht liegt etwas Verdorbenes herum.«

Sie blickte prüfend um sich, konnte jedoch zwischen den vereinzelten Speiseabfällen und dem Stroh auf dem Boden nichts Verdächtiges entdecken.

»Der Knecht soll den Hof sauber fegen«, erklärte Jakob entschlossen, »dann werden wir sehen, ob sich noch etwas ereignet. Aus meiner Küche kommt sicher nichts, was zum Tod von Tieren führt. Schließlich essen wir alle die gleichen Speisen.«

Verärgert gab er einem der Knechte Order, den Hof sorgfältig zu fegen, und kehrte dann in seine Küche zurück. Allmählich bekam er das Gefühl, dass einiges nicht mit rechten Dingen zuging. Man wollte ihn mit Macht aus dem Palast vertreiben und das würde auch ein Leichtes sein, wenn noch mehr derartige Vorfälle bekannt wurden. Er musste noch viel aufmerksamer sein, mit allem rechnen.

Die alte Maria saß auf einem Schemel und entfernte die äußeren Blätter der Kohlköpfe, sie waren für die Schweine gedacht. Der Rest wurde für Aufläufe und Gemüsegerichte gelagert. Er nahm einen Kohlkopf auf und drehte ihn nachdenklich in den Händen. Ein gutes Gericht zu kochen lenkte ihn stets ab und hob seine Laune.

»Der Tod des Jungen hat uns alle sehr erschreckt.«

Marias Stimme riss ihn aus seinen Überlegungen. »Wir haben uns natürlich auch Gedanken gemacht, wie das geschehen konnte.«

Er warf einen fragenden Blick auf seine Küchenhilfe. »Es gibt keine Erklärung dafür, warum man ein unschuldiges Kind tötet.«

»Ihr wisst, dass ich in diesem Palast arbeite, seit ich ein junges Mädchen bin. Ich habe manches gesehen und inzwischen gelernt, dass es gesünder ist, zu schweigen und nicht allzu viel zu fragen.«

Sie warf ihm einen vielsagenden Blick zu. Jakob nickte verstehend und schloss die Tür zum Hof. Dann beugte er sich zu der Dienstmagd hinab und flüsterte: »Hast du etwas bemerkt, was ich wissen sollte?«

Sie neigte den Kopf und wisperte so leise, dass er sie kaum hörte: »Ihr habt Fragen gestellt nach Safran, der in großer Menge den Palast verlässt. Das war sehr gefährlich. Wer gewinnt durch solch ein großes Geschäft?«

»Der Küchenmeister des Herzogs natürlich. So wird er schnell ein reicher Mann.«

»Glaubt Ihr denn, dass etwas Bedeutendes in diesem Palast vor sich geht, ohne dass der Herzog es erfährt?«

Der Gedanke versetzte ihm einen Stich und ließ ihn blitzartig die Zusammenhänge erkennen.

»Du denkst, der Herzog selbst ist darin verwickelt?« Vor Staunen war seine Stimme lauter geworden und erschrocken hielt er inne.

Nach seiner Entdeckung war er sofort zum Herzog gegangen; der hatte Kenntnis von dem Versteck und konnte schnell reagieren. Warum hatte er nicht früher daran gedacht!

»Aber Rico hatte damit nichts zu tun«, meinte er verwirrt.

Maria schüttelte über so viel Begriffsstutzigkeit den Kopf. »Natürlich hatte der Junge nichts damit zu tun. Er war wohl auch nicht das Ziel des Anschlags. Ich weiß nicht, wieso es ihn getroffen hat.«

»Dann wollte man mich aus dem Weg räumen?«

Maria antwortete nicht und sah ihn nur an. Jakob erinnerte sich an die drängende Art, mit welcher der Herzog ihn nach Rom schicken wollte, um ihn loszuwerden. Aber war ihm deswegen ein Mord zuzutrauen?

Die Erzählungen über die Grausamkeiten und Intrigen der Familie kamen ihm in Erinnerung. Er hatte sie immer für übertriebene Schreckensgeschichten gehalten, die eifersüchtige Neider in die Welt setzten. Dennoch waren einige Morde für weit weniger geschehen.

Wenn die Menge Safran im Kellerversteck nicht die einzige war und es seit längerer Zeit um einen florierenden Handel mit gestrecktem Safran in großen Mengen ging, handelte es sich um einen regelmäßigen Fluss hoher Geldsummen. Hoch genug, um für einen Medici interessant zu sein und um einen lästigen Fragesteller aus dem Weg zu räumen.

Jakob sank mit blassem Gesicht auf eine Holzbank an der Wand und blickte in die mitfühlenden Augen Marias.

»Seit wann weißt du das?«

»Ich habe es mir nach und nach zusammengereimt«, antwortete die alte Frau und fuhr mit leiser Stimme fort: »Die Großmutter des Stallburschen Peppo wohnt neben mir und berichtete von Euch. Sie sagte, dass eines Nachts mehrere Fuhrwerke in den ersten Hof fuhren, die jedoch nicht aus dem herzoglichen Stall waren. Sie luden Waren aus der Küche ein, was seltsam war, da solche Ladungen immer im Wirtschaftshof erfolgen. Peppo kannte die Männer nicht. Dann habt Ihr den Jungen gefragt, der klug genug war, Euch nicht zu antworten. Jeder im Palast weiß, dass es besser ist, sich nicht einzumischen in die Geschäfte und Angelegenheiten der Herrschaft.«

»Glaubst du, dass der Küchenmeister eingeweiht ist?«

Maria zuckte die Achseln. »Vielleicht, vielleicht auch nicht. Man teilt nur, wenn es sich nicht vermeiden lässt, vielleicht weiß er wirklich nichts. Er ist ein guter Koch, aber kein kluger Mann.«

Jakob hatte plötzlich das Gefühl, keine Luft mehr zu bekommen.

Er öffnete die Tür zum Hof, trat hinaus, atmete tief die kühle Luft ein und lehnte sich gegen die Wand. Sein Leben war immer noch in Gefahr. Ricos Tod war nicht mehr als ein Zufall. Er ballte die Fäuste und schluckte, als er an den Jungen dachte. Der größte Teil des Hofes war inzwischen sauber gefegt. Ein Besen lag verlassen am Boden; entweder hatte sich der Knecht fortgestohlen oder er hatte dringendere Aufgaben.

Es kam ihm in den Sinn, wie er die restlichen Krumen eines Auflaufs in den Hof geworfen hatte. Waren sie die Ursache für den Tod der Tiere? Wahrscheinlich hatte sich das Kind in die Küche geschlichen und genascht, wie schon so oft.

Er wischte die Tränen ab, die ihm über das Gesicht liefen. Kerim hatte Recht: Es war eine heimtückische und bösartige Stadt. Sie hatten keine Möglichkeit, gegen den

Mörder vorzugehen und ihm das Handwerk zu legen; sie konnten nur die Stadt verlassen.

Einige Reiter der herzoglichen Eskorte ritten mit lauten Rufen in den Hof und mehrere Stallknechte sprangen auf, um ihre Tiere in Empfang zu nehmen. Die Männer saßen ab, zogen Handschuhe und Hüte aus und sahen sich nach etwas Trinkbarem um. Sie hatten die Duchessina und ihren Hofstaat begleitet.

Jakobs Herrin war zurück. Er beeilte sich, nach seinen Küchenhilfen zu schicken und ein Mahl für die Ankömmlinge zuzubereiten.

Maria und Selina waren schneller als er. Die Ankunft der Duchessina sprach sich herum, in weniger als einer Stunde ging es in der Küche zu wie in einem Bienenstock. Die Damen waren einige Tage früher angekommen als erwartet, doch Jakob war vorbereitet. Trotz des Todesfalles hatte er seine Aufgaben nicht vernachlässigt und Vorräte aufgefüllt, Speisen vorbereitet und Händler mit der Lieferung beauftragt, sodass er nun bereit war, für ein gutes Dutzend Gäste in Begleitung der Duchessina zu kochen.

Zu seiner Überraschung befand sich Herzog Alessandro unter ihnen, der ihn jedoch so völlig ignorierte, als sei er schon nicht mehr vorhanden.

Jakob zweifelte keine Minute daran, dass er die Gelegenheit nutzen würde, um die Damen gegen ihn einzunehmen und zu beeinflussen.

Er vertraute auf die Signora, die ein unbestechliches Auge hatte und die Wesensart des Herzogs beurteilen konnte. Sie mochte manchmal hart erscheinen, doch er hatte bei ihr das sichere Gefühl, dass sie ihm Sympathie entgegenbrachte. Vielleicht war in diesem Haus der Ränke doch noch jemand, auf den Verlass war.

Die ersten Platten wurden aufgetragen, mit Fischfarce gefüllte Eier in einem Bett aus Weißkohl. Dazu reichte man einen leichten Weißwein, der mit Kräutern und getrockneten Früchten erhitzt wurde. Je nach Geschmack konnte man ihn mit Wasser verdünnen.

Es folgten Würste aus der Toskana, Wurzelgemüse, Karpfen mit Fenchel und gebratene Enten. Rehragout und Mangold in Quittensauce rundeten die Speisenfolge ab. Für den Abschluss hatte er sich eine Überraschung ausgedacht.

Anstelle einer besonderen Süßspeise zum Abschluss gab es eine ganze Folge von Nachspeisen, ebenso wie bei den Hauptgängen. Es gab süße Krapfen, fruchtige Gelees in verschiedenen Farben, goldüberzogene Kuchen mit feinen Gewürzen aus dem Osten, Nussgebäck und als besondere Köstlichkeit eine Creme mit dem Geschmack der exotischen Chinaäpfel. Die Augen der Damen leuchteten und anerkennende Worte wurden ihm entgegengebracht, als er sich zum Abschluss des Mahles sehen ließ.

Nur einer blieb wortlos und schien ihn mit den Augen durchbohren zu wollen. Er spürte ein leichtes Frösteln im Rücken. Mit einem gelungenen Essen war keine Schlacht zu gewinnen. Der Kampf begann erst und Jakob war entschlossen, nicht ohne Gegenwehr aufzugeben. Das war er seinen Freunden und vor allem dem toten Rico schuldig.

An diesem Tag konnte er nicht mehr mit der Signora sprechen, denn nach der anstrengenden Reise begaben sich die Damen früh zu Bett. Caterina war mit weiteren Hofdamen zurückgekehrt, unter ihnen Maria Salviati und Caterina Cybo, die Fürstin von Camerino. Als zukünftige Frau eines französischen Königssohnes musste sie ihrer Rolle gerecht werden; sie befand sich nun fortwährend in Begleitung.

Am nächsten Morgen umging er mehrere Hofdamen und zwei Sekretäre, um zur Signora vorzudringen. Die einfache und direkte Weise, in der seine Ankunft bislang gemeldet wurde, gehörte der Vergangenheit an.

Die Signora saß mit mehreren Damen zwischen Stoffen und Kleidern, um eine Auswahl zu treffen. Als sie Jakob sah, erhob sie sich und winkte ihn in ihr Schreibzimmer, einen kleinen, jedoch aufwendig gestalteten Raum mit getäfelten Decken, stoffbezogenen Wänden und goldverzierter Ausstattung. Sie gestattete ihm, sich zu setzen. Er wertete dies als gutes Zeichen.

Wie immer hielt sie sich nicht mit umständlichen Floskeln auf, sondern kam direkt zur Sache.

»Das Mahl zu unserer Begrüßung war wie immer ganz ausgezeichnet und bemerkenswert. Die Duchessina war begeistert von den Süßigkeiten, auch wenn sie zukünftig auf ihre Linie achten muss. Doch ich nehme an, dies ist nicht der Grund, warum Ihr mich zu sprechen wünscht. Man hat mir berichtet, es gab einen unangenehmen Zwischenfall und Ihr habt gegen den Küchenmeister des Herzogs einen unbegründeten Verdacht geäußert. Ich möchte von Euch hören, was geschah.«

Er hatte sich genau überlegt, was er sagen wollte, doch unter ihrem prüfenden Blick war seine Vorbereitung plötzlich vergessen. Er schilderte ihr die Ereignisse mit einfachen Worten, berichtete von seiner Entdeckung und dem Bericht an den Herzog, seiner völligen Verblüffung, als er den Keller leer vorfand und schließlich auch von seinem Verdacht und dem bestürzenden Tod Ricos.

»Ich habe einen naiven Fehler begangen, als ich mich in etwas eingemischt habe. Ich wollte das Richtige tun und habe es ganz falsch gemacht. Es gibt keine Beweise, doch es handelt sich vermutlich um einen Anschlag auf mich, dem unglücklicherweise der Junge zum Opfer fiel.«

Die Signora schwieg einen Augenblick und überdachte das Gehörte. Sie strich über ihre glänzende, schwere Robe und erklärte:

»Es tut mir leid, vom Tod des Jungen zu hören. Der Herzog bat mich, Euch aus unseren Diensten zu entlassen, um unnötige Feindschaften und Unruhen unter den Palastangestellten zu vermeiden. Eine Stelle als Koch in der Küche des Heiligen Vaters könnte Euch zufriedenstellen. Wollt Ihr dorthin?«

Unglücklich schüttelte Jakob den Kopf.

»Für die Duchessina koche ich sehr gerne und würde lieber bleiben. Es gefällt mir, weil die Küche noch nicht umfangreich wie sonstige Fürstenküchen ist und ich allmählich lernen kann, ein wirklich großer Küchenmeister zu werden. In einem Palast wie dem Vatikan gibt es unzählige Köche, die seit vielen Jahren ihre Posten haben, dort wäre ich nur noch für einzelne Gerichte zuständig. Eine Stellung als Küchenmeister ist für mich dort auf Jahre hinaus unerreichbar. Eine Chance wie hier bekomme ich sicher so schnell nicht wieder.«

Nach einer Weile des Überlegens meinte er zögernd: »Man sagt, dass die Duchessina in wenigen Monaten zu ihrem zukünftigen Mann nach Frankreich reist. Vielleicht könnte ich sie dorthin begleiten.«

Die Signora hatte ihn aufmerksam beobachtet und entgegnete aufmunternd: »Ich halte Euch für einen aufrichtigen Mann und ich würde mich ungern von Euch trennen. Den Wunsch des Herzogs kann die Duchessina zwar nicht ohne Weiteres ignorieren, aber er kann uns auch nicht zwingen, nach seinem Gutdünken zu handeln.

Möglicherweise gibt es eine Lösung für diese Angelegenheit, doch dazu brauche ich etwas Zeit. Bis dahin bleibt Ihr in unseren Diensten.«

Mehr konnte er im Augenblick wohl nicht erwarten. Er vergrub sich in seiner Küche und arbeitete stumm und verbissen, während seine Gedanken bei seinen Freunden waren und ihn ein dunkler Mantel der Trauer umhüllte.

Er konnte Kerim und Margot nicht sagen, dass Rico das Opfer eines Anschlages war, der ihm selbst galt. Es änderte nichts und sie würden sich Vorwürfe machen, nicht genug auf ihn geachtet zu haben. Es reichte, wenn er selbst daran dachte, dass er sein Leben dem Tod des Knaben verdankte. Es ließ sich nichts beweisen und der Mörder war unangreifbar.

Erbittert knetete er den Nudelteig und ignorierte die verdutzten Blicke der anderen. Für die Ravioli nach Art des päpstlichen Kochs Scappi mischte er je zur Hälfte geriebenen reifen und jungen Käse. Das Brät aus Bauchspeck kam ebenso in seine Mischung wie Kräuter, Pfeffer, Nelken und Ingwer. Fein gehackte Kapaunbrust vervollständigte die Füllung für seine Nudeln.

Die Beiköche brauchten die Pasta nur im Vorratsraum kühl zu stellen. Morgen sollte sie in Fleischbrühe mit Safran kurz gar ziehen und konnte den Damen, serviert in einer leichten Käsesauce, zu Fasanenbraten serviert werden.

Am Abend ging Jakob in Begleitung einiger Palastangestellter müde nach Hause.

Er war vorsichtig geworden. Das Haus lag im Dunkeln. Vorbei war die Zeit, in der es jeden Abend fröhliche Feste gab oder man sich im Palast von Freunden traf. Kerim verbrachte die Tage in stummem Brüten, las in seinen Gedichten oder schrieb mit kratzender Feder seine Gedanken auf. Wenn er überhaupt das Haus verließ, dann nur kurz und auf Drängen Margots hin, die sich ernsthaft um ihn sorgte.

Margot empfing nach wie vor ihre Freunde, beriet die Damen und verkaufte gelegentlich einen ihrer Gesundheitstränke oder Kräutermischungen. Auch sie verließ das Haus selten, ihre Sorge um Kerim ließ es nicht zu. Auch nach einigen Wochen hatte sich an diesem Zustand wenig geändert. Sie ermutigte ihn ständig, mehr zu essen und ein wenig Gesellschaft zu dulden, und manchmal ließ er sich ihr zu Gefallen darauf ein.

Es war fast Februar und die Sonne wärmte schon, als er das erste Mal wieder lächelte. Von einem der großen Schiffe brachte ein Seemann einen kleinen Affen mit, den Jakob erwarb und Kerim schenkte, der sich immer für exotische Tiere begeisterte.

Die erste Tat des Tieres bestand darin, sich in den kostbaren Vorhang des Empfangszimmers zu wickeln und ihn einzunässen, zum Entsetzen Margots.

Sie stieß einen Schrei aus und wies den Diener an, das Tier fortzubringen. Lächelnd nahm Kerim das Tierchen auf den Arm, das sich zutraulich an ihn krallte.

»Er weiß doch nicht, was er angestellt hat. Du erschreckst ihn nur.«

»Er hat mich auch erschreckt«, erwiderte Margot ärgerlich. »Was für eine verrückte Idee, dieses wilde Geschöpf ins Haus zu bringen. Er wird die gesamte Einrichtung ruinieren.«

»Er bekommt einen großen Käfig, dann kann er nichts anstellen. Ich kümmere mich selbst darum.«

Margot schwieg. Sie mochte keine Tiere im Haus, aber Kerims wiedererwachtes Interesse war ihr dieses Zugeständnis wert.

Für den folgenden Tag hatte Jakob einen Ausflug aufs Land zu einigen Lieferanten geplant. Gemüse und Fleisch erreichten ihn in sehr unterschiedlicher Qualität und er wollte diesem Problem auf den Grund gehen.

Er genoss es, wieder auf einem Pferderücken zu sitzen, und musste unweigerlich an Ali denken. Wie mochte es dem jungen Türken wohl gehen? Schiffe seines Vaters fuhren weiterhin zwischen Genua und Konstantinopel, und gelegentlich brachten sie ihm ein kurzes Schreiben mit Proben besonderer Gewürze. Sein Freund hatte nicht vergessen, wie viel ihm an ungewöhnlichen Aromen lag.

Der frische Frühlingswind blies ihm ins Gesicht und lies die Mähne des Pferdes flattern. Er vertrieb ebenso seine dunklen Gedanken wie die Ausdünstungen der Stadt. Frohgemut drückte er dem Pferd die Fersen in die Seite, dass es einen Satz machte und in Galopp fiel.

Sein Begleiter, ein kräftiger Sklave, den Kerim ihm aufgeschwatzt hatte, folgte ihm mit Mühe. Jakob war vorsichtiger geworden; er sah ein, dass es riskant war, sich alleine auf eine Reise zu begeben.

Ein Junge, der neben dem Weg eine Schar Gänse hütete, grüßte freundlich und scheuchte seine Herde vorsichtig auf eine angrenzende Wiese, damit sie nicht, wie es häufig der Fall war, den Hufen der temperamentvollen Pferde zum Opfer fiel.

Anfangs begegneten Jakob und dem Sklaven noch zahlreiche Reisende, die gen Stadt zogen; er wich Karren und anderen Reitern aus, doch mit zunehmender Entfernung wurde der Weg ruhiger.

Durch Weinberge und entlang lichter Wälder führte der Weg nach Norden Richtung La Castellina. Er pfiff vor sich hin und erreichte am späten Vormittag das Dorf, wo der Händler Arnaldo lebte, ein Schweinehirt, der ihm die schmackhaftesten Schinken und den fettesten Speck brachte.

Schon von Weitem sah er die borstigen, dunklen Tiere, die sich in den Pfützen suhlten oder am Rande der einfachen Behausungen nach Essensresten wühlten. Der beißende Geruch des in der Kälte dampfenden Mistes drang in seine Nase. Jakob überwand sich und stieg mit unbewegter Miene vom Pferd. Eine ältere Frau stemmte die Hände in die Hüften und musterte die beiden unterschiedlichen Ankömmlinge mit großen Augen.

Er lächelte die rundliche Frau an. »Erkennst du mich nicht mehr, liebe Giovanna? Du hast mir eure Schweine auf dem Markt in Florenz so warm empfohlen.«

Die Frau schlug die Hände vor Überraschung zusammen.

»Welche Ehre, dass Ihr uns aufsucht. Das wäre nicht nötig gewesen! Wir bringen Euch die Tiere auch zum Palast.«

Sie schien ein wenig rot zu werden, überwand dann jedoch ihre Schüchternheit und fand zu ihrem gewohnten Selbstbewusstsein zurück.

»Ich habe Euch tatsächlich nach diesem halben Jahr kaum erkannt. Tretet in unser bescheidenes Haus und erholt Euch von Eurem Ritt.«

Er zog den Kopf ein, um durch den niederen Eingang in den einzigen großen Raum zu gelangen. Während sie ihm eilfertig ein Glas Milch einschenkte, sah er sich interessiert um. In seiner Kindheit wäre ihm ein solches Haus wie der Inbegriff des Reichtums erschienen. Es gab eine gut ausgestattete Feuerstelle mit Geschirr, einen großen Tisch mit zwei Bänken und an den Seiten einige Schlafstellen. Sogar ein Spinnrad und ein Korb mit feiner Schafwolle besaß die Bäuerin, was darauf schließen ließ, dass sie nicht zu den Ärmsten zählte. Er nahm den Becher mit Milch dankend an, trank einen Schluck und setzte sich ihr gegenüber.

»Arnaldo liefert gute Ware, Ihr habt nicht zu viel versprochen. Die Zahl der Tiere ist aber nicht ausreichend für den herzoglichen Haushalt, deshalb kaufen wir auch bei anderen Händlern. Wie kommt es, dass das Fleisch so verschieden schmeckt, und wie kann man die Unterschiede schon beim Kauf erkennen?«

Bei seinen letzten Worten war Arnaldo eingetreten, der schon Jakobs Diener und die Pferde mit den wertvollen Sätteln und Decken im Stall gesehen hatte. Er lachte pfiffig und reichte Jakob seine schwielige Arbeitshand.

»Die Frage kann ich Euch leicht beantworten. Wir füttern und hegen unsere Tiere anständig und überlassen sie nicht nur sich selber. Sie haben einen Unterstand, der sie gegen schlechtes Wetter schützt, und erhalten nicht nur stinkende Abfälle zum Fraß.«

Die ländliche Mundart des Mannes war für Jakob nicht leicht zu verstehen.

»Wir sind einfache Bauern, aber wir essen gut und unsere Tiere müssen auch nicht darben.«

Nach den Einfällen der kaiserlichen Truppen vor einigen Jahren und der Geißel der Pest war dies schon ein großer Reichtum, der nicht nur auf dem Land einen besonderen Wert besaß.

»Ihr seid in einer glücklichen Lage. Eure Kinder sind gesund und gut genährt. Darüber hinaus mache ich gerne Geschäfte mit ehrlichen Händlern, zu denen ich Euch zähle.«

Im Laufe des Vormittags konnte er die Unterschiede in der Haltung der Tiere genau sehen. Arnaldo machte ihn mit einem anderen Bauern aus dem Weiler bekannt, dessen Tiere ein deutlich schlechteres Bild abgaben. Sie suhlten sich in einem engen Verschlag, der wohl nie ordentlich gesäubert wurde. In ihrer Not hatten sie sich gegenseitig verletzt, sie waren abgemagert und ihre Augen waren trübe.

Arnaldo bestand darauf, ihn zum Mittagsmahl einzuladen. Der Küchenmeister aus der Stadt sollte sehen, dass man auch auf dem Lande gut zu leben wusste.

Giovanna hatte die Zeit genutzt, um einen schmackhaften Eintopf aus Würsten, Fleisch und Rüben zu kochen. Nach dem Ritt durch die frische Luft und dem Gang durch den Ort hatte Jakob Hunger. Es war ein einfaches, jedoch gutes Essen, und er griff zum Vergnügen der Bauern ordentlich zu.

Am Nachmittag machte er sich auf den Ritt zurück, doch er kam langsamer vorwärts als erhofft. Nach den kalten Wintertagen und dem Regen der letzten Woche waren die Wege noch aufgeweicht und hatten sich im Laufe des Tages mit zahlreichen Wanderern und Karren gefüllt. Sein Diener wies ihm einen Weg, um einen Ort zu umreiten, doch dadurch gerieten sie in eine umzäunte Wiese, aus der sie nicht mehr herausfanden. Sie mussten zurück und verloren weitere Zeit.

Die Sonne neigte sich schon dem Horizont zu und die Stadttore von Florenz waren noch immer nicht in Sicht. Verärgert erkannte Jakob, dass er es vor Anbruch der Dunkelheit nicht mehr schaffen würde. Er war gezwungen, in einer der Herbergen vor den Toren zu nächtigen.

Die Aussicht darauf war nicht erhebend. Die Gasthäuser verdienten kaum ihren Namen, waren schmutzig und oft von mancherlei Gesindel bewohnt. Ungeduldig trieb er sein Pferd an, doch es dunkelte schon, als er die letzte Unterkunft vor den Toren erreichte und aus der Ferne die Kirchenglocken hörte, das Zeichen für die Wächter, die Tore zu schließen.

Verdrossen ritt er in den Hof der Herberge und lenkte sein Pferd zum Stall, wo ein mürrischer Junge ihm einen Platz zuwies. Es hob seine Laune etwas, als er ein weiteres kostbares Pferd bemerkte. Mit etwas Glück fand er in der Wirtsstube nicht nur Leute vor, die der Stadt zu verdächtig oder missliebig vorkamen und deswegen keinen Einlass fanden, sondern einen interessanten Leidensgenossen, mit dem er den Abend verbringen konnte.

Bevor er das Haus betrat, zog er vom Brunnen einen Eimer Wasser hoch, wusch sich Gesicht und Hände und kippte den Rest über seine schlammbespritzten Schuhe. Schon seit seiner Ankunft im Hof hörte er aus der Wirtsstube erregte Stimmen, doch er hatte ihnen wenig Beachtung geschenkt. Es war nicht ungewöhnlich, dass die an den Stadttoren Abgewiesenen auf Händel aus waren und leicht in Streit gerieten.

Als sich die Tür öffnete und ein junger Mann erschien, der sich ohne Umstände an der nächsten Hausecke erleichterte, hörte er den Grund des lautstarken Wortgefechts.

»Wer soll das essen? Ich bin doch kein Schwein, dem Ihr diesen Fraß vorsetzen könnt!«

»Dann lasst es eben. Ihr seid bei mir nicht in der Küche eines venezianischen Duce und habt kein Recht, Euch wie der Herr aufzuführen.«

»Ich brauche mich nicht wie ein Herr aufzuführen, ich bin einer. Und Ihr seid Euch Eures Standes wohl nicht bewusst.«

»Ich bin der Hausherr und wenn es Euch bei mir nicht passt, könnt Ihr versuchen, anderswo Quartier zu finden.«

Die gebieterische Stimme des Gastes erinnerte Jakob plötzlich an jemanden. Konnte es möglich sein, dass er den Mann kannte? Eilig strebte er dem Eingang zu und prallte mit einer Gestalt zusammen, die ebenso hastig hinauswollte.

»Könnt Ihr nicht achtgeben?«, knurrte sein Gegenüber misslaunig. Jakob trat zurück und lachte laut auf.

»Seid Ihr wirr im Kopf oder betrunken?«

Jakob machte noch einen Schritt zurück, um den Mann genauer zu betrachten.

Er hatte sich nicht verändert, es war noch die gleiche auffällige und selbstbewusste Gestalt.

»Lorenzo, welche Freude, Euch wieder zu begegnen, wenn auch unter wenig günstigen Umständen!«

Jakob lachte immer noch vergnügt, jetzt über das verblüffte Gesicht des Küchenmeisters.

»Ihr kennt meinen Namen? Wer seid ihr?«

Der Hof lag schon im Halbdunkel, nur schwach beleuchtet von einer Öllampe an der Hausecke. Auch bei genauem Hinsehen schien der andere Jakob nicht zu erkennen.

»Habe ich mich denn derartig verändert, Meister Lorenzo? Wir haben uns in Augsburg leider aus den Augen verloren. Ich bin Jakob …«

Er konnte den Satz nicht beenden. Lorenzo packte ihn am Arm, riss die Tür wieder auf und zog ihn ins Licht der Gaststube.

»Ich kann es nicht glauben. Das kann doch nicht möglich sein. Ich hätte dich auf offener Straße niemals wiedererkannt.«

Voller Staunen betrachtete er Jakob, der seinen früheren Meister inzwischen überragte.

»Sieh an, der blasse, schmächtige Bursche! Du bist ein Mann geworden, und was für einer. Ich wusste, dass du es gut getroffen hast, aber dir geht es anscheinend noch besser, als ich mir vorstellte.«

Plötzlich umarmte er Jakob. »Ich bin froh, dich in so guter Verfassung vorzufinden. Die Sorge, was aus dir geworden ist, hat mich lange Zeit nicht verlassen. Komm, lass uns ein Glas von dem Zeug trinken, was der Grobian von Wirt Wein nennt.«

Sie ließen sich an einem der langen Holztische nieder und Lorenzo bestellte nach einigem Überlegen Wein, Brot und Wurst für sie.

»Die Suppe ist ungenießbar, ein zusammengeworfener Haufen faulen Gemüses, mit einem alten Knochen gekocht.«

Er dämpfte seine Stimme keineswegs und fing sich einen drohenden Blick des Wirtes ein.

Jakob brannten einige Fragen auf der Zunge. Kaum hatte der Wirt sich zurückgezogen, platzte er heraus: »Meister Lorenzo, ich habe erfahren, dass Ihr mich im Auftrag meines Vaters nach Italien gebracht habt. Warum habt Ihr mir nie die Wahrheit gesagt? Es hat mich sehr getroffen zu erfahren, dass ich Mittelpunkt eines solchen Bravourstücks war.«

Lorenzo zupfte den spitzenbesetzten Ärmel seines weißen Hemdes unter der Jacke zurecht, bevor er mit schuldbewusstem Gesicht meinte: »Ich hatte deinem Vater mein Wort gegeben, nichts zu verraten. Eigentlich wollte ich nur Christof überzeugen, mit mir nach Venedig zu reisen. Am Hof des Duce gab es neue Möglichkeiten, und ich wollte endlich wieder mit einem fähigen Mann arbeiten, dessen Wesen einigermaßen erträglich ist. In der Küche eines hochgestellten Mannes wie dem Duce von Venedig oder seiner Familie sind keineswegs besonders befähigte Köche, sondern solche, die zum Beispiel einen Schwager haben, dessen Freundin mit einem Bruder verheiratet ist, der sich für seinen Sohn um den Posten bemühte, und so weiter. Dein Vater weilte in Venedig und erfuhr von meiner Reise. Er gab mir zu verstehen, seinen Einfluss für mich geltend zu machen, wenn ich ihm nebenher einen Gefallen tun würde. Ich konnte nicht ahnen, dass sich die Angelegenheit zu einer komplizierten Entführung auswachsen würde. Ich wollte lediglich in einer großen Küche meinen Posten halten und meine Geltung vergrößern.«

Jakob grinste. »Wer hat mir noch einmal auf der Fahrt nach Augsburg erklärt, dass man außer der Kunst des Kochens noch viele andere Talente benötigt, um in der Welt der herrschaftlichen Küchen Erfolg zu haben? Ich ringe derzeit ebenfalls um meine Position, die man mir mit recht hinterlistigen Mitteln streitig macht.«

Er berichtete von dem gestreckten Safran und seinem Verdacht, dass er, ohne es zu wissen, zwischen die Fronten der Interessen geraten war.

»Nach dem Vorfall in Augsburg war ich vorsichtig und reimte mir nach und nach zusammen, dass an der Geschichte mit dem gestreckten Safran wohl etwas faul war und du mit deinem Misstrauen jemandem gefährlich geworden bist. Ich fand nach Tagen heraus, dass man dich ins Gefängnis gesteckt hatte, aber da warst du schon fort. Man sagte mir, ein Verwandter habe dich herausgeholt. Natürlich dachte ich an deinen Vater und sah meine Mission als beendet an. Ich bin inzwischen überzeugt, dass du einem höchst lukrativen Betrug mit gestrecktem Safran auf die Spur kamst und dich das wiederholt in Schwierigkeiten gebracht hat. Du kannst froh sein, mit einem blauen Auge davongekommen zu sein – es sind Leute für weit weniger auf Nimmerwiedersehen verschwunden.«

Jakob nickte nachdenklich. Der Wirt brachte einen großen Holzteller, auf dem ein Krug Wein, frisches Brot, Käse und ein dickes Stück Wurst lagen. Er stellte es vor seine beiden Gäste und verschwand ohne ein Wort.

Die beiden bedienten sich, und während Jakob mit Genuss ein Stück des knusprigen Brotes aß, drehte Lorenzo verärgert die Wurst zwischen seinen Fingern.

»Sieh dir das an, eine Unverschämtheit, uns dieses verrottete Stück Wurst anzubieten.«

Auf der Außenhaut waren deutliche Spuren grünlich-schwarzen Schimmels erkennbar. Jakob fand dies nicht ungewöhnlich; er hatte früher oft genug Reste aus der Küche gegessen, die ähnliche Zeichen aufwiesen.

»Schimmel an sich ist nicht verkehrt«, erklärte Lorenzo auf seinen fragenden Blick hin, »aber es muss weißer Schimmel sein; nur dann ist sicher, dass Wurst oder Schinken in einem guten Klima geräuchert und gereift sind. Bei dieser Farbe kannst du dich regelrecht vergiften.«

Alarmiert legte Jakob das Stück Wurst zurück, nach welchem er schon gegriffen hatte.

»Immer, wenn ich in Eurer Nähe bin, sehe ich, wie viel ich noch zu lernen habe.«

Lorenzo lehnte sich vertraulich vor. »Vielleicht habe ich ja eine Idee, da Christof unerklärlicherweise nicht aus diesem graukalten Land im Norden fort will. Ich habe die Bestellung eines ersten Küchenmeisters am französischen Hof in meiner Tasche. Die Frau des zweiten Königssohnes kommt aus der Familie Medici und soll demnächst nach Frankreich reisen. Die dortige Küche ist ungewohnt und auch nicht sonderlich raffiniert, nach allem, was man berichtet. Natürlich soll eine Medici nicht auf ihre gewohnte Behaglichkeit, gute Speisen und anderes verzichten. Sie ist sowieso nicht sonderlich geachtet, da sie nicht aus königlicher Familie ist und sich am Hofe erst beweisen muss. Deshalb soll sowohl ihre Ausstattung als auch ihr kompletter Hofstaat höchst eindrucksvoll sein, und aus diesem Grunde hat man nach mir geschickt und anfragen lassen, ob ich gewillt bin, sie nach Frankreich zu begleiten.«

Er zwinkerte Jakob zu: »Das Beste wird gerade gut genug sein, um den Franzosen zu zeigen, wie überlegen die italienische Lebensart ist. Ich brauche gute Leute, die mich unterstützen, denn es ist nicht anzunehmen, dass wir am Hofe mit offenen Armen aufgenommen werden. Jeder einzelne französische Koch wird alles unternehmen, die Fremden schlecht aussehen zu lassen. Was hältst du davon, mich zu begleiten? Ich könnte mich für dich verwenden. Du weißt, wie viel ich von deinen Fähigkeiten halte. Man spricht sogar in Venedig von dir.«

»Wenn meine Fähigkeiten als Koch nicht dafür gesorgt haben, dann sicherlich mein Vater«, meinte Jakob bitter.

Die Enttäuschung, dass man ihn anscheinend völlig überging, ihn nicht einmal informierte und ihm sogar noch Versprechungen machte, obwohl der Posten des ersten Küchenmeisters schon lange vergeben war, ärgerte ihn maßlos und nagte an ihm. Er hatte auf die Aufrichtigkeit der Signora vertraut, aber auch Kerims Worte »Du bekommst nichts ohne Gegenleistung« waren nicht vergessen. Nicht zum ersten Mal dachte er, ob es vielleicht doch besser gewesen wäre, in Konstantinopel zu bleiben, wo man nur aufgrund seiner Fähigkeiten etwas Großes werden konnte.

»Mach nicht so ein Gesicht«, ermunterte Lorenzo ihn, der seinen Gesichtsausdruck falsch verstand.

»Frankreich ist nicht schlecht, wir kochen, dass den königlichen Valois Hören und Sehen vergeht. Reizt dich das nicht? Natürlich sind wir nicht die erste und größte Küche am Hof, die gebührt dem König, aber als jüngerer Bruder des Herrschers wird der Herzog von Orleans einmal ein mächtiger Mann sein. Wer weiß, welche Möglichkeiten sich noch ergeben. Vorerst bin ich ganz froh, aus dem ränkesüchtigen Venedig herauszukommen. Mir liegt die Rolle des Küchenmeisters weit mehr als die des Duckmäusers.«

Jakob nickte langsam. »Ein ehrenvolles Angebot, ich wäre sicher sehr dankbar dafür, hätte man mir nicht zuvor auch die Rolle des Küchenmeisters am Hofe Caterina de' Medicis angeboten. Anscheinend beschränken sich meine Talente eben doch nur aufs Kochen.«

Lorenzo war einen Augenblick sprachlos und lachte dann freudlos auf.

»Ich sage dir ja, es ist ein Intrigantenstall, aber glaube nicht, dass ich etwas damit zu tun habe. Ich wusste nicht, dass du ebenfalls im Gespräch warst. Ausgezeichnet, dann hast du also schon erwogen, Italien zu verlassen. Gräme dich nicht, dass man mir den Vorzug gab, es wird an meinem Alter und meiner Erfahrung liegen. Du sagtest doch selber, dass du noch viel zu lernen hast.«

Er nahm einen Schluck Wein und wischte sich mit einem bestickten Tuch, das er aus dem Ärmel zog, den Mund ab, bevor er fortfuhr.

»Es war übrigens nicht dein Vater, der dich in Venedig erwähnte – man erzählte in den Salons von einer spektakulären Tafel aus Gelee und ich wusste sofort, von wem die Rede war, auch ohne dass man deinen Namen nannte. Als man mir die Stelle am französischen Hofe anbot, dachte ich sofort an dich. Es ist nicht einfach, in ein hohes Amt zu gelangen; ich weiß, wovon ich spreche. Ohne Gönnerschaft und Fürsprecher ist es nahezu unmöglich. In Anbetracht deiner Jugend und trotz Mangel an Verbindungen hast du es unglaublich weit gebracht, und das verdankst du nur deinem außergewöhnlichen Gespür für die Kochkunst, für Genüsse und die Harmonie der Speisen. Nirgendwo auf der Welt ist man anspruchsvoller als in den großen Handelsstädten Italiens. Verlange nicht gleich zu viel von dir selbst, sonst machst du dich unglücklich und kommst nicht weiter.«

Lorenzo sprach ungewöhnlich ernst und mitfühlend. Er kannte die Enttäuschungen, die im Umgang mit einflussreichen Adligen und mächtigen Handelsvereinigungen des Landes einhergingen. Trotz seines Ruhmes als Küchenmeister würde er nie zu ihnen gehören und niemals in ihre inneren Kreise gelangen.

Jakob gewöhnte sich langsam und mit zunehmendem Weinkonsum an den Gedanken, den Ruhm des Küchenmeisters mit Lorenzo zu teilen. Er kannte niemanden in Frankreich, und dass die Köche am königlichen Hofe nicht auf Besserwisser aus einem fremden Land warteten, konnte er sich denken.

Mit einem Verbündeten anzureisen, von dem er zweifellos noch viel lernen konnte, war gewiss kein Nachteil. Seine Gedanken wirbelten durcheinander und sein Kopf sank auf den Tisch. Auch Lorenzo spürte die Folgen des billigen Weines und schloss die Augen. Aneinander gelehnt schliefen beide auf der Holzbank ein.

Am nächsten Morgen rieben sich beide die steifen Glieder.

»Wir hätten auf die Magd hören sollen, die uns ein Lager im Schober angeboten hat«, stöhnte Jakob, während er sich mit schmerzverzogenem Gesicht reckte.

Er wusch sich am Brunnen flüchtig über Gesicht und Hals. Es war frisch am Morgen; die Sonne warf zwar schon die ersten Strahlen über die Hügel, hatte aber noch keine wärmende Kraft.

»Vergiss es«, brummte Lorenzo und wischte im Gras angeekelt einen Kotflecken von seinem roten Stiefel. »Die Lager verdienen ihren Namen nicht, sind voller Flöhe und stinken vor Dreck und noch weit Üblerem. Sobald das Stadttor öffnet, reiten wir hinein. Ich habe genug von der zweifelhaften Gastfreundschaft dieses Etablissements.«

In diesem Augenblick hörten sie die schweren Scharniere des Stadttores, das sich langsam öffnete. Einige Wagen standen längst bereit, um das breite Tor mit den Wachen zu passieren.

Jakob beeilte sich und stieg auf sein Pferd. Die Rechnung hatten sie am Vorabend beglichen, der Wirt lief nicht Gefahr, dass sich seine Gäste während der Nacht aus dem Staub machten, ohne ihre Zeche zu zahlen.

Gemeinsam ritten sie im Schritt in die Stadt, die schon vor Betriebsamkeit summte, während ihnen Jakobs Sklave folgte, der ebenfalls nicht gut geschlafen zu haben schien.

Lorenzo blickte aufmerksam um sich und wies mit der Hand stumm auf die Schäden, die vor einigen Jahren durch die Truppen des habsburgischen Kaisers entstanden waren. Obwohl an allen Ecken und Enden viel Mühe darauf verwandt wurde, den alten Glanz wiederherzustellen, so sah man doch hier und da noch die tiefen Wunden, die Florenz durch Belagerung und Erstürmung erlitten hatte. Als sie Jakobs Haus erreichten und sich ein freundlich grüßender Junge der Pferde annahm, nickte Lorenzo beifällig.

»Es ist ungewöhnlich für einen Küchenmeister, ein eigenes gut geführtes Haus zu besitzen. Offensichtlich hast du schnell einen Sinn für die feine Lebensart entwickelt. Wenn du erst einmal in den Diensten eines Königshauses stehst, bleibt dir dafür nicht mehr viel Zeit.«

»Diese Zeit finde ich schon jetzt nicht mehr«, erklärte Jakob. »Ich habe Freunde, die Wert auf ein Heim legen und mich davon abhalten, jede Nacht in meinen Kleidern in der Küche einzuschlafen.«

Lorenzo folgte ihm schmunzelnd in den großzügigen Patio, von dem eine Treppe in die oberen Räume führte, und blickte sich interessiert um, während Jakob schon eine Magd beauftragte, für beide ein heißes Bad zu richten.

IX. Unter Höflingen

Der Hafen von La Spezia war im späten Juni voller Leben. Zahlreiche Schiffe mit Zielen in alle Welt lagen vertäut an der Mole oder außerhalb der befestigten Anlagen vor Anker.

Die Ausbesserungsarbeiten wurden im Winter erledigt; dies war die Zeit der großen Handelsreisen und es herrschte emsige Geschäftigkeit. Seeleute, Tagelöhner, Fuhrunternehmer und Schiffsoffiziere liefen durcheinander und schrien sich Befehle zu, und man musste achtgeben, um nicht über herumliegende Seile, Waren oder Geräte zu stolpern.

Die *Lavinia*, ein Schiff der Reederei Scalia, reckte ihren Bug in den blauen Himmel. Auf dem Mast flatterte das rote Sankt-Georgs-Kreuz, die Fahne Genuas. Seeleute keuchten schwer mit Säcken beladen den Aufgang hinauf, um die Waren im Bauch des Schiffes zu verstauen. Kerim und Lorenzo umrundeten einige Karren, die ihnen den Weg versperrten, und wiesen zwei schnaufende Diener an, ihre Kisten ebenfalls an Bord zu bringen. Neugierig warf Kerim einen Blick in eine offene Kiste, die mit Steinen gefüllt war.

»Kein Wunder, dass die Arbeiter so schwer schleppen und kaum noch Kraft haben, unsere wenigen Habseligkeiten an Bord zu bringen. Was ist das für ein Zeug?«

»Von ›wenigen Habseligkeiten‹ kann man bei deinem Gepäck wohl kaum reden«, meinte Lorenzo ironisch. »Dein Pferd wird dich und alle deine Reisesäcke kaum tragen.«

Er warf einen prüfenden Blick auf die Steine und erklärte: »Es sind blaue Lapislazuli aus einem fernen Land im Osten. Jeder Maler braucht sie für die leuchtend blaue Farbe, die zum Bemalen der Kirchen benötigt wird. In Florenz, in Rom und Venedig füllt man ganze Kuppeln mit großartigen Gemälden. Wer es sich leisten kann, lässt von einem Künstler sein Bildnis malen. Die Farben mischt man aus gemahlenen Steinen oder anderen Materialien. Lapislazuli sind derzeit recht teuer, die Nachfrage ist groß.«

Kerim wandte sich schon dem Aufgang zu. Die Einzelheiten des Warentransportes interessierten ihn weit weniger als Lorenzo oder Jakob, der sich bei seinem Vater mit derlei Dingen des Alltags hatte beschäftigen müssen. Den anspruchsvollen Kerim interessierten nur die Ergebnisse eines Werkes. Die beiden stiegen die schmale Stiege hinan und begaben sich auf die Suche nach ihrer Kajüte.

Jakob und Margot wollten ebenfalls an Bord, doch zuvor erledigten sie in der Stadt einige Besorgungen. Sie traten durch das Portal der Banco di San Giorgio auf den davorliegenden Platz und blinzelten in die plötzliche Helligkeit. Margot, wie immer elegant gekleidet, hielt ihn plötzlich zurück und legte ihre Hand auf seinen Arm.

»Ich weiß nicht, ob ich mich daran gewöhne, mein Geld Fremden anzuvertrauen und mich als Ausgleich mit einem Dokument abfinden zu müssen.«

Jakob sah sie belustigt an. »Du kannst kaum mit einem Rucksack voller Münzen reisen. Es ist üblich, sein Geld zur Bank zu bringen. Auf dein Schreiben hin wird dir jede Wechselstube an Ort und Stelle genügend Mittel zur Verfügung stellen. Es ist ganz einfach und versagt nicht einmal in den exotischsten Ländern. Ohne diese Einrichtung wäre der weltweite Handel nicht möglich. Außerdem kann ich dir versichern, dass sie nicht aus Menschenfreundlichkeit handeln; man lässt sich diese Dienste gut bezahlen.«

»Schon gut, ich glaube dir ja. Dennoch finde ich es etwas beunruhigend.«

Jakob winkte eine Kutsche herbei, die sie zum Hafen fuhr. Tief sog er das unverwechselbare Aroma ein, diese besondere Mischung aus Meerwasser, Fisch, Teer, Holz und dem Geruch hart arbeitender Menschen.

»Nun merke ich, dass ein Teil meines Herzens auch dem Handel auf dem Meer gehört. Ich habe das alles hier vermisst und freue mich auf die Reise.«

Ein freundschaftlicher Stoß traf ihn in die Seite. »Warte nur, bis dir die Enge, der Gestank und die Langeweile zusetzen, über die du früher so oft geklagt hast. Du wirst froh sein, dass Lorenzo und Kerim dich begleiten und für Abwechslung sorgen.«

Margot hatte nicht viel für Seereisen übrig und teilte die Begeisterung Jakobs keineswegs. Es war für sie das notwendige Übel, um auf schnellstem und sicherstem Wege an ihr Ziel zu gelangen.

Auf besonderen Wunsch der Duchessina sollte sie erst in deren Gefolge zur Hochzeit anreisen. Nachdem sie ihr wiederholt Kräuter zur Linderung gelegentlicher Magenbeschwerden geliefert hatte und sie für das Portrait an ihren zukünftigen Gatten geschminkt hatte, besaß sie die Zuneigung und das Vertrauen des jungen Mädchens, die Margots Aussehen und ihre Anmut bewunderte.

Natürlich gab es einen Medikus, welcher der Familie Medici in gesundheitlichen Fragen zur Seite stand, doch eine erfahrene Frau richtete gelegentlich mehr aus als ein Mann, dem bei der Untersuchung einer unpässlichen jungen Frau enge Grenzen gesetzt waren.

Darüber hinaus hatte Margot die Feststellung gemacht, dass die gelehrten Herren gelegentlich weit weniger über die Körperfunktionen wussten als sie selbst. Offenbar war dies auch der Signora und der Duchessina nicht entgangen. Bei einem gemeinsamen Nachtessen bat die Signora Margot, sie nach Frankreich zu begleiten. Natürlich wusste man, dass sie sich nicht nur einen Namen als Kräuterkundige gemacht hatte, sondern auch bis vor Kurzem als geachtete Kurtisane bekannt gewesen war und Verbindungen vom Hofe Alessandros bis in höchste klerikale Kreise pflegte.

Es war warm an diesem Nachmittag und Margot wischte sich mit dem Handrücken über die Stirn. Ihr Blick hob sich und folgte der langen Reling bis hinauf in die Takelage.

Die Segel hingen schlaff herab und bewegten sich kaum. Es war beinahe windstill. Das Schiff sollte mit der ersten Morgenflut auslaufen; bis dahin mussten alle Reisenden untergebracht und die Ladung unter Deck verstaut worden sein.

Innerlich aufseufzend folgte sie Jakob, der sich schon auf dem hölzernen Aufgang befand. Sie wollte sich noch von ihren Freunden verabschieden, bevor diese ihre Reise antraten. Insgeheim war sie glücklich, mit der Duchessina reisen zu können, deren Schiffe weit komfortabler auf Gäste eingerichtet waren als die Handelsschiffe der Familie Scalia.

Als Sohn des Reeders stand Jakob eine eigene, recht geräumige Unterkunft zu, doch er hatte sich bereit erklärt, diese mit Lorenzo und Kerim zu teilen. Die restlichen Kajüten waren so beengt, dass er sie seinen Freunden nicht zumuten wollte.

Es waren ohnehin nur wenige Tage, die sie an Bord verbringen mussten, bevor sie in Marseille an Land gingen. Lorenzo und Jakob hatten ebenso wie Margot ein ausführliches Gespräch mit der Signora geführt und vertrauliche Anweisungen erhalten.

Die Duchessina würde bei der Reise in ihre neue Heimat von ihrem Hofstaat begleitet werden. Das junge Mädchen war klug für sein Alter und man erwartete, dass sie ihr Schicksal meisterte, doch der enge Kontakt zum französischen Hof war zu wichtig, um dies dem Zufall zu überlassen.

Die Signora und selbst der Papst erachteten es für erforderlich, schon vor ihrer Überfahrt gewisse Vorkehrungen zu treffen, um ihre Lage zu vereinfachen. Dazu gehörten vor allem Informationen über die Situation am Königshof und die Stimmung, die man einer Italienerin entgegenbrachte.

Die Gräfin de la Brosse hatte zahlreiche Briefe geschickt, doch Vorbereitungen für das große Essen am Abend der Eheschließung boten den perfekten Schutz für weitere diskrete Nachforschungen.

Bei der Erwähnung Biancas zuckte Jakob innerlich jedes Mal zusammen. Wie würde er ihr begegnen, als Frau eines anderen Mannes? Der Gedanke war unvorstellbar, und unbewusst biss er die Zähne zusammen.

Die *Lavinia* machte gute Fahrt. Das Frühjahr war feucht gewesen, doch nun blies ein leichter, stetiger Wind von Süden und brachte warme Luft mit. Mit geblähten Segeln fuhren die drei Freunde nach Nordwesten, der französischen Küste entgegen.

Nach wenigen Tagen sahen sie in der Ferne die Küste und Festungsanlagen der Kreuzfahrer zu der einen Seite und zur anderen den Wehrturm, den René von Anjou vor Jahren bauen ließ. Beide Türme schützten die Einfahrt der Hafenstadt, die immer noch einen gewissen Einfluss hatte, wenn sie auch nicht so mächtig wie Genua oder gar Venedig geworden war.

Es war ein leicht bewölkter Tag, an dem die *Lavinia* an der Pier festmachte und Jakob zum ersten Mal in seinem Leben Frankreich betrat. Doch ganz ohne Formalitäten ging es auch hier nicht. Ein Angestellter der Hafenbehörde erwartete sie und sprach so schnell auf Jakob ein, dass dieser abwehrend die Hände hob und mit den wenigen Worten, die er von Lorenzo und Kerim gelernt hatte, schnell am Ende war.

Glücklicherweise sprachen beide fließend Französisch und eilten ihm zu Hilfe. Inzwischen fand sich auch Gaspard, der Vertreter des italienischen Handelshauses, bei ihnen ein und stand ihnen bei der Ausfertigung der Dokumente zur Seite.

Er lud sie in das Gästehaus der Kammer ein, wo sie für einige Tage wohnen wollten, um sich mit dem neuen Leben vertraut zu machen. Sie benötigten Auskünfte über die Feierlichkeiten zur Ankunft der Duchessina. Weder wussten die Freunde, wo der Empfang stattfinden, noch wie die Feier gestaltet werden würde. Sie mussten an den Hof reisen und vieles in Erfahrung bringen, um es der Signora zu übermitteln. Dies war nicht einfach, wenn man nicht einmal wusste, wo sich der König mit seinem Hof überhaupt aufhielt.

Jakob sah sich in dem großen, aber spärlich möblierten Raum um, den man ihm als Kammer zur Verfügung stellte. Das Handelshaus verfügte über ausreichend Gästeräume, dennoch war auf den ersten Blick erkennbar, dass sie sich nicht mehr in Italien befanden.

Legte man dort selbst bei einfachster Ausstattung noch Wert auf Sauberkeit und geschmackvolle Details, so schien dies hier keine Rolle zu spielen. Das Stroh auf dem Boden war seit Monaten nicht mehr gewechselt, die Schlafstatt roch verdächtig und auf der Stuhllehne lag fingerdick der Staub.

Vorsichtig legte Jakob sein Reisebündel auf seine Satteltasche, um seine Kleidung nicht zu verschmutzen. Wenigstens hatte man einen Krug mit frischem Wasser bereitgestellt, und er wusch sich ausgiebig.

Von der Straße drangen die Geräusche der Stadt hinein. Das Wiehern eines Pferdes, ein beladener Karren, der sich durch die schmale Gasse zwängte, und das Rufen eines Wasserverkäufers.

Er war plötzlich müde, legte seinen Reisemantel auf den Boden und rollte sich darin ein. In wenigen Minuten war er fest eingeschlafen.

Schlaftrunken versuchte er, den lästigen Störer mit der Hand wegzuschieben, doch vergeblich. Unwirsch aus dem Schlaf gerissen, erkannte er Kerim, dessen Gesichtsausdruck nicht erfreuter wirkte als der seine.

»Man hat mir in Konstantinopel immer von der edlen Lebensweise der Franzosen berichtet, aber ich sage dir, es sieht eher armselig aus. Ich habe schon in Genua Zugeständnisse gemacht, aber hier sind wir wahrhaftig bei den Barbaren gelandet. Wie ich sehe, hast du auch keine Lust, auf dem sogenannten Lager zu schlafen. Es ist eine Schande, wie man uns unterbringt.«

Jakob setzte sich stöhnend auf. »Ich kann mich gar nicht erinnern, wann du jemals mit einer Unterkunft zufrieden warst.«

»In Florenz hatten wir ein exquisites Heim. Ich frage mich wirklich, warum ich nicht dort geblieben bin, sondern mich diesem Ungemach aussetze.«

»Weil es dir alleine dort langweilig geworden wäre. Du bist neugierig und abenteuerlustig. Du hättest dir diese Reise auf keinen Fall entgehen lassen, und sei es nur, um alle Welt mit deinen Klagen zu behelligen und dich interessant zu machen.«

Kerim fuhr mit dem Finger über die Truhe und betrachtete missfällig den Staub.

»Ich habe noch gar nicht angefangen. Hast du dir die Kleidung der Bewohner schon einmal angesehen? Alles sehr provinziell. Der Hof ist hoffentlich eleganter.«

Jakob fuhr sich mit den Händen durch das Haar und glättete es notdürftig; den Luxus eines Spiegels fand man wohl im ganzen Haus kaum.

»Auch das einfache Leben hat seine Vorteile, das kannst du mir glauben.«

Kerim grinste: »Du wirst das sicher genau wissen. Vielleicht ist ihre Küche ja einer näheren Betrachtung wert. In Italien sprach man nie darüber, was man in diesem Lande zu sich nimmt … Ich hoffe, das ist kein schlechtes Zeichen. Wir werden es herausfinden, ich wurde geschickt, um dich zu holen. Diener scheinen auch kaum vorhanden. Es kommt noch soweit, dass wir unsere Hemden selber waschen müssen.«

Jakob lachte. Die gepflegten Hände Kerims hatten kaum solche Arbeiten verrichtet, wahrscheinlich wusste er nicht einmal, wie kochendes Wasser aussah.

Sie entzündeten eine Kerze, um sich im dunklen Treppenhaus zurechtzufinden, und Kerim ging voraus.

»Wie ich dich kenne, wirst du allein zwei Packpferde für deine Kleidung benötigen. Das dürfte bis zum königlichen Hof reichen, denn unterwegs wird man nicht viel Wert auf edle Roben legen.«

»Hah«, rief Kerim abwehrend, während er vorsichtig die dunklen Stufen hinabschritt, »das wäre lebensgefährlich. Glaubst du, ich will überfallen werden, weil wir schon von Weitem wie reiche Kaufleute aussehen? Wir werden ohne Gepäck und in Sack und Asche reisen. Es reicht schon, dass unsere Pferde einen verlockenden Wert darstellen. Ich wette, in diesem armen Land hockt hinter jedem dicken Baum ein Räuber.«

Ungläubig starrte Jakob auf den Rücken seines Freundes. Kerim in Sack und Asche überstieg deutlich seine Vorstellungskraft.

Es wurde doch noch ein angenehmes Nachtmahl. Neben Gaspard saßen noch vier weitere Herren, teils aus dem Handelshaus, teils aus dem Rat der Stadt, an der langen, schmalen Tafel. Auch Kerims Befürchtungen bezüglich des Essens erwiesen sich als unbegründet.

Nach einer kalten Gemüsesuppe und Eierauflauf gab es reichlich Wildbret mit Bohnen. Man meinte es gut mit den Gästen und würzte großzügig, ein deutliches Zeichen der Hochachtung und des Wohlwollens.

Sie besprachen ausführlich die Reiseroute und einigten sich, dass sie zunächst nach Dijon reiten würden. Der Hof befand sich von Blois auf dem Weg Richtung Süden. Der König selbst wollte seine Schwiegertochter im Spätsommer an der Küste in Empfang nehmen und nutzte die Reise, um seiner Jagdleidenschaft zu frönen.

»Es ist ein stattlicher Tross, der sich auf den Weg gemacht hat«, erklärte Gaspard. »Sie kommen nur sehr langsam voran, da man immer wieder einen Aufenthalt einlegt.«

Jakob berichtete von seinem Zusammentreffen in Konstantinopel mit Monsieur de Montmarais und dessen Schilderungen des reisenden Hofes, die der Kaufmann bestätigte.

Vor allem für Lorenzo waren seine Ausführungen interessant, doch über die Umstände der Küche in einem Hofstaat, der sich auf Reisen durch das Land befand, konnte auch er nichts sagen.

»Wir könnten entlang der Rhone nach Norden reiten bis Dijon, wo wir sie erwarten. Sobald sie dort eintreffen, schließen wir uns ihnen an«, schlug Lorenzo vor. »Entlang des Flusses ist es sicher, und wir finden abends immer ein Quartier.«

Jakob warf einen Blick auf Kerim, der sich die meiste Zeit still verhielt. Dennoch war offensichtlich, dass mancher verstohlene Blick ihn traf. In einer Hafenstadt wie Marseille waren Eunuchen nicht unbekannt, doch eine so schillernde Gestalt wie Kerim bekam man kaum zu Gesicht. Allein seine feinen Gesichtszüge und die blonden Locken waren so auffällig, dass man ihn anstarrte, umso mehr, wenn man seine helle Stimme hörte. Er kleidete sich überdies außergewöhnlich. Jakob war gespannt, ob er sein Versprechen, armselig bekleidet zu reisen, tatsächlich wahr machen würde.

»Dies hat auch den Vorteil, dass Eure Truhen und Kisten mit einem Schiff befördert werden können«, meinte gerade einer der Kaufleute.

»Ich fahre jeden Monat einmal die Rhone hinauf, um Waren im Norden einzukaufen, sodass es mir keine Mühe bereitet, Euer Eigentum sicher dorthin zu schaffen. Wahrscheinlich werde ich genau so schnell dort eintreffen wie Ihr.«

Lorenzo nickte ihm erfreut zu. »Das ist sehr freundlich von Euch, Monsieur. Wir machen uns so bald wie möglich auf den Weg. Nicht nur unsere Pferde sind ungeduldig, sich wieder zu bewegen.«

Nach dem Essen verließen Gaspard und die Kaufleute das Handelshaus. Sie waren freundlich und zuvorkommend, doch die exotischen Besucher waren ihnen fremd.

»Mir brennt der Magen«, klagte Kerim, »Solch stark gewürztes Zeug bekommt mir nicht. Wie kann man damit nur jeden Geschmack zerstören?«

Jakob verschwieg, dass er früher noch weit stärker gewürzt hatte und dass ihn das Essen an seine Kindheit erinnerte. Es ruinierte allerdings tatsächlich den Eigengeschmack der Speisen, und auch seine Geschmacksnerven hatten sich lange umgewöhnt.

»Es sind einfache Kaufleute«, beschwichtigte Lorenzo. »Außerdem sind wir in einem anderen Land und müssen uns anpassen. Auch ich werde ganz neue Erfahrungen machen mit einer Küche, die sich meist auf Reisen befindet. Vorstellen kann ich mir das nicht.«

»Ihr versteht wenigstens die Sprache gut«, murrte Jakob. »Ich lerne eine neue Kochweise und eine weitere Sprache. Langsam werfe ich Latein, Türkisch, Italienisch und Französisch durcheinander. Ich weiß schon gar nicht mehr, in welcher Sprache ich gerade spreche oder in welcher Sprache ich ein Rezept gelesen habe.«

Er trank einen Schluck Mandelmilch, die durch die Wärme schon ein wenig übersäuert schmeckte.

Kerim lachte und schüttelte seine blonden Locken. »Ich lasse dafür die Blicke der Leute über mich ergehen. Es ist schon recht ländlich, verglichen mit dem Sultanspalast oder Florenz. Doch was soll's, ich freue mich auf die Reise. Wir werden reiten, ein Land entdecken und vorgeben, ganz arm zu sein.«

»Ausgerechnet du«, erwiderte Jakob. »Kein Mensch wird dir abnehmen, ein armer Schlucker zu sein.«

»Ich reite nicht zum ersten Mal durch ein fremdes Land und ich weiß, was man beachten muss. Außerdem kann ich mich meiner Haut wehren.«

Er störte sich nicht am Gelächter Jakobs und Lorenzos, die ihn einfach nicht ernst nahmen und in ihm nur den verwöhnten Palasteunuchen sahen.

Am Abend schlenderten sie über eine breite Straße zum Hafen. Eine neu erbaute Festung überragte ihn. Nachdem vor wenigen Jahren Kaiser Karl eine Belagerung versucht hatte, erkannte man die Notwendigkeit eines besseren Schutzes. Der französische König unterstützte Marseille, das erst seit gut fünfzig Jahren zum Königreich gehörte. Viele Einwohner sperrten sich immer noch gegen die französische Vorherrschaft, obwohl sie dem Handel einige Vorteile gebracht hatte.

Im schwindenden Tageslicht waren in der Umgebung einige Hügel zu erkennen; dann erhellten an wenigen Ecken Lampen nur mehr das Nötigste.

»Ein eigenartiger Ort«, mokierte sich Kerim, »man streut kostbaren Pfeffer wie billiges Mehl auf die Speisen und spart am Licht, als ob die Heere des Kaisers vor der Tür stünden.«

Der Hafen war ein natürliches Halbrund, ein idealer Ankerplatz. Aus diesem Grund war Marseille schon seit der Römerzeit ein wichtiger Handelsplatz. In den letzten Jahrzehnten spielte es aber eine deutlich geringere Rolle, verglichen mit Häfen wie Venedig, Genua oder Barcelona.

Eines hatte der Hafen jedoch mit allen übrigen gemeinsam: In der Dunkelheit war es ein gewagter Ort. Straßenmädchen und Halunken begannen nun mit ihrer Art des Broterwerbs, und die drei machten sich auf den Rückweg.

»Morgen besorgen wir uns, was wir für die Reise brauchen, und dann lasst uns schnell aufbrechen«, erklärte Kerim. »Ich bin ungeduldig, wegzukommen. Ich mag die Stadt nicht.«

Jakob bestand darauf, ein Gasthaus aufzusuchen. Er war begierig zu sehen, was man Reisenden vorsetzte.

»Erwarte besser nichts Besonderes«, meinte Lorenzo. »Hier leben Fischer und Handwerker, und wie man in Gasthäusern speist, haben wir schon erlebt. Es ist nicht der Rede wert.«

Er sollte recht behalten. In der Nähe des Handelshauses gab es ein sauber aussehendes Haus, das ihnen ein Händler empfohlen hatte. Der Wirt, ein freundlicher Mann, war allerdings auch für Jakobs Freunde kaum zu verstehen. Er sprach die lokale Sprache, doch da ihr Anliegen leicht verständlich war, bekamen sie bald eine Fischbrühe, etwas Huhn mit Bohnenmus und die ersten Kirschen in diesem Jahr.

Es war kein schlechtes Essen, fand Jakob, doch natürlich entsprach es in keiner Weise dem Anspruch Kerims, der sich auf dem Heimweg darüber ausließ.

»Wir sind in einer Hafenstadt mit Verbindungen in die ganze Welt, und was bietet man uns zu speisen an? Eine graue Brühe und Huhn in einer undefinierbaren Sauce.«

»Was erwartest du denn?« Jakob schüttelte den Kopf. »Ich bin kein Prophet, aber ich bin sicher, wir werden unterwegs einiges vorgesetzt bekommen, wo du gern mit dem Imbiss von heute Abend tauschen würdest. Man kocht in diesem Land eben anders als in Konstantinopel. Du hast sogar in Florenz dein gewohntes Essen bekommen, das ändert sich nun.«

Mit einer pathetischen Geste hob Kerim bittend seine Hände wie einer der Bettler an den Schiffsanlegeplätzen: »Ein Königreich für ein gutes Börek!«

»Du hast kein Königreich anzubieten«, beschied Jakob ihm, »du musst dich nach den Umständen richten. Sagtest du nicht, du willst ganz ärmlich reisen?«

Am nächsten Morgen erstanden Kerim und Lorenzo zu Jakobs Erstaunen verschiedene Waffen, und er selbst ließ sich dazu überreden, wenigstens einen kleinen Dolch mitzuführen. Anschließend suchten sie den Schmied auf, der gleich neben dem Gasthaus seine Werkstatt hatte und manchem Reisenden dienlich war. Er begutachtete die Pferde, ließ seinen Sohn einen Zügel reparieren und richtete eine fehlerhafte Trense. Mit einer weiteren Satteltasche ausgestattet verabschiedeten sie sich von ihren Gastgebern.

»Wir mussten nicht einmal Brückenzoll zahlen«, wunderte sich Jakob, als sie eine fest gemauerte Brücke passierten, die einen Bachlauf querte.

In seiner Heimat und auch in den Ländern Italiens war das eher selten, waren doch die Adligen dringend auf derlei Einkünfte angewiesen.

»Im Süden dieses Landes sind *diritti di passo*, also Reisezölle, fast unbekannt«, erklärte Lorenzo lässig. Er war schon früher in dieser Gegend unterwegs gewesen.

Kerim interessierten die Einkünfte fremder Fürsten weniger, er hatte Hunger und war müde.

»Müssten wir die Stadt nicht langsam sehen?«, fragte er ungeduldig.

Im ersten Tageslicht waren sie aufgebrochen, nun war die Mittagsstunde längst überschritten, und die Sonne brannte auf sie herab.

Jakob ritt neben Lorenzo; für drei Pferde bot der schmale Weg keinen Platz. Er warf einen Blick zurück auf Kerim und musste an sich halten, um bei seinem Anblick nicht erneut in Lachen auszubrechen. Der Freund hatte seine Worte wahr gemacht und sich in ein schlammbraunes Wams aus grobem Stoff gekleidet. Die Beine steckten in einer leichten, weiten Leinenhose in einem helleren Braun, wie sie Bauern auf dem Felde trugen. Als Gürtel diente ihm die einfache Kordel einer Mönchskutte. Ein breitkrempiger Hut schützte seine empfindliche Haut vor der Sonne. Wäre nicht sein feines Gesicht mit der hellen Haut zu sehen, hätte man ihn für einen einfachen Landmann halten können, doch so ließ sich selbst bei seiner seltsamen Kleidung kaum verbergen, dass er in einer Verkleidung steckte.

Jakob schaute wieder auf den vor ihm liegenden Pfad und sagte: »Soviel ich verstanden habe, dauert es noch eine Weile.«

»Wir machen gleich hinter der nächsten Biegung Rast und nehmen eine Stärkung zu uns«, ließ Lorenzo sich vernehmen. »Vor dem späten Nachmittag kommen wir nicht an.«

Sie waren nicht die einzigen Reisenden auf dem schmalen Pfad entlang des Col de la Mounine. Zahlreiche Männer, meist in Gruppen unterwegs, kamen ihnen zu Fuß entgegen und einigen Reitern wichen sie aus. Gaspard hatte ihnen empfohlen, im Château de Cabriès Rast zu machen, doch das Schloss lag schon hinter ihnen. Sie wollten sich nicht unnötig aufhalten und rechtzeitig Aix erreichen, bevor die Stadttore schlossen. Im Sommer geschah das etwas später als im Winter, aber sie hatten auch noch kein Quartier. Aber der Weg ging nun stetig bergauf und die Pferde brauchten eine Rast.

Der ideale Rastplatz war schon besetzt von zwei Männern, die ebenfalls ihre Pferde mit sich führten und es sich am Rande eines kleinen Wasserlaufes bequem gemacht hatten. Auf einer Pferdedecke hatten sie sich niedergelassen und verspeisten mit Genuss ihren Proviant, auch sie vorsichtig und mit den Waffen in Reichweite.

Sie erkannten schnell, dass es sich bei den dreien ebenfalls um rechtschaffene Reisende handelte, und rückten freiwillig zur Seite, um Pferden und Reitern Platz zu machen.

»Führt Eure Pferde auf die kleine Wiese zu den unseren«, schlug der Jüngere der beiden vor. »Dort gibt es Gras und Wasser für sie.«

Jakob setzte an, die Pferde an der langen Leine zusammenzubinden, doch Kerim nahm wie selbstverständlich die Sache in die Hand und band mit Sachverstand die Tiere fest.

Nachdem sie ihre Satteltaschen zu den anderen getragen hatten, ließen auch sie sich nieder und stillten ebenso wie die Pferde zunächst ihren Durst am Bach.

»Erlaubt mir, mich vorzustellen«, meinte der ältere Mann. »Ich bin Jean-Joseph aus Sainte-Victoire und dies ist mein Sohn Jean-Noël. Wir reisen nach Süden, um meine Nichte abzuholen, deren Mutter verstarb.«

Auch die drei Freunde stellten sich vor. Lorenzo suchte sich am Fuße einer Pinie seinen Platz und Jakob rückte neben den Jungen, der sich auf einer moosbewachsenen Erhebung den besten Platz gesichert hatte.

»Euren Diener habt Ihr sicher aus Eurer Heimat mitgebracht, denn man findet solche nicht oft hierzulande«, mutmaßte ihr neuer Bekannter und wies mit dem abgenagten Knochen eines Hühnerbeins auf Kerim, der langsam von den Pferden zurückschlenderte und die letzten Worte noch hörte.

Lorenzo antwortete mit unbewegter Miene. »In Italien gibt es sie weit häufiger. Er kann gut mit Pferden umgehen.«

»Man sieht es ihm nicht an, er wirkt nicht sehr handfest.«

Während Kerim sich seiner neuen Rolle so devot annahm, dass Jakob ein Lachen unterdrückte, öffnete Lorenzo seine Satteltasche und nahm die Pakete mit Fleisch und Brot heraus.

»Lasst mich machen, Herr«, erklärte Kerim laut und rutschte auf den Knien heran. Er schnitt mit dem Messer große Stücke aus dem Bratenstück, welches er Lorenzo und Jakob reichte.

Jean-Noël betrachtete ihn mit Misstrauen und ließ Kerims Hand mit dem Messer keine Sekunde aus den Augen, als könne der Eunuch im nächsten Moment über ihn herfallen und ihm die Kehle durchschneiden. Die beiden Männer fühlten sich deutlich unwohl in Gesellschaft Kerims und verabschiedeten sich, kaum dass sie ihr Mahl beendet hatten.

»Beschränktes Landvolk«, hörte Jakob Kerim grollen, der sich entschlossen an den Pferden zu schaffen machte, bis sie wieder reisebereit waren. »Ängstlich aus Mangel an Erfahrung mit Fremden. Wo bin ich nur hingeraten?«

»Du solltest weniger empfindlich sein«, riet Lorenzo ihm. »Es ist sicher nicht das letzte Mal, dass man dich schief ansieht, weil man keine Eunuchen kennt.«

Er hievte die schwere Satteltasche auf sein Reittier und zurrte den Gurt fest.

»In Florenz und in Venedig ist man welterfahren, gewandt und interessiert an allem Fremden, aber auf dem Land kannst du das nicht erwarten.«

Jakob saß schon zu Pferd, die beiden stiegen ebenfalls auf und sie setzten ihre Reise schweigend fort. Alle drei waren lange Ritte nicht mehr gewohnt, und erleichtert erkannten sie nach weiteren zwei Stunden die Silhouette der Stadt Aix am Horizont.

Der Glockenturm der Kathedrale ragte über die Baumwipfel hinaus. Hier und dort rauchten vereinzelte Schornsteine. Durch die bisher so klare Luft nahm man die ersten Gerüche der Stadt wahr.

Die Torwache wies ihnen den Weg zur nächstgelegenen Herberge, die sich als recht komfortabel herausstellte. Eine junge Frau, die ein Bein nachzog, nahm sich ihrer an und wies ihnen freundlich eine sauber mit Stroh ausgelegte Kammer zu.

Jakob sah sich zufrieden um und auch Lorenzo und Kerim schienen einverstanden.

»Für den Preis dieser Übernachtung kann man in meiner Heimat eine ganze Woche in einem gemauerten Haus wohnen und bekommt auch noch die Verpflegung dazu.«

»Es hätte mich gewundert«, meinte Jakob, »wenn du nicht auch hier etwas zu beklagen findest. Wir können froh sein, ein so ordentliches Wirtshaus gefunden zu haben.«

»Die Stadt ist nicht groß«, erklärte Lorenzo, während er den Sattel verstaute und sich mit einer Decke seine Schlafstelle herrichtete, »aber sie ist Sitz des Parlamentes der Provence, und dies hat Geld und Ansehen in die Stadt gebracht. Die Verbindungen gehen von hier bis an den französischen Hof. Die Umgebung ist allerdings sehr ländlich, das werden wir auf unserer Reise zum König noch spüren. Lasst uns also die Annehmlichkeit heute genießen.«

Der Gastraum war voller Menschen, die tranken, aßen und sich laut und lebhaft unterhielten. Bereitwillig räumten sie den drei Fremden einen Platz an einer langen Holztafel ein.

»Von woher seid Ihr gereist?«

Jakob bemühte sich, die ihm schwer verständlichen Worte zu begreifen. Er erklärte so gut er vermochte, dass er mit seinen Freunden aus den italienischen Landen kam.

Man nickte ihnen freundlich zu. Nicht jeder erfuhr allerdings dieses Entgegenkommen. Einige Franzosen aus dem Norden wurden offenbar gemieden. Die Provenzalen sahen sie zum Teil immer noch als Besetzer an und mieden den Kontakt mit ihnen.

Am Ende der Tafel saß ein einfacher Landmann, der aufmerksam zuhörte. Als er erfuhr, dass sie nach Norden reisen wollten, empfahl er ihnen, sich nach Silvacane zu wenden. Das dortige Zisterzienserkloster sei gastfreundlich, zudem rühmte er ausdrücklich die erstklassige Verpflegung. Dies weckte Lorenzos Neugier.

»Warum kocht man denn dort so gut?«

»Nicht nur dort«, meinte der einfach gekleidete Mann. »Die Rhone aufwärts wird das Land immer fruchtbarer, die Felder sind gut bestellt. Von den Kühen erhält man die fetteste Milch, und man spart nicht mit Butter und Sahne. Der Bruder an der Pforte des Klosters Silvacane ist ein guter Freund, er wird Euch gerne aufnehmen.«

Sie erfuhren noch mehr. Seit einigen Jahren gehörte das Burgund wieder dem französischen König. Die Habsburger hatten es ihm im Gegenzug zu den italienischen Gebieten überlassen und die fruchtbare Region blühte wieder auf. Die großen Städte Lyon und Dijon konnten ungehindert Handel treiben.

»Ich handele mit Brokatstoffen«, erklärte Kerims Tischnachbar. »Wenn man Wert auf gute Kleidung legt, wird das Burgund allen Ansprüchen gerecht. Man weiß dort edle Stoffe zu schätzen und die Qualität sucht ihresgleichen.«

Der Abend verlief in angeregter Unterhaltung. Als Lorenzo nach der Reiseroute des Hofes fragte, wusste jedoch niemand eine Antwort. Sie konnten nur hoffen, dass ihre Informationen richtig waren und sie den königlichen Zug auf dem Weg in den Süden treffen würden.

In der Nacht lag Jakob noch lange wach auf seinem Lager. Neben ihm schnarchte Lorenzo leise und Kerim warf sich von einer Seite auf die andere. Seine Gedanken schweiften zu der Frau, die er trotz aller Anstrengungen nicht vergessen konnte. Er befand sich im gleichen Land wie Bianca, hörte die gleiche Sprache und reiste vielleicht bereits auf dem Weg, den sie genommen hatte. Wo mochte sie jetzt sein und wie lebte sie? War sie glücklich in ihrer Ehe, hatte sie vielleicht sogar schon ein Kind?

Der Gedanke schnitt wie ein Messer in sein Herz, und er versuchte mit aller Kraft, sie aus seinem Denken zu verbannen. Immer, wenn er glaubte, sie ein wenig vergessen zu haben, geschah etwas, was ihn an sie erinnerte. Er hörte eine Stimme und ein Lachen, welches dem ihren glich oder glaubte sogar, sie zu sehen.

Stöhnend drehte er sich auf die andere Seite und versuchte, die Gedanken zu verdrängen. In den kommenden Wochen lagen lange Ritte vor ihnen. Manches war unbehaglich auf dieser Reise, doch er genoss es auch, mit seinen Freunden diese Fremde zu erkunden.

Am nächsten Morgen regnete es in Strömen und sie stellten bald fest, dass ihre warmen Jacken aus Italien nicht ausreichend Schutz vor der andauernden Nässe boten.

Kerim machte aus seinem Unmut keinen Hehl. Laut schimpfend saß er auf seinem Pferd, das Wasser tropfte von seinen langen Haaren in den Kragen seines Umhanges. Schon nach kürzester Zeit waren sie bis auf die Haut durchnässt.

Kaum ein Reisender war unterwegs. Trotzdem wollten sie es bis zum Kloster Silvacane schaffen, und so ritten sie ohne Pause.

Am Nachmittag geriet die Kirchturmspitze hinter einem Hügel in ihr Blickfeld. Halb erfroren läuteten sie die Glocke an der Pforte, und nach wenigen Minuten erschien ein Bruder, der eilends öffnete.

»Tretet rasch ein und wärmt Euch ein wenig auf«, wies er munter an. Auf die Frage, ob sie über Nacht Quartier nehmen konnten, zuckte er allerdings bedauernd die Schultern.

»Wir haben schon mehr als reichlich Besucher im Hause untergebracht, die das schlechte Wetter an der Weiterreise hindert. Selbst im Stall ist kein Plätzchen mehr frei. Ihr braucht nur noch weitere zwei Stunden bis zum nächsten Weiler, dort findet Ihr bestimmt eine Unterkunft.«

Entgeistert sah Kerim ihn an. »Noch zwei Stunden? Ich setze mich heute nicht wieder aufs Pferd! Notfalls schlafen wir in der Kirche.«

»Das entscheidet der Bruder Superior, aber ich denke nicht, dass er Euch in der Kirche nächtigen lässt.«

Sein Blick streifte Kerim, der nicht wie ein gottesfürchtiger Gläubiger wirkte.

»Wir sind gekommen, um Euch von einem Freund zu grüßen«, warf Jakob ein. »Es ist der Landmann Sever, wir trafen ihn letzte Nacht beim Mahl. Er sprach in warmen Worten von Euch und meinte, Ihr könntet uns helfen.«

Die Erwähnung seines Freundes hellte das Gesicht des Mönches etwas auf; er bat sie schon freundlicher unter das vorstehende Vordach. Erleichtert banden sie ihre Tiere fest und Kerim nahm ihnen die schweren Satteltaschen ab. Er sah sich vergeblich nach Stroh um, um sie trocken zu reiben, doch der Bruder winkte ab.

»Solange Ihr Gast im Kloster seid, kümmert sich ein Stallbursche um die Tiere. Sie werden gut versorgt. Für Euch habe ich ein warmes Feuer und eine heiße Suppe, wenn Ihr mir in das Refektorium folgen wollt. Das Weitere liegt nicht in meiner Macht zu entscheiden.«

Der Speisesaal erwies sich als geräumige Halle, in der an beiden Enden ein helles Feuer loderte und sich mehrere Besucher aufwärmten. Man machte den durchweichten Neuankömmlingen bereitwillig Platz.

Lorenzo wechselte noch ein paar Worte mit dem Mönch und Jakob bemerkte, wie dieser ihn erfreut ansah. Er gesellte sich zu Kerim und einigen Besuchern, die den Kamin umstanden.

»Legt Eure nassen Sachen ab, der Bruder wird Euch Kutten leihen, bis Eure Kleidung wieder trocken ist«, meinte einer der Männer.

Er deutete eine Verbeugung an. »Ich bin Jorge de Vries, Kaufmann aus den Niederlanden und auf dem Weg nach Marseille. Wir wollten heute schon dort sein, aber das schlechte Wetter aus dem Norden hat uns die Treue gehalten, wir kamen nur langsam vorwärts.«

Während er sprach, brachte man ihnen die versprochenen Kutten. Obwohl sie noch eigene Kleidung mitführten, wagte niemand der drei Freunde etwas gegen den ungewohnten braunen Überwurf einzuwenden. Ihre eigenen Sachen schienen für diese Umgebung zu auffällig.

Lorenzo und Jakob zogen sich ungeniert um. Kerim hielt zögernd sein Kleidungsstück in der Hand und Jakob erkannte das Dilemma, in dem der Eunuch steckte.

»Unser Begleiter wird zuvor noch einmal nach den Pferden sehen und sich danach zu uns gesellen«, erklärte Jakob leichthin und schob Kerim in Richtung zur Tür. »Er hängt sehr an den Tieren und sorgt sich, dass sie bei der Kälte und Nässe keinen Schaden nehmen.«

»Ein guter Diener«, nickte der Kaufmann zustimmend. »Woher habt Ihr ihn?«

»Ich traf in Konstantinopel auf ihn«, erklärte Jakob vage. Er warf einen Blick zum großen Holztisch, auf den zwei Laienbrüder soeben große Töpfe mit verlockend riechendem Inhalt stellten. Sein Magen knurrte; seit dem frühen Morgen hatten sie nichts mehr zu sich genommen. Auch Lorenzo schnupperte hungrig.

Die übrigen Gäste fanden sich ebenfalls um den Tisch ein. Ein Bruder sprach das lateinische Gebet und einige fielen ein. Die meisten hielten jedoch lediglich die Hände gefaltet und schwiegen.

Danach nahmen sie auf der rundgezimmerten Bank Platz, und man bediente sich mit einem Holzlöffel aus dem nächststehenden Topf.

Der dickflüssige Brei wurde zum Teil mit einem Stück Brot aufgenommen und Jakob fürchtete schon, dass man auch mit den Händen essen würde.

Kerim erschien, setzte sich ruhig an den Tisch und bediente sich ebenfalls. Jakob entging nicht das leichte Zögern. Er wusste, dass diese Art der gemeinsamen Mahlzeit aus einem Topf etwas völlig Neues für ihn war.

»So wart Ihr ebenfalls in Konstantinopel«, nahm der Kaufmann Jorge die Unterhaltung wieder auf und schlürfte genüsslich die heiße Suppe. »In letzter Zeit scheint alle Welt dorthin unterwegs zu sein. Der Handel mit dem Osten blüht also nach wie vor, trotz der vielen Waren, die aus der Neuen Welt zu uns gelangen.«

»Ich war im Auftrag meines Vaters in der Sultansstadt«, erklärte Jakob vorsichtig. Er wollte einem Fremden nicht zu viel erzählen. Andererseits war der Austausch von Nachrichten zwischen Kaufleuten wichtig und wertvoll.

»Im Kloster Cluny traf ich einen Reisenden, der für den König beim Sultan vorsprach und abenteuerliche Reden über seine Zeit in der Stadt der Wunder, wie er sie nannte, führte. Ihr müsst mir unbedingt darüber berichten. Der Monsieur de Montmarais meinte, der Sultan habe über dreihundert Frauen. Selbst wenn es sehr viel weniger sind, so etwas kann nicht gottgefällig sein.« In seinem Gesicht paarte sich Entrüstung mit Neugierde.

Jakob glaubte seinen Ohren nicht zu trauen. »Ihr habt Monsieur de Montmarais getroffen? Ich kenne ihn recht gut. Wir sind einige Male zusammen ausgeritten. Ihr sagt, er sei in Cluny?«

Cluny war das wichtigste Kloster im Lande und auch das Verwaltungszentrum für die Zisterzienser in Silvacane. Es war gut möglich, dass der Hof auf seiner Reise an das Meer in dieser gewaltigen Klosteranlage Station machte und sich Montmarais dort aufhielt.

»Da muss ich Euch enttäuschen«, meinte Jorge, »Montmarais ist schon wieder auf dem Weg, um für den König Nachrichten zu überbringen. Er klagte darüber, nicht mehr lange als Kurier dienen zu können, seine Gesundheit sei nicht mehr die beste. Die langen Ritte, Kälte, Hitze, Nässe, Ihr werdet es kennen, das hält man nicht ewig aus. Die Gicht setzt ihm zu und er beabsichtigt, sich auf sein Gut in der Ardèche zurückzuziehen.«

»Sagte er, welchen Weg er nehmen wollte? Ich würde mich freuen, ihn noch einmal zu sehen.«

Dieses Mal war Jorge vorsichtig. »Über seine Aufträge spricht er nicht gerne. Ich kann Euch jedoch mit einer anderen Nachricht dienen, die allerdings höchst vertraulich ist.«

Er beugte sich leicht vor und dämpfte seine Stimme. »Ich habe erfahren, dass für den Hof des jungen Prinzen Henri neue Köche aus Italien eintreffen, damit seine zukünftige Frau gemäß ihren Gewohnheiten speisen kann. Ihr seid nicht die Ersten, die suchend durch das Land ziehen, um den Hof auf seinem Weg zu treffen. Der König hat nicht nur Freunde und hält seine Reiseroute geheim. Ein Verwandter meiner Frau ist Stallmeister am Hof; so erfahre ich das eine oder andere.«

Prüfend wanderte sein Blick über die Gestalt Jakobs, und was er sah, schien ihm zuzusagen. Seine Stimme wurde noch leiser. »Nehmt den Weg über Cavaillon bis Avignon – der Papstpalast ist eine achtbare Unterbringung für jeden Fürsten und König.«

»Darf ich um etwas Wein bitten?« Mit normaler Lautstärke wandte er sich an einen jungen Bruder, der die Becher vollschenkte.

Sie griffen nochmals herzhaft zu, und die warme Suppe und der heiße Wein zeigten allmählich Wirkung bei den Gästen. Gemächlich zogen sich einige wieder an das Feuer zurück, andere suchten nach Einbruch der Dunkelheit ihre Schlafstellen auf. Der niederländische Kaufmann kam nicht mehr auf das Gespräch zurück, blinzelte Jakob aber freundlich zu, als er mit Lorenzo und Kerim zum Bruder Superior gerufen wurde.

Der Abt des Klosters war ein bescheidener Mann. Er empfing sie liebenswürdig. Der sparsam möblierte Raum wurde von zwei Kerzen notdürftig erhellt und sie sahen, dass der Klostervorstand keine andere Speise zu sich nahm als die Gäste und die übrigen Brüder.

»Ihr Herren seid auf dem Weg zum König, sagte man mir«, meinte er. »Wie kann ich Euch da abweisen? Leider gibt es tatsächlich keinen Schlafplatz mehr und ich kann Euch nur anbieten, in meiner eigenen Kammer zu nächtigen. Einer der Brüder ist so freundlich, mich für diese Nacht aufzunehmen, damit es nicht zu eng in meiner Zelle wird.«

Ohne die Reaktion seiner beiden Freunde abzuwarten, ergriff Kerim schnell das Wort.

»Wir sind Euch unendlich dankbar für diese großherzige Geste und werden sie nicht vergessen. Wir haben einen langen und mühsamen Ritt hinter uns und der Gedanke, wieder hinaus in Dunkelheit und Nässe zu ziehen, ist nicht sehr verlockend.«

Der Abt lächelte. »Ihr seid mir willkommen. Bruder Ignace wird Euch den Weg zeigen.«

Aus dem Dunkel einer Ecke erhob sich ein junger Mann, den sie bisher noch gar nicht bemerkt hatten. Er nahm eine der beiden Kerzen an sich und ging voran.

Die Kammer war geräumig, besaß allerdings nur eine einzige schmale Bettstatt. Kerim erklärte sich überraschenderweise sofort bereit, auf dem Boden zu schlafen, und auch Jakob überließ das Bett gerne Lorenzo, der einige Jahre älter war als er.

Sie waren erleichtert, nicht im Freien nächtigen zu müssen. Kerim erklärte, dass sie die nächsten Nächte besser planen mussten, um nicht wieder in eine so missliche Lage zu geraten. Alle drei waren so erschöpft und müde, dass sie sich sofort niederlegten.

Es war noch dunkel, als jemand gegen die Tür klopfte und zur Mette mahnte. Offenbar war der Bruder nicht darüber informiert, dass sich der Abt nicht in seiner Zelle befand. Gähnend erhob sich Jakob und öffnete die Tür. Die meisten Brüder waren schon auf den Beinen. Von der Kirche läutete die Glocke.

»Gibt es ein Morgenmahl?«, ließ sich Kerim vernehmen und Lorenzo schnaubte verächtlich unter seiner Decke: »Sicher, wenn alle Gebete verrichtet sind. Das Klosterleben ist nichts für mich. Die halbe Nacht läutete die Glocke und ich habe die Schritte der Mönche gehört, die zur Kirche gingen. Anscheinend brauchen sie fast keinen Schlaf mehr.«

Jakob streckte und dehnte die Glieder. »Wenigstens habt Ihr auf einem vernünftigen Bett geschlafen. Ich habe schon besser gelegen als auf dem blanken Boden.«

»Vernünftiges Bett? Das ist ein Brett mit wenig Stroh und einer rauen Decke von zweifelhafter Sauberkeit.«

Auch er stand auf und reckte sich. »Wir verschwinden, sobald es hell genug ist, und reiten zum nächsten Weiler. Ich bezweifle, dass wir ausreichend Wasser für eine Reinigung bekommen – die Zisterzienser sind auch in diesem Punkt genügsam.«

Kerim stöhnte auf. »Ich stinke wie ein Schwein und fühle mich auch so. Diese Kutten haben wahrscheinlich Hunderten von Gästen gedient, ohne jemals gewaschen worden zu sein.«

Jakob lachte. »Wenn alle stinken, riecht man es nicht mehr. Ich habe da meine Erfahrungen.«

Er fing einen misstrauischen Blick von Kerim ein, der diese Erfahrungen nicht teilte.

»Immerhin hatten wir eine trockene Bleibe, und die Großzügigkeit des Abtes möge ihm sein Gott vergelten«, meinte der Eunuch.

»Großzügigkeit alleine hätte uns nicht gedient«, erklärte Lorenzo trocken, wobei er Strohreste von seiner Kutte strich. »Der Abt weiß genau, dass er mit einer angemessenen Spende von uns rechnen kann. Wir reiten zum König, und da ist es anzunehmen, dass wir uns nicht knauserig zeigen.« Er lachte über die verblüfften Gesichter seiner beiden Gefährten.

»Auch ein Gottesmann muss sehen, wo er bleibt, und dieses Kloster ist nicht reich, wie ihr seht.«

»Deshalb wird das Morgenmahl genauso dürftig ausfallen wie das Abendessen«, erklärte Kerim. »Auf dem Rückweg vom Pferdestall habe ich einen Blick in Küche und Vorratskammer geworfen. Es sah eher nach einer Kammer der Entbehrungen aus.«

Sie packten ihre Bündel und schlenderten zum Stall. Jakob gab Kerim einen scherzhaften Stoß. »Du kannst ihnen nur nicht verzeihen, dass du mit Fremden aus einem Topf löffeln musstest. Auf dem Lande sind die Gewohnheiten auch in deiner Heimat einfacher als in der Stadt.«

Kerim verkniff sich eine Antwort, schwang sich geschickt auf sein Pferd und folgte Lorenzo, der sein Tier schon zum Ausgang lenkte.

Nebelschwaden hingen über den grünen Wiesen vor dem Kloster, und die Morgensonne versuchte vergeblich, die grauen Wolken zu durchbrechen. Feuchtigkeit klebte auch noch in der Kleidung der Freunde, als sie zum Klostertor hinausritten. Sie winkten dem Bruder Pförtner zu, bevor sie die Tiere in einen leichten Trab fallen ließen.

Die Eile war gewollt. Hinter den ersten Büschen saßen sie wieder ab und wechselten die Kleidung. Als Jakob bemerkte, dass ganz in der Nähe ein kleiner Bach floss, nutzten sie die Gelegenheit, sich gründlich zu waschen. Trotz der feuchten Kühle des Morgens genossen sie die Reinigung.

»Früher hat es mir nichts ausgemacht, mich einige Tage nicht zu waschen, aber Meister Christof hat mich eines

Besseren belehrt, und in Konstantinopel macht man aus der Reinlichkeit schon beinahe eine Religion.«

Jakob konnte sich noch gut an die angenehm heißen Bäder im Hause seines Freundes Ali erinnern.

Kerim verzog den Mund. »Ein wenig mehr Reinlichkeit könnte der hiesigen Religion auch nicht schaden«, bemerkte er. »Dieser muffige Geruch in allen Räumen, diese Mischung aus Schweiß, Speisen, Kerzenwachs und ungewaschener Kleidung ist wirklich atemraubend.«

Alle drei fühlten sich deutlich wohler, als sie in trockener Kleidung weiterritten. Entlang der munter plätschernden Durance ging es Richtung Norden, wobei sie nach einer Brücke Ausschau hielten. Der kleine Flecken Cavaillon lag auf der anderen Flussseite und sie wollten früh genug dort sein, um sich nach einer passenden Herberge umzusehen.

Gelegentlich mussten sie ausweichen, denn der Fluss überschwemmte Wiesen und kleine Haine und gelegentlich auch den Reitpfad. Dennoch kamen sie flott voran, durch einige wenige Weiler mit niedrigen Katen ging es entlang des kleinen Flusses, der hier träge in seinem Bett floss. In der Umgebung sahen sie wohlbestellte Felder und Gärten, gelegentlich grüßte ein Bauer oder ein Kind schwenkte fröhlich seine Mütze.

Sie ritten durch ein Stadttor, welches noch aus den Zeiten der Römer zu stammen schien. Es war schon ein wenig angegriffen; an manchen Stellen fehlten große Steine. Man hatte die Lücken mit kleineren Brocken und Mörtel gefüllt. Der Ort wurde von einer beachtlichen Kathedrale überragt und besaß ein größeres Herrenhaus.

Der einzige Gasthof im Ort nannte sich Zur weißen Marthe. Er besaß einen großen Gastraum, in dem die Gäste sowohl aßen als auch schliefen. Es war durchaus noch keine Selbstverständlichkeit, in jedem Ort einen Gasthof zu finden, die Unterkunft bei Fremden gegen ein Entgelt wurde aber mit zunehmenden Handelsrouten ein immer einträglicheres Geschäft.

»Nach dem Abendessen räumen wir die Tische zur Seite und die Herren können entweder auf den Bänken oder auf dem Boden nächtigen. Eine Strohmatte kostet extra.«

Der Wirt sah sie erwartungsvoll an. Lorenzo nickte ungerührt. Nach seinen Erfahrungen im Kloster legte er keinen Wert mehr auf eine Matte – sie würden auf ihren Kleiderbündeln schlafen und als Kopfkissen diente der Sattel.

Aus der Küche duftete es verheißungsvoll und als Jakob dies lobend erwähnte und noch erklärend hinzufügte, dass sie Köche aus Italien seien, ließ der Wirt es sich nicht nehmen, ihnen stolz sein Reich zu zeigen.

Die Küche war blitzblank. An den Wänden hingen saubere Pfannen, Töpfe und Geschirr. Das Feuer brannte niedrig und über der Glut drehte sich ein junges Schwein am Spieß. Eine Frau säuberte Gemüse und packte soeben eine Handvoll schmaler, grüner Spargelstängel in einen Topf.

»Ich habe sie heute am Hang gesammelt«, erklärte sie den aufmerksamen Besuchern.

»So seid Ihr die weiße Marthe?«, erkundigte sich Jakob.

Die Frau kicherte. »Ich heiße Jeanna. Die weiße Marthe lebt schon lange nicht mehr. Sie bekam ihren Namen, weil sie mit einem Bäckergesellen kokettierte und immer voller Mehl bestäubt zurückkam. Auch den Bäcker gibt es nicht mehr, jetzt gehört das Haus einem seiner Nachfahren, der Stoffe verkauft.«

Lorenzo und Kerim verließen mit dem Wirt die Küche, während Jakob noch blieb und Jeanna zusah. Sie griff nach einem irdenen Krug, schenkte ein Glas tiefroten Weines ein und gab ihm den Becher.

»Zum Wohl, weit gereister Herr. Für einen Koch seid Ihr recht vornehm gekleidet, aber ich kenne auch nicht viel von der Welt.«

Sie gab Schmalz in einen Topf und hängte ihn über das Feuer. Während er genüsslich einen Schluck trank, beobachtete er sie, wie sie nach und nach den Spargel hinzufügte und das Gemüse im Fett leicht anbriet.

Die Wärme der Küche, die Gerüche, die sicheren Bewegungen der Magd, das Geräusch des Topfes im Gestell über dem Feuer, all dies erinnerte in plötzlich wieder an die Küche in den Rheinlanden. Wie gerne wollte er selbst wieder kochen.

»Ihr versteht Euer Handwerk«, bemerkte er und sie drehte sich kurz zu ihm um und schob eine widerspenstige Haarsträhne unter ihr Kopftuch.

»Das will ich meinen. Ich habe für den Bischof gekocht, doch er zahlte nur wenig und ich habe drei Kinder zu versorgen. Mein Mann starb letztes Jahr. Daher bin ich zu meinem Bruder gezogen, jetzt verdiene ich gut und bekomme obendrein noch Nahrung mit nach Hause.«

Jakob drehte den einfachen Zinnbecher in der Hand. »Der Wein ist ausgezeichnet. Woher bekommt Ihr ihn?«

»Ich bin in dieser Gegend aufgewachsen und weiß, wer die besten Waren verkauft. Für den Bischof war das Beste gerade gut genug, nur kosten durfte es nichts. Jetzt kann ich endlich vernünftig einkaufen. Viele Leute zahlen lieber etwas mehr, wenn der Wein erstklassig ist. Oft genug bezahlt man einen hohen Preis für schlechten Fusel. Dieser kommt aus dem Norden, aus Monthelie, der Gegend von Beaune. Der Mann kommt alle zwei Monate mit einer Fuhre Fässer an, außer im Herbst, da ist er zu beschäftigt. Noch besser wäre ein Volnay, den sogar der König und der Papst schätzen, aber der ist natürlich zu teuer für uns. Diese Weine in der Gegend von Meursault und Pommard sind einfach die besten.«

Er war verblüfft über ihre Kenntnisse. »Wie kommt es, dass Ihr so viel über Wein wisst?«

Sie lächelte und löste das Spanferkel aus seiner Halterung. Eilends stellte er seinen Becher ab und half ihr, das Fleisch vom Spieß zu befreien.

»Mein Vater und mein Mann besaßen einen kleinen Weinberg. Nichts Besonderes, mein Bruder hat ihn übernommen, da ich mich alleine nicht darum kümmern konnte. Selbst ein kleiner Weinberg macht viel Arbeit und mein Jüngster ist erst gut ein Jahr alt. Von klein an habe ich alles über Wein gelernt, was meine Familie wusste. Ich kenne mich mit der Rebenpflege ebenso aus wie mit der Herstellung und Verkostung.«

Jeanna wusste nicht nur viel über Wein, auch ihre Kochkenntnisse konnten sich sehen lassen. Sie war mit ihrem Vater als Kind schon über Land gereist, um Wein zu verkaufen, und hatte im Burgund die fruchtbaren Felder gesehen, blühende Obstwiesen und das fette Vieh auf den Weiden.

Zusammen mit Jeanna brachte er eine große Platte mit Fleisch und Gemüse auf den Tisch. Der Wirt stellte Brot und Wein dazu. An diesem Abend waren sie die einzigen Gäste; die meisten Reisenden waren nach den tagelangen Regenschauern aufgebrochen und hatten den Ort am Morgen verlassen.

Das Essen schmeckte ihnen hervorragend, nur Kerim konnte sich nicht überwinden, das Fleisch zu kosten. Zu lange hatte er in muslimischen Ländern gelebt, um sich an Schweinefleisch zu wagen. Dafür erklärte er, noch niemals so köstlichen Spargel gegessen zu haben, der tatsächlich ein ganz besonderes, nussiges Aroma hatte.

Der Wein tat ein Übriges und als der Wirt die Zufriedenheit der Gäste bemerkte, die das Besondere als solches auch erkannten, brachte er noch zwei andere Flaschen herbei. Jeanna gab ihnen eine Einführung in die Eigenheiten der Burgunder Weine, und Lorenzo stellte sich schon die passenden Rezepte vor.

»Dieser delikate und würzige Wein passt ausgezeichnet zu einem Hirschbraten. Jakob, stelle ihn dir mit einer dunklen Beerensauce vor.«

»Verfeinert mit einem guten Becher Sahne«, ergänzte Jeanna. »Das macht die Sauce besonders rund.«

»Sahne?« Lorenzo krauste zweifelnd die Stirn, doch Jakob und Kerim stimmten ihr sofort zu. Der Italiener war kaum gewohnt, mit Milchprodukten zu kochen, ganz im Gegensatz zu Jakob, der aus seiner Heimat den reichlichen Gebrauch von Butter und Sahne gewohnt war. Selbst Kerim wusste dazu etwas beizutragen.

»Ich liebe Saucen mit einem Schuss feinem Joghurt.«

»Zwei Löffelchen Zucker, drei Löffelchen Senf, drei Löffelchen Mehl, ein ganzes Ei, eine Prise Salz und Pfeffer nach Belieben, das ganze mit etwas Fleischbrühe rührend aufkochen und fertig ist eine einfache und gute Sauce zu Suppenfleisch«, schwelgte Jakob. »Zum Schluss noch etwas Sahne zum Verfeinern. Meine Großmutter machte sie oft am Sonntag nach der Messe. Ich habe sie lange nicht mehr gegessen.«

Sie aßen und tranken mit Genuss. Auch der Wirt und Jeanna hatten sich dazugesetzt und leisteten ihnen Gesellschaft. Am Ende waren sie satt und schläfrig – der unverdünnte Wein zeigte Wirkung.

Nach dem Morgenbrei machten sie sich gut gelaunt wieder auf den Weg. Jeanna hatte ihnen die Reste vom Vortag eingepackt und sie verabschiedeten sich herzlich. Bis sie zum königlichen Hof fanden gab es möglicherweise keine Herberge mehr mit so vorzüglicher Verpflegung und solch ausgesuchtem Wein.

Jakob hatte seinen Freunden die Worte des Holländers wiederholt, und mit ein wenig Glück war ihre Reise in Avignon am nächsten Tag zu Ende. Sollte der Hof tatsächlich dort seinen Aufenthalt nehmen, brauchten sie nur noch in aller Ruhe seine Ankunft abzuwarten.

Sie ritten gemächlich über sanfte Hügel, vorbei an hellen Gesteinsformationen, und bewunderten die Aussicht über die weite Landschaft der Provence.

Inzwischen hatte die Sonne die Oberhand über die Wolken gewonnen. Es war plötzlich warm, Bienen und Schmetterlinge tanzten durch das Grün. Jakob wischte sich den Schweiß von der Stirn. Die Durance floss zwischen grünen Wiesen, die Bäume reichten bis an das Ufer. Sie fanden einen idealen Platz für eine Rast, saßen ab und ließen sich unweit des Wassers nieder.

Nachdem sie die Kleidung zum Teil abgelegt hatten, machten sie sich über die Vorräte her, aßen bis auf einen kleinen Rest alles auf und genossen auf den Satteldecken liegend die milde Frühjahrssonne.

Sie achteten nicht darauf, dass zwei der Pferde plötzlich schnaubten und nervös tänzelten, denn sie hörten niemanden kommen, da das muntere Plätschern des Wassers jedes Geräusch übertönte.

Mit einem Mal war es vorbei mit der Ruhe, als sei ein Sturm über sie hereingebrochen. Drei wild aussehende Spitzbuben fielen mit lauten Schreien über sie, schlugen den aufspringenden Lorenzo mit einem Faustschlag nieder, zerrten an ihren Bündeln und hielten Jakob in Schach, der mit aufgerissenen Augen das Messer anstarrte, das einer der Banditen vor seine Nase hielt.

Wie ein tanzender Derwisch fuhr plötzlich Kerim zwischen die Banditen. Sein mitgeführter Krummdolch, oft genug von Jakob und Lorenzo verlacht, verletzte den Arm des Mannes, der sich bedrohlich vor Jakob aufgebaut hatte. Der Mann stieß einen Schmerzenslaut aus und hielt sich seine blutende Hand, während das Messer zu Boden fiel. Eilig bückte Jakob sich, um die Waffe an sich zu nehmen.

Kerim nahm sich bereits den zweiten Straßenräuber vor, der mit einem Schrei zusammensackte. Der Tritt gegen den Unterleib war so schmerzhaft, dass er keuchend davonlief. Bevor er sich den dritten Mann vornehmen konnte, suchte dieser bereits ebenfalls das Weite.

Vermutlich hatten die Ganoven nicht damit gerechnet, auf diesen energischen Widerstand zu stoßen.

Der gesamte Angriff hatte nur wenige Minuten gedauert. Jakob half Lorenzo auf die Füße, der sich seine gerötete Wange rieb, die bereits anschwoll. Er hielt immer noch das Messer in der Hand und betrachtete fassungslos Kerim, der seelenruhig seinen blutbefleckten Dolch im Gras sauber wischte.

»Was war denn das?«

Er konnte kaum glauben, dass der empfindsame und verwöhnte Eunuch sie gerettet hatte und sich als wahrhaftiger Kämpfer gezeigt hatte.

»Das waren nur ein paar Feiglinge, die glaubten, schnelle Beute zu machen. Kein Kampf, mit dem man Ehre einlegt.«

»Kampf? Ehre? Ich wusste nicht einmal, dass du den Dolch nicht nur zum Brotschneiden benutzt. Wo hast du das nur gelernt?«

Auch Lorenzo erholte sich langsam von seinem Schrecken und meinte: »Das war tatsächlich eine doppelte Überraschung. Einen solchen Kampfgeist und diese Fähigkeiten hätte ich dir nicht zugetraut.«

»Bevor ich an den Sultanspalast verkauft wurde, begleitete ich einen Krieger auf seinen Raubzügen. Anscheinend habe ich das eine oder andere noch nicht verlernt.«

Er lachte mit seiner hohen Stimme, als er die überraschten Gesichter seiner Freunde sah. »Wenn ich es recht bedenke, hat es mir Spaß gemacht. Obwohl«, er bewegte vorsichtig seinen rechten Arm, »ich diese Art der Bewegung nicht mehr gewöhnt bin. Wahrscheinlich schmerzt mein Arm morgen ordentlich.«

»Auf diesen Spaß kann ich verzichten«, brummte Lorenzo. »Mein Gesicht ist geschwollen, und morgen sehe ich aus wie ein Raufbold.« Sorgsam prüfte er mit der Zunge, ob seine Zähne unversehrt waren, und meinte dann erleichtert: »Lasst uns die Sachen packen und aufbrechen.«

Ausgerechnet Lorenzos Bündel fehlte – einer der Räuber hatte es noch geschafft, wenigstens etwas Beute zu ergattern.

Der Vorfall hatte ihnen gezeigt, dass sie sich niemals zu sicher fühlen sollten. Schweigend und aufmerksam um sich blickend, ritten sie weiter am Ufer entlang, bis sie auf einen Fährmann stießen, der sie mit ihren Pferden in seinem Boot übersetzte.

An dieser Stelle war die Durance nicht sehr breit, hatte jedoch eine gute Strömung, die sie schnell an das gegenüberliegende Ufer trieb. Es war nicht mehr weit bis Avignon. Auf dem gut befestigten Weg waren sie nicht mehr allein: Bauern, Händler, Reiter und Karren suchten ihren Weg zum nächstgelegenen Tor. Die Stadt war bis vor einhundert Jahren noch Papstsitz und zu einem blühenden Zentrum ausgebaut worden. Eine wehrhafte Stadtmauer umrundete sämtliche Häuser. Sie war aus hellem Stein erbaut, hatte acht Eingangstore und beinahe 40 Wehrtürme.

Sie näherten sich der Porte Saint Michel, einem der südlichen Eingangstore, und man ließ sie passieren, nachdem Lorenzo den Passierbrief mit dem Wappen der Medici vorgezeigt hatte. Noch immer hatten die Verbindungen zum päpstlichen Hof einen guten Ruf, auch wenn Avignon inzwischen seinen großen Einfluss weitestgehend verloren hatte.

Ihr Weg führte sie quer durch die Stadt, vorbei an zahlreichen Kirchen, Kapellen, Klöstern und herrschaftlichen Gebäuden, die alle von der Kathedrale und dem Papstpalast mit seinen unzähligen Anbauten überragt wurden.

Die Straßen waren eng und voller Menschen, die sich mit dem Nötigsten für ein warmes Essen eindeckten oder die angenehme Tageszeit nutzten, um ein Schwätzchen mit ihren Nachbarn zu halten.

Ungeduldig fragte Kerim nach dem Weg. Als die kleine Gasse sich öffnete, zügelten sie die Pferde und sahen überrascht die hohen Mauern des Palastes vor sich.

Auch er war aus hellem Stein erbaut, ein monumentales Gebäude mit Zinnen und Türmen und einer Eingangsrampe für Kutschen und Pferde, die zu einem hohen Tor und in das Innere des Prachtbaus führte.

Lorenzo zögerte nicht mehr. »Vorwärts! Dort werden wir die Ankunft des Königs abwarten, ein wahrhaftig nobles und würdiges Quartier für einen Herrscher.«

Ganz so einfach war es allerdings nicht. Waren die Wachen am Stadttor noch schnell zu beeindrucken, so waren die Männer des Palastes deutlich misstrauischer und vorsichtiger. Man ließ sie eine geraume Zeit warten, prüfte die Briefe genauestens auf ihre Echtheit und erst als ein hoher Kirchendiener erschien, wurden sie in den nächsten Hof geführt.

Doch auch vor ihm mussten sie Rede und Antwort stehen.

»Wir bezweifeln nicht Eure Mission, an den königlichen Hof gerufen worden zu sein«, meinte er freundlich, »doch wir sind keine Herberge, selbst für die Küchenmeister des Königs. Wir wollen nicht ungastlich erscheinen, so sei Euch für eine Nacht Unterkunft gewährt, doch wir können Euch nicht sagen, ob und wann der König geruht, uns mit seiner Anwesenheit zu beehren. Auf unbestimmte Zeit wiederum können wir keine Gäste beherbergen, die nicht vom Papst direkt an uns verwiesen wurden.«

Sie bekamen eine großzügige Kammer, ihre Pferde wurden versorgt und ein Bote bat sie zum Nachtmahl in den Speiseraum der Kirchendiener.

»Sie wissen nicht einmal, ob der König hierher unterwegs ist«, meinte Kerim missmutig. »Da können wir unter Umständen ewig in dieser kleinen Stadt ausharren.«

Man sah ihm an, dass er sich nicht zum ersten Mal fragte, ob es nicht ein Fehler war, das quirlige und reiche Florenz gegen die französische Provinz eingetauscht zu haben.

»Das hat er nicht gesagt«, meinte Jakob pfiffig. »Er kann es nicht sagen, bedeutet, er darf sich dazu nicht äußern. Ich bin sicher, dieser Mann weiß ganz genau, wann der König kommt und wo er gerade ist.«

»Sieh an, sieh an«, bemerkte Lorenzo lächelnd, »du lernst die Diplomatensprache mit der Zeit. Ich werde mich im Ort umsehen, vielleicht gibt es irgendwo anständige und modische Kleidungsstücke. Kerim wird auch neue Kleidung benötigen.«

Während Kerim sich in dem komfortabel ausgestatteten Baderaum erfrischte und Lorenzo sich in der Stadt umsah, machte Jakob sich auf den Weg zur Küche.

Inzwischen kannte er sich in Palästen besser aus und brauchte nicht lange, bis er über den Wirtschaftshof den Eingang fand. Es war ein großer Raum, deren Kopfseite beinahe vollständig von einem an drei Seiten ummauerten Feuerherd eingenommen wurde. Ein Gitter lag auf diesem Absatz, sodass man darauf Töpfe stellen konnte und keinen dreibeinigen Grapen, das Topfgestell, mehr benötigte.

Vorrichtungen für mehrere Bratspieße befanden sich daneben, auf verschiedenen Arbeitstischen lagen Messer und Mörser. An den Wänden befanden sich unterschiedliche Borde zum Aufnehmen der Gerätschaften. Es war auch für ein herrschaftliches Haus eine beachtliche Einrichtung. Trotz der großzügigen Ausstattung befanden sich nur vier Frauen in der Küche, die Geflügel ausnahmen. Die fetten Hühner hatten eine satte gelbe Farbe und schienen ihm größer als die Tiere, die er aus Italien kannte.

Eine Gehilfin sah ihn und wischte sich die Hände an der fleckigen Schürze ab.

»Der Herr hat sich wohl in der Tür geirrt. Soll ich einen Diener rufen, der Euch zurückgeleitet?«

Er schüttelte den Kopf. »Ich bin Küchenmeister und Koch aus Italien und würde gerne sehen, was ihr kocht … natürlich nur, wenn es euch nicht stört.«

Nun drehten sich alle zu ihm um und musterten ihn. Die Älteste meinte schließlich: »Als Koch wisst Ihr ja, dass man in der Küche nicht Maulaffen feilhält und herumsteht. Aber wir brauchen jeden, der uns hilft. Wenn Ihr bleiben wollt, dann an die Arbeit.«

Das ließ er sich nicht zweimal sagen, auf dieses Entgegenkommen hatte er kaum zu hoffen gewagt. Ohne weitere Fragen zu stellen, griff er nach einem Huhn und machte sich daran, die Eingeweide herauszuziehen. Nachdem alle Tiere ausgenommen waren, holte er Wasser. Man legte nicht viel Wert auf Reinlichkeit, also wischte er den Tisch und den Boden, nachdem er alle Abfälle beseitigt hatte. Die Frauen waren schon dabei, Gemüse zu putzen, vermieden es aber, ihm die Abfälle abermals vor die Füße zu werfen, was anscheinend ihre bisherige Gewohnheit war. Er sah, dass sie ihn aus dem Augenwinkel beobachteten.

»Wie bereitet ihr die Speisen?«, fragte er nach einer Weile, obwohl er sich die Antwort schon denken konnte. Der lange Grillspieß lehnte an der Wand. Es war zu vermuten, dass sie die Hühner darauf braten würden. Die Frauen machten sich nicht die Mühe einer Antwort, nur eine wies stumm mit dem Finger auf den Tisch.

Ein Küchenmeister, Koch oder Ähnliches ließ sich nicht blicken, vielleicht war es noch zu früh am Tage, obwohl schon in einer Stunde das Essen bereit sein sollte. Auf seine erneute Frage zuckte die Älteste die Schultern.

»Wir kochen alleine, wenn keine besonderen Gäste im Hause sind«, antwortete sie. »Der erste Koch ist Benediktinermönch aus dem Kloster Saint André auf der anderen Rhoneseite. Es geht dort ruhiger zu als im Palast mitten in der Stadt. Er kommt nur vorbei, um die Abrechnungen zu kontrollieren und mir ausreichend Mittel zu lassen, um das Nötigste zu kaufen. Vieles wird auch aus dem Abteigarten geliefert, wie dieses Gemüse.«

Jakob nickte. Er wusste inzwischen, dass viele Küchenmeister zwar Ruhm und Ehre ebenso schätzten wie die hohen Bezüge, die ihnen zustanden, sich jedoch nicht immer selbst die Hände schmutzig machten. Dafür waren andere da.

»Er kann froh sein, so eine gute Köchin zu haben. Ich heiße übrigens Jakob.«

Sie verzog bei seinem Kompliment keine Miene und nannte auch ihren Namen nicht. Dafür wies sie mit dem Kinn auf das Gemüse.

»Ich denke, dass die Köche in Italien wissen, wie man Gemüse kocht. Ich kümmere mich um den Bratspieß, Ihr seid für den Rest verantwortlich. In einer Stunde müssen wir bereit sein, sputet Euch also. Die Wurzeln müssen lange kochen.«

Natürlich kochte man Gemüse lange, dachte Jakob ergeben. Auch in der Provence kannte man nicht die italienische Methode, das Gemüse nur kurz zu braten und nicht wie einen Brei zusammenzukochen, den man dann als geschmacksfreie Sauce servierte. Zum Ausgleich wurde reichlich gewürzt, um als großzügiger und wohlhabender

Gastgeber zu gelten. Leider war dies eine komplette Verschwendung guter Speisen.

Die jüngste Magd blinzelte ihm zu und flüsterte: »Ich heiße Marie, und sie ist Antoinette.« Ihre Augen schauten vorsichtig zur Ältesten, die dabei war, die Hühner auf den Spieß zu schieben.

Laut erklärte sie: »Ich zeige Euch die Speisekammer.«

Beim Hinausgehen sah er noch, dass die Augen Antoinettes ihnen misstrauisch folgten. Er konnte es ihr nicht verdenken, schließlich war er ein Fremder und in der Speisekammer befanden sich sicher begehrenswerte Gewürze und gute Vorräte.

Am Ende eines dunklen Ganges führte eine in Stein gehauene Treppe hinunter. Nur aus einem kleinen Oberlicht fiel durch ein vergittertes Fensterchen gerade genug Helligkeit, um im Halbschatten etwas zu sehen. Ihm entfuhr ein Schmerzenslaut, als er mit dem Fuß gegen etwas Hartes stieß.

»Das sind Fässer mit eingelegtem Kraut und Gurken«, erklärte Marie entschuldigend. »Ich hätte Euch warnen sollen, man sieht so wenig.«

»Wie kann man in dieser Finsternis ohne Licht erkennen, wie viel man entnimmt?«

»Kerzen sind zu teuer und Fackeln nicht erlaubt. Aber wir haben Messbecher, die uns die Mengen anzeigen.« Sie kramte aus einem Gestell etwas heraus und drückte es ihm in die Hand.

»Ich brauche Salz, Pfeffer und Zwiebeln.«

Mehr zu verlangen, schien ihm unangemessen in Anbetracht der großen Sparsamkeit der Küche.

Unter den wachsamen Augen der ersten Küchenmagd gab er Schmalz in einen Topf, fügte die klein geschnittenen Zwiebeln dazu und würzte mit Zucker und Salz. Noch ein wenig vorsichtig setzte er den Topf auf das Gitter über dem Feuer und war begeistert von der direkten Abgabe der Hitze an den Topf. Nach dem Glasieren der Zwiebeln gab er einen Deckel auf den Topf, damit die Zwiebeln Feuchtigkeit bekamen und einige Minuten garten. Anschließend fügte er die geputzten und kaum zerkleinerten Möhren hinzu und goss noch ein wenig Brühe daran. Als diese verdampft war, gab er eine halbe Tasse Sahne auf das Gemüse und schmeckte mit Petersilie und Majoran ab. Er ließ die Sahne zu einer cremigen Sauce einkochen.

Marie reichte ihm noch etwas klein geschnittene Minze, doch er lehnte ab. Lediglich ein wenig mehr Pfeffer und er war zufrieden. In weniger als einer halben Stunde war er fertig. Er sah am Gesichtsausdruck Antoinettes, dass sie seinen Künsten wenig vertraute und am liebsten das ganze Gericht noch zerstampft hätte, doch da er Gast im Hause war und sie seine Stellung nicht einschätzen konnte, wagte sie es nicht.

Er hatte ihren Speiseplan aus den Zutaten ersehen, es sollte Lauchzwiebelsuppe mit Käse geben, die wohl noch vom Vortag übrig war, danach gebratenes Huhn mit Möhrengemüse und zum Abschluss Frischkäse, der noch im Tuch über einem Eimer zum Abtropfen hing. Kein schlechtes Essen, jedoch ein wenig einfallslos. Er riskierte einen weiteren Vorstoß.

»Die Hühner werden sicher sehr gut schmecken. Für wie viele Personen kocht ihr heute?«

»Nur für sechs. Unser päpstlicher Legat hält sich im Kloster auf und sein Vertreter isst nur mit seinen engsten Vertrauten. Was habt Ihr mit dem Gemüse vor? Als Sauce taugt es nicht.«

Er griff nach einem Löffel, nahm eine Möhre in Sahnecreme heraus und hielt ihn ihr hin. »Kostet! Meint Ihr, ich sollte noch etwas Salz hinzufügen?«

Vorsichtig und mit spitzen Lippen nahm sie die angebotene Probe seines Könnens, als gelte es, ein exotisches Gericht zum ersten Mal zu probieren. Sie schmatzte ein wenig, schluckte und meinte mit ruhigem Gesicht: »Nein, es ist gut so. Die Sahne kann als Sauce dienen.«

Er nickte ebenso unbeeindruckt. »Wenn Ihr dem Frischkäse noch gesüßte Sahne beimischen wollt, so kann ich das machen. Ihr seid sicher mit der Fruchtsauce beschäftigt.«

Sie legte den Kopf nachdenklich schief. »Nein, die Sahne rühre ich hinein, Ihr sorgt für die Fruchtsauce.«

Er drehte sich zu Marie, die der Szene mit leicht geöffnetem Mund gefolgt war, während die übrigen beiden Mägde in ihrer Arbeit fortfuhren und sich nicht ein einziges Mal umdrehten.

»Ich kenne mich in den Vorräten nicht aus, du könntest mir verschiedene getrocknete oder eingekochte Früchte holen.«

Das Mädchen nickte und war schon mit wirbelndem Rock auf dem Weg. Sie kam mit einer Schürze voller Äpfel und getrockneter Aprikosen zurück. Außerdem hatte sie noch eine Handvoll Mandeln hinzugefügt.

Er nickte beifällig. »Daraus machen wir eine gute Fruchtsauce. Die Mandeln kannst du schälen und klein hacken.«

Während er geschälte Apfelstücke mit den Aprikosen in Honigwasser einkochte, bereitete Antoinette die Käsecreme vor. Die Hühner brutzelten über dem Feuer und wurden gelegentlich von einer Magd umgedreht. Ihr Duft verbreitete sich in der Küche und mischte sich mit dem fruchtigen Aroma der Äpfel. Jakob lächelte. Bald würde er wieder in einer eigenen Küche stehen, wo er schalten und walten konnte.

»Nicht mehr lange und es gibt die ersten frischen Himbeeren.« Marie blickte in seinen Topf, wo das Obst zu einem dickflüssigen Brei einkochte, wurde aber schnell von Antoinette unterbrochen.

»Kümmere dich um die Tafel im Speisezimmer und vergiss nicht, dass der Pater das Zinngeschirr bevorzugt.«

Er nahm seinen Obstbrei vom Feuer und rührte darin, damit er abkühlte. Antoinette hatte ihre sahnige Käsecreme inzwischen in eine große, runde Schale gegossen. Sobald die Sauce erkaltet war, kam sie über die Creme und wurde mit gerösteten Mandelstücken bestreut. Keine kulinarische Großtat, dachte er, aber wenigstens ein ansehnliches Mahl.

Er machte eine leichte Verbeugung zu Antoinette. »Ich verabschiede mich von Euch, es war mir ein Vergnügen, Euch zur Hand zu gehen.«

Antoinette gönnte ihm ein kaum wahrnehmbares, wohlgefälliges Zucken im Mundwinkel und neigte leicht den Kopf.

Mehr konnte er nicht erwarten – für ihre Art war dies schon halbwegs ein Beweis der Anerkennung.

Der Majordomus hatte nichts davon erwähnt, dass sie als Gäste auch verköstigt würden, und Jakob ging nicht davon aus.

Der Gegend schien eine Art spröder Gastfreundschaft zu Eigen zu sein. So machte er sich auf die Suche nach seinen Freunden, um mit ihnen eine Gaststätte zu finden.

Kerim tänzelte geradezu vor Freude. Der Diener hinter ihm war kaum zu erkennen, er schleppte mehrere zusammengelegte Kleidungsstücke und bemühte sich, sie nicht fallen zu lassen.

»Stell dir vor, ich habe einen Händler gefunden, der im Besitz der feinsten Brokatstoffe ist, die man je gesehen hat. Sie werden ganz in der Nähe hergestellt und sind für kalte Zeiten ausgezeichnet und dabei sehr elegant. Die Verbindung aus Gold- und Silberbrokat mit schwarzer Farbe, ein Gedicht sage ich dir.«

Er griff nach dem Kleidungsstück und warf sich einen mantelähnlichen Überwurf um.

»Eine Schaube aus bestem Brokatstoff mit breitem Pelzkragen. So etwas trägt man in diesem Lande zum Schutz vor dem kalten Wind aus den Alpen. Wie gefällt es dir?«

Eitel drehte er sich und Jakob sah, dass er auch ein Paar neuer Stiefel gefunden hatte.

»Vielleicht ein wenig warm für die Jahreszeit«, meinte Jakob lächelnd. »Aber du siehst natürlich blendend aus in diesem Umhang.«

Kerim sähe selbst dann noch blendend aus, wenn er sich einen alten Sack über den Kopf stülpte, dachte er belustigt. Die Neigung für kostspielige Ausstattung teilte er mit Lorenzo. Dieser hatte sich ebenfalls eingefunden und erwartete sie in ihrer Kammer.

»Es gibt beste Neuigkeiten!« Angeregt winkte er ihnen, sich zu setzen. »Während ihr Zerstreuung gesucht habt, bin ich mit meinem Empfehlungsschreiben bis zum Vertreter des Legaten vorgedrungen. Der königliche Hof ist unterwegs nach Avignon und reist anschließend weiter nach Marseille, wo man Caterina de' Medici erwartet. Der König wünscht, dass sie den Sommer am französischen

Hof verbringt, um sich an die neuen Gewohnheiten anzupassen. Im Herbst oder Winter soll dann die Hochzeit mit seinem zweiten Sohn stattfinden. Ich habe den Eindruck, man ist nicht sonderlich erfreut, dass sie ihren eigenen Hof und ihre persönlichen Köche mitbringt, aber man ist so gnädig, uns bis zur Abreise des Hofes aus Avignon Unterkunft zu gewähren.«

»Es würde auch keinen guten Eindruck machen, wenn man schon vor der Eheschließung ihr Gefolge erbärmlich behandelt«, meinte Kerim. »Sie könnte es sich anders überlegen und der Geldsegen aus dem Hause Medici würde ausbleiben. Da sind wir das kleinere Übel.«

Jakob setzte hoffnungsvoll hinzu: »Dann können wir uns in dieser Kammer für einige Zeit einrichten und müssen nicht wieder tagelang reiten, ohne zu wissen, wo wir nachts schlafen. Diese Form des Abenteuers ist doch recht mühsam.«

Vielleicht einigte er sich mit der herben Antoinette in der Küche, dachte er. Einiges war anders als in Florenz, und auch wenn er kaum glaubte, etwas von Antoinette lernen zu können, so war sie doch unersetzlich bezüglich Wissenswertem über die Umgebung. Der Gebrauch von Milch, Sahne und Butter wurde gehandhabt wie in den Rheinlanden. Es machte die vielen fehlenden Gewürze und Früchte nicht wett, aber er freute sich darauf, alte Rezepte aus seiner Kindheit wiederzuentdecken. Mit der Zeit würde es ihm und Lorenzo sicher gelingen, Händler zu finden, die ihre Waren auch an den französischen Hof lieferten. Das Land besaß ausgezeichnete Waren, der Boden war fruchtbar und die Bauern fleißig. Der Krieg hatte die Provence nicht ausgespart, doch die Felder waren kaum verwüstet.

Auf ihrem Ritt hatten sie Obstbäume und Gemüsegärten gesehen; sogar Blumengärten waren ihnen ins Auge gefallen, außerhalb fürstlicher Gärten in Italien kaum anzutreffen.

An der Türe wurde ehrerbietig gekratzt, und auf einen Ruf Kerims trat ein älterer Diener mit schon gebeugtem Rücken ein. Unsicher druckste er in kaum verständlichem Französisch: »Die Herren werden zum Mittagsmahl im Speisesaal erwartet.«

Eilends zog er sich zurück und überließ es ihnen, den genannten Raum ausfindig zu machen.

»Sieh an«, meinte Jakob erfreut. »Man behandelt uns wie Gäste von Stand. Lorenzo hat unsere bedeutende Stellung deutlich gemacht.«

Lorenzo strich liebevoll über den weichen Mantelstoff. »Hast du etwas anderes erwartet? Wir sind Leute von Stand.«

Für ihn und sogar für Kerim mochte das gelten, doch Jakob kämpfte in solchen Momenten immer noch gegen das Gefühl an, sich in eine Klasse eingeschlichen zu haben, der er nicht ganz angehörte.

Seine Zweifel waren unbegründet. Der Kirchenmann Pater André behandelte sie mit gewandter Höflichkeit. Dann und wann fing Kerim einen verstohlenen Blick von ihm oder einem der beiden Priester auf, die ebenfalls zu Gast waren.

Das Essen wurde aufgetragen und Jakob verkniff sich ein Lächeln, als Marie die vorbereiteten Platten auftrug. Ihr Schritt stockte, als sie ihn an der Tafel sah, doch sie beherrschte sich vorbildlich und zog sich schweigend zurück.

Nach dem Tischgebet meinte Pater André: »Unser Koch weilt derzeit nicht im Palast und ich hoffe, dass dieses bescheidene Mahl für den Augenblick ausreicht.«

Die Ausstattung des Speisesaales ließ noch erahnen, dass der Palast in Avignon einmal das Zentrum der christlichen Welt gewesen war. Großartige, bunte Deckengemälde und Schnitzereien zeugten von der Kunst der besten Handwerker.

Als Jakob darüber eine Bemerkung machte, erwiderte einer der beiden priesterlichen Gäste: »Dies wurde zu einer Zeit geschaffen, als nur Fürstengeschlechtern und der hohen Geistlichkeit vorbehalten war, in Palästen zu leben. In der heutigen Zeit der Prüfungen darf jeder einen Prachtbau besitzen, der es sich durch Handel und Geldgeschäfte leisten kann. Ich habe auf meiner Reise zum Papst in Italien viele Zeugnisse solcher Blasphemie gesehen. Auch die Familie der Braut unseres Prinzen besitzt einen Palast in Florenz, der eines Königs würdig ist. Ich sorge mich um die Seelen dieser anmaßenden Sünder.«

»Dann muss sich die Braut nicht an neue Gewohnheiten anpassen und wird sich mühelos in das Leben am Hof finden«, antwortete Kerim, nicht ohne eine gewisse Schärfe in der Stimme. Er ärgerte sich über die Heuchelei des Mannes, der zwar den Reichtum der Bürger verurteilte, sich aber nicht zu schade war, zu dieser Ehe mit einem Königssohn zu raten, um deren Geld anzunehmen.

Sie griffen zu und ließen es sich schmecken. Jakob bemerkte zu seiner Befriedigung, dass nichts übrig blieb und besonders der päpstliche Vertreter sehr zufrieden schien. Nach der Nachspeise meinte er: »Eure Ankunft scheint die Küche beflügelt zu haben. Selbst unser Koch hat nicht häufig so delikate Speisen zubereitet.«

Lorenzo blickte mit hochgezogenen Brauen auf; er nahm an, Pater André machte einen Scherz. Die selbstgefällige Miene ließ jedoch keinen Zweifel daran, dass der Mann weder ein Kenner lukullischer Köstlichkeiten war, noch einen allzu hohen Anspruch an seine Verpflegung hegte.

»Das Essen war ausgezeichnet«, erklärte Kerim, dem die frömmelnden Priester immer noch ein Dorn im Auge waren, »es ist einem priesterlichen Hause angemessen, und Eure Bescheidenheit ist achtbar. Die Speisen in den Palästen der hohen italienischen Fürsten, die meine beiden Begleiter gewohnt sind zuzubereiten, sind natürlich etwas ganz anderes.«

Der Gastgeber und seine beiden christlichen Besucher schienen einen Augenblick zu versteinern. Kerims in freundliche Worte gekleidete Arroganz wurde ignoriert.

Nach einigen unbehaglichen Minuten erhob sich der Pater, und seine beiden Begleiter taten es ihm gleich.

»Ich danke für das Lob über unsere Küche«, meinte er, indem er sich in der Tür noch einmal zu den drei Freunden umwandte. »In einigen Tagen kommt der Vertreter des Papstes zurück in den Palast und bringt unseren Koch mit. Vielleicht wird es ja einen edlen Wettstreit geben, wer für den hohen Besuch kochen darf, den wir in Kürze erwarten.«

Als sie alleine waren, klatsche Kerim vor Freude in die Hände.

»Diese ausgetrockneten Kirchenmänner haben nicht die geringste Ahnung von einer hoch entwickelten Palastküche. Ihr beide werdet diese Hinterwäldler in Grund und Boden kochen. Die Anzeichen mehren sich, dass der Hof nicht mehr weit ist.«

Er sollte Recht behalten. Noch an diesem Abend erreichten mehrere berittene Kuriere den Palast und nahmen Quartier.

Jakob stand am nächsten Morgen neben dem Brunnen im Wirtschaftshof und beobachtete das eifrige Kommen und Gehen zum Pferdestall. Es war plötzlich Sommer geworden und die Sonne brannte mit größerer Kraft vom Himmel. Einer der Reiter sah Jakob, der sich mit der Hand Wasser aus dem Brunneneimer schöpfte und den Hals kühlte. Langsam schlenderte er heran.

»Ihr seid kein Bediensteter, aber auch keiner der reitenden Boten, die sind mir alle bekannt. Erlaubt, dass ich mich vorstelle: Ich bin Gérard de Bastide, im Dienste des königlichen Hofes.«

Jakob erwiderte leicht die Verbeugung und nannte seinen Namen. Der Mann wirkte offen und sympathisch, war trotz seiner Reise elegant gekleidet und grüßte gewandt. »Ein Kirchenmann seid Ihr ebenfalls nicht, also erwartet Ihr das Gefolge des Königs.«

»Dann stimmt es also, und der Hof ist nicht mehr weit.«

Gérard de Bastide grinste. »Wie man es nimmt. Wenn ihr mich dazu rechnet, sind die ersten schon eingetroffen. Der Rest wird in einer Woche hier sein.«

»Was meint Ihr damit? Reist der Hof nicht gemeinsam an?«

Jakobs Unwissenheit machte den Mann stutzig.

»Wie kommt es, dass Ihr zwar über die Ankunft des Königs Bescheid wisst, aber so wenig über sein Gefolge?«

»Ich bin ebenfalls eine Art Vorbereiter wie Ihr«, erklärte Jakob. »Lasst uns in den Schatten gehen und ich erkläre Euch, was ich hier mache.«

Gérard setzte sich auf eine der Holzstangen im Schatten des Pferdestalles, die man angebracht hatte, um die Tiere anzubinden.

Nachdem Jakob ihm erklärt hatte, dass er der Küchenmeister der Duchessina war und wenig über die Gepflogenheiten am französischen Hof wusste, beantwortete Gérard seine Frage.

»Als einer der vielen Zeremonienmeister des Hofes bereite ich die Ankunft des Königs vor. In den nächsten Tagen kommen die Möbel an, das Geschirr, die Kleidung und viele andere Geräte und Gegenstände, die erforderlich sind, damit der König und sein Gefolge stets die gleichen Dinge um sich finden. Es spielt keine Rolle, wo er sich aufhält, alles in seiner Umgebung ist ihm vertraut. Alle Teppiche und Wandbehänge sind gleich, das Mobiliar, sein Porzellan aus dem Fernen Osten, natürlich alle Pferde und Ausstattungen für die Jagd. Meine Aufgabe ist es, diese Gewohnheiten sicherzustellen. Ebenfalls reitet noch ein Schatzmeister mit, der für die Kosten verantwortlich ist. Der König zahlt natürlich ordnungsgemäß für alle Leistungen. Dies wird zum Schluss von einem Kämmerer erledigt, der bleibt, bis der Hof wieder abgereist ist. Unser König reist stets mit großem Gefolge; die Anzahl seiner Wachen besteht aus Tausenden von Leuten, die rund um die Uhr wechseln. Viele junge Adlige begleiten ihn, um ihm zu dienen, vom *Lever*, dem morgendlichen Aufstehen, bis zum *Coucher* am späten Abend. Glaubt nicht, dass er nur einen Küchenmeister hat; allein für die Küche gibt es vier Abteilungen, die Obst- und Brotkammer und die Küche und den Keller. Jeder dieser Meister hat wieder unzählige Spezialisten für jedes Gericht, Küchenjungen und Laufburschen. Bei Tisch servieren die Grands

Officiers, die allem vorstehen. Dann gibt es das Personal für das Haus, zu dem ich gehöre, den Stallmeister, der für die verschiedenen Pferde verantwortlich ist, für die Hundemeuten und die Greifvögel. Außerdem gibt es noch die Musiker, Tänzerinnen und Handwerker.«

Jakob staunte: »Ein Landsmann von Ihnen berichtete mir in der Stadt der Wunder davon, ich habe ihm nicht geglaubt.«

»Einige Italiener sind schon beim König vorstellig geworden, beraten über die Hochzeitsfeierlichkeiten und das Gefolge des jungen Paares. Der König will seine Schwiegertochter bald am Hofe sehen, damit sein Sohn sich mit ihr vertraut macht. Wenn Ihr mich fragt, wird das nicht ganz einfach für die junge Dame werden.«

Gérard schien kaum älter als Jakob, doch trotz seiner Jugend trug er bereits viel Verantwortung. Vielleicht war er ein wenig zu redselig, dachte Jakob insgeheim.

Er konnte sich nicht zurückhalten und fragte nach. »Was meint Ihr damit?« Er warf einen prüfenden Blick um sich. Er wollte sich nicht um Gerede kümmern, doch die Nachrichten waren zu interessant, um großzügig darauf zu verzichten.

»Henri, der zweite Sohn des Königs und der junge Bräutigam, ist an seiner jungen Verlobten vermutlich nicht sonderlich interessiert. Sein Herz hängt schon an einer anderen Dame.«

Auch Gérard hatte nun seine Stimme gesenkt. »Er betet die Vertraute seines Vaters an, dabei ist sie erheblich älter als er, außerdem verheiratet und zu allem Übel leider sehr tugendhaft. Man schließt schon Wetten darauf ab, wie lange sie ihn noch hinhalten wird.«

Jakob lächelte. »Er ist noch sehr jung und er wird diese Schwärmerei sicher nicht weiter ernst nehmen. Caterina ist sympathisch und freundlich, wenn auch nicht direkt eine Schönheit. Das ist in dieser Ehe auch nicht wichtig. Sie werden sich bestimmt gut verstehen.«

Gérard legte den Kopf schief und lachte leise. »Wir werden sehen! Ich habe den Eindruck, Ihr wart noch nie richtig verliebt.«

Er sprang von der Stange und legte den Arm um Jakob.

»Lasst uns in den Palast gehen. Ich habe den Weinkeller schon besichtigt und denke, das sollten wir noch einmal gemeinsam tun, bevor der Kellermeister kommt. Ihr seid Koch und müsst wissen, wo die Getränke lagern.«

Zielstrebig steuerte er auf eine kleine Pforte zu und öffnete sie. Sie folgten dem Flur bis zum Ende, wo der Weg sich teilte. Gérard wandte sich nach rechts, und in der Mitte eines weiteren Ganges befand sich eine fest verschlossene Holztür. Seine tastenden Finger fuhren entlang einer Ritze, bis er triumphierend einen Schlüssel hochhielt.

Dahinter war es dunkel; modrig-feuchter Kellergeruch schlug ihnen entgegen. Gérard entnahm einer seitlichen Nische zwei Kerzen und entfachte sie mit einem Feuerstein. Im flackernden Licht stiegen sie eine Treppe tief hinab in einen Keller, dessen Wände in den Fels unterhalb des Palastes gehauen waren.

»Schauerlicher Ort«, konnte Jakob sich nicht verkneifen, doch Gérard erklärte: »Den Keller kennen nicht viele. Er ist der ideale Platz für Wein – hier hält er sich besonders gut. Die Köche entnehmen alle Getränke aus den Fässern im Vorratskeller, diese hier waren ursprünglich nur für den Papst und königliche Gäste bestimmt.«

Von einem Bord im Halbdunkel nahm er zwei Becher und goss vorsichtig ein.

»Versucht diesen, einer meiner Favoriten von der Loire. Er stammt aus einem Kloster, das seit Jahren den Cabernet Franc anbaut. Er hat einen angenehmen Geschmack. Ein recht junger Wein.«

Genießerisch trank er einen Schluck und Jakob tat es ihm nach. Es war tatsächlich ein frischer Wein, vielleicht gut zu Geflügel, dachte er.

»Ihr sprecht ein anderes Französisch, Ihr kommt nicht aus dem Süden«, stellte Jakob fest und setzte den Becher auf einem Fass ab. »Ich habe immer noch Schwierigkeiten, den Dialekt der Gegend gut zu verstehen.«

»Glaubt mir, ich auch. Meine Familie lebt im Norden, in der Picardie. Selbst Französisch spricht man dort nicht überall. Mein Großvater schimpft heute noch auf den König, weil er miterlebte, wie unser Land dem Herrschaftsbereich des französischen Königs zugesprochen wurde.«

Eine Weile tranken sie schweigend, bis Gérard die beiden Becher nahm und an ein anderes Fass trat.

»Diesen hier kenne ich nicht, mal sehen, welche Überraschung er für uns bereithält.«

Abermals füllte er einige Schlucke ab und reichte Jakob seinen Becher. Vorsichtig kostete dieser und spuckte mit angewidertem Gesicht wieder aus.

»Pfui Teufel, was ist das denn?«

Auch Gérard kostete nun, allerdings noch behutsamer als Jakob.

»Schmeckt wie Katzenpisse, wahrscheinlich lagert er zu lange. Wir müssen das Fass später herausschaffen.«

Er stellte die Becher beiseite und nahm zwei andere, die er mit Wein aus einem Fass in der Ecke des Kellers füllte. Sehr vorsichtig kosteten sie diesmal und sahen sich danach an.

»Oh«, meinte Jakob, »das ist ein Wein nach meinem Geschmack. Er schmeckt leicht, aber ich spüre sein Volumen.«

»Einfach großartig, er passt zu allem«, stimmte Gérard zu und nahm diesmal einen großen Schluck. »An diesen könnte ich mich gewöhnen.«

Trotz der Kühle im Keller wurde es Jakob plötzlich warm. Er legte sein Wams ab.

»Es war keine schlechte Idee, sich die Weine einmal genauer anzusehen«, lachte er beschwingt.

»Was versuchen wir als nächstes?«

»Vielleicht das Fass in der anderen Ecke«, schlug Gérard ebenso munter vor. »Die weiter zurückstehenden Fässer scheinen besonders kostbare Weine zu sein. Wir müssen für die Ankunft des Königs vorbereitet sein. Er soll nur die besten Tropfen kosten.«

Erneut versuchten sie einen Wein, doch dieser schien ihnen zu schwer.

»Dieser ist fast wie Öl, den kann man zu kräftigem Käse trinken, zu Wildschwein oder Hirsch, du weißt schon«, meinte Gérard.

Jakob kicherte. »Du verträgst nicht viel mein Freund, deine Zunge ist nicht mehr sicher.«

Allerdings merkte er selbst auch, dass der Boden des Kellers plötzlich unterschiedlich weit weg zu sein schien. Aber er brauchte ja nicht zu laufen! Er setzte sich zu Gérard, der sich schon auf dem Boden niedergelassen hatte.

»Dabei sollten Fürstensöhne doch gewohnt sein, den besten Wein zu trinken, während unsereins mit Wasser und Milch groß wurde und keine Ahnung von solch feinen Gewächsen hat.«

»Glaubst du, dass das so ist?« Gérard entfuhr ein Rülpser, bevor er den nächsten Schluck nahm. »Fürstensohn, dass ich nicht lache.« Mühsam rappelte er sich auf, nahm die Becher und füllte sie nochmals mit ihrem bevorzugten Tropfen.

»Du hast keine Ahnung. Ich sage dir, was für ein Fürstensohn ich bin.«

Er setzte sich umständlich wieder auf den Boden und reichte Jakob den vollen Becher, der überschwappte und dunkle Flecken auf ihrer Kleidung hinterließ. Doch das kümmerte beide nicht.

»Ich komme aus einem edlen Geschlecht, das Dumme ist nur, so edel es ist, so arm ist es auch. Uns ist nicht mehr geblieben als ein wenig Land mit einigen armseligen Weilern. Die Bauern, die eine Kuh oder ein Schwein besaßen, waren reicher als wir. Wenn Besuch aus entfernteren Gegenden kam, geriet meine Familie in Verzweiflung, wir hatten kaum selbst genug zu essen. Ich wäre froh gewesen, jeden Tag Milch zu trinken. Mit zwölf Jahren trug ich noch die gleichen Schuhe, die ich schon mit sieben getragen habe, praktischerweise später als Sandalen vorne offen. Ich war das neunte Kind von insgesamt dreizehn. Als drei Kinder während einer Epidemie starben, schmerzte das, doch wir übrigen hatten dadurch etwas mehr Nahrung. Meine toten Schwestern mögen mir vergeben, doch ich habe mich damals gefreut.« Er schwieg und senkte den Kopf.

Jakobs Hand legte sich auf seine Schulter. »Du hast wenigstens eine Familie. Ich hatte immer genug zu essen, aber keine Eltern oder Geschwister.«

Gérard hob den Kopf und lachte mit geröteten Augen. »Wir passen gut zusammen, was der eine nicht hat, besitzt der andere.«

»Man kann auch sagen, wir hatten beide nicht, was wir brauchten.«

Sie sahen sich an und prusteten lachend los. »Auf das, was wir in Zukunft haben werden.«

Sie hoben die Becher, tranken schweigend und hingen eine Weile ihren Gedanken nach.

»Wie bist du an den Königshof gekommen?«, fragte Jakob, inzwischen mit deutlich schwererer Zunge. »Du bist doch kaum älter als ich und hast schon eine verantwortungsvolle Stellung.«

»Die hast du ja wohl auch, mein Freund. Bei mir daheim konnte ich nichts werden, aber mein Vater hat immer noch gute Verbindungen. Ich wollte unbedingt weg, und er empfahl mich einem Freund, der am Hofe diente. Ich lernte fast zehn Jahre bei ihm, zum Schluss nahm ich ihm die meisten Arbeiten ab. Als er vor zwei Jahren starb, übernahm ich seinen Posten, den ich mehr oder weniger schon vorher ausfüllte.«

Er breitete die Arme aus und machte eine schöpferische Pause.

»Ich kenne jeden am Hofe, jeden Namen, jedes Gesicht.«

»Kennst du«, Jakob räusperte sich und holte Luft, »kennst du Bianca de la Brosse? Sie ist eine der Hofdamen der Duchessina.«

Er musste Gérard anstoßen, der die Augen geschlossen hatte.

»Bianca de la Brosse? Hm … ich weiß nicht. Diese dunkelhaarige Schönheit? Oder die rothaarige …?«

Jakob schubste Gérard noch einmal an, aber diesem rutschte der leere Becher aus der Hand und sein Kopf fiel zur Seite. Er selbst war ebenfalls zu müde, um noch einmal nachzufragen. Auch er schloss die Augen.

Der Wirtschaftshof war völlig zugestellt mit Eselskarren, Lasten, Wagen und nervös wiehernden Pferden.

Im schwindenden Tageslicht erschienen der Hofmeister und der erste Koch der Duchessina aus einer Seitentür, beide mit leichenblassen Gesichtern und geröteten Augen. Als zwei Kutscher sie erblickten, sprangen sie auf die beiden Männer zu.

»Monsieur de Bastide, ich sage diesem Hornochsen, dass ich zuerst in die Räume der Königin muss, um ihre Kleidung unterzubringen, doch er besteht darauf, zuerst das Bettgestell von Madame de Pisseleu hineinzubefördern. Er lässt mich nicht vorbei, es ist unfassbar.«

Gérard hob beide Hände und schloss die Augen. »Bitte, nicht schon wieder diese Auseinandersetzung. Wenn Jérôme als Erster angekommen ist, soll er das Bettgestell in die Räume der Dame de Pisseleu bringen, anschließend werden die Kleidertruhen hineingebracht. Alles andere dauert länger und ist zu umständlich.«

»Das ist eine Herabsetzung ihrer Majestät.«

»Die Königin braucht deine Unterstützung nicht. Ihr bringt einer nach dem anderen, je nach Ankunft, die Sachen in die Räume und fahrt danach mit euren Karren zum vorderen Hofeingang hinaus. Wir haben es oft genug so gemacht, ich wünsche keine weiteren Auseinandersetzungen.«

Er drehte sich um und übergab sich. Jetzt musste auch Jakob würgen und tat es ihm gleich.

Einen jungen Knecht, der mit offenem Mund daneben stand und sie anglotzte, fuhr Gérard an: »Halt nicht Maulaffen feil, sondern mach sauber.«

Jakob fuhr sich mit dem Handrücken über den Mund, lehnte sich erschöpft gegen die Mauer und lachte. »Diesen Ton muss ich noch lernen.«

Bis zum Anbruch der Dunkelheit beobachtete Jakob den Einsatz seines neuen Freundes, der unermüdlich die ankommenden Karren in die verschiedenen Richtungen dirigierte und dabei gelassen blieb, trotz immer wieder aufkommender Reibereien.

Er war sicher, dass Gérard auch wusste, welche Speisen am Hof bevorzugt wurden und welche unbeliebt waren. Sein neuer Freund würde eine unschätzbare Quelle der Information sein. Er wollte nicht im Wege stehen und ging zurück in seine Kammer.

Kerim stand hochaufgerichtet zwischen Haufen von Gewändern.

»Wo hast du den ganzen Tag gesteckt? Große Dinge gehen vor sich, und du bist nicht aufzufinden. Endlich kann ich wieder meine wundervollen Kleidungsstücke aus Italien tragen. Die Zeit der grauen und braunen Überwürfe ist passé. Solche Farben schlagen sich auf das Gemüt, kein Wunder, dass die einfachen Leute stets missgelaunt aussehen. Hast du die prächtigen Teppiche gesehen, die ausgeladen wurden? Allein daran erkennt man, dass hier ein Hof mit Stil und Geschmack erwartet wird. Ich bin ja so erleichtert. Was ist denn los mit dir? So schweigsam heute?«

»Kerim, ich flehe dich an, lass mich in Frieden. Ich will nur ruhen. Morgen sprechen wir über Kleidung und Stil.«

»Nur eine winzige Kleinigkeit noch. Wir werden im Speisesaal zum Nachtmahl erwartet.«

Allein bei diesem Gedanken wurde Jakob sofort eine Spur bleicher.

Abwehrend erklärte er: »Entschuldige mich, sag, ich sei unpässlich.«

Mitfühlend beugte Kerim sich über ihn. »Hast du Fieber, vielleicht etwas falsches gegessen? Ich kann dir einen von Margots Aufgüssen zubereiten lassen.«

Jakob gab keine Antwort, sondern schloss nur die Augen und ignorierte den Eunuchen, der sich achselzuckend wieder mit seiner Garderobe beschäftigte.

»Morgen kommt der Tanzmeister, wir haben viel zu lernen. Ich kann bereits recht geschickt die Gaillarde tanzen, doch da fehlen zumindest noch Saltarello, Canario und Branle. Es ist unmöglich, am königlichen Hof zu leben und solche Tänze nicht vollendet zu beherrschen. Lorenzo kann sie natürlich alle, wir beide werden Unterricht nehmen. Ich bin kein idealer Tänzer, leider, ich bin zu groß. Weißt du, dass die Kinder der Adligen schon sehr früh tanzen lernen?«

Er erhielt keine Antwort, Jakob schlief bereits tief.

Er wurde wach, weil ein stetiges Geflüster ihn schließlich aus dem Schlaf holte. Lorenzo saß auf einem Schemel und aß Brei aus einer Schüssel. Dazwischen führte er ein halblautes Gespräch mit Kerim. Etwas schien ihn heftig zu erregen. Noch halb im Schlaf lauschte Jakob dem Gespräch.

»Wir werden nichts finden, es ist ein Skandal«, äußerte Lorenzo soeben und stellte die Schüssel ab.

Jakob öffnete die Augen und richtete sich auf. »Was ist denn los?« Bevor jemand antworten konnte, donnerte es laut an der Tür.

Jakob sprang auf und öffnete die Tür, noch mit zerzaustem Haar und verschlafenen Augen. Davor standen zwei Diener in Livree, hinter ihnen mehrere Truhen und Kisten.

»Es tut uns leid, Ihr Herren«, stotterte einer von ihnen betreten. »Wir haben Anweisung, dieses Zimmer für zwei Damen im königlichen Gefolge vorzubereiten.«

Neugierig warf er einen Blick in das Innere des Raumes, wagte aber nicht, ihn zu betreten.

Jakob warf einen verwirrten Blick auf Lorenzo und Kerim, doch die beiden schienen nicht weiter überrascht.

»Wir wollten dich nicht wecken, aber wir haben schon erfahren, dass wir ausziehen müssen, um dem Hofgefolge Platz zu machen. Leider hat man uns nicht gesagt, wohin wir umziehen, und in der ganzen Stadt ist jede Schlafstelle belegt.«

»Unsere Sachen sind schon gepackt«, fügte Kerim hinzu. Er hob in der für ihn typischen Geste die Schultern. »Wir wissen nicht einmal, wohin wir die Sachen bringen sollen, bis wir eine Bleibe gefunden haben.«

»Und der oberste Haushofmeister des Königs ist noch nicht eingetroffen«, äußerte Lorenzo, »niemand weiß, wann er ankommt.«

»Vielleicht gibt es noch eine Möglichkeit.« Jakob fuhr sich durch das Haar, um es zu glätten. »Ich bin gleich zurück.«

Zwei Treppenstufen auf einmal nehmend, lief er über den Hof und fragte sich bis zu Gérard durch. Dieser lehnte an der Wand im Wirtschaftshof und biss in ein Stück Brot. Aber auch er fand auf Anhieb keine Lösung für das Problem.

»Wenn der Hof anreist, sind alle Betten und Schlafstellen vergeben. Sogar in den Ställen und Wirtschaftsräumen nächtigen Diener, Kutscher, Knechte und Mägde. Ich schlafe in einem winzigen Kämmerchen unter dem Dach. Die Zimmer im Palast reichen nicht einmal für alle höheren Begleiter des Königs, sodass in jedem halbwegs schicklichen Haus die Betten vergeben sind.«

Er dachte kurz nach.

»Ich kann dir anbieten, bei mir zu schlafen, es wird sehr eng sein und ich verlange dein Wort, dich mir nicht unsittlich zu nähern.«

Als er Jakobs ungläubiges Gesicht sah, lachte er vergnügt und versetzte ihm einen freundschaftlichen Stoß.

»Das war ein Witz, du Küchenschabe. Komm mit und ich zeige dir, wo du bleiben kannst. Deine Freunde müssen allerdings etwas anderes finden.«

Lorenzo hatte nicht abgewartet. Er hatte dem gerade eingetroffenen päpstlichen Legaten so zugesetzt, dass dieser sich bereit erklärte, den Freunden eine Kammer im Kloster Saint André zur Verfügung zu stellen.

Kerim zog ein langes Gesicht. »Stelle dir vor, ich gehe ins Kloster! Ausgerechnet ich, der an fast gar nichts glaubt, was diesen Leuten wichtig ist.« Er grinste Jakob schief an. »Ich werde jeden Tag in meinen ausgefallensten Kleidern durch die Stadt reiten. Man wird nicht lange brauchen, um herauszufinden, dass mein Platz in diesem Palast ist. Ich muss unbedingt weitere Einkäufe machen.«

Lorenzo und Kerim machten sich am frühen Abend auf den Weg zum Kloster, während Jakob seine Sachen in den kleinen Verschlag unter dem Dach des Palastes beförderte.

Ein winziges Fenster erlaubte teilweise einen Blick auf den Platz vor dem Haupteingang und die gegenüberliegenden Herrenhäuser. Die Sonne schien auf das Dach und es war warm, frieren würde er im Sommer in dieser Kammer kaum. Nachdenklich sah er auf die schmale Strohmatratze, die er sich mit Gérard teilen sollte. Diesen schien das wenig zu stören.

»Als Kind habe ich immer mit mehreren in einem Bett geschlafen. Wenn ich morgens alleine aufwache, denke ich manchmal immer noch, ich sei krank oder habe verschlafen.«

Er war schon wieder auf dem Sprung. Immer noch erreichten Karren, hochbepackte Esel und Kutschen den Palast und es wurde zunehmend enger in den Gängen und Räumen.

Der vordere Eingang musste frei bleiben, ebenso die Zugänge zu den königlichen Räumen und den Zimmern der engsten Vertrauten des Herrschers. Als Jakob einen Blick hineinwerfen wollte, wurde er sofort von einer Wache verscheucht. Dennoch war ihm nicht entgangen, dass die Räume bereits prächtig mit Gobelins, feinstem vergoldetem Mobiliar und sogar Bildern ausgestattet waren.

Er verzog sich in die Küche, aber auch dort war die beschauliche Zeit vorbei. Es wimmelte von Küchenhilfen und Vorköchen, Knechten und Mägden. Neue Töpfe, Pfannen, Tiegel, Säcke und Töpfe voller Vorräte wurden verstaut. Auch hier herrschte Platznot. Nur mit Mühe entdeckte er Antoinette.

»Ist das immer so, wenn der König mit seinem Gefolge ankommt?«, fragte er und wehrte einen jungen Mann ab, der ihn einfach zur Seite schieben wollte.

»Es war schon mehr los als heute«, meinte die Köchin. Mit dem Fuß schob sie einen Korb Gemüse unter den Tisch, damit die Küchenjungen nicht fortwährend darüber stolperten. »Ein Teil der königlichen Begleitung kommt wohl nicht mit, sie haben andere Pläne.«

Sie kratzte sich mit einem Finger am Kopf und Jakob beäugte sie misstrauisch. Es gab viele, die gegen die allgegenwärtige Plage der Kopfläuse kämpften.

»Der König bringt seine Leibköche mit, die so lange in der Küche das Sagen haben, bis er wieder abreist. Seinen Küchenmeister habe ich schon einmal gesehen. Er duldet keine Fremden um sich, selbst wenn sie für den Heiligen Vater gekocht haben.«

»Das kann ich verstehen«, entgegnete Jakob. »Er ist für die Sicherheit des Königs verantwortlich.«

»Sehr liebenswürdig«, ertönte eine tiefe Stimme hinter ihm. »Dann versteht ihr sicher, wenn ich nun darum bitte, die Küche zu verlassen. Husch, husch, ich habe ein großes Mahl vorzubereiten.«

Jakob fuhr herum und sah sich einem dicken und unglaublich hässlichen Mann gegenüber: Der Küchenmeister des Königs stand vor ihm.

Dieser duldete keine weitere Verzögerung. Jakob und Antoinette verließen die Küche. Auch vor den Wachen im Wirtschaftshof mussten sie sich noch einmal ausweisen. Zum Vordereingang des Palastes gelangten sie nicht mehr – der König war eingetroffen.

Er lief Gérard in die Arme, der ihn schon suchte und zum Ausgang zog.

»Lass uns in eines der Gasthäuser gehen, meine Arbeit ist für heute getan, und ich sterbe vor Hunger.«

Das Leben in der Stadt war von einer Minute zur anderen teurer geworden. Jeder Wirt und Händler hatte die Preise entsprechend der gestiegenen Nachfrage eilends angepasst.

Die nächsten beiden Tage war Jakob zur Untätigkeit verdammt. Der größte Teil des Palastes war ihm nicht mehr zugänglich, und auch im Wirtschaftshof war er im Wege. Die Stadt schien aus den Nähten zu platzen; Handwerker und Kaufleute machten ein gutes Geschäft. Von Lorenzo und Kerim war nichts zu sehen oder zu hören. Er hoffte auf Lorenzo, der mit seinen Empfehlungsschreiben und seiner Position am ehesten die Möglichkeit hatte, zum ersten Hofmeister des Königs vorzudringen und um die Aufnahme in das Gefolge der zukünftigen Schwiegertochter zu bitten.

Aus seinem Ausblick unter dem Dach hatte er manchmal die Gelegenheit, einen Teil des höfischen Lebens zu beobachten.

Nach dem Erwachen des Hofes am frühen Morgen empfing der König seine Berater, und um zehn Uhr fand man sich zur Messe ein. Danach gab es eine gemeinsame Mahlzeit. In dieser Zeit erschienen schon die ersten Würdenträger und Gäste, die um Audienz ersuchten.

Später wurde es lebhaft auf dem Vorplatz, da man zur Jagd aufbrach. Alle Teilnehmer waren vornehm gekleidet, sie wurden von Bogenschützen und Wachen, von Musikern, Dienern und Lasteneseln begleitet, welche die Vorräte für das Picknick trugen.

Nach der Rückkehr legte der König großen Wert auf sein tägliches Paumespiel, das Jakob aus der Dachluke interessiert verfolgte. Man schlug mit aller Kraft mit einem Schläger einen Ball dem Gegner entgegen, der diesen zurückschlagen musste. Manchmal erfolgten die Schläge auch nur gegen die Wand und wurden vom Mitspieler entgegengenommen und zurück an die Wand geschlagen. Es war ein schnelles und ermüdendes Spiel; viele schienen am Ende wahrhaftig erschöpft. Aus seinem kleinen Fenster sah er die Spieler selten, er hörte nur ihre Rufe und beobachtete den fliegenden Ball.

Er hatte am Vortag gehört, dass der König sehr lebenslustig war und jede Art der Kurzweil schätzte, dieses Mal jedoch einen ruhigen Aufenthalt wünschte, da er erst seit einigen Tagen wieder von einem Fieber genesen und noch ein wenig schwach war.

Am Abend war es daher meistens ruhig; nur aus dem Saal vernahm man Musik oder die Rufe und das Lachen der Damen. Eine Gruppe sehr hübscher junger Frauen fiel Jakob wiederholt auf, die stets wunderschön anzusehen waren und alle Aktivitäten begleiteten.

Er reckte seinen Kopf und kletterte sogar auf einen Schemel, um besser zu sehen, konnte aber kein bekanntes Gesicht darunter entdecken.

X. Im Garten der Blumen

Gérards Aufgabe war vorläufig zu Ende; seine Arbeit begann erst wieder einige Tage vor dem Aufbruch des Hofes an einen neuen Ort.

Sie verbrachten viel Zeit miteinander, und Jakob wurde nicht müde, sich die Geschichten über Ereignisse am Hof und von seinen Reisen anzuhören.

Kerim wäre begeistert, dachte er mehr als einmal, wenn er einen Blick auf die glanzvollen Roben erhaschte. Sie standen denen der italienischen Damen nicht nach, auch wenn der Stil ein wenig variierte.

Am vierten Tage hörte er nach dem Essen am Mittag halblautes Lachen aus dem Hof. Um diese Stunde herrschte meistens Stille, da der König Wert auf den Besuch der Messe vor dem Mittagsmahl legte und danach Besucher empfing. Neugierig kletterte er auf einen Schemel, um besser zu sehen.

Die Gruppe der jungen Frauen, die er schon kannte, stand um einen großen blonden Mann und lachte über einen Scherz. Er traute seinen Augen kaum, als er Kerim erblickte. Auch er war in feinste Stoffe gewandet und sah besser aus denn je. Jakob musste ihm zugestehen, dass er gut in diese vornehme Gesellschaft passte. Er schien schon recht vertraut mit den Damen.

Der Klatsch in den Palastfluren berichtete in diesen Tagen häufig über die Verstimmung des Königs. Er war immer noch nicht wieder vollständig wiederhergestellt, und der Jagdausflug am Nachmittag fiel aus, während vereinzelt Besucher und Kuriere kamen und gingen.

Die Anreise der Duchessina schien sich zu verzögern, und auch wenn man nichts Genaues erfuhr, so konnte man sich auf das Gerede der Dienstboten recht gut verlassen.

Am frühen Abend belauschte Jakob ein halblautes Gespräch zweier Damen, die unter ihm wohnten und ungeniert am geöffneten Fenster plauderten.

»Welche Wohltat, einmal im Palast ruhen zu können. Ich dachte vor einigen Tagen, ich falle vom Pferd, so müde war ich.«

»Ich war heute nicht einmal in der Messe«, entgegnete die zweite Stimme. »Der König wird es nicht bemerkt haben, er war selbst nicht dort. Er hat eine Depesche aus Italien erhalten, der Kutscher erzählte mir, der Kurier sei geradewegs von dort eingetroffen, er sprach sehr schlechtes Französisch. Vielleicht hat der Papst die Hochzeit mit der Händlerstochter gleich ganz abgesagt. Wundern würde es mich nicht, es ist einfach skandalös, dass der arme Henri sich aus Geldgründen zu dieser Mesalliance bekennen soll.«

»Dabei bist du nicht gerade seine Verehrerin«, meinte spöttisch ihre Freundin. »Sagtest du nicht vor Kurzem noch, er sei beklagenswert unbeholfen und tapsig?«

»Ich sagte nur, sein Vater ist so charmant. Allerdings war seine Mutter auch nicht sonderlich graziös.«

»Was fangen wir mit diesem Abend an ohne Verpflichtung zu Schönheit, guter Laune und Unternehmungslust?«

»Wir gehen ins Bett und lassen uns köstliche Dinge aus der Küche bringen, Speisen, die der König verabscheut.«

Die andere kicherte. »Nicht nur Leckerbissen aus der Küche, sondern auch gleich diesen neuen Koch aus Italien. Ich habe mich erkundigt, er heißt Jacques. Etwas Vergnügen kann nicht schaden.«

Die beiden lachten vergnügt und entspannt, und Jakob schloss leise die Dachluke. Es war ihm nicht bewusst gewesen, dass jemand seine Ankunft zur Kenntnis genommen hatte, aber das war an einem königlichen Hof wohl zu erwarten. Alles und jeder fiel dem Klatsch zum Opfer. Hierin unterschied sich der französische Hof nicht vom Sultanspalast.

Die beiden jungen Frauen meinten es nicht ernst mit ihren gewagten Worten, so viel wusste er schon über die Damen der *Petite Bande*, wie sie am Hofe genannt wurden. Seit der ersten Ehe des Königs mit Claude, der ersten Königin und Mutter seiner Kinder, ging der König seine eigenen Wege und vergnügte sich mit schönen Frauen. Selbst als er ganz offiziell Mätressen hatte, gab er dieses Vorrecht nicht auf. Auch seine derzeitige Favoritin, Anne de Pisseleu, musste sich damit abfinden, dass er ihr niemals alleine gehörte.

Anders verhielt es sich auch nicht mit einem Harem, dachte Jakob insgeheim. Sollte ein christlicher Herrscher nicht Vorbild für seine Untertanen sein? Doch selbst im Papstpalast lagen die Dinge nicht so, wie man es erwarten sollte und wie es gepredigt wurde.

Wer hielt sich schon noch an die christlichen Gesetze? Seitdem Jakob die Paläste der Fürsten und Kirchenmänner kannte, hatte sich seine erhabene Vorstellung von Papsttum und Gottesgnadentum sehr gewandelt.

Er entschloss sich, der Hitze und Anspannung im Schloss zu entfliehen, und spazierte an den Wachen vorbei hinunter an den Fluss, wo ein frischer Wind für Abkühlung sorgte.

Entlang des Ufers fand er im Schatten einer Weide einen ungestörten Fleck. Das Plätschern des Wassers erinnerte ihn an seine vergnügten Schwimmstunden mit Ali. Er blickte sich um, aber niemand war zu sehen, und die Versuchung war groß, nach langer Zeit wieder in einem Fluss zu baden.

Im Schutz der überhängenden Äste zog Jakob sich aus und watete in den Fluss, dessen sandiges Ufer rasch abfiel. Die Strömung erfasste ihn nur leicht und zog ihn ein Stück abwärts. Er schwamm mit kräftigen Stößen parallel zum Ufer. Das Wasser war herrlich erfrischend und er vergaß beinahe die Zeit, während er sich wieder ein Stück flussaufwärts kämpfte. Erst als er lautes Lachen hörte, blickte er zu der Stelle, wo er seine Kleidung abgelegt hatte.

Eine Dame hielt seine Hose in die Höhe und sprach zu einigen Männern hinter ihr, die Jakob als königliche Wachen erkannte. Demnach musste seine Entdeckerin zum Kreis der höfischen Damen gehören.

Er spürte, wie ihm das Blut ins Gesicht stieg. Es war unmöglich, in seinem paradiesischen Zustand das Wasser zu verlassen und einer Dame vom Hofe unbekleidet gegenüber zu treten. Abermals trug ihm der Wind ihr Lachen zu, gemischt mit Scherzen der Männer.

Er wartete eine Weile im Schutze des Ufergebüsches und hoffte inständig, dass die Gruppe nach einer Weile das Interesse an seiner Kleidung verlieren würde und weiterging. Nach geraumer Zeit wurde ihm merklich kühler, und er gab die Hoffnung auf, seinem peinlichen Schicksal zu entfliehen.

Die Frau hatte sich auf einem Baumstumpf niedergelassen und warf einen suchenden Blick über das Wasser. Sie schien viel Zeit zu haben und er wollte sein Schamgefühl nicht länger über seine Gesundheit stellen. Er lugte hinter dem schützenden Busch hervor, damit sie ihn zumindest teilweise sahen.

Eine Wache entdeckte ihn zuerst, schwenkte sein Hemd und Wams und rief ihm feixend zu: »Komm hervor, du Wasserfaun, wir erwarten dich schon!«

»Seid so freundlich, mir meine Kleidung zu bringen, Monsieur, ich möchte die Dame nicht in Verlegenheit bringen.«

Lautes Gelächter war die Antwort – offensichtlich war die Dame weit weniger in Verlegenheit als er selbst. Sie kicherte noch einmal und versuchte, einen Blick auf ihn zu werfen, gab aber dann gnädigerweise der Wache ein Zeichen, die Jakob seine Kleidung brachte.

Fröstelnd fuhr er in Hose und Hemd, warf sein Wams über und strich die nassen Haare zurück.

»Folgt mir«, forderte der Wachmann ihn auf und wies in Richtung der Gruppe. »Die Dame d'Angoulême möchte Euch sehen.«

Die Dame zeigte schon erste Zeichen des Alters, doch ihre Kleidung war kostbar und sie schien freundlich und leutselig. Wohlgefällig nahm sie seinen Dank und seine Verbeugung zur Kenntnis.

»Ich wünschte, ich könnte es Euch gleichtun«, meinte sie mit einem sehnsüchtigen Blick auf den Fluss. »In der Gave bei Pau, wo ich lebe, lässt es sich auch vortrefflich baden, es gibt sogar Wasserfälle, unter denen man sich im Sommer erfrischen kann.« Sie musterte ihn mit kaum verhohlener Neugier. »Ich kenne Euch nicht, aber sicherlich gehört Ihr zum Hofstaat.«

Er stellte sich vor und erklärte, dass er zum zukünftigen Hof der Duchessina gehörte. Das schien ihr Interesse erst recht anzufachen.

»Dann kennt Ihr die junge Dame sicherlich näher. Wir haben ihr Bildnis gesehen und gehört, dass sie klug ist und ein angenehmes Wesen hat, doch es ist natürlich viel aufschlussreicher, eine direkte Beschreibung zu hören. Werdet Ihr mir am Nachmittag bei einem Getränk Gesellschaft leisten? Ich möchte auch gerne mehr über ihre Tafelgewohnheiten hören. Man verbreitet die erstaunlichsten Dinge über die Bankette der italienischen Fürsten und über den päpstlichen Hof. Leider war nur mein Bruder dort, aber Ihr könnt mir sicher ebenso berichten.«

Er versicherte, sich bei ihr einzufinden, und verließ sie nach weiteren Verbeugungen. Wer war diese Frau? Er musste unbedingt Kerim fragen, der inzwischen zweifellos vom Prinzen bis zum Stiefelknecht jeden Palastbewohner kannte. Doch zunächst traf er in seiner kleinen Kammer Gérard, der fragend die Augenbrauen hochzog, als er ihn in seiner feuchten Kleidung sah.

Jakob hielt sich nicht lange mit Erklärungen auf und fragte direkt nach seiner neuen Bekanntschaft. Verblüfft antwortete sein Freund: »Marguerite d'Angoulême ist die Schwester des Königs und seine engste Vertraute. Eine Einladung bei ihr ist wie ein Besuch beim Herrscher. Was hast du angestellt, um sie kennenzulernen?«

Er berichtete von seiner Episode in der Rhone und Gérard klopfte ihm auf die Schulter.

»Madame d'Angoulême mag einige Jahre älter sein als du, aber wie ihr Bruder, der König, genießt sie sicher auch gerne den Anblick schöner Menschen.«

Er grinste seinen Freund an. »Lass dich nur nicht über dem Gerede von köstlichen Speisen als Zwischenmahlzeit vernaschen; du wärest nicht der Erste.«

Als er Jakobs entsetztes Gesicht sah, meinte er lakonisch: »Man muss das Eisen schmieden, solange es heiß ist, und am Hofe ist eine solche Verbindung mehr wert als Gold und Geld. Nutze deine Gelegenheit!«

Jakob überlegte nach den Worten des Freundes lange, was er anziehen sollte, und entschied sich für ein recht auffälliges und kompliziertes Gewand. Er hatte es noch in Florenz anfertigen lassen; es entsprach der letzten Mode und war aus silberdurchwirktem Brokatstoff gearbeitet.

Es war das erste Mal, dass er hinter einem Pagen die Flure des Palastes entlangschritt, nachdem ihn die Wache hatte passieren lassen. In der vorderen Halle erlebte er eine Überraschung.

»Ich glaube es beinahe nicht, ich dachte schon, du bist nach Florenz zurückgekehrt.« Kerim, ebenfalls elegant gewandet, betrachtete ihn aufrichtig erfreut.

»Du hast dir nicht allzu viel Mühe gemacht, dich nach mir zu erkundigen«, entgegnete Jakob mit leisem Groll. »Ich hatte bisher keinen Zutritt zum Palast, aber ich konnte dich gelegentlich von Ferne aus der Dienstbotenkammer sehen.«

»Warum hast du dich nicht bemerkbar gemacht?«

Jakob winkte ab. »Der Zugang zum Hof ist unmöglich, es sei denn, man ist so gewitzt wie du.«

»Ich habe gar nichts weiter unternommen, aber die jungen Damen mögen mich und haben mich am Hofe eingeführt. Seitdem scheine ich bei jedem Spaß unentbehrlich, was auch nicht immer unterhaltsam ist. Es ist außerordentlich anstrengend, sich fortwährend zu vergnügen, auf dem neuesten Stand des Klatsches zu sein und den infamsten Machenschaften aus dem Weg zu gehen. Man kann sagen, dass diese drei Beschäftigungen die meiste Zeit in Anspruch nehmen, wenn man nicht gerade isst oder schläft, mit wem auch immer.«

Er betrachtete Jakob mit Interesse. »Du hast eine Verabredung, der Kleidung nach zu schließen mit einer Dame. Sehen wir uns heute Abend beim Dinner? Es gibt einen Magier, der Feuer schluckt. Alle sind sehr gespannt, aber du weißt ja, dass dies nichts Besonderes ist. In Konstantinopel sind solche Belustigungen auf dem Markt jeden Tag zu sehen.«

Jakob zuckte die Achseln und zupfte die weißen Spitzen seines Hemdes zurecht.

»Ich kann es dir nicht sagen, aber wieder einmal scheint es nicht so einfach, eine Anstellung zu erhalten, trotz der Empfehlungen, die Lorenzo mit sich führt. Niemand hat auf uns gewartet, und die Küche darf ich nicht einmal betreten, um die Küchenhilfe zu grüßen.«

Kerim legte den Kopf schief. »Oh, dann weißt du noch gar nicht, dass Lorenzo nicht mehr hier ist! Der Großmeister Montmorency hat ihn nach Paris geschickt, wo er nach der Rückkehr des Hofes eine der Küchen im Louvre leiten soll. Er hat ausdrücklich darum gebeten, dich mitzunehmen, doch dies wurde nicht gewährt. Ich kann bei den jungen Damen ein Wort für dich einlegen, sie haben Einfluss auf den König. Du wirst ganz sicher etwas finden, schließlich weiß niemand besser als ich, wie gut du kochst.«

Die Wache gab ungeduldig ein Zeichen, ihnen zu folgen, und Jakob

wandte sich zur großen Treppe. Er durfte die Schwester des Königs nicht warten lassen.

»Bevor du auch noch verschwindest, gib mir Bescheid, ich wohne unter dem Dach.«

Madame d'Angoulême war in Begleitung ihres Sekretärs und einer Hofdame, die Jakob zu einem weichen Sofa geleitete und ihm ein Glas Wein anbot. Er war kaum verdünnt; vorsichtig nahm er einen Schluck. Er wusste inzwischen genug über Wein, um diesen als mittlere Qualität zu erkennen. Offenbar kannte ihre Dienerschaft nicht den geheimen Keller mit den edelsten Weinsorten.

Interessiert lehnte seine Gastgeberin sich vor und fragte nach seiner Herkunft und Ausbildung. Besonders die Schilderungen über den Hof des Sultans und das Leben in Konstantinopel schienen sie aufrichtig zu fesseln. Er hatte die schriftliche Anerkennung als Koch aus der Stadt der Wunder mitgebracht, und sie nahm das Schriftstück an sich, um es zu betrachten, nachdem der Sekretär einen ersten Blick darauf geworfen hatte.

Mit den fremdartigen Zeichen konnte sie nicht viel anfangen. Er erklärte sie, so gut er vermochte, und fing sich einen anerkennenden Blick dafür ein.

»Dann seid Ihr in der Lage, diese Zeichen zu lesen, und sprecht auch die Sprache?«

Er bejahte und erklärte: »Anfangs war es nicht einfach, die fremden Laute zu verstehen, aber ich hatte Hilfe von guten Freunden. Es hat mir in der Stadt der Wunder gut gefallen – das Leben ist anders, die Menschen denken verschieden und sie sind sehr frei in ihrem Verhalten.«

Er berichtete, dass jeder, gleichgültig seiner Herkunft, alle Möglichkeiten hatte, sein eigenes Leben zu gestalten.

Er war noch mitten in seiner farbigen Schilderung, als plötzlich die Doppeltüre geöffnet wurde. Den Besucher brauchte niemand anzukündigen, seine Erscheinung war geradewegs königlich.

François der Erste war größer als Jakob, der ebenso wie auch Kerim schon die meisten Franzosen überragte. Er hatte schwarzes, lockiges Haar, einen gestutzten Bart und freundliche, dunkle Augen.

Alle hatten sich erhoben, doch der König winkte nur leutselig in die Runde, küsste seine Schwester auf die Wange und nahm neben ihr Platz. Nun erst bemerkte er Jakob und lächelte ihn freundlich an. Jakob, der immer noch stand, wusste nicht recht, wie er sich verhalten sollte, doch dieser König war trotz seiner beeindruckenden Größe eine angenehme Persönlichkeit. Er ließ sich den jungen Mann von seiner Schwester vorstellen und hob interessiert die Augenbrauen.

»Wir haben nur wenige genaue Berichte aus dem Palast des Sultans, der unser Freund ist. Ihr seid Koch im Palast gewesen und wisst, was eine Delegation aus diesem Lande schätzt. Nehmt Platz und berichtet mir, welche Speisen man dort zu sich nimmt und welche Kleidung man bevorzugt. Welche Eigenheiten sind Euch aufgefallen?«

Jakob verlor unter seinem liebenswürdigen Blick und diesem offenkundigen Interesse bald die Scheu, vor dem mächtigsten Mann im Lande zu sitzen. Welch ein Unterschied zum finsteren Herzog Alessandro in Florenz!

Es fiel Jakob leicht, ihm von der Stadt der Wunder zu berichten, von seinen erstaunlichen Bauten, der Vielfalt der Märkte, dem fremden Glauben und den Möglichkeiten des Handels.

Nur manchmal fragte der König oder seine Schwester nach, wenn sie einen Zusammenhang nicht gleich verstanden. Vor allem interessierte sie die Lebensweise des Sultans, über den Jakob zur Enttäuschung aller wenig zu berichten wusste.

Es dämmerte bereits, als der König sich erhob, und Jakob, der Sekretär und die Dienerin aufsprangen.

»Das waren interessante Berichte. Wir danken Euch und hoffen, bald noch mehr zu erfahren.«

Er reichte seiner Schwester den Arm, die ihn hinausbegleitete.

Jakob verbeugte sich tief, und als er vorsichtig wieder hochsah, hatten die beiden den Raum bereits verlassen.

Die Hofdame lächelte. »Das war in der Tat ein ungewöhnlicher Bericht. Stimmt es, dass der Sultan über hundert Frauen zu seinem Vergnügen gefangen hält?«

»Es sind weit über hundert«, bestätigte Jakob ihr. »Sie sollen sehr schön sein, aber niemand sonst darf sie sehen, sonst ist man des Todes.«

Sie kicherte. »Unser König ist nicht so kleinlich. Er lässt viele an dem Vergnügen teilhaben, die schönsten Frauen des Landes zu bewundern.«

»Zu denen Ihr zweifellos gehört«, bemerkte Jakob und fing sich einen kleinen Klaps auf den Arm ein.

»Lernt man diese Schmeicheleien etwa in der Küche? Man sagt den Italienern ja viele schlimme Dinge nach. Unser König liebt es, sich mit schönen Menschen und schönen Dingen zu umgeben. Er sagt, ein Hof ohne schöne Frauen sei wie ein Garten ohne Blumen. Schönheit, galantes Benehmen und Großzügigkeit im Denken sind Eigenschaften, auf die der König Wert legt und die an seinem Hofe gepflegt werden.«

Von dieser Tatsache konnte Jakob sich im Verlauf der nächsten Tage überzeugen. Wie von Zauberhand öffneten sich unerwartet plötzlich sämtliche Türen.

Ein Sekretär überbrachte ihm eine Berechtigung für den Zutritt am königlichen Hof, verbunden mit einem jährlichen Gehalt von zweihundert Livres. Dies war die übliche Entlohnung für die gehobenen Bediensteten mit Zutritt zur königlichen Familie. Der Sekretär versäumte nicht, ihn darauf hinzuweisen, dass dies im Allgemeinen allein adligen Familien gebührte und Jakob diese Ehre nicht hoch genug würdigen konnte. Ebenfalls erhielt er den Auftrag zur Reise nach Marseille, um im Palast des Fürsten der Provence die neu errichtete Küche der Duchessina zu leiten. Ausgestattet mit zwei Wachleuten, ausreichend Proviant und einem Vorschuss sollte es losgehen. Zuvor suchte er Kerim auf und bat ihn, mit ihm zu reiten, doch der Eunuch hatte andere Pläne.

»Ich kann die jungen Damen unmöglich alleine lassen. Es ist ein großes Abschiedsfest mit Feuerwerk geplant. Wir sehen uns zur Trauung deiner Duchessina auf jeden Fall in Marseille wieder. Bis dahin bin ich am Hofe unabkömmlich.«

Auch von Gérard verabschiedete Jakob sich. Sie waren nicht nur Zimmergenossen, sondern auch Freunde geworden. Auch dieser versicherte ihm, dass sie sich in kürzester Zeit in Marseille treffen würden.

»Der König führt Verhandlungen mit dem Papst, fast täglich verlassen uns Kuriere. Ich vermute, dass die Hochzeit im Spätsommer stattfindet. Sicher erhalte ich bald den Auftrag für die Weiterreise. Ich weiß, wo ich dich finde.

Reserviere mir auf jeden Fall eine Schlafstätte, dann habe ich eine Sorge weniger!«

Am frühen Morgen stieg er auf sein Pferd und ritt mit den beiden Wachen zum Tor hinaus, als er lautes Rufen hinter sich hörte und sein Pferd zügelte. Mit wehendem, blütenweißem Nachtgewand segelte Kerim hinter ihm her und wedelte wild mit den Armen.

Atemlos erreichte er die kleine Gruppe und hielt eine Dokumentenrolle hoch.

»Ein Brief von Margot«, stieß er nach Luft ringend hervor. »Der Bote kam schon gestern, gab mir aber erst soeben Nachricht. Er wusste nicht, wo er uns findet, und musste sich erst durchfragen. Ich bin froh, dass ich dich noch erreiche.«

Jakob las die Zeilen, in denen Margot ihre Ankunft in Marseille mit dem Schiff für die erste Septemberwoche ankündigte. Sie stand in engem Kontakt mit einigen der zukünftigen Hofdamen der Duchessina und wollte alles Notwendige vor Ort für die bevorstehende Hochzeit anordnen.

Sie ließ ebenfalls Grüße der Signora ausrichten. Man freue sich, alle lieben Freunde in der neuen Heimat der Duchessina zu treffen.

»Ich wollte dir diese Nachricht noch zukommen lassen«, meinte Kerim und nahm die Rolle wieder entgegen, »aber nun entschuldige mich, ich muss fürchterlich aussehen.«

Noch einmal verabschiedeten sie sich, dann verließ Jakob den Hof des bischöflichen Palastes. Er folgte den Wachen durch die Straßen der Stadt, die ihm noch überfüllter erschienen als bei seiner Ankunft, bis sie durch das Stadttor hinaus die Gärten der Vorstadt erreichten.

Je weiter sie sich entfernten, desto klarer und frischer wurde die Luft. Jakob atmete tief den Geruch nach warmer Erde, Kräutern und trockenem Gras ein. Bald erreichten sie den Wald, wo ihnen die Pinienbäume Schatten vor der warmen Sommersonne gewährten. Sein Pferd fiel zusammen mit den Reittieren seiner beiden Begleiter in einen entspannten Trab.

Das Hämmern hörte den ganzen Tag nicht auf und begleitete Jakob noch in den Schlaf. Alle Bewohner des Schlosses einschließlich des Fürsten hatten das Weite gesucht, um dem Baulärm zu entgehen. Die Handwerker arbeiteten beinahe den ganzen Tag und die meisten Stunden der Nacht im Schein großer Feuer und Fackeln, um rechtzeitig den Anbau für die Räumlichkeiten der Italiener, über die man etwas abfällig sprach, fertigzustellen. Die meisten hielten es für eine schlechte Idee, den zweiten Königsohn mit einer Medici zu verheiraten. Er hatte mehr verdient als eine Händlerstochter aus dem Ausland, deren Familie man samt und sonders auch noch für gefährlich hielt.

Das Schloss des Fürsten der Provence diente dem König mit seinem Hof, der Anbau war als Unterkunft für den Papst, dessen Gefolge und seine zukünftige Schwiegertochter vorgesehen. Alle Verhandlungen sollten in diesem Neubau stattfinden, bis der Ehekontrakt unterschrieben war und die Brautleute sich mit dem König auf die Rückreise nach Paris machten.

Der Bauleiter war ein älterer Mann, der zunehmend nervöser wurde. Das Bauwerk sollte schon viel weiter fortgeschritten sein und erst, als Jakob ihm berichtete, dass er Nachricht aus Italien habe und die Braut noch gar nicht auf dem Weg wäre, entspannte er sich und zeigte Jakob den Weg zur Küche.

Viel war davon noch nicht zu sehen, aber man versprach ihm, in spätestens einigen Tagen würden auch die beiden Kamine fertiggestellt, und seine Tätigkeit könnte dann beginnen.

Jakob hatte vor, die Zeit gut zu nutzen. Als Küchenmeister im Haushalt des Königs standen ihm wieder viele Möglichkeiten offen.

Die Händler waren ihm gerne zu Diensten, als er sich ihnen vorstellte. Schon am ersten Tag begann er, eine Kette aus Lieferanten aufzubauen, welche in Zukunft seinen Anforderungen entsprachen. Dabei kam ihm seine Erfahrung als Kaufmann und Reeder zunutze. Er verfasste Briefe an Pino, an das Handelshaus von Genua, ebenso an seinen Freund Ali in Konstantinopel.

Die Waren auf den französischen Märkten waren gut und frisch, jedoch fehlte das Angebot aus exotischen Ländern.

Neu entdeckte Nahrungsmittel, wie sie die Häfen von Genua, Venedig oder Pisa erreichten, fehlten gänzlich. Solche Lieferungen kamen hauptsächlich aus Konstantinopel, Alexandria oder Sevilla. Besonders die neuen Früchte oder Gewürze hatten es Jakob angetan, und so brauchte er einen Kaufmann, der diese entweder aus Spanien oder besser noch direkt aus Übersee bis Marseille oder La Rochelle lieferte, damit sie möglichst unbeschadet die Küche in Paris oder die Schlösser an der Loire erreichten, wo der Hof sich häufig aufhielt.

Mit ihnen waren selbst bei einer königlichen Tafel noch Überraschungen zu erzielen. Jakob ging es nicht um das Herkömmliche oder Alltägliche. Die großartigen Überraschungen, die in Italien schon fester Bestandteil der Bankette in Adelshäusern oder dem Papstpalast waren, kannte man offenbar noch nicht in Frankreich. Im Hafen hatte er verstanden, dass dies das Ergebnis der mangelhaften Anbindung des Landes an die großen Handelsplätze war. Marseille, das immer ein Knotenpunkt im westlichen Mittelmeer gewesen war, schien heute hoffnungslos veraltet und isoliert. Abgelöst von Sevilla, Genua und Venedig verschlief die Stadt die großen Entdeckungen auf dem Meer.

Der französische König liebte schöne Dinge, sicher auch gutes Essen und dessen prächtige Darbietung. An einer einflussreichen Stelle im Palast konnte Jakob seine Möglichkeiten nutzen. Doch bevor er als Koch glänzen konnte, galt es zunächst, seine Kenntnisse als Kaufmann einzusetzen.

Nach einigen Wochen besuchten nun auch Kuriere den Raum, der an seiner zukünftigen Küche angrenzte. Es war eine Kammer, die schon fertiggestellt war und wo Jakob sich vorläufig eingerichtet hatte. Zwei Schlafmatten lagen an der Wand, ein Stuhl, ein Tisch für Schreibarbeiten und eine Truhe für Kleidung vervollständigten die Einrichtung. Noch fehlte das Glas im Fenster, doch bei der noch herrschenden nächtlichen Wärme war dies keine Einschränkung, und vor dem Winter waren sie sicher schon wieder fort.

Er tauchte den Federkiel in die Tinte und schrieb eifrig an der Liste für den Händler in Barcelona, den Pino ihm empfohlen hatte.

Der Kurier hatte ihm die ersten Antworten überbracht, darunter auch ein Schreiben von Margot, die sich bereits in La Spezia eingeschifft hatte und auf dem Weg war. Bald würde er sie wiedersehen. Er gestand sich ein, dass er sich freute. Zusammen mit Kerim bildeten sie eine Gemeinschaft, die sich in der Not gefunden hatte, aber inzwischen zu einer Art Familie zusammengewachsen war. Der Federkiel kratzte über das Pergament, als hinter ihm die Tür geöffnet wurde. Zusammen mit Gérard drang der Baulärm wieder stärker in seine Stube.

»Ich ertrage diese dumpfen Kerle einfach nicht mehr«, stöhnte Gérard.

»Niemand kann mir genau sagen, wann sie endlich fertig sind mit ihren Arbeiten. Der Baumeister zuckt nur die Schultern, und ich muss Zimmer belegen, die es noch nicht einmal gibt. In einer Woche kommen die ersten Möbel; wenn wir bis dahin nicht wenigstens die Räume des Papstes fertiggestellt haben, kann ich den Heiligen Vater nur zwischen den jungen Damen des Königs schlafen lassen.«

Jakob grinste über seiner Schreibrolle. »Ich kenne ihn zwar nicht persönlich, aber nach dem, was ich gehört habe, würde es ihn nicht weiter stören.«

Für Jakob hingegen liefen die Dinge großartig, seine Kontakte meldeten sich, und er würde bald wieder kochen. Gut gelaunt stand er auf und klopfte seinem Freund auf die Schultern.

»Der Baumeister wird die Hochzeit überleben wollen und sicher fertig sein, wenn der König anreist. Ich habe gehört, dass viele Künstler der Duchessina folgen. Kerim hat von den Barbieren im Gefolge der Prinzen etwas Derartiges gehört. Es kommen also noch weit mehr Italiener. Sogar ein ferner Verwandter von mir, ein Maler namens Andrea del Sarto reist aus Florenz an. Mein Vater schrieb, ich möge für ihn ein besonders schönes Pferd kaufen. Er sei ein besonderer Künstler, aber völlig unerfahren in den Dingen des täglichen Lebens.«

»Künstler!«, stöhnte Gérard. »Für solche Leute hat der König eine Vorliebe. Schon die Damen sind schwer zufriedenzustellen, doch Künstler sind noch schwieriger. Keine Unterkunft entspricht ihren Erwartungen, sie halten sich kaum an Absprachen und ändern ständig ihre Meinung.«

Er warf einen Blick um sich. »Wie geht es mit deiner Küche voran? Im Gegensatz zu anderen hält sich dein Kostenplan in Grenzen, nur die Spezereien aus dem Ausland schlagen ordentlich zu Buche.«

»Seit wann kümmern dich die Kosten?«, fragte Jakob. »Zerbrich dir darüber nicht auch noch den Kopf! Der Zahlmeister wird sich damit beschäftigen, und solange der König keine Beschränkungen auferlegt, soll es unsere Sache nicht sein. Ich kann mir nicht vorstellen, dass er ausgerechnet bei der Hochzeit seines Sohnes anfängt, auf die Kosten zu achten.«

Gérard setzte sich auf die Truhe und kratzte sich am Arm, wo einige aufgekratzte Mückenstiche langsam verschorften.

»Der König kümmert sich nie um die Kosten, das ist ja das Problem. Der Zahlmeister meinte schon, man müsse irgendeine Steuer erhöhen, damit er sich diesen aufwendigen Lebensstil weiterhin leisten kann. Allein die Kosten für die Instandsetzung der Schlösser verschlingen Unsummen, nicht zu reden von den Reisekosten, den Vergnügungen, den Geschenken oder den Ausgaben für seine Damen. Die Küche ist das kleinste Problem.«

»In meiner Heimat zahlt man hohe Steuern auf Salz«, überlegte Jakob. Er erinnerte sich an die Reise mit dem Salzhändler, der an jeder Brücke und jedem Stadttor seinen Zoll entrichtete.

»Eine Salzsteuer gibt es schon«, erklärte Gérard, »aber vielleicht könnte man sie erhöhen. Wie dem auch sei«, er sprang von der Truhe, »das ist nicht unsere Sorge. Ich muss mich nur damit beschäftigen, wo ich in kurzer Zeit einige Hundert Menschen unterbringe.«

Die Bauarbeiten gingen trotz seiner Befürchtungen gut voran, sei es, dass die Ermahnungen Gérards Früchte trugen oder auch, dass dem Bauleiter die verbleibende Zeit knapp wurde. Neben dem neu errichteten Gebäude aus Holz für den Papst und der Familie Medici entstand ein geschlossener Übergang zum Palast, damit die Gäste auch bei schlechtem Wetter den Fürstensitz geschützt betreten konnten und nicht den Blicken der gaffenden Menge ausgesetzt waren, die der Familie aus Florenz keineswegs wohlgesonnen war.

Bei den Mahlzeiten im Freien, wo Jakob hin und wieder erschien, waren die Bemerkungen der einfachen Bauleute eindeutig. Der Name Medici stand für Gewalt und Mord, und eine Frau aus diesem Haus war für den französischen Königssohn nicht gut genug. Caterina würde es schwer haben, dachte Jakob.

Nebenbei lernte er viel über die Essgewohnheiten der einfachen Leute, die sich, anders als in seiner Heimat, nicht mit Kornbrei zufriedengaben.

Würste, Speck und Innereien, oft sogar mit Kräutersauce, und ein Stück Brot hielten die Arbeiter bei Laune. Die Männer arbeiteten jeden Tag von Sonnenaufgang bis Sonnenuntergang hart, nur am Sonntag ruhten die Arbeiten. Sie wohnten in der Stadt und brachten ihre Mahlzeiten mit, damit keine Zeit verloren ging.

Die ersten Wagen mit Ausstattungen erreichten den Palast, und Gérard arbeitete genauso hart wie die Bauleute und ließ sich in der gemeinsamen Stube kaum noch sehen. Er befehligte eine ganze Gruppe von Arbeitern, die für die Ausstattung der Räumlichkeiten des Königs verantwortlich waren. Jakob bewunderte abermals, wie perfekt jeder von ihnen seine Aufgabe beherrschte. In kurzer Zeit sahen die Räume genauso aus, wie auch in den bisherigen Unterkünften, mit den bekannten Wandteppichen, Betten, Stühlen, Tischen und ihrer Kleidung. Sogar in ihren Schreibpulten befanden sich die Federkiele stets an der gleichen Stelle. Die königlichen Gäste lebten in ihren gewohnten Räumen, wo immer sie sich aufhielten.

Es erreichten den Palast so viele Wagen, Karren, Esel und Leute, dass Jakob nicht mehr darauf achtete. Seine Küche war einsatzbereit, und der Kamin funktionierte nach anfänglichen Schwierigkeiten ebenfalls.

Erste Lieferungen von Obst und Gemüse wurden abgegeben. Jakob war dankbar, dass die große Sommerhitze nachließ, damit seine Früchte nicht zu schnell verdarben oder vorab an den Büschen reiften. Der Herbst kündigte sich mit milderen Temperaturen an.

Während er mit einem Bäcker verhandelte, dessen Brot ihm am besten mundete, tippte ihm jemand auf die Schulter.

Er wandte sich um und sah in Margots strahlende Augen. Der Bäcker war vergessen; überrascht und hocherfreut schloss er sie in die Arme. Sie drückte sich an ihn und er roch ihr vertrautes Parfum.

»Wie schön, dich endlich wiederzusehen«, rief er. Er hielt sie auf Armeslänge von sich. »Du bist beinahe noch hübscher, als ich dich in Erinnerung hatte. Nichts geht über die Eleganz einer italienischen Dame.«

»Oho!«, antwortete sie lachend. »Man erzählt sich die aufregendsten Geschichten über den französischen Hof und die vielen Schönheiten, die dort leben. Ich kann es kaum abwarten, sie mit eigenen Augen zu sehen.«

»Du brauchst dich wahrhaftig nicht vor ihnen zu verstecken. Es ist wahr, sie sind schön, anmutig und lebhaft, genau wie du. Komm mit, du wirst hungrig und durstig sein nach deiner Reise.«

Er nahm ihre Hand und führte sie zu seiner Küche. Interessiert blickte sie sich um.

»Natürlich hast du dir wieder eine eigene Küche in einem eigenen Reich erobert. Es sieht alles sehr neu und auch ein wenig fremd aus.«

»Das scheint nur so. Es ist wie immer nicht ganz einfach, sich als herrschaftlicher Koch zu behaupten; auch dies wurde mir nicht vor die Füße geworfen. Aber ich bin zufrieden und freue mich auf die Ankunft der Duchessina, um wieder ihre Lieblingsgerichte zu kochen.«

Er wies auf den einzigen Stuhl im Raum und Margot setzte sich, während er nach einem Becher griff und ihr verdünnten und im Bach gekühlten Wein einschenkte. Durstig nahm sie einen Schluck und strich sich eine Haarsträhne aus dem Gesicht.

»Es gibt so viel zu berichten, dass ich gar nicht weiß, wo ich anfangen soll. Zunächst einmal herzliche Grüße von der Signora und der jungen Braut, die sich ebenfalls sehr freuen, wenn du als Koch für sie tätig bist. Sie haben nach deiner Abreise die üppigen und fantasievollen Morgenmahlzeiten sehr vermisst. Vielleicht hat deshalb die Duchessina ein wenig abgenommen – es steht ihr allerdings sehr gut. Sie ist natürlich etwas nervös, aber das ist das Vorrecht junger Bräute.«

Abermals nahm sie einen Schluck und stellte dann den Becher zur Seite.

»Sie bitten dich, eine Küche einzurichten, die ihren Gewohnheiten entspricht. Man berichtet, dass die Küche in ihrer neuen Heimat manchmal noch ein wenig rückständig ist. Stimmt das?«

»Sie ist anders«, meinte Jakob vorsichtig. »Manches ist sogar besser als in Italien. Ich versuche, an alle Waren zu gelangen, die für eine herrschaftliche Küche erforderlich sind. Die einheimischen Produkte sind oft von ausgezeichneter Qualität. Ich glaube nicht, dass sie sich beschränken muss, zumal der König an allem Neuen sehr interessiert scheint. Früchte aus der Neuen Welt und aus dem fernen Asien sind nahezu unbekannt, doch mithilfe der königlichen Familie lässt sich dies ändern. Finden solche Speisen erst einmal den Weg auf eine solche Tafel, ist es bis zum normalen Gebrauch nicht mehr weit, das haben wir in Italien gesehen. Jeder, der über entsprechende Mittel verfügt, will essen, was der König schätzt.«

»Auf dem Weg zu dir habe ich den Markt gesehen«, meinte Margot missbilligend, »das Exotischste waren Orangen und Zitronen; ein wenig einfach für meinen Geschmack.«

Sie nahm seine Kammer in Augenschein. »Deine Unterkunft ist auch nicht angemessen für einen Küchenmeister. In Florenz haben wir angenehmer gelebt.«

Er grinste. »Wenn ich mich an unsere Ankunft in Italien erinnere, ist dies hier schon eine gewisse Verbesserung. Keine Sorge, wir bekommen wieder ein schönes Heim, doch dafür ist es noch zu früh. Der Hof befindet sich auf Reisen. Das ist eine Ausnahmelage.«

Er berichtete von der Gewohnheit des Königs, mit seinem gesamten Hofstaat im Lande umherzureisen, und über den Aufwand und das Gepränge dieser Reisen. Margot gab hin und wieder Laute des Erstaunens von sich, doch als er über die Kleidung der Damen sprach, unterbrach sie ihn.

»Du wirst staunen, wenn du die Duchessina siehst. Die Familie Medici hat keine Kosten gescheut, ihr eine prachtvolle Ausstattung mitzugeben. Sie wissen diese Einheirat in die oberste Familie des Landes zu würdigen und wollen, dass Caterina ebenbürtig auftritt.«

»Weiß man in Italien, dass diese Ehe von manchen als Mesalliance angesehen wird?«, fragte Jakob. »An allen Ecken wird sie als Krämerstocher beschimpft, die aus einer fragwürdigen Familie stammt. Sie kommt nicht in ein Land, das ihr freundlich gesonnen ist. Außerdem hat ihr zukünftiger Ehemann sein Herz an eine andere Frau verloren. Man sollte die Duchessina warnen.«

Margot nickte gedankenverloren. »Das entspricht den Informationen, die ich durch Briefe erhalten habe. Der Signora sind diese Umstände bekannt. Man weiß sogar noch mehr über die Herzensdame des Prinzen und auch über die Bedeutungslosigkeit einer ungeliebten Ehefrau, wie die des Königs. Königin Eleonore spielt praktisch keine Rolle, auch wenn sie mit allen Ehren behandelt wird. Caterina ist sich über ihre Lage im Klaren; sie ist trotz ihrer Jugend sehr reif. Alles hängt ab von der Unterstützung durch den König. Ihn muss sie für sich gewinnen, dann kann sie mit Glück und Geduld auch eine sichere Stellung am Hof erreichen.«

»Du bist wie immer sehr gut informiert«, erklärte Jakob beeindruckt.

Sie lächelte ihn an. »Das ist nicht schwer, wenn man Freundinnen an den entscheidenden Stellen hat. Du weißt, dass die Gräfin de la Brosse Hofdame der Königin ist?«

Jakob schüttelte verneinend den Kopf und wartete schweigend ab.

»Sie blieb zunächst mit ihrem Gatten im Norden, doch nachdem er schwer erkrankte, brachte sie ihn nach Paris, damit er bessere Pflege erhält. Seitdem ist sie im Dienst der Königin, die Bianca schätzt, auch wenn sie inzwischen sehr vorsichtig ist.«

»Was meinst du damit?«

»Nun ja«, Margot trank den letzten Schluck aus dem Becher, »Sieur de la Brosse ist mit der Herzogin d'Étampes weitläufig verwandt, und damit kann alles, was die Königin mit Bianca bespricht, auch zu ihrer Rivalin Anne de Pisseleu gelangen. Ich bin sicher, wir werden Bianca bald sehen. Die Königin wird ihr erlauben, sich zum Gefolge der Duchessina zu gesellen. Sie hat mir treu geschrieben und sich regelmäßig nach dir erkundigt.« Sie stand auf, strich ihr Kleid glatt und wechselte das Thema.

»Ich habe einige Truhen mit Kleidung mitgebracht, auch die restlichen Sachen von Kerim. Ich wusste nicht, ob es ausreichend befähigte Schneider gibt.«

Jakob lachte laut auf. »Du solltest Kerim kennen. Er findet auch noch in der tiefsten Provinz jemand, der ihn gut ausstattet. Die Damen am Hofe tragen alle sehr prächtige Kleidung, sie stehen den Italienerinnen nicht nach, auch wenn ihr Stil insgesamt schlichter wirkt, damit aber die Eleganz unterstreicht.«

Sie hob die Augenbrauen. »Eine bemerkenswerte Beschreibung für jemanden, der sich früher kaum für Mode interessierte. Ein junger Mann hat mir ein Zimmer zugewiesen, das ich mit zwei anderen Damen teile. Ich hoffe, das ist eine vorübergehende Notlösung. Ich ziehe es vor, alleine zu wohnen.«

Diese Sorge konnte er ihr vorläufig nicht nehmen.

Er berichtete kurz über die beengten Wohnverhältnisse auf Reisen und meinte abschließend: »Nach der Eheschließung will der König nach Paris zurückkehren, wo das junge Paar eine Wohnung im Louvre bezieht. In Paris werden wir mit Leichtigkeit ein angemessenes Haus finden, in dem Kerims Stil und Geschmack wieder zur Entfaltung kommen. Bis dahin müssen wir leider mit bescheidenen Bleiben leben.«

Er nahm ihre Hände und trat einen Schritt zurück, um sie genau zu betrachten.

»Wie hübsch du aussiehst, Margot. Sicher sind bei deiner Abreise einige Herzen gebrochen!«

Sie lächelte. »Ach, Unsinn! Ich hatte einige sehr interessante und nützliche Kontakte, aber es war auch nicht ungefährlich, sich zwischen mächtigen Interessen zu bewegen.«

»Hast du dich etwa in Gefahr gebracht?«

Sie zog ihre Hände zurück und hob die Handflächen in der typisch italienischen Art, die sie sich in Florenz ebenso angeeignet hatte wie die elegante Sprechweise der adligen Damen.

»In Gefahr ist man doch immer irgendwo. Denke an deine Entdeckung, mit der du dem Herzog in seine finanzielle Quere gekommen bist.«

Das Bild eines fröhlichen und verschmitzten Jungen schob sich in Jakobs Gedanken, und er nickte beklommen.

»Obwohl ich mich oft über den Jungen geärgert habe, fehlt er mir doch und ich bin sicher, Kerim schmerzt der Verlust auch noch sehr. Ich frage mich, ob es dieser vermaledeite Händler war oder der Herzog, der hinter dem Anschlag steckte.«

»Diese Frage kann ich dir beantworten. Es war der Herzog, der seine einträglichen Nebengeschäfte in Gefahr sah. Er hat mich vor meiner Abreise aufgesucht und mir ganz offen gedroht. Es war ein dummer Zufall, dass ausnahmsweise die gestreckten Vorräte in den Kellern des Palastes gelagert wurden, und wie das Schicksal es will, dass trotz aller Vorsichtsmaßnahmen jemand dies entdeckte. Der Herzog steht normalerweise nie im Blickfeld, dennoch ist es ganz klar sein eigenes Geschäft, um das es geht. Er sagte mir, Frankreich ist nicht aus der Welt, und er will nicht noch einmal ein teures Bravourstück finanzieren, weil du ihm in die Quere kommst. Nicht jeder Anschlag gelingt – aber irgendwann gelingt einer.«

»Vielleicht hat er es schon versucht, denn wir sind auf dem Weg nach Norden überfallen worden. Ohne Kerims Kampfgeist wäre es vielleicht übel ausgegangen. Du hättest ihn sehen sollen, er hat gestritten wie ein Ritter. Ich wusste gar nicht, wie erprobt er in der Kampfeskunst ist.«

»Kerim hat viele Talente, und er lässt sich nicht schnell aus der Fassung bringen. Als du täglich in der Küche des Palastes arbeitetest, übte Kerim daheim mit einem Fechtmeister. Ich habe damals schon gestaunt, wie gewandt er ist, und ihn danach gefragt. Es hat nicht nur Nachteile, wenn man in der Jugend nicht mit einem goldenen Löffel im Mund geboren wird. Wir haben alle drei unsere schwierige Vergangenheit, und sie hat uns gezeigt, dass Auseinandersetzungen nicht immer vermeidbar sind, allerdings auch, wann man sich besser zurückhält, weil man den Gegner nicht besiegen kann.«

»So wie den Herzog«, murmelte Jakob.

»Dieses Land ist jetzt unsere neue Heimat.«

Sie legte ihre Hand auf Jakobs Arm und meinte ernst: »In Italien kamen wir arm wie die Kirchenmäuse an und obendrein noch als Gefangene. Wir haben viel erreicht und viel gelernt. Lass uns vorsichtig mit diesen Erfahrungen umgehen, damit wir gut leben können und nicht wieder auf der Flucht sind.«

Er nickte ebenso ernst. Sie wandte sich zum Ausgang und verließ ihn, jedoch nicht ohne sich noch einmal umzudrehen und ihm von draußen ein Lächeln und einen Handkuss zuzuwerfen.

Jakob kehrte zu seinen Einkaufslisten zurück und fuhr sich mit der Hand durch die Haare. Selbst wenn alle Händler sich an die Termine hielten, würde die Zeit für seine Speisenfolge nicht reichen.

Er musste einmal mehr aus den Produkten, die er vorfand, das Beste machen und bedauerte zutiefst, Lorenzo nicht an seiner Seite zu haben.

Es galt nicht nur, neue Kontakte zu Händlern und Kaufleuten zu knüpfen, sondern auch in Erfahrung zu bringen, welche Speisen am Hofe vorzugsweise gegessen wurden und was als besondere Spezialität und Köstlichkeit galt. Dafür musste er unbedingt einen Zeremonienmeister finden, der ihm behilflich war, damit er sich bei der Hochzeit der Duchessina nicht blamierte. Ein Vorstoß mit diesem Ziele hatte ihm bereits das hochnäsige Lächeln eines anmaßenden Schnösels eingebracht, der Jakobs noch fehlerhaftes Französisch verbesserte und ihm vorschlug, erst einmal die Sprache zu lernen, bevor er sich an so etwas Delikates wie die königliche Küche wagte.

Jakob wusste, dass die Italiener keineswegs beliebt waren. Dennoch hatte er nicht mit so viel Widerstand gerechnet; schließlich sollte er nur die junge Braut bekochen und nicht in die Befehlsgewalt der königlichen Köche einbrechen.

An die königliche Küche kam er ohnehin in keinem Falle heran, denn man hatte ihm strikt untersagt, sich dieser auch nur zu nähern. Es gab strenge Wachen und Regeln, die den König schützten. Auf der Suche nach Informationen über die Speisegewohnheiten der königlichen Tafel lief er nur ins Leere. Er überlegte schon, ob er sich an seine Gönnerin, die Dame d'Angoulême wenden könne, als sich ihm eine völlig neue Möglichkeit bot.

Pino war in den letzten Wochen für ihn umtriebig gewesen und hatte alle seine Verbindungen bemüht, um Kaufleute auf Jakob aufmerksam zu machen, der sich für die besten und neuesten Köstlichkeiten aus der Neuen Welt und die Spezereien aus dem Orient interessierte.

Gelegentlich fanden Händler, deren Schiffe im Hafen lagen, nun den Weg zu ihm. Ihre Proben und Muster waren oft von minderer Qualität, schon halb verdorben oder hatten den Geschmack völlig verloren. Doch hin und wieder fand sich etwas Brauchbares, und an diesem Nachmittag kostete er eine kleine rotbraune, beinahe runde Frucht, deren fruchtige Süße ihn überraschte.

»Ich habe Euch nicht zu viel versprochen, diese Frucht ist schon an der Tafel des Kaisers ein Erfolg. Er kostete sie in Spanien und war sehr angetan. Leider ist mir nicht bekannt, ob man sie hierzulande anbauen kann, aber es würde sich sicherlich lohnen. Bis dahin bringen wir die blühenden Pflanzen aus der Neuen Welt mit und lassen sie unterwegs reifen. Es ist mühsam, und einmal gepflückt, sind sie schnell verdorben. Sie sind unseren Fragarias ähnlich, jedoch größer und haben einen fruchtigeren Geschmack.«

»Sie sind köstlich«, stimmte Jakob zu, »aber jetzt kann ich sie noch nicht gebrauchen. Die Hochzeit ist auf Oktober verschoben, und alles Verderbliche muss bis dahin warten. Ihr könnt mir aber später diese Pflanzen mit den Früchten an den Hof nach Paris liefern, dort kann ich sie jederzeit verwenden. Wenn sie für den Kaiser gut genug sind, wird auch der König sich dafür interessieren.«

»Wofür interessiert sich der König?«

Die tiefe Stimme eines Mannes hinter ihm ließ ihn herumfahren. Er hatte das Gesicht schon gesehen auf dem Hof in Avignon, als er aus der Dachluke den Damen nachgesehen hatte.

Auch diesmal war der Mann in Begleitung einer gut aussehenden Frau, deren Mieder so eng geschnürt war, dass sie unmöglich tief atmen konnte, was die Blässe ihrer Haut erklären mochte.

»Der König interessiert sich sicher für exotische Speisen, die ihren Weg schon auf die Tafel Kaiser Karls gefunden haben«, erklärte der Händler gewitzt. Wahrscheinlich war ihm die Tatsache bewusst, dass ein ständiger Machtkampf zwischen dem Hause Habsburg und Valois bestand.

»Nicht unbedingt«, meinte der Mann kühl. »Der König hat einen sehr verwöhnten und erlesenen Geschmack. Nicht alles, was anderen mundet, ist gut genug für ihn.«

Er griff nach einer der dunklen Früchte und kostete vorsichtig.

Dann sah er Jakob an. »Was haltet Ihr davon?«

»Man kann sie verwenden, wenn sie frisch und reif sind, aber ich suche nach den besten Möglichkeiten für die Hochzeit. Im Oktober haben wir genug Obst und Beeren, allerdings brauchen wir auch noch einige Besonderheiten, die dem Ereignis gebühren.«

Der Mann nickte nachdenklich. »Ihr kennt mich nicht, ich bin Küchenmeister des Königs und bereite die Nachspeisen und das süße Gebäck. Auch für die Hochzeit des Königssohnes werde ich verantwortlich sein. Ich habe allerdings schon von Euch gehört. Sehr unterschiedliche Dinge von Euch gehört, sollte ich hinzufügen.«

Er gab dem Händler einen verabschiedenden Wink, der sich nach einem fragenden Blick auf Jakob zurückzog. Es würde sich später noch eine Gelegenheit finden, mit ihm zu sprechen; er hatte die stumme Nachricht in den Augen Jakobs verstanden.

»Mein Name ist Jean de Baie und Ihr seid Jacques de Rhénanie, wie man mir sagte.«

Jakob unterdrückte ein Lachen, das aus der Kehle unbedingt aufsteigen wollte. Je nach Region wurde sein einfacher Name immer interessanter. Dennoch neigte er zustimmend den Kopf.

»Was berichtete man denn von mir?«, erkundigte er sich neugierig.

Natürlich wusste er inzwischen, dass es keinen Hof und kein Herrscherhaus ohne Klatsch gab. Margot behauptete zwar immer, dass es sogar gefährlich war, jedes Gerede zu ignorieren, aber er interessierte sich einfach nicht dafür.

»Man sagt Euch ein gewisses Talent nach, das Ihr als Leibkoch des Sultans und der Medici unter Beweis gestellt habt. Ich muss Euch jedoch sagen, dass so etwas an diesem Hofe gar nichts bedeutet. Der König schätzt die einheimische Küche zu sehr und vertraut nur seinen eigenen Leuten.«

Jetzt konnte Jakob das Lachen nicht mehr unterdrücken.

»Ich kann Euch beruhigen, Meister de Baie. Ich war keineswegs der Leibkoch des Sultans, auch er vertraut nämlich nur den eigenen Leuten, die seit Langem in seinem Dienst stehen. Ich bin Küchenmeister der Duchessina Caterina und als solcher keine Gefahr für Eure Küche, wie gut oder schlecht ich auch kochen mag.« Er gab dem anderen einen beinahe freundschaftlichen Rippenstoß.

»Ich bin sicher, Eure Süßspeisen scheuen keinen Wettstreit, aber wenn Ihr wollt, zeige ich Euch gerne, welch feine Kuchen und Leckereien ein Sultan im Orient schätzt. Ich bin viel unerfahrener als Ihr und kann von Euch nur lernen.«

»Es ehrt Euch, diese Dinge geradezustellen und Euch nicht mit einem Titel zu schmücken, der gar nicht nachzuprüfen wäre. Ich habe mir von der Urkunde berichten lassen, die in türkischer Sprache abgefasst ist. Niemand würde sich die Mühe machen, sie zu überprüfen oder gar zu übersetzen, wenn man nicht gerade für seine Majestät selbst kochen wollte. Von solchen Dingen lasse ich mich nicht beeindrucken. Wir werden sehen, was Ihr könnt, Meister de Rhénanie, wenn Ihr für den Haushalt des Prinzen kocht.«

Jakob deutete eine kleine Verbeugung an und sah hinter dem Küchenmeister her, der sich Richtung Palast entfernte. Dies war also die Vorhut der Köche im Palast, die ihm auf den Zahn fühlen wollten.

Er hatte nicht vor, sich mit ihnen anzulegen, sie hatten alle Trümpfe in der Hand. Er war immer noch ein Anfänger im Vergleich zu ihnen, und von der französischen Hofküche hatte er in jedem Falle zu wenig Kenntnis.

In seiner Küche wartete jedoch noch eine viel größere Überraschung auf ihn.

Die Dame trug ein mattgrün glänzendes Kleid, dessen Pracht sich in diesen Räumen seltsam fehl ausnahm. Sie drehte ihm den Rücken zu und spähte aus dem kleinen Fenster zum Wirtschaftshof hinaus. Er wollte soeben eine Frage stellen, als sie sich umwandte und es ihm die Sprache verschlug.

Er hatte damit gerechnet, Bianca über kurz oder lang zu sehen, schließlich würde sie spätestens bei der Ankunft Caterinas dabei sein, doch sie nun schon in seiner Küche anzutreffen, brachte ihn völlig aus der Fassung.

Sie schien weit gelassener als er. »Willkommen in Frankreich, Jacques. Welche Freude, dich wiederzusehen.«

Sie sprach Französisch mit jenem weichen Tonfall, der allen Italienern eigen war, jedoch auch schon in ihrer Muttersprache besonders melodisch klang.

Er räusperte sich und fing sich mit etwas Mühe. »Danke, Bianca. Ich freue mich auch, dich zu sehen.«

Er merkte selbst, wie steif das klang, und fügte etwas leichter hinzu: »Es hätte mich nicht überraschen sollen zu sehen, dass du noch viel schöner bist, als ich dich in Erinnerung hatte. Dir plötzlich gegenüber zu stehen, nachdem wir uns so –«, er suchte nach Worten, »so formlos voneinander trennten, ist trotzdem verwirrend für mich.«

Sie trat einen Schritt auf ihn zu und legte ihre Hand an seine Wange, sie fühlte sich warm an, und er wäre beinahe zurückgezuckt, als habe er Angst, sich an ihr zu verbrennen.

»Das war dumm von uns beiden, doch was geschehen ist, ist nicht zu ändern. Ich bin nun eine verheiratete Frau und du bist Küchenmeister der Duchessina. Du hast dein Ziel erreicht.«

Er fasste ihr Handgelenk härter als beabsichtig.

»Erreicht, was ich wollte? Wovon redest du Bianca? Du weißt, was ich wollte, und Küchenmeister zu werden war keineswegs mein einziges Ziel. Ich habe eine unglaubliche Dummheit begangen, als ich stolz und eigensinnig aus eurem Hause abgereist bin und mich nicht mehr gemeldet habe. Allerdings dachte ich auch nicht, dass du sofort den nächstbesten Mann ehelichen würdest.«

Aufgebracht entzog sie ihm die Hand. »Den nächstbesten Mann? Du weißt nicht, was du sagst. Du bist immer noch so ungestüm und gedankenlos wie früher. Ich konnte meinen Vater nicht ewig vertrösten und habe ihm gehorcht. Mein Mann ist ein guter und ehrbarer Chevalier. Ich erlaube dir nicht, in diesem Ton von ihm zu sprechen. Du wirst ihn kennenlernen und ebenso schätzen wie ich.«

»Sicher«, meinte Jakob sarkastisch.

Sie wandte sich um und sah wieder zum Fenster hinaus, jedoch nicht schnell genug, als dass Jakob den feuchten Glanz in ihren Augen nicht bemerkt hätte.

Er hätte sich ohrfeigen können; plötzlich erfüllte ihn Schmerz und tiefes Bedauern. Er wusste gar nichts von ihr. Vielleicht lebte sie in einer unglücklichen Ehe, auf die ihr Vater bestanden hatte.

»Es tut mir leid, Bianca«, meinte er leise. Er wagte nicht mehr, sie zu berühren, doch alles in ihm drängte zu ihr. Er hatte sie nie vergessen, doch sie nun zu sehen, diesen verführerischen Schwung der vollen Lippen, die dunklen Augen und ihre Haut, die er so gerne berührte … Sein Wunsch, sie in die Arme zu nehmen und zu küssen war kaum zu bezwingen, doch er schloss kurz die Augen und beherrschte sich. Ihr Vorwurf, er sei zu ungestüm und gedankenlos, traf ihn umso tiefer, da er sich die gleichen Vorwürfe schon zu oft selbst gemacht hatte.

Sie drehte sich zu ihm und auch sie hatte sich wieder in der Gewalt.

»Wir werden uns oft begegnen, das Gefolge des zweiten Königssohnes und seiner Gemahlin ist nicht groß. Ich möchte dir nicht jedes Mal Schmerz zufügen und mich selbst schwach und schuldig fühlen. Wir müssen lernen, mit den Gegebenheiten zu leben.«

Er konnte sie zunächst nur anblicken, riss sich dann aber zusammen und bat: »Bitte setz dich und berichte mir, was nach meiner unsinnigen Abreise geschehen ist. Wie ist es dir ergangen?«

Sie wehrte den einzigen bequemen Schemel als Sitzgelegenheit ab und blieb am Fenster stehen.

»Es gibt nicht viel zu berichten. Nachdem mir die Dienstboten berichtet hatten, dass du im Hause warst und offenbar das Gespräch mit meinem Vater gehört hattest, war mir klar, dass du die Lage missverstanden hast. Es hat mich natürlich gekränkt, dir nichts erklären zu können, aber das spielte dann keine Rolle mehr. Der Antrag des Fürsten um meine Hand war sehr schmeichelhaft für meine Familie und eine Möglichkeit, in der Gesellschaft einen besonders angesehenen Platz zu finden. Ich bin weder unglücklich noch unzufrieden, falls du dies befürchtest. Mein Mann ist gut zu mir und erfüllt mir alle Wünsche. Seit ich der Königin diene, lebe ich am Hofe, meist in Paris. Es ist ein interessantes Leben, um das mich viele beneiden.«

Er wusste nicht, ob er dies alles hören wollte. »Es freut mich, dass es dir so gut geht.«

Wieder kehrte die steife Abwehr in seine Stimme zurück. Sie warf ihm einen schnellen Blick zu.

Er wollte nicht mit ihr streiten, auch wenn Bitterkeit und Kummer um den Verlust ihrer Liebe ihn noch so schmerzten. Es schien eine Wunde zu sein, die schwer heilte.

»Verzeih mir, Bianca, du hast das Recht auf ein glückliches Leben in Sicherheit. Ich hätte dir diese Vorteile nicht bieten können. Manchmal ist das Schicksal eben klüger als wir selbst.«

Sie verzog den Mund und über ihrer Nasenwurzel erschien eine Falte.

»Du nimmst mir diese Ehe übel, ich kenne dich zu gut. Bitte bedenke, dass ich auch meiner Familie gerecht werden möchte und nicht auf einen Mann warten konnte, der sich nicht mehr blicken ließ.«

»Du hältst mir mein Verhalten dafür immer noch vor. Bitte bedenke – ich konnte deine Worte kaum anders interpretieren, als dass du ein Spiel mit mir spielst. Ich kannte dich anscheinend nicht gut genug.«

Jetzt lächelte sie. »Du bist viel gewandter geworden und ein erwachsener Mann, nicht mehr der ungeschickte Junge aus Genua. Ach Jakob, wir wären gewiss glücklich geworden, aber es sollte nicht sein. Lass uns nicht streiten, ich habe dich viel zu gern.«

Früher nannte sie ihn nur in intimen Augenblicken bei seinem Geburtsnamen, und dies erinnerte ihn nur noch mehr an das, was er verloren hatte. Er wollte ihre Freundschaft ebenfalls nicht aufs Spiel setzen.

In diesem Augenblick traten zwei Männer in die Küche und enthoben ihn einer Antwort. Der jüngere der beiden schleppte einige kleinere Säcke, die er polternd auf den Boden fallen ließ.

»Pierre Lachaine mein Name, Ihr seid Meister Jacques?«, erkundigte sich der Ältere. Es war mehr eine Feststellung als eine Frage.

Er warf einen Blick auf Bianca, die ihn stumm betrachtete.

»Ich will die Herrschaften nicht stören, komme aber mit einer Nachricht aus dem Kontor der Scalia aus Genua. Signore Pino schickt mich mit Gewürzproben, die eigentlich für jemand anderen bestimmt waren, aber er zahlt einen weit höheren Preis, und so habe ich mich bereit erklärt, Euch zu beliefern. Seht Euch die Ware an und bestätigt mir den Erhalt, unser Schiff liegt im Hafen und wartet nicht.«

Jakob hatte beinahe vergessen, dass die Sprache eines Seemannes keineswegs klang wie der charmante Plauderton, den er inzwischen am Hofe gewohnt war. Bedauernd sah er Bianca an und hob in einer Geste der Hilflosigkeit die Hände.

»Es tut mir leid, ich bekomme Arbeit.«

Es war ihm ganz recht, dass das gefühlvolle Gespräch ein etwas profanes Ende nahm.

Sie neigte anmutig den Kopf und meinte halblaut zu ihm: »Wir sollten bei passender Gelegenheit über das Menü sprechen, welches die Duchessina für ihre Gäste nach der Eheschließung gibt. Dies war der eigentliche Grund meines Besuches. Du findest mich in den Räumen der Hofdamen, ich muss seiner Heiligkeit Bericht erstatten. Wir haben Anweisung, ein beeindruckendes Mahl zu gestalten, und er wünscht über alles informiert zu werden.«

»Ich werde kommen.«

Die beiden Seeleute starrten ihr nach. »Sind die Frauen alle so schön am Hofe? Dann möchte ich auch Monarch sein«, polterte der ältere Seemann feixend. »Man sagt, er lässt nichts aus.«

Jakob ging nicht auf seine Worte ein und ließ sich die Liste der Waren geben, überprüfte die Lieferung und meinte schließlich, während er nach seiner Feder griff, um die Korrektheit zu beglaubigen: »Dies ist tatsächlich ungewöhnlich gute Qualität. Handelt Ihr selbst damit oder verschifft Ihr die Waren nur?«

»Ich habe keine Ahnung von Gewürzen und fremdartigen Früchten«, bekannte Lachaine, »ich handele im Auftrag der Kaufleute in den Kontoren. Sie mieten mein Schiff, wenn sie keine oder nicht ausreichend eigene haben. Meine Ladung sind Gewürze, die ich aus den portugiesischen Häfen nach Genua, Florenz und im Sommer auch nach Antwerpen bringe.«

»Ich brauche zuverlässige Lieferungen nach Paris«, erklärte Jakob, während er Sand über die noch feuchte Unterschrift streute.

»Dazu suche ich allerbeste Qualität wie diese, die man regelmäßig in den Palast des Königs liefert.«

Lachaine kratzte sich am Bart. »Paris beliefern nur wenige Händler aus den großen Häfen direkt. Das wird schwierig.«

»Vielleicht fällt Euch jemand ein, der mir behilflich ist. Für den Palast des Königs könnte sich der Handel lohnen.«

Er schrieb ihm noch die Vergütungen für einige gängige Gewürze auf, die er bereit war zu zahlen, und wusste, dass er damit über den üblichen Preisen lag. Daneben notierte er sein Interesse für besondere Früchte aus der Neuen Welt, die er aus Florenz kannte.

Lachaine tippte sich zum Abschied an sein Barett und meinte:

»Vielleicht lässt sich etwas machen und wir laufen auf dem Weg nach Antwerpen zunächst Le Havre an. Mit meinem Schiff komme ich den Fluss nicht hoch, aber ich kenne Schiffer, die die Waren die Seine hinauf befördern, und ich habe Freunde im Norden.«

Sicher, dachte Jakob und grüßte ebenso freundlich zurück. Wenn der Preis stimmte, ließ sich für einen Kaufmann immer etwas machen.

Er trat in den Hof hinaus und atmete tief die spätsommerliche Luft ein. In den alten Kastanienbäumen reiften die Früchte; eine Wildtaube gurrte leise über ihm.

Aus einem plötzlichen Impuls heraus ging er zu den Ställen, sattelte sein Pferd und ritt über die staubigen Wege hügelaufwärts, bis er zu einem Pinienhain gelangte. Der schwere Duft des warmen Waldbodens erinnerte ihn an die Kindheit, wo er im Sommer auf der Suche nach Honig und wilden Beeren durch die Wälder gestreift war.

Die Freiheit, seine Arbeit zu verlassen und nach Lust und Laune auf ein Pferd zu steigen, war auch jetzt noch nicht selbstverständlich für ihn. Als er eine Lichtung erreichte, sah er die Stadt unter sich liegen und hörte selbst bis in die Stille des Waldes noch das Hämmern der Handwerker, die die letzten Arbeiten am Palast fertigstellten.

Sie waren ganz im Zeitplan, wie der Baumeister seinem Freund Gérard versicherte, der der Ankunft der ersten Wagen und Mitglieder des Hofstaates inzwischen etwas gelassener entgegensah. Auch wenn ihm für einige Hundert Menschen eine Unterkunft fehlte, wie er mit Galgenhumor verkündete.

Er überdachte die unerwartete Begegnung mit Bianca. Warum konnte er sich nicht an den Gedanken gewöhnen, sie verloren zu haben, und sich damit abfinden? Andere mussten dies ebenfalls – wer durfte schon die Frau seines Herzens ehelichen. Nicht einmal dem König war dies vergönnt. Dennoch hatte er immer das Gefühl, Bianca war seine Frau, sie gehörte ihm und gehörte zu ihm. Was immer ihre Lippen sagten, er konnte nicht glauben, dass sie anders empfand als er. Er sah die fein geschwungene Linie ihrer Wange bis zum Kinn vor sich, die langen Wimpern und die üppigen, feuchten Lippen. Es hatte sich so richtig angefühlt, sie in seinen Armen zu halten.

Fest drückte er die Fersen in die Flanken des Pferdes, das einen erschrockenen Satz nach vorn machte. In wildem Galopp jagte er den Weg zurück und kam verschwitzt und außer Atem zurück zum Palast.

In dieser Nacht schlief er tief und traumlos, und am nächsten Morgen war er fest entschlossen, sich mit aller Hingabe seiner Arbeit zuzuwenden und den Kontakt mit Bianca auf wenige notwendige Treffen zu beschränken.

Die Gewürzproben des Seemannes reichten nicht für das üppige Hochzeitsmahl der Duchessina, er musste sich, wie schon befürchtet, mit den vorhandenen Mitteln behelfen. Während in den letzten Septembertagen nach und nach die schon bekannten Karren und Wagen mit Gerätschaften und Gästen eintrafen und es wieder enger wurde in den Gängen des Palastes, suchte Jakob die örtlichen Händler auf und bestellte Fisch und Gemüse, Obst, Mehl, Honig und all jene unzähligen Dinge, die in seiner Küche unentbehrlich waren.

Darüber hinaus stellte er zwei Dutzend Küchenhilfen und vier weitere Köche ein, die ihm während der Feierlichkeiten zur Hand gehen sollten und die er mit seiner Arbeitsweise vertraut machte. Er arbeitete vom Morgengrauen bis zum Schwinden des Tageslichtes, entließ wieder einige Leute, die ihm nicht geeignet erschienen, und ließ sich von Margot genau berichten, was sie in den letzten Monaten bei den Festlichkeiten auf der Tafel gesehen und gekostet hatte.

Auch die Speisenfolge hatte er mithilfe eines jungen Koches aus der Stadt zufriedenstellend erarbeitet. Jeannot, wie er nur genannt wurde, war ein gewitzter, flinker Bursche. Er redete ununterbrochen, unterbrach dabei jedoch seine Arbeit nicht und brachte mit seinen Späßen alle zum Lachen.

Jakob wusste, dass auch diese Küche keine dauerhafte Bleibe sein würde, aber von einer Anzahl neu erworbener Küchengeräte wollte er sich nicht trennen. Außer Jeannot bewährte sich außerdem mancher, den er gerne nach Paris mitgenommen hätte, doch nur wenige erklärten sich dazu bereit, den warmen Süden und die Familie mit der Fremde einzutauschen.

Sie waren schnell, geschickt und gut gelaunt bei der Arbeit. Gérard half ihm, einen Karren zu finden, mit dem er sich der königlichen Karawane bei der Rückreise anschließen konnte. Die Kosten musste er selbst tragen, da im Louvre schon ein eingerichtetes Apartment für den Königssohn und seine Frau vorhanden war, mit Kammern für die Dienstboten, einer Küche und erforderlichen Anbauten, sodass die zusätzliche Ausstattung von Jakob selbst erworben werden musste.

Dies fraß seine bisher erworbene Entlohnung fast vollständig auf, aber da er selbst nur wenige Ansprüche hatte, war es ihm gleichgültig. Er wollte kochen, und noch mehr als das: Er wollte das Besondere schaffen, was immer kostspieliger war als das Gewohnte.

Zurück in seiner Kammer erwartete ihn Margot. Es ging um die Speisenfolge für das Dinner der Duchessina, doch so einfach wie Jakob sich diese Festlegung vorstellte, war es am Hof des Königs nicht.

»Es gibt feste Strukturen und Hierarchien, die du beachten musst«, klärte sie ihn auf. »Die Speisenfolge muss mit denen der anderen Köche abgestimmt sein, damit es niemals das gleiche Gericht an aufeinanderfolgenden Tagen gibt und ausreichend Abwechslung geboten wird. Normalerweise ist dafür eine Unterredung der Köche erforderlich, die für unterschiedliche Gänge und Gerichte zuständig sind. Da es sich diesmal nur um ein kleines Festmahl für siebzig Personen handelt und die Duchessina einlädt, hast du die Möglichkeit, das gesamte Mahl zu gestalten, doch nicht ohne Rücksprache mit dem königlichen Küchenmeister.«

Jakob verdrehte die Augen. »Ich kenne den Mann nicht einmal und schlimmer noch, er kennt mich nicht.«

»Dann wird es Zeit, dich vorzustellen. Ich bringe dich zu ihm.« Energisch schob Margot ihn zur Tür hinaus, entlang des Seitenflügels des Palastes und einiger Eingänge, bis sie schließlich durch eine Tür trat. Stufen führten hinauf in ein Vorzimmer, dessen goldgelbe Tapeten mit einem Wappen verziert waren.

Der oberste Küchenmeister war ein hoher Posten am Hofe des Königs und für viele Bereiche des täglichen Lebens verantwortlich.

Ein Sekretär empfing die beiden und führte sie nach einer kurzen Unterredung mit Margot zu Claude d'Ailly. Der Mann war mittleren Alters und trotz seiner hohen Stellung eher nachlässig gekleidet. Er las in einer Schriftrolle und winkte ihnen zu, kurz Platz zu nehmen, ohne dass er seine Lektüre unterbrach.

In diesem Teil des Palastes war Jakob noch nicht gewesen. Er war gut, jedoch nicht übertrieben ausgestattet; mancher Palast der Florentiner Händler übertraf ihn an Aufwand, dachte er.

Claude d'Ailly ließ sein Schreiben sinken und sagte herzlich: »Meine Freundin, welche Freude, Euch zu sehen.«

Er umarmte Margot und nahm dann Jakob in Augenschein.

»Ihr seid der junge Koch der Braut, der schon die Welt bereiste und recht eigenwillige Vorstellungen über die Ausrichtung eines Festmahles hat. Seid willkommen am Hofe.«

Er deutete eine Verbeugung an und auch Jakob verbeugte sich. Die höfischen Gewohnheiten waren ihm in den letzten Wochen vertrauter geworden, man legte großen Wert auf ausgesuchte Höflichkeit und tadelloses Verhalten im Umgang.

Der König schätzte nicht nur erlesene Schönheit, sondern auch Charme und Freundlichkeit. Laute Streitigkeiten waren undenkbar, was allerdings nicht bedeutete, dass man sich stets mochte oder sich immer freundlich gesonnen war. Offensichtlich wurden Feindseligkeiten indessen nie.

Monsieur d'Ailly kam gleich zur Sache. »Der König wünscht ein gutes, jedoch kein prunkvolles Mahl. Es ist nicht der Thronfolger, der heiratet, und seine Braut ist nicht aus dem Hochadel; dem soll die Einladung entsprechen. Also keine langen Tafeln mit Szenen aus Gelee oder herumfliegenden Vögeln, sondern gute Küche mit Wild und Fischen aus dem Meer, da wir schon einmal hier sind.«

Er verzog die Mundwinkel zu einem Lächeln, als er Jakobs überraschtes Gesicht sah.

»Wir wissen, wen wir in unser Haus holen«, meinte er nachsichtig.

»Drei bewährte Vorkoster werden Euch zur Seite gegeben, noch vor dem guten Geschmack steht selbstverständlich die Sicherheit. Die Kosten trägt in diesem Falle der Schatzmeister des Königs. Ich erhalte eine Abschrift und erwarte Euren Vorschlag für die Speisen bis morgen früh.«

Eine kurze Verbeugung zu Jakob und damit waren sie entlassen. Galant deutete er einen Wangenkuss bei Margot an. Ein Page öffnete schon die Tür, als der Küchenmeister ihn noch einmal zurückrief.

»Jacques de Rhénanie, bei Gelegenheit werdet Ihr mir Eure Vorstellungen über eine ganz besondere Tafel darlegen. Der König liebt originelle Überraschungen.«

»Er mag dich«, erklärte Margot, als sie wieder ins Freie traten. »Ich kenne ihn auch ganz anders. Wenn ihm etwas nicht passt, ist nicht mit ihm zu spaßen.«

Jakob teilte ihren Eindruck. Claude d'Ailly trug eine große Verantwortung. Es war nicht einfach, so viele Menschen durch das Land zu bewegen, die Sicherheit des Königs zu gewährleisten und die zahlreichen Ansprüche der adligen Gesellschaft zu befriedigen, ohne dass diese reisende Stadt aus den Fugen geriet.

Mit Feuereifer machte er sich an die abschließende Planung für die Einladung der Duchessina.

Am späten Vormittag des nächsten Tages war es dann soweit, die ersten Boten des königlichen Zuges erreichten den Fürstenpalast. Gleich nach dem Aufstehen brachte Jakob dem Sekretär des Küchenmeisters seine Speisepläne und gesellte sich zu den gespannt Wartenden.

Es war schon beinahe Mittag, als der Boden unter den Füßen zu vibrieren schien. Einige hundert Männer, bewaffnet mit Lanzen und Hellebarden, bildeten die Vorhut und marschierten im Gleichschritt an ihnen vorbei zum Palasttor, wo ein lauter Befehl sie zum Halten brachte. Ihnen folgten Bogenschützen und Reiter, die Trompeter, die angesichts des Palastes, der Bewohner und neugierigen Gaffer ihre Instrumente ansetzten und eine Fanfare bliesen.

Hinter ihm reckten die Schaulustigen ihre Hälse und Jakob trat zur Seite, um anderen Sicht auf das Schauspiel zu gewähren, da er selbst durch seinen höheren Wuchs besser sah.

Die Fahnenträger mit den königlichen Insignien marschierten an ihnen vorbei.

»Das ist das Zeichen des Salamanders«, erklärte ein Mann neben ihm. »Der König hat ihn gewählt, weil er ein Feuertier ist, er ernährt sich vom guten Feuer und vernichtet das schlechte.«

Fahnenträger mit den Emblemen der Valois schritten vorbei, und nach einer erneuten Fanfare ritt der Herrscher auf einem eleganten weißen Zelter vorbei, der mit rotem und vergoldetem Zaumzeug geschmückt war. Seine Leibgarde bildete ein schützendes Karree um ihn und die Reiter sahen aufmerksam um sich und behielten die Menge im Auge. Mit der ihm eigenen Freundlichkeit grüßte er nach allen Seiten, was die Menge zu Jubelrufen hinriss.

Mochte man auch die Eigenständigkeit der Provence an die französischen Könige verloren haben, so trug man es diesem Herrscher kaum nach. Er war allseits beliebt und man sagte ihm nach, dass er in den Jahren seiner Herrschaft beinahe jedem Franzosen schon einmal die Hand gedrückt hatte.

Durch seine unermüdlichen Reisen und sein liebenswürdiges Wesen gewann er leicht die Herzen. Nachdem der König vorüber war, folgte die Sänfte der Schwester des Königs, Marguerite d'Angoulême. Im Gefolge erblickte Jakob zum ersten Mal die beiden Königssöhne François und Henri, den zukünftigen Ehemann der Duchessina, der finster und desinteressiert vor sich starrte.

Kein besonders ansehnlicher junger Mann, dachte Jakob, während sein älterer Bruder den Charme seines Vaters eher geerbt haben mochte. In ihrem Gefolge fiel ihm eine ernst blickende Dame ins Auge, die bildschön anzusehen war und deren schwarz glänzendes Kleid mit weißen Bändern geschmückt war.

Erneut brach die Menge in Jubelrufe aus, als man die schöne und sportliche Anne de Pisseleu erblickte, ebenfalls auf einem Zelter in Damensitz reitend. Charmant nach allen Seiten grüßend war sie ein glanzvoller Anblick. Den Damen folgte jeweils ihr Hofstaat mit ihren Kindern. Nachdem auch noch Kanzler, Konnetabel und die hohe Geistlichkeit vorbei waren, bildete eine letzte Abteilung seiner Garde den Abschluss des beeindruckenden königlichen Zuges. Immer wieder gab es Prächtiges und Ungewöhnliches zu bestaunen, und als der letzte Mann seitlich des Palastes in Richtung der von Gérard zusätzlich errichteten Zeltstadt verschwunden war, erwachten alle wie aus einem Traum.

Hinter sich hörte er eine helle Stimme: »Hast du das elegante Reitkleid von Madame de Pisseleu gesehen? Wo findet man nur Stoff mit solch feinem Glanz?«

»Es ist chinesische Seide«, antwortete Jakob. Er drehte sich um und stand Bianca und einer weiteren Dame gegenüber. Während Bianca diesen Stoff natürlich kannte, sah ihre Freundin ihn mit bewundernden Augen an. Die Menge um sie herum verlor sich keineswegs, ja es schien immer noch enger zu werden, da dem königlichen Zug zahlreiche Händler, Handwerker, Liebesdienerinnen, Gaukler und Pastetenverkäufer folgten.

»Ich möchte Euch gerne zu einem Glas Wein in meine Kammer einladen«, schlug die Freundin vor. »Es wird eng und stickig in der Wärme. Bevor auch noch alle Treppen vollgestellt sind, lasst uns besser die Flucht ergreifen.«

Sie fasste nach seiner Hand und zog ihn hinter sich zum Palast. Im Gewühl der Menschen drehte sie sich zu ihm um.

»Man hat mir schon von Euch berichtet, Meister Jacques. Es ist immer aufregend, wenn ein Fremder an den Hof kommt, ansonsten sieht man immer die gleichen Gesichter. Ich bin Madeleine de Béthune.«

Jakob suchte einen Blick auf Bianca zu werfen, doch diese ging mit ausdruckslosem Gesicht neben ihrer Freundin. Sie erreichten den Palasthof, nachdem sie den Wachen ihren Passierbrief vorgezeigt hatten. Niemand betrat den Hof ohne eine vom Haushofmeister persönlich unterzeichnete Bewilligung.

Im Gedränge des Tores erhaschte er einen Blick auf einen jungen Mann, der ihn erstaunt fixierte. Sein Gesicht kam ihm bekannt vor, doch dann schoben sich andere zwischen sie, und Jakob verlor ihn aus den Augen.

Madeleine wohnte in einem winzigen Apartment in einem Nebenflügel des Palastes neben Bianca und Margot. Die Frauen hatten sich in Avignon angefreundet und es geschafft, eine recht passable Unterkunft in Marseille zu beschaffen.

Dies war keine Selbstverständlichkeit, da nur Madeleine Hofdame der Schwester des Königs war, hingegen Bianca und Margot zum Gefolge der Braut zählten, deren Bedeutsamkeit als gering angesehen wurde.

Kaum hatten sie auf einer weich gepolsterten Bank Platz genommen und den Becher mit verdünntem Wein zum Munde geführt, als ein Page erschien, der nach Madeleine fragte.

Die Dame d'Angoulême verlangte nach ihr, um sich in ihren Räumen einzurichten. Madeleine entschuldigte sich bei Jakob und nahm ihm das Versprechen ab, mit ihr einen Spaziergang durch die Stadt zu unternehmen, sobald sie sich ihrer Pflichten entledigt habe.

Allein mit Margot und Bianca war ihm nicht ganz wohl in seiner Haut. Er lobte die Ausstattung des Raumes und gratulierte den beiden zu ihrer Wohnung im Palast.

»Ich weiß, wie schwer es ist, eine angemessene Unterkunft zu finden, wenn man mit dem Hof reist.«

Bianca meinte: »Wir haben unsere Räume nicht nur erhalten, damit Madeleine schnell der Schwester des Königs zur Hand gehen kann, sondern auch, weil nebenan die Räumlichkeiten für die Duchessina liegen. In diesem Nebenflügel ist gewöhnlich die obere Dienerschaft des Fürsten untergebracht, die während der Feierlichkeiten anderweitig wohnen müssen.«

»Monsieur de Bastide ist recht findig, wenn es darum geht, Raum zu schaffen für einige tausend Leute, selbst wenn nur Platz für die Hälfte ist.«

Margot und Bianca lächelten sich komplizenhaft an. Sie hatten sich in Florenz schon gut verstanden und waren offenbar glücklich, sich in der Fremde wiedergefunden zu haben.

Jakob trank seinen Wein aus und stellte den Becher auf den Tisch.

»Steht nun endgültig ein Hochzeitstermin fest? Es hieß, im Sommer solle die Vermählung stattfinden, und nun ist es schon Ende September. Ich habe gehört, dass in Königshäusern die Hochzeiten oft in letzter Minute abgesagt werden, da man sich nicht einigen kann.«

»Nur keine Ungeduld«, mahnte Margot. »Die Duchessina hat bereits mit einem Schiff Porto Venere verlassen und ist auf dem Weg, ebenso der Heilige Vater. Sie wird in einer Woche erwartet und bringt noch weitere Bedienstete und Künstler mit, damit sie sich anfangs weniger alleine fühlt. Sie spricht ganz gut Französisch, aber sie wird froh sein, vertraute Gesichter um sich zu haben.«

Bianca hatte sich bisher mit keinem Wort an dem Gespräch beteiligt. Sie war schöner als jede andere Frau am Hofe, dachte Jakob.

Als habe sie seine Gedanken gehört, stand sie auf und verabschiedete sich. »Es ist vor der Ankunft des Schiffes noch einiges zu erledigen. Entschuldigt mich, wir sehen uns sicher später.«

Margot und Jakob sahen hinter ihr her, wie sie mit rauschendem Rock das Zimmer verließ.

»Du trauerst ihr noch immer nach«, stellte Margot fest.

»Ist das so offensichtlich?«

»Keine Sorge, du verbirgst deine Gefühle gut, aber ich kenne dich eben besser.«

»Du hast mit ihr korrespondiert – was ist mit ihrem Ehemann? Keiner hat ihn bisher zu Gesicht bekommen.«

»Er blieb nach ihrer Abreise in Paris und kehrte auf die Güter im Norden zurück. Er reist sehr ungern mit dem

Hof, Bianca übrigens auch, aber wenn der König jemanden verpflichtet, gibt es keine Ausrede.«

»Was hat der König damit zu tun, ob sie am Hofe ist?«

Margot lachte. »Es war natürlich seine Entscheidung. Bianca ist eine besonders schöne Frau; sie fiel ihm auf und er bat sie, den Hof zu begleiten. Eine solche Bitte kann man nicht abschlagen.«

»Man kann sich sicher eine gute Erklärung zurechtlegen, zum Beispiel die Krankheit des Ehemannes.«

»Das haben schon andere erfolglos versucht. Françoise de Foix zum Beispiel, seine ehemalige Geliebte. Ihr Mann hat wochenlang versucht, sie mit allen Kniffen vom Hofe fernzuhalten. Es hat nichts genutzt.«

»Willst du damit sagen, dass der König sich für sie interessiert?«, fragte Jakob alarmiert, doch Margot winkte ab.

»Er hat im Augenblick ganz andere Sorgen, außerdem ist er sehr verliebt in Anne de Pisseleu, die ihn beschäftigt. Und er hat Ärger mit seinem Sohn, der der Heirat mit aufreizender Gleichgültigkeit entgegensieht. Ich war dabei, als er ihn vor allen zurechtwies. Sein Herz gehört nun einmal Diane de Poitiers. Man sagt, er sei schon als Kind in sie verliebt gewesen. Obwohl sie fast zwanzig Jahre älter ist als er, betet er sie an. Er trägt immer ihre Farben, schwarz und weiß. Ein wenig einseitig in meinen Augen, aber die Liebe setzt vieles außer Kraft, notfalls auch den guten Geschmack.«

Jakob erinnerte sich an die vornehme Reiterin.

»Meine Güte, zwanzig Jahre älter«, erwiderte er, »dann hat Caterina doch gute Aussicht auf Erfolg. Schließlich ist es abzusehen, bis sich seine Leidenschaft bei einer so viel älteren Frau abkühlt.«

Sein Interesse galt jedoch weniger den Umständen der königlichen Hochzeit, sondern vielmehr Biancas Ehe.

»Erzähl mir mehr über den Ehemann von Bianca. Wie sieht er aus und ist er ernsthaft krank?«

»Falls du darauf hoffst, dass er vor lauter Gebrechlichkeit bald dahinsiecht, muss ich dich enttäuschen. Er hatte eine schwere Grippe im letzten Winter, und sie wollte nicht besser werden. In Paris allerdings fühlte er sich viel wohler und war bald wieder in der Lage, zu seinen Besitzungen zu reiten. Er sieht nach den Beschreibungen gut aus, ist einige Jahre älter als Bianca und möchte unbedingt einen Erben, damit der Besitz nicht an seinen verhassten Verwandten fällt.«

»Eine Trennung ist natürlich nicht besonders hilfreich für solche Pläne«, entgegnete Jakob.

Er konnte einen spöttischen Ton nicht ganz unterdrücken. Margot warf ihm einen tadelnden Blick zu.

»Den Berichten nach zu urteilen, muss er ein sehr angenehmer Mensch sein, großherzig und freundlich. Wenn du immer noch Gefühle für Bianca hegst, sollte dich dies erleichtern. Nicht jede Ehe verläuft so einträchtig.«

»Vermutlich sollte es das.« Jakob stieß einen abgrundtiefen Seufzer aus und Margot gab ihm einen freundschaftlichen Stoß. Sie wollte ihn von seinen trüben Gedanken ablenken.

»In der Stadt habe ich gestern jemanden kennengelernt, der für dich interessant sein könnte. Ein Italiener, der mit gefrorenen Süßspeisen experimentiert. Ich habe gekostet und ich sage dir, so etwas ist selbst in Florenz oder Venedig nicht alltäglich. Wir sollen ihn aufsuchen, meinte er, für Landsleute habe er immer ein offenes Ohr.«

»Landsleute, hm?« Jakob grinste sie an. »Was hast du ihm alles erzählt?«

Froh darüber, ihren Freund von Bianca abzulenken, fügte Margot hinzu: »Das Beste habe ich dir noch gar nicht berichtet. Kerim ist eingetroffen, gestern schon! Er hat keine Zeit, uns zu sehen, da er zu einem Dinner an die königliche Tafel geladen ist. Seiner Beschreibung nach habe der König ihn nur einmal gesehen und war so bezaubert, dass er ihn gleich zu seiner Gesellschaft eingeladen habe. Du kennst ihn ja, er kauft die halbe Stadt leer, um besser gekleidet zu sein als alle anderen. Vielleicht solltest du ihm den Zugang zu deinen Guthaben in der Genueser Handelskammer beschränken, sonst macht er dich noch bettelarm.«

»Lass ihm den Spaß«, erklärte Jakob belustigt, »er gefällt mir so lebhaft viel besser als zu der Zeit, wo er trübselig trauerte oder sich in Lumpen kleidete.«

Sie machten sich zu Fuß auf den Weg in die Stadt, vorbei an zahlreichen Händlern, Hofbediensteten und Adligen aus dem Gefolge des Königs, die ebenso wie sie ein wenig Abwechslung suchten oder Einkäufe tätigten, zu denen sie auf der Reise nicht kamen. Marseille war eine nicht ungefährliche Hafenstadt, doch wenn der König zu Gast weilte, hielten sich Langfinger zurück – es gab zu viele Soldaten und Gardeleute, die keinen Spaß verstanden.

In der Stadt führte Margot Jakob in eine Nebengasse und betrat ein Milchgeschäft, wo sie schon erwartet wurden. Der Besitzer, ein wieselflinker Italiener, stellte sich vor.

»Man nennt mich Bernardo Buontalenti, weil ich bedeutend mehr kann, als nur Milch zu verkaufen. Diese schöne Dame berichtete mir, dass Ihr ein großer Koch seid. Das seid Ihr tatsächlich! Es gibt nur wenige, die so groß gewachsen sind wie Ihr.«

Er kicherte über seinen Scherz. Während er Margot die einzige Sitzgelegenheit anbot, nahm Jakob auf den Stufen einer Stiege Platz. Bernardo räumte einige Krüge zur Seite, wischte liegen gebliebene Krümel vom Tisch und erklärte:

»Ich stamme aus der Lombardei. Eine Gegend, wo es im Winter lange kalt ist und viel Schnee fällt. Als Kinder haben wir oft den Schnee gegessen, weil er so schön im Mund schmilzt und auch den Hunger vergessen lässt. Ich habe mir damals immer vorgestellt, dass er nach wunderbaren Dingen schmeckt, wie frischen Früchten oder nach Sahne.

Meine Familie hatte immer eine Vorliebe für alles Französische, und nach der Schlacht von Pavia mussten wir fliehen und kamen nach Marseille. Mein Vater, Gott hab ihn selig, eröffnete dieses Milchgeschäft, und dank unseres Fleißes und mit Gottes Hilfe kamen wir zu einigem Erfolg.«

Er redete munter weiter und Jakob fragte sich, warum ihn Margot nur zu diesem Mann gebracht hatte.

Bernardo stellte zwei Schalen auf den Tisch.

»Den Gedanken, den ich als Kind hatte, habe ich nie vergessen, also fing ich an, ein wenig zu experimentieren. Erlaubt mir, Euch eine Kostprobe des Ergebnisses zu zeigen.«

Er öffnete eine Klappe im Boden, stieg einige Stufen hinab in die Dunkelheit und kam mit einem Krug wieder, den er wie eine Kostbarkeit auf den Tisch stellte. Inzwischen war Jakobs Interesse geweckt. Bernardo füllte die beiden Schalen und reichte sie ihnen.

Darin war eine feste, dunkelrote Masse, die an den Rändern schon flüssig wurde. Jakob roch daran und kostete vorsichtig. Fruchtige Kälte schmolz in seinem Mund mit der Frische eines Sommermorgens und hinterließ einen sahnigen Nachgeschmack mit einem unbekannten, vielleicht alkoholischen Akzent, dachte er. Abermals nahm er einen Löffel voll und schloss die Augen.

Als er sie wieder öffnete, blickte er in das erwartungsvolle Gesicht Bernardos.

»Dies ist etwas Besonderes, daran besteht kein Zweifel. Es ist ganz meisterhaft.«

Von Lorenzo hatte er schon etwas über gefrorene Desserts erfahren, sie jedoch noch nie gekostet. Nur in den bedeutendsten Häusern der Venezianer gab es diese ungewöhnliche Köstlichkeit, obwohl man wusste, dass schon die Römer Gefrorenes mit Früchten geschätzt hatten.

Noch einmal kostete er und erklärte dem gespannt wartenden Mann: »Es ist genau die ungewöhnliche Süßspeise, nach der ich gesucht habe. Ich würde es gerne selbst zubereiten. Verkauft mir das Rezept und ich kann es zur Hochzeit schon auf die Tafel bringen.«

Bernardo hob in der typisch italienischen Geste die Arme.

»Die Dame sagte mir schon, dass es Euch sicher interessiert. Sie sagte auch, dass Ihr ein zuverlässiger und ehrlicher Mann seid. Ich mache Euch einen anderen Vorschlag. Ich gebe Euch das Rezept, irgendwann werdet Ihr es ohnedies alleine herausfinden. Als Gegenleistung kauft Ihr die Eisblöcke ausschließlich bei mir zu einem anständigen Preis. Ihr werdet reichlich brauchen, um die gefrorene Süßspeise kalt zu halten. Im Sommer ist das allerdings trotz größerer Mengen nicht möglich, wenn man keinen sehr tief liegenden Felsenkeller besitzt. Ich versichere Euch immer eine gute Konsistenz des Eises, und wenn ich nicht liefern kann, dann ist auch anderswo kein Eis zu erhalten.«

Jakob brauchte über diesen Vorschlag nicht nachzudenken, der ihm ehrlich erschien und beide gewinnen ließ. So schlug er in die dargebotene Hand des Italieners ein, der ihm ein Pergament mit der Rezeptur aushändigte.

Die Speise bestand aus Milch, Honig, Eigelb, Sahne, Mandellikör und dem Saft frischer Brombeeren. Jakob hatte sich nicht geirrt.

»Die Masse muss lange und gut verrührt werden, dann fügt man nach Geschmack Früchte oder Saft hinzu. Dieses Mal habe ich den Saft frisch gepflückter Brombeeren genommen. Die Frische ist sehr wichtig, nur ein schlechter Bestandteil genügt und das ganze Rezept ist verdorben und verursacht Magenbeschwerden. Zum Schluss wird alles unter das Gefrorene gemischt, sehr kalt gehalten und bald verzehrt.«

An diesem Nachmittag wollte Jakob zusammen mit Bernardo einen Versuch machen, damit er lernte, mit dem Gefrorenen umzugehen.

Es war einfacher, als er dachte, nur die Schnelligkeit war entscheidend und auch ein Raum, der kühl genug war. Bernardo hatte seinen Felsenkeller mit dicken, eingewickelten Eisblöcken ausgestattet, die sicherstellten, dass seine Eisspeise nicht vorzeitig schmolz. Trotzdem war der Boden nass, und seine Schuhe waren schnell durchweicht.

Solche Blöcke würde Jakob in jedem Falle benötigen. Sie feilschten noch eine Weile um den Preis, wurden sich jedoch einig.

Gut gelaunt lud der listige Italiener die beiden Besucher zu einem Glas Mandellikör ein.

»Meine Schwägerin besitzt die besten Mandelbäume im Süden, und ihr Likör ist außergewöhnlich. Natürlich habe ich nur die erlesensten Zutaten für mein Gefrorenes genommen! Ich bestehe darauf, dass Ihr diesen Süßwein kostet.«

Er war in der Tat von vortrefflicher Qualität, und so kaufte Jakob auch noch mehrere Flaschen des Likörs.

Bernardo hatte seine Fantasie belebt. Der Küchenmeister wünschte ein einfaches Mahl, und so hatte Jakob eine Liste mit guten, jedoch einfachen Gerichten abgegeben.

Er dachte nicht daran, sich strikt an diese Liste zu halten. Köche und Küchenmeister wollten keine Konkurrenz im eigenen Haus, dies hatte er bereits in Florenz gelernt. Die einmalige Gelegenheit, vor dem Papst, dem König und dem Fürsten der Provence zu glänzen, neidete ihm sicher nicht nur der eine oder andere Koch, sondern auch der viel gelobte Küchenmeister.

Eine Schwierigkeit war der Klatsch am Hofe. Kaum etwas ließ sich verbergen. Wollte er ein völlig anderes Menü servieren, als er angegeben hatte, konnte er nur wenige einweihen, damit sein Plan nicht misslang.

Als er seine Befürchtung mit Margot besprach, riet sie ihm, alle Bestandteile des einfachen Mahls sichtbar zu bestellen und die Zutaten für das eigentliche Essen versteckt zu lagern. Keine einfache Unternehmung bei einem Essen für so viele Personen, zumal er auch noch einen tief gelegenen Keller für das Eis benötigte.

Hierbei war ihm Gérard behilflich, der jeden Winkel des Schlosses kannte.

»Das Schloss steht auf felsigem Grund, und es gibt Hohlräume im Fels neben den Kellern, die man nicht nutzt, da sie uneben sind und der Aufwand zu groß wäre, sie aus dem Felsen heraus zu brauchbaren Räumen zu hauen. Es ist kühl dort, aber kaum mannshoch.«

Sie besichtigten diese tief gelegenen, höhlenartigen Nischen. Für die Lagerung des Eises waren sie perfekt, zumal der Zugang nicht über die Wirtschaftsräume führte, sondern gleich in den Palastgang, wo der Weg zu den Salons weit kürzer war. Die fertig zubereitete Nachspeise gelangte so unverzüglich zu den Gästen und würde nicht schmelzen.

Für die übrigen Gänge gab es jedoch keine andere Lösung, als sie in seiner Küche vorzubereiten. Vielleicht ließ sich eine passende Ausrede dafür finden, dass Jakob zwei große Speisenfolgen vorbereitete.

»Am besten erklärst du gar nichts dazu.«

Kerim, der sich im Glanze seiner neuen Stellung als Freund des Königs sonnte, hatte sich wieder zu Jakob und Margot gesellt, da ihm das Zimmer neben der Küche im Palastanbau deutlich besser gefiel als das sogenannte Apartment, das er mit drei weiteren Freunden des Königs teilen sollte.

»Jeder ist vor den Feierlichkeiten so mit sich beschäftigt, dass es nicht auffällt, wer welche Zutaten für welches große Essen vorbereitet. Je weniger du darüber sprichst, desto besser. Der Küchenmeister weiß ohnedies kaum, wo ihm der Kopf steht. Jeden Tag wird der Ablauf der Hochzeit geändert, weil der päpstliche Legat und der königliche Gesandte über die Bedingungen streiten.«

Jakob beschloss, seinem Rat zu folgen – er war schließlich Küchenmeister der Duchessina, es ging niemanden etwas an, welche Zutaten er orderte.

Zwei Tage später kam Margot und holte ihn zu einem Spaziergang ab. Jakob wollte ablehnen, denn für derlei

Vergnügungen hatte er keine Zeit, doch ihre Augen hielten ihn so eindringlich fest, dass er schließlich einwilligte und sie hinaus in den kleinen Hain begleitete, durch den er schon geritten war.

»Die Duchessina und der Papst sind nach einigen Schwierigkeiten im Hafen von Marseille angekommen. Es war eine entsetzliche Reise, da es ununterbrochen stürmte und fast alle an Bord erkrankten. Man braucht noch einige Tage, um sich zu erholen. Die Duchessina hat abgenommen, die Kleider werden geändert und ich hatte Gelegenheit, mit der Signora zu sprechen.«

Sie schwieg einen Augenblick und fuhr dann eindringlich fort: »Es ist der ausdrückliche Wunsch des Papstes, die Einführung seines Mündels am Hofe so prächtig wie möglich zu gestalten. Seine Einladung zu einem Souper soll ein Erlebnis werden. Es ist keine Rede von einem bescheidenen Mahl. Allerdings möchte er auch nicht den königlichen Hof verärgern, indem er dessen Einladung in den Schatten stellt.«

Sie zuckte halb entschuldigend die Schultern. »Das sind politische Äußerungen, damit man im Streitfall alle Schuld dem Koch in die Schuhe schieben kann.«

Wenn Jakob den König verärgerte, war seine Zukunft als Küchenmeister gefährdet. Andererseits sagte man dem König nach, ein großer Freund und Bewunderer für alles Neue und Schöne zu sein. Er würde ein glanzvolles Mahl kochen und den Unmut des obersten Küchenmeisters riskieren. Das Wort des Papstes und das Wohlwollen des Königs wogen schwerer. Für seine letzten Vorbereitungen blieben ihm nur noch zwei Tage bis zum 27. Oktober, dem Tag der Unterzeichnung des Heiratsvertrages.

Schon am Vorabend hatte Caterina bei Anne de Montmorency, dem Großmeister von Frankreich und Freund des Königs, gespeist. Die Kirchenfürsten ihrer neuen Heimat stellten sich ihr und dem Papst vor.

Am nächsten Tag suchte Jakob Bianca auf und ließ sich berichten.

»Es war ein einfaches Essen, um den Italienern keine allzu hohe Bedeutung zu geben. Auf dem Weg zum Palast musste die junge Braut sich unfreundliche Bemerkungen aus der Menge anhören«, berichtete Bianca.

Sie wirkte niedergeschlagen und blass.

Er legte tröstend seine Hand auf ihre Schulter. »Ich verspreche dir, wir werden ihnen zeigen, dass wir aus einem Land mit Stil und Eleganz kommen. Caterina braucht sich nicht zu verstecken.«

Dankbar sah sie zu ihm auf. »Es dauert mich, dass sie einen solch schwierigen Anfang hat. Ihr zukünftiger Gatte hat es nicht für nötig gehalten, sie zu begrüßen, nur auf Wunsch seines Vaters ist er überhaupt erschienen. Man zeigt uns allenthalben, wie wenig man von dieser Verbindung hält.«

Er verließ sie nachdenklich und wandte sich wieder seinen nächstliegenden Aufgaben zu.

Jakob hatte eine Speisenfolge bestimmt, die harmlos klang. Lediglich die Form der Zubereitung sollte den Unterschied ausmachen.

Die Tafel wurde mit feinem Damast belegt, mit edelstem Porzellan aus China gedeckt und zwischen Leuchtern aus Silber und Rosenschmuck prangten üppige Schalen mit Früchten.

Diese waren jedoch nicht mit dem üblichen Obst gefüllt, welches derzeit überall reifte, sondern mit Früchten, die man in Frankreich nicht kannte. Aus der Neuen Welt hatte er von Pino und dem rührigen Kapitän Lachaine einige Lieferungen erhalten, die er vorerst in der Kühle des neuen Kellers unterbrachte. Seine Speisen glichen auch ohne Absprachen denen seiner Konkurrenten auf keinen Fall, dachte er.

Er wies Margot, Bianca und auch deren Freundin Madeleine ein, wie diese Früchte gegessen wurden, die teilweise eine ungewöhnliche Schale oder Farbe besaßen. Man würde sie beobachten und ihrem Beispiel folgen.

»Diese Frucht ist einmalig!«, verkündete Madeleine begeistert, während ihr der Saft über das Kinn tropfte. Sie schnitt kleine Stücke der süßen, gelbfleischigen Pinienfrucht ab, die man auch Anana nannte.

»Mit einer Gabel isst man sie einfacher«, erklärte Margot, die mit diesem in Frankreich ungewohnten Besteck hantierte.

»Bei Anne de Montmorency gab es sie nicht, er ist der Meinung, dass es sich bei diesem Gerät um ein Werkzeug des Teufels handelt, wie man ja auf jedem Bild gut erkennen kann. Die arme Caterina wusste gar nicht, wie sie essen sollte, ohne sich zu verschmutzen. Sie hat die Lage aber gut gemeistert. Dennoch, denke ich, wird sie in ihren Räumen wie gewohnt mit der Gabel speisen.«

»Bei uns isst niemand mit diesem Besteck«, erläuterte Madeleine und schob sich mit der Hand ein Stück saftige Melone mit einer ungewöhnlich grünen Farbe in den Mund.

Sie verdrehte genussvoll die Augen. »Das ist so saftig und süß wie keine Frucht bei uns. Nur die Hände kleben danach vom Saft.«

»Man braucht Schalen mit Wasser, um sich zu reinigen«, gab Bianca zu bedenken.

»Ich habe schon daran gedacht und füge in jede Wasserschale noch einige Tropfen Rosenöl.«

Die Erfahrungen und Überlegungen der drei Frauen waren für Jakob eine wertvolle Hilfe. Bevor er das Menü servierte, sollten sie zuvor probieren, um Zwischenfälle zu vermeiden. Danach gingen sie wieder an ihre Arbeit. Jakob bedankte sich herzlich für ihre unersetzliche Hilfe. Die hübsche Madeleine warf ihm einen schmelzenden Blick zu.

»Wenn ich nicht im Dienst der Dame d'Angoulême bin, könnt Ihr gerne über mich verfügen. Ihr schuldet mir noch einen Ausflug.«

Jakob lächelte sie an. »Das habe ich nicht vergessen. Sobald das große Dinner vorbei ist, werde ich mich melden.«

Sein Menüplan war fertig. Nach den Schalen mit Früchten und Käse gab es gedünstetes Gemüse. Auch dies eine einfache Bezeichnung für ein kompliziertes Gericht, das mit fremdartigen Gewürzen und frittierten Gemüsestücken gereicht wurde. Eine Sauce aus roten Früchten der Neuen Welt wurde dazu gereicht. Er hatte noch in Florenz die Zubereitung dieser Früchte verworfen, hörte jedoch von Besuchern, dass sie in Venedig großen Erfolg hatten.

Also würde er einen Versuch mit der Sauce wagen. Abgeschmeckt mit einigen Gewürzen und leicht gepfeffert passte sie perfekt zur Vorspeise.

Als weiterer Gang folge eine Suppe mit Fischen und Meeresfrüchten, denen er Fenchel und Safran zufügte – auch dies eine ungewohnte Kombination. Ein wenig Orangensaft rundete den Geschmack angenehm mild ab. Der Hauptgang bestand wie immer aus Wild und Geflügel. Jakob wagte nicht, sie in spektakulärer Weise zu präsentieren, um nicht offen gegen die Anweisung des obersten Küchenmeisters zu rebellieren. Anstatt das Fleisch einfach zu rösten, wie in den Küchen Frankreichs üblich, bereitete er verschiedene Saucen vor, denen er Rotwein oder dunkle Früchte zufügte. Zum Fasan reichte er eine Sauce aus fein geriebenen Mandeln, den neuartigen, roten Früchten aus der Neuen Welt, die man Goldener Apfel oder Xitomatl nannte, Olivenöl, Knoblauch, Salz und natürlich unvermeidlich Pfeffer.

»Exotisch, aber köstlich«, erklärten seine drei Vorkosterinnen einhellig, und zufrieden widmete er sich dem nächsten Gang, der aus Süßem und Gefrorenem bestand.

Jakobs eigene Eiskreation mit leichtem Gebäck bildete den Abschluss. Es war kein aufwendiges, aber ein ungewöhnliches, leichtes und elegantes Souper. Schon vor Wochen hatte er Beziehungen zu den Weingütern im Burgund geknüpft und mit Gérards Hilfe einen Vorrat aus Volnay und Meursault gelagert, den Lieblingsweinen des Königs.

In diesen Tagen lebte sich Caterina am Hofe langsam ein. Die königliche Familie war ihr freundlich gesonnen, nur ihre erste Bekanntschaft mit ihrem zukünftigen Gatten war steif und zurückhaltend verlaufen. Er war wie sie erst vierzehn Jahre alt und sehr schüchtern, wie sie am Abend ihren Hofdamen berichtete. Diese wussten bereits über das innige Verhältnis Henris zu Diane de Poitiers Bescheid, wagten jedoch nicht, dies der jungen Frau zu sagen. Nachdem der Papst und der König tagelang über die Bedingungen des Hochzeitsvertrages diskutiert hatten, sollte am nächsten Tag die Unterzeichnung stattfinden. Einen Tag später erfolgte die Trauung in der Kirche.

Nach der Vertragsunterzeichnung lud der Papst zum Dinner ein, gefolgt von den drei Tagen, an denen der König zu großen Banketten und Vergnügungen lud.

In der Küche des Papstpalastes herrschte nach den langen Wochen der Ruhe Hochbetrieb. Das Frühstück für Dutzende Geistliche und Würdenträger wurde von zahlreichen Küchenhilfen vorbereitet und in die Salons und Speiseräume nach oben getragen.

Die Gänge waren überfüllt und im gesamten Palast summte es wie in einem Bienenstock. Jakob hatte seine Augen überall, als Küchenmeister war dies seine erste große Bewährungsprobe. Die Kostenrechnung für Caterinas Hochzeit hatte er zusammen mit dem päpstlichen Haushofmeister erstellt. Es waren schwindelerregende Beträge.

Allein die Aussteuerstoffe aus Silber und Brokat, die in Mantua gewebt wurden, kosteten unzählige Pfunde an Gold und Silber. Bettzeug aus schwarzer und roter Seide, reicher Schmuck und eine Aussteuersumme von einhunderttausend Goldstücken, denen noch weitere dreißigtausend in Raten folgen sollten, stellten das Vermögen der jungen Medici.

Für den französischen König eine eher bescheidene Summe, doch die Aussicht, die Unterstützung aus Rom für eine Rückeroberung der italienischen Gebiete zu erhalten, trösteten ihn über die geringe Mitgift hinweg.

Caterina freute sich aufrichtig, Jakob wiederzusehen und jeden Morgen ihre bevorzugte Morgenmahlzeit von ihm zu erhalten.

»Ich muss auf meine Linie achten, aber ich werde viel reiten und Paume, das Ballspiel, gefällt mir auch sehr gut.«

Sie war tatsächlich schlanker und ein wenig blasser als er sie aus Florenz in Erinnerung hatte. Außerdem verlor sich langsam das Kindliche in ihrem Gesicht.

»Kein Wunder«, kommentierte Margot, der er später seine Beobachtung mitteilte. »Man hat sie mit unzähligen Informationen und Verhaltensregeln versehen. Sie ist ein intelligentes Mädchen, aber die Last der Verantwortung wiegt schwer. Der Papst und der König haben beide große Erwartungen an diese Ehe. Ich hoffe nur, sie wird bald schwanger, obwohl ihr zukünftiger Ehemann überaus desinteressiert an ihr ist.«

Margot, Bianca und vor allem Madeleine besuchten ihn häufig, doch während der Vorbereitung der Feierlichkeiten ließ er sich nur ungern von der Arbeit ablenken und war kaum bei der Sache, wenn sie ihm den neuesten Klatsch berichteten.

Gelegentlich steckte auch Gérard den Kopf zur Küchentür hinein, verschwand aber meistens wieder, wenn er die vielen Helfer und das emsige Treiben gewahrte. Wieder war er es, der Jakob half. Er hatte ausreichend Karren zur Verfügung, die ungenutzt standen, solange der Hof sich nicht weiterbewegte.

Mithilfe Bernardos schaffte er zwei Tage vor dem Mahl drei große Wagenladungen Eisblöcke in den Keller, der durch das dort bereits lagernde Eis recht kühl war. Mit den großen Blöcken kleideten sie den gesamten Raum aus und schufen eine Kältekammer, in der Jakob arbeiten konnte, ohne zu fürchten, dass seine Kreation sich über Nacht in einen bunten Bach auflöste.

Er überlegte, wie er sein Dessert am besten präsentieren sollte. Die Motive der Wappen des Königs und des Papstes schienen besonders geeignet. Nach einigen Versuchen entschloss er sich, die beiden Wappen in mittlerer Größe nur den Ehrengästen zu präsentieren und für die restlichen Gäste lediglich die roten Kugeln aus dem Wappen des Papstes zu formen und ebenso die goldenen Lilien auf blauen Kugeln, die sich in beiden Wappen wiederfanden.

Blaubeeren, Brombeeren, Kirschen und Schellkraut, das er aus seiner Heimat kannte und welches auch hier am Wegesrand wuchs, nahm Jakob zur Farbgebung. Das Kraut musste besonders behandelt werden, damit es den bitteren Geschmack verlor. Heilkundige verwandten es häufig gegen verschiedene Krankheiten, und von seiner Großmutter wusste er, wie die Pflanze zu behandeln war. Es gab noch andere Möglichkeiten, doch die Farbkraft der Pflanze war groß und mit ihrer Hilfe ein leuchtender Goldton leicht zu erreichen.

Vielleicht noch ein wenig Safran, überlegte er. Er probierte so lange, bis auch das goldfarbene Eis seiner Zufriedenheit entsprach.

Er fügte reichlich Sahne und Honig hinzu, damit der milde Geschmack die Aromen des fruchtigen Eises betonte und es angenehm die Kehle hinunterrann. Nun konnte er sich an die Dekorationen machen. Seine Küchenhilfen hatten vereinzelt unter dem Vorwand von Fragen in den Keller gelugt, doch er hatte ihnen rasch erklärt, dass keine zusätzliche Wärme in den Raum dringen durfte.

Nun rief er die Süßspeisenköche herbei, um nach seinen Anweisungen die beiden Eistafeln zu gestalten. Beide Wappen waren wohlbekannt; man sah sie allenthalben auf Standarten, Wimpeln, Sänften und Satteldecken.

Während am Tage des 27. Oktober Umzüge stattfanden, Spiele ausgetragen wurden und letztendlich auch die Verträge zwischen dem König und dem Papst unterschrieben wurden, unterzeichneten Caterina de' Medici und Henri, Herzog von Orleans, ihren Ehekontrakt. Der Papst sagte ihnen nach der Rückeroberung Mailands die Herrschaft über Norditalien, Parma und Piacenza zu.

Von diesen wichtigen Ereignissen bekam Jakob wenig mit. Der größte Raum im neu errichteten Papstpalast wurde aufwendig geschmückt. Jakob überwachte auch diese Aufgaben und dankte Claude d'Ailly herzlich, der sich ebenfalls einfand, um nach dem Rechten zu sehen.

Den Patissier Jean de Baie ertappte er in seiner Küche, wo er die Mägde nach den Fortschritten für das Dessert befragte.

»Sollte es Schwierigkeiten geben, bin ich bestens vorbereitet«, erklärte er Jakob. »Meine Birnenkuchen sind fertig und reichen für die Gesellschaft. Ein wenig Obst und Wein und voilà, der letzte Gang ist serviert.«

Verwirrt, dass er so gut wie keine Anzeichen einer Süßspeise entdeckte, verabschiedete er sich mit umwölkter Stirn. Jakob konnte es ihm nicht verdenken. Schließlich wussten nur wenige vom Felsenkeller, in dem das gefrorene Dessert lagerte. Er war dennoch kein Risiko eingegangen: Gérard und Bernardo hatten den Eingang des verschlossenen Kellers in der Nacht vor der Einladung bewacht.

Auch Monsieur de Baie beschied er freundlich, dass seine Hilfe nicht vonnöten sei.

Einige Mägde hatten ihm berichtet, dass die Köche des Königs immer wieder versuchten, sie auszuhorchen und in Erfahrung zu bringen, was er servieren wolle. Die meisten Küchenhilfen und Köche sahen sehr genau, dass Jakob Fähigkeit und Können für diese Aufgabe besaß. Sie wussten aus Erfahrung, dass die verschiedenen Küchen einander eifersüchtig bewachten und intrigierten, um die Anerkennung des Königs zu erringen.

Auch in diesem Falle hatte er für die Dienstboten einen Weg ersonnen, der ihnen eine Art Rundlauf ermöglichte, ohne dass sie sich beim Auftragen der Tafeln im Wege waren. Dies hatte sich bisher stets bewährt und wurde auch gerne angenommen, da es die Arbeit aller erleichterte.

Wie schon in Florenz dankte er im Stillen der einzigartigen Ordnung des Sultanspalastes, wo er vieles gesehen hatte, was in Italien und Frankreich nicht üblich war.

Ein letztes Gespräch führte er vor dem Bankett noch mit den Mundschenken und den Saaldienern, die auch für die brennenden Kerzen verantwortlich waren.

Er dankte den Blumenmädchen, die Wände, Nischen und die Tafel mit Girlanden geschmückt hatten. Die ersten Gäste erschienen schon, als er atemlos aus seiner Kammer gerannt kam, wo er eilends in seine besten Hosen und sein weißes Spitzenhemd fuhr. Noch im Gehen knöpfte er das seidene Wams zu und strich sich die Haare zurück, die ein Band in der gleichen rubinroten Farbe wie seine Hose zusammenhielt.

Margot stand neben ihm, als die ersten Gäste eintrafen. Sie wies die Dienerinnen an, jeden Gast zu seinem Platz zu führen. Hinter einem samtenen Vorhang spielte eine Gruppe Musikanten bekannte Weisen.

Als sie Jakobs angespannten Blick bemerkte, flüsterte sie ihm beruhigend zu: »Mach dir keine Gedanken, alles ist vollkommen perfekt. Ich war auf vielen Banketten – dieses ist auf den ersten Blick meisterlich. Die Anordnung der Blumen, die Zusammensetzung der Farben, das Licht und die Spiegel sind in ihrer Schönheit überwältigend. Nur Florenz hat solch exquisite Ausstattung bisher gesehen.«

»Ohne dich und Kerim hätte ich es nie bewerkstelligt. Allein die Stoffe an den Wänden und die Tafeltücher kosten ein Vermögen, aber der Papst hat die Kosten ohne mit der Wimper zu zucken genehmigt.«

Sie wurden unterbrochen, als erneut eine Gruppe Gäste eintraf. Einer der Ersten war der päpstliche Nuntius, der in Marseille residierte. Auch er warf prüfende Blicke um sich. Jakob sah an seinem Gesichtsausdruck, dass alles zu seiner Zufriedenheit gerichtet war. Nachdem er einige Bekannte gegrüßt hatte, kam er zum Küchenmeister.

»Es sieht bezaubernd aus. Ich habe den Bau des Raumes überwacht, aber ihn nun geschmückt zu sehen, ist mir eine besondere Freude. Ich hoffe, auch die Küche hat so ausgezeichnet gearbeitet.«

Jakob warf ihm ein beruhigendes Lächeln zu. »Die Speisen werden dem geschmückten Raum nicht nachstehen, auch wenn Sieur d'Ailly um ein bescheidenes Mahl bat. Die florentinische Eleganz der Speisen wird auch hier ihre Bewunderer finden.«

Sein Lächeln wurde erwidert. »Ihr seid ein bemerkenswerter Mann, Jacques de Rhénanie, so nennt man Euch doch hier. Man berichtete mir schon, dass Ihr zu Euren zweifellosen Fähigkeiten das wichtigste beherrscht, was man an einem Hofe wissen muss: die Kunst der Diplomatie. Ein bemerkenswerter Aufstieg für einen jungen Mann aus dem Rheinland.«

Die letzten Worte sprach er im Dialekt des Niederrheins. Jakobs Augen wurden groß, es war so lange her, dass er die Laute seiner Kindheit gehört hatte. Dennoch neigte er nur dankend den Kopf und erwiderte nichts. Er war immer wieder erstaunt, dass man sich nicht nur über ihn austauschte, sondern ihn obendrein für diplomatisch befähigt hielt.

Der Gesandte des Papstes hatte auf eine Frage gewartet; da jedoch keine kam, meinte er: »Ich bin Hieronymus Aleander und nur auf der Durchreise, aber es ist meine Aufgabe, vieles zu wissen und manches zu erfahren. Euren Namen hörte ich an ganz verschiedenen Stellen.«

Jakob schwieg auch weiterhin, sein Blick wanderte zu Margot, die alles daransetzte, seinen Namen in den Salons bekannt zu machen. Kerim war eine weitere Hilfe bei der Festigung seiner Position, Jakob hatte schon gehört, dass er ihn bei jeder Gelegenheit als den kommenden Stern am Küchenhimmel lobte.

Der Nuntius war seinem Blick gefolgt. »Eine schöne Frau! Ich werde ihr mein Interesse bekunden, bevor der König sie für sich entdeckt.«

Diese Warnung verstand Jakob sehr wohl, und er hatte nicht vor, dem Nuntius in die Quere zu kommen, war sich jedoch sicher, dass dieser Mann bei seiner Freundin wenig Erfolg haben würde. Doch das war nicht seine Sache.

Langsam füllte sich der Saal. Die Ehrengäste erschienen zum Schluss, der Konnetabel Montmorency, Caterina mit ihren Ehrendamen, Henri mit seinem Gefolge junger Herren, ebenso der Papst mit Gefolge und zuletzt der König mit der Königin und ihren Damen.

Der König nickte ihm zu und Jakob gab das Zeichen, mit dem Servieren der Tafeln zu beginnen.

Jedes Gericht wurde noch einmal genau in Augenschein genommen, bevor es in den Saal gelangte, ebenso wurde es von den Vorkostern erprobt. Weitere Vorkoster befanden sich im Saal und probierten, bevor der König seinen Teller erhielt. Ebenso handelten die Hofdamen. Die Sicherheit der königlichen Familie schien zwar nicht gefährdet, doch diese Vorkehrungen gehörten zum festen Bestandteil des Lebens am Hofe.

An diesem entscheidenden Tag musste Jakob nicht selbst kochen. Seine Hilfen wussten genau, was er wollte, denn sie hatten die Gerichte mehrfach geprobt, und er konnte sich auf sie verlassen. Heute waren seine Augen überall, und er sorgte für einen Ablauf ohne Zwischenfälle. Erst als die gefrorene Nachspeise serviert wurde, erschien er im Saal. Es herrschte eine entspannte Stimmung und angeregtes Geplauder, nachdem die schwierigen Verhandlungen zwischen dem König und dem Papst zu einem zufriedenstellenden Ergebnis gekommen waren, doch als man die beiden großen gefrorenen Tafeln mit den Wappen aufbaute, verstummten die Stimmen.

Einige Damen reckten sogar den Hals, um besser zu sehen, und bewunderten dann laut die roten Kugeln und blauen Bourbonenlilien, die vor ihnen platziert wurden.

Der König hielt eine Rede, in welcher er seinen Gästen dankte, sie lobend erwähnte und auch über anderes so lange sprach, dass Jakob um sein Dessert fürchtete.

Zum Schluss winkte er Jakob zu sich und schloss mit den Worten: »Meister de Rhénanie hat uns mit neuartigen Köstlichkeiten überrascht. Wir danken ihm für seine ungewöhnlichen Kreationen, die wir sicherlich noch häufiger genießen werden. Dieser Abschluss des Mahles ist eine wundervolle Idee, doch ein Dessert werden wir sicherlich auch noch erhalten.«

Offenbar war dem Herrscher nicht bewusst, dass es sich bei dem Gefrorenen um die Nachspeise handelte, und so griff Jakob nach einem Löffel und reicht ihm eine Probe. Sein Vorkoster griff eilfertig danach, versuchte und nickte bestätigend.

Jakob füllte nun den silbernen Teller des Herrschers, der mit überraschtem Gesicht probierte und ihm dann zufrieden zublinzelte. Er gab seinem Diener ein Zeichen, der den Teller auffüllte, und die anderen folgten nun seinem Beispiel. Leise Ausrufe des Erstaunens und Entzückens waren zu hören.

Dem Papst waren gefrorene Nachspeisen nicht unbekannt; er lächelte stillvergnügt. Das Mahl war nach seinem Geschmack – nicht wie bisher in Frankreich üblich mit unzähligen üppigen Fleischplatten, sondern in der eleganten, italienischen Art der exquisiten Besonderheiten.

Die Tische wurden abgeräumt und nur noch die Musiker spielten. An diesem Abend würde es nicht spät werden; erst am folgenden Tag, dem Tag der Eheschließung in der Kirche, begannen die großen Feste, Spiele und Feuerwerkdarbietungen, für die Claude d'Ailly verantwortlich war.

Nachdem Jakob sich bei allen Helfern in der Küche bedankt hatte, schloss er die Eiskammer ab und ging in seine Schlafstube. Die Anspannung der letzten Tage und Wochen fiel von ihm ab. Er verstand nun Gérard, der am Tag nach der Ankunft des Hofes stets in einen totenähnlichen Schlaf fiel.

In seiner Kammer fand er nicht nur seinen Freund, sondern auch Margot, die seltsam fahrig wirkte. Seine Frage wehrte sie nur mit einer ungeduldigen Handbewegung ab.

»Es war ein großer Erfolg, Jakob«, sagte sie und strahlte ihn an. »Der König lobt sehr selten eine Speise, doch von diesen ungewöhnlichen Früchten und Speisen war er begeistert. Die meisten wussten nicht recht, wie man die fremden Früchte isst, und haben es den Italienern nachgemacht, die viele davon schon kannten. Die Ananas hingegen war völlig unbekkant. Da ich sie bei dir gekostet habe, konnte ich zeigen, wie man mit dem Messer die Schale und den festen Kern entfernt. Caterina hat bedauert, nicht ihre Gabel benutzen zu dürfen, aber in Anwesenheit des Papstes war dies nicht angebracht. Eine der Hofdamen Eleonores ritzte sich an der scharfen Schale die Hand auf, doch weiter ist nichts geschehen – alle waren ganz und gar begeistert, vor allem von diesem köstlichen Gefrorenen. Niemand hat je diesen Geschmack gekostet.«

Sie sprach schnell und viel und Jakob konnte sich des Eindrucks nicht erwehren, als wolle sie ihn ablenken. Er warf einen prüfenden Blick um sich, stellte aber nichts Ungewöhnliches fest. Gérard gähnte verstohlen und wollte offenbar ins Bett.

Auf seine Bemerkung, er sei jetzt doch recht erschöpft, verabschiedete sie sich eilends. Erst als Jakob sich niederlegte fiel ihm ein, dass sie den Grund ihres Besuches gar nicht erwähnt hatte.

Auch Kerim hatte sich die beiden letzten Tage nicht sehen lassen. Vielleicht hatte er doch einen noch besseren Schlafplatz ergattert.

Am nächsten Morgen begannen die Festlichkeiten schon in den frühen Morgenstunden mit einer Frühmesse. Um dem regen Treiben am Hofe zu entgehen, sattelte Jakob sein Pferd und ritt zum Hafen.

Der Geruch nach Tang und Fisch, die lauten Rufe der Seeleute, das Gewimmel von Menschen, die sich wenig mit der königlichen Hochzeit befassten, waren eine erfreuliche Abwechslung. Seine Dienste waren vorläufig nicht gefragt;

der erste Küchenmeister und Haushofmeister dirigierte Hunderte von Bediensteten in den kommenden Tagen.

Er hielt Ausschau nach einem der Scalia-Schiffe, musste jedoch zu seiner Enttäuschung feststellen, dass kein ihm bekannter Name auf einem Bug zu sehen war. Sein suchender Blick traf abermals den Mann, dessen Gesicht ihm vor Tagen schon aufgefallen war.

Auch der Mann erblickte ihn und Jakob war sicher, dass er ihn erkannte. Während er sich der Schänke näherte, erinnerte er sich an einen Wortwechsel in Florenz, wo er einen seiner Köche beim Diebstahl erwischte.

»Guten Morgen, Paolo!«

Der Florentiner hob seinen Hut und grüßte mit großer Geste. »Sieh an, Meister Giacomo, ich dachte mir schon, dass wir uns hier treffen würden.«

Jakob band sein Pferd fest. Er betrachtete Paolo, der schmächtiger wirkte, als er ihn in Erinnerung hatte. Der Mann schien zudem weit weniger selbstbewusst als früher; beinahe untertänig bat er Jakob, ihn auf einen Becher Bier einladen zu dürfen.

Sie warteten beide, bis der Wirt ihnen einen Krug gebracht hatte, und Jakob nahm erst einen Schluck von dem schäumenden Getränk. Paolo wischte sich mit dem Handrücken über den Mund und meinte nicht ganz neidlos: »Ihr seht besser aus denn je, elegante Kleidung und teures Pferd, Ihr habt wohl Euer Glück gemacht beim Valois-König.«

Jakob antwortete nicht auf die unausgesprochene Frage.

Stattdessen entgegnete er: »Was bringt dich nach Marseille, Paolo? Sagtest du nicht, dass Alfredo dir eine glänzende Zukunft versprochen hat?«

Sein Gegenüber zuckte die Achseln. »Hat sich nicht ergeben – man wollte mich wohl ebenso loswerden wie Euch. Es ist von Übel, wenn man zu viele Geheimnisse kennt.«

Jakob warf ihm einen aufmerksamen Blick zu. »Geheimnisse? Welche gefährlichen Geheimnisse kann man als einfacher Koch schon kennen?«

»Das wisst Ihr doch am besten! Ihr seid dem Herzog schließlich auf die Spur gekommen und habt dieses Durcheinander verursacht. Ich war nur Handlanger seiner kleinen Nebengeschäfte und habe das Weite gesucht, bevor er mich aus dem Weg räumen konnte. Keine unübliche Taktik bei diesen Familien, wo es um zu viel Einfluss und Geld geht.«

»Ich weiß wirklich nicht, wovon du redest, Paolo. Ich bin niemandem auf die Spur gekommen. Als Koch der Duchessina bin ich nur ihr verpflichtet, mit dem Herzog habe ich nichts zu tun.«

Paolo warf ihm einen argwöhnischen Blick zu und trank noch einen Schluck.

»Hört mir zu, Meister Giacomo, ich will Euch die Wahrheit sagen. Man hat mir übel mitgespielt. Nachdem man meine Dienste nicht mehr brauchte, hat mich Alfredo einfach rausgeworfen. Ich dachte mir, Ihr seid ein achtbarer Mann und der beste Koch, den ich je gesehen habe. Ich bitte Euch, mich anzustellen.«

Erstaunt hob Jakob die Augenbrauen. Das waren ja völlig neue Töne von diesem verschlagenen, kleinen Dieb. Er glaubte dem Mann kein Wort.

Vorsichtig wählte er seine Worte. »Die Küche des Fürsten arbeitet jetzt mit vielen Leuten; ich weiß nicht, ob man noch weitere braucht, werde mich aber für dich verwenden. Ich erwarte Ehrlichkeit, wenn ich dich empfehle.«

»Dessen könnt Ihr gewiss sein. Aber kann ich nicht in Eurer Küche arbeiten?«

Jakob lachte beinahe. »Das ist nicht gut möglich, denn ich weiß noch gar nicht, wie viele Leute die Küche der Duchessina benötigt, wenn wir auf Reisen sind. Die Küche des Fürsten bietet dir Sicherheit, falls man dich nimmt.«

Paolo war kein besonders guter Schauspieler, dachte Jakob belustigt. Man sah ihm an, dass ihm dieser Vorschlag überhaupt nicht passte und er vielleicht gar nicht erst auf seinem Posten erscheinen würde. Dennoch nickte er missmutig und nachdem sie sich noch einmal zutranken, stand Jakob auf, zahlte ihre Zeche und stieg auf sein Pferd.

Der Rückweg war ihm versperrt. Um Sicherheit für den feierlichen Zug der Hochzeitsgäste zu gewährleisten, sperrten die Garden des Fürsten zahlreiche Zugänge ab. Er versuchte es durch einige Seitengassen, geriet aber immer wieder auf die unpassierbare Hauptstraße. Leise vor sich hin schimpfend wendete er sein Pferd ein weiteres Mal.

Auf direktem Wege gelangte Jakob nicht zum Palast. Er hatte viel Zeit verloren mit seiner Suche; nun wandte er sich zurück zum Hafen und ritt an den Anlegestellen vorbei, wobei sein Blick auf den Taverneneingang fiel, den er zuvor verlassen hatte. Der Raum schien leer, vielleicht hatte Paolo schon das Weite gesucht.

Aus einem Schuppen am Rande des Hafens drangen die lauten Schreie einer Frau. In diese Gegend kam man als Händler oder Schiffseigner kaum.

Er ritt durch eine schmutzige Gasse, in der Schweine nach Fischabfällen stöberten. Der Wind wirbelte Unrat auf und der durchdringende Geruch nach Urin stieg ihm in die Nase.

Zwei junge Burschen steckten die Köpfe zusammen und blickten ihm nach. Sicher war er eine gute Beute für die beiden; vorsichtshalber tastete er nach seinem Dolch, den er auf Drängen Kerims immer mit sich führte. Es war ungewöhnlich ruhig in dieser Straße zum Hafen. Jakob nahm an, dass sich niemand das Schauspiel der Prinzenhochzeit entgehen lassen wollte.

Die Schreie der Frau waren nun lauter, markerschütternder, sie schien voller Not. Ein schallendes Klatschen war zu hören, als habe man sie geschlagen, gefolgt von einem weiteren Schrei und splitterndem Holz.

Es war nicht klug, sich in die Händel am Hafen einzumischen, dennoch hielt Jakob sein Pferd an und wollte schon absitzen, als eine Holztür des Schuppens aufflog und eine junge Frau herausstolperte. Ihre Hände waren noch gefesselt und sie sah sich mit wildem Blick um. Als sie Jakob auf seinem Pferd erblickte, stürzte sie auf ihn zu. Vor Erleichterung liefen ihr Tränen über das verschmutzte Gesicht und sie rief ihm von Weitem zu.

»Gott hat mich erhört. Helft mir, schnell, sonst tötet er mich.«

Jakob streckte instinktiv seine Hände aus, um sie auf sein Pferd zu ziehen, als im Eingang Paolo mit wutverzerrtem Gesicht erschien.

»Dieses Miststück! Sie hat mich gebissen, seht Euch das an.«

Die junge Frau saß inzwischen sicher hinter Jakob auf dem Pferd, der seinem ehemaligen Koch aufgebracht zurief: »Verschwinde besser von hier, bevor du wirklichen Ärger bekommst.«

Zitternd vor Angst oder Erleichterung klammerte sich die junge Frau an ihn. Er schnitt ihre Fesseln durch und gab dem Pferd die Sporen. Mit hängenden Armen blickte Paolo ihnen zornig nach.

Es dauerte eine Weile, bis Jakob aus dem Gewirr der unbekannten Gassen zurück zum Palast fand.

Im Hof und in seiner Küche war kaum jemand zu sehen, alle waren wohl auf die eine oder andere Weise mit den Feierlichkeiten beschäftigt. Er überließ das Pferd dem Stallknecht und führte seine Schutzbefohlene in die Küche, wo sie auf einen Schemel niedersank und sich mit einer erschöpften Geste die wirren Haare aus dem Gesicht strich.

»Ich hoffe, du bist mit dem Grobian nicht verheiratet«, wollte Jakob wissen, »denn dann könnte ich nicht viel mehr für dich tun.«

Sie schüttelte den Kopf, bevor sie sich umsah und ihr Blick an den verschiedenen Tellern und Töpfen hängenblieb, die zum Teil mit allerlei Leckereien gefüllt waren.

»Hast du Hunger?«

Sie antwortete nicht, doch ihr Blick sagte alles. Er füllte einen Teller mit Speisen und reichte ihn ihr.

»Du bist jedenfalls nicht stumm, soviel habe ich schon gehört.«

Er beobachtete sie, wie sie hastig die Bissen herunterschlang, bevor sie den Teller abstellte.

»Seid Ihr vielleicht Giacomo aus dem Hause Scalia?«

Verblüfft setzte er sich ihr gegenüber. »Woher kennst du meinen Namen?«

»Paolo hat von Euch gesprochen. Er sollte Euch dazu bringen, die Duchessina auszuspionieren und die Nachrichten an Herzog Alessandro weiterzugeben. Um dieser Forderung Nachdruck zu verleihen, wollte man Euch mit mir erpressen, aber ich habe diesem Dummkopf Paolo das

Leben so schwer wie möglich gemacht. Der Herzog hat keine gute Wahl getroffen mit diesem Kerl.«

Jakob versuchte, diese seltsamen Neuigkeiten zu entwirren.

»Warum sollte man mich mit dir erpressen – ich kenne dich doch gar nicht?«

Er betrachtete sie genauer, sie war hübsch, wenn auch reichlich schmutzig in diesem Augenblick. Etwas an ihr schien ihm bekannt vorzukommen, doch dann schüttelte er den Kopf. »Ich habe dich noch nie gesehen.«

»Nein«, bestätigte sie und steckte sich noch ein Stück gefülltes Brot in den Mund. Sie bemühte sich sichtlich, langsamer zu kauen, obwohl sie anscheinend großen Hunger hatte.

»Wir sind uns nie begegnet. Trotzdem weiß ich viel von Euch. Meine Schwester Maddalena hat für die Duchessina gearbeitet und immer von Euch berichtet. Sie ist sehr dankbar für die Summe, die sie vor Eurer Abreise erhielt. Sie hat jetzt eine andere Herrin, um die sie sich kümmert. Der Palast hat uns kein Glück gebracht.«

»Ich verstehe immer noch nicht, was das alles mit mir zu tun hat.«

Sie lächelte ihn an. In ihren Wangen erschienen zwei Grübchen, und er dachte insgeheim, dass ihre Zähne wahrscheinlich das sauberste an ihr waren.

Sie hob die Schultern. »Der Herzog wollte, dass ich Euch den Kopf verdrehe, und Paolo sollte mich dann entführen. Wenn ich nicht gehorchte, würde mir und meiner Familie Schreckliches widerfahren. Natürlich wollte Paolo zuerst sein Vergnügen haben. Ich habe mich gewehrt, so gut ich konnte.«

Sie hieß Anna und hatte leichte Verletzungen, doch sie bat nur darum, sich waschen zu können und um einen Platz zum Schlafen, bevor sie sich auf den Weg zurück in die Heimat machte.

Jakob bot ihr seine Hilfe an, doch sie lehnte ab.

»Immer wenn Paolo dachte, ich schlafe, hat er einen Beutel mit Gold hervorgezogen und seine Münzen betrachtet. Ich wollte von Anfang an fliehen und habe ihm einige Münzen gestohlen, als er fort war. Der Kerl ist so dumm, dass er es nicht einmal gemerkt hat. Er hat nicht gelernt zu rechnen.«

Jakob besorgte sich aus der Kammer einige Kleidungsstücke von Margots Kleidung und was Anna zur Reinigung benötigte. Er brachte ihr die Sachen in seine Kammer und fand sie schlafend vor. Sie musste völlig erschöpft sein. Er betrachtete sie eine Weile, wie sie wie ein kleines Kind zusammengerollt auf seiner Matte ruhte. Einen Mann zu verführen sollte ihr nicht allzu schwerfallen, dachte er, bevor er sich in die Küche begab.

Am nächsten Morgen, als er seine Kammer betrat, war sie fort. Die Musik der Hochzeitsfeier war noch bis in die Morgenstunden zu hören gewesen, bis Jakob schließlich auf einer Küchenbank einschlief.

Annas verschmutzte Kleidung lag über den Boden verstreut, anscheinend passte ihr das Gewand von Margot.

Er rührte voller Konzentration in einer Birnensauce, als Anna die Küche betrat. Beinahe hätte er sich an der offenen Feuerstelle verbrannt, eilig zog er seinen Topf in Sicherheit.

Das Mädchen war kaum wiederzuerkennen. Ihre Haut war makellos und schien rosig zu leuchten. Ihre Augen blitzten ihn übermütig an, als sie sich vor ihm im Kreise drehte.

»Das Kleid steht mir, es hat die gleiche Farbe wie meine Augen, das war sehr aufmerksam von dir.«

Ihre Augenfarbe hatte er zuvor gar nicht richtig bemerkt. Jetzt sah er, dass sie grün waren, mit kleinen braunen Sprenkeln darin.

Er griff nach ihren Locken und drehte sich eine um den Finger. »Sie sind rotgold.«

Sie lachte kokett. »Das waren sie gestern auch schon, aber nun kann man es richtig sehen.«

Ihre Lippen waren rosig und feucht, und ohne nachzudenken fasste er ihr Kinn und sah sie an. Seine andere Hand fuhr in ihre kupfergoldene Mähne und zog ihren Kopf zu sich. Er küsste sie, zunächst leicht, doch dann immer fordernder. Bereitwillig öffnete sie die Lippen, seine Zunge erforschte die Tiefen ihres weichen Mundes und sie stöhnte leise. Sie schlang die Arme um seinen Hals und drängte sich an ihn.

Er zog an den Bändern ihres Mieders und erinnerte sich schwach daran, dass er so umsichtig gewesen war, ein recht offenherziges Kleid zu wählen. Seine Finger spielten an ihrer Brust und als sie abermals stöhnte, senkte er seinen Kopf. Die Leidenschaft riss ihn mit und er drängte sie zu seiner Kammer.

Es war wie ein Guss kalten Wassers, als er vom Eingang Stimmen und halblautes Lachen hörte.

»Es scheint, als störten wir.«

Margot wollte Bianca in letzter Minute wieder hinausziehen, doch diese wich keinen Schritt aus der Küche. Während Anna ihr Mieder richtete, war Biancas Unwille unübersehbar.

»Wir sind gekommen, um dir auszurichten, dass Monsieur d'Ailly sich morgen früh mit dir besprechen will.«

Ein unterkühlter Blick traf Anna, bevor Bianca sich erneut an Jakob wandte.

»Es ist wichtig«, erklärte sie.

»Sie stören wirklich.« Anna richtete sich zu ihrer ganzen Größe auf und erwiderte den Blick ebenso unnahbar. »Wenn es sich um eine Besprechung für morgen handelt, ist es ja nicht so eilig.«

Margot lachte gut gelaunt. »Ich wusste immer, dass mein Kleid aus einem Mädchen eine Dame macht! Es steht dir ausgesprochen gut, meine Liebe, ich schenke es dir gerne. Entschuldigt die Störung.«

Sie zog Bianca mit sich und sie hörten die beiden Frauen draußen erheitert kichern.

Jakobs Leidenschaft war wie weggefegt. Er gab Anna einen flüchtigen Kuss auf die Wange und meinte: »Es tut mir leid, doch ich muss herausfinden, was es mit der Besprechung auf sich hat. Monsieur d'Ailly ist ein bedeutsamer Mann.«

Sie hielt ihn am Arm fest. »Wirst du heute Abend zu mir kommen?«

Er sah ihr in die Augen und lächelte, antwortete jedoch nicht und ließ sie allein.

Der Gedanke an den verstimmten Blick Biancas verwirrte ihn. Während er durch den Garten dem Gästeeingang des Nebenpalastes zustrebte, wurde er zunehmend zornig. Was kümmerte es Bianca, ob er sich für Frauen interessierte, sie war schließlich bestens mit einem vermögenden Aristokraten verheiratet.

Er stieß die schwere Holztür mit einem Fußtritt auf und stürmte durch die Halle. Die Räume des obersten Haushofmeisters waren in einem Seitenteil des Schlosses, und er erwartete nicht, ihn persönlich anzutreffen. Vielleicht konnte sein Sekretär ihm eine Auskunft geben.

Wie immer, wenn er die Räume des Haushofmeisters betrat, ließ man ihn warten. Nachdem der Sekretär eine Dame verabschiedet hatte, beschied er Jakob herablassend, dass Monsieur d'Ailly ihn erst am folgenden Tage zu sehen wünschte.

Jakob verkniff sich weitere Nachfragen. Er wollte dem blasierten Angestellten nicht als Bittsteller begegnen und nickte ihm zum Abschied ebenso hochmütig zu, wie er empfangen worden war.

Kurz entschlossen machte er sich auf den Weg zu Margots Räumen; vielleicht gelang es seiner Freundin, ihn ein wenig aufzuheitern.

Die Gänge waren überfüllt. Zwischen den Hofdamen und Zofen drängten sich zahllose Diener, kleine Hunde, die als Maskottchen gehalten wurden, und Herren auf der Suche nach ihren Damen. Auf dem Boden standen benutzte Speiseschalen, Spucknäpfe und andere Gerätschaften.

Er floh auf eine Außenterrasse, die offenbar für besonders dringliche Bedürfnisse genutzt wurde. Es stank abscheulich, und in einer Ecke drängte sich ein Paar, welches diese unappetitliche Örtlichkeit anscheinend nicht störte. Er umrundete einen Erkervorsprung und suchte nach dem Eingang.

In diesem Teil des Palastes war er schon gewesen, gleich in der Nähe mussten die Zimmer der Hofdamen liegen. Kurzerhand stieg er in das nächstgelegene offene Fenster. Er schob den schweren Vorhang beiseite und sprang von der Fensterbank in den Raum. Seine Augen gewöhnten sich nur langsam an das Halbdunkel im Raum.

»Dieses Zimmer besitzt auch eine ganz gewöhnliche Tür.«

Die Stimme war wohlvertraut, er hätte sie auch im finstersten Raum sofort erkannt.

»Bianca, entschuldige bitte. Dieser abscheuliche Geruch, diese beengenden Gänge, ich wollte nur noch weg.«

Sie lachte leise. »Dein Rendezvous scheint sehr kurz gewesen zu sein.«

Erst jetzt erinnerte er sich wieder an Anna und schob den Gedanken schnell beiseite. Er sah sich um und erkannte Einzelheiten des Raumes. Er war mit hellem Holz getäfelt und mit Stofftapeten ausgekleidet. Alles wirkte elegant und angenehm, ein wohltuender Gegensatz zu dem Gewimmel vor der Tür.

Bianca hatte sich umgezogen, sie trug nun ein einfaches Hauskleid und ihre Haare waren gelöst; sie wirkte weit jünger und verletzlicher als in ihrer üblichen prächtigen Garderobe.

Sie schenkte ein Glas Wein ein und reichte es ihm.

»Willkommen in meinem bescheidenen Raum. Wenn der Hof auf Reisen ist, bedeutet es meist eine große Einschränkung für alle. Du bist in deiner Küche allein dadurch privilegiert, dass du diese unangenehme Wirkung der vielen Menschen nicht ertragen musst, die man kaum kennt.«

Sein Zorn auf sie war verflogen, er trank ihr zu, und aus einem plötzlichen Impuls beugte er sich vor und küsste sie.

Es sollte nur ein flüchtiger, freundschaftlicher Kuss sein, sie wirkte so vertraut und nahe, doch seine Lippen gehorchten ihm nicht.

Die anfänglich zarte Liebkosung wurde stürmischer und fordernder, sein Blut war noch in Wallung vor Leidenschaft – vielleicht auch vor Zorn – und Bianca widersetzte sich ihm nicht. Er stellte mechanisch das Glas ab, es fiel hin und zerbrach, doch sie bemerkten es kaum. Seine Arme umschlossen sie, und er zog sie so nahe an sich heran, dass sie die Luft scharf ausstieß.

Sie küssten sich wie Ertrinkende, gierig nach dem zu lange Entbehrten. Bianca zog seinen Kopf noch näher heran, sie ließ ihn spüren, wonach sie sich sehnte. Er zerrte an ihrem Mieder, das sich nicht mit einer Hand öffnen ließ, und riss es entschlossen mit einem Ruck entzwei. Sie drängte sich gegen ihn. Ihr Begehren entzündete eine Flamme in ihm. Er schob sie zum Lager und ließ sich mit ihr darauf fallen.

Seine Zunge fand ihren Mund, spürte ihre Lippen und fuhr entlang der Kinnlinie bis zum Hals. Bianca seufzte und er zerrte an seinem Hemd. Schnell erhob er sich und riss seine Kleidung mehr herunter, als dass er sich entkleidete. Ihr Bedürfnis, ihn zu spüren, war ebenso übermächtig wie seines, und sie zog ihn zu sich herab. Ihr Atem ging schnell, ihre Brüste hoben und senkten sich voller Erregung.

Er küsste sie in schneller Folge immer wieder, seine Lippen wanderten über ihren flachen Bauch, seine Hände umfassten zärtlich die sanften Rundungen ihrer Hüfte, die sich ihm entgegendrängte.

Noch einmal hielt er kurz inne, um ihr in die Augen zu sehen, die vor Verlangen dunkel verschleiert waren. Dann schob er alle Bedenken beiseite. In seinen Gedanken war sie immer nur seine Frau gewesen, und niemand sollte sich in diesem Augenblick zwischen sie stellen. Als er in sie eindrang, schrie sie kurz auf, bevor sie ihn tief in sich aufnahm. Nun war er es, der die Luft scharf ausstieß.

Er bemühte sich, seiner Gefühle Herr zu werden, doch er konnte nicht mehr an sich halten. Leidenschaftlich bewegte er sich in ihr, und Bianca passte sich seinem Rhythmus an und gab einen erstickten Laut von sich, bevor sie sich ihm entgegenwölbte und in seinen Armen weich wurde. Ihre schnelle Erregung fand ihren Widerhall in seiner Befriedigung und er brach zuckend über ihr zusammen.

Sie nicht aus den Armen lassend, rollte er sich zur Seite und suchte ihren Blick. Ihrer beider Atem ging noch schnell und stoßweise, doch ihre Lippen berührten leicht seine Schulter.

»Als Mätresse wäre ich wohl kein großer Erfolg, wenn ich mich so wenig zügeln kann«, meinte sie, immer noch ein wenig atemlos.

Er gab ein entspanntes Brummen von sich. »Der gleiche Vorwurf ginge auch an mich.«

Er stützte sich auf die Seite und drehte eine Locke ihres Haares um seinen Finger, während er ihr einen vorsichtigen Blick zuwarf.

»Ich kann mir nicht vorstellen, dass du die Stellung einer Mätresse anstrebst, obwohl es an diesem Hof durchaus eine Ehre sein kann.«

»Das stelle ich mir lieber nicht vor. Ich habe mir bis heute nicht einmal vorstellen können, dass dies hier passiert.«

Sie wies mit der Hand über das Bett. »Vielleicht war es einfach unvermeidlich, sobald wir alleine sind und die Gelegenheit sich bietet.«

Er antwortete nicht. Früher hätte ihm diese Antwort genügt, aber inzwischen hatte er so manches gelernt. Bianca war nicht die Frau, die sich zufällig oder unwillentlich in eine heikle Lage brachte, doch er hütete sich, ihr dies zu sagen. Es war auch weit angenehmer, nicht nachzudenken und ihre Nähe zu genießen. Er schob seinen Arm unter sie und drückte sie an sich.

Sie fielen beide in einen leichten Schlaf, doch er erwachte sofort, als Bianca sich bewegte. Er roch diesen ganz besonderen Geruch, der nur ihr zu eigen war, und stellte fest, wie sein Begehren wieder erwachte.

Er neigte sich über sie und küsste sie leicht auf die Stirn. Sie drehte sich zu ihm und drückte sich eng an ihn.

»Es macht mein Leben nicht leichter, was heute geschehen ist, aber ich bereue nichts«, flüsterte sie an seinem Ohr.

»Wir werden eine Lösung finden, wie schwierig es auch sein mag.«

Zwischen ihren Brauen erschien eine kleine Falte.

»Was meinst du damit?«

»Du bist erst seit kurzer Zeit verheiratet und noch kinderlos. Vielleicht ist dein Mann zu einer Trennung bereit.«

Sie rückte entschlossen von ihm ab. »Ich habe nicht vor, mich von meinem Mann zu trennen. Er ist krank und braucht mich. Ich konnte mich auf ihn verlassen und werde ihn jetzt nicht im Stich lassen.«

In seinem Magen bildete sich ein Knoten aus Trauer und Bitterkeit. Er versuchte, sich nicht anmerken zu lassen, wie sehr ihre Worte ihn verletzten.

»Dann ist der Gedanke, eine Geliebte zu sein, wohl doch nicht ganz so weit entfernt, wie du zu glauben scheinst. Was hast du dir denn vorgestellt?«

»Ich habe mir gar nichts vorgestellt. Es ist wohl um der alten Zeiten willen geschehen, wir sollten es nicht zu hoch werten.« Sie setzte sich auf und griff nach ihrem Kleid.

Zornig über ihre Gelassenheit meinte er: »Ich glaube dir kein Wort. Keine Frau, die ihren Mann angeblich so schätzt, verhält sich wie du. Du warst leidenschaftlich und dir fehlte ein Mann. Ich denke vielmehr, dass es dich ärgerte, mich mit einer anderen zu sehen. Du warst eifersüchtig.«

Sie hatte ihr Kleid übergestreift und wandte sich ohne einen Blick zurück zur Tür.

»Ich muss zur Königin. Wir sollten das Geschehene einfach vergessen. Es war ein Fehler.«

Wütend schlug er mit der Hand auf das Bett. Die Tür fiel hinter ihr zu und er setzte sich auf. Konnte er sich derart irren? Waren es nicht Leidenschaft und Hingabe, Zärtlichkeit und Liebe, die er in ihren Augen gesehen hatte? Sagte sie am Ende die Wahrheit und liebte ihren Mann tatsächlich? Möglicherweise war er wirklich nur eine Erinnerung an frühere Zeiten, als sie noch nicht Rücksicht nehmen musste auf Verantwortungen und Verpflichtungen.

Langsam kleidete er sich an und verließ ihr Zimmer. Die Gänge waren voller Menschen wie zuvor, doch eine neue Geschäftigkeit schien alle zu beflügeln.

Am Eingang zum Wirtschaftshof traf er Kerim, der erleichtert auf ihn zukam.

»Ich suche dich schon den halben Tag. Wo steckst du nur immer! Ich war sogar in der Küche und habe nach dir gesucht. Es gibt Neuigkeiten.«

Kerim war immer ganz auf dem Laufenden, wenn es um Klatsch oder das Gerede um eine neue Liaison oder eine skandalöse Geschichte ging. Doch diesmal hatte er etwas anderes im Sinn.

»Die ersten machen sich schon Gedanken über die Abreise. Die Familie des Königs reist als zweite Gruppe, du gehörst zu ihr, da du für die Küche seiner Schwiegertochter auf der Reise verantwortlich bist. Ich hingegen gehöre zur ersten Reisegruppe, werde also früher in Paris eintreffen. Ein Freund bietet uns ein wundervolles, kleines

Palais zum Kauf an. Wenn wir es sofort erwerben, kann ich gleich nach meiner Ankunft mit der Ausstattung beginnen. Schließlich werden wir fast die gesamte Zeit in Paris verbringen. Es ist eine glänzende Gelegenheit, dieser massenhaften Unterbringung durch den Hof zu entkommen, also, was hältst du davon?«

»Ich halte überhaupt nichts davon, ein Haus zu kaufen, das ich nicht einmal gesehen habe. Bitte verschone mich mit Erklärungen über Ausstattungen, ich habe andere Dinge zu bedenken.«

»Huh«, Kerim fuhr wie geschlagen zurück. Sein makelloses Gesicht verzog sich wie schmerzverzerrt.

»Der große Meister ist schlechter Laune. Lass mich raten, woran es liegt. Ein Gericht ist misslungen, eine tropische Frucht nicht erhältlich, d'Ailly macht dir das Leben schwer …«

»Zerbrich dir nicht meinen Kopf«, unterbrach Jakob ihn verdrossen.

»Wir finden in Paris schon eine angemessene Unterkunft, aber das hat Zeit.«

»Schon gut, schon gut«, meinte Kerim beschwichtigend. Er sah, dass der Freund nicht in Stimmung für Pläne war. Sie erreichten die Küche und er verzog sich – die Welt der Küchen war nicht die seine und er wusste, dass es Jakob immer an seine Feuerstelle zog, wenn er etwas zu überdenken hatte.

Jakob war über die Abreise der ersten Höflinge informiert; Gérard würde in zwei Tagen aufbrechen, die nächste Station des Hofes vorzubereiten.

Er bedauerte es bereits, Kerim so unwirsch geantwortet zu haben und nahm sich vor, ihm ein besonderes Börek zur Versöhnung zuzubereiten. Sein Freund liebte es nun einmal, entweder sich selbst oder etwas anderes prächtig auszustatten. Er wollte ihm die Freude daran nicht verderben, und mit den unangetasteten Mitteln aus der jüdischen Bank würde es kein Problem sein, Kerim zufriedenzustellen, doch daran wollte er in diesem Moment nicht denken. Der Schmerz über Biancas Zurückweisung lag wie ein kalter Stein in seinem Magen und drückte ihn.

In seiner Küche arbeiteten mehrere Hilfsköche rege an einem glasierten Rehbraten. Dieser würde am Abend serviert werden, die folgenden Tage jedoch waren Fastentage und fleischlos. Er betrat die Speisekammer und warf einen Blick auf die frischen Waren, die die Bauern aus der Umgebung gebracht hatten. Auch der Gewürzhändler aus Marseille hatte Wort gehalten und lieferte regelmäßig. Jakob griff nach einer Feige und roch daran. Vielleicht Hühnchen mit Feigen in Weißwein, überlegte er. Zimt, Kardamom, Safran, mit Mandeln und nicht zu viel frischem Pfeffer. Das Rezept formte sich zu einer Geschmacksvorstellung in seinem Kopf, und er füllte den Korb mit den notwendigen Zutaten.

Die Duchessina liebte die fremdartigen Aromen aus dem Land des Sultans, so wie sie für alle neuen Dinge offen war.

Ein Küchenjunge nahm ihm den Korb eilfertig ab und seine Beiköche warfen einen Blick darauf. Seine anfangs noch bescheidene kleine Küche war angewachsen auf über zwanzig Hilfskräfte und es reichte inzwischen, Anweisungen zu geben, nach denen gekocht wurde. Doch damit begnügte Jakob sich nicht. Das Vergnügen, die Aromen der Küche zu atmen und ein besonderes oder gar völlig neues Rezept auszuprobieren, war weit interessanter als sich um Anordnungen und Schreibarbeiten zu kümmern und in den Salons der Hofdamen gegenwärtig zu sein, wie die meisten Küchenmeister es zu tun pflegten.

Die Küche der Duchessina war verhältnismäßig unwichtig. Selbst der Ehemann Caterinas hielt sich eine eigene Küche, die nichts mit der seiner Frau zu tun hatte, auch wenn diese noch kleiner war als die von Caterina.

In der Küche des Königs arbeiteten Hunderte Bedienstete. War sie auch nicht so riesig und umfangreich wie die des Sultans in Konstantinopel, so gab es ebenfalls Köche für alle möglichen Speisen und Gerichte sowie zahlreiche Küchenmeister, Küchenhilfen, Beiköche, Mägde, Vorkoster und viele mehr.

Über all dem stand der oberste Herr des königlichen Haushaltes, Monsieur d'Ailly, dem nichts und niemand entging. Es gab wenig am Hofe, worüber er nicht informiert war, und Jakob war sich darüber im Klaren, dass dies nur mit einer größeren Anzahl abhängiger Spione möglich war, zu denen auch in seiner Küche der eine oder andere zählen konnte. Er kannte nicht alle Hilfen genau, einige waren ihm empfohlen worden, andere hatte der Küchenmeister ihm zugewiesen.

Sie arbeiteten untadelig, nichts war gegen sie einzuwenden, und er hatte nichts zu verbergen. Dennoch war er vorsichtiger geworden; die Erfahrung aus Florenz hatte ihn gelehrt, dass er sich besser aus manchem heraushielt oder es nicht kommentierte.

Ein einmaliges Geschehen wie sein Besuch bei Bianca konnte verborgen bleiben, wenn es bei diesem einen Mal blieb. Doch keine Liaison blieb unbemerkt. Derlei Neuigkeiten waren zu interessant, um lange geheim zu bleiben. Entweder wurde man gesehen oder ein Zimmermädchen verschaffte sich durch die Weitergabe der Information Vorteile.

Wenn es denn eine Fortsetzung gab, dachte Jakob wehmütig. Er hatte seine Liebe wiedergefunden und besaß sie dennoch nicht. Vielleicht wollte Bianca ein Arrangement, wie es am Hofe üblich war, dachte Jakob, während er eine Weißweincreme mit Eiern aufschlug.

Man heiratete aus Vernunftgründen und für die Weiterführung der Familie, von Liebe war dabei kaum die Rede. Im besten Falle entstand daraus Sympathie oder Achtung, gelegentlich sogar wirkliche Zuneigung, doch das war die Ausnahme. Für die Gefühle hatte man Liebhaber oder Liebhaberinnen, die inoffiziell das Leben teilten.

Der König selbst war das beste Beispiel. Er hatte Eleonore, die Schwester seines übelsten Widersachers Karl V. geehelicht und behandelte sie mit Respekt, doch eine Rolle spielte sie nicht in seinem persönlichen Leben, und da sie kinderlos war, hatte sie auch keinerlei Einfluss.

Doch Jakob gehörte nicht zum Kreis der Adligen am Hofe, die das Leben in den Palästen gewohnt waren. Er war in einer einfachen Kate großgeworden, hatte meist auf einer Küchenbank genächtigt und wollte eine Frau für sich allein. Nicht irgendeine – er wollte diese haben.

Wütend schlug er die Eier zu einer schaumigen Masse. Der Küchenjunge wagte nicht, ihn anzusprechen, er kannte seinen Meister inzwischen und wusste, wann er besser schwieg.

Während das Fest über Tage dauerte, bis in die Nacht der Lärm der Feuerwerkskörper zu hören war und man am Tage das Lachen über Theatervorführungen oder sportliche Darbietungen vernahm, vergrub Jakob sich in seiner Küche.

Den meisten Dienern hatte er freigegeben, denn seine Dienste beschränkten sich auf das morgendliche Mahl für die Signora und die Duchessina, die offenbar getrennt von ihrem jungen Ehemann speiste. Am Mittag traf Caterina sich mit einer der Hofdamen oder der Königin, und am Abend fanden die Festmähler beim König statt, für die Jakob nicht verantwortlich war.

Er mied die königliche Gesellschaft, in der er sich immer noch fremd vorkam und sicherlich auch auf Bianca treffen würde.

Nach einer Woche wurde es ruhiger im Palast. Der Papst reiste ab und mit ihm alle kirchlichen Würdenträger. Ihm folgten die italienischen Adligen und alle französischen Gäste, die nicht dem Hof angehörten oder mit ihm reisten.

Auch für Gérard wurde es wieder Zeit zum Aufbruch. Er verabschiedete sich von Jakob, der an den letzten Abenden seine einzige Gesellschaft gewesen war. Gérard, der den ganzen Tag von Menschen umgeben war, schätzte stille Abende in der Gesellschaft seines neuen Freundes, der sich ebenso wie er damit begnügte, seinen Gedanken nachzuhängen und gelegentlich einen Schluck Wein oder ein Bier zu trinken. Die Küche war gleich nebenan und an schmackhaften Speisen mangelte es ihnen nicht.

Gérard meinte, er habe noch nie im Leben so gut und regelmäßig gegessen wie seit dem Tag, an dem er Jakob kennenlernte. Er wusste, wie sich ein leerer Magen anfühlte, und auch am Hof war er an manchem Abend hungrig eingeschlafen, da der Zugang zu den Küchen des Hofes keineswegs offen war. Er musste seine Nahrung selbst kaufen und oft war es dazu einfach zu spät.

Jakob hörte sich von ihm letzte Ratschläge an, wie man eine Küche für die Reise vorbereitete, um am nächsten Ort schnell alles griffbereit zu haben. Nachdem er offiziell der Küchenmeister der Duchessina war, hatte er sich in der Stadt mit allen erdenklichen Gerätschaften ausgestattet, die für eine herrschaftliche Küche erforderlich waren. Dies musste nun in Kisten verpackt und auf Karren geladen, ordentlich registriert und mit Nummern versehen werden, damit es am nächsten Aufenthaltsort kein wirres Durcheinander gab. Gérard versprach, für ihn immer nach einer kleinen, aber guten Küche Ausschau zu halten.

»Das werde ich schon im eigenen Interesse so halten«, scherzte er.

Als Jakob am nächsten Morgen erwachte, war Gérard schon aufgebrochen.

Für die Reise bereitete er kalte Speisen und ausreichend Vorräte vor, falls ein Aufenthalt in einem Gasthaus erforderlich wurde oder gar im Grünen, wo keine Küche zur Verfügung stand.

Für d'Ailly bereitete er gerade seine letzte Abrechnung vor, als Margot in Jakobs kleine Kammer lugte. Er winkte sie herein und legte die Feder zur Seite. »Du willst dich sicher verabschieden – die meisten brechen ja bereits auf.«

Sie schüttelte den Kopf. »Ich reise ebenfalls mit der zweiten Gruppe, nur Kerim ist schon reisebereit. Er würde natürlich viel lieber mit der königlichen Gruppe reisen, was immer eine große Ehre ist.«

Jakob lachte. »Der eitle Pfau, was spielt das schon für eine Rolle? So bekommt er wahrscheinlich ein besseres Zimmer als manch anderer.«

»Es spielt eine Rolle«, erklärte Margot mit plötzlicher Heftigkeit. »Du ziehst dich von allem zurück, du bekommst nichts mit, und natürlich denkst du, du hast mit dem Hofleben gar nichts zu tun.«

Er lehnte sich in seinem Stuhl zurück und betrachtete sie aufmerksam. So aufgebracht kannte er seine Freundin kaum.

»Was bedrückt dich, Margot? Habe ich etwas falsch gemacht?«

Sie lehnte sich vor und ergriff seine Hand. »Du hast alle Anstrengungen unternommen, um diese Position am Hofe zu bekommen, und du hast sie zu Recht erhalten, jedermann sieht dein großes Talent und deine Fertigkeiten als Koch und Küchenmeister, doch auf einem Gebiet reichen diese Fertigkeiten nicht aus.«

Sie machte eine Pause und schloss kurz die Augen, bevor sie fortfuhr.

»Ein Küchenmeister am Hofe des Herrschers muss auch sichtbar sein. Er muss sich präsentieren und seine Beziehungen pflegen. Schlafen diese ein, wird er bald entmachtet sein und das Feld anderen, Gewitzteren überlassen müssen. Der König liebt interessante Gespräche in seinen Salons, unterhaltsame und gewandte Menschen. Du musst nicht ständig anwesend sein, doch Kerim und ich reichen nicht, um deine Interessen auf Dauer zu wahren.«

Ein wenig hilflos sah er Margot an. »Du kennst mich gut genug, um zu wissen, dass ich nicht interessant genug bin und mich in den Salons überflüssig fühle. Klatsch interessiert mich nicht, und ich weiß auch nichts davon.«

Margot erklärte ihm schalkhaft: »Glaube mir, die meisten Damen finden dich äußerst interessant und geklatscht wird genug über dich. Daran musst du dich gar nicht beteiligen. Du hast mehr gesehen als die meisten Adligen in den Salons, du bist weit gereist und sprichst mehrere Sprachen, sogar Türkisch.«

»Was nutzt mir das schon, wenn am Hofe Petrarca zitiert wird oder die griechischen Philosophen. Davon habe ich keine Ahnung.«

»Du überschätzt die meisten Höflinge. Es gibt einige Hochgebildete und bewundernswert Kluge unter ihnen. Doch gerade sie sehen niemals auf andere herab, sondern erklären gerne und mit viel Geduld etwas, was man nicht versteht, sofern man echtes Interesse hat. Viele aber haben nur eine oberflächliche Erziehung genossen. Die Männer wissen mehr über den Bogen, mit dem sie jagen, als über Latein, und die Frauen interessieren sich meistens gar nicht für diese Wissenschaften, sondern eher für die Kleidung der Rivalin. Tanzen und Musizieren ist weit wichtiger. Glaube mir, Jakob, einige kleine Bonmots erfüllen ganz und gar den Zweck. Ich selbst habe als Kind weit weniger gelernt, und es macht mir keine Mühe, mich mit ihnen zu unterhalten. Man kann diesen Umgang und die Art des Gesprächs lernen, aber nicht, wenn man immer in der Küche sitzt.«

»Aber dies ist mein Leben und das, was ich am besten kann.«

Margot seufzte innerlich über so viel Unverständnis. »Es hat dir auch sehr gute Dienste geleistet bis hierher. Aber ab einem gewissen Punkt helfen Talent und Können allein nicht mehr, sondern nur Verbindungen und Sympathien – deine Fähigkeiten werden dann schlicht vorausgesetzt.«

»Was erwartest du denn? Soll ich in meinen besten Hosen dort erscheinen und klug dreinblicken?«

»Deine beste Kleidung steht dir ausgezeichnet. Manche haben kostbarere Sachen, aber wenige sehen darin so gut aus wie du. Verlasse dich auf mich, wir werden zusammen die kleinen Konzerte besuchen, die die Königin gibt, oder Madame d'Angoulême, die dich schon vermisst. Sogar der gestrenge d'Ailly erwähnte vor allen, dass du außergewöhnlich angenehm riechst, nach einer Mischung aus Sauberkeit und Küche. Der Ärmste macht manche traurige Erfahrung mit Höflingen.«

Sie grinste ihn schelmisch an. »Er weiß ja nicht, dass du seit deiner Zeit bei den Türken so viel Wert auf tägliche Reinigung vom Kopf bis zu den Füßen legst und dir sogar die Zähne bürstest. Das machen übrigens die meisten Hofdamen auch, die Spülung mit parfümiertem Wasser reicht ihnen nicht aus. Aber viele machen sich auch gar nichts daraus, und man wittert sie leider schon, bevor man sie sieht.«

»Du willst mir Mut machen. Ich danke dir, dass du dich so um mich bemühst. Also gut, versuchen wir es heute Abend.«

Es war weit weniger langweilig, als er es sich vorgestellt hatte.

Madame d'Angoulême trat ihm erfreut und sehr huldvoll entgegen. Der liebenswürdige und offene Eindruck, den Jakob von ihr gewonnen hatte, bestätigte sich auch bei der zweiten Begegnung mit der älteren Schwester des Königs.

Natürlich erwähnte sie nicht, auf welche Weise sie den jungen Küchenmeister kennengelernt hatte, doch danach fragte auch niemand. Er kam als Begleitung der Hofdame Caterinas, und die Gastgeberin kannte ihn, das genügte als Eintritt in die höfische Gesellschaft.

Bei einem Rundgang durch die beiden Salons der Fürstin hielt er nach einem vertrauten Gesicht Ausschau, doch als er Bianca nirgendwo entdeckte, war er beinahe erleichtert.

Margot hatte ein wenig untertrieben. Die Fürstin war eine hochgebildete Frau, die mehrere Sprachen fließend beherrschte und zahlreiche Künstler und Wissenschaftler empfing.

Kichernde und ungebildete junge Damen befanden sich nicht unter den Gästen. Dennoch kam Jakob nicht in Verlegenheit. Er kam mit einem schon älteren Mann in ein Gespräch, der sich François Rabelais nannte und den deutschen Mönch Martin Luther persönlich kannte, der seit einem Jahrzehnt die Gemüter erregte und spaltete.

»Vieles, was er anprangert, stört mich ebenfalls«, bekannte Jakob, »allerdings bin ich der katholischen Kirche zu sehr verbunden, um mit ihr zu brechen. Dennoch kann ich seine Anhänger gut verstehen und verurteile sie nicht.«

»Dann teilt Ihr die Meinung des Königs«, meinte Rabelais, »während die Sympathien der Fürstin bei den Anhängern Luthers liegen. Ich hoffe, es wird uns niemals abverlangt, wählen zu müssen.«

Das Gespräch über religiöse Fragen kam nicht zufällig auf. Die Fürstin war selbst literarisch höchst erfolgreich und hatte kürzlich einige Langgedichte veröffentlicht, von denen heute eines zur Aufführung kam. *Der Spiegel der sündigen Seele*, der verschiedene Auffassungen zur neuen Glaubensrichtung darstellte, war inzwischen recht bekannt.

Für Jakob waren derlei Dichtungen völlig neu und ebenso außergewöhnlich wie die Offenheit, mit welcher sich der Hof des Themas annahm. In den Rheinlanden käme dies schon beinahe der Ketzerei gleich.

Gespannt verfolgte er die geschickte Wortwahl und gekonnt platzierten Gedanken. Er war so vertieft, die elegante Sprache zu verstehen, dass er beinahe vergaß, wo er sich befand, und wie aus einem Traum erwachte, um wie die übrigen Gäste der Fürstin Beifall zu zollen. Er fing einen zufriedenen Blick Margots auf. Rabelais zwinkerte ihm zu und meinte, dass er nun wohl auch der jungen Fürstin Caterina seine Aufwartung machen müsse, um in den Genuss von Jakobs Fähigkeiten zu gelangen.

»Einzig geistige Genüsse sind ebenso ungenügend wie ausschließlich kulinarische Höhepunkte. Die Mischung macht das Leben reich.«

Madame d'Angoulême hatte seine letzten Worte gehört und legte vertraulich ihre Hand auf Rabelais' Arm.

»Ich hatte schon das Vergnügen, die Fertigkeiten des Sieur de Rhénanie zu bewundern. Er hatte interessante Lehrmeister und spricht sogar die Sprache und kennt die Schriftzeichen der Türken.«

Sie forderte Jakob auf, von seiner Zeit beim Sultan zu berichten, und dieser kam der Aufforderung gerne nach. Er hatte aufmerksame Zuhörer; immer mehr traten hinzu und lauschten aufmerksam seinen Schilderungen vom täglichen Leben in der Stadt der Wunder.

Sogar Monsieur d'Ailly ließ sich seine Schilderungen nicht entgehen und meinte:

»Nachdem wir wissen, wie groß Euer Wissen über diesen Herrscher ist, lassen sich Eure zweifellos bemerkenswerten Fähigkeiten auch noch in anderer Hinsicht einsetzen.«

Jakob entging nicht, dass man ihn mit Wohlgefallen betrachtete, und wurde plötzlich vorsichtig. Er wollte nicht wieder in den Höhen der Mächtigen zwischen Fronten geraten, von denen er nicht einmal ahnte, dass sie existierten. Dennoch konnte er sich nun nicht einfach verabschieden.

»Vielleicht ist die junge Fürstin bereit, uns alle zu einem kleinen Dinner zu sich einzuladen«, meinte die Fürstin abschließend. »Ihr erster Empfang war in jeder Hinsicht bemerkenswert, sowohl köstlich als auch diplomatisch geschickt.«

An diesem Abend wurde es nicht allzu spät. Die Dame d'Angoulême war nicht mehr die Jüngste, und es lagen Tage voller Anstrengungen hinter ihr. Nachdem sie sich zurückgezogen hatte, konnten auch alle übrigen Gäste gehen.

Der Abend hatte Jakob gefallen und seine Scheu vor den Salons verringert.

Schon in der Frühe des nächsten Morgens schickte d'Ailly nach ihm; eilig beendete Jakob seine letzte Abrechnung. Er hatte nicht erwartet, schon so früh erscheinen zu müssen, und machte sich noch mit der Feder zwischen den Zähnen auf den Weg, während er ein letztes Mal die Zahlenreihen addierte.

Der Sekretär empfing Jakob diesmal mit weit größerer Freundlichkeit. Vielleicht hatte es sich herumgesprochen, dass er im Salon der Dame d'Angoulême verkehrte. Man bot ihm sogar einen Stuhl an, doch kaum saß er, erschien der erste Hofmeister und er sprang wieder auf.

Es ging nicht um seine Abrechnung. D'Ailly hielt ihm einen Bogen hin, ein Schreiben mit türkischen Zeichen.

»Ich möchte sehen, was es mit Euren Kenntnissen auf sich hat. Wir haben einen Übersetzer, doch ich möchte eine zweite Meinung hören. Könnt Ihr damit etwas anfangen?«

Jakob überflog das Schreiben und sah auf den ersten Blick, dass es sich um eine Verabredung handelte. Das Schreiben kam ihm etwas verschlüsselt vor – so waren die Daten nicht einfach genannt worden, sondern umschrieben, als wolle man Unkundigen die Deutung erschweren.

Er hielt seine Feder noch in der Hand und schrieb auf der Rückseite seiner Abrechnung einige Begriffe auf, bevor er sich sicher war, was in dem Schreiben stand.

»Es steht geschrieben«, erklärte er langsam, »dass sich ein gewisser Bey Tugrul mit einem gewissen Jérôme am Tage nach dem Zuckerfest treffen will. Er solle die beschriebenen Papiere mitführen.«

»Wann ist der Tag des Zuckerfestes?«, erkundigte sich d'Ailly.

»Das ist der Tag nach dem Fastenmonat. Das genaue Datum kann man nur sagen, wenn man weiß, um welches Jahr es sich handelt, da die Fastenzeit sich nach dem Mond richtet und in jedem Jahr zu einer anderen Zeit stattfindet.«

D'Ailly nickte zufrieden und nahm die Rolle wieder an sich.

»Ich danke Euch, Meister Jacques. Ihr versteht tatsächlich Türkisch, das kann sich als äußerst nützlich erweisen. Ich möchte Euch für diese Gefälligkeit danken. Habt Ihr einen Wunsch, den ich Euch erfüllen kann?«

Jakob lächelte unverbindlich. »Das war eine Kleinigkeit, die keiner Gegenleistung bedarf, Monsieur. Den einzigen Wunsch, den ich habe, könnt Ihr mir nicht erfüllen.«

»Dann kann es sich nur um eine Frau handeln.«

D'Ailly lächelte ihn an und wirkte plötzlich nicht mehr ganz so streng, sondern blickte beinahe ein wenig wehmütig. »Ihr seid noch jung, auch dies wird sich mit der Zeit finden.«

Zustimmend nickte Jakob und reichte ihm seine Abrechnung. »Ich habe mir erlaubt …«

»Oh, das, nun ja, sicher, auch dies ist wichtig genug.« D'Ailly warf einen flüchtigen Blick darauf und nickte ihm dann verabschiedend zu.

Mit einer eleganten Verbeugung verließ Jakob ihn und konnte sich nun daran machen, seine Küche für die Abreise vorzubereiten.

XI. Im Zug des Königs

Sein Pferd trottete hinter dem Karren mit Küchengeräten. Wenn wir noch langsamer werden, dachte Jakob, der mühsam seine Augen offenhielt, dann reite ich wahrscheinlich bald rückwärts.

Der Karren wurde von zwei Ochsen gezogen, und entsprechend gemächlich ging es voran. Dennoch waren die Sänften der Damen hinter dem Hügel zurückgeblieben und Jakob hob die Hand, damit die Knechte wieder einmal eine Pause machten.

Wenn wir mit solcher Bedächtigkeit weiterreiten, dachte er matt, erreichen wir nicht vor der Dunkelheit das Schloss von Fontainebleau.

Sechs Wochen war es her, seit sie aus Marseille aufgebrochen waren, und es waren anstrengende Wochen, nicht etwa, weil er mühevolle Arbeit leistete, sondern weil die Reise ermüdend schleppend vor sich ging.

Verlangte eine der Damen nach einer Rast, um sich zu erfrischen oder etwas zu speisen, wollten andere dies ebenfalls. Natürlich konnte Jakob nicht jeder zu Diensten sein, obwohl es keine Schwierigkeit darstellte, allen etwas anzubieten. Es war ihm jedoch untersagt, einer anderen Dame als der Duchessina und ihrem Hof zur Verfügung zu stehen; die übrigen Damen fielen in den Herrschaftsbereich anderer Köche, die dann ebenfalls herbeigerufen wurden, um ihrer Pflicht nachzukommen. Aus einer kleinen Rast wurde so unversehens ein ausgedehnter Aufenthalt.

Der König folgte noch später, da er die Gelegenheit nutzte, in den ausgedehnten Wäldern Richtung Paris zu jagen und sich in den Schlössern der Umgebung mit Madame de Pisseleu aufzuhalten.

Auf der gesamten Reise hatte Jakob Ausschau nach Bianca gehalten, sie aber nirgendwo entdeckt. Er überwand sich und fragte Margot nach ihr, doch auch diese konnte nur vermuten, dass sie mit dem Hof der Königin reiste, der sich vor ihnen befand und bereits in Fontainebleau angekommen war.

Am besten waren noch die Wirte der Gasthäuser informiert, die Auskunft erteilen konnten, welche der königlichen Gruppen schon Quartier genommen hatten und welche noch erwartet wurden. Jakob bewunderte immer mehr die ungeheure Leistung, die es darstellte, so viele Menschen durch das Land zu bewegen.

Trotzdem erforderte es oft Findigkeit und Fantasie, die Bequemlichkeit und Bedürfnisse der königlichen Familie und ihres Anhangs zufriedenzustellen.

Jäger belieferten die Küchen mit frischem Wild, Händler und Bauern aus der Umgebung boten ihre Erzeugnisse an. Im späten Herbst gab es ausreichend Obst und Gemüse, auch an Wild für die Küchen herrschte kein Mangel, dennoch gab es unter den verschiedenen Küchen und ihren Leuten immer wieder Auseinandersetzungen um die besten Stücke. Jakob hielt sich, so gut er es vermochte, aus diesen Eifersüchteleien und Machtspielen heraus, hatte er doch gelernt, auch mit wenigen Zutaten etwas Gutes zu kochen. Dies machte sich nun bezahlt.

Andere Küchenmeister schielten oft missgünstig auf seine Platten, die immer fantasievoll angerichtet waren.

Doch auch diese endlos scheinende Reise ging einmal zu Ende. Die Nächte waren schon empfindlich kalt, als sie Ende November das Schloss von Fontainebleau erreichten.

Fontainebleau war eines der Lieblingsschlösser des Königs. Es befand sich im Ausbau, auch hier arbeiteten zahlreiche Handwerker. Wie überall gab es wenig Raum, doch Gérard erwartete ihn bereits und hatte eine perfekte kleine Küche mit zwei angrenzenden Vorratsräumen in einem noch nicht ganz fertiggestellten Nebentrakt reserviert.

Der Weg zu den Räumen der Duchessina war weiter als von den übrigen Küchen aus, doch Jakob wusste, dass dies für die Morgenmahlzeiten und eine gelegentliche Abendeinladung kein Problem sein würde. Zu Weihnachten wollte der Hof bereits im Louvre sein, der Aufenthalt war also kurz.

Als Jakob sein Quartier bezogen hatte, die Vorräte aufgefüllt waren und seine Köche emsig die Mahlzeiten vorkochten und bereiteten, machte er sich auf den Weg.

Er wollte unbedingt Bianca finden und ihr Zerwürfnis bereinigen. Er liebte sie und würde sich mit ihr aussprechen; die immerwährenden Missverständnisse mussten ein Ende haben. Er begann in den Räumen von Margot und fragte sich durch, bis er zu Madeleine gelangte, die endlich etwas über den Verbleib Biancas wusste.

»Sie ist mit einigen Männern der Garde zu ihrem Mann zurückgekehrt.« Bedauernd hob sie die Schultern.

Er hatte sie nur um wenige Tage verfehlt.

»Sie erhielt die Erlaubnis, sich zu ihrem Mann zu begeben«, erklärte Madeleine.

»Seit Marseille war sie verändert, in sich gekehrt und nicht mehr so heiter wie zuvor. Vielleicht vermisste sie ihren Mann oder machte sich Sorgen um seine Gesundheit.«

Vielleicht bedauerte sie auch die gemeinsame Nacht mit ihm, dachte er. Er konnte ihr Gesicht nicht vergessen, ihren Körper und die tiefblauen Augen, als sie sich ihm hingab. Nur ein wenig bedeutungslose Leidenschaft und Lust fern vom Ehegatten sah anders aus, dessen war er sich inzwischen sicher.

Aber vielleicht hatte sie auch die Aussichtslosigkeit ihrer Liaison gesehen und wollte sich und ihn nicht dieser quälenden Zerrissenheit zwischen Liebe und Besonnenheit aussetzen.

Er wollte alleine sein, doch in seiner Kammer lag Gérard und schlief tief und fest. Die Anstrengungen der Reise forderten früher oder später ihren Tribut und sein Freund nutzte die Gelegenheit für eine Erholung, bis er als einer der Ersten wieder aufbrach.

Er überlegte noch, wo er in diesem Gewimmel ein ruhiges Plätzchen finden konnte, als einer von seinen Küchenjungen atemlos angerannt kam.

»Meister Jacques, eilt Euch! Monsieur d'Ailly verlangt nach Euch.«

Es dauerte eine Weile, bis Jakob die Unterkunft des obersten Küchenmeisters fand. Wie schon gewohnt, herrschte das übliche Gedränge, Durcheinander und Gezänk in den Gängen und Räumen der Herrschaften, die die Streitigkeiten über die bestmöglichen Zimmer durch ihre Bediensteten austragen ließen, da es sich für Herrschaften von Stand nicht geziemte, sich ungebührlich aufzuführen.

Im schon ganz und gar fertig eingerichteten Arbeits- und Schlafraum d'Aillys wurde er bereits erwartet. Jakob staunte, als er ebenfalls Kerim erblickte, der ihm erwartungsvoll entgegensah.

»Da staunst du, nicht wahr? Eigentlich sollte ich erst in der kommenden Woche eintreffen, aber Monsieur begehrt meinen Rat und ich musste schneller reisen.«

D'Ailly räusperte sich und erklärte: »Der König wünscht am Tag nach seiner Ankunft ein orientalisches Fest. Wir haben schon früher ähnliche Feste arrangiert, doch da die Herren entsprechende Erfahrung am Hofe des Sultans gewonnen haben, möchte ich dies nutzen, um etwas Neues zu bieten. Nicht nur die Ausstattungen, Kostüme und Kulissen sollen echt sein, sondern ebenfalls die Speisen.«

Er wandte sich an Jakob. »Wir haben wenig Zeit, es wird also schwierig sein, alle erforderlichen Zutaten rechtzeitig zu erhalten, doch ich habe Anweisung gegeben, Euch in jeder Hinsicht zu unterstützen. Die königliche Küche mit all ihren Dienstboten steht Euch dafür zur Verfügung. Die Kosten sind zweitrangig. Ich weiß, Euch fehlt die Erfahrung für ein Fest dieser Größe, doch Ihr seid, wie ich ebenso weiß, recht ehrgeizig und befähigt. Seht Ihr Euch in der Lage, ein Fest für fünfhundert Personen vorzubereiten? Sollte dies für Euch schwierig sein, bitte ich um Aufrichtigkeit, sonst setzt Ihr Eure zukünftigen Möglichkeiten vielleicht aufs Spiel.«

Wie immer fasste d'Ailly alle wichtigen Punkte eines Problems knapp zusammen. Jetzt waren seine und Kerims Augen gespannt auf ihn gerichtet.

Jakob überdachte kurz seine Möglichkeiten und auch die Risiken, die ein so großes Unternehmen bedeutete, bevor er antwortete.

»In einer mir bekannten Küche mit entsprechenden Vorräten wäre es keine Schwierigkeit für mich. Jedoch mit völlig Fremden in einer Umgebung zu arbeiten, die ich nicht kenne und von der ich nicht einmal weiß, wie viele der erforderlichen Zutaten überhaupt erhältlich sind, ist ein Risiko. Um die Erwartungen des Königs gänzlich zu erfüllen, brauche ich die Hilfe der königlichen Köche. Sie wissen genau, was den hohen Herrschaften mundet, sodass ich zwischen einem echten orientalischen Gericht und den Vorlieben des Königs planen kann.«

Was er geschickt verschwieg, war seine Vermutung, dass viele orientalische Gerichte so fremdartig waren, dass sie wahrscheinlich wenig Anklang am Hofe finden würden. Er musste nach einem Weg suchen, die Speisen des Sultanshofes, angepasst an den Gaumen des Königs, zu variieren.

Mit den Gehilfen der königlichen Köche konnte er nur kochen, wenn diese ihn völlig unterstützten – eine eher unwahrscheinliche Möglichkeit, wenn man die ständigen Eifersüchteleien der Küchen bedachte. Er musste sie also mit in die Verantwortung nehmen, um sich nicht zu blamieren, und dadurch seine späteren Möglichkeiten zu verschlechtern.

D'Ailly schmunzelte. Jakob vermutete, dass dieser erfahrene Fuchs am Hofe, der schon viele kommen und gehen gesehen hatte, sofort die Hintergründe seiner Antwort erfasste.

Dennoch verzog d'Ailly, als er antwortete, keine Miene.

»Es ist eine gute Entscheidung, die langjährigen Erfahrungen der königlichen Köche zu nutzen. Ich werde Anweisung geben, dass Ihr für dieses Fest gleichberechtigt mit ihnen arbeitet, wobei Eure Anweisungen vorrangig zu behandeln sind. Euer Freund hingegen«, er machte eine angedeutete Verbeugung Richtung Kerim, »wird unser Ratgeber für Kleidung und Ausstattungen sein. Es scheint, er hat zahlreiche Ideen, die von Nutzen sind.«

Dieses Mal musste Jakob sich bemühen, nicht zu lachen. Sein Freund würde überlaufen vor Ideen, eine kostspieliger als die andere. Dieses Fest war ganz und gar nach seinem Geschmack. Das gespannte Glitzern in Kerims Augen bestätigte seine Ahnung.

»Kerims Ideenreichtum und seine Erfahrung am Hofe des Sultans werden von großem Wert sein«, bestätigte Jakob im Brustton der Überzeugung.

Sie verabredeten, dass Jakob umgehend einen Speiseplan mit der Beschreibung aller Gerichte ausarbeiten und vorlegen sollte. Doch zunächst stand ihm der Gang zum Küchenmeister des Königs bevor, den er auf seine Seite bringen musste, um den Wünschen d'Aillys gerecht zu werden.

Es war kein weiter Weg zur königlichen Hofküche, und doch lagen Welten zwischen der kleinen Küche für die Duchessina und der Hofküche des Königs. Diese war üppig ausgestattet, es fehlte an nichts. Die Koch- und Brattische waren größer als alle, die er je gesehen hatte. Es gab einen separaten Backofen für Pasteten und Kuchen, Waschbecken für Wurzelwerk und Fische und zahllose Mörser unterschiedlicher Größen. An zahlreichen Tischen wurden Speisen vorbereitet. Alles ging in erstaunlicher Stille vor sich, jedermann schien genau zu wissen, was seine Aufgabe war.

Die umfangreiche und nicht eben bestrickende Gestalt des obersten Küchenmeisters, des Herrn über die königlichen Leibköche, hatte Jakob bereits einmal in Avignon gesehen. Sein Gesicht war voller Warzen und erinnerte Jakob an eine Kröte.

Der Mann schien sich auch noch seiner zu entsinnen, zog es aber vor, Jakob ganz offiziell von seinem ersten Beikoch vorstellen zu lassen. Er musterte ihn eine Weile schweigend, bevor er geruhte, das Wort an ihn zu richten.

»Ihr seid also der neue Stern am Firmament der Hofköche. Ein recht junger Bursche, wie man sieht. Wo wollt Ihr Erfahrung gesammelt haben?«

»Ihr habt recht, Küchenmeister, es fehlt mir an Erfahrung am Hofe des Königs, deshalb bat ich um Euren Beistand. Ohne das Wissen der königlichen Köche nutzen mir auch die Kenntnisse der orientalischen Gerichte wenig. Zumal niemand die Vorlieben seiner Majestäten besser kennt als Ihr. Ich kenne zahlreiche Rezepte und Vorlieben des Sultans, die ich in Eure Hände lege, um dem König ein denkwürdiges Fest zu bescheren, dessen Glanz noch lange auf uns scheinen kann.«

Wieder blickte der Küchenmeister ihn aus halb geschlossenen Augen eine Weile stumm an, was seine Art zu sein schien, entweder, weil er die Worte überdachte, oder, weil er sein Gegenüber damit aus der Ruhe bringen wollte.

»In dieser Küche arbeiten nur Kapazitäten der Kochkunst«, meinte er schließlich. Seine Sprechweise war langsam, beinahe schleppend. »Mit Stümpern oder Blendern gebe ich mich nicht ab. Wir werden sehen, wie weit her es ist mit Euren Kenntnissen. Bereitet eine Auswahl der beliebtesten Gerichte zu, von der Ihr glaubt, sie mundet uns.«

Er winkte beinahe unsichtbar mit dem Finger, doch sofort standen zwei Küchenjungen an seiner Seite.

»Diese beiden bringen Euch die Zutaten, die ihr benötigt.«

Jakob verschluckte seine Bedenken um die ungewöhnlichen Gewürze, die er brauchen würde. Sollte es damit Schwierigkeiten geben, war noch Zeit genug, dies zu bekunden.

Die beiden Jungen, die kaum älter waren als er vor seiner Abreise aus den Rheinlanden, führten ihn zu einem freien Tisch, und er machte sich daran, eine Speisenfolge mit den benötigten Zutaten aufzuschreiben.

Für den Anfang genügte ein halbes Dutzend der beliebtesten Speisen aus Konstantinopel. Er entschied sich für zwei leichtere Speisen zum Beginn der Mahlzeit, zwei wirkungsvolle Hauptgänge und zwei Süßspeisen aus Back- und Zuckerwerk. Natürlich war eines der Vorgerichte sein allseits beliebtes Börek, ein wandelbares Rezept, welches auch an den Geschmack der französischen Herrschaften anzupassen war.

Er würde feinsten Blätterteig mit gehacktem Wildfleisch füllen, gewürzt mit einer exotischen Gewürzmischung, und eine Joghurtsauce mit frischer Minze dazu reichen.

Die zweite Vorspeise sollte ein Pilaw mit den Früchten aus der Neuen Welt werden, jedoch gewürzt wie ein klassisches Pilaw aus dem Hause des Sultans. Als Hauptgerichte boten sich Fisch und Fleisch an, bereitet nach alten Palastrezepten. Beide Gerichte konnte er kunstvoll darbieten, mit Bergen aus Datteln und Feigen dekoriert und mit Nüssen und Früchten kunstvoll geschmückt zu einem Gesamtkunstwerk – denn dies war nicht nur in Italien der Brauch, sondern weit üppiger noch auf orientalischen Tafeln.

Die Süßspeisen aus dem Morgenland waren vergleichsweise einfach, wenn auch unbekannt in dieser Küche. Zuckerwerk und die Kunst, mit Zuckerfäden etwas zerbrechlich Kunstvolles zu schaffen – beides war nicht schwierig, aber beeindruckend. Zusammen mit so vielen fremdartigen Früchten, wie er in der Kürze der Zeit erhalten konnte, und Baklava, dem süßen Gebäck aus Walnüssen, Pistazien und Mandeln, waren die Süßspeisen schnell fertig.

Kerims geliebte Hufeisen mit Fruchtsauce passten ebenfalls dazu. Er überlegte, ob er es bis zum Fest schaffen würde, die Bohnen für das schwarze Getränk herbeizuschaffen, das in der Türkei unbedingt dazugehörte. Niemand in Frankreich hatte wahrscheinlich je von Kaffa gehört. Dies wäre eine interessante Neuerung.

Er vertraute nicht nur auf die beiden Küchenjungen des Meisters, sondern würde auch um die Mithilfe der Kaufleute und Handelshäuser in Paris bitten, alle erforderlichen Gewürze und die Bohnen zu liefern.

Seine Liste mit Zutaten war lang und ebenso lang wurde das Gesicht Meister Geoffreys, wie er von allen genannt wurde.

»Was ist dies alles für ein Zeug?«

Er kannte viele der genannten Zutaten nicht mit Namen, doch ganz so schlimm war es dann doch nicht. Jakob hatte die Bezeichnungen mit den ihm bekannten Namen versehen. Einer der beiden pfiffigen Küchenjungen sprach Italienisch und übersetzte sie ins Französische.

Allerdings schienen einige Bestandteile seiner Liste schwer erhältlich, da sie gänzlich unbekannt und noch nie verlangt worden waren.

Die Anpassung, nicht nur an den Geschmack des Königshauses, sondern auch an die begrenzten Möglichkeiten des Gewürzangebotes, war größer, als Jakob ursprünglich vermutet hatte.

Er wollte sich auf den Weg machen und selbst mit den Kaufleuten reden, doch Meister Geoffrey bat ihn in sein Kontor. Der Raum enthielt keine besondere Ausstattung, jedoch war alles Erforderliche vorhanden, um die Küchen des Königs zu dirigieren; er ähnelte in gewisser Weise eher der Schreibstube d'Aillys als der eines Küchenmeisters.

»Ihr werdet Euch nicht von hier entfernen, das geziemt Eurem jetzigen Rang nicht. Solange Ihr bei mir arbeitet, unterwerft Ihr Euch den Gewohnheiten meiner Küche. Ein Küchenmeister gibt Anweisungen, überprüft jedes Gericht, bevor es die Küche verlässt, aber er stellt es nicht mehr selber her.«

»Die neuen Rezepte für das Fest muss ich erst erschaffen und kosten – das kann niemand anders als ich«, erklärte Jakob.

Meister Geoffrey verzog ungeduldig den Mund, bevor er in seiner gewohnt langsamen Art antwortete.

»Ihr besitzt hoffentlich ausreichend Fantasie und Erfahrung, um Anweisungen zu geben, damit man ein Gericht so herzustellen vermag, dass es Euren Vorstellungen entspricht. Eine letzte Kostprobe ist genehmigt, um sicherzugehen, mehr aber nicht. Die Arbeit wird von Köchen, Hilfen und Küchenjungen erledigt.«

Jakob schwieg. Ein solcher Rang war nicht nach seinem Geschmack. Er wollte selber kochen, wollte einen Geschmack austüfteln und nicht nur einen Blick auf etwas werfen, was andere gekocht hatten.

Er würde keine Auseinandersetzung mit Meister Geoffrey riskieren, aber sich auch nicht abhängig machen von den Leuten in dessen Küche. Er hatte immer noch sein eigenes kleines Reich, in dem er für die Duchessina kochte und wo er während der Nacht Rezepte ausprobieren konnte.

Dies erwies sich in den folgenden Tagen als unverzichtbar. Wie er schon vermutet hatte, konnte ein Teil der geforderten Gewürze und Spezereien nicht in der Kürze der Zeit herbeigeschafft werden. Er probierte so lange, bis die Gerichte den Originalrezepten so ähnlich wie möglich waren.

Es war tief in der Nacht, als er mit Kerim, der ebenso erschöpft wirkte wie er, in seiner Küche saß und die verschiedenen Speisen probierte.

»Früher hätte ich dich für dies hier auspeitschen lassen«, lächelte der Eunuch müde. »Aber man kann dem Hof unmöglich die gleichen Gerichte anbieten, sie würden sie nicht mögen. Der Geschmack am Hofe des Sultans ist sehr viel feiner entwickelt und die Gewürze werden weit sparsamer eingesetzt. Es wird weniger Fett verwendet und mehr Zucker. Du hast das Beste daraus gemacht. Es schmeckt für hiesige Zungen exotisch genug, ist trotzdem sehr schmackhaft und eine gelungene Mischung der beiden Küchen. Das Börek sieht aus, als käme es direkt aus dem Palast des Sultans, dennoch ist es weit kräftiger im Geschmack, die Sauce hingegen ist weniger süß. Es passt zusammen, sehr gut sogar.«

Er biss mit seinen kräftigen, weißen Zähnen noch ein Stück ab und nahm einen Löffel der dunkelroten Fruchtsauce. Jakob schrieb alle Zutaten und Mengen genau auf, um der königlichen Küche genaue Anweisungen geben zu können.

»Wie weit bist du mit deinen Vorbereitungen gekommen?«, fragte er Kerim.

Dieser verdrehte nur die Augen. »Dieser Hof ist ein Durcheinander von Wichtigtuern und Nichtskönnern. Dazwischen sind einige, die alle Arbeiten verrichten und niemals anerkennend genannt werden. Du musst jedem genau sagen, was er zu tun hat, und alles überprüfen, sonst geht es schief.«

Jakob blickte von seiner Schreibarbeit auf. »Machst du denn ebenfalls Kompromisse in der Darstellung wie ich in der Küche?«

Kerim schüttelte den Kopf und zerbröselte ein Stück Börek.

»Ich erhalte alle Stoffe und Dekorationen, die ich verlange. Allerdings wirft man mir ständig die Preise vor, der König ist keinesfalls so reich, wie man immer annimmt. Im Palast des Sultans wurden die Kosten niemals erwähnt. Um nur die Hälfte der von mir geforderten Ausstattungen für die *Petite Bande* als Haremsdamen zu erhalten, hat d'Ailly sich geziert wie eine Jungfrau. Zweimal habe ich ihm die Sachen persönlich vor die Füße geworfen, weil man meinen Anforderungen nicht nachkam, sondern irgendwelchen billigen Plunder als Ersatz beschafft hat.«

Jakob lachte laut auf. Er konnte sich vorstellen, wie sein Freund dem obersten Hofmeister zusetzte, um *sein* Fest, wie Kerim es nannte, so glanzvoll wie möglich auszurichten.

»Dafür sind die Maler für meine Bildwände einfach göttlich«, schwärmte er. »Sie verstehen sofort, was ich meine, und haben großartige Szenerien erschaffen. Natürlich sind es ausschließlich Italiener, denn die französischen Maler haben dieses spezielle Gefühl für Dramatik nicht. Ich bin sehr froh, dass die Duchessina sie alle mitbrachte, um ihre Räume in Paris zu gestalten. Inzwischen schätzt auch der König sie außerordentlich – nur der Gemahl der Duchessina ist hoffnungslos desinteressiert an der Kunst.«

»Vielleicht kannst du mir einige Maler empfehlen, die einen Entwurf der Tafel zeichnen«, murmelte Jakob sinnend. »Ich möchte sie so prächtig und farbenfroh gestalten, wie man es im Orient bei großen Feiern macht. Du hast einigen beigewohnt und kannst Anregungen geben, damit sie ebenso ungewöhnlich, üppig und großartig arrangiert werden. Wenn ich Zeichnungen vorweise, können die Köche sie getreulich aufbauen.«

Kerim legte seine langen Beine auf einen Schemel und blickte wohlgefällig auf die Reihe der erprobten Gerichte, die den Tisch in der Mitte des Raumes füllten.

»Das ist eine gute Idee. Ich werde selbst die Entwürfe überwachen und dir schicken lassen. Mein orientalisches Fest wird ein Erfolg werden!«, meinte er siegesgewiss.

»Die bengalischen Feuer sind nicht gerade, was ich mir davon versprochen habe, doch es ist immer noch besser als die bescheidenen bunten Knaller, die bislang als Funken in den Himmel sprühten. Für den Park habe ich mir etwas Besonderes einfallen lassen. Wir können natürlich nicht alle Statuen entfernen und durch orientalische Brunnen ersetzen, aber ich lasse einfach Brunnen und Figuren aus dem Palast der Wunder über sie stülpen und mit zahlreichen Blumengebilden schmücken.«

Verblüfft und etwas beunruhigt hob Jakob den Kopf. »Du willst die Statuen im Park überbauen?«

Kerim wedelte beruhigend mit der Hand. »Die Überbauten sind aus gehärteter Leinwand und lassen sich sofort wieder entfernen. Man darf natürlich nicht bezecht darauf fallen, dann brechen sie zusammen. Außerdem habe ich einige Musiker angewiesen, Weisen zu spielen, wie es sie im Palast der Wunder gibt, wofür ich erst einige neue Instrumente auftreiben musste. Es ist wie ein morsches Gebäude mit diesem Fest. Stopft man ein Loch, entdeckt man gleich ein neues.«

Er hielt inne. Als habe man seine Worte gehört, sang ein Mann eine melancholische Weise und schlug die Laute dazu. Vielleicht wollte er auf diese Weise seine Liebste beeindrucken.

»Hast du etwas von Bianca gehört?«

Jakob hob nicht den Kopf und schrieb beharrlich weiter, während er antwortete.

»Ich habe sie nicht mehr rechtzeitig erreicht, sie war schon abgereist. Wenn eine Liebe nur aus Missverständnissen und verfehlten Möglichkeiten besteht, ist es vielleicht keine wahre Liebe und man muss sich mit den Gegebenheiten abfinden.«

»Papperlapapp! Willst du mir den starken Mann vorspielen? Nicht alles gelingt im ersten Anlauf. Wenn ich so denken würde, hockte ich immer noch als geschundener Lustknabe eines fetten, alten Molches im Palast in Konstantinopel. Ich habe mich umgehört – natürlich äußerst diskret – und dabei habe ich so einiges erfahren.«

Jetzt hob Jakob doch den Kopf und legte die Feder nieder. »Was hast du denn entdeckt?«

Kerim zierte sich und machte es spannend. »Ich habe meine Quellen, denn auch Margot, die dich mit Neuigkeiten versorgt, weiß nicht immer alles, und da mir dein Wohl am Herzen liegt, habe ich mich etwas umgehört.«

Der Eunuch pflegte ein enges und freundschaftliches Verhältnis zu allen Damen der *Petite Bande*, die in direkter Verbindung mit den königlichen Herrschaften standen.

Tatsächlich schnappte Jakobs neugieriger und klatschfreudiger Freund vieles nebenher auf.

Zu Jakobs und Margots Erstaunen hatte er obendrein Verschwiegenheit gelernt. Befreit von den Lasten seiner Gefangenschaft war aus dem verzogenen und schwierigen jungen Mann ein wirklicher Freund geworden.

»Biancas Gatte ist aus Paris abgereist, weil er sich nach seiner Krankheit deutlich besser fühlte.«

»Das weiß ich alles schon«, unterbrach Jakob ihn ungeduldig. »Bianca erzählte mir, dass es ihm wieder gut geht.«

»Gemach, gemach«, Kerim schlug genüsslich die Beine übereinander. »Es ging ihm wieder besser, er war aber keinesfalls gesund, als er Paris verließ. Sein Medikus ist der gleiche, den auch Madame d'Este konsultiert. So eine schöne Frau mit so viel Geschmack«, schwärmte Kerim, doch bevor seine Gedanken wieder in die Welt der exquisiten Garderoben abschweifen konnten, sah er Jakobs finsteres Gesicht und fuhr fort: »Sie erzählte mir, dass er schwer krank sei, auch wenn er sich zeitweise besser fühlt. Sie erwähnte nicht, um welche Krankheit es sich handelte, lediglich, dass er schon seit Jahren immer wiederkehrende Fieberanfälle erleidet und dadurch sehr geschwächt ist. Möglicherweise ist dies der Grund, warum er bislang nicht den Nachfolger gezeugt hat, den er sich sehnlichst wünscht.«

Er griff nach einer Feige und lutschte sie aus. Dabei achtete er sorgsam darauf, dass kein Saft auf seine Kleidung tropfte. Anschließend stand er auf und wusch sich die Hände. Er lehnte sich gegen die Wand und blickte auf Jakobs gebeugten Rücken; dieser schrieb wieder an seinen Rezepten.

»Du sprichst nicht über deine Zuneigung zu Bianca, aber ganz verborgen geblieben ist sie nicht. Es kommt alles noch zu einem guten Ende, vielleicht ist nur ein wenig Geduld erforderlich.«

Ruckartig hob Jakob den Kopf und sah Kerim direkt an. »Ich warte nicht auf den Tod eines Mannes, um Hals über Kopf seine Witwe zu ehelichen, und ich will auf gar keinen Fall, dass du dich in diese Angelegenheit einmischst, auch nicht zu meinem Wohl.«

Entsetzt hob Kerim abwehrend beide Hände. »Moi? Was glaubst du denn? Wir haben im Palast der Medici manches gelernt, aber wir sind doch keine Mordbuben.«

Jakob erhob sich, trat nahe an Kerim heran und sah ihm beinahe drohend in die Augen.

»Ich weiß, dass du und Margot so manches arrangiert. Sie hat das Wissen der Kräuter und beide habt ihr Informationen und Verbindungen und verdient Geld. Du bist aus dem Palast der Wunder ganz andere Dinge gewohnt. Ich will nicht, dass ihr für mich etwas erledigt, auch nicht über Mittler.«

Konsterniert sank Kerim auf einen Schemel und starrte Jakob an.

»Deine gute Meinung über uns ist bemerkenswert. Ich dachte, du sitzt nur in der Küche und interessierst dich für deine Gerichte. Natürlich verdienen wir uns etwas dazu, wir können schließlich nicht nur von dir leben. Ich bekomme ebenso wie du vom König Zuwendungen für meine Dienste und Margot als Hofdame ebenso. Wenn man uns bittet, helfen wir, aber du solltest wissen, dass ausgerechnet ich in Konstantinopel und Florenz durch üble Machenschaften am meisten Schaden erlitt.«

In seinen Augen schimmerte es feucht und Jakob kamen Bedenken, ob er womöglich zu heftig reagiert hatte. Kerim war sein Freund und meinte es gut mit ihm. Er wusste aber auch, dass der Eunuch wegen seiner Vergangenheit viele Dinge anders beurteilte als er. Er sprach nie über den Verlust Ricos, doch diese Wunde war immer noch nicht ganz verheilt.

Möglicherweise hielt Kerim sich mit Täuschungen zurück, die einmal ein wichtiger oder gar überlebenswichtiger Teil seines Lebens gewesen waren, oder er benutzte sie nur, um sich zur Wehr zu setzen.

»Wir alle haben Verletzungen erlitten«, murmelte Jakob. »Ricos Tod hat Margot und mich schwer getroffen, aber du hast mehr durchgemacht.«

Kerim seufzte tief auf. »Ich darf nicht daran denken, sonst könnte ich sofort aufbrechen und diesen Schurken umbringen.«

Er schwieg eine Weile und meinte dann beschwichtigend: »Du verdächtigst Margot und mich zu Unrecht. Wir halten uns aus den Intrigen am Hofe, so gut wir können, heraus. Es ist leider nicht immer möglich, wenn man sich nicht selbst gefährden will, aber das weißt du ja.«

Jakob legte die Feder nieder und schob die beschriebenen Blätter zusammen. Er gähnte verstohlen und wartete darauf, dass Kerim sich verabschiedete. Dieser machte jedoch keine Anstalten, sich zurückzuziehen, sondern streckte seine Glieder und griff abermals nach einem Stück Börek. Während er langsam und nachdenklich kaute, warf er einen fragenden Blick auf Jakobs angrenzende Kammer.

Schweigend beobachtete Jakob ihn und wartete geduldig ab, bis Kerim wieder sprach.

»Wenn es dir nichts ausmacht, würde ich gerne hier schlafen. Meine Kammer ist sozusagen schon belegt.«

Jakob fragte nicht nach. Kerim würde sein Gemach an jemanden verliehen haben, der für eine Liaison Diskretion brauchte.

Er nickte flüchtig und wies mit dem Kinn auf den kleinen Raum.

»Eine zweite Matte liegt immer bereit. Geh nur schon, ich gehe noch einmal zu den Pferden.«

Der Wirtschaftshof lag dunkel und verlassen vor ihm, und auch beim Abtritt, den die meisten Männer vor der Nachtruhe noch einmal aufsuchten, war niemand mehr zu sehen.

Er schlenderte zu den Ställen, strich seinem Pferd leicht über die Flanken, doch auch die Tiere ruhten mit hängenden Köpfen oder lagen im Stroh und hoben nur hier und dort interessiert den Kopf.

Zwei junge Stallburschen blickten kurz auf, legten sich aber sofort wieder nieder, als sie sahen, dass ihre Dienste nicht benötigt wurden.

Auf der anderen Hofseite verschwand ein Wachmann in einem Eingang, wahrscheinlich wollte er sich kurz aufwärmen.

Jakob ging zum Brunnen in der Mitte des Hofes. Ein Eimer, gefüllt mit Wasser, stand noch auf dem Rand. Er wusch sich über Gesicht und Hals und entfernte die Tintenflecken von den Händen, bevor er sich zum kleineren Wirtschaftsteil wandte, wo seine Küche sich in einer Ecke zwischen den Gebäudeteilen befand.

Das Fenster zu seinem Schlafgemach war angelehnt, aber kein Lichtschein war zu sehen, Kerim schlief wohl schon. Leise schloss Jakob den Laden von außen, bevor er sich zur Tür wandte.

Plötzlich und gänzlich unerwartet versetzte jemand ihm einen Stoß und riss ihn herum. Er spürte zwei starke Hände, die sich wie Riegel um seinen Hals legten und ihm die Luft abschnürten.

Instinktiv versuchte er, diese Klammer loszuwerden, doch er wurde mit aller Macht gegen die Mauer gedrückt; gegen diese Kräfte kam er kaum an. Verzweiflung und die schwindende Luft mobilisierten seine letzte Energie. Das Vorgefühl, dass es hier um Leben oder Tod ging, überfiel ihn voller Grausen. Seine freie Faust holte aus und schlug mit aller Macht gegen die Schläfe seines Angreifers.

Dieser jaulte halblaut auf und griff nach seinem Kopf, Jakob hatte sein Ohr getroffen. Dennoch war der Angreifer geistesgegenwärtig genug, nicht ganz von seinem Opfer abzulassen.

Er hielt Jakob an der Jacke fest und versuchte, ihn weiter gegen die Wand zu drücken, um ihn nicht entkommen zu lassen. Mit einem lauten Schrei warf Jakob sich voller Zorn auf die gedrungene Gestalt, die sich mit gleicher Entschlossenheit gegen ihn stemmte und abermals versuchte, seine einem Schraubstock gleichenden Hände um Jakobs Hals zu legen.

Mühsam wehrte Jakob die Arme seines Gegners ab. Der Fremde fluchte leise auf Italienisch und Jakob keuchte vor Anstrengung.

»Was willst du von mir?«

Der Mann antwortete nicht, schien aber zu überlegen und lockerte die rechte Hand. Jakob schrie mit lauter Stimme: »Lass mich endlich los, du Hurensohn, ich habe dir nichts getan!«

Der Schlag gegen sein Kinn traf ihn wie ein Hammerstoß und riss seinen Kopf nach hinten, der schmerzhaft gegen die Mauer schlug. Er spürte noch, wie seine Beine nachgaben, und hörte eine Stimme, die ihm entfernt bekannt vorkam.

»Glaube ja nicht, dass ich dir verziehen habe, du Dreckstück. Du sollst den Namen meines Bruders nie vergessen.«

Jakobs Sinne schwanden und er fiel zu Boden.

Er hörte seinen Namen von ferne, jemand klopfte gegen seine Wange. Er versuchte, den Kopf fortzudrehen, doch ein stechender Schmerz fuhr wie ein Blitz durch seinen Hinterkopf, und er gab einen erstickten Laut von sich.

Sein Blick fiel auf die grauen Steine des Wirtschaftshofes; im Fackelschein war nur die unmittelbare Umgebung zu erkennen. Aus dem Boden ragten mehrere Beine wie Säulen nach oben. Er hatte nicht die Kraft, die Augen weiter offen zu halten, und fiel abermals in Ohnmacht.

Margot legte ein feuchtes Tuch auf seine Stirn, als er wieder erwachte. Sie stieß einen Ruf der Überraschung aus. Kerim trat hinzu und warf einen prüfenden Blick auf Jakob.

»Er kommt wieder zu sich, lange genug hat es gedauert. Ich habe mich schon gefragt, wie eine kleine Wunde einen Mann so lange außer Gefecht setzen kann.«

Margot streichelte leicht Jakobs Wangen, der schnell wieder die Augen geschlossen hatte. Seine Stimme war noch brüchig, klang aber auch erleichtert.

»Ich bin froh, eure Stimmen zu hören und nicht im Jenseits zu erwachen, auch wenn Kerim schon wieder etwas zu nörgeln hat.«

Margot lächelte. »So schlimm ist es glücklicherweise nicht. Was ist denn geschehen, du hast doch nicht etwa getrunken und mitten in der Nacht Händel mit jemandem angefangen?«

»Das würde mich nur beruhigen«, erklärte Kerim spöttisch. »Jakob ist für das eine ebenso zu vernünftig wie für das andere; ein wenig Leichtsinn stände ihm gut zu Gesicht, jedenfalls, wenn es nicht gerade um eine Frau geht.«

Margot warf ihm einen tadelnden Blick zu und half Jakob, sich aufzurichten. Man hatte ihn auf sein Bett geschafft. Die Morgensonne schien schon in die Kammer.

Jakob verzog das Gesicht; sein Kopf pochte schmerzhaft, und als er seine Hand dorthin führte, stellte er fest, dass man ihn bandagiert hatte.

»Nur eine Wunde am Hinterkopf, wahrscheinlich bist du darauf gefallen. Am Hals hast du dunkle Druckstellen, als wollte dich jemand erwürgen. Wer in Allahs Namen war das?«

Margot legte das feuchte Tuch zu Seite, das sie immer noch in der Hand gehalten hatte, und erklärte dem Freund: »Die Wache berichtete, ein Fremder stand mit gezücktem Messer vor ihm, als wolle er geradewegs zum Angriff übergehen. Sie kamen im letzten Augenblick, bevor er zustechen konnte. Der Fremde sah die Wachen und suchte das Weite.«

»Ich habe den Mann nicht gesehen, es war zu dunkel«, erklärte Jakob, »aber ich habe eine Ahnung, wer es gewesen sein könnte. Ich erinnere mich an einige Worte, bevor ich ohnmächtig wurde. Wahrscheinlich dachte er, ich höre ihn nicht mehr. Er wollte seinen Bruder rächen.«

Margot sah ihn ungläubig an. »Du denkst, es war Sebastian? Wie kann er wissen, wo du bist?«

Sie dachte nur kurz nach und nickte dann. »Es ist nicht schwer, wenn man weiß, dass wir am Hofe des Königs sind. Du bist keine unauffällige Gestalt, er konnte es leicht erfragen. Vielleicht ist er uns schon länger gefolgt und hat nur auf den passenden Moment gewartet. Wenn die Wache nicht so aufmerksam gewesen wäre, hätte er Johann gerächt, und du wärst jetzt tot.«

Kerim hustete, um wie ein kleines Kind auf sich aufmerksam zu machen.

»Vielleicht erklärt ihr mir unwissendem Tropf auch einmal, wovon ihr redet. Wer will dich umbringen und welche Untaten hast du begangen, dass man dich so hasst?«

Margot warf einen fragenden Blick auf Jakob und berichtete nach seiner stummen Zustimmung von seiner Ankunft in Genua. Kerims Augen wurden immer größer. Als sie zum Ende kam, sagte er beinahe anerkennend: »Sieh da, ich habe dich eindeutig unterschätzt. Wenn es dir ans Leder geht, kannst du dich also wehren.«

Dann meinte er nachdenklich: »Ich glaube nicht, dass dieser Mann nach all den Mühen, dir hierher zu folgen, einfach aufgibt. Du bist in Gefahr, solange er frei ist. Wir müssen ihn unbedingt schnell ausfindig machen.«

»Das überlasst ihr mir«, erklärte Margot entschlossen. »Der Ort ist nicht groß und lebt von den Schlossbewohnern. Es wird nicht schwer sein, einen Fremden aufzuspüren, der vermutlich kaum Französisch spricht.«

Sie entschieden, dass Jakob sofort in die Kammer zu Margot ziehen und Kerim neben der Küche schlafen sollte. Jakobs Hinweis, dass dies zu gefährlich sei, wehrte der mit einer Handbewegung ab, die beiden Männer seien nicht zu verwechseln. Kerim versicherte zudem, sich wehren zu können, falls man ihn trotzdem angriff. Auf die Wache konnte man sich ebenso verlassen, wie der Vorfall gezeigt hatte.

Der Hauptmann der Wache suchte ihn am nächsten Morgen auf und befragte ihn zu dem Überfall, aber Jakob gab die Identität Sebastians nicht preis, um seinen Widersacher nicht durch ungeschickte Fragen der Wachleute zu warnen. Er vertraute Margot, die sich vorsichtig und listig bei den Leuten der umliegenden Dörfer umhören würde. Sie war eine gute Kundin der Kräuterfrau und kannte viele der Näherinnen und Putzmacherinnen, die den Hof bedienten. Es dauerte kaum zwei Tage und sie wusste Bescheid.

Sie traf sich am Abend mit Kerim und Jakob, der zu seiner Sicherheit nicht mehr alleine bleiben sollte.

In der Küche waren die Speisen für das Fest fertig bestimmt; er hatte den Hilfen genaue Anweisungen und Rezepte gegeben, die unter den kritischen Blicken des obersten Küchenmeisters probiert wurden. Bis auf eine zu fremdartig schmeckende Sauce fanden alle Gerichte Gnade vor seinen Augen.

Margots kleines Zimmer war durch Jakobs Anwesenheit noch enger geworden und sie bot ihren beiden Freunden Platz auf hohen Sitzkissen an.

Draußen wurde es schon herbstlich kühl und sie nahmen dankbar ein Glas warmen Würzweins entgegen.

»Es ist tatsächlich Sebastian«, erklärte sie. »Er wohnt in einer Kate bei Chesnoy, mitten im Wald. Einer der Holzlieferanten des Schlosses hat ihm Unterkunft gegen gute Bezahlung gewährt und versprochen, nicht über ihn zu sprechen. Er ist recht anspruchsvoll, liebt teure Mandelmilch, Fleisch und gelegentlich den Besuch eines Straßenmädchens. Der Händler hat es seiner Schwester, die im Schloss die Wohnungen der Prinzessinnen reinigt, dennoch erzählt, und diese hat es ihrer Freundin berichtet.

Sie hatten viel Spaß dabei, weil der Fremde nur wenige Brocken Französisch spricht und es ständig zu Missverständnissen kommt. Es hat mich kaum etwas gekostet, alles über ihn herauszufinden. Du hast ihm wohl ordentlich aufs Ohr gehauen, denn er klagt über Ohrenschmerzen.«

»Geschieht ihm recht«, meinte Jakob. »Meine Wunde am Kopf ist auch noch nicht geheilt und bedarf der Pflege. Sein Bruder würde noch leben, wenn er uns nicht aus lauter Geldgier verschleppt hätte. Ich fürchte, er wird keine Ruhe geben und mich verfolgen, bis er seinen Bruder gerächt hat. Glücklicherweise sind wir bald im Louvre, dort hat er wenig Gelegenheit hineinzugelangen, vor allem, weil wir gewarnt sind.«

»Er scheint jedenfalls genug Mittel zu besitzen, es sich für längere Zeit hier oder in Paris angenehm zu machen und auf den rechten Augenblick zu warten. Wir müssen etwas gegen ihn unternehmen – oder du schwebst ständig in Gefahr und musst bewacht werden.«

Margot schwieg eine Weile gedankenvoll. Unruhig rutsche Kerim auf seinem Kissen hin und her. Es war kein bequemer Sitz.

Sie überlegten noch eine Weile, welche Sicherheitsvorkehrungen erforderlich waren, doch dann verabschiedete sich Jakob, er wollte noch einmal in die Küche zurück.

Kerim erhob sich, um ihn zu begleiten, doch Margot bat ihn, noch zu bleiben und rief die Wache vor der Tür, damit Jakob unbehelligt über den Hof gelangte.

In der Küche diskutierte er mit Meister Geoffrey über den Aufbau der Tafeln und Speisen. Die bisherige Anhäufung von riesigen Fisch- und Fleischplatten sollte nach Jakobs Vorstellung gänzlich wegfallen, was in der Vorstellung des obersten Küchenmeisters einer Todsünde gleichkam.

Jakob hoffte auf die Bilder der Maler, die seine Ausführungen beeindruckender darstellten. Jede Tafel sollte anders ausfallen und als eigenes Kunstwerk Aufsehen erregen. Bis dahin aber wich er nicht in einem einzigen Punkt von seiner Absicht, was Meister Geoffrey dazu brachte, sich die Haare zu raufen.

»Dickschädeliger Italiener!«, schrie er, der sonst nie die Beherrschung verlor und stets leise blieb. »Ihr untersteht meinem Befehl in dieser Küche und macht, was ich sage!«

»Der König beauftragte mich, ein orientalisches Fest zu arrangieren, kein Duplikat der bisherigen Feste«, antwortete Jakob mit fester Stimme. »Ich habe nicht vor, mich und Euch lächerlich zu machen, weil mir dazu nichts einfällt.«

Die Köche und Küchenjungen, die Mägde und Hilfen standen vor der Tür oder arbeiteten leise vor sich hin, als fände die Auseinandersetzung gar nicht statt. Nie hatte jemand gewagt, sich dem Küchenmeister so offen zu widersetzen. Jeder fürchtete, in dieses Duell hineingezogen zu werden.

»Ich kann mir nicht vorstellen, dass der König dieses fremde Zeug speisen will. Er liebt meine farbigen Blanc-Mangers, meine Fischtorten aus Thunfisch, Karpfen und Aal mit eingelegten Pflaumen, Datteln, Rosinen und Feigen …«

»Sie sind außergewöhnlich und exquisit«, stimmte Jakob zu, »und ich liebe sie auch, wenn ich das Glück habe, sie probieren zu dürfen. Aber die Speisen des Sultans haben Euch bisher ebenfalls gemundet. Der König wird herausfinden, dass er trotz dieser fremden Leckerbissen nicht auf seine gewohnten Lieblingsgerichte verzichten will.«

Er ahnte, dass es dem Küchenmeister widerstrebte, einen vergleichsweise unerfahrenen und jungen Koch wie

Jakob den Ruhm für die gesamten Festlichkeiten alleine einheimsen zu lassen; gegen das Argument aber, dass der König selbst den Befehl für diese Lustbarkeit erteilt hatte, richtete er wenig aus.

Letztendlich ließ er Jakob handeln. Er kannte keines der fremden Gerichte und hätte wohl nie eingestanden, dass ihm auch eine ganze Reihe der verwendeten Zutaten völlig fremd war und er keinen Zugang zu Jakobs Händlern besaß.

Jakob ließ es im Gegenzug nie an Respekt fehlen und redete auch nicht hinter seinem Rücken über Meister Geoffrey wie so viele andere.

Dazu gab es für ihn auch keinen Grund. Der Mann war nicht nur ein erfahrener Küchenmeister am Hofe des Königs – er wurde auch in einer Reihe genannt mit großen Meistern wie Taillevent oder Chiquart, konnte weit mehr als hervorragend kochen, und ihn zu erleben und von ihm lernen zu können, machte Jakob froh.

Je näher das Fest rückte, desto fieberhafter wurde gearbeitet. Am vorletzten Tag rief Meister Geoffrey alle Köche und Küchenhelfer zusammen, mehrere Hundert, wie Jakob beeindruckt feststellte.

Erstaunt vernahm Jakob, dass neben zahlreichen Anordnungen, Verhaltensregeln und Ermahnungen auch die Order erging, ausreichend zu schlafen, damit ein jeder seine Arbeit gut verrichten würde.

Zum Abschluss erklärte Meister Geoffrey Jakob zum Küchenmeister für die Dauer des Festes.

Überrascht nickte Jakob dankend mit dem Kopf; er hatte nicht vermutet, dass der Küchenmeister freiwillig seine Macht teilen würde, und sei es auch nur für diesen einen Tag.

Für ihn war die Schlafregel eine überflüssige Anordnung, er war viel zu aufgeregt, um in der letzten Nacht ein Auge zuzutun.

In dieser Woche hatte der Küchenmeister sich nicht mehr in seine Pläne eingemischt und er hatte ungestört seine Vorstellungen in der Küche entwickelt. Sogar eigene Kochversuche wurden nicht mehr unterbunden. Meister Geoffrey ließ ihm völlig freie Hand. Jedes einzelne Gericht wurde zu einem anschaulichen Ereignis und zeigte eine Szene aus dem Palastleben.

Kerim hatte ihm Stoffe mit Blumenmustern und arabischen Schriftzeichen in Gold, Rot und Grün geschickt, auf denen, er passend zu den dahinter befindlichen, bemalten Wänden, seine Tafeln anrichten konnte. Es wurde ein Rausch aus Farben, Formen und Genüssen, bei dem man manchmal nicht den Übergang zwischen Köstlichkeiten und Kunst bemerkte.

Auf dem Boden rekelten sich künstliche Haremsdamen, die Platten mit echten Speisen boten. Ein Brunnen aus Früchten ließ Wein sprudeln, ein Mann in der Verkleidung eines Faunes reichte kleine Happen und aus einer riesigen vergoldeten Pfanne, unter der ein Feuer glühte, bot ein dunkelhäutiger Sklave in orientalischer Kleidung Pilaw an.

Die Musiker waren nicht zu sehen, doch ihre orientalische Musik erklang leise durch den Festsaal. Auch auf den Tischen befanden sich die feinsten Speisen des Palastes der Wunder.

Nachdem Jakob in der Küche schalten und walten konnte, hatte er einige Gerichte und Ideen hinzugefügt – und das Ergebnis war verblüffend.

Die verwöhnten Mitglieder der königlichen Familie und die Damen im Kreis um den König waren einige Sekunden sprachlos. Die Damen der *Petite Bande*, sämtlich in die luftigen und beinahe durchsichtigen Gewänder der Serailbewohnerinnen gekleidet, bemühten sich, die mit Kerim einstudierten Tänze zur Musik vorzuführen.

Der König lachte und klatschte in die Hände, dies war auch für ihn ein neues und erheiterndes Erlebnis. Jakob und Kerim waren sich darüber im Klaren, dass dieses Fest keineswegs einem Fest im Palast des Sultans glich, doch für den französischen Hof war es neu und äußerst exotisch.

Anfangs noch vorsichtig, machte man sich zunehmend mutiger an die fremdartigen Gerichte, und Kerim, um den sich wie gewohnt eine Gruppe Damen scharte, erklärte hier und dort ein Gericht und schob der lächelnden Anne de Pisseleu sogar ein Stück seines über alles geliebten Böreks in den Mund.

Die Männer hielten sich an gebratenen Pfau und Wildschwein, die beinahe lebensecht auf der Tafel aufgebaut standen, oder an Pilaw mit Hühnchen und herzhaften Gewürzen. Es wurde Wein gereicht, denn darauf wollte niemand verzichten, auch wenn Kerim erklärte, dies sei an einem moslemischen Ort ganz undenkbar.

Als die Damen einen weiteren Rundtanz nach einem alten persischen Lied vorführten, erhob sich sogar der König und forderte die Damen auf, mit ihm gemeinsam zu tanzen.

Er lachte laut über seine noch ungewohnten Bewegungen, doch die Duchessina gesellte sich zu ihm und bemühte sich, so graziös wie möglich den Bewegungen der Tanzgruppe zu folgen.

Erfrischungen wurden gereicht und Diane de Poitiers erklärte entzückt, dieser Tanz sollte bei Hofe beibehalten werden. Selbst Henri, der Ehemann der Duchessina und bisher eher desinteressiert, rang sich ein Lächeln ab und stimmte ihr zu.

Kerim hatte gute Arbeit geleistet, eine Überraschung folgte der nächsten. Er bot die gesamte Zerstreuung des orientalischen Hofes an diesem Abend auf, und als man im Park die neuen Statuen entdeckte, die unter einem Feuerwerk märchenhaft beleuchtet wurden, wussten alle, dass dies nicht nur ein ungewöhnliches, sondern auch das erfolgreichste Fest des Jahres war.

Fröstelnd suchten die leichtbekleideten Damen anschließend wieder den Saal auf, wo sie zum Abschluss ein weiteres Feuerwerk süßer Nachspeisen erwartete.

Fantasievolle Gebilde aus geschmolzenem und wieder gehärtetem Zucker umrahmten Honig- und Mandelgebäck, sahniges Baiser und fruchtige Törtchen. Man war schon satt, doch die meisten konnten sich der süßen Verführung nicht entziehen.

Auf vergoldeten Tellern wurde eine Auswahl der Köstlichkeiten von Dienern gereicht, auch sie in orientalischen Gewändern, die Männer mit Turban, was die Damen immer wieder zum Lachen reizte.

Zum Schluss erschien eine Gruppe Trommler. Jakob erkannte sofort, dass diese tatsächlich aus dem Orient kamen. Ihre Klänge waren wild, laut und vollkommen echt. Die Kleidung war weniger aufwendig und elegant, doch sie beherrschten ihr Metier vollendet.

Einige legten ihre Instrumente zur Seite und tanzten zur wirbelnden Musik mit gewagten Sprüngen und Drehungen.

Alle beobachteten die wilden Gesellen mit Faszination, und Jakob fragte sich, wo Kerim diese Männer wohl aufgetrieben hatte. Noch einmal trommelten alle ein stürmisches Stakkato, bis sie abrupt endeten.

Die plötzliche Stille wurde unterbrochen vom begeisterten Beifall des Königs, dem sich alle anschlossen.

Seine Schwester gab das Zeichen, die Kerzen nicht mehr zu erneuern. Die königliche Familie zog sich zurück, und nach und nach folgten auch die übrigen Gäste; nur einige Herren saßen noch plaudernd auf einer Bank und winkten nach mehr Wein.

Jakob ließ ihnen noch frisch zubereitete Leckereien bringen, bevor er den Befehl erteilte, die übrigen Tische zu räumen.

Auch im Park räumten Diener in der Dunkelheit die Dekorationen fort. Am nächsten Morgen schon würde nichts mehr an die orientalische Nacht erinnern; man war wieder im Herzen Frankreichs.

Hatte Jakob gehofft, dass die folgenden Tage Ruhe bringen würden, so hatte er sich getäuscht. Der König schien unermüdlich – schon am frühen Morgen ging er zur Jagd und an jedem Abend gab es eine weitere Festlichkeit. Selbst die jungen Frauen zeigten nach einer Woche verstohlene Zeichen der Ermüdung. Die königliche Familie wollte das Weihnachtsfest in Paris feiern. Erleichtert sah man der Abreise entgegen.

Jakob kochte wieder für die Duchessina, aber er bemerkte vereinzelte Anzeichen, dass seine orientalische Nacht Eindruck gemacht hatte.

Der oberste Küchenmeister zog ihn bei einer Festlichkeit hinzu und überließ ihm eine Tafel in eigener Verantwortung. Auch wenn er stets ein Auge auf Jakob hatte und gelegentlich eine Anregung gab, so war er doch weit entfernt von seinem anfänglich misstrauischen und strengen Verhalten.

Kerim sonnte sich in seinem Erfolg und Glanz, sein Einfluss am Hofe hatte spürbar zugenommen. Nur Margot ließ sich kaum noch blicken.

Als Jakob Kerim darauf ansprach, zuckte dieser nur die Schultern.

»Sie fühlte sich in letzter Zeit dann und wann müde und unpässlich, nichts Ungewöhnliches, denke ich. Sie war beschäftigt, wie wir alle.«

Sobald Jakob eine freie Stunde hatte, suchte er die Freundin auf. Margot war immer gesund, Unpässlichkeit kannte er nicht von ihr, und eine leise Sorge trieb ihn zu ihr.

Sie lag blass und mit geschlossenen Augen auf einem Divan. Erfreut, ihn zu sehen, setzte sie sich auf.

Er nahm ihre Hand in die seine und sah ihr prüfend ins Gesicht.

»Ich hätte mich früher um dich kümmern sollen, du siehst erschöpft aus. Soll ich dir etwas zu essen bringen lassen oder einen warmen Wein?«

Geradezu entsetzt winkte sie ab. »Nur keine Speisen und Getränke, die Aroma verströmen, mir wird sofort schlecht davon. Ich vertrage nur ein wenig Pfefferminztee mit Honig.«

Erst jetzt fiel ihm auf, dass seine Freundin deutlich abgenommen hatte.

»Was fehlt dir denn? Hast du den Medikus schon gesehen?«

Mit einer vagen Handbewegung wehrte sie ab. »Ich brauche keinen Arzt, ich weiß leider auch so, was mir fehlt.«

Als Jakob nur wartete und nicht reagierte, erklärte sie: »Ich werde vielleicht deine Hilfe brauchen, deshalb kann ich es dir auch gleich sagen. Ich bin schwanger.«

Er brauchte einige Sekunden, bis diese Neuigkeit in sein Bewusstsein drang. Bestürzt setzte er sich zu ihr.

»Und der Vater? Was ist mit ihm?«

»Keine Sorge, ich weiß, wer es ist, aber ich kann ihn mit diesem Problem nicht behelligen. Es ist ein guter Mann, nur leider verheiratet, er wird seine Familie wegen mir nicht verlassen. Es gibt andere Möglichkeiten.«

Alarmiert drückte er ihren Arm. »Was soll das heißen? Du denkst doch nicht etwa daran, dich in die Hände eines dieser Quacksalber zu begeben, die mehr Tote auf dem Gewissen haben als mancher Mordbrenner?«

»Wo denkst du hin.« Vorsichtig löste sie seine Hand, die etwas zu fest ihren Arm drückte.

»Ich werde das Kind zu einer guten Frau bringen und dafür zahlen, wie viele andere Damen am Hofe auch. Allerdings muss ich selbst für einige Monate dem Hofe fernbleiben, damit mein Missgeschick nicht auffällt. Ich suche nach einem Vorwand, eine Weile auf dem Land zu leben. Dort finde ich immer eine Frau, die für einen guten Verdienst ein Kind mit ihren eigenen großzieht. In Paris ist dies viel schwieriger, und mir ist es auch lieber, wenn das Kind auf dem Lande groß wird. Françoise de Foix hat mich mehrfach eingeladen, doch ich will es mir nicht mit Anne de Pisseleu verderben, die sie noch nie leiden mochte.«

»Du könntest zunächst deine Abreise mit dem Hofe verschieben«, meinte Jakob sinnend. »In Italien wäre es einfacher, aber ich kenne niemanden auf dem Lande außer Bianca. Vielleicht sieht sie eine Möglichkeit, dich unterzubringen.«

Margots Wangen färbten sich ein wenig. Aufgeregt meinte sie: »Das ist ein brillanter Gedanke, Jakob. Ich könnte erwähnen, dass sie bei der Pflege ihres Mannes Hilfe braucht, und lasse mich von meinen Pflichten als Hofdame für eine Weile befreien, bis meine Freundin mich nicht mehr benötigt. Die Duchessina wird das verstehen, sie schätzt Bianca sehr.«

Vor Freude und Erleichterung klatschte Margot in die Hände und wirkte sofort weit lebhafter.

»Sie wird eine gute Mutter für das Kind finden und es kann unter ihrer Obhut groß werden. Das ist eine vollkommene Lösung für mein Problem.«

Sie legte sich zurück und schloss die Augen. »In den letzten Tagen habe ich mir den Kopf zerbrochen, was ich anfangen soll. Sobald ich mich etwas kräftiger fühle, reise ich zu ihr, vorausgesetzt, sie ist einverstanden.«

»Für mich ist die Abreise aus Fontainebleau auch in gewisser Weise eine Erleichterung«, gestand Jakob. »Ich musste immer damit rechnen, dass Sebastian aus dem Dunkel über mich herfällt, doch seit seinem Überfall habe ich nichts mehr von ihm gehört oder gesehen.«

»Er wird seine Rache aufgegeben haben«, meinte Margot sorglos. »Es ist nicht einfach, an den Wachen vorbeizukommen, vor allem, wenn diese gewarnt sind. Ohne Kenntnisse der Sprache hatte er nicht viel ausrichten können, oder die Mittel sind ihm ausgegangen. Wahrscheinlich ist er längst wieder zurück nach Hause gereist.«

»Es sieht ihm nicht ähnlich, einfach aufzugeben. Im Louvre wird er allerdings noch weniger Möglichkeiten haben, sich an mich heranzumachen. Vielleicht hat er das erkannt.«

Margot schien sich über Sebastian nicht mehr viele Gedanken zu machen, doch Jakob sah ein, dass sie dringlichere Sorgen hatte. Er riet ihr, auf ihre Gesundheit zu achten und leichte Kost zu sich zu nehmen. Er würde ihr eine Brühe schicken, die ihr Kraft gab und nicht allzu intensiv im Geschmack war. Sie redeten noch eine Weile über ihre Abreise, bis Jakob den Eindruck hatte, dass sie müde wurde. Er verabschiedete sich von ihr und versprach, sie regelmäßig zu besuchen.

Auf dem Weg zurück überlegte er, wer wohl der Vater ihres Kindes sein konnte. Margot hatte viele Verehrer, doch in letzter Zeit hatte er nicht bemerkt, dass sie einen speziellen Mann bevorzugte. Sie konnte sehr verschwiegen und geschickt sein, zumal der Mann scheinbar ebenfalls wenig Interesse daran hatte, seine Vaterschaft anzuerkennen.

Er wich einigen wilden Reitern aus, die, ohne auf Passanten zu achten, in Richtung des Schlosshofes preschten. Er erkannte an ihrer Kleidung, dass es sich um königliche Kuriere handelte. Ihre Eile ließ darauf schließen, dass etwas im Gange war, und häufig bedeutete dies, dass man sich allmählich zur Weiterreise rüstete.

Seine Ahnung täuschte ihn nicht. Am nächsten Morgen erhielt die Küche Weisung, sich für die bevorstehende Weiterreise nach Paris vorzubereiten.

Margot würde einen Eilkurier zu Bianca schicken müssen, damit sie noch vor der Ankunft im Louvre den Hof verlassen konnte.

Wie ein Lindwurm zog sich die scheinbar endlose Reihe der Wagen, Pferde, Lastkarren und Fußgänger die Seine entlang Richtung Paris.

Es war später Nachmittag und Jakob hoffte, dass ihr nächstes Quartier bald in Sicht kam. Der Boden war bedeckt von einer dicken Schicht gefallener Blätter, die von Kälte und Nässe dunkel wurden. Der Herbst war spät gekommen. Nun aber war es in wenigen Tagen empfindlich kalt geworden und selbst in den dicken und pelzgefütterten Mänteln froren die Damen in ihren Sänften. Die Reiter bewegten sich mehr, doch gegen Abend wurde auch ihnen kühl.

Im schon gewohnt langsamen Tempo erreichten sie endlich das Gasthaus, welches die Quartiermeister für den frisch verheirateten zweiten Sohn des Königs und seine junge Frau vorgesehen hatten.

Während die Duchessina erleichtert aus ihrer Sänfte stieg, war von ihrem Ehemann weit und breit nichts zu sehen. Ihre engsten Vertrauten wussten ebenso wie sie, dass dieser sich unter dem Vorwand, in einem benachbarten Landgut zu jagen, in Gesellschaft von Diane de Poitiers befand. Der jungen Frau merkte man jedoch nichts an, mit großer Selbstbeherrschung gab sie ihre Anordnungen und ließ sich in ihre Unterkunft führen.

Jakob begutachtete währenddessen die recht einfache Küche des Hauses und war froh, seine gesamte Küchenausstattung mitzuführen. Er hatte schon unter schwierigeren Umständen ein Mahl zustande gebracht und würde auch hier keine Schwierigkeiten haben.

Er gab seinen Küchenjungen Anweisungen, wie die Küche herzurichten war, bevor er einen Blick in ein Schreiben warf, das ein Kurier ihm unterwegs übergeben hatte. Kapitän Lachaine ließ ihm mitteilen, dass er einen zuverlässigen Schiffer gefunden hatte, der alle erforderlichen orientalischen Gewürze sowie Waren aus der Neuen Welt zuverlässig an den königlichen Hof nach Paris liefern würde.

Jakobs Lächeln gefror jedoch schnell, als er die Preislisten einsah. Darüber würde man noch reden müssen, schließlich wollte er nicht gleich das ganze Schiff kaufen, dachte er verärgert.

Nach der Ankunft herrschte einige Stunden emsige Geschäftigkeit, bis jeder sein Quartier bezogen hatte und vor allem die Mitglieder des Hofes mit ihrem Mobiliar sowie Speisen, Getränken und allem ausgestattet waren, was ihre Behaglichkeit für die Nacht sicherstellte.

Erst weit nach Einbruch der Dunkelheit war die Küche gesäubert und leer. Jakob legte ein Bündel mit seinem Sattel und einer Schlafmatte in einer Ecke bei der Feuerstelle ab.

Nachdem er mehrmals verlauste Schlafstellen abgelehnt hatte, schlief er lieber auf seinen Kleidern oder der eigenen Matte. Ein Winkel ließ sich immer finden, wo er friedlich die Nacht verbringen konnte, ohne durch die Geräusche und Gerüche von Mitschläfern gestört zu werden.

Der Wirt verzog missmutig das Gesicht, vermutlich sah er seine eigenen Schlafpläne durchkreuzt, doch er würde schon irgendwo unterkommen.

Je länger die Reise dauerte, umso weniger war Jakob gewillt, sich den letzten Rest Bequemlichkeit nehmen zu lassen. Nur noch wenige Tage und man würde im Louvre eintreffen. Die Damen, die den Palast kannten, freuten sich auf die Möglichkeiten, die der Ort bot; sie würden ihre Familien wiedersehen und konnten die Ankunft kaum erwarten.

Jakob blickte aus der Tür hinaus in den herbstlichen Garten des Wirtshauses. Der Winter kündigte sich bereits an, morgens lag auf den Wasserpfützen schon eine dünne Eisschicht. Er drückte die Tür zu, damit die Wärme des Küchenfeuers nicht verloren ging und nahm sich aus einem Bord einen Becher. Über der restlichen Glut simmerte ein Gemisch aus Wein, Wasser und Gewürzen.

Seine Küchenjungen waren flink und hatten gleich nach der Ankunft für ein wärmendes Getränk gesorgt, mit dem sie zunächst die Duchessina und ihre Damen bedienten. Nun füllte Jakob seinen Becher und nahm genüsslich einen Schluck. Was war besser, als nach einem langen Tag in der Kälte abends etwas Warmes zu trinken, dachte er. Der Trank enthielt reichlich schweren Wein – er kannte diese List der Küchenjungen, die hofften, dass die Damen so schnell zu Bett gingen und keine besonderen Wünsche mehr äußerten.

Der schwere Wein zeigte bald auch bei ihm Wirkung und er spürte, wie seine Glieder müde wurden. Bevor er sich niederlegte, dachte er wie so oft an Bianca. Inzwischen würde Margot wahrscheinlich schon bei ihr sein.

Am nächsten Morgen regnete es in Strömen, ein kalter Regen, in den sich vereinzelt Schneeflocken mischten. Jakob überhörte die unterdrückten Flüche der Pferdeknechte, und auch die Köche und Küchenjungen wurden durchnässt, bis endlich alle Gerätschaften wieder wohlverpackt auf den Karren befestigt waren.

Jakob half mit, auch er wurde nass, wenn auch sein schottischer Überwurf ihn vor dem ärgsten Regen schützte. Pino hatte ihm das Cape nach Marseille geschickt, da er selbst keine Verwendung hatte für den dicken, groben Stoff.

In den kühleren, nördlichen Regionen war er jedoch ein Segen. Jakob würde nach Genua berichten, dass er nicht nur vor Kälte, sondern auch vor Nässe vorzüglich schützte.

Während ihm das Wasser von den halblangen Haaren über das Gesicht lief, befestigte er mit vor Kälte klammen Fingern die letzte Kiste mit Küchengeräten auf dem Karren. Die Esel schüttelten unwillig den Kopf und waren froh, sich endlich zu bewegen. Zum Schluss warf er den Sattel auf sein Pferd, schwang sich hinauf und gab das Zeichen zur Weiterreise.

Die Duchessina hatte am Morgen nur wenig zu sich genommen. In ihrer pelzgefütterten Winterkleidung stieg sie mit ihren Damen in die Sänfte, nicht ohne liebenswürdig den Dienern zu danken, die ihr behilflich waren.

Auf der Reise war Jakobs Bewunderung für das junge Mädchen gewachsen, das sich so tapfer und immer freundlich in ihre schwierige Rolle fand. Nie sah er sie ungeduldig oder bekümmert, mochte ihre Lage auch noch so unbequem oder bedrückend sein.

Der Regen blieb ihnen auch in den folgenden Tagen treu, und als sie schließlich Paris erreichten, waren selbst die Sänften kaum noch trocken geblieben. Man beeilte sich, über die Brücke auf die andere Seineseite zu gelangen. Jakob stellte fest, dass bei schlechtem Wetter die Reisegeschwindigkeit erstaunlich zunehmen konnte.

Unter seinem schützenden Regenhut warf er neugierige Blicke um sich. Die Stadt hatte am Ufer eine Mauer errichtet, die nur an einigen Stellen direkten Zugang zum Wasser ermöglichte. Die Häuser waren schmal und recht hoch gebaut, doch als sie endlich den Palast des Königs erreichten, war auch Jakob erleichtert.

Der Palast war ein trutziges Gebäude mit einer hohen Schutzmauer, die bis zum Fluss hinabreichte und von schmalen, hohen Wachtürmen unterbrochen wurde. Vorbei an den Wachleuten, die sie streng musterten und gelegentlich anhalten ließen, um Verdächtiges zu begutachten, passierten sie einen zweiten Schutzwall, bevor sie den inneren Hof erreichten.

Ein Teil des Hofes richtete sich bereits im Palais de Tournelles an der Porte Saint-Antoine ein, das beinahe an der Stadtgrenze lag und das der König wegen der Umbauarbeiten derzeit bevorzugte. Die weniger wichtigen Mitglieder des Hofes, zu denen der Haushalt des zweiten Königssohnes zählte, logierten im Louvre.

Der Himmel war mit grauen Wolken bedeckt und es wurde noch kälter und früh dunkel, doch in den Eingängen spendeten Fackeln ausreichend Licht. Während die Diener eifrig die Karren entluden, vernahm Jakob eine bekannte Stimme.

»Wir haben Euch seit Tagen erwartet und schon befürchtet, Ihr schafft es vor den Festtagen nicht mehr. Die Kuriere melden die Ankunft des Königs für übermorgen und Eure Küche ist noch nicht einmal eingerichtet.«

Jean de Baie lehnte an der Eingangspforte und besah sich entspannt das Gewimmel der Karren, Esel und Diener, die Gérard wie ein Feldherr in verschiedene Richtungen dirigierte.

Jakob ließ sich nicht mehr so leicht ins Bockshorn jagen.

»Ich bin erfreut, Euch zu sehen, Monsieur. Eure Freundlichkeit, uns zu erwarten und beim Abladen behilflich zu sein, ist äußerst liebenswürdig. Ich hoffe, ich kann mich bei Euch revanchieren.«

Die Miene des Patissiers war einen Moment gereizt, doch dann fing er sich wieder.

»Wie gerne würde ich Euch zur Hand gehen, Ihr braucht schließlich jede Hilfe, aber leider habe auch ich noch nicht gänzlich alles für die Ankunft des Königs bereit. Dafür bin ich bereits vollständig eingerichtet, um Eurer Herrin ein kleines Willkommensmahl anzubieten.«

»Mischt Ihr Euch wieder einmal in Küchen ein, die Eure Sache nicht sind, Monsieur de Baie?«

Aus dem Hintergrund ertönte Lorenzos Stimme, der nun ins Licht der Fackel trat und die Arme ausbreitete.

»Jakob, welche Freude! Willkommen in Paris, ich habe gehört, dein orientalisches Mahl hat alle anderen Feiern weit in den Schatten gestellt.«

Diese Aussage galt zweifellos eher als Hieb auf den Patissier und weniger als Lob für Jakob. Dieser grinste leise in sich hinein. Die Eifersüchteleien der Köche schienen also schon in vollem Gange, kaum dass er seinen Fuß in eine Küche des Palastes gesetzt hatte.

Er winkte Gérard zu, doch sein Freund war an diesem Abend noch zu beschäftigt; sie würden später Zeit finden, sich zu berichten, was es Neues gab.

Vorerst führte Lorenzo ihn durch den Palast, als gehörte er ihm. Die unzähligen Gänge, Treppen und Räume verwirrten jeden Neuankömmling. Der Palast war eine kleine Stadt und Jakob hoffte, er würde seine Küche auch ohne Lorenzos Hilfe wiederfinden. Sein Mentor hatte gut für ihn gesorgt: Die Küche, die ihm zugewiesen wurde, war sicher eine der größeren und bestens ausgestattet.

Als er sich anerkennend äußerte, meinte Lorenzo: »Es war gar nicht so schwer, sie für dich zu bekommen. Die anderen waren nicht erpicht darauf, weil in diesem Teil des Schlosses mit Bauarbeiten begonnen wurde. Ich bin Küchenmeister der großen Festlichkeiten und muss mich nur mit Monsieur d'Ailly absprechen. Nicht, was die Speisen angeht; es geht nur um die Kosten, er hält die Geldkatze manchmal recht eng.«

Er wies mit der Hand auf ein Fenster. »Dort drüben sind die Umbauarbeiten am Palast im Gange, und tagsüber wird deine Arbeit vom Lärm der Arbeiten begleitet werden. Der König möchte ein italienisches Schloss bauen. Viele Künstler, die mit Caterina kamen, sind in seinem Auftrag hier. Die Pläne sind beinahe fertig und mit dem Flügel, in welchem sich deine Küche befindet, wurde schon im Frühjahr begonnen. Im Winter ruhen die meisten Arbeiten, und danach befindet sich der Hof wieder auf Reisen. Es sollte also zu ertragen sein.«

Seine Köche und Helfer trugen schon die neuen Gerätschaften herbei, um die Küche so zu gestalten, wie Jakob es bevorzugte. Trotz der späten Stunde wimmelte es noch von Dienern, Knechten und Arbeitern, zwischen denen hier und dort eine elegante Gestalt erschien, die sich eilig und fröstelnd ins Schloss flüchtete.

Es wurde immer kälter. Jakob zog seinen warmen Lammfellmantel eng um sich und trat von einem Fuß auf den anderen. Als Lorenzo sich schließlich mit dem Hinweis verabschiedete, dass sich am folgenden Tag in der Frühe alle Köche des Palastes treffen würden, packte Jakob selbst mit an und half, die letzten Küchenutensilien hineinzutragen und zu verstauen.

Nachdem sich alle Übrigen zur Ruhe begeben hatten, sah er sich um. Dies würde sein Reich sein, zum ersten Mal stand er einer wirklich großen und beeindruckenden Küche mit ausreichend Platz vor, die sich obendrein im Palast des Königs befand. Stolz strich er mit der Hand über die polierte Holzfläche des Arbeitstisches und berührte fast liebevoll den nagelneuen Grillspieß.

Eine Festlichkeit für hundert Gäste ließ sich mühelos vorbereiten, dachte er, während sein Blick umherschweifte. Der Erker an der Längsseite würde tagsüber sein Schreibpult beherbergen und nachts konnte er dort schlafen. Der Gedanke, in seiner Küche zu nächtigen, gefiel ihm gut. Er öffnete eine hölzerne Tür und fand eine weitere Kammer, die einige Stufen hinabführte und als Vorratsraum dienen konnte. Er rüttelte am Schloss und entschied, dass der Schlosser ein neues anfertigen musste. Die Vorräte sollten sicher verwahrt sein.

Müde rollte er seine Matte aus und legte sich nieder, nicht ohne an Rafael zu denken, der ihn sicher getadelt hätte, doch Jakob war zu müde, um sich noch am Brunnen zu reinigen.

XII: Am Ende der Reise

Jakob blickte über verschiedene Schreiben in seiner Hand hinaus in den Hof, wo die Bäume mit weißem Raureif überzogen standen. Seit Monaten hatte er auf die Lieferung aus der Neuen Welt gewartet; nun war der Händler mit den gewünschten Waren eingetroffen. Im Winter waren die Flüsse zugefroren und nur auf dem Landweg erreichten Güter die Stadt und den Palast, was merklich länger dauerte.

Seinen Vorsatz, in der Küche zu nächtigen und zu schreiben, hatte er nach seiner Ankunft vor einem Jahr bald aufgeben müssen. Wie allen anderen Küchenmeistern wurde ihm ein Zimmer zugewiesen, schon im neuen Teil des Louvre, mit einer prächtigen Ausstattung. Wenn er morgens erwachte, glaubte er manchmal immer noch zu träumen.

Sein Blick fiel auf den letzten Brief von Margot. Sie kündigte ihr Eintreffen am Hofe an. Sie reiste in Begleitung von Bianca, deren Ehegatte in diesem Herbst seinem Leiden erlegen war. Bevor er die Augen für immer schloss, war es ihm noch vergönnt gewesen, sein Kind zu sehen. Bianca hatte ein kleines Mädchen zur Welt gebracht und war nun mit Margot, ihrer Tochter, einer Amme und einer Kinderfrau auf dem Weg nach Paris. Nach dem Tod ihres Mannes erbten Bianca und ihre Tochter die Besitzungen, Titel und Verantwortlichkeiten eines großen Besitzes.

Die kluge und umsichtige Bianca würde dieser Aufgabe sicher gerecht werden. Margot schrieb nur wenig über sich; sie sei wohlauf und freue sich auf Jakob und den königlichen Hof.

Jakob verstand den Sinn dieser Worte sehr gut: Sie würde ihr Kind zurücklassen, vermutlich in der Pflege einer Amme. Es musste schmerzlich für beide Frauen sein, die eine hatte ihren Mann verloren und die andere ihr Kind.

Es war über ein Jahr vergangen, seit er Margot und Bianca das letzte Mal gesehen hatte. Manches war in diesem Jahr geschehen, doch er hatte sie nie ganz aus seinen Gedanken verbannen können und sah dem Wiedersehen mit widerstreitenden Gefühlen entgegen.

Margot hatte ihm regelmäßig Nachrichten zukommen lassen. Sie hatte ihm gefehlt, und auch Kerim, der derzeit unter allerschmerzlichstem Liebeskummer litt, ersehnte ihre Rückkehr.

Seufzend schob Jakob die Schreiben zur Seite. Kerims schwankende Gefühlslagen waren nichts Neues. Seit er in Paris lebte, hatte er die Liebe neu entdeckt, oder man sollte besser sagen, er entdeckte die Liebe in recht kurzen Abständen immer wieder neu.

Diesmal war es ein Kammerdiener, der unglücklicherweise nicht daran dachte, seiner Angebeteten untreu zu werden, um Kerims Werben nachzugeben. Der verwöhnte Eunuch war Zurückweisung nicht gewohnt und erklärte Jakob jeden Tag aufs Neue, dass das Leben jeden Sinn für ihn verloren habe.

Er schob den Gedanken an Kerim beiseite und griff nach der Feder. Nach zähen Verhandlungen hatte er sich mit dem Händler geeinigt und ihn dazu bewegt, seine Preise für die königlichen Küchen zu senken. Dafür erwartete er regelmäßige Abnahme, die allerdings nicht ebenso regelmäßig eintraf. Schon wieder war eine Lieferung deutlich zu spät angekommen.

Sein Blick fiel auf das Schreiben seines Vaters, das er unter den Stapel der übrigen Briefe schob. Scalia hatte die Hoffnung endgültig aufgegeben, seinen Sohn noch für das Handelshaus zu gewinnen, beteiligte ihn jedoch nach wie vor an den Erträgen.

Jakob hatte ihm mit freundlichen Worten geantwortet und auf die Zahlungen verzichtet, doch sein Vater ignorierte seinen Wunsch und schrieb, es stünde ihm zu und er könne damit machen, was er wolle.

Pino war inzwischen Scalias Stellvertreter und Jakobs früherer Leidensgefährte Martin übernahm zunehmend Verantwortung. Er reiste sogar wieder mit dem Schiff und hatte die alten Ängste, die ihn noch lange nach seiner Errettung durch Jakob plagten, endgültig hinter sich gelassen.

Ohne Vorwarnung flog die Tür auf. Kerim stürmte herein, riss seinen Pelzumhang herunter und ließ sich auf einen Sitz fallen.

»Heu me miserum!«

»Worum geht es diesmal?« Jakob schrieb weiter, ohne aufzublicken.

»Nach den Feiertagen reise ich mit dem Hof weiter, es geht in eine waldreiche Gegend, wo man angeblich besonders viele Hirsche findet.« Er stieß ein verächtliches Lachen aus. »Als gäbe es nicht genug Viehzeug in der näheren Umgebung. Ich träume schon davon, durch den winterlichen Morast zu reiten und nächtens die Wölfe heulen zu hören.«

Jakob gab die Hoffnung auf, in Ruhe weiter arbeiten zu können, und legte die Feder zur Seite.

»Du wusstest doch, dass ihr spätestens in den ersten Tagen des Neuen Jahres aufbrecht. Bisher hat dich das nicht aus der Ruhe gebracht.«

»Ich reise gerne mit dem König, das weißt du, und ich liebe Anne de Pisseleu, sie ist einfach bezaubernd«, meinte er mit unglücklichem Gesicht, »aber Jérôme bleibt in Paris.«

»Aha!«

»Wie kann ich verreisen und ihn verlassen, jetzt, wo er beinahe soweit ist, mich ebenfalls zu lieben?«

Überrascht hob Jakob die Augenbrauen. »Ich denke, er ist verlobt und will im Sommer heiraten. Hat er seine Liebste nun doch verlassen?«

Ein waidwunder Blick traf ihn. »Seine Liebste! Du bist manchmal recht wenig einfühlsam. Er will sie natürlich nicht kränken und alles sorgsam arrangieren.«

»Das heißt, er hat ihr nichts gesagt und dir erklärt, er bleibt in Paris.«

»Derart plump ausgedrückt hört es sich furchtbar an. Ich brauche unbedingt deine Hilfe. Der Ehemann der Duchessina hat Einfluss auf den Herrn Jérômes, du kannst ihn bitten, ihn als Diener einer seiner einflussreichen Höflinge mit dem Tross des Königs zu schicken, damit er in meiner Nähe sein kann.«

Jakob hatte bereits erfahren, dass Jérôme dem Duc de Guise als Kammerherr diente. Die Guise waren mit dem Königshaus verwandt, standen jedoch auch in enger Verbindung mit Diane de Poitiers. Während der König mit dem Hof abreiste, blieben Caterina und ihr Gatte in Paris. Wenn Kerim ihn bat, seine Beziehungen über Caterina spielen zu lassen, bedeutete dies, dass seine eigenen

Versuche mit Bestechung und Kontakten bislang entweder nichts gefruchtet hatten oder der Angebetete Kerim loswerden wollte.

»Ich kann mit der Signora sprechen und um Vermittlung bitten«, erklärte er Kerim,

»aber wenn deine derzeitig große Liebe sich sträubt, kann ich nichts ausrichten.«

Er nahm sich vor, diskret bei Kerims Angebetetem vorzufühlen, bevor er sich auf einen Handel einließ. Kerim gehörte mit den Damen der *Petite Bande* zum Tross des Königs und seiner Mätresse, während Jakob als Koch der Duchessina ganz offiziell dem Hofstaat des zweiten Königssohnes angehörte und damit unweigerlich ebenso seiner offiziellen Freundin Diane de Poitiers unterstand. Deren Rivalität zu Anne de Pisseleu war allseits bekannt.

Wenn auch die Damen vor Publikum äußerst liebenswürdig miteinander umgingen, so machte niemand den Fehler, sich zwischen diese beiden Machtblöcke zu wagen, die gelegentlich zermalmend wirken konnten. Auf die Dauer war es allerdings kaum möglich, sich den beiden Parteien völlig zu entziehen.

Die Signora und die Duchessina waren klug genug, beide Seiten gleichermaßen freundlich und unverbindlich zu behandeln, doch sie spielten am Hofe auch nur eine weniger bedeutende Rolle. Kerim hingegen stand klar auf der Seite der charmanten und lebenslustigen Anne de Pisseleu, die mächtiger war als die Angebetete des zweiten Königssohnes.

Diane de Poitiers war allerdings nicht zu unterschätzen; sie genoss ebenfalls die Achtung des Königs und war eine meisterhafte Intrigantin, die an den entscheidenden Stellen ihre Vasallen platzierte. Sie alle konnten nur hoffen, dass sie niemals wirkliche Macht erlangte. Im Augenblick sah es danach auch kaum aus. Die Favoritin des Königs saß fest im Sattel und machte sich über die weit ältere Diane höchstens lustig, die sie hinter vorgehaltener Hand nur ›die schwarzweiße Alte‹ nannte.

Anne wurde von vielen Verehrern umschwärmt und nahm es mit der Treue zum König durchaus nicht immer ernst. Der König sah großmütig über ihre Eskapaden hinweg, denn auch er genoss gerne die Gesellschaft anderer Damen.

Der tugendhaften und humorlosen Diane musste dieses Verhalten ein Dorn im Auge sein. Sie hatte sich bisher dem Drängen des Königssohnes widersetzt und spielte immer noch die Rolle seiner Beraterin.

Es wurden Wetten abgeschlossen, ob Henri ihrer überdrüssig würde oder sie ihm endlich nachgab. Für die junge Caterina war es sicher bitter, für ihren Mann stets die Zweite zu sein, auch wenn er es ihr gegenüber nie an Respekt fehlen ließ. Sie wusste inzwischen sogar, dass er nächtens nur zu ihr kam, wenn Diane ihm dies anriet.

Caterina hatte sich ihren eigenen Hofstaat geschaffen, der zum größten Teil aus Italienern bestand. Auf diese konnte sie sich verlassen in dem Machtgeplänkel der einzelnen Damen mit ihren wechselnden Interessen.

Die Signora erwähnte Jakob gegenüber, dass die Rückkehr Margots und Biancas schon ersehnt wurde; die schöne und heitere Bianca und die erfahrene Margot waren ein Gewinn für ihren Hof.

Am Abend lud der König zu einem der Feste ein, die den Feiertagen vorausgingen. Dies bedeutete für Jakob weniger Arbeit, da der Hof der Duchessina sich ebenfalls auf das Fest begab.

In letzter Zeit wurde er jedoch des Öfteren gebeten, einen Teil der Festlichkeiten mitzugestalten, und auch dieses Mal ging er dem obersten Küchenmeister zur Hand und bereitete Wildpasteten und Aufläufe, die besonders vom König und der *Maîtresse en titre* geschätzt wurden.

Anne de Pisseleu war vor Kurzem vom König mit dem Titel Herzogin von Étampes bedacht worden, und auch dieser Ehrung folgte ein großes Fest mit zahlreichen Gästen. An diesem Abend fand der Schein der Fackeln und Kerzen seinen Widerhall im Geschmeide der schönsten Frauen des Landes.

Es dauerte lange, bis der König und seine Familie sich zurückzogen und damit auch allen übrigen die Möglichkeit gaben, sich nach und nach zu verabschieden. Die Älteren hatten die Kunst perfektioniert, zu gähnen, ohne dass man es ihnen ansah. Sie waren die Ersten, die sich zur Ruhe begaben.

Jakob wartete, bis nur noch vereinzelt Gäste in den Nischen standen – zwei junge Damen, die sich zur leisen Musik in den Hüften wiegten und noch immer nicht müde waren, einige Herren, ins Gespräch vertieft. Er nickte dem jungen Sieur Jarnac zu, der eng mit Kerim befreundet war und mit einem älteren, eleganten Mann diskutierte. Dieser warf ihm einen kurzen Blick zu, verabschiedete sich und folgte Jakob.

»Seid Ihr nicht der italienische Küchenmeister, den mein Kammerdiener erwähnte? Euer Name ist …« Er suchte in seinem Gedächtnis.

Jakob blieb stehen und wandte sich um. »Jacques de Rhénanie, Monsieur.« Das letzte Wort kam eher fragend heraus.

»Es ist schon spät, doch wenn Ihr erlaubt, möchte ich ein Wort mit Euch wechseln.«

Er wies in eine Nische, die durch schwere Damastvorhänge abgeschirmt wurde. Misstrauisch blickte Jakob sich um, doch außer ihnen war niemand zu sehen. Der Mann lachte leise.

»Ihr seid vorsichtig, doch das ist bei mir nicht angebracht. Mein Name ist Claude de Lorraine, Duc de Guise.«

Jakob neigte ehrerbietig den Kopf. Der Mann war ein Vertrauter und Kampfgefährte des Königs, hatte jedoch auch gewisse Kontakte zu Diane de Poitiers. Dank Kerims und Margots intimer Berichte über das komplizierte Beziehungsgeflecht innerhalb des Königshauses war er über den einflussreichen Fürsten im Bilde.

Nachdem sie einige höfliche Komplimente ausgetauscht hatten, meinte der Fürst:

»Ich trenne mich sehr ungern von einem treuen Kammerdiener wie Jérôme, dennoch wäre ich unter bestimmten Bedingungen zu diesem Opfer bereit.«

»Euer Vertrauen ehrt mich, doch in Herzensangelegenheiten will ich mich nicht einmischen, es fruchtet selten etwas.«

Ein erstaunter Blick traf ihn. »Wer spricht von Herzensangelegenheiten? Es muss in Eurem Interesse sein, Jérôme und Euren exotischen Freund mit dem König reisen zu lassen. Mir ist völlig gleichgültig, wem Jérôme oder der Eunuch seine Gunst schenkt, aber Ihr solltet ebenso wie ich an die Vorteile denken, welche diese Reise mit sich bringen kann.«

Jakob, der inzwischen einiges am Hofe gelernt hatte, meinte mit möglichst gleichmütigem Gesicht: »Ihr seht mich einigermaßen erstaunt, Monsieur.«

Lorraine fasste ihn scharf ins Auge und versuchte, seine Miene zu ergründen. Es gelang ihm nicht und so äußerte auch er sich vorsichtig.

»Nun ja, es könnte zu unerfreulichen Entwicklungen kommen, wenn die Rolle des Eunuchen in einem falschen Licht erscheint. Ihr seid unweigerlich in diese Sache verwickelt und Eure Stellung wäre gefährdet. Daran hat niemand ein Interesse.«

Jakob bemühte sich krampfhaft zu erraten, um was es bei diesem wirren Gespräch ging. Offenbar steckte Kerim in Schwierigkeiten und der Hof hielt es für besser, ihn zumindest zeitweise zu entfernen, doch was um alles in der Welt hatte er selbst damit zu tun?

»Was erwartet Ihr von mir?«

»Jérôme ist erfahren in allen Belangen des Palastlebens, und ich möchte ihm eine Stelle im Haushalt der Dame de Pisseleu d'Heilly verschaffen. Euer Freund, ich meine den Eunuchen«, fügte er erklärend hinzu, »hat einen gewissen Einfluss auf die Damen, vielleicht kann er sich für ihn verwenden. Ich bin sicher, er würde diesen Dienst schätzen.«

»Ihr spracht von gewissen Bedingungen und habt mir noch nicht erklärt, was ich damit zu tun habe. Er bat mich ebenfalls um Hilfe, weil er selbst nichts erreicht hat. Warum fragt Ihr ihn nicht selber?«

Der Fürst lächelte, ein beinahe katzenhaftes Lächeln, wie es Jakob schien. Die Vorstellung, die Maus in diesem Spiel zu sein, gefiel ihm gar nicht.

»Ihr habt sicherlich ausreichend Erfahrung in Liebesdingen, um zu wissen, dass Verliebte keine verlässlichen Partner sind. Ich möchte eine so wichtige Angelegenheit nicht von den wechselnden Gefühlen Eures geschätzten Freundes abhängig machen. Ihr hingegen handelt klug und behutsam, es ist mir daher sehr viel lieber, mit Euch zu verhandeln. Meine Bedingung versteht sich von selbst. Wenn ich einen treuen Diener und Freund ziehen lasse, möchte ich natürlich genau erfahren, wie es ihm ergeht.«

Jakob war sich darüber im Klaren, dass der Fürst Informationen haben wollte und nicht das Risiko einging, sich detailliert darüber auszulassen. Doch worum ging es ihm nur? Er musste mit Kerim reden und herausfinden, was es mit diesem Diener auf sich hatte.

»Wir alle sind dem Hof des Prinzen Henri und seiner jungen Frau verbunden«, antwortete Jakob glatt. »Es ist mir ein Vergnügen, Euch dienlich zu sein, und ich werde mein Möglichstes tun.«

In der Nacht schlief er trotz seiner Müdigkeit schlecht. Es ging ihm nicht aus dem Kopf, dass der einflussreiche Fürst etwas wusste, was seine Stellung in Gefahr bringen konnte. Worum mochte es sich nur handeln? Er war sich keiner Schuld bewusst, doch das besagte gar nichts. Vielleicht war es ein Fehler, sich aus allen Gerüchten herauszuhalten. Bianca oder Margot waren meist gut informiert, doch noch waren sie nicht angekommen, um ihn zu beraten.

Am frühen Morgen beschloss er, Kerim sofort aufzusuchen und ihn zu fragen, was es mit den geheimnisvollen Andeutungen auf sich hatte.

Der Freund lag noch im Bett und schlief, wurde aber sofort wach, als Jakob sich zu ihm setzte. Sobald er Jakob sah, traten ihm die Tränen in die Augen, und er warf mit einer stürmischen Bewegung die Arme um ihn.

»Du warst im Recht und ich bin ein hoffnungsloser Dummkopf.«

Er schluchzte auf und drückte Jakob an sich, der sich vorsichtig aus seiner Umklammerung befreite.

»Was ist denn passiert? Gestern warst du doch noch so hoffnungsvoll.«

»Ich habe den Mistkerl erwischt, wie er mit dieser Frau im Bett lag. Ich wollte ihn überraschen.«

Die Erinnerung an diese Szene trieb ihm abermals die Tränen in die Augen, er wischte sie mit dem Handrücken fort.

»Dabei hatte er mir sein Wort gegeben, dass niemals etwas mit ihr vorgefallen sei und es auch nie geschehen würde. Sie lachte mir ganz frech und selbstbewusst ins Gesicht und meinte, sie sei froh, dass dieses ganze Theater nun endlich vorbei sei. Es muss also schon eine Weile so gegangen sein. Er hat mich nur benutzt.«

»Warum sollte er das tun? Braucht der Fürst möglicherweise einen weiteren Informanten? Hast du ihm vielleicht etwas anvertraut, was er gegen dich verwenden könnte?«

Kerim überlegte einen Augenblick. »Einen weiteren Informanten? Kennst du denn jemanden, der für den Fürsten spioniert?«

Jakob schüttelte den Kopf. »Du kannst dir doch denken, dass Diane de Poitiers immer an Informationen über Anne interessiert ist, und umgekehrt natürlich auch. Der Fürst ist ein enger Vertrauter von ihr. Vielleicht wurdest du als Informationsquelle benutzt und alles, was man in Erfahrung bringen konnte, wurde dem Fürsten berichtet.«

Jakob berichtete ihm von dem Gespräch mit Guise und behielt dabei Kerim im Auge. Der hatte die Augen halb geschlossen, als denke er nach, doch konnte er Jakob nicht mehr so leicht täuschen. Ein kaum merkliches Zucken des Lides verriet ihm, dass der Freund etwas verbarg.

Zögernd und scheinbar abwägend sagte Kerim: »Natürlich habe ich ihm das eine oder andere anvertraut, ich dachte, dieser Hundsfott meint es ehrlich.«

»Es muss etwas sein, womit der Fürst uns vielleicht in der Hand hat«, überlegte Jakob. »Ich kann mir nicht denken, dass er nur Andeutungen macht, ohne etwas Bestimmtes zu wissen. Es ist an der Zeit, mich einzuweihen, schließlich steht auch meine Sicherheit auf dem Spiel.«

Kerim schwang seine Beine aus dem Bett und fuhr sich mit den Händen durch die wirren, blonden Locken.

»Keine Sorge, ich kümmere mich darum. Dieser verlogene Jérôme hat mir ebenfalls das eine oder andere zugeflüstert, was dem Fürsten missfallen könnte. Es ist an der Zeit, die Karten auf den Tisch zu legen und ihm klarzumachen, dass wir nicht mit uns spielen lassen.«

Er legte seine Hand auf Jakobs Schulter. »Ich meine es ernst, er hat nichts Wesentliches gegen uns in der Hand und ich verstehe keinen Spaß, wenn man dich bedroht. Ich bringe das in Ordnung.«

»Es wäre mir lieber, ich wüsste, worum es eigentlich geht. Ich bin es satt, dass man um mich herum intrigiert und ich nicht weiß, was geschieht.«

Kerim klatschte in die Hände und befahl dem Diener, der vor der Tür wachte, ihm heißes Wasser zu bringen. Erst als dieser sich wieder entfernte, antwortete er.

»Du hast dich nie für die kleinen Spielereien, Erpressungen und gegenseitigen Nützlichkeiten am Hof interessiert. Überlass das Margot und mir. Du bist der geschätzte Küchenmeister, dem wir ein angenehmes Leben verdanken. Manchmal ist es besser, nichts zu wissen, glaube mir.«

Der Gedanke an den Fürsten hatte Kerim etwas von seinem Kummer abgelenkt und würde ihn vielleicht eine

Weile beschäftigen. Der Eunuch konnte hingebungsvoll leiden, ließ sich aber auch schnell ablenken. Nur über den Tod von Rico war er lange nicht hinweggekommen, und wenn ihn etwas an den Jungen erinnerte, verhärtete sich immer noch sein Gesicht.

Während Jakob noch überlegte, machte sich ein Diener mit einem Kratzen an der Tür bemerkbar. Jakob rief ihn herein, doch es war nicht das erwartete Wasser, sondern ein Bote, der Kerim ein Schreiben überreichte. Während der Mann sich zurückzog, stieß Kerim einen erfreuten Schrei aus.

»Es ist von Margot! Sie sind schon in der Nähe der Stadt und werden morgen ankommen. Sie bittet mich, sicherzustellen, dass Bianca und sie gut untergebracht sind.«

Die Unterbringung der Damen war stets eine schwierige Angelegenheit. Jede war an angenehmen, gut gelegenen Zimmern interessiert, von denen es zu wenige gab und die nach einem komplizierten Schlüssel vergeben wurden. Natürlich spielten auch Sympathien und Beziehungen eine Rolle; dies war es, worauf das Schreiben hinwies.

Vielleicht war es doch ratsamer, ein eigenes Haus in der Stadt zu kaufen, überlegte Jakob, doch dann verwarf er den Gedanken schnell wieder.

Für Kerim und Margot war es unerlässlich, in unmittelbarer Nähe des Geschehens am Hofe zu wohnen. Er selbst hatte schon in Florenz kaum Zeit gehabt, sein schönes Haus zu nutzen, weil seine Anwesenheit vom frühen Morgen bis in die Nacht erforderlich war und er meist nicht mehr die Kraft aufbrachte, noch nach Hause zu reiten.

»Ich werde den Fürsten selbst aufsuchen«, verkündete Kerim in seine Gedanken hinein. »Sorge dich bitte nicht, er wird dich nicht mehr mit seltsamen Andeutungen behelligen.«

Jakob nickte und gab sich den Anschein, sich nicht mehr für diese geheimnisvolle Sache zu interessieren. Dennoch war er nicht gewillt, sich weiterhin als unwissenden Spielball benutzen zu lassen. Die unseligen Erfahrungen am Hofe des Herzogs von Florenz hatten ihm gezeigt, dass es das Leben zwar nicht leichter machte, mit Intrigen zu leben, doch noch übler war es, in deren Mittelpunkt zu stehen, ohne zu wissen, was vorging.

Kerim war in Gedanken schon einen Schritt weiter. »Margot und Bianca können bis zu meiner Abreise in meinem Apartment leben. Es dauert ja nicht mehr lange, und ich werde froh sein, diesen glattzüngigen Jérôme nicht mehr zu sehen. Seine Anwesenheit würde mich ständig an seinen Betrug erinnern.«

Er seufzte tief auf. »Ich habe wohl nie Glück in Herzensdingen. Manche sind nicht für die Zweisamkeit gemacht! Ich werde nie wieder zulassen, dass mir jemand zu nahe kommt.«

Sein Blick fiel auf einen nachdenklichen Jakob. »Ich rede natürlich nicht von dir oder Margot. Noch nie stand mir jemand so nahe wie ihr beiden, selbst mein Onkel nicht. Und natürlich Bianca, sie gehört ebenfalls meiner neuen Familie an. Eine so schöne Frau mit erlesenem Geschmack und von hoher Bildung. Selbst hier am Hofe findet man nicht viele wie sie. Ein Jammer, dass du sie nicht halten konntest.«

»Schon gut«, antwortete Jakob ärgerlich, »ich weiß selbst, wo ich Schiffbruch erlitten habe.«

Kerim wedelte beschwichtigend mit den Händen. »Ich wollte dich nicht kränken, es reicht, wenn einer von uns gramgebeugt durch den Palast schleicht.«

Jakob lachte. Der Eunuch brachte es immer fertig, ihn zu erheitern und abzulenken.

Er verabschiedet sich von Kerim, der ihm noch durch die Tür nachrief: »Zieh dir etwas Gebührendes an, wenn die Damen eintreffen!«

Die Zimmer von Jérôme lagen in einem entfernteren Teil des Louvre. Eigentlich war es ein Anbau, der ebenfalls in die Umbauarbeiten einbezogen werden sollte, aber noch nicht in Angriff genommen worden war.

Jakob hatte nur eine ungefähre Vorstellung, wo er suchen musste, wollte aber auch nicht fragen, um niemanden auf sich aufmerksam zu machen. Einer vorübereilenden Magd nahm er einen Krug mit Milch für die Morgenmahlzeit einfach aus der Hand und erklärte bestimmt, er müsse das Getränk selber bringen. Die verblüffte Frau ließ er mit offenem Mund zurück und fragte den nächsten Dienstboten nach dem Zimmer Jérômes.

Nachdem er einige Male an der Tür gekratzt hatte, öffnete ihm Jérôme mit fragendem Blick. Er stellte den Milchkrug auf eine hölzerne Truhe und sah sich neugierig um.

Jérôme lebte recht bescheiden, der Raum war beinahe kahl. Er wunderte sich, dass sich der wählerische Kerim zu diesem Mann hingezogen fühlte, dessen Lebensweise sich so wenig mit der seinen vergleichen ließ.

»Willkommen«, meinte Jérôme sauertöpfisch. »Ihr vergaßt, Euch vorzustellen!«

Jérôme war auf den ersten Blick gut aussehend, doch beim Sprechen fiel auf, dass ihm bereits zwei Zähne fehlten und seine Haare dünner wurden, obwohl er kaum älter war als zwanzig.

»Ich könnte dir einen Namen nennen, aber er wäre ohnedies nicht der richtige.« Jakob setzte sich ungezwungen neben den Milchkrug auf die Truhe, die neben der Schlafstatt das einzige Sitzmöbel war.

»Ich bin gekommen, um über einen gemeinsamen Bekannten zu sprechen, der bedauerlicherweise einen kleinen Fehler gemacht hat. Er vertraute dir etwas an, was nicht für deine Ohren bestimmt war, und nun erpresst du ihn. Äußerst ärgerlich, da ich ebenfalls Mitwisser bin und ältere Rechte habe.«

Als Erpresser und Spion war Jérôme ein völliger Versager. Jede Gemütsregung ließ sich in seinem Gesicht ablesen, wo auf Ärger und Verblüffung plötzliche Erheiterung folgte.

Der junge Mann grinste und ließ sein fehlerhaftes Gebiss sehen. »Ich nehme an, Ihr sprecht von meinem geliebten Kerim, und Ihr erpresst ihn schon länger, da Ihr ihm auf die Schliche gekommen seid. Oder hat er Euch auch in einer intimen Minute von seiner Missetat mit der reizenden Hofdame berichtet?«

Jakob ging auf seine Frage nicht ein und rieb einen vermeintlichen Fleck aus seiner Hose.

»Zu allem Übel warst du auch noch so unsagbar dumm, den Fürsten einzuweihen. Dadurch hast du dich natürlich selbst in Gefahr gebracht.«

Das Lachen verschwand aus Jérômes Gesicht. »Was meint Ihr damit? Heißt das etwa, dass sie mich ebenso umbringen könnten wie diesen unverschämten Menschenhändler?«

»Das ist der Mühe wohl nicht wert. Der Fürst hätte sicher andere Möglichkeiten, dich aus dem Weg zu schaffen.«

Verwirrt sah Jérôme ihn an. »Ich begreife nicht, wovon Ihr sprecht. Der Fürst profitiert doch von meinem Wissen.«

»Kennt Ihr nicht den Spruch, dass man wohl den Verrat liebt, jedoch nicht den Verräter? Dieser ist so überflüssig wie ein Kropf. Ich mag Euch nicht sonderlich, doch ich bin auch ein Gegner von Gewalttaten, und es ist in dieser Sache genug geschehen.«

»Ihr wollt mich warnen? Ist es das? Was habt Ihr denn davon?« Nun fühlte sich Jérôme doch recht unwohl in seiner Haut. Er konnte diese verzwickte Lage und Jakobs düstere Andeutungen nicht mehr einordnen.

»Ich erwähnte bereits, dass ich meinen Nutzen habe und darin nicht gerne gestört werde. Dir kann ich nur empfehlen, dem Fürsten begreiflich zu machen, dass du ein wenig, sagen wir, um des Vorteils willen geschwindelt hast.«

»Das geht nicht, er hat mich ja schon bezahlt! Ich brauche das Geld für meine Hochzeit.«

Jakob unterdrückte das Lachen, das aus seiner Kehle aufsteigen wollte.

»Wieviel?«

»Zwei Livres Tournois!«

Jakob kramte die Geldkatze unter seinem Wams hervor und warf ihm ein Goldstück vor die Füße.

»Dies entspricht dem wohl. Ich erwarte, dass du dem Fürsten deine Aufschneiderei beichtest und ihm das Geld zurückerstattest. Mit dem entsprechend schuldigen Gesicht und so viel Ehrlichkeit, wie du aufzubringen vermagst. Ich erfahre es, wenn du ihn oder mich betrügst – und dann kann dir selbst der Himmel nicht mehr helfen.«

Er erhob sich und wandte sich zur Tür.

»Ich behalte dich im Auge.«

Innerlich aufgewühlt machte er sich auf den Rückweg zu seiner Küche. Wenn er die Worte Jérômes richtig verstand, hatten Kerim und Margot Sebastian vor einem Jahr getötet. Deshalb waren sie plötzlich so unbesorgt, dachte er erbittert. Hatte nicht Kerim damals voller Überzeugung gesagt, sie könnten keinen Menschen umbringen? Wenn er seinen Freunden nicht mehr glauben konnte, wem sollte er in dieser Umgebung dann noch vertrauen?

Den ganzen Tag beschäftigten Jakob diese Gedanken. Es war ein Unterschied, in Notwehr zu handeln oder geplant einen Menschen zu beseitigen. Wenn Jérôme sein Wissen an den Duc de Guise weitergegeben hatte, konnte die Tat seiner Freunde tatsächlich für alle drei gefährlich werden.

Mit dem scharfen Messer schnitt er so knapp an seinem Finger vorbei, dass er erschrocken die Luft einzog. Die Wildschweinleber, die er für das Abendessen vorgesehen hatte, war bereits in passende Stücke für eine Füllung geschnitten, und die Küchenjungen bereiteten Zwiebeln und Birnen vor, die zusammen mit den Leberstücken in Fleisch eingerollt wurden. Er legte das Messer zur Seite und ein Küchenjunge reichte ihm Pergament und Feder, damit er die genauen Rezepturen niederschrieb.

Es war schon später Nachmittag und bereits dunkel, als er seine Kammer im Palast aufsuchte, um vor dem Abendessen noch ein wenig zu ruhen. Sein Zimmer war einfach eingerichtet, auf dem Tisch lag ein schwerer Teppich, und Jakob griff nach einem Schreiben, das der oberste Küchenmeister an ihn gerichtet hatte, um ihm seine kommenden Pflichten mitzuteilen. Er hatte kaum einige

Zeilen gelesen, als die Tür aufflog und Margot mit ausgebreiteten Armen auf ihn zueilte.

»Man sagte mir, dass ich dich hier finde.« Sie umarmte ihn stürmisch und sank auf einen gepolsterten Stuhl.

»Ich bin so froh, wieder in Paris und bei dir zu sein.« Sie seufzte und entledigte sich ihres Hutes.

»Es ist wirklich schön, eine Zeit lang auf dem Land zu leben, aber ich bin für die Stadt geschaffen. Bianca wohnt ganz angenehm und sie ist reizend und immer zu Unternehmungen bereit, aber nach mehr als einem Jahr sehne ich mich nach dem Leben am Hofe.«

Jakob betrachtete sie aufmerksam. Sie schien weder betrübt über den Verlust ihres Kindes zu sein, noch ein schlechtes Gewissen zu haben.

»Willkommen zurück, ich freue mich auch sehr, dich zu sehen.«

Sie warf ihm einen erstaunten und prüfenden Blick zu. »So förmlich? Was ist los, Jakob? Hätte ich nicht kommen sollen? Ich kenne dich gut genug, um zu wissen, dass etwas nicht in Ordnung ist.«

»Ich freue mich wirklich, dich wieder in Paris zu haben. Allerdings weiß Kerims Geliebter über Sebastian Bescheid und zieht seinen Nutzen daraus. Ich will dich nicht gleich mit unerfreulichen Neuigkeiten behelligen, aber es war heute Morgen für mich ein gebührender Schrecken, davon zu erfahren.«

»Dieser Dummkopf! Kerim muss doch wissen, dass er solche Geheimnisse nicht ausplaudern darf, wie konnte er nur!«

Als Jakob nicht reagierte, sprang sie erregt auf und fasste ihn an den Schultern.

»Es war unvermeidlich«, meinte sie beschwörend. »Ich habe Sebastian in Genua oft genug getroffen, er war fest entschlossen, herauszufinden, wer seinen jüngeren Bruder umgebracht hat. Ich weiß nicht, wie er es erfahren hat, aber er hätte nicht gerastet und geruht, bis er deiner habhaft geworden wäre. Sollten wir ruhig abwarten, wie lange dies gut geht? Wir hatten die Wahl zwischen seinem oder deinem Tod.«

»Ihr hättet mich darüber informieren müssen.«

»Was hätten wir damit gewonnen? Wir wollten dich schützen und natürlich wussten wir genau, dass dir unsere Lösung kaum gefallen würde. Dennoch war es die einzige Möglichkeit, den Mann loszuwerden. Wer soll dich denn schützen, wenn nicht wir beide?«

Mit resigniertem Gesicht setzte sie sich wieder.

»Ich bin tatsächlich wieder am Hofe. Die Ränke sind in vollem Gange, wie immer. Was macht Jérôme also mit seinem Wissen, erpresst er euch?«

Jakob lehnte sich an die Wand und verschränkte die Arme vor der Brust. »Er ist auf die großartige Idee gekommen, seinem Herrn, dem Duc de Guise, diese Information zu verkaufen. Dieser sprach mich an, und wie du dir denken kannst, verstand ich erst gar nichts. Ich habe Jérôme aufgesucht und ihm Geld gegeben, damit er seine Geschichte als Lügenmärchen zurücknimmt. Er versprach mir, sich daran zu halten.«

»Vielleicht hält er sich daran, vielleicht auch nicht. Der Duc de Guise …«

Sie verstummte, als mit einem Ruck die Tür aufflog und Kerim hereinstürmte. Mit einem lauten Freudenruf umarmte er Margot und drückte sie an sich.

»Ich habe eure Pferde und Wagen gesehen und dich gesucht. Ich habe alles für deine Ankunft vorbereitet.«

Er verstummte, als er die Gesichter der beiden sah. Irritiert meinte er: »Habe ich etwas vergessen? Sehe ich seltsam aus? Warum seht ihr mich so merkwürdig an?«

Margot beruhigte ihn. »Es ist alles in Ordnung. Die Freude über meine Ankunft wurde nur ein wenig getrübt über die Nachricht deiner Indiskretion bei Jérôme.«

Kerim warf Jakob einen vorwurfsvollen Blick zu. »War es unvermeidlich, dass du sie gleich mit den allerschlechtesten Nachrichten empfängst? Es gibt auch Erfreuliches zu berichten.«

»Vermutlich meinst du damit, dass ich noch am Leben bin, während Sebastian euren Machenschaften zum Opfer fiel.«

Jakob konnte ihnen die eigenmächtige Entscheidung nicht so schnell verzeihen, doch Kerim lächelte nur leichtherzig.

»Was geschehen ist, kann man nicht mehr ändern. Wenn ich mich schuldig fühle, dann nur, weil ich mein Versprechen nicht halten konnte, nichts mehr hinter deinem Rücken zu unternehmen. Um diesen abgefeimten Menschenhändler ist es nicht schade. Bei Jérôme habe ich einen kleinen Fehler gemacht, aber das habe ich schon berichtigt. Es wird keinen Ärger mehr geben.«

Jakob hob die Augenbrauen und auch Margot sah ihn neugierig an.

»Ich hoffe doch, dass er nicht demnächst einen kleinen Unfall hat oder etwas Schlechtes zu sich nimmt.«

Jakobs Sarkasmus traf Kerim nicht. Mit listigem Gesicht erklärte er: »Jérômes Herr, der Duc de Guise, hat seit Marseille eine Schwäche für Magali, eine der reizenden Damen der *Petite Bande* – ihr kennt sie. Dies sollte natürlich nur platonisch bleiben, der König schätzt es nicht, wenn man in seinem Revier wildert. Aber auch ein Duc ist nur ein Mann. Anne de Pisseleu ist ihnen auf die Schliche gekommen, und solch vertrauliche Berichte sind zu spannend, um sie diskret zu behandeln, das wäre auch gegen die menschliche Natur. Da wir uns nahestehen, hat sie mich eingeweiht.«

Er machte eine kleine Pause, als wolle er die Spannung seiner Geschichte erhöhen.

»Heute Morgen hatte ich ein verständnisvolles Gespräch mit dem Duc und wir haben uns in aller Freundschaft geeinigt. Jérôme wird uns keine Schwierigkeiten mehr machen. Er ist schon auf dem Weg zu seinem Bruder. Ich gönne es diesem Halunken, mit seiner dicklichen, hässlichen Frau in einem entlegenen Dorf auf dem Lande zu leben.«

»Und ich habe diesen Burschen noch fürstlich bezahlt«, stöhnte Jakob.

Margot zog die Augenbrauen hoch. »Du siehst, wie wichtig die Informationen am Hofe sind. Wir haben uns von Beginn an bemüht, die kleinen Schwächen und schwarzen Flecken auf den weißen Westen zu finden. Jeder hat schon einmal etwas angestellt, worauf er nicht stolz ist. Im rechten Moment kann das Wissen darüber dein Leben retten oder dich wie in diesem Fall vor Ungemach schützen. Eine Hand wäscht die andere, und Kerim und ich sind erfahren genug für dieses Gesellschaftsspiel. Es ist wichtig, dass du dich aus diesen Machenschaften heraushältst.«

Kerim klatschte in die Hände. »Genug nun mit diesem trüben Gerede! Sollten wir unser Wiedersehen nicht feiern?«

»Vielleicht ist Margot nicht danach zumute, immerhin hat sie eine schmerzvolle Trennung hinter sich«, erinnerte ihn Jakob.

»Du irrst dich.« Margot senkte ihre Stimme und ihre Augen leuchteten auf.

»Bianca hat mich auf eine Idee gebracht. Sie will ein Haus in Paris erwerben. Der Palast ist nicht der richtige Ort für ein Kleinkind. Damit sie jedoch ihren Pflichten als Hofdame nachkommen kann, brachte sie ihre Amme mit, die ihr Kind auch bisher versorgte. Diese hat ein eigenes Kind. Ein hübscher, kleiner Junge mit Namen Jean – ich habe mich sofort in ihn verliebt. Bianca selber hat leider nicht so viele Mittel, um ein angemessenes Domizil in Paris zu erwerben, schließlich will sie ihre Güter auf dem Land nicht ausbluten, es ist das Erbe ihrer Tochter Florence. Nun habe ich auch einige Ersparnisse und mithilfe eines Geldverleihers schaffen wir es sicher, ein Haus zu kaufen, welches groß genug für uns beide und die Kinder ist.«

»Sie hat also eine Tochter bekommen«, meinte Jakob gedankenverloren.

»Warum habt ihr mich nicht gefragt«, schmollte Kerim. »Schließlich habe ich auch etwas gespart und Jakob hat genug Geld. Wir könnten endlich ein Palais erwerben, welches für uns alle Platz bietet. Zwei Männer, zwei Frauen und zwei Kinder, das passt doch großartig, ich hätte sogar schon eine Idee.«

»Dazu hat Bianca auch noch etwas zu sagen«, wehrte Jakob ab. »Ich kann mir nicht vorstellen, dass sie auf engem Raum mit Kerim und mir wohnen möchte.«

»Wer spricht denn von engem Raum«, warf Kerim ein. »Ihr kennt doch meine Freundschaft zu Jean du Bellay, der seit einiger Zeit Bischof von Paris ist.«

Er störte sich nicht am spöttischen Lachen Margots und fuhr ungerührt fort: »Dem Bischof gehört ein prachtvoller Sitz am Stadtrand, das Hôtel de Sens. Mit dem Pferd ist man schnell im Louvre und es hat einen wunderschönen Park, durch dessen Mitte ein Weg hinab an die Seine führt. Für einen Bischofssitz ist es mit seinen Ländereien und Nebengebäuden zu groß. Jean hat schon mehrfach überlegt, das Terrain jenseits des Weges zu verkaufen. Er braucht für sich und seine kirchlichen Belange nicht so viel Raum. Frauen oder Schoßhunde interessieren ihn auch nicht. Es gibt sogar schon ein recht ansehnliches Gartenhaus auf der gegenüberliegenden Seite, welches man nur erweitern müsste. Es wäre der ideale Ort für unser Vorhaben. Wir sollten unbedingt mit Bianca reden, damit uns niemand zuvorkommt.«

»Das sollte …«, begann Jakob, aber er wurde sofort von Kerim unterbrochen.

»Es ist Margots Sache, dies mit Bianca zu klären, wir wissen schon, dass euer Verhältnis derzeit etwas angespannt ist. Natürlich wirst du später mit ihr reden und eure Schwierigkeiten endlich bereinigen.«

»Ich danke dir für die kurze Zusammenfassung meiner Stellung zu Bianca«, erwiderte Jakob säuerlich. »Ich weiß nicht, wie ich ihr gegenübertreten soll. Alles, was ich ihr sage, scheint sie verkehrt zu verstehen, und ich will keinen Streit mehr zwischen uns.«

Er brauchte sich in den nächsten Tagen über Bianca nicht den Kopf zu zerbrechen – er bekam sie gar nicht erst zu Gesicht. Sie hatte den Vorschlag der Signora angenommen und ein Apartment in einem Hotel in der Nähe des Louvre bezogen.

Die Weihnachtstage standen vor der Tür und Jakob kam aus seiner Küche kaum heraus, da d'Ailly sich entschlossen hatte, ihm dem Küchenmeister Geoffrey zur Seite zu stellen. Entgegen Jakobs Befürchtung verhielt sich der oberste Küchenmeister unerwartet großmütig und ließ ihm bei der Gestaltung der Einladungen des zweiten Königsohnes freie Hand. Diane de Poitiers rief ihn zweimal zu sich, um genaue Anweisungen zu erteilen, welche Speisen sie für die Feiertage wünschte. Sie war keine anspruchsvolle Genießerin, anders als die Duchessina, die eine üppige Küche liebte.

Diane bevorzugte leichte Kost, sie achtete genau auf ihr Gewicht und ritt täglich aus. Jakob, der sie insgeheim genau musterte, musste widerwillig einräumen, dass der Erfolg ihr Recht gab. Für eine Frau von Mitte Dreißig sah sie immer noch ungewöhnlich gut aus.

Dennoch störte es Jakob, dass man die Duchessina ignorierte und ihr den Geschmack der sogenannten Beraterin ihres Mannes aufzwang. Er nahm sich vor, nebenher auch einige der Lieblingsspeisen für die junge Ehefrau des Prinzen zuzubereiten. Vor den weihnachtlichen Feiertagen lag die Fastenzeit und es sollten durchweg einfache Gerichte geboten werden, dennoch konnte man Fisch oder Geflügel köstlich und raffiniert zubereiten.

Der Heilige Abend fiel in diesem Jahr auf einen Mittwoch und der König wollte ihn mit einem Familienfest im kleinen Kreis feiern. Dies bedeutete eine Feier von etwa achtzig Personen, die nach der Messe an einer großen Tafel speisten.

Nachdem Jakob mit seinem exotischen Fest großen Anklang gefunden hatte, wollte d'Ailly auch dieses Mal eine besondere Ausstattung mit weihnachtlichen Motiven sehen. Monsieur de Baie lag mit einer starken Erkältung darnieder und Jakob übernahm die Nachspeise.

Da frische Früchte im Winter nicht erhältlich waren, entschloss er sich, aus Marzipan Süßspeisen zu erschaffen, die in Form und Farbe Früchten ähnelten und üppig in silbernen Schalen angerichtet wurden. Auch die fremdartigen Gewächse aus der Neuen Welt hatten sich in den Gartenhäusern erfreulich entwickelt. Gemeinsam mit dem königlichen Gärtner traf er eine Auswahl der schönsten Blumen, welche die Tafel zieren sollten.

An den Tafelecken befanden sich mannshohe Vasen, aus denen seltene Blumen mit zarten grünen Ranken und rosaroten Blüten wie Kaskaden herabhingen. Den Rest würden die Platten mit verschiedenem Wild und Fisch füllen und mit erlesenem Porzellan aus dem Fernen Osten und den silbernen Pokalen einen üppigen Tisch bilden, der dem bisherigen Brauch, den Tisch mit Bescheidenheit zu gestalten, ein Ende bereitete.

Waren die Platten bisher auch stets übervoll und wurde mit teuren Spezereien reichlich umgegangen, so sollte dennoch nie der Eindruck entstehen, dass an den Tafeln der Noblen und Reichen zu sehr geschwelgt wurde, solange es sich nicht um eine politische Absicht handelte. Die weit sinnlichere und farbenfrohere Darbietung, die Jakob aus Italien kannte, fand allmählich auch am französischen Hofe immer mehr Anklang. Seine Vorschläge wurden von Monsieur Geoffrey zu seiner Verwunderung kritiklos übernommen.

Von einem Lyoner Händler mit Namen Turquet bezog er prächtige Seidenstoffe, die er d'Ailly vorlegte. Sie beschlossen, sie als Tischtücher für besondere Festlichkeiten zu verwenden. Diese wechselten, besonders zum Entzücken von Kerim, die bislang schlichten, weißen Leinentücher ab. Die Farben fanden ihren Widerhall in den Wandbehängen und der farbigen Deckentäfelung.

Der gesamte Raum war mit unzähligen Kerzen erleuchtet, deren Licht in Spiegeln und feingeschliffenen Glaswaren blitzte.

Als am Heiligen Abend zum ersten Mal diese Tafel dargeboten wurde, breitete der König strahlend vor Freude die Arme aus, als wolle er die prächtige Kulisse umarmen. Sie sollte nun stets Bestandteil außergewöhnlicher Feste werden.

Die Feiertage verbrachte Jakob hauptsächlich in der königlichen Küche. Gelegentlich ging er zur Messe und besuchte auch eine Gesellschaft von Madame d'Angoulême, die ihn vor ihren Besuchern als Gewinn für den Hof bezeichnete.

Kerim und Margot trafen ihn einige Male in der Palastküche und schenkten ihm ein wertvoll gebundenes Buch mit Liebesgedichten von Petrarca, da er sich mehrfach geäußert hatte, diesen Poeten nicht zu kennen.

Kerim konnte sich nicht enthalten zu bemerken, dass diese Zeilen ihn vielleicht auf die Idee bringen würden, nicht nur nach der wahren Liebe zu suchen, sondern sie auch endlich zu finden.

In der ersten Neujahrswoche begannen die Vorbereitungen zur Abreise des königlichen Hofes. Es wurde zunehmend ruhiger und der Palast leerte sich etwas. Auch Kerim reiste nach dem Dreikönigstag ab.

Jakob war bisher Bianca bewusst aus dem Wege gegangen, beinahe, als fürchte er sich vor einem Treffen. Margot hatte ihm mitgeteilt, dass die Pläne des Hauses beim

Hôtel de Sens schon recht weit gediehen waren und der Bischof ihnen das gewünschte Areal verkauft hatte. Mit den Umbauarbeiten sollte begonnen werden, sobald es das Wetter zuließ; noch war es zu kalt und zu regnerisch.

An einem frühen Januarabend schrieb Jakob in seiner Küche die Speisenfolge der nächsten Woche nieder, dann schob er ein Band um die Schriftrolle und machte sich auf den Weg zu d'Ailly, um seine Vorschläge mit ihm zu besprechen.

Der oberste Haushofmeister war wegen gesundheitlicher Schwierigkeiten in Paris geblieben und wollte erst wieder mit dem Hof zusammentreffen, wenn er vollständig genesen war.

Als Jakob bei ihm eintrat, saß d'Ailly an seinem Schreibpult. Er führte den Finger zum Mund, um Jakob zu bedeuten, leise zu sein.

Erstaunt erblickte Jakob zwei Wiegen mit schlafenden Säuglingen im Raum. Er legte seine Vorschläge ausgebreitet auf das Pult und meinte halblaut: »Ich kann später wiederkommen.«

D'Ailly schüttelte den Kopf und wies auf einen Stuhl neben dem Schreibtisch, auf dem eine ganze Anzahl von Schriftrollen lag.

»Die beiden sind satt und schlafen tief. Ihre Amme und Margot haben sie bei mir gelassen, um ein Pulver für mich beim Medikus zu holen.«

»Dann sind dies die beiden Kinder von Madame de la Brosse und ihrer Amme?«

D'Ailly antwortete nicht und beugte sich schon über Jakobs Speisepläne.

»Sowohl Madame de Poitiers als auch die Signora haben den Wunsch geäußert, nach den Feiertagen einfache

Kost zu sich zu nehmen – keine schweren oder fetten Speisen. Ich sehe, Ihr habt dies schon berücksichtigt. Zusätzlich schlage ich vor, die späten Imbisse für die junge Frau des Prinzen dem anzugleichen und auch hier auf die Kuchen und Süßspeisen am Abend zu verzichten.«

Jakob konnte seine Neugier nicht mehr bezwingen und erhob sich, um die Kinder zu betrachten. Der Knabe hatte einen Daumen in den Mund geschoben; schon jetzt konnte man erkennen, dass er die Gesichtszüge seiner Mutter geerbt hatte. Zu seiner Überraschung war Biancas Tochter hellhaarig. Sie schlief ebenfalls tief und hatte die leichte Decke zur Seite gedrückt, sodass sie frei lag.

»Es sind hübsche Kinder, alle beide. Monsieur de la Brosse war wohl blond.«

D'Ailly wandte sich nicht um und gab ein leichtes Brummen von sich, während er Anmerkungen zu Jakobs Speiseplänen schrieb.

»Ich habe ihn nur wenige Male getroffen. Wenn ich mich richtig erinnere, war er dunkelhaarig.«

Jakob zog die Decke ein wenig über das kleine Mädchen und gesellte sich wieder zu ihm. Der Türdiener machte sich bemerkbar und öffnete für die beiden Frauen, die hereinkamen.

Margot war wie immer sorgfältig gekleidet und trug eine Phiole in der Hand, die sie auf dem Tisch ablegte. Sie nickte Jakob lächelnd zu und bat die Amme, die beiden Kinder in ein Nebenzimmer zu bringen.

»Monsieur d'Ailly war so liebenswürdig, die beiden Kleinen zu beaufsichtigen. Ich kümmere mich um sie, während Bianca bei der Duchessina ist. Wir haben beschlossen, uns in unseren Pflichten abzuwechseln. Auf diese Weise muss die Duchessina auf ihre Hofdamen nicht verzichten, und die Kinder entbehren nichts.«

Sie hatte inzwischen das graue Pulver in einem Becher Wasser aufgelöst, den sie dem Hofmeister reichte.

»Es wird Ihre Beschwerden lindern, Monsieur. Den Rest nehmt vor dem Zubettgehen zu Euch, dann fühlt Ihr Euch morgen sicher besser.«

»Gewiss, danke Madame!«

D'Ailly versank in seinen Schriftrollen und schien sich nicht mehr für seine Besucher zu interessieren. Margot lächelte Jakob verschwörerisch zu und ging ins Nebengemach, um die beiden Kinder und die Amme zu holen.

Die Kinderfrau nahm den kleinen Jeannot auf den Arm, der lauthals protestierte, und Margot drückte Jakob schnell das kleine Mädchen in die Hände, um den Knaben zu beruhigen.

Jakob, unsicher, was er mit der kleinen Last anstellen sollte, hielt den Säugling linkisch mit beiden Händen ein Stück von sich fort, als fürchte er, er könne ihn umgehend beschmutzen. Während die Amme die beiden kleinen Krippen schleppte, folgte Jakob seiner Freundin.

Inzwischen war das kleine Mädchen ebenfalls hellwach und sah ihn mit großen, blauen Augen fragend an.

Sie hat die wunderbaren Augen ihrer Mutter, dachte Jakob, der das Kind näher an sich zog, da ihm bei der unnatürlichen Haltung die Arme müde wurden. Die kleine Florence verzog den Mund und es schien ihm, als lächelte sie ihn an.

Bianca wartete im Zimmer der Hofdamen Caterinas auf sie und legte die Handarbeit zur Seite, mit der sie ein Kleid der Duchessina ausbesserte. Die Begegnung mit Jakob schien sie nicht im Geringsten zu verwirren. Sie nahm ihm ihr Kind ab und lächelte ihn offen an.

»Du hast schon mit der kleinen Florence Bekanntschaft gemacht. Meist ist sie ein liebes und ruhiges Kind, aber manchmal kann sie auch lebhaft und energisch werden.«

Jakob musste sich wie immer beherrschen, sie nicht anzustarren. In seinen Augen war sie noch schöner geworden und wie so oft zuvor musste er sich eingestehen, sie nach wie vor mehr als alles andere zu lieben.

Es hatte wenig Sinn, sich etwas vorzumachen. Vielleicht hatte er sie deshalb gemieden, weil er ihre Ablehnung oder Distanz fürchtete. Sie trug keine dunkle Kleidung zum Zeichen der Trauer, aber er wusste zu wenig von ihr und ihrem verstorbenen Gatten, um darüber zu urteilen.

Er wandte sich um, doch Margot hatte das Gemach mit der Amme und dem Jungen schon verlassen.

»Kann ich dir ein Glas Wein anbieten?«

Er wollte ihr herzliches Angebot nicht ablehnen und nahm dankend an. Im Kamin brannte ein helles Feuer, ihr Haar glänzte im Feuerschein und ihr Gewand raschelte leise, als sie sich ihm gegenüber niederließ.

»Du wirst schon gehört haben, dass ich mithilfe von Margot und Kerim ein Haus gegenüber dem Hôtel de Sens erworben habe. Nächste Woche, hoffen wir, können die Bauarbeiten beginnen. Die Pläne dafür sind unübertrefflich, willst du sie dir ansehen?« Sie warf einen prüfenden Blick auf ihre Tochter, die in ihrer Wiege glucksende Laute von sich gab.

Als Jakob vage nickte, erhob sich Bianca, griff nach einer Rolle mit Aufzeichnungen und entfaltete sie auf dem Tisch. Er trat hinzu und blickte über ihre Schulter. Der vertraute Geruch ihres Parfums stieg ihm in die Nase, und nur mit Mühe konnte er an sich halten, nicht ihren Nacken zu berühren.

Ihr Finger wies auf die beiden seitlichen Anbauten.

»Hier werden wir das eigentliche Haus erweitern. Es wird mehrere Wohnungen enthalten, sodass wir jederzeit Gäste aufnehmen können. Kerim will unbedingt die Ausstattung übernehmen, du kennst ihn ja. Ich hoffe nur, dass er dafür nicht deine Mittel zu Hilfe nimmt.«

Der Ausschnitt ihrer Robe war der Mode entsprechend tief und ließ gerade so viel frei, dass man den Rest erahnen konnte.

»Das kann er getrost, wenn ich dafür ebenfalls eine Wohnung erhalte.«

Sie warf ihm einen schnellen Seitenblick zu. Er bemerkte ihr Zögern und fügte hinzu: »Das war ein Scherz, Bianca. Natürlich will ich dich nicht in Verlegenheit bringen, weder mit einer wirtschaftlichen Hilfe, noch mit meiner Anwesenheit.«

Sie antwortete nicht. Jakob wies mit der Hand auf den Bauplan: »Ein kleiner Park ist ebenfalls möglich. Das wird den Kindern gefallen, wenn sie größer sind.«

»Park ist zu viel gesagt, es ist eher ein Garten. Doch auch dies lässt sich schön anlegen; der Gärtner von Diane de Poitiers hat mir schon seine Hilfe angeboten und hat einige gute Einfälle. Im hinteren Teil des Hauses kann man eine rechteckige große Terrasse anlegen, die von allen Salons zugänglich ist. Vielleicht kannst du mir bei der Errichtung der Küchen raten. Ich weiß nicht, was hierbei zu beachten ist.«

Er nahm ihre Hand und deutete einen Kuss darauf an. »Du weißt, dass du noch viel mehr von mir haben kannst als nur gute Ratschläge.«

Nun hatte er sie doch verwirrt. Sie hob langsam den Kopf, ihr Mund näherte sich dem seinen. Doch noch bevor er nach ihr greifen konnte, ertönte hinter ihnen ein lauter Schrei. Die kleine Florence in ihrer Wiege forderte Aufmerksamkeit. Bianca lächelte. Der Bann war gebrochen, als die Amme den Raum betrat.

Jakob verabschiedete sich bald von ihr und sie rief ihm noch nach:

»Vergiss die Einladung bei Madame de Poitiers übermorgen nicht. Sie hat interessante Künstler eingeladen.«

Das konnte er nicht vergessen, dachte er, schließlich kochte er für die Gesellschaft der Madame de Poitiers, die ihn in diesen Tagen bedeutend mehr in Anspruch nahm als die Duchessina. Die königlichen Köche hatten mit dem Tross des Herrschers Paris verlassen, sodass Jakob nun die Küche des zweiten Königssohnes oblag.

Da Caterina immer noch weit weniger Einfluss besaß als die Dame de Poitiers, musste er sich notgedrungen deren Anordnungen unterwerfen, zumal Caterina ihre vorrangige Stellung nicht einforderte und sich zum Ärger aller Italiener am Hofe bescheiden im Hintergrund hielt.

Im Wirtschaftshof warteten schon einige Händler auf ihn, damit er ihre Waren begutachtete und für seine Küche abnahm. Sehr groß war die Auswahl an frischem Gemüse mitten im Winter nicht mehr. Außer Kohl und etwas Lagerware gab es nichts. Er wartete auf den Kapitän, der ihm aus dem neu erbauten Ankerplatz Le Havre exotische Waren angekündigt hatte. Das Schiff musste jeden Tag in Paris ankommen.

Für das Fest der Dame de Poitiers hatte er bereits fest damit gerechnet, doch nun wollte er sich besser eine zweite Möglichkeit offenhalten, sollte bis zum folgenden Tage nichts ankommen. Der Hufschmied wartete ebenfalls auf ihn, denn Jakobs Pferd musste neu beschlagen werden.

Außerdem hatte er nach Jakobs Anweisungen Schlittschuhe gefertigt. Auf den zugefrorenen Bächen und Teichen in Jakobs Heimat war dies ein beliebtes Wintervergnügen für Jung und Alt gewesen, und er wollte auch in seiner neuen Heimat nicht darauf verzichten.

Am nächsten Tag war von der Ankunft des erwarteten Schiffes immer noch nichts zu sehen. Ärgerlich machte Jakob sich mit seinen Köchen an eine Speisenfolge, die zu einem großen Teil ohne seine außergewöhnlichen Gerichte auskommen musste.

Es sollte nun also Krebssuppe geben, gefolgt von Käseomelett und Erbsenküchlein, Kalbsbraten und Wintergemüse, Barsch in Mandelmilch – Jerusalem-Speise genannt –, Kalbsnieren im Teigmantel und zum Abschluss Apfeltörtchen mit Marzipanteig.

Bis auf die Nachspeise war dies ein recht bescheidenes Mahl; es würde dem Prinzen und seinem Hof zusagen. Der letzte Gang war ein heimliches Zugeständnis an Caterina, die seine Kuchen über alles liebte und für die ein Mahl ohne abschließende Süßspeise nicht vollkommen war.

Jakob war schon auf dem Weg zu seiner Kammer, als er vom Arzt einer der Kammerfrauen Dianes aufgehalten wurde. Monsieur Charles Etienne überreichte ihm einen Beutel mit getrockneten Kräutern, die er Jakob vor längerer Zeit versprochen hatte, um Husten und Halsweh zu lindern.

Der Mann war ermüdend, dachte Jakob. Der Arzt hatte in der königlichen Küche mehrfach längere Vorträge über die rechte Art der Tierhaltung gehalten. Dabei kaufte man in angesehenen Küchen schon lange nur

Tiere, die gesund und jung waren. Anders als früher, als man ein Tier erst geschlachtet hatte, wenn es keine Milch mehr gab oder keine Eier mehr legte und so alt und dürr war, dass nur der Hunger einen zwang, es zu verzehren.

Jakob dankte ihm flüchtig und verabschiedete sich so bald als möglich, ohne die gebotene Höflichkeit zu verletzen.

Dennoch erreichte er sein Gemach mit einiger Verspätung; dabei hatte er Margot versprochen, diesmal besonders früh zu erscheinen, um in aller Ruhe einige Gespräche zu führen. Er überhörte das Geräusch an seiner Tür, und als er mit seiner neuen Hose in der Hand aus seinem Kabinett trat, sah er sich halb nackt Bianca gegenüber, die sich sichtlich Mühe gab, ernst zu bleiben.

»Margot dachte schon, dass du es nicht frühzeitig schaffst. Sie ist mit den Kindern beschäftigt und bat mich, dich abzuholen.«

Nervös fuhr Jakob in seine Hose und erwischte in der Eile mit seinem zweiten Bein die falsche Seite. Als er einen Schritt machen wollte, fiel er der Länge nach hin, genau vor die Füße Biancas, die nun das Lachen nicht mehr zurückhalten konnte.

»Ich weiß doch, dass du eine gewisse Verehrung für mich hegst, aber so begeistert musst du es nicht zum Ausdruck bringen.«

Immer noch lachend, half sie ihm hoch. Er zog mit einiger Mühe sein Bein aus der Hose und sie wandte sich rücksichtsvoll zum Fenster, bis er fertig angekleidet war, um ihn nicht noch weiter in Verlegenheit zu bringen.

Jakob eilte sich mit seiner Kleidung und warf zum Schluss noch den pelzbesetzten Umhang um. Auch Bianca war warm gekleidet. In den Gängen des Palastes zog es empfindlich; an einigen Stellen erkannte man noch deutlich, dass der Louvre ursprünglich einmal ein Waffenarsenal war, welches nun unter dem König eine ganz neue Form erhielt.

Selbst die Salons mit ihren mächtigen Kaminen wurden im Winter nie ganz warm. Die kleinen Gemächer mit ihren Holzöfen oder kleineren Kaminen waren deutlich angenehmer. Wenn dann, wie in Caterina de' Medicis Gemach, noch dicke Teppiche die Wände und Böden zierten, waren die kalten Monate erträglicher.

Sie verließen den Dienstbotenflügel und passierten die Wachen im Hof, die Jakob und Bianca inzwischen kannten. Die Wohnräume der königlichen Familie lagen im Palais Royal, und der Weg führte über zahlreiche Treppen und Gänge, bis sich ihnen die Flügeltüren zu Diane de Poitiers' Salon öffneten.

Die Gastgeberin war noch nicht anwesend; es wäre auch unverzeihlich gewesen, nach ihr zu erscheinen. Man achtete sehr darauf, der Erzieherin des zweiten Königssohnes nicht zu missfallen. Ihre Position war zu einflussreich. War auch der König der Alleinherrscher, so bestimmten insgeheim doch die Frauen das Leben am Hofe. Dies waren neben Diane de Poitiers noch Anne, die Herzogin von Étampes, und Marguerite d'Angoulême, die Schwester des Königs.

Es waren ungefähr fünfzig Gäste anwesend. Jakob kannte inzwischen einige der Geladenen. Mademoiselle Louise de Tallard, eine der Hofdamen Caterinas, schien nur auf ihn gewartet zu haben und befragte ihn ausführlich über sein Leben am Hof der Wunder.

Es gelang Jakob, gelegentlich einen Blick auf Bianca zu erhaschen, die sich am anderen Ende des Raumes mit einigen Herren unterhielt. Nachdem die Gastgeberin erschienen war, führte das Ballett des Hofes zur Musik lebende Bilder auf, bis auch den Anwesenden zu tanzen erlaubt wurde. Nachdem das Mahl serviert worden war, bat ein Diener ihn zu Diane de Poitiers und er verneigte sich höflich vor ihr.

»Eure Speisen finden unsere größte Zustimmung«, ließ sie ihn huldvoll wissen. Sie lächelte ihn wohlwollend an und er verneigte sich abermals.

Man sagte ihr manches Abträgliche nach, dachte Jakob, aber sie war schön und konnte äußerst charmant sein. Dem jungen Prinzen war nicht zu verübeln, dass er einer so eleganten Frau ergeben war.

Nach dem Rückzug der Gastgeberin schien das Fest erst richtig in Gang zu kommen. Die Gäste fanden Geschmack an den edlen Tropfen aus dem Burgund und sprachen dem Wein kräftig zu.

Jakob unterhielt sich angeregt mit einem italienischen Künstler, der auch die Bilder für seine Festtafeln entworfen hatte. Heimwehkrank nach der Sonne des Südens, sang der Mann ein Loblied auf die Hügel der Toskana und erreichte beinahe, dass auch Jakob ganz wehmütig an das goldene Florenz dachte. Erlöst wurde er schließlich von Bianca, die den Wunsch äußerte, sich zurückzuziehen.

Es standen ausreichend Wachen zur Verfügung, die Damen des Hofes in ihre Gemächer zu geleiten, doch Jakob bestand darauf, sie selbst in ihre nah gelegene Wohnung außerhalb der Palastmauern zu begleiten.

Bianca zog ihr pelzgefüttertes Cape fest um ihre Schultern, denn der Wind blies frostig um die dicken Mauern und eine Ahnung von Schnee lag in der Luft. Ihre Hände steckten in einer wärmenden Felltasche.

»Madame de Poitiers war bester Laune heute«, meinte Jakob, während sie auf die stillen Straßen der Stadt hinaustraten.

»Sie sieht gut aus und ein junger Mann wie Henri bewundert sie natürlich. Ich denke, Caterina wird trotzdem mit der Zeit sein Herz gewinnen. Was sollte der junge Prinz auch mit einer so viel reiferen Frau.«

Bianca blies die Luft aus; ihr Atem verwandelte sich in eine kleine, weiße Wolke.

»Glaubst du wirklich? Ich denke, es steckt weit mehr dahinter als die schwärmerische Anbetung eines Halbwüchsigen. Es ist ihre gebieterische Überlegenheit, die ihn fasziniert. Sie ist seine Beraterin und sollte ihm zu Diensten sein, doch wenn man die beiden alleine zusammen erlebt, behandelt sie ihn wie ihren Schoßhund. Sie gibt den Ton an und er ist blind unterwürfig. Ihr Wille ist sein Gesetz, nie begehrt er gegen sie auf. Jedem anderen am Hofe begegnet er mit Aufsässigkeit oder Gleichgültigkeit. Wenn sie es geschickt anfängt, wird das noch längere Zeit so weitergehen.«

»Das würde für Caterina bedeuten, auf einen Ehemann verzichten zu müssen. Jetzt mag sie noch nicht viel vermissen, doch ohne die Unterstützung ihres Mannes hängt für sie alles vom König ab.«

»Man mag es kaum glauben«, fügte Bianca hinzu, »doch auch Diane unterstützt die Duchessina. Nicht aus Freundlichkeit oder Verständnis, sondern aus reinem Eigennutz. Henri kann mit Caterina wenig anfangen; sie ähnelt keiner französischen Dame, wie er sie bevorzugt, deshalb ist sie für Diane keine Gefahr. Sollte er sich von Caterina trennen und er findet Gefallen an einer anderen Frau, schwächt dies Dianes Position und ihren Einfluss möglicherweise entscheidend. Sie denkt an ihre Zukunft und kann keine echte Rivalin gebrauchen. Caterina könnte in die gleiche Lage geraten wie Königin Eleonore.«

Sie erreichten das Haus, in dem Bianca wohnte. Es lag in einer dunklen Straße, die parallel zur Seine lief. Eine Katze huschte zur anderen Seite, und nur an der Straßenkreuzung beleuchtete eine Fettlampe notdürftig die Pforten. Als Bianca an die Tür klopfte, öffnete ihr ein Diener.

Sie wandte sich an Jakob: »Ich schicke dich nicht gerne alleine zurück durch die Kälte. Du kannst bleiben; es gibt Gasträume, in denen du schlafen kannst. Wir könnten noch ein Glas heißen Wein zusammen trinken.«

»Das hört sich verlockend an. Ich nehme den Wein gerne an, werde danach aber zurück zum Palast gehen.«

Sie folgten dem Diener, der eine Treppe hochstieg und sie in ein Zimmer führte, in dem bereits ein Feuer im Kamin brannte. Umsichtig hatte die Dienerschaft heißen Würzwein vorbereitet.

»Ich werde kurz nach den Kindern sehen. Bitte bediene dich und mache es dir bequem!«

Sie entließ den Diener, der einen Teller kalten Braten und Käse zum Wein gestellt hatte.

Jakob zog seinen dicken Pelzmantel aus, legte ihn auf einen Schemel und warf noch einige Holzscheite in die Glut, während er auf Bianca wartete. Knisternd stoben die Funken auseinander und das Feuer loderte auf. Er rieb sich die kalten Hände, bevor er nach dem Becher griff. Dankbar trank er einen Schluck.

Bianca kehrte schon nach wenigen Minuten zurück. »Die Amme schläft bei den Kindern. Alle drei sehen aus wie Engel.«

Sie hatte ihre Haare gelöst und sich ein leichtes Hauskleid angezogen. Wie immer wirkte sie mädchenhafter, wenn sie nicht die prachtvolle Kleidung trug, die am Hofe üblich war.

»Ich bin dir sehr dankbar, dass du dich um Margot gekümmert hast. Der Gedanke, sie unglücklich und getrennt von ihrem Kind bei mir zu haben, hat mich bedrückt.«

»Es hat sich so ergeben. Die Amme verlor schon zum zweiten Mal ihr Kind kurz nach der Geburt und ihr Mann hat sich deshalb von ihr getrennt. Margot und ich bekamen unsere Kinder kurz darauf und sie bot sich als Amme an. Es war für uns alle eine gute Lösung, sie gleich mit nach Paris zu nehmen und den kleinen Jean als ihren Sohn auszugeben. So hat sich alles zum Guten entwickelt.«

Jakob schenkte ihr ein Glas dampfenden Weines ein und sie ließ sich auf den samtbezogenen Sessel vor dem Kamin nieder.

»Das klingt sehr einfach«, entgegnete er und sah sie aufmerksam an, »aber ich kann mir vorstellen, dass es keinesfalls eine leichte Zeit war.«

»Wenn Gefühle im Spiel sind, ist es selten ganz einfach«, murmelte Bianca und lehnte sich mit geschlossenen Augen in ihrem Sitz zurück. »Margot und ich hatten viel Glück. Unsere Kinder kamen ohne Schwierigkeiten und wir sind alle gesund.«

Jakob sah auf sie hinab und hätte sie am liebsten in den Arm genommen. Sie wirkte plötzlich sehr schutzbedürftig.

»Du bist müde, ich sollte besser gehen.«

Er stellte seinen Becher ab, beugte sich zu ihr und wollte ihr einen Kuss auf die Stirn geben, doch sie schlang ihre Arme um ihn und drückte ihre Lippen auf seinen Mund. Er wusste, dass dies ein Fehler war, wenn er von ihr loskommen wollte, doch dies erschien ihm plötzlich nicht mehr wichtig.

Er zog sie zu sich und küsste sie mit aller Leidenschaft. So lange hatte er von ihr geträumt, sie sich gewünscht und in langen Nächten an sie gedacht, dass die Berührung mit ihr alle seine Sinne entfesselte. Zwischen zwei langen Küssen gewann noch einmal die Vernunft die Oberhand.

»Bist du sicher, du willst …«

Sie ließ ihn nicht ausreden. Ihr Körper gab ihm die Antwort und er küsste sie abermals heftig. Als er keinen Widerstand spürte, fuhr er mit der Zunge über ihre Lippen. »Du schmeckst so gut!«

Jakob spürte ihr Lachen unter seinem Mund. Er drückte ihre Lippen auseinander und küsste sie voller Leidenschaft und Begehren.

Sie zerrte an ihrem Mieder und riss an den Bändern.

Jakob schob ihre Hände zur Seite und löste langsam die Verschnürung, ohne sie aus den Augen zu lassen. Mit aufreizender Langsamkeit entkleidete er sie und spürte ihr Begehren, als er ihre Brüste berührte. Er senkte den Kopf und küsste erst eine Brust, dann die andere mit hungrigen Lippen.

Sie stöhnte auf und zog ihn hinab auf den dicken Teppich, der vor dem Kamin lag.

So schnell er vermochte, riss er sich förmlich die Kleidung herunter. Seine Hände strichen über ihren Körper, erkundeten ihre Rundungen und Tiefen und ihr Körper spannte sich wie eine Bogensehne.

»Du bist so schön, dass es beinahe schmerzt.«

»Ich liebe dich«, flüsterte Bianca, »und ich habe immer nur dich geliebt.«

Diesmal wollte sie sich ihm nicht nur überlassen, sondern auch zeigen, dass sie seine Entscheidung mittrug. Sie schob sich auf ihn und forderte ihn, bis ihre eigene Erregung sie wieder schwach machte. Auch für sie gab es kein Zögern mehr, keine Zurückhaltung oder Fragen.

»Jakob«, keuchte sie; er verstand die Aufforderung ihres Körpers, umfasste ihre Hüften und stieß zu, bis sie befriedigt in seinen Armen lag.

Jakob küsste sie zärtlich, doch bald wurden seine Küsse wieder härter und heißer, bis die Leidenschaft wie eine Woge über ihnen zusammenschlug und sie forttrug.

Erst allmählich gelangte sein Bewusstsein wieder an die Oberfläche.

Bianca griff nach seinem Pelzmantel, zog ihn über sie beide und kuschelte sich in seine Armbeuge.

»Ich kann jetzt verstehen, dass die Kirche sagt, bei allzu großer körperlicher Befriedigung werde das Rückenmark aufgebraucht«, meinte sie.

»Das ist auch so«, antwortete Jakob träge, »deshalb haben alte Leute oft einen krummen Rücken.«

Sie warf ihm einen zweifelnden Blick zu und sah im Schein des Feuers, dass seine Mundwinkel zuckten.

Jakob neigte sein Gesicht über sie und küsste sie leicht. »Wenn ich wieder bei Kräften bin, werde ich so gut ich es vermag an der Verkrümmung meines Rückens arbeiten.«

Sie lachte entspannt. »Warum sind wir einander so vertraut von Beginn an? Nie war Fremdheit zwischen uns, trotz aller Missverständnisse.«

Jakob schob den warmen Mantel zur Seite und erhob sich. Er griff nach dem Becher Wein, der inzwischen erkaltet war.

»Kennst du den Spruch aus der hebräischen Bibel, der sagt ›Und sie erkannten einander‹? Manchmal trifft man Menschen, mit denen man sich sofort gut versteht; mit Tieren und Kindern ist es genauso. Oder man mag sich auf Anhieb gar nicht, das ist mir auch schon passiert. Oder man verliebt sich beim ersten Blick. So erging es mir mit dir.«

Er trank einen Schluck und kniete vor der restlichen Glut im Kamin, stocherte mit einem Scheit darin und ließ es nochmals auflodern. Er reichte Bianca den Becher, und auch sie trank einen Schluck, bevor er wieder zu ihr unter den Mantel schlüpfte. Er zog sie an sich und spürte ihre Wärme.

Erneut erwachte sein Begehren. Er liebte sie noch einmal langsam und voller Zärtlichkeit, bevor sie in seinen Armen erschöpft einschlief.

Jakob selbst fand keinen Schlaf. Mit offenen Augen blickte er in die Dunkelheit und nahm sich vor, um diese Frau in seinem Arm zu kämpfen. Er wollte sie nie mehr verletzen, an ihr zweifeln oder sie mit seinem Ungestüm in die Flucht schlagen.

Der Nachtwächter der Stadt Paris rief die fünfte Morgenstunde aus und es war noch stockfinster, als Jakob sich leise erhob, um Bianca nicht zu wecken. Das Feuer war bis auf die Glut herabgebrannt. Er legte nochmals einige Scheite nach, bevor er sich im Halbdunkel des Raumes ankleidete und ohne seinen Mantel durch die eisige Kälte zum Palast zurückging. In der Luft tanzten die ersten Schneeflocken des Jahres und er beeilte sich, in die Wärme zu gelangen.

Zähneklappernd kam er zum Palast und eine gähnende Wache ließ ihn mit verwundertem Gesicht ein. Zum

Schlafen war es zu spät, und so ging Jakob auf geradem Wege in seine Küche, wo er einen Korb mit Leckereien zusammenstellte und den ersten Küchenjungen beauftragte, diesen zu Bianca zu bringen. Einen Morgengruß mit dem Hinweis auf stärkende Nahrung hatte er dazugelegt.

Leise summend bereitete er die Frühmahlzeiten für die Duchessina und Madame de Poitiers vor. Die Küchenjungen und Köche feixten hinter seinem Rücken; der überaus gut gelaunte Küchenmeister bot Anlass für Klatsch und Spekulationen.

Den ganzen Tag arbeitete Jakob in der Küche, obwohl es keine unbedingte Notwendigkeit dafür gab. Es gefiel ihm, die einfachen Gerichte für die Fastentage besonders geschickt vorzubereiten. Sie sollten so gut schmecken, dass man kaum wahrnahm, dass man auf Fleisch, Fett und Süßes verzichtete. Dies wollte er auch weiterhin nicht seinen fähigen und willigen Hilfen überlassen, schließlich war der oberste Herr der Küchen abwesend und konnte seine Vorschriften nicht durchsetzen.

Erst am folgenden Tag sah er Bianca wieder, die mittags mit vor Kälte geröteten Wangen erschien, um ihn zu einem Spaziergang abzuholen. Die Sonne schien mit milchigem Licht durch eine trübe Wolkendecke und der Schnee breitete sanft eine helle, weiße Decke über das Grau der Stadt.

»Hast du gesehen, dass bei der Porte Antoine das Bassin zugefroren ist? Kinder spielen auf dem Eis und man kann heiße Kastanien und Bratfisch kaufen. Ich wollte mit Florence dorthin, aber es ist zu kalt.«

Jakob nahm den Topf vom Feuer, in dem er gerade rührte, und hörte ihrer begeisterten Schilderung zu. Sie war zu höflich, ihn direkt zu bitten, doch er verstand, dass sie mit ihm den Tag verbringen wollte.

Er gab seinen Gehilfen einige Anweisungen für das Mittagsmahl und griff nach Biancas Hand.

»Ich brauche wärmere Kleidung. Hast du Patins für das Eis?«

Sie blickte ihn verständnislos an und er lächelte vergnügt. Die kluge Bianca konnte also noch etwas von ihm lernen.

Das Bassin neben der Seine, wo gelegentlich auch Handelsschiffe anlegten, war voller Menschen. Einige wagten sich noch voller Misstrauen und Vorsicht auf den eisigen Untergrund, andere rutschen vergnügt und kreischend glatte Bahnen entlang.

Vereinzelt glitt jemand aus und wurde unter Gelächter wieder aufgerichtet. Am Rand des Eises bot eine Reihe findiger Händler Speisen und Getränke an.

Jakob setzte sich auf einen Poller und band die Eisschuhe unter seinen Stiefeln mit Lederriemen fest. Er ließ Bianca zurück und machte einige Schritte auf das Eis, bevor er sie vorsichtig ausprobierte.

Der Schmied hatte gute Arbeit geleistet und sie nach seinen genauen Angaben hergestellt. Vor den Augen seiner erstaunten Begleiterin fuhr er geschickt eine Runde über die Eisfläche.

Er erinnerte sich an seine ersten Eisschuhe, die ihm seine Großmutter mit fünf Jahren geschenkt hatte. Auf dem Dorfteich hatte er sich im Winter mit anderen Jungen auf dem Eis gejagt, doch in Frankreich schien dieses Vergnügen gänzlich unbekannt.

Die Besucher sahen ihm ebenso überrascht und fasziniert nach wie Bianca. Nach einigen Runden kehrte Jakob zurück.

»Du warst wunderbar anzusehen«, empfing sie ihn. »Denkst du, ich kann es auch lernen?« Sie reichte ihm einen Becher heißen Weines und verzog das Gesicht, als sie den ihren kostete.

»Der Händler hat einen unverschämten Preis verlangt und es schmeckt scheußlich«, beschwerte sich Bianca, »doch niemand sonst bietet heiße Getränke an. Wir können noch Brathering oder Maronen kaufen, um uns ein wenig zu wärmen.«

Er brachte die Becher zurück und bat Bianca, auf dem Poller ebenfalls Platz zu nehmen.

Gespannt sah sie ihm zu, wie er die hölzernen Platten mit den Kufen unter ihre Schuhe schob und die Riemen festzog.

Unsicher hielt sie sich an ihm fest und er führte sie zum Eis, wo sie unter den Augen vieler Neugieriger versuchte, es ihm gleichzutun.

Obwohl Jakob sie noch immer hielt, fiel sie sofort hin.

»Hast du dich verletzt?«

Erschrocken beugte er sich über sie und half ihr auf, doch sie lachte nur.

»Bei meiner dicken Verpackung merke ich gar nichts. Ich versuche es gleich wieder.«

Es war nicht ganz so einfach, wie sie es sich vorgestellt hatte, und sie erntete immer wieder Gelächter, bis sie es schließlich mit vor Anstrengung rotem Kopf aufgab.

»Ich werde es in aller Heimlichkeit versuchen, wenn niemand zusieht. Es ist schwieriger, als ich dachte.«

»Etwas mehr Übung und du lernst es auch. Jetzt lade ich dich zu Bratfisch und heißen Kastanien ein.«

Sie pellten vorsichtig die heißen Früchte, die man ihnen in einer hölzernen Schüssel reichte. Jakob steckte genussvoll ein Stück in den Mund.

»Daraus lässt sich ein herrliches Püree kochen.«

Bianca blickte ihn erheitert an. »Gibt es Augenblicke, wo du nicht an Gerichte, Küche oder die Zubereitung von Speisen denkst?« Sie steckte sich die letzte Marone in den Mund.

Er näherte sich ihrem Ohr und flüsterte. »Ich weiß, was du hören möchtest, aber diese Antwort gebe ich dir heute Abend, wenn du mit meinem Besuch einverstanden bist.«

Sie wusste, warum er lieber zu ihr kam. So kurz nach dem Tod ihres Mannes wäre es unpassend, sie dermaßen vertraut miteinander zu sehen.

»Ich danke dir für deine Rücksichtnahme. Der Palast lechzt nach Skandalen, jetzt, wo der König mit dem ganzen Hof fort ist.«

Auf dem Rückweg kamen sie am Hôtel de Sens vorbei und Bianca wies auf die zahlreichen Steinquader, welche die Maurer schon herbeigeschafft hatten.

»Das Haus wird sehr ansehnlich werden und wir werden kräftig anbauen. Erst ganz am Ende kann der Garten angelegt werden. Madame de Poitiers hat mir einen interessanten jungen Mann vorgestellt. Er heißt Jean Goujon und hat in Italien einige Zeit studiert. Er hat die Pläne für das Haus und die beiden Anbauten entworfen. Ich muss natürlich haushalten und kann nicht in allem Kerims Vorschlägen folgen, schließlich will ich dem Louvre keine Konkurrenz machen.«

Jakob grinste. »Es ist nicht schlecht, dass er mit dem König unterwegs ist. Er würde dir gewaltig zusetzen, um seine brillanten Ideen zu verwirklichen.«

Bianca blinzelte ihm verschwörerisch zu. »Ich werde ihm ein großes Apartment reservieren, das er nach Belieben einrichten kann.«

Schweigend legten sie den Rest des Weges zurück und Jakob verabschiedete sich an der Pforte zu ihrem Haus.

Bianca nahm seine Hand und dankte ihm für den vergnügten Mittag. »Ich erwarte dich später«, murmelte sie leise und er nickte zustimmend.

Im Palast verstaute er seine Eisschuhe und ließ in der Küche einen ansehnlichen Korb mit Köstlichkeiten vorbereiten. Am Abend hatte die Signora eingeladen. Er suchte sie auf und bat, ihn für den Tag zu entlassen.

Sie verlangte keine Erklärung. Es kam so selten vor, dass man den Küchenmeister nicht in seinem Wirkungsbereich antraf, dass sie nur antwortete, er könne auch den nächsten Tag bei seiner Herzensdame verbringen.

Jakob warf ihr einen prüfenden Blick zu, doch selbst die Signora war keine Hellseherin; sie vermutete nur das Naheliegende.

Beladen mit seinem Korb stapfte er durch den Schnee zu Biancas Haus.

Sie lachte erheitert auf, als er seine Leckereien präsentierte.

»Oh, Jakob, nun wollte ich dich mit einem guten Essen verwöhnen und habe mithilfe deines ersten Koches den ganzen Nachmittag in der Küche gestanden, um dich zu überraschen.«

»Deshalb habe ich den Burschen heute nicht entdeckt. Ich hatte mir schon vorgenommen, ein ernstes Wort mit ihm zu reden.«

Er fasste sie um die Taille, zog sie zu sich und küsste sie ausführlich.

»Wenn ich darüber nachdenke, brauche ich eigentlich gar nicht zu essen.«

Bianca schob ihn energisch von sich. »Selbst mithilfe deines Kochs bringe ich sicher keine Mahlzeit wie du zustande, doch du solltest wenigstens kosten.«

Sie öffnete die Tür zum Speisezimmer und gab dem Diener ein Zeichen, während sie diskret Jakobs Hand entfernte, der versuchte, sie unschicklich zu berühren.

Das Essen war ausgezeichnet, doch Jakob hätte genauso gut eine Rolle Pergament essen können. Er wandte den Blick nicht von Bianca, die vergeblich versuchte, sein Interesse auf die Speisen oder ihr neues Domizil zu lenken.

Sie kapitulierte noch vor der Nachspeise. »Du hast tatsächlich keinen Appetit. Vielleicht fühlst du dich nicht wohl und willst etwas ruhen?«

»Es hat doch große Vorteile, eine kluge Frau zu kennen. Ich fühle mich tatsächlich sehr schwach.«

Sie führte ihn lächelnd durch das ihm schon bekannte Kaminzimmer in ihr Schlafgemach und er stieß mit dem Fuß energisch die hohe Tür zu.

Ihr Zusammensein hatte sich endlich nach allen Unstimmigkeiten entspannt und war sorglos und heiter geworden. Ihre alte Vertrautheit kam mit Leichtigkeit zurück; zwischen leidenschaftlichen Küssen entkleideten sie einander und entdeckten die Hingabe und Zärtlichkeit vom Beginn ihrer Liebe neu.

Erst im Morgengrauen schliefen sie einander umarmend ein und wurden erst durch ein vorsichtiges, aber nachdrückliches Kratzen an der Tür wach.

Es war die Amme, die zur Morgenmesse wollte und die kleine Florence in die Obhut ihrer Mutter gab. Sie schob die kleine Wiege in Biancas Schlafgemach und ignorierte diskret den Paravent, hinter den sich Jakob zurückgezogen hatte.

Nachdem die Frau das Gemach verlassen hatte, zündete Jakob das erloschene Feuer im Kamin wieder an und kroch unter die wärmenden Decken zurück.

Er verschränkte die Arme hinter den Kopf und beobachtete Bianca, welche die Wiege der kleinen Florence vor den Kamin schob und sie liebevoll zudeckte, bevor sie zu ihm in das Bett kam.

»Ist es wahr, dass du mich immer geliebt hast?«

Jakob hatte ihre Worte noch im Ohr, erinnerte sich aber auch daran, wie vehement sie ihren Mann vor ihm verteidigt hatte.

»Als ich heiratete, war ich voller Zorn auf dich, sonst hätte ich mich niemals so schnell dazu bereit erklärt. Ich war allerdings nicht darauf gefasst, einen schwerkranken Mann zu ehelichen. Mein Vater wusste es, hat es mir aber verschwiegen, weil er mich finanziell absichern wollte.«

Ihre Worte waren leise, vielleicht um ihr Kind nicht zu wecken oder auch, weil sie sich immer noch unsicher fühlte, über ihren Mann zu sprechen, dachte Jakob. Dieses Mal würde er sich in aller Ruhe anhören, was sie ihm zu erzählen hatte.

Sie kam wieder zu ihm unter die Decke und er zog sie in seine Arme.

»Seine Rechnung ist aufgegangen.« Sie stieß einen tiefen Seufzer aus. »Jetzt bin ich eine unabhängige und wohlhabende Witwe, mit einer ansehnlichen Position am Hofe des Königs. Was kann man mehr verlangen.«

»Du hast deinen Mann in der kurzen Zeit eurer Ehe ja auch geliebt«, warf Jakob ein.

»Es war anders, als es aussieht«, entgegnete sie langsam, als suche sie nach Worten. »Ich kam in ein völlig zerstrittenes Haus. Mein Mann und sein Bruder mit seiner Familie lebten dort und hassten sich bis aufs Blut. Ich war Zeuge, als mein Schwager ihm an den Kopf warf, dass alles ihm gehören würde, wenn er endlich tot sei. Mein Mann wollte unbedingt einen Nachkommen, männlich oder weiblich, der den Familienbesitz erben würde, damit er nicht in die Hände der Familie seines Bruders fiel. Wir haben versucht, dies zu bewirken, aber es war unmöglich, er war zu schwach und zu krank. Er konnte keine Kinder mehr zeugen.«

Jakob wandte seinen Kopf zur Wiege und sah sie dann fragend an.

»Irgendwie muss es euch ja wohl doch noch gelungen sein.«

Bianca schwieg einen Augenblick, setzte sich dann aber auf und sah ihn eindringlich an.

»Erinnere dich, als ich aus Marseille in aller Eile aufbrach. Ich musste so schnell wie möglich zu meinem Mann, damit niemand Verdacht schöpfte, er sei nicht der Vater. Ich hatte gemerkt, dass ich schwanger war, und durfte keine Zeit verlieren.«

Es dauerte einige Minuten, bis Jakob die volle Bedeutung ihrer Worte erfasste.

Vor Aufregung und Entsetzen stotterte er beinahe: »Heißt das … Willst du damit sagen, dass dieses Kind von mir ist? Du hast mich gebraucht, um deinem Mann diese letzte Befriedigung zu verschaffen, gegen seinen Bruder zu triumphieren?«

»Nein! Nein, das heißt es nicht!«

Beinahe beschwörend hielt sie ihn am Arm fest. »Ich dachte mir schon, dass dies dich wieder gegen mich aufbringen könnte, aber versuche wenigstens, dich an den Augenblick zu erinnern. Du kamst in mein Zimmer, ohne dass ich dich erwartet oder darum gebeten habe. Jakob, bitte …«

Tränen der Verzweiflung traten in ihre Augen und sie hielt sie nicht zurück.

»Ich habe dich ebenso vermisst und gebraucht wie du mich an diesem Tag in Marseille. Ich war so froh, dich zu spüren, zu fühlen, wie hätte ich dir widerstehen können? Als ich wusste, ich bin schwanger, habe ich nach einer Lösung gesucht. Was hätte ich tun können, ohne unserem Kind zu schaden? Es ging mir nicht um Geld, das kannst du dir doch denken.«

Jakob sprang aus dem Bett und griff nach seiner Kleidung. »Ich muss hinaus und nachdenken. Das kann ich so nicht.«

Die Tür fiel hinter ihm ins Schloss und mit langen Schritten lief Jakob durch den anbrechenden Morgen. Dieses Kleinkind war seine Tochter. Der Gedanke war für ihn noch völlig unfassbar.

Er stand an der Seine und blickte auf den dunklen Fluss, immer noch verwirrt über diese unerhörte Neuigkeit. Aus dem Süden trieb der Wind die beißenden Gerüche der Gerbereien stadteinwärts. Er schlug den Kragen seines Umhangs hoch und zog den Rand vor Mund und Nase.

Wie viel verschwiegen ihm seine Freunde und die Frau, die er liebte, noch? Voller Ingrimm trat er mit aller Macht gegen einen steinernen Brückenpfeiler und stöhnte laut auf.

Der Schmerz brachte ihn wieder etwas zur Besinnung. Er musste sich nach einigem Nachdenken eingestehen, dass Bianca für ihr Zusammensein in Marseille kein Vorwurf zu machen war. Diese Schwangerschaft konnte sie unmöglich geplant haben. So überraschend die Nachricht über seine Vaterschaft auch sein mochte – dachte er – im Innern war ein leiser Verdacht bereits vorhanden gewesen.

Die plötzliche Abreise nach ihrem kurzen Beisammensein und die Bemerkung d'Aillys über den dunkelhaarigen Ehemann Biancas hatten diesem Gefühl Nahrung gegeben. Inzwischen etwas ruhiger, gestand er sich ein, dass Bianca ebenso wenig die Gier nach Besitz angetrieben haben konnte, es war einfach nicht ihre Art.

Die Straßen waren inzwischen bevölkert. Bäckerjungen und Händler gingen ihren Geschäften nach, Hausfrauen, dick vermummt, verließen ihre Häuser, Körbe oder bereits erstandene Waren unter dem Arm. Es war Markttag und einige Kinder lugten aus einem Hauseingang, nur notdürftig gegen die Kälte geschützt.

Er gab ihnen eine Handvoll Münzen und kehrte langsam und nachdenklich zu Biancas Haus zurück. Sie schien ihn erwartet zu haben, denn sie öffnete ihm selbst die Pforte. Wortlos nahm er sie in die Arme und drückte sie an sich.

»Jakob, ich bin so froh.«

Er legte ihr die Hand auf die Lippen und flüsterte: »Bitte verzeih mir noch einmal mein Ungestüm, Bianca.«

Bianca hatte sich angekleidet; nur ihre leicht geröteten Augen zeugten noch von der Auseinandersetzung. Auf dem Esstisch standen die Köstlichkeiten, die Jakob am Vortag mitgebracht hatte. Bianca hatte ihn offenbar erwartet.

Er lächelte. Sie war wirklich eine kluge Frau.

Sie sprachen nicht viel bei diesem Frühmahl, doch ihre Blicke liebkosten sich.

»Es ist sehr kalt draußen«, überlegte er laut, »vielleicht sollten wir heute das Haus nicht verlassen.«

»Eine ausgezeichnete Idee«, entgegnete Bianca, »vor dem Kamin oder noch besser unter dicken Decken ist es sicher wärmer.«

Jakob griff nach ihrer Hand. »Eine Frage habe ich noch. Du wolltest mir keinen Raum in deinem neuen Haus geben und meine Hilfe schien dir nicht recht zu sein. Möchtest du nach Ablauf der Trauerzeit nicht mit mir zusammenleben?«

»Du hast mich nie gebeten, deine Frau zu werden.«

Sprachlos sah er sie an. »Bianca, jede Geste, jeder Kuss und jedes Zusammentreffen waren eine Bitte, dich für immer an meiner Seite zu haben. Das musst du doch wissen.«

Jetzt lächelte sie. »Das mag schon sein. Aber wir leben am Hofe des Königs; hier unterscheidet man sehr genau zwischen dem Begehren und der offiziellen Werbung und Ehe. Wenn du mit mir im Kleinen Palais leben möchtest, kann ich dir dies nicht ersparen. Ich habe bei deiner Frage gezögert, weil du mich um ein Apartment gebeten hast wie Kerim und Margot, und dies wollte ich dir tatsächlich nicht geben.«

Jakob zog fragend die Augenbrauen hoch.

»Ich nahm natürlich an, dass du mit mir und Florence im Haupthaus lebst«, fügte sie verschmitzt hinzu.

Er stand langsam auf, ging zu ihr und nahm ihre Hände in die seinen.

»Ich weiß nicht genau, was man am Hofe üblicherweise sagt, um einer Frau die Ehe anzutragen, aber ich bitte dich aus ganzem Herzen, mich zum Mann zu nehmen, wenn die passende Zeit dafür gekommen ist.«

»Ich nehme diesen Antrag gerne an und werde den Hof darüber informieren.« In ihren Augenwinkeln blitzte es jetzt mutwillig. »Doch zuvor möchte ich mich noch darüber kundig machen, ob du auch in angemessener Weise allen Pflichten einer Ehe nachkommen kannst.«

»Hah«, rief Jakob und nahm sie mit einem schnellen Griff auf den Arm, »fordere mich besser nicht heraus, Frau!«

Lachend bemühte sie sich vergeblich, sich zu befreien. Er trug sie zum Bett, wo er gedachte, den Tag mit ihr zu verbringen.

Es war Nachmittag und es dunkelte bereits, als er nach seinem Umhang griff, um das Haus zu verlassen.

Bianca rekelte sich wohlig im warmen Bett. »Zum Nachtmahl erwarte ich Margot, sie nimmt die Kinder, damit ich morgen bei der Duchessina sein kann. Sie sagte, Kerim hat ihr Nachricht geschickt.«

Jakob gab einen zustimmenden Laut von sich.

»Er hat mir vor einigen Tagen ein Schreiben voller Klagen geschickt. Sie sind im Schloss Chambord und er hasst den massigen Kasten, der unmöglich zu heizen sei. Er hofft auf eine kleine Verkühlung, die ihn vorzeitig nach Paris zurückbringt.«

Er küsste Bianca noch einmal ausführlich. »Wir sehen uns im Palast, und gib dem Geldverleiher Nachricht, dass du seine Dienste nicht mehr benötigst.«

»Ein potenter Mann hat durchaus seine Vorzüge«, neckte Bianca ihn.

Er sah sie glücklich an und kam noch einmal schnell zurück, um sie zu küssen, bevor er sie alleine ließ.

Die Wärme seiner Küche mit vertrauten Geräuschen und Gerüchen erwartete ihn. Er hörte den ersten Koch an, der ihm den Speiseplan vorlas und nebenher einige Anregungen gab. Sie betraten gemeinsam die Vorratskammer, um eine Liste der fehlenden Gewürze zu erstellen. Jakob warf einen Blick auf die zahlreichen Säcke, Kisten und Fässer und sog tief das Aroma ein. Welch ein Luxus, dachte er andächtig. Wenige Menschen kamen in den Genuss all dieser fremden Herrlichkeiten, aus denen man die fantasievollsten Speisen, Heilmittel und Düfte erstellen konnte. Pfeffer, Muskat, Nelken, Zimt, Safran, fremdartige neue Genüsse aus den entlegensten Teilen der neu entdeckten Welt, diese Köstlichkeiten erreichten die Tafeln der Könige und Edlen.

Immer mehr Menschen würden sich für dieses teure Gut interessieren, immer mehr Waren gelangten über Land oder die neuen Seewege in die Küchen der Reichen. Er würde dazu beitragen, alle neuen Früchte, Gewürze und Kräuter zu erproben und bekannt zu machen.

Die Liste der noch fehlenden Vorräte für die königliche Küche wurde lang. Im trockenen Vorratsraum ließen sich die Lebensmittel gut lagern und Jakob gab seiner Hilfe den Auftrag, die Liste für die gewünschten Waren baldmöglichst abzusenden, damit noch vor dem Frühjahr und der Rückkehr des Königs alles ausreichend vorhanden war.

Er schloss hinter sich die Vorratskammer ab und wandte sich an seinen ersten Koch.

»In einigen Wochen ist der Geburtstag des zweiten Königssohnes, und die Duchessina bat mich um ein bemerkenswertes Mahl. Auch der König will bis dahin wieder zurück sein. An die Arbeit, es gibt noch viel zu tun!«

Er lehnte sich gegen die Tür und schloss kurz die Augen. Das Jahr hatte gerade begonnen und bot ihm eine Fülle neuer Möglichkeiten sowie das Abenteuer einer eigenen Familie. Er begegnete dem fragenden Blick seines Kochs mit einem kleinen Lächeln.

»Hast du eine Idee für ein außerordentliches Mahl?«

Literaturverzeichnis für »Ein Hauch Muskat«

Handel, Macht und Reichtum: Kaufleute im Mittelalter von Peter Spufford im Theiss Verlag

Der Alltag im Mittelalter von Maike Vogt-Lüerssen im Probst Verlag

40 Frauenschicksale aus dem 15. und 16. Jahrhundert von Maike Vogt-Lüerssen im Probst Verlag

Das Kochbuch des Mittelalters von Trude Ehlert im Albatros Verlag

Das Kochbuch der Sabina Welserin herausgegeben von Hugo Stopp im Universitätsverlag C. Winter Heidelberg

Das Kochbuch der Renaissance von Hans-Peter von Peschke und Werner Feldmann im Artemis & Winkler Verlag

Wie man eyn teutsches Mannsbild bey Kraefften hält von H. Jürgen Fahrenkamp im Area Verlag

Herrenspeis und Bauernspeis von Peter Lutz im Verlag M. Naumann

Das Buch von guter Speise von Jacob Blume im Verlag Die Werkstatt

Königinnen und Mätressen von Benedetta Craveri im Carl Hanser Verlag

Vier Sendschreiben aus der Türkei von Ogier Ghiselin von Busbeck in der Weltgeist-Bücher Verlags-Gesellschaft

Katharina von Medici von Cornelia Wusowski im Bastei Lübbe Verlag

Hexenwahn: Geschichte einer Verfolgung von Lyndal Roper im C.H. Beck Verlag

Süleyman der Prächtige von Josef Matuz, Universität Freiburg

Sozialgeschichte des 15.–18. Jahrhunderts, Band II.: Der Handel von Fernand Braudel im Kindler Verlag

Die Welt des Mittelmeeres von Fernand Braudel, Georges Duby, Maurice Aymard im Fischer Verlag

Karl V.: Der Herrscher zwischen den Zeiten und seine europäische Familie von Sigrid-Maria Größing im Verlag Amalthea Signum

Hitze: Abenteuer eines Amateurs als Küchensklave, Sous-Chef, Pastamacher und Metzgerlehrling von Bill Buford im Carl Hanser Verlag

Erwachen in der Neuen Welt von Urs M. Fiechtner, Sergio Vesely im Signal-Verlag

Mit Magellan um die Erde: Ein Augenzeugenbericht der ersten Weltumsegelung von Antonio Pigafetta von Edition Erdmann

Zahlreiche Informationen aus dem türkischen Kultur- und Tourismusministerium

Druck:
CPI Druckdienstleistungen GmbH
im Auftrag der
Zeitfracht GmbH
Ein Unternehmen der Zeitfracht - Gruppe
Ferdinand-Jühlke-Str. 7
99095 Erfurt